职业教育岗位技能培训“双证书”课程系列教材
工业和信息化部 IT 职业技术培训教材

Office 商务办公实用教程

汪　磊　主编
陈松涛　居义杰　副主编

電子工業出版社
Publishing House of Electronics Industry
北京 · BEIJING

内容简介

本书采用任务和案例相结合的编写方式，以简明通俗的语言和生动真实的案例详细介绍了 Office 2003 系列软件在现代商务办公中的应用。

全书主要分为四部分。第一部分是第 1 章~第 8 章，这部分从 Word 2003 的基础操作开始，由浅入深、循序渐进地介绍了 Word 2003 在商务办公中的应用。这部分所列举的案例有：会议迎宾水牌、信息告知水牌、商务传真、名片、购销合同、人事通告、产品说明书、商务回复函、个人简历、列车时刻表、会议邀请函、授权委托书、项目评估报告、可行性研究报告、应聘人员面试通知单、商务邀请函。第二部分是第 9 章~第 13 章，这部分主要介绍 Excel 2003 在商务办公中的应用。这部分所列举的案例有：员工工资管理表、公司生产成本核算表、产品目录价格表、考勤表、活动节目单、公司日常费用表、现金流量表、销售分析统计表、损益分析表。第三部分是第 14 章~第 16 章，这部分主要介绍 Power Point 2003 在商务办公中的应用。这部分所列举的案例有：市场推广计划、公司年终总结、公司简介、职位应聘演示报告、产品行业推广方案、营销案例分析。第四部分是第 17 章和第 18 章，这部分主要介绍 Access 2003 在商务办公中的应用。这部分所列举的案例有：销售管理系统、考生管理系统、订单管理系统、院校招生信息系统。

本书适合作为商务办公人员的自学教程，也可以作为各类计算机培训班的培训教程和大中专院校非计算机专业学生的实用参考资料。

本书配有电子教学参考资料包和智能化考试系统（试用版），详见课程体系介绍。

图书在版编目（CIP）数据

Office 商务办公实用教程 / 汪磊主编. —北京：电子工业出版社，2010.3

工业和信息化部 IT 职业技术培训教材

ISBN 978-7-121-10413-8

Ⅰ. O…　Ⅱ. 汪…　Ⅲ. 办公室—自动化—应用软件，Office—技术培训—教材　Ⅳ. TP317.1

中国版本图书馆 CIP 数据核字（2010）第 028299 号

责任编辑：关雅莉
责任编辑：杨　波
印　　刷：北京市天竺颖华印刷厂
装　　订：三河市鑫金马印装有限公司
出版发行：电子工业出版社
　　　　　北京市海淀区万寿路 173 信箱　邮编　100036
开　　本：787×1092　1/16　印张：20.25　字数：518.4 千字
印　　次：2010 年 3 月第 1 次印刷
印　　数：4 000 册　　定价：33.40 元

凡所购买电子工业出版社图书有缺损问题，请向购买书店调换。若书店售缺，请与本社发行部联系，联系及邮购电话：（010）88254888。

质量投诉请发邮件至 zlts@phei.com.cn，盗版侵权举报请发邮件至 dbqq@phei.com.cn。

服务热线：（010）88258888。

前 言

工业和信息产业职业教育教学指导委员会（http://hzw.phei.com.cn）由教育部职业教育与成人教育司、工业和信息化部人事司批准成立，由全国工业和信息产业行业企业及职业教育工作者、专家等组成，开展工业和信息产业职业教育的理论与实践研究、指导、交流、协作等工作。接受中华人民共和国教育部职业教育与成人教育司、工业和信息化部人事司的业务指导和监督管理。

针对当前职业学校的 IT 相关专业课程设置与社会需求之间存在的差距，用人岗位职业技能教育的适用性不强这一难题，工业和信息化部电子行业职业技能鉴定指导中心，致力于培养中国 IT 技能紧缺型实用人才，通过建立面向岗位技能的课程体系，以弥补在现有学校专业课程设置与社会岗位需求之间存在的空缺和差距，开创了工业和信息化系统专业技能培训项目，通过课程置换、院校合作的教学模式，与全国的职业院校展开广泛合作。工业和信息化系统专业技能培训课程体系与工业和信息产业职业教育教学指导委员会的教研优势相结合，以企业人才需求为中心，学员择业为核心，课程设计研发为重心，共同设计并开发出“职业教育岗位技能培训‘双证书’课程体系”，包括“办公自动化（OA）”、“Office 商务办公（B-OA）”、“网络应用（NA）”；“平面设计（PD）”、“网页设计（WD）”、“三维动画设计（3D）”；“网络安全（NS）”、“计算机系统维护（CM）”、“企业网络管理（NE）”；“政务管理与电子应用（EA）”、“电子商务管理与应用（EB）”等企业高需求人才的专业技能培训课程，为广大职业学校的学生提供了一条结合企业岗位需求的职业教育和培训途径。

“职业教育岗位技能培训‘双证书’课程体系”，除了提供课程设计及配套教材、师资培训之外，还依托 MyDEC 专业教育机构先进的“MTS4.0 智能化考试系统”，为广大职业学校提供专业课程的期末考试、学生专业能力测评及分析、就业推荐等实用的技术支持服务；学生还可以根据就业的需求在获取毕业证书的同时也获取工业和信息化部“工业和信息化系统专业技能培训项目”的“工业和信息化系统专业技能证书”。

《Office 商务办公实用教程》一书是“职业教育岗位技能培训‘双证书’课程体系”中“Office 商务办公（B-OA）”课程的指定教材。该书以实用为主导，采用任务和案例相结合的编写方式，以简明通俗的语言和生动真实的案例详细介绍了 Office 2003 系列软件在现代商务办公中的应用，该书精选现代商业活动中白领人员日常办公常见的问题作为案例，通过本书的学习能让读者快速地应用 Office 软件做好自己的工作，而不是花费大量的时间去孤立的学习菜单和命令，从而提高工作效率，提高其现代商务办公技能。

参加本书编写的有：汪磊、陈松涛、居义杰、程远炳、王大印、宝力高、普宁、钟宏伟、马传连、赵树林、张龙、李南、王为、肖建芳、徐津、王庆华、马喜等。由于时间仓促加之水平有限，书中如有差错及不足之处，敬请广大专家和读者给予批评指正。

2010 年 3 月

职业教育岗位技能培训“双证书”课程体系介绍

（1）符合岗位用人标准的课程体系

工业和信息产业职业教育教学指导委员会和 MyDEC 专业教育机构的专家团队通过剖析企业岗位的用人标准，致力于培养中国 IT 技能紧缺型实用人才，通过研发面向岗位技能需求的课程体系，以弥补在现有学校专业课程设置与社会岗位需求之间存在的空缺和差距，向广大职业学校输出先进的教学理念。

我们在秉承传统教学管理理念的同时，增加了“意识教学”内容。所谓“意识教学”就是要在学生学习专业知识的过程中，培养学生的“职业意识”，了解所学的职业技能在企业中的实际应用形态、企业的适用类型、择业方向、择业技巧等，教学方式采用“企业模拟场景实训课”的形式。通过“职业意识”的培养，使学生更加清晰所学技能的实践用途，结合自身实际情况所应选择的企业类型与职位，使择业更具针对性；同时也有效地解决了学生择业恐惧感、择业排斥及择业盲目的问题，帮助学生建立择业自信心，提高择业成功率。

（2）MTS4.0 智能化考试系统

由 MyDEC 专业教育机构自主开发的 MTS4.0 智能化考试系统，采用理论与实践操作相结合的考试形式，通过实践考试平台的职业技能实际操作考核，重点评测应试人员的职业技能动手能力，更加准确地进行人才评价。

（3）HR 人力资源服务

MyDEC 人力资源专员是学生身边的职业顾问专家，根据学生的个人情况进行就业指导，协助学生从容地面对职场。MyDEC 人才网拥有丰富的就业信息，为学生美好的职业前途铺路，帮助学生筛选合适的工作机会，减少学生盲目投递简历所浪费的时间。对求职过程中失败的学生，我们将收集企业反馈信息，对学生进行再就业指导，使其改进自身不足或再求职应该注意的事项，帮助学生进行合理的职业生涯规划。

（4）职业技能评测报告

根据学生在 MTS4.0 智能化考试系统下的各项评测数据，进行科学的统计与分析，通过与企业用人标准进行量化衡量，从而出具《职业技能评测报告》，以详细数据形式诠释学员所掌握职业技能中的优势与不足，帮助学员在面试过程中充分展示个人职业能力特点，帮助企业快速直观地了解拥有《职业技能评测报告》的人才职业技能水准。

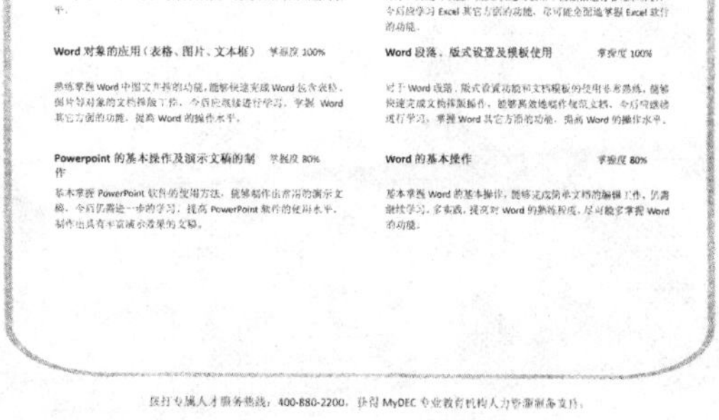

（5）权威证书的认可

学生可以根据就业的需求在获取毕业证书的同时也获取工业和信息化部“工业和信息化系统专业技能培训项目”的“工业和信息化系统专业技能证书”，有此需求的学校请直接与MyDEC专业教育机构联系。

MyDEC 专业教育机构 http://www.mydec.net　证书查询：http://www.ceosta.org
全国免费咨询电话：400-880-2200　E-mail：cs@mydec.net
地址：北京市朝阳区百子湾路16号金长安大厦B座二单元八层

（6）丰富的教学资源

为了方便教学，本书还配有教学指南和习题答案、电子教案及案例素材（电子版）和智能化考试系统（试用版），请有此需要的教师登录华信教育资源网（http://www.hxedu.com.cn）下载或与电子工业出版社联系（E-mail:hxedu@phei.com.cn），我们将免费为您提供。

目　录

第 1 章　Word 2003 基本操作
——制作会议迎宾和信息告知水牌

Word 2003 是一款优秀的文字处理应用软件。Word 2003 在原有版本的基础上又做了相应的改进，具有更友好的用户界面，并真正引入 XML 的概念。Word 2003 加强了协同工作的能力，使用户可以更轻松、高效地完成工作。

知识要点

- 启动 Word 2003
- 打开文档
- 保存文档
- 文档的视图方式

任务描述

水牌就是信息告知牌，会议迎宾水牌一般摆放在会议召开地点的门口，上面写有欢迎词以及会议相关信息。利用 Word 2003 制作一个“全国造纸行业产销形势报告会”的会议迎宾水牌，要求明确告知参会人员该会议的会议日期、会议具体时间安排、会议地点，这三项信息，如图 1-1 所示。

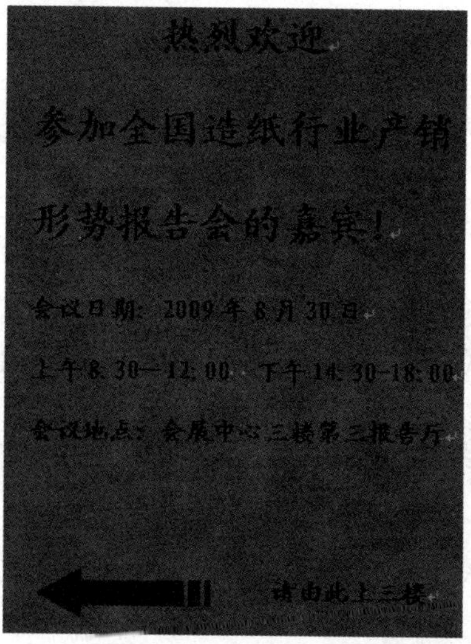

图1-1　会议迎宾水牌

案例分析

完成会议水牌的制作，首先要打开会议水牌的初始文档，由于在操作时处于 Word 的环境下，因此可以直接利用“打开”对话框打开会议水牌的初始文档，对初始文档进行编辑后，可以使用“另存为”命令，将初始文档重新命名并保存在与会议相关的文件夹中。

本章所涉及案例的素材和最终效果文件请登录华信教育资源网（www.hxedu.com.cn）下载，在下载后的“案例与素材\第 1 章素材”和“案例与素材\第 1 章案例效果”文件夹中。

1.1 启动Word 2003

启动 Word 2003 最常用的方法是在开始菜单中启动，在 Windows XP 操作系统中单击“开始”按钮，弹出“开始”菜单，在“开始”菜单中单击“所有程序”→“Microsoft Office”→“Microsoft Office Word 2003”命令，即可启动 Word 2003。

Word 2003 的工作环境，如图 1-2 所示，主要包括：标题栏、菜单栏、常用工具栏、格式工具栏、标尺、编辑区、滚动条、状态栏和任务窗格等。

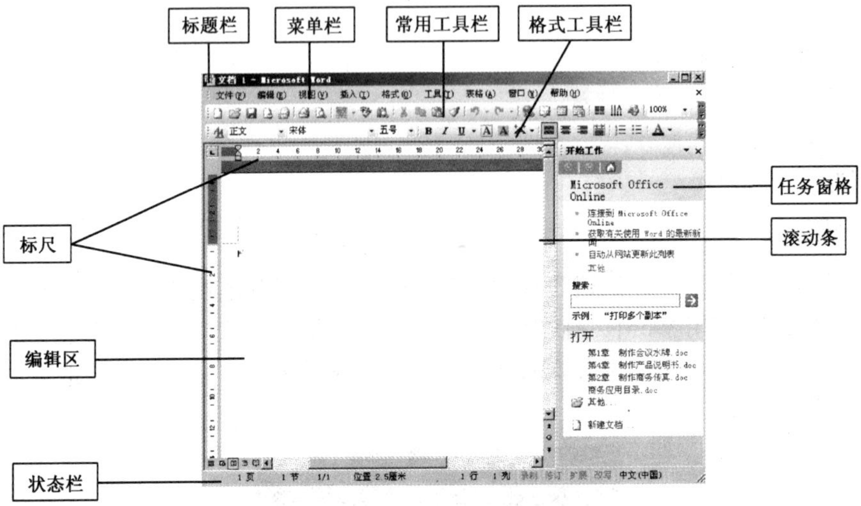

图1-2 Word 2003的工作环境

1.1.1 标题栏

标题栏位于窗口最顶端，包含控制菜单图标、正在编辑的文档名称、程序名称、最小化按钮、最大化按钮还原按钮和关闭按钮。单击标题栏右端的“最大化”按钮 可以将窗口最大化显示，双击标题栏也可最大化窗口。当窗口处于最大化状态时，“最大化”按钮变为“还原”按钮 ，单击“还原”按钮窗口被还原为原来的大小。单击标题栏中的“最小化”按钮 ，窗口则缩小为一个任务图标显示在任务栏中，单击该任务图标，又可以恢复为原窗口的大小。单击标题栏中的“关闭”按钮 ，可以退出 Word 2003。

1.1.2 菜单栏

菜单栏位于标题栏下方，所有 Word 2003 要执行的操作命令都在菜单栏中进行了分类排列，单击各个菜单命令，打开下拉菜单，在下拉菜单中选择要执行的命令即可。

Word 2003 为用户提供了自动记录用户操作习惯的功能，在菜单中显示最近常用的命令。如果某些命令在一段时间内没有被使用，就会自动隐藏。单击下拉菜单底部的 按钮会展开此菜单中的所有命令。单击某个菜单命令即可执行相应的操作或设置，菜单命令归纳起来有以下几种：

- 如果某个菜单命令前面有图标，表明可以将这些命令添加到工具栏中。
- 如果某个菜单命令后面有组合键（如“编辑”菜单中“复制”命令之后的“Ctrl+C”），

表明使用该组合键可以执行该命令，这些组合键又称为快捷键。

- 如果某个菜单命令之后带后缀“…”，单击该命令时会出现对话框，用户可以在对话框中完成更复杂的设置。
- 如果某个菜单命令之后带▸，单击该菜单命令会出现一个子菜单。
- 按下 Alt 键可以激活菜单栏，此时用户如果输入菜单名后带下画线的字母可激活相应的菜单，例如，按 Alt+E 组合键可以打开“编辑”下拉菜单。出现下拉菜单时，用户可以使用键盘的上、下方向键将高亮条移动到要选择的命令上然后按回车键；也可以直接输入菜单命令之后带下画线的字母。例如，当出现“编辑”下拉菜单时，可以直接输入“F”来选择“查找”命令，打开“查找和替换”对话框。

1.1.3　工具栏

工具栏位于菜单栏下方，Word 2003 将一些常用的命令制作成工具按钮，按照不同的功能列在不同的工具栏中。用鼠标单击某个按钮，可以快速执行对应的菜单命令，原来需要几步才能完成的操作或设置，现在只要用鼠标单击对应的命令按钮就可以了。

工具栏是使用 Word 2003 的强有力助手，从事不同的工作往往要使用不同的工具。Word 2003 为用户提供了多种工具栏，每个工具栏都有自己的名称和一组完成特定操作所需要的工具按钮。

1．显示或隐藏工具栏

Word 2003 提供了许多工具栏，通常一次只显示两到三个工具栏。Word 2003 在默认情况下只显示“常用”、“格式”工具栏和任务窗格。

如果要使用其他工具栏首先应将其显示在界面上，显示某个工具栏的具体步骤如下：

（1）执行“视图”→“工具栏”命令，或在任意的工具栏上单击鼠标右键，打开如图 1-3 所示的“工具栏”子菜单。

（2）在“工具栏”子菜单中列出了可以显示或隐藏的工具栏，如果用户要显示某个工具栏，只要在“工具栏”子菜单用中鼠标单击相应的工具栏名称，这时菜单命令左侧出现“√”标记，表明该工具栏已被选中；如果要隐藏该工具栏，再次用鼠标单击“工具栏”子菜单中的工具栏名称取消左侧的“√”标记即可。

2．工具栏中的按钮

工具栏中的按钮分为三类，如图 1-4 所示。一类只有一个图标按钮，使用时只需单击该按钮，就可以完成一个特定的操作。另一类由一个图标按钮和一个下三角箭头组成，称之为复合按钮，使用时单击该按钮右侧的下三角箭头将打开一个下拉列表，用户可以在下拉列表中进行更多的选择。第三类由一个输入框和一个下三角箭头组成，称之为组合框，组合框的使用与复合按钮类似，不同的是用户可以在输入框中直接输入自己的选择。例如，“字体”列表就是一个典型的组合框，用户可以在下拉列表中选择字体也可以直接输入字体，当然输入的字体必须是有效字体。

1.1.4　标尺

标尺分为水平标尺和垂直标尺，用来度量页面的尺寸。执行“视图”→“标尺”命令可以显示或隐藏标尺，如果在“标尺”命令前有“√”标记，则标尺被显示出来。在 Word 2003 中垂直标尺只有在“页面视图”和“打印预览”视图中才能显示。

标尺有多种度量单位，如厘米、磅、英寸等。用户可以根据需要选择合适的度量单位，要设置标尺的度量单位，执行“工具”→“选项”命令，打开“选项”对话框，单击“常规”选项卡，如图 1-5 所示，在“度量单位”列表框中选择所需的单位。

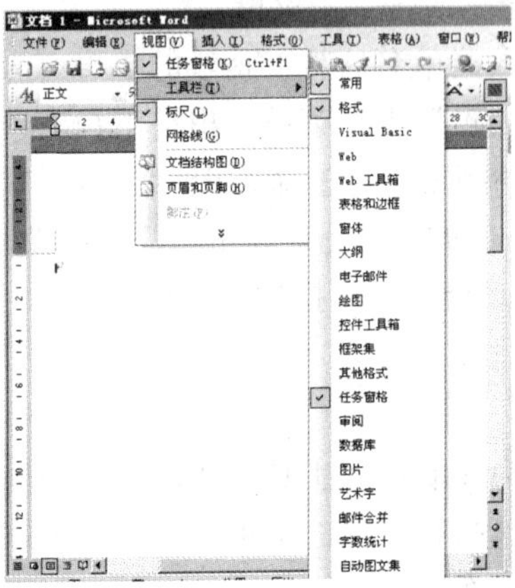

图1-3 “工具栏”子菜单

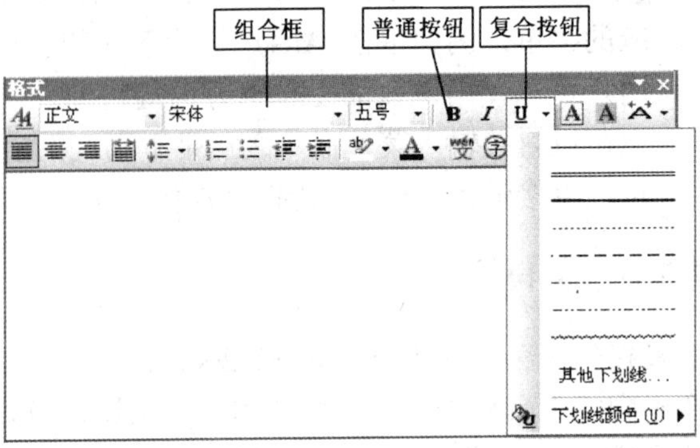

图1-4 工具栏中的按钮

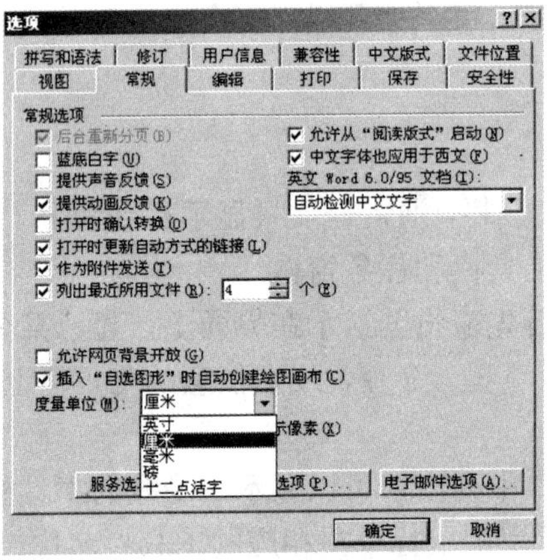

图1-5 设置标尺的度量单位

1.1.5 状态栏

状态栏位于水平滚动条的正下方，在状态栏上显示页数、节、目前所在的页数/总页数、插入点所在的位置、行数和列数等信息。状态栏的右侧有 4 个标记：“录制”、“修订”、“扩展”、“改写”，每一个标记代表一种工作方式。用鼠标双击标记就可以进入或者退出这种方式，当进入某种工作方式时，该标记显示为黑色。

1.1.6 滚动条

滚动条分为垂直滚动条和水平滚动条，由滚动框、浏览滑块和几个滚动按钮组成。用户用鼠标指针拖拉滚动条的滚动块或者单击滚动箭头，可以将文档上、下或左、右滚动，浏览工作区以外的内容。

1.1.7 任务窗格

任务窗格是 Word 2003 的一个重要功能，可以简化操作步骤，提高工作效率。在任务窗格中，每个任务都以超级链接的形式给出，单击相应的超级链接即可执行相应的操作。任务窗格使用户的编辑工作更方便，任务窗格主要有以下优点：

- 显而易见的选项使用户保持较高的工作效率，不需要再通过菜单遍寻所需的选项，最常用的选项都位于工作区右侧的任务窗格中。
- 在大多数任务窗格中，都存在“Microsoft Office Online”选项，只需单击一下鼠标就可以转到 Office Online 网站，浏览更多的剪贴画、模板和帮助。
- 利用任务窗格可以快速创建或定位文档，如在“开始工作”任务窗格中，可以选择需要开始工作或继续处理的文档。
- 剪切和粘贴变得更简捷，剪贴板任务窗格最多可收集 24 个项目，并且查看能够被剪切或复制的任何项目（如文本和图形）的缩略图。准备粘贴时，可以一次全部粘贴，也可以一次粘贴一个项目，如果改变主意，还可以删除全部内容。

Word 2003 的任务窗格显示在编辑区的右侧，在 Word 2003 中包括“开始工作”、“帮助”、“搜索结果”、“剪贴画”、“信息检索”、“剪贴板”、“新建文档”、“共享工作区”、“文档更新”、“保护文档”、“样式和格式”、“显示格式”、“邮件合并”、“XML 结构”14 个任务窗格。

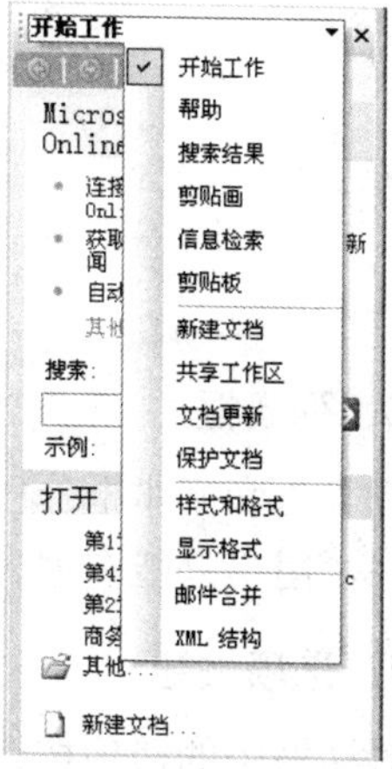

图1-6 Word 2003的任务窗格

在默认情况下，第一次启动 Word 2003 时打开的是“开始工作”任务窗格，如果在启动 Word 2003 时没有打开任务窗格，可以执行“视图”→“任务窗格”命令将其调出。在创建文档的过程中，如果因为任务窗格的存在影响了文档的整体效果，可以单击任务窗格中的关闭按钮 ☒ 暂时关闭任务窗格。如果要切换到其他的任务窗格可以单击任务窗格右上角的下三角箭头，打开如图 1-6 所示的快捷菜单。选项前面有“√”标记的表明打开的是当前的任务窗格，要切换到其他任务窗格只需单击相应的选项即可。用户还可以通过单击“返回”按钮和“向前”按钮在已经打开的任务窗格之间切换，单击“开始”按钮则可以返回到“开始工作”任务窗格。

1.1.8 对话框

当在菜单中选择后面带有后缀“…”的命令时会打开一个对话框，提供更多的设置选项和提示信息，用户可以在对话框中进行更详细的设置。

对话框通常包含标题栏、选项卡、复选框、单选按钮、文本框、列表框等。对话框中的标题栏同窗口中的标题栏相似，给出了对话框的名字和关闭按钮。用鼠标拖动标题栏可以在屏幕上移动对话框的位置。对话框中的选项呈黑色表示该选项为可用选项，呈灰色表示该选项为不可用选项。下面以如图 1-7 所示的“字体”对话框为例来介绍对话框的组成。

1. 选项卡

当对话框中包含多种类型的选项时，系统将会把这些内容分类放在不同的选项卡中。单击任意一个选项卡即可显示出该选项卡中包含的选项。

2. 文本框

文本框可以接受输入的信息。有的文本框的右侧有下拉箭头，单击下拉箭头在弹出的下拉列表中选择可用的文本信息，也可以在文本框中直接输入文本信息。有的文本框含有“微调”按钮 ，可以单击微调按钮改变文本框中的数值，也可以在文本框中直接输入数值。有的文本框是一个空白的方框，直接在框中输入文本信息即可。

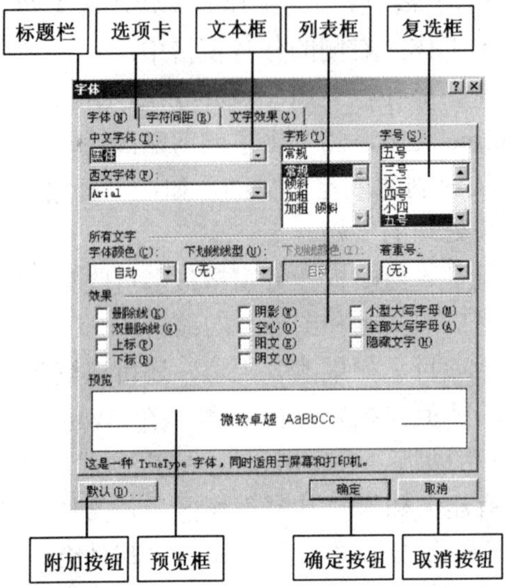

图1-7 “字体”对话框

3．列表框

列表框和文本框作用类似，但是不能在列表框中输入信息。列表框将所有的选项显示在列表中，用户只能在列表中选择自己所需的选项。

4．选项按钮

对话框中的选项按钮分为单选按钮和复选框两种类型：

- 复选框，复选框一般成组出现，在选取时用户可以一次选中多个复选框，被选中的复选框中将出现“√”，再单击一次可取消选择。
- 单选按钮，单选按钮一般情况下也成组出现，在选取时用户一次只能选中一个单选按钮，当一个单选按钮被选中后，同组的其他单选按钮将自动被取消选择，被选中的单选按钮中出现一个“•”，再单击一次可取消选择。

5．一般按钮和附加按钮

一般按钮是指立即执行的命令按钮，最常用的有：

- 确定按钮：在对话框中对各种选项设定完毕单击“确定”按钮可关闭对话框，并执行在对话框中的设定。
- 取消/关闭按钮：单击取消按钮可关闭对话框，并取消在该对话框中的设定。在有些情况下当执行了某些不能取消的操作后，取消按钮变为关闭按钮。单击关闭按钮可关闭对话框，但设定被执行。

附加按钮的作用与带后缀“…”的命令类似，单击附加按钮将打开另外一个对话框，用户可以对该命令进行进一步设置。

1.2 打开文档

最常规的打开文档的方法是在资源管理器或我的电脑中找到要打开的文档所在的位置，

双击该文档即可打开。不过这对于正在文档中编辑的用户来说比较麻烦，用户可以直接在 Word 2003 中打开已有的文档。

1.2.1　利用“打开”对话框打开文档

在 Word 2003 中如果要打开一个已经存在的文档，可以利用“打开”对话框将其打开，Word 2003 可以打开不同位置的文档，如本地硬盘、移动硬盘或与本机相连的网络驱动器上的文档。

例如，在 C 盘的“案例与素材\第 1 章素材”文件夹中有一个“会议水牌（初始）.doc”文件，打开该文档的具体操作步骤如下：

（1）执行“文件”→“打开”命令，或者单击“常用”工具栏上的“打开”按钮 都可以打开“打开”对话框。

（2）在“查找范围”下拉列表中选择文件所在的文件夹“案例与素材\第 1 章素材”，在文件名列表中选择所需的文件，如图 1-8 所示。

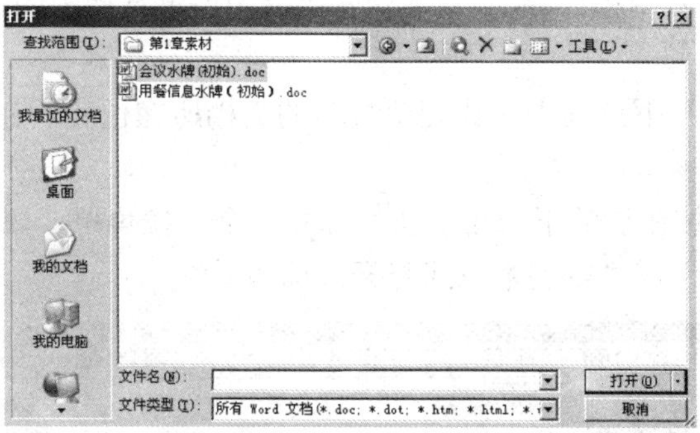

图1-8　“打开”对话框

（3）单击“打开”按钮，或者在文件列表中用鼠标双击要打开的文件名，将“会议水牌（初始）.doc”文档打开，如图 1-9 所示。

（4）根据会议的内容以及时间安排，在文档中添加适当内容，最终效果如图 1-10 所示。

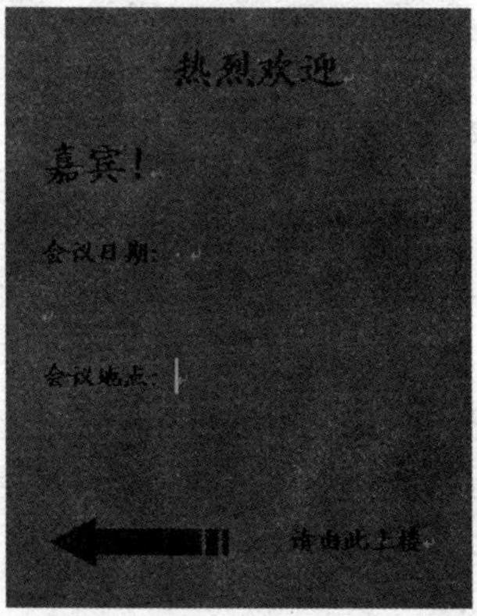

图1-9　会议水牌的初始文件

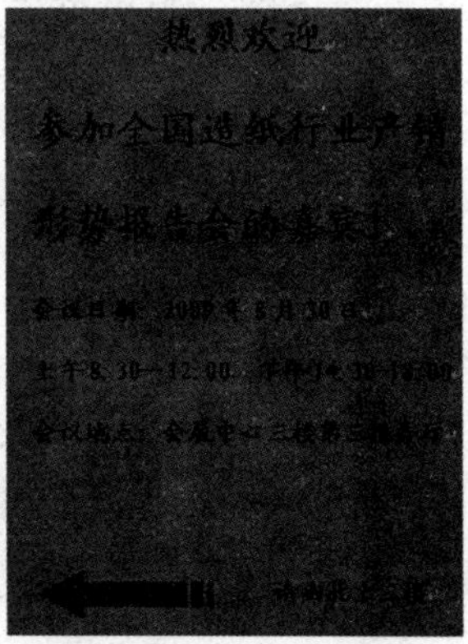

图1-10　会议水牌的最终效果

提示： 打开文档时，需要在驱动器和文件夹中查找文档，并弄清文件类型。默认情况下，在“打开”对话框中只列出扩展名为“.doc”的 Word 文档。如果要打开扩展名不是“.doc”的文件，必须在“文件类型”列表框中选择需要列出文件的文件类型。

1.2.2 以只读或副本方式打开文档

默认情况下文档都是以读写方式打开的。如果用户为了保护文档内容不会被错误操作而更改，可以自己定义文档的打开方式，以只读或副本方式打开文档。

以只读方式打开文档时，可以保护原文档不被修改，即使对原文档进行了修改，Word也不允许以原来的文件名保存在原先的位置。

以副本方式打开文档时，系统默认为是在原文档所在的文件夹中创建并打开原文档的一个副本，因此用户必须对该文档所在的文件夹具有读写权限。对副本的任何修改都不会影响原文档，同样可以起到保护原文档的作用。以副本方式打开时，程序会自动在文档原名称后加上序号。例如，以副本方式打开名为“会议水牌”的文档，Word 2003 会以“会议水牌（2）”的名称标识此文档的第一个副本。若再次以副本的方式打开此文档，第二个副本的名称就是“会议水牌（3）”，依次类推。

以只读或副本方式打开文档的具体步骤如下：

（1）执行“文件”→“打开”命令或者单击“常用”工具栏中的“打开”按钮，打开“打开”对话框。

（2）在“查找范围”下拉列表中找到要打开的文档所在位置，在文件列表中选中要打开的文档。

（3）单击“打开”按钮后的下三角箭头，打开一个下拉菜单，如图 1-11 所示，在菜单中选择“以只读方式打开”或“以副本方式打开”即可。

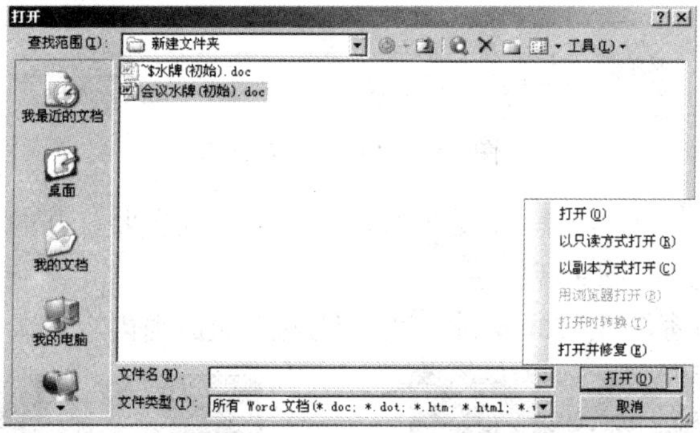

图1-11 选择打开文档的方式

1.3 保存文档

在保存文件之前，用户对文件所作的操作结果仅保留在屏幕显示和计算机内存中。如果用户关闭计算机，或遇突然断电等意外情况，用户所作的工作就会丢失。因此用户应及时对文件进行保存。

1.3.1 保存新建文档

虽然 Word 2003 在建立新文档时系统默认了文档的名称，但是它并没有分配在磁盘上的文档名，因此在保存新文档时，需要给新文档指定一个文件名。保存新建文档的具体步骤如下：

（1）执行“文件”→“保存”命令，或者在“常用”工具栏上单击“保存”按钮 ，打开“另存为”对话框，如图 1-12 所示。

（2）在“保存位置”下拉列表中选择文档的保存位置。

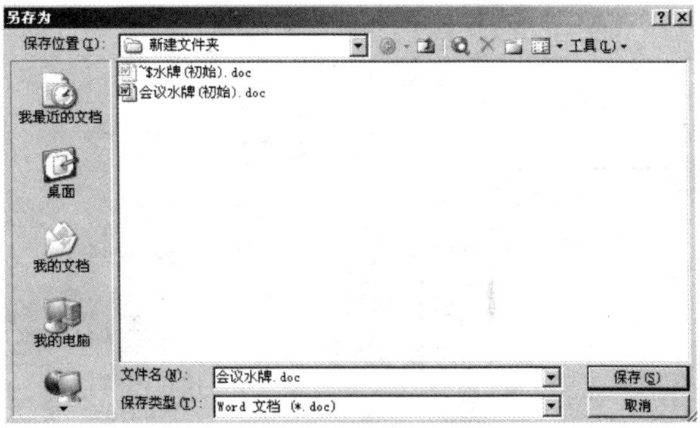

图1-12　“另存为”对话框

（3）在“文件名”文本框中输入新的文档名，默认情况下 Word 2003 会自动赋予相应的扩展名为 Word 文档。

（4）单击“保存”按钮。

提示：如果要以其他的文件格式保存新建的文件，在“保存类型”下拉列表中选择要保存的文档格式即可。

1.3.2　保存打开并修改的文档

对于保存过再打开的文档，用户进行编辑修改后，若要保存可直接执行“文件”→“保存”命令或单击“常用”工具栏中的“保存”按钮进行保存，此时不会打开“另存为”对话框；Word 2003 会以原文件名在原来保存的位置进行保存，并且将覆盖原来文档的内容。

如果用户需要保存现有文件的备份，即对现有文件进行了修改，但是还需要保留原始文件，或在不同的目录下保存文件的备份，也可以使用“另存为”命令，在“另存为”对话框中指定不同的文件名或文件夹保存文件，这样原始文件保持不变。此外，如果要以其他的格式保存文件，也可使用“另存为”命令，在“另存为”对话框的“保存类型”下拉列表中列出了可以选择的文件类型，用户可根据需要选取。

1.4　视图方式和文档结构图

Word 2003 提供了普通视图、Web 版式视图、页面视图、大纲视图、阅读版式视图和文档结构图 6 种视图方式，用户可以选择最适合自己的工作方式来显示文档。例如，可以使用普通视图来输入、编辑文本；使用大纲视图来查看文档的组织结构；使用页面视图来查看打印效果等。

1.4.1　普通视图

普通视图是最常用的视图方式，可以完成文本输入和编辑工作。在该视图方式中，可以显示字体、字号、字形、段落缩进以及行距等格式，但是该视图方式只能将多栏显示成单栏，而且不显示页眉和页脚、页号及页边距等。

在该视图方式中，Word 2003 能够连续显示正文，页与页之间用一条虚线表示分页符，节与节之间用双行虚线表示分节符，使文档阅读起来比较连贯，如图 1-13 所示。用户可以单击“视图”→“普通”命令，或者单击水平滚动条左侧的“普通视图”按钮 ▤ 切换到普通视图方式。

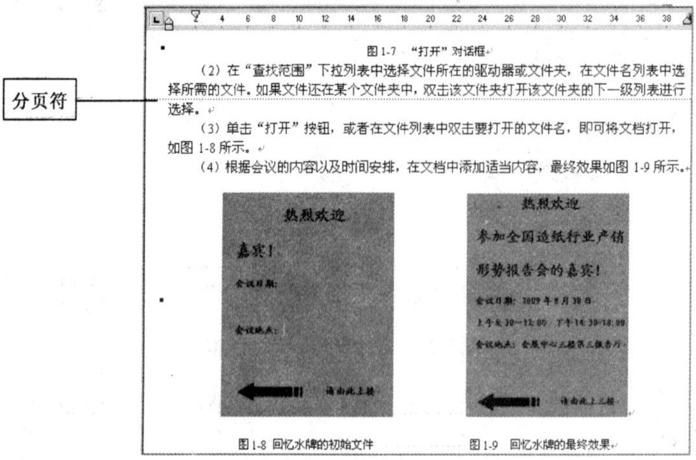

图1-13　普通视图方式

1.4.2　Web 版式视图

Web 版式视图用于创作 Web 页，它能够仿真 Web 浏览器来显示文档。在 Web 版式视图中，可以看到给 Web 文档添加的背景，文本也将自动折行以适应窗口的大小，如图 1-14 所示。用户可以执行“视图”→“Web 版式”命令，或者单击水平滚动条左侧的“Web 版式视图”按钮 ▣ 切换到 Web 版式视图方式。

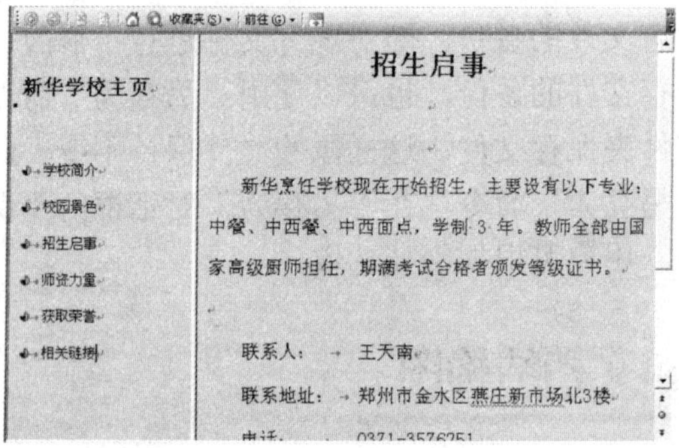

图1-14　Web版式视图方式

1.4.3　页面视图

页面视图是 Word 最常用的视图，也是启动 Word 后的默认视图。在页面视图中，所显示的文档与打印出来的效果几乎是完全一样的，是一种所见即所得的方式。页面视图可以更好地显示排版的格式，因此常被用来对文本、格式、版面或者文档的外观进行修改等操作。

在页面视图方式下，还可以直接看到文档的外观以及页眉和页脚、脚注、尾注、图形、文字在页面上的精确位置以及多栏的排列，用户在屏幕上就可以直观地看到文档在打印纸上的效果。页面视图能够显示出水平标尺和垂直标尺，并直接显示页边距，如图 1-15 所示。

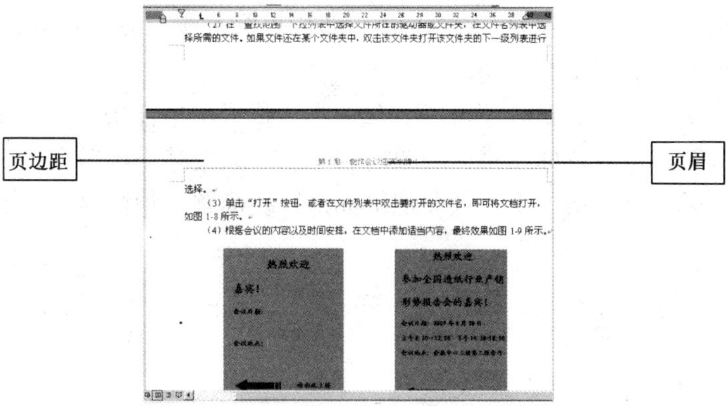

图1-15　页面视图方式

1.4.4　大纲视图

在大纲视图中，能查看文档的组织结构，可以通过拖动文档的标题来移动、复制、重新组织文本，还可以通过折叠文档来查看文档的主要标题，或者展开文档以查看标题下的正文。

大纲视图使得主控文档的处理更为方便。主控文档有助于使较长文档的组织和维护。在大纲视图中不显示页边距、页眉和页脚和背景，如图 1-16 所示。用户可以单击“视图”→“大纲”命令，或者单击水平滚动条左侧的“大纲视图”按钮 切换到大纲视图。

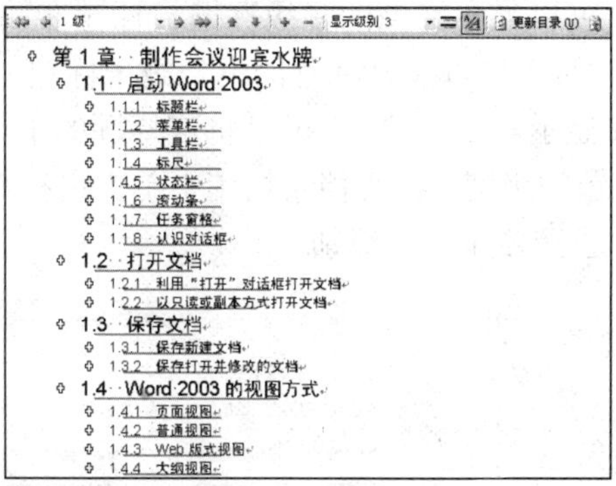

图1-16　大纲视图方式

1.4.5　阅读版式视图

如果打开文档是为了进行阅读，阅读版式视图将优化阅读体验，增加文档的可读性，可以方便的增大或减小文本显示区域的尺寸，而不会影响文档中的字体大小。用户可以单击“视图”→“阅读版式”命令，或者单击水平滚动条左侧的“阅读版式”按钮 切换到阅读版式视图。

1.4.6　文档结构图

文档结构图以树状结构列出了文档的所有标题，并清晰显示文档结构及各层标题之间的关系。它的用法类似于 Windows 的资源管理器，在文档左侧结构图中单击某个标题，Word 会在右侧的编辑框中显示该标题下的内容。文档结构图常被用来查看文档的结构，或查找某个特定的标题。使用文档结构图，给编辑多层标题结构的文档提供了极大的便利。选择“视图”→“文档结构图”命令，就可以将 Word 文档窗口分为两部分，左边显示文档标题结构，右边显示文档的内容，如图 1-17 所示。

文档结构图和文档内容编辑区还可以调整大小，将鼠标指针指向窗格之间的分割条，当指针变为双向箭头时，按住鼠标左键向左或向右拖动。如果某个标题太长，超出文档结构图窗格的宽度时，不必调整窗格大小，只要把鼠标指针在标题上稍微停留一下，就可以看到这个标题的内容。

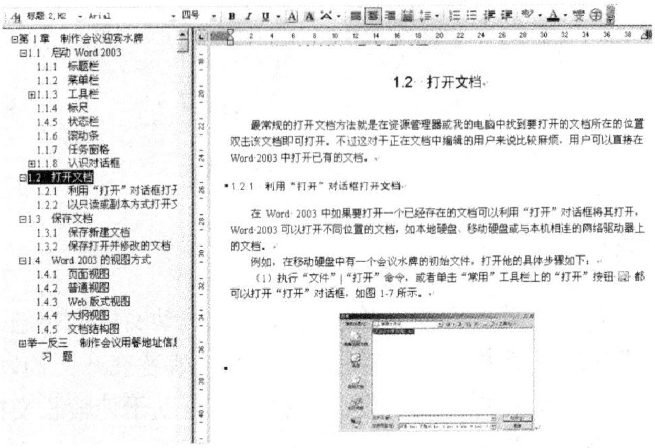

图1-17　文档结构图

在文档结构图窗口中，可以显示文档的多级标题。标题左侧有“+”时，表示该标题下还隐藏着下一级标题，单击“+”可以展开标题的下一级子标题。标题左侧有“–”时，表示该标题下的子标题已经全部显示。单击“–”可以将该标题的下级标题折叠起来。在文档结构图中，还可以控制显示标题的级别。在文档结构图中单击鼠标右键，出现如图 1-18 所示的快捷菜单，可以在该菜单中选择要显示的级别。

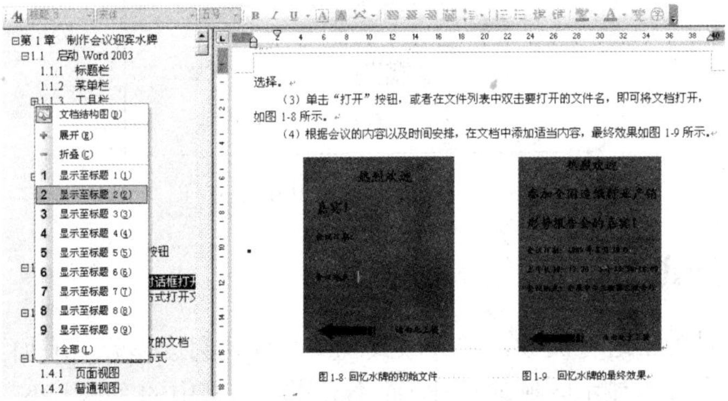

图1-18　设置文档结构图显示

提示：①只有使用了标题级别样式的标题才能够显示在文档标题结构窗格中。②水牌轻巧便携，画面安装、更换简单，即装即用，是商务活动中最实用的导航指示牌。水牌一般应用在酒店大堂、商务写字楼、商场、公寓、娱乐会所、超市、机场车站、各种会议活动现场等。

举一反三　制作用餐信息水牌

在召开会议时如果安排了会议用餐，就应该告知参会人员，这里利用 Word 2003 制作一个会议用餐地址信息告知水牌，完成后的效果如图 1-19 所示。

首先打开“案例与素材\第 1 章素材”文件夹中的“用餐信息水牌（初始）.doc”文档。

Word 2003 具有自动记忆功能，可以记忆最近几次打开的文件。由于在上一次打开并编辑过用餐信息水牌（初始）文档，现在可以利用 Word 2003 的记忆功能将该文档打开，具体步骤如下：

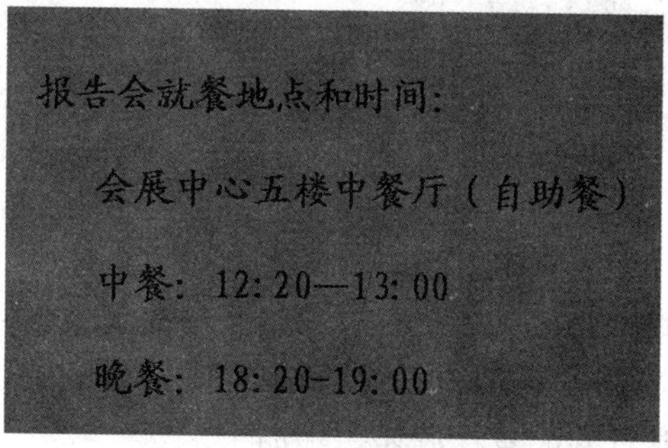

图1-19　会议用餐信息水牌最终效果

（1）单击“文件”菜单，在菜单的底部列出了最近打开的文件，如图 1-20 所示。也可以打开“开始工作”任务窗格，在任务窗格的“打开”区域，也列出了最近使用过的文档，如图 1-21 所示。

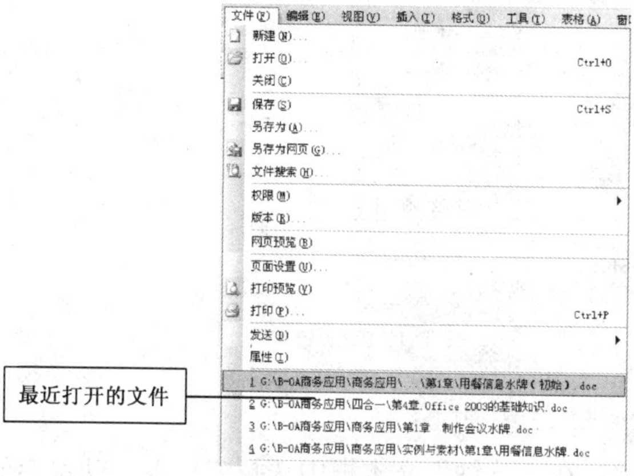

图1-20　开始菜单中最近打开的文件

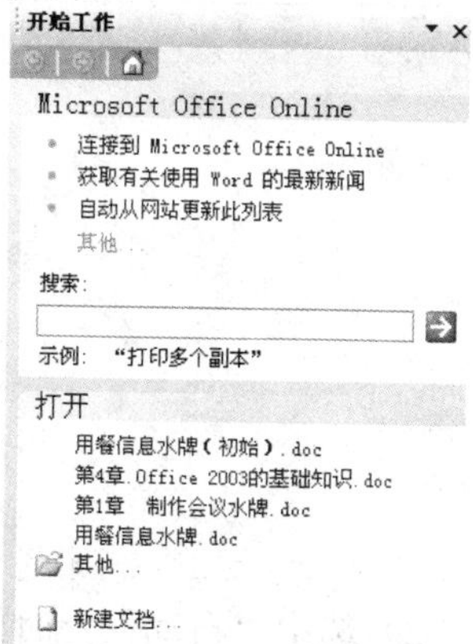

图1-21　任务窗格中最近打开的文件

（2）找到用餐信息水牌（初始）文档，单击该文档将其打开，如图 1-22 所示。

（3）对文档进行编辑，最终效果如图 1-19 所示。

（4）执行“文件”→“另存为”命令，打开“另存为”对话框。将文档命名为“用餐信息水牌”，单击“保存”按钮。

（5）单击标题栏右侧的“关闭”按钮，也可以执行“文件”→“关闭”命令关闭文档。

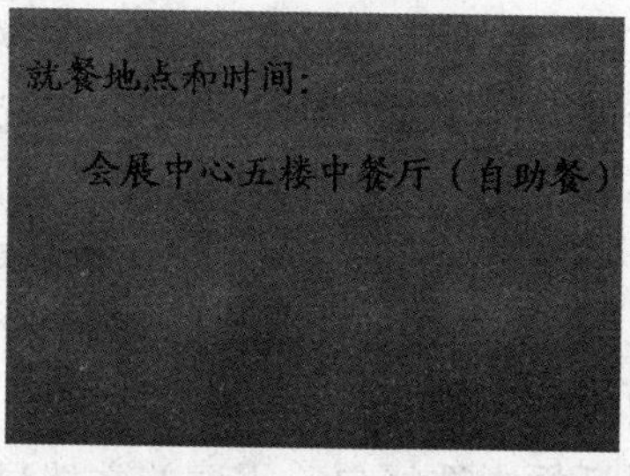

图1-22　用餐信息水牌（初始）文档

提示：用户也可以使用组合键 Ctrl+F4 或 Ctrl+W 关闭文档。

回头看

通过案例“会议水牌”举一反三“用餐信息水牌”的制作过程，主要学习了 Word 2003 的一些基本操作，这些基本操作是全面学习 Word 2003 的基础，掌握了这些基本操作，才能更容易地学习和接受后面介绍的知识。

知识拓展

1. 设置自动保存功能

Word 2003 还提供了自动保存功能，可以指定时间间隔让自动保存文件，防止因意外事件（比如停电、死机等）而丢失未保存的工作成果。默认情况下，自动保存功能是打开的。如果该功能没有打开，将其打开的具体操作步骤如下：

（1）执行“工具”→“选项”命令，打开“选项”对话框，在对话框中单击“保存”选项卡，如图 1-23 所示。

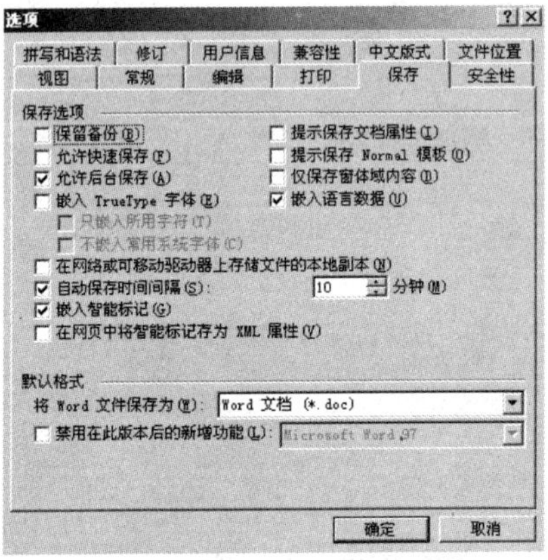

图1-23　设置自动保存

（2）选中“自动保存时间间隔”复选项，在“分钟”文本框中选择或输入自动保存的时间间隔（以分钟计算）。时间间隔的范围是从 1～120 分钟。

（3）单击“确定”按钮。

启用了自动保存功能后，就可以让 Word 2003 周期性的自动保存文件，自动保存的文件以特殊的格式保存在指定的目录下面，关闭文件之前仍需用“保存”或“另存为”命令来保存被修改的文件。

2. 控制文档的显示比例

在 Word 2003 窗口中查看文档时，可以按照某种比例来放大或缩小显示的比例。放大显示时，可以看到比较清楚的文档内容，但是相对看到的内容就少了，通常用于修改细节数据或编辑较小的字体。相反，如果缩小显示比例，可以观察到的内容数量很多，但是文档的具体内容就显示不清晰了，通常用于整页快速浏览或排版时观察整个页面的布局。

单击“常用”工具栏中“显示比例” 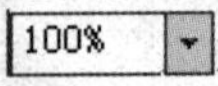

右边的下拉箭头，出现一个下拉列表框。在该列表框中用户可以选择不同的显示比例。用户也可以执行“视图”→“显示比例”命令，打开“显示比例”对话框，在对话框中选择自己需要的文档显示比例。

习题1

填空题

1. Word 2003 的标题栏位于__________，一般包含__________、正在编辑的文档名称、__________、__________、__________和关闭按钮。

2. 在菜单栏中，如果菜单命令前面有图标，表明______________________。

3. _____栏在编辑过程中是最常用的，由若干标有图案的快捷按钮组成，每个按钮都可以实现某个命令的快速执行。

4. 对话框中的选项按钮分为________和________两种类型，最常用的按钮则包括__________、__________和__________三种。

5. Word 2003 主要有________、__________、_________、_________、________等视图方式，其中默认的视图方式是________。

6. 若要高效地完成一篇长文档，文档的纲目结构应该是首先要完成的工作，________视图是构建文档纲目结构的最佳途径。

7. Word 2003 的任务窗格显示在____________，包括“开始工作”、“帮助”、“邮件合并”、“XML 结构”等________个任务窗格选项。

8. 退出 Word 2003 的快捷键有________和________两种。

简答题

1. 对话框中的文本框和列表框的最大区别是什么？

2. 使用任务窗格有哪些优点？

3. 普通视图有哪些特点？页面视图有哪些特点？

4. 如何设置标尺的度量单位？

第 2 章　文档的基本编辑方法
——制作商务传真和名片

就像读者在学习之前要打开一本书一样，使用 Word 2003 之前也要首先创建一个文档，只有创建了文档后用户才可以在其中进行文本的输入、编辑等操作。

知识要点

- 创建文档
- 输入文本
- 移动与复制文本
- 拼写与语法检查

任务描述

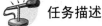

在商务交往中，经常需要将某些重要的文件、资料即刻送达身在异地的合作伙伴手中。就可以利用 Word 2003 提供的模板，制作一个如图 2-1 所示的商务传真，用传真机直接发给对方，这比采用传统的邮寄书信的方式要快捷得多。

传真发件人

今晚报业有限公司

采购部主任王晓菲

电话：01086786856

传真：01086786857

收件人：河南龙源纸业有限公司

传真号码：03716820332

日期：2009 年 5 月 19 日

主题：建立业务关系

在其他报业公司联系的过程中获悉贵公司纸张质量好，价格合理，发货速度快，本公司期望能与贵公司建立业务关系，请贵公司将以下资料及时寄给我公司以便我们能够对贵公司有更多的了解。

❶公司概况。

❷新闻纸规格、价格及样品。

❸订货渠道及付款方式。

图2-1　商务传真

案例分析

完成商务传真的制作，首先需要创建一个新文档，在创建的文档中输入文本内容、输入特殊的字符、插入时间与日期，然后使用文本的选择、移动、复制和拼写检查功能对文本进行编辑加工和处理。在创建新文档时由于我们创建的文档比较专业，因此可以利用模板进行创建。

本章所涉及案例的素材和最终效果文件请登录华信教育资源网（www.hxedu.com.cn）下载，在下载后的“案例与素材\第 2 章素材”和“案例与素材\第 2 章案例效果”文件夹中。

2.1　创建文档

在 Word 2003 中有两种基本文件类型，即文档和模板，任何一个文档都必须基于某个模板。创建新文档时 Word 2003 的默认设置是使用 Normal 模板创建文档，用户可以根据需要选择其他适当的模板来创建各种用途的文档。

在 Word 2003 中可以用以下几种方法来创建新文档：

- 创建新的空白文档
- 利用模板创建文档
- 利用向导创建文档

启动 Word 2003 时，如果没有指定要打开的文件，Word 2003 将自动使用 Normal 模板创建一个名为“文档 1”的新文档，表明这是启动 Word 2003 之后建立的第一个文档，如果继续创建其他的空白文档，Word 2003 会自动将其命名为“文档 2、文档 3……”。

提示： 在 Word 2003 工作界面中，单击常用工具栏上的“新建空白文档”按钮，系统也会基于 Normal 模板创建一个新的空白文档。

如果需要创建一个专业型的文档，如报告、备忘录、出版物等，而对这些专业文档的格式并不熟悉，可以利用 Word 2003 提供的模板功能来建立一个比较专业的文档。

如果对创建的商务传真文档的格式不熟悉，需用模板来创建，具体操作步骤如下：

（1）执行“文件”→“新建”命令，打开“新建文档”任务窗格，如图 2-2 所示。

（2）在“模板”区域单击“本机上的模板”选项，打开“模板”对话框。

（3）在对话框中选择“信函和传真”选项卡，如图 2-3 所示。

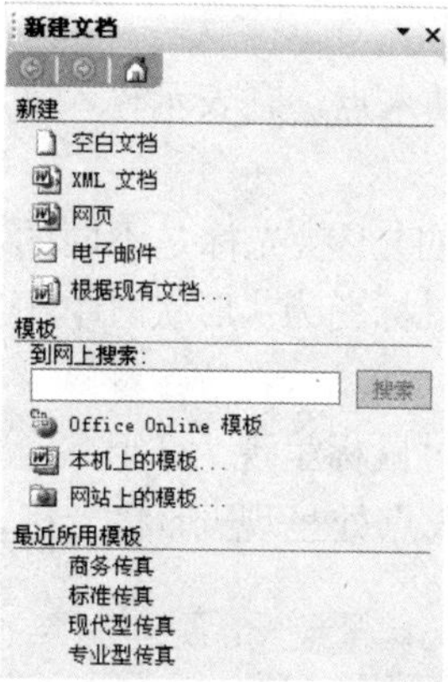

图2-2　“新建文档”任务窗格

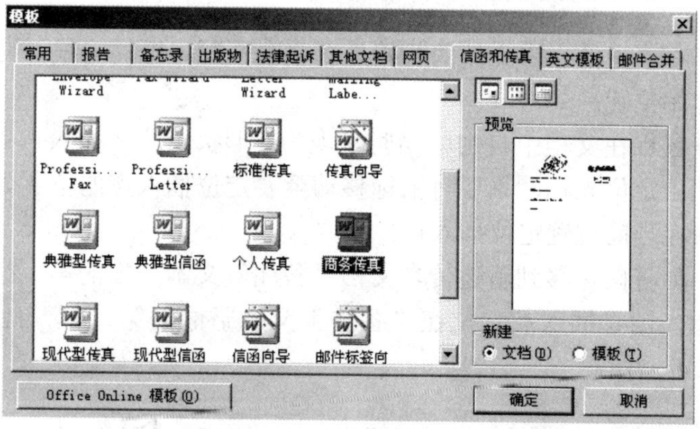

图2-3　“模板”对话框

（4）在对话框中选择“商务传真”选项，在右边的预览区域会显示出新建文档的大体形态。

（5）单击“确定”按钮，快速地建立一份“商务传真”文档，如图 2-4 所示。

在利用模板创建的文档中已经给出了固定的格式，只需在文档中相应的位置输入详细的信息就可以完成创建一个专业商务传真文档的任务。

提示： Word 2003 加强了联机的功能，在计算机与因特网相连时，可以非常方便地到网站上去下载其他网页上发布的模板。在“模板”区域单击“Office Online 模板”选项，打开 Microsoft Office Online 模板网页，如图 2-5 所示，在网页中有更多可以选择的模板。

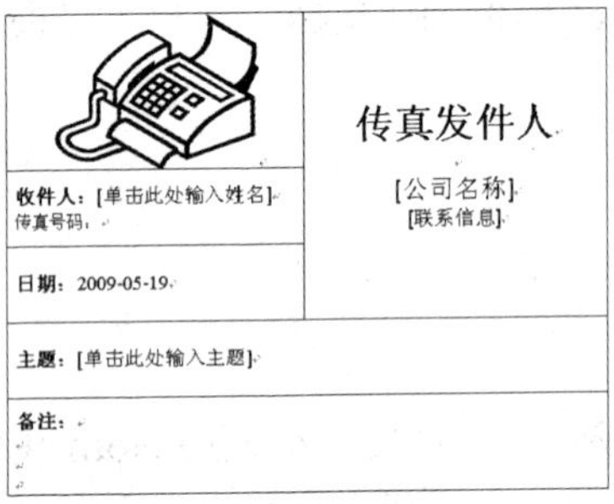

图2-4　商务传真文档

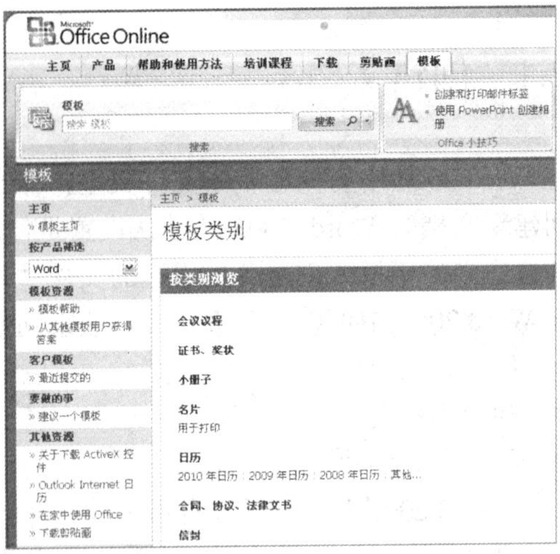

图2-5　Office Online模板

2.2　输入文本

输入文本是 Word 2003 最基本的操作，文本是文字、符号、图形等内容的总称。在创建文档后，如果想进行文本的输入，应首先选择一种熟悉的输入法，然后进行文本的输入操作。为了方便文本的输入，Word 2003 还提供了一些辅助功能，如插入特殊符号、插入日期和时间等。

2.2.1　定位插入点

在新建的空白文档的起始处有一个不断闪烁的竖线，这就是插入点，它表示输入文本时的起始位置。

鼠标在文档中自由移动时呈现为 I 形状，这和插入点处呈现的 | 形状光标是不同的。在文档中定位光标，只要将鼠标移动至要定位插入点的位置处，当鼠标变为 I 形状时单击鼠标即可在当前位置定位插入点。

如将鼠标移到新建传真文档“备注”文本下面的第二行，此时鼠标呈现为 I 形状，单击鼠标，则将插入点定位在“备注”文本下面的第二行，此时插入点处呈现 | 形状光标，如图 2-6 所示。

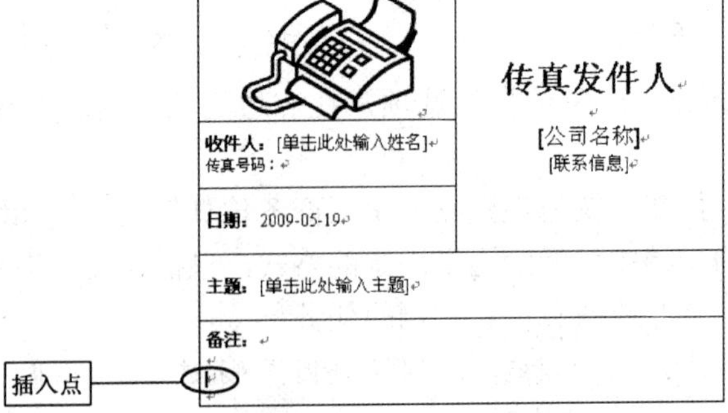

图2-6　定位插入点

2.2.2 选择输入法

Word 2003 提供了多种输入法，用户可以根据自己的输入习惯选择不同的输入法进行文字的输入。在任务栏右端的语言栏上单击语言图标 ，打开“输入法”列表，如图 2-7 所示。在输入法列表中选择一种中文输入法，此时任务栏右端语言栏上的图标将会变为相应的输入法图标。

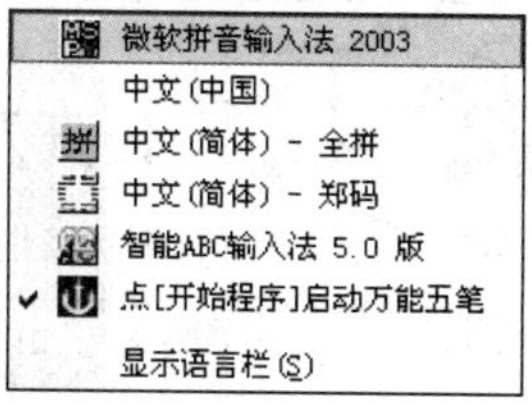

图2-7　“输入法”列表

2.2.3 输入文本

在文档中输入文本时插入点自动从左向右移动，用户可以连续不断地输入字符。当到一行的最右端时系统将向下自动换行，也就是当插入点移到页面右边界时，再输入字符，插入点会自动移动到下一行的行首位置。如果在一行没有输完时想换一个段落继续输入，可以按回车键，这时不管是否到达页面边界，新输入的文本都会从新的段落开始，并且在上一行的末尾产生一个段落符号↵，如图 2-8 所示。

在输入文本过程中，难免会出现输入错误，可以通过如下操作来删除错误的输入字符：

- 按“Backspace”键可以删除插入点之前的字符。
- 按“Delete”键可以删除插入点之后的字符。
- 按“Ctrl+Backspace”键可以删除插入点之前的字（词）。
- 按“Ctrl+Delete”键可以删除插入点之后的字（词）。

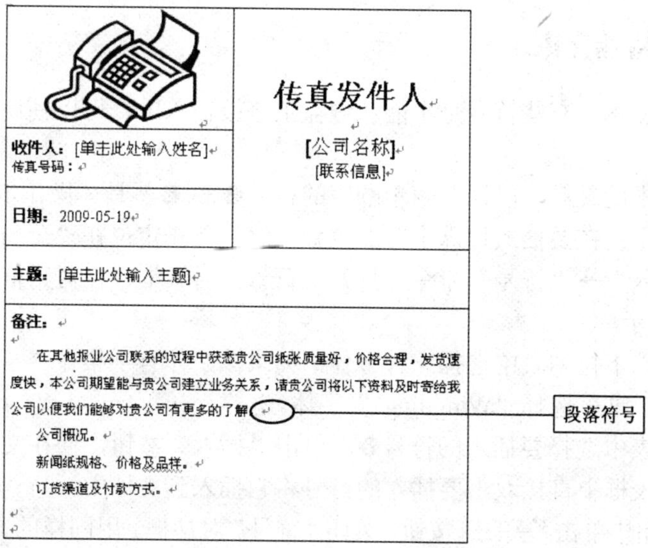

图2-8　输入文本

在输入完“备注”下面的文本后，发现“备注”这两个字是多余的，可以将鼠标定位在

“备注”的后面，然后按“Backspace”键将其删除；也可以将鼠标定位在“备注”的前面，然后按“Delete”键将其删除。当然也可以直接选中“备注”这两个字然后按“Delete”键将其删除。

在“收件人”文本后面的“单击此处输入姓名”处单击鼠标定位插入点，输入收件人的名称“河南龙源纸业有限公司”。按照相同的方法输入“传真发件人”信息以及“主题”等基本内容，如图 2-9 所示。

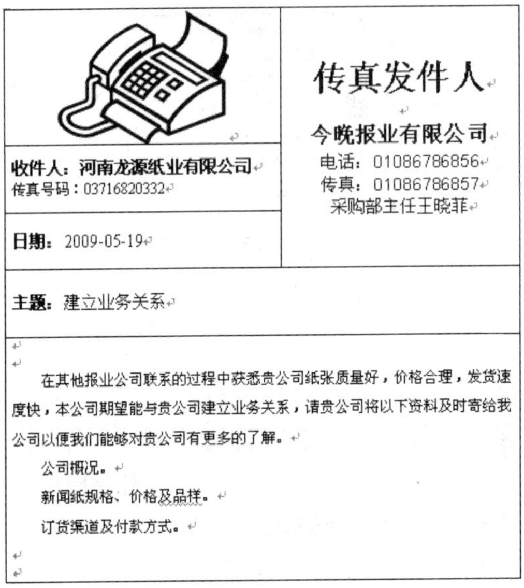

传真发件人

今晚报业有限公司
电话：01086786856
传真：01086786857
采购部主任王晓菲

收件人：河南龙源纸业有限公司
传真号码：03716820332

日期：2009-05-19

主题：建立业务关系

在其他报业公司联系的过程中获悉贵公司纸张质量好，价格合理，发货速度快，本公司期望能与贵公司建立业务关系，请贵公司将以下资料及时寄给我公司以便我们能够对贵公司有更多的了解。

公司概况。

新闻纸规格、价格及品样。

订货渠道及付款方式。

图2-9　输入传真的基本内容

提示：在某些情况下，如输入地址时，为了保持地址的完整性而在到达页边距之前开始一个新的空行。如果按“回车”键可以开始一个新行但同时也开始了一个新的段落，为了使新行仍保留在同一个段落里面而不是开始一个新的段落，可以按“Shift+Enter”组合键，系统就会插入一个换行符并把插入点自动移到下一行的开始处。

2.2.4　输入特殊文本

在文档中输入文本时有些符号是不能从键盘上直接输入的，可以使用“符号”对话框插入这些符号。

为传真正文文本的最后三段插入表示顺序的符号❶ ❷ ❸，具体操作步骤如下：

（1）将插入点定位在要插入特殊字符的位置，这里首先定位在“公司概况”的前面。

（2）执行“插入”→“符号”命令，打开“符号”对话框，在对话框中单击“符号”选项卡，如图 2-10 所示。

（3）在“字体”下拉列表中选择一种字体，如果该字体有子集在“子集”下拉列表中还可以选择符号子集，这里选择“Wingdings”字体。

（4）在符号列表中选择要插入的符号❶，单击“插入”按钮，便在文档中插入所选的符号；也可在符号列表框中直接双击要插入的符号将它插入到文档中。

（5）插入符号完毕单击“关闭”按钮，关闭“符号”对话框。用同样的方法插入符号❷ ❸，在文档中插入符号后的效果如图 2-11 所示。

提示：在“符号”对话框中，如果连续两次单击“插入”按钮可在插入点处插入两个相同的符号，多次单击“插入”按钮即可插入多个相同的符号。

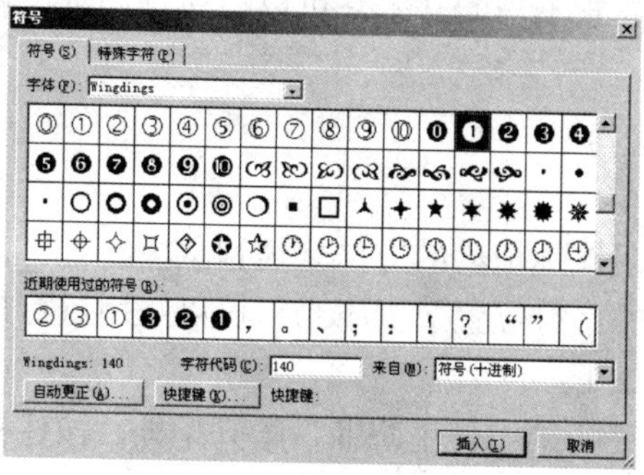

图2-10　“符号”对话框

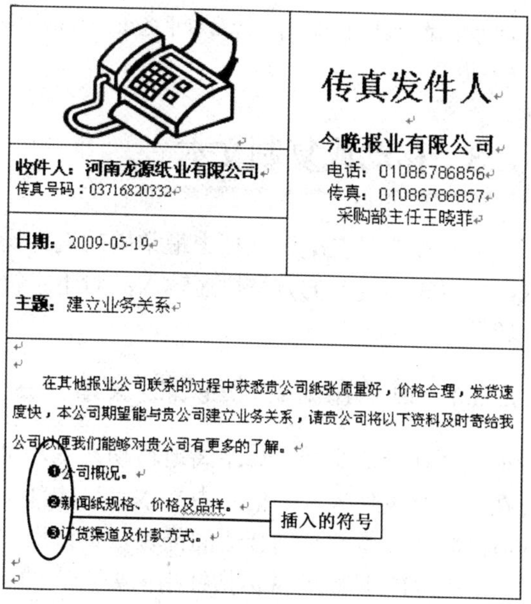

图2-11　插入符号后的效果

2.2.5　插入日期和时间

Word 2003 提供了多种中英文的日期和时间格式，用户可以根据需要在文档中插入合适格式的日期和时间。

例如，传真中默认的日期格式不符合要求，可以重新插入新的日期，具体操作步骤如下：

（1）选中原来的日期，然后按“Delete”键将其删除。

（2）执行“插入”→“日期和时间”命令，打开“日期和时间”对话框，如图 2-12 所示。

（3）在“语言”下拉列表框中选择一种语言，如“中文（中国）”，在“可用格式”列表框中选择一种日期和时间格式。

（4）单击“确定”按钮，插入日期的效果如图 2-13 所示。使用这种方法插入的是当前系统的时间，如果用户需要的不是当前时间可以在该时间格式的基础上进行修改。

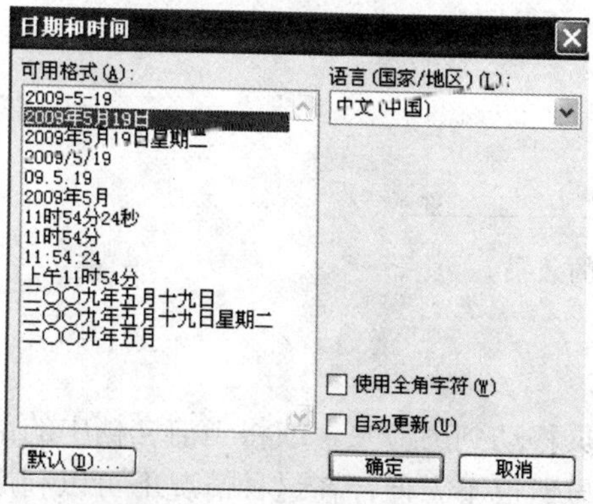

图2-12　“日期和时间”对话框

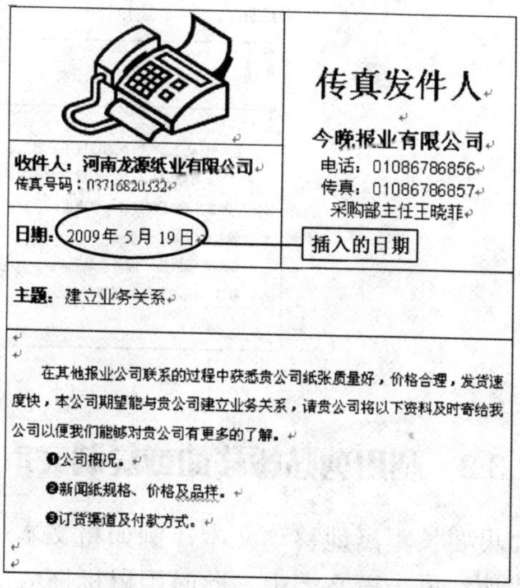

图2-13　插入日期后的效果

提示： 在“日期和时间”对话框中选中“自动更新”复选框，则插入的时间在每次打开文档时都可以自动更新。

2.3 移动或复制文本

移动和复制是在编辑文档中最常用的编辑操作，对于重复出现的文本不必一次次地重复输入，可以采用复制的方法快速输入；对于字符位置放置不当的文本，可以快速移动到满意的位置。

2.3.1 利用鼠标移动或复制文本

如果要在当前文档中短距离地移动文本，可以利用鼠标拖动的方法快速移动。

在“传真发件人”的信息中文本“采购部主任”的字符位置放置不当，可以采用鼠标拖动的方法将该文本移动到合适的位置。具体操作步骤如下：

（1）把“I”形状的鼠标指针指向要选定的文本“采购部主任王晓菲”的开始处，按住鼠标左键并拖过要选定的文本，当拖动到选定文本的末尾时，松开鼠标左键，选定的文本反白显示在屏幕上，表示这段文本被选中。

（2）将鼠标指针指向选定的文本，当鼠标指针呈现箭头状时按住鼠标左键，拖动鼠标时指针将变成 形状，同时还会出现一个虚线插入点。

（3）移动虚线插入点到要移到的目标位置文本“电话”的前面，松开鼠标左键，选定的文本就从原来的位置被移动到了新的位置，如图2-14所示。

（4）将插入点定位在“电话”的前面，按回车键让“电话”这一行文本进入下一个段落。

如果在拖动鼠标的同时按住Ctrl键，则将执行复制文本的操作。

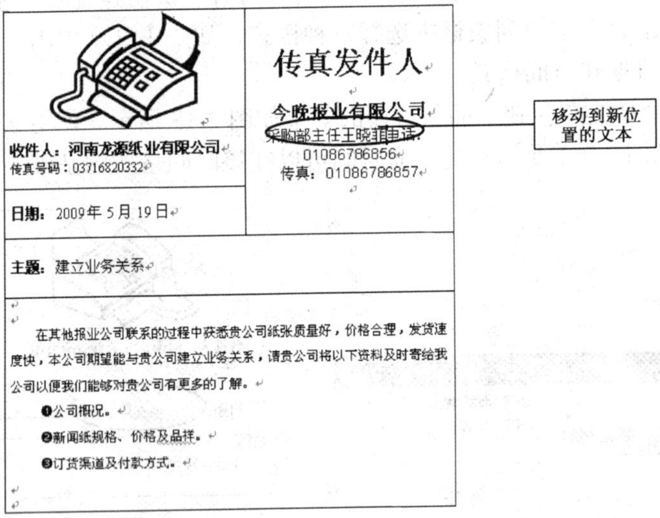

图2-14　移动文本的效果

2.3.2 利用剪贴板移动或复制文本

如果要长距离地移动文本，例如将文本从当前页移动到另一页，或将当前文档中的部分内容移动到另一篇文档中，此时用鼠标拖放的办法显然很不方便，在这种情况下可以利用剪贴板来移动文本，具体操作步骤如下：

（1）选定要移动的文本。

（2）执行“编辑”→“剪切”命令，或单击“常用”工具栏上的“剪切”按钮，或按组合键“Ctrl+X”，剪切的内容被暂时放在剪贴板中。

（3）将插入点定位在新的位置，单击“常用”工具栏上的“粘贴”按钮，或按组合键“Ctrl+V”，或单击“编辑”→“粘贴”命令，选中的文本被移到了新的位置。

如果要进行复制操作，在第（2）步中执行“编辑”→“复制”命令即可。

2.4　拼写和语法检查

文本输入结束后，在某些词语或句子的下面会出现红色或蓝色的波浪线，蓝色波浪线表示语法错误，红色波浪线表示拼写错误。

仔细观察系统的提示，如果确实有误，直接将其更正，也可以把鼠标定位在带有红色波浪线或蓝色波浪线的词语中，右击鼠标，在弹出的快捷菜单中选择相应的命令进行更正。

例如用户在传真文档中发现文本“及品样”处标有蓝色波浪线，将鼠标移到蓝色波浪线处单击鼠标右健，会弹出如图 2-15 所示的快捷菜单。

单击“语法”命令，打开“语法”对话框，如图 2-16 所示。对话框中提示了出错信息，并提供建议及修改方案，用户可根据实际情况选择修改，或者忽略。这里显然是输入错误，将“品样”修改为“样品”即可。

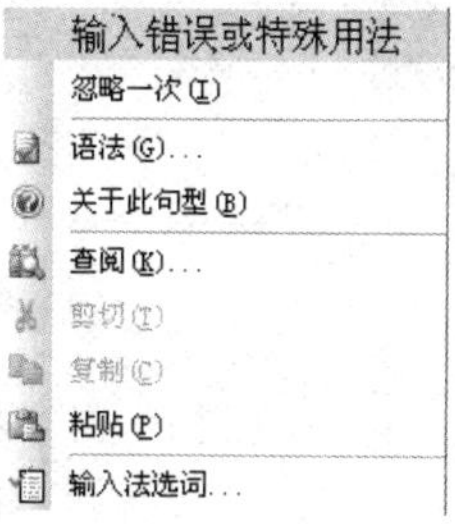

图2-15　查看出错语法

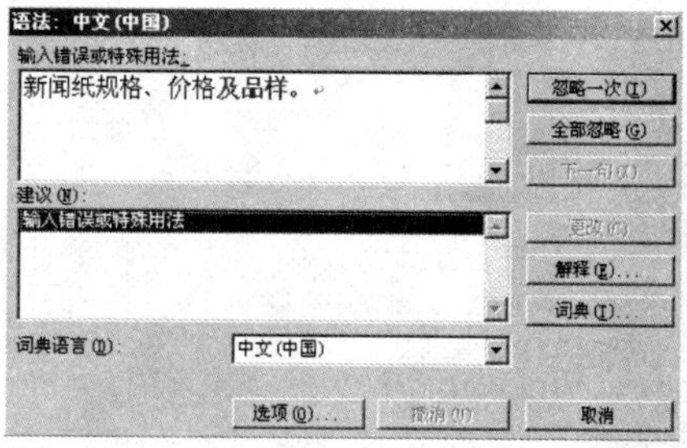

图2-16　“语法”对话框

Word 2003 的拼写和检查功能非常有利于用户发现在输入和编辑过程中出现的错误，虽然这些都是系统自认为的错误，并不一定是真正的错误。

至此一个商务传真就制作结束了，如果单位有传真机，用户就可以直接将其发送给商业伙伴了。

举一反三　利用向导制作名片

向导实际上是一种特殊的模板，由一系列对话框组成，只要按步骤逐一操作，就可以得到一个文档。

利用 Word 2003 中提供的名片制作向导可以制作专业的名片，如果再有彩色打印机和一定硬度的专用纸，自己的名片可以轻松搞定。利用向导创建名片的具体操作步骤如下：

（1）在 Word 2003 中执行“文件”→“新建”命令，打开“新建文档”任务窗格，在“模板”区域“本机上的模板”选项，打开“模板”对话框。

（2）在对话框中选择“其他文档”选项卡，在出现的对话框中选择“名片制作向导”，单击“确定”按钮。进入名片制作向导“开始”对话框中，在该对话框中系统提示使用该向导可以生成突出个人特点的名片，如图 2-17 所示。

（3）单击“下一步”按钮进入名片制作向导“样式”对话框中。在“名片样式”下拉列表框中选择“样式 3”，在样式列表框的下方将会出现该样式的名片预览图，如图 2-18 所示。

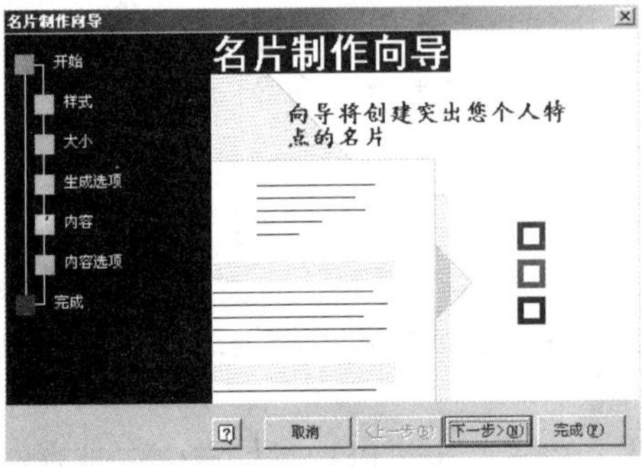

图2-17　名片制作向导

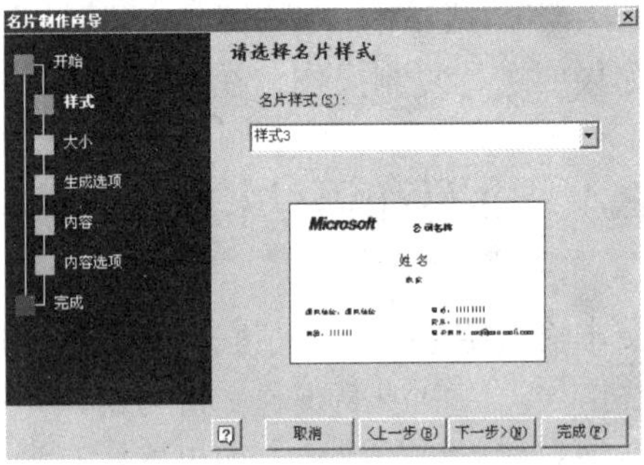

图2-18　选择名片样式

（4）单击“下一步”按钮进入到名片制作向导“大小”对话框。在该对话框中可以选择使用名片的标准大小还是自定义大小，这里选择“标准大小”，如图 2-19 所示。

（5）单击“下一步”按钮，进入到名片制作向导“生成选项”对话框中。在该对话框中可以选择生成名片的方法，选择“生成单独的名片”单选按钮，不选择“单面”复选框，如图 2-20 所示。

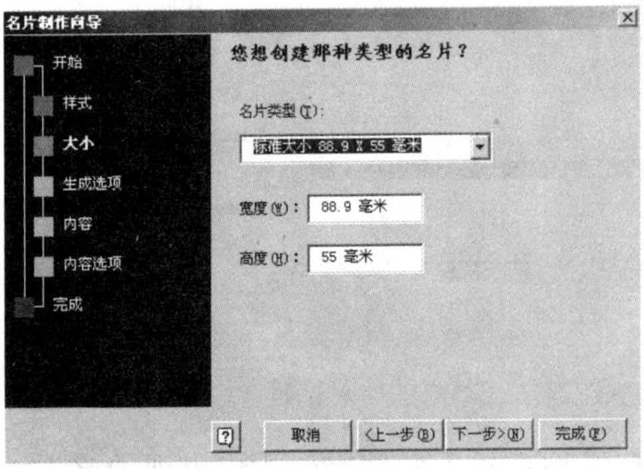

图2-19　选择名片大小

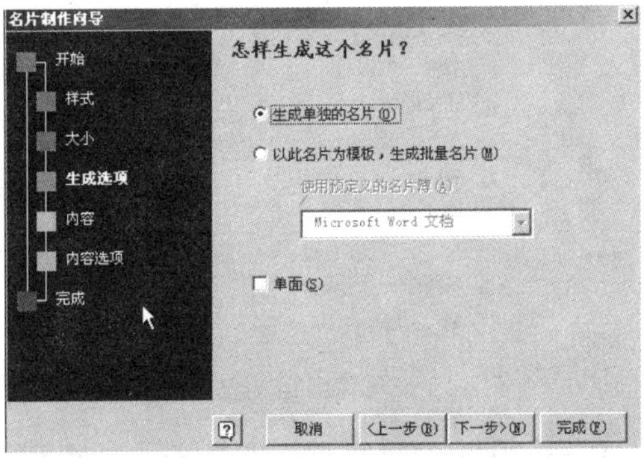

图2-20　设置名片的生成选项

（6）单击“下一步”按钮，进入到名片制作向导“内容”对话框中。在该对话框中可以输入名片中的各种信息，如图 2-21 所示。

（7）单击“图标文件”右侧的“打开”按钮 … ，打开“插入图片”对话框，在“查找范围”下拉列表中选择插入“公司图标.bmp”图片的位置，选择要插入的图片，如图 2-22 所示，单击“插入”按钮，返回到名片制作向导。

（8）单击“下一步”按钮进入到名片制作向导“内容选项”对话框中，如图 2-23 所示。选择“用户自定义内容”复选框，然后在文本框中输入名片背面需要包含的内容，如图 2-24 所示。

（9）单击“下一步”按钮，进入到名片制作向导“完成”对话框中，在对话框中系统提示创建名片的信息输入完毕。

（10）单击“完成”按钮，名片创建成功，将名片背面的文字内容的文本框移动到名片背面的页面中，适当调整名片中各项的位置和字体格式，并为名片背面的具体业务范围设置项目符号，最终预览效果如图 2-25 所示。

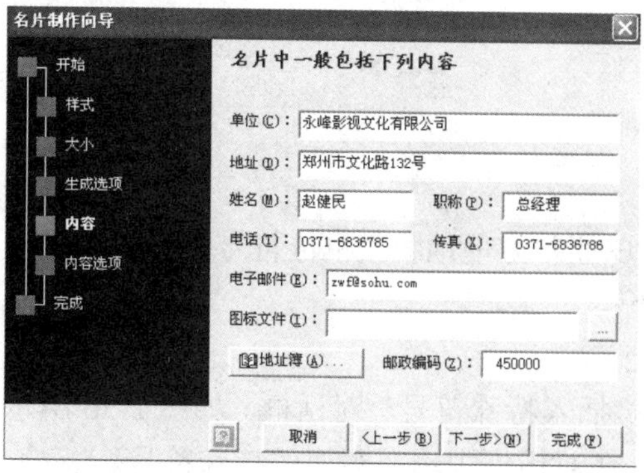

图2-21　填写名片内容

图2-22　“插入图片”对话框

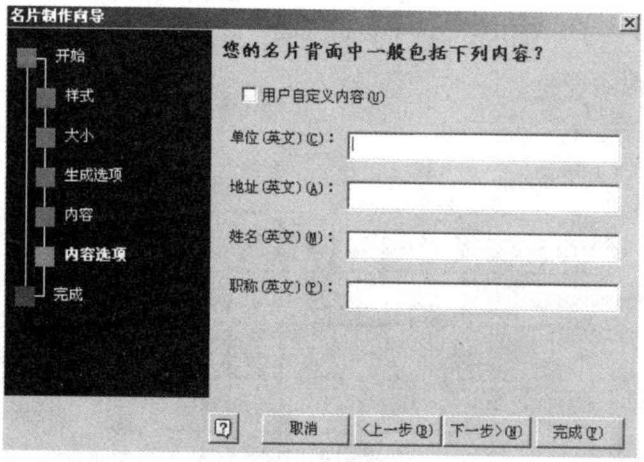

图2-23　名片内容选项

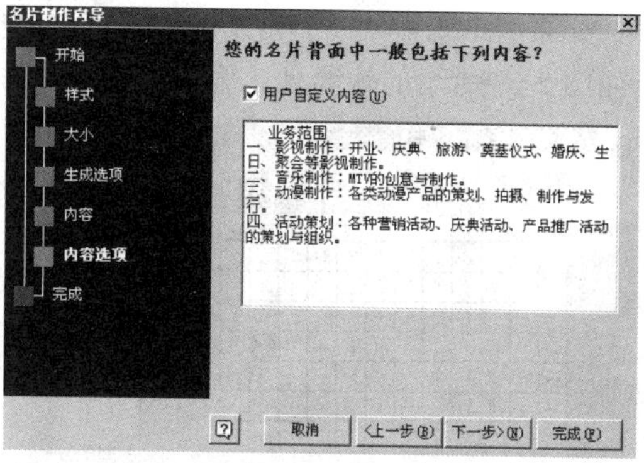

图2-24　自定义名片背面内容

图2-25　使用向导创建的名片

技巧：名片作为个人职业的媒体，在设计上要讲究其艺术性。同艺术作品有明显的区别，不必像其他艺术作品那样具有很高的审美价值，便于记忆，具有较强的识别性，让人在最短的时间内获得所需要的情报即可。因此名片设计必须做到文字简明扼要，字体层次分明，强调设计意识，艺术风格要新颖。

回头看

通过案例“商务传真”以及举一反三“名片”的制作过程，主要学习利用 Word 2003 提供的模板或向导创建文档、输入文本、输入特殊符号、输入日期和时间、移动或复制文本、拼写和语法检查等操作技巧。关键之处在于利用 Word 2003 的模板或向导功能创建专业格式的文档，然后输入需要的文本，使得文档符合用户使用要求。

知识拓展

1. 输入特殊符号

Word 2003 还提供了插入特殊符号的功能，可以非常方便地将“单位符号”、“数字序号”等一些特殊符号插入到文档中，具体操作步骤如下：

（1）将插入点定位在要输入特殊符号的位置处。

（2）执行“插入”→“特殊符号”命令，打开“插入特殊符号”对话框，如图 2-26 所示。

（3）在对话框中单击特殊符号所在的选项卡，在对话框中选择需要的特殊符号。

（4）单击“确定”按钮，即可将选中的特殊符号插入到文档中。

如果用户想输入一些常用的特殊符合，也可以在 Word 窗口中直接按 Ctrl+? 组合键，弹出如图 2-27 所示的软键盘，输入需要的特殊字符。

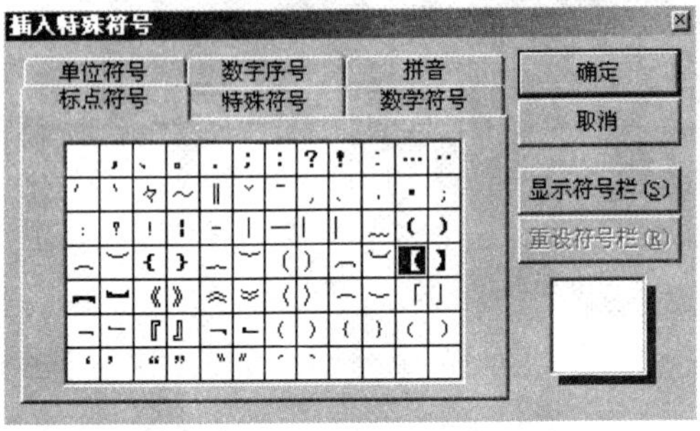

图2-26 “插入特殊符号”对话框

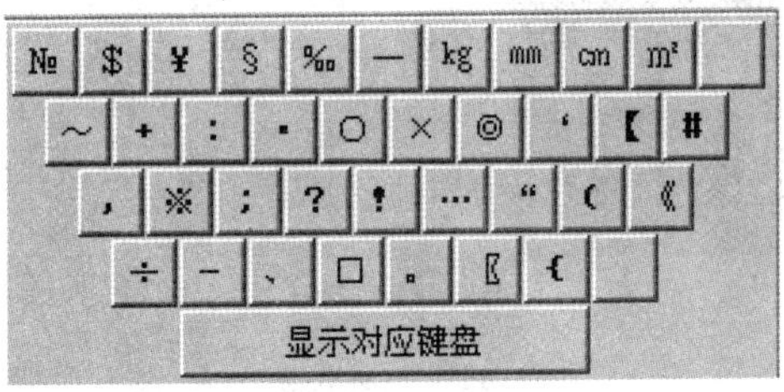

图2-27 软键盘窗口

2. 选择文本

用鼠标选定文本的常用方法是把 I 型的鼠标指针指向要选定的文本开始处，按住鼠标左键并拖过要选定的文本，当拖动到选定文本的末尾时，松开鼠标左键，选定的文本呈反白显示。

如果要选定多个文本块，可以首先选定一个文本块，再按下“Ctrl”键的同时拖动鼠标选择其他的文本，这样就可以选定不连续的多块文本。如果要选定连续的较大的文本范围，可以首先在开始选取的位置处单击鼠标，接着按下“Shift”键，然后在要结束选取的位置处单击鼠标即可选定所需的大文本块。

还可以将鼠标定位在文档选择条中进行整行文本的选择，文本选择条位于文档的左端紧靠着垂直标尺的空白区域，当鼠标移入此区域后，鼠标指针将变为向右箭头状，如图 2-28 所示。在要选中的行上单击鼠标即可将该行选中，利用鼠标在文档选择条向上或向下拖动则可以选中多行。

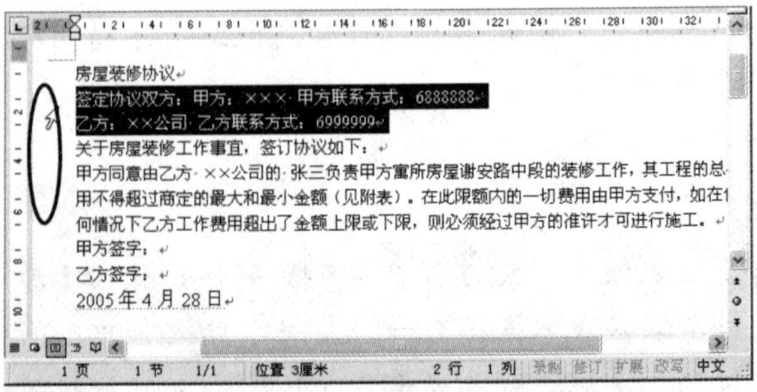

图2-28 位于选择条处的鼠标形状

使用鼠标选定文本有下面一些常用操作技巧：

- 选定一个单词：用鼠标双击该单词。
- 选定一句：按住 Ctrl 键单击句中任意位置，可选中两个句号中间的一个完整句子。
- 选定一行文本：在选定条上单击鼠标，箭头所指的行被选中。
- 选定连续多行文本：在选定条上按下鼠标左键然后向上或向下拖动鼠标。
- 选定一段：在选择条上双击鼠标，箭头所指的段被选中，也可在段中的任意位置连续三次单击鼠标左键。
- 选定多段：将鼠标移到选择条中，双击鼠标并在选择条中向上或向下拖动鼠标。
- 选定整篇文档：按住 Ctrl 键并单击文档中任意位置的选择条，或者使用组合键 Crtl+A。
- 选定矩形文本区域：按下 Alt 键的同时，在要选择的文本上拖动鼠标，可以选定一个矩形区域文本块。

3. Office 剪贴板

使用系统剪贴板一次只能移动或复制一个项目，再次执行移动或复制操作时，新的项目将会覆盖剪贴板中原有的项目。Office 剪贴板独立于系统剪贴板，使用户可以在 Office 的应用程序如 Word、Excel 中共享一个剪贴板。Office 的剪贴板的最大优点是一次可以复制多个项目并且用户可以将剪贴板中的项目进行多次粘贴。执行“编辑”→“Office 剪贴板”命令，打开“剪贴板”任务窗格，如图 2-29 所示。

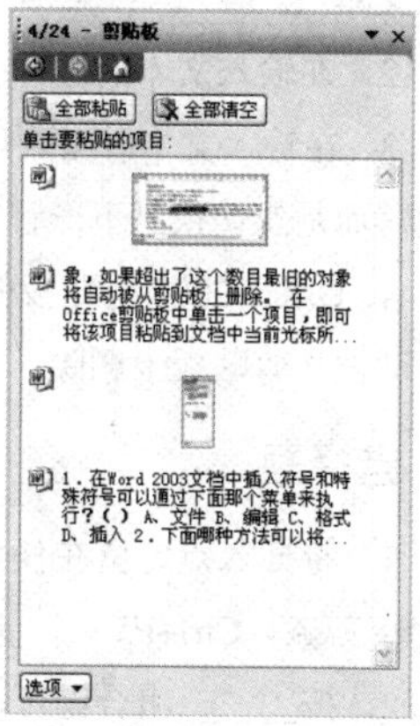

图2-29 “剪贴板”任务窗格

打开“剪贴板”任务窗格后单击“编辑”菜单命令，在菜单中选择“剪切”或“复制”命令就可以向 Office 剪贴板中复制项目，剪贴板中可存放包括文本、表格、图形等 24 个项目，如果超出了这个数目则最旧的项目将自动从剪贴板上删除。

在 Office 剪贴板中单击一个项目，即可将该项目粘贴到文档中当前光标所在的位置。单击 Office 剪贴板中各项目后的下三角箭头，在打开的菜单中选择“粘贴”命令，也可以将所选项目粘贴到文档中的当前光标所在位置。如果在“Office 剪贴板”任务窗格中单击“全部粘贴”按钮，可将存储在 Office 剪贴板中的所有项目全部粘贴到文档中去。如果要删除剪贴板中的一个项目，单击要删除项目后的下三角箭头，在打开的下拉菜单中选择“删除”命令即可，如果要删除 Office 剪贴板中的所有项目，在任务窗格中单击“全部清空”按钮。

有了 Office 剪贴板，用户可以在编辑具有多种内容对象的文档时获得更多的方便。例如，用户可以事先将所需要的各种对象，如文本、表格和图形等预先制作好，并将它们都复制到 Office 剪贴板中。然后在 Word 2003 中再根据内容的需要，随时随地将它们一一复制到文档的相应位置，从而避免了反复调用各种工具软件所带来的烦琐操作。

4. 利用键盘定位插入点

用户也可以利用键盘上的按键在非空白文档中移动插入点的位置。利用键盘按键移动插入点主要有下面一些技巧：

- 按方向键↑，插入点从当前位置向上移动一行。

- 按方向键↓，插入点从当前位置向下移动一行。
- 按方向键←，插入点从当前位置向左移动一个字符。
- 按方向键→，插入点从当前位置向右移动一个字符。
- 按Page Up键，插入点从当前位置向上翻一页。
- 按Page Down键，插入点从当前位置向下翻一页。
- 按Home键，插入点从当前位置移动到行首。
- 按End键，插入点从当前位置移动到行末。
- 按Ctrl+Home组合键，插入点从当前位置移动到文档首。
- 按Ctrl+End组合键，插入点从当前位置移动到文档末。
- 按Shift+F5组合键，插入点从当前位置返回至文档的上次编辑点。

习题2

填空题

1. 在用鼠标选定文本时如果在按住______键的同时，在要选择的文本上拖动鼠标，可以选定一个矩形区域文本块。

2. 在输入文本的过程中，按______键删除插入点之前的字符，按______键删除插入点之后的字符。

3. 在输入文本时当到达页边距之前要结束一个段落时用户可以按__________键，如果用户不想另起一个段落而是想切换到下一行可以按下__________键。

4. Office 2003剪贴板中可存放包括文本、表格、图形等_____个项目，如果超出了这个数目__________将自动被从剪贴板上删除。

选择题

1. 将插入点定位在任意文档中的任意文本处，按下组合键______可快速返回至文档的上次编辑点。

   （A）Ctrl+F5　（B）Shift+F5　（C）Alt+F5　（D）Tab+F5

2. 按______组合键可以选中整个文档。

   （A）Crtl+A　（B）Crtl+V　（C）Crtl+B　（D）Crtl+N

3. 在部分文本下方显示______是表明文本有拼写错误；______是表明文本有语法错误。

   （A）绿色，蓝色　（B）绿色，红色　（C）红色，绿色　（D）蓝色，红色

4. 在Word 2003窗口中按______键，即可弹出软键盘，方便用户输入需要的特殊字符。

   （A）Shift+?　（B）Alt+?　（C）Ctrl+?　（D）Tab+?

5. 按______组合键可以将所选内容暂存到剪贴板上。

   （A）Ctrl+ Shift　（B）Ctrl+S　（C）Ctrl+X　（D）Ctrl+C

6. 下面哪种方法可以将剪贴板上的内容粘贴到插入点的位置？（　　）

   （A）按组合键Ctrl+S　（B）选择“编辑”菜单中的“粘贴”命令

   （C）按组合键Ctrl+V　（D）按组合键Ctrl+C

第 3 章　文档基本格式的编排
——制作购销合同模板和人事通告

给文档设置必要的格式，可以使文档具有更加美观的版式效果，方便阅读和理解文档的内容。文本与段落是构成文档的基本框架，对文本和段落的格式进行适当的设置可以编排出段落层次清晰、可读性强的文档。

知识要点

- 设置字符格式
- 设置段落格式
- 应用编号
- 设置制表位
- 应用格式刷

任务描述

在商务交往中，经常要签订一些类似的合同，利用 Word 2003 输入合同的要点和固定内容，并对格式进行必要的设置，使合同的段落层次清晰，方便双方阅读和理解，形成购销合同的模板，如图 3-1 所示。

购　销　合　同

订立合同双方：　**采购单位**：×××（**甲方**）

　　　　　　　　供货单位：×××（**乙方**）

兹因甲方向乙方订购下列物品，经双方议妥条款如下，以资共同遵守：

一、　货品名称及数量：

二、　交货期限：

三、　交货地点：

四、　货款的交付方法：

五、　运输方法及费用担负：

六、　本合同一式两份，双方签字盖章后生效。

甲方：甲方（公章）	负责人签名：　（盖章）
地址：	电话：
开户银行：	账号：
乙方：乙方（公章）	负责人签名：　（盖章）
地址：	电话：
开户银行：	账号：

2009 年 7 月 12 日

图3-1　购销合同模板

案例分析

完成购销合同模板的制作要用到字符格式的设置、段落对齐格式的设置、段落缩进的设置、行间距和段间距的设置、编号设置、制表位设置，还要用到格式刷、操作的撤销与恢复等功能。如果要设置的字符格式和段落格式相对简单，可以利用工具栏来完成，如果要设置的字符格式和段落格式相对复杂、精确，则应利用对话框来完成。

本章所涉及案例的素材和最终效果文件请登录华信教育资源网（www.hxedu.com.cn）下载，在下载后的“案例与素材\第 3 章素材”和“案例与素材\第 3 章案例效果”文件夹中。

3.1 设置字符格式

在 Word 2003 中，字符是指作为文本输入的汉字、字母、数字、标点符号及特殊符号等。字符是文档格式设置的最小单位，对字符格式的设置决定了字符在屏幕上显示或打印时的形态。字符格式包括字体、字号、字形、颜色及特殊的阴影、阴文、阳文、动态等修饰效果。

默认情况下，在新建的文档中输入文本时，文字以正文文本的格式输入，即宋体五号字。通过设置字体格式可以使文字的效果更加突出，在如图 3-2 所示的合同文档中字体格式过于单一，为了使读者能够更加方便的阅读它，可以为合同文档的标题和文字内容设置字体格式，使其更加醒目。

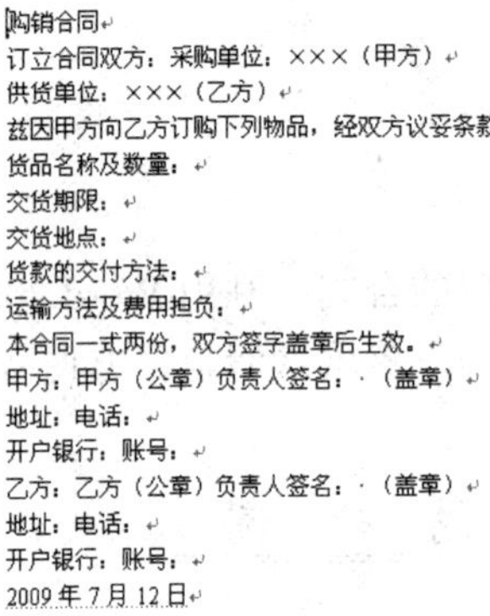
购销合同
订立合同双方：采购单位：×××（甲方）
供货单位：×××（乙方）
兹因甲方向乙方订购下列物品，经双方议妥条款如下，以资共同遵守：
货品名称及数量：
交货期限：
交货地点：
货款的交付方法：
运输方法及费用担负：
本合同一式两份，双方签字盖章后生效。
甲方：甲方（公章）负责人签名：（盖章）
地址：电话：
开户银行：账号：
乙方：乙方（公章）负责人签名：（盖章）
地址：电话：
开户银行：账号：
2009 年 7 月 12 日

图3-2　原始的合同文档

3.1.1 利用工具栏设置字符格式

可以利用“格式”工具栏，快速地设置最常用的字体格式：字体、字号、粗体、斜体和下画线等。

1. 设置字体

利用“格式”工具栏设置“合同”文档中的文本的字体，具体操作步骤如下：

（1）在合同文档中选中要设置字体的文本“采购单位：×××（甲方）”和“供货单位：×××（乙方）”。

（2）单击“格式”工具栏中的“字体”组合框右侧的下三角箭头，打开“字体”下拉列表框，如图 3-3 所示。

（3）在“字体”下拉列表框中选择“黑体”，选定的文本便被设置为黑体，如图 3-4 所示。如果要选择的字体没有显示出来，可以拖动下拉列表框右侧的滚动条来选择字体。

2. 设置字号

字号即字符的大小，“号”和“磅”是度量字体大小的基本单位，以“号”为单位时，数值越小，字体越大，以“磅”为单位时，数值越小，字体越小。

把合同文档的文本“采购单位：×××（甲方）”和“供货单位：×××（乙方）”的字号利用工具栏设置为“小四”，具体操作步骤如下：

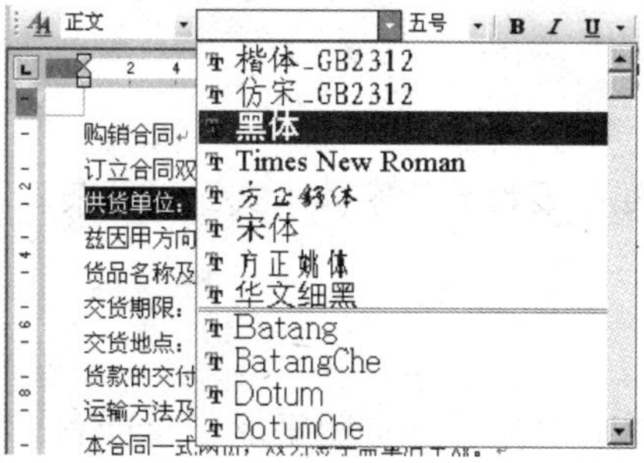

图3-3　“字体”下拉列表

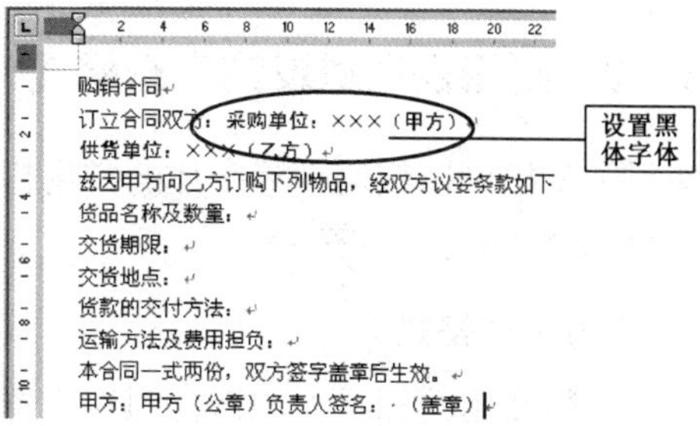

图3-4　设置黑体字体的效果

（1）在合同文档中选中文本“采购单位：×××（甲方）”和“供货单位：×××（乙方）”。

（2）单击“格式”工具栏中“字号”文本框右侧的下三角箭头，打开“字号”下拉列表框，如图 3-5 所示。

（3）在列表框中选择“小四”，设置后的效果如图 3-6 所示。

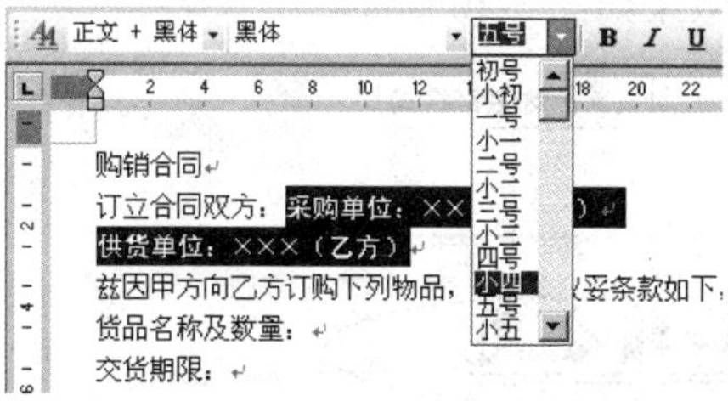

图3-5　“字号”下拉列表框

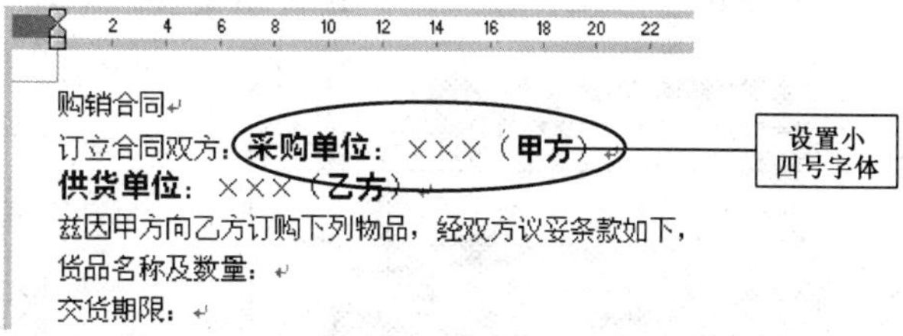

图3-6　设置小四号字号的效果

提示：选中文本后，如果按 Ctrl+Shift+> 快捷键，可以放大选中文本的字号，如果按 Ctrl+Shift+< 快捷键，则可以缩小选中文本的字号。

3. 设置字形和效果

在格式工具栏上提供了一些常用的设置字形和效果的按钮，利用这些按钮可以对文本的部分字形和效果进行设置：

- 加粗 **B**：单击“加粗”按钮，可以使选中文本出现加粗效果，再次单击“加粗”按钮可取消加粗效果。
- 倾斜 *I*：单击“倾斜”按钮，可以使选中文本出现倾斜效果，再次单击“倾斜”按钮可取消倾斜效果。
- 下划线 U：单击“下划线”按钮，可以为选中文本自动添加下划线，单击按钮右侧的下三角箭头可以选择下划线的线型和颜色，如图 3-7 所示。再次单击“下划线”按钮取消下划线效果。
- 字体颜色 A：单击“字体颜色”按钮，可以改变选中文本的字体颜色，单击按钮右侧的下三角箭头可以选择不同的颜色，如图 3-8 所示。选择的颜色显示在该符号下面的粗线上，再单击“字体颜色”按钮取消字体颜色。

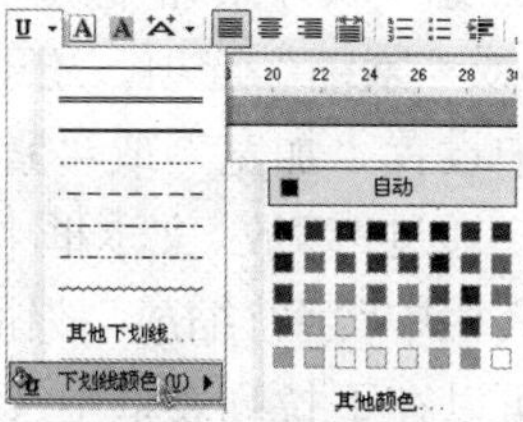

图3-7　下划线列表

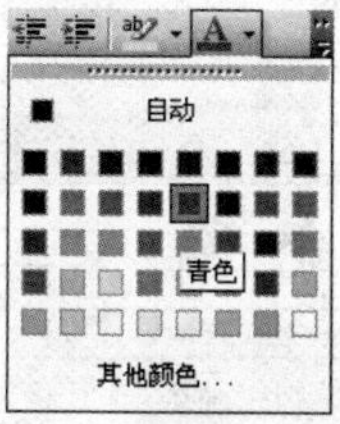

图3-8　字体颜色列表

3.1.2 利用对话框设置字符格式

使用工具栏可以快速设置字体的常用格式，但如果要设置的字体格式比较复杂，可以在“字体”对话框中进行设置。

1. 设置字体格式

要将合同文档的标题“购销合同”设置为：华文行楷字体、加粗字形、一号字号、双下画线，利用“字体”对话框进行设置的具体操作步骤如下：

（1）选中合同文档的标题“购销合同”。

（2）执行“格式”→“字体”命令，打开“字体”对话框，单击“字体”选项卡。

（3）在“中文字体”下拉列表框中选择“华文行楷”，在“字形”下拉列表框中选择“加粗”，在“字号”下拉列表框中选择“一号”，如图 3-9 所示。

（4）单击“确定”按钮，设置标题字体格式后的效果如图 3-10 所示。

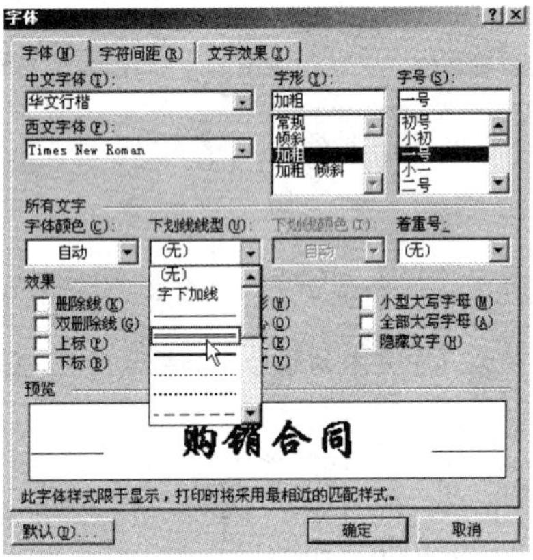

图3-9 “字体”对话框

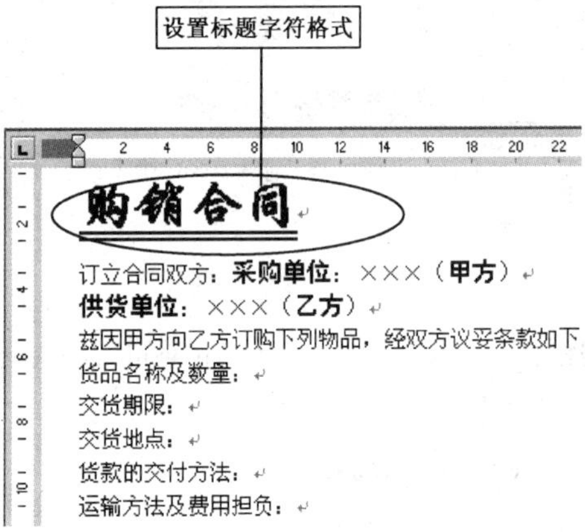

图3-10 设置标题字体格式后的效果

2. 设置字符间距

在如图 3-11 所示“字体”对话框的“字符间距”选项卡中，可以对字符间距、字符缩放比例和字符位置进行调整。

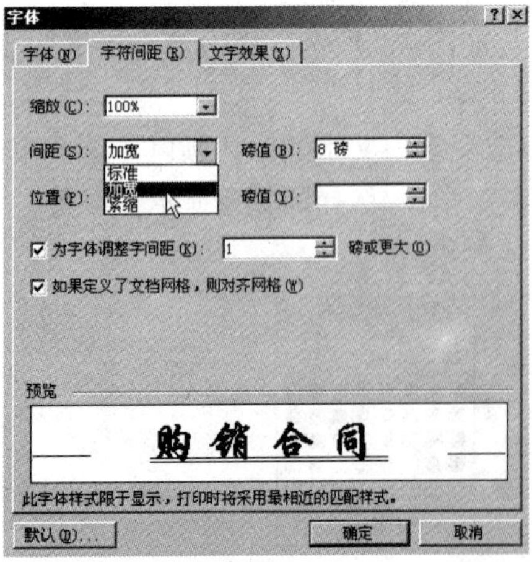

图3-11 设置字符间距

字符间距指的是文档中两个相邻字符之间的距离。通常情况下，采用单位“磅”来度量字符间距。在特定情况下可以根据需要来调整字符间距，例如，当排版标题时，如果这个标题只有两三个字符，为了使标题美观，可以增加字符间距。用户可以在“间距”文本框中选择字符间距的类型是“标准”、“加宽”或“紧缩”，如果为字符间距设置了“加宽”或“紧缩”选项，还可以在右侧的“磅值”文本框中设置“加宽”或“紧缩”的数值。

用户通过“缩放”文本框中扩展或压缩所文本，它和工具栏中“字符缩放”按钮 的功能相同。用户既可以在下拉列表框中选择 Word 2003 里面已经设定的比例，也可以通过直接单击文本框输入自己所需的百分比。缩放字符只能在水平方向上进行缩小或放大，一般情况下，字符以行基线为中心，处于标准位置。

还可以根据需要在“位置”文本框中选择字符位置的类型是“标准”、“提升”或“降低”，如果为字符间距设置了“提升”或“降低”选项可以在右侧的“磅值”文本框中设置“提升”或“降低”的数值。

图 3-12 展示了设置了字符间距、缩放和位置的文本效果。

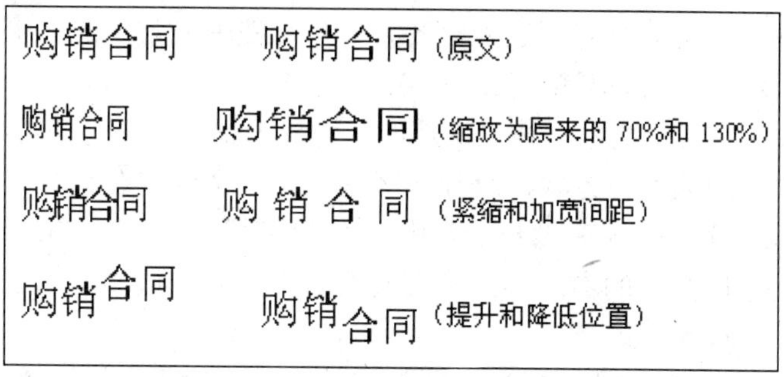

图3-12　字符缩放、间距和位置设置效果

例如，合同文档的标题“购销合同”只有四个字符，为了使标题美观，可以增加标题的字符间距，具体操作步骤如下：

（1）选中标题文本“购销合同”。

（2）执行“格式”→“字体”命令，打开“字体”对话框，单击“字符间距”选项卡，如图 3-13 所示。

（3）在“间距”下拉列表框中选择“加宽”，并在“磅值”文本框中选择或输入“8 磅”。

（4）单击“确定”按钮，设置字符间距后的效果如图 3-13 所示。

利用“格式”工具栏设置合同文档除“购销合同”、“采购单位：×××（甲方）”和“供货单位：×××（乙方）”之外的其他文本的“字体”为“楷体”，字号设置为“小四”，设置后的效果如图 3-14 所示。

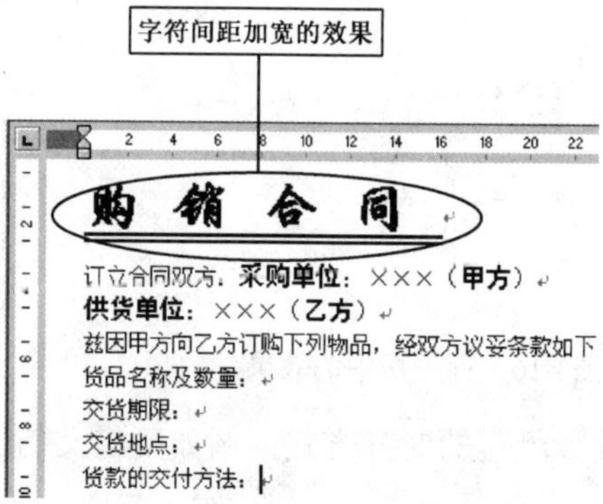

图3-13　设置字符间距后的效果

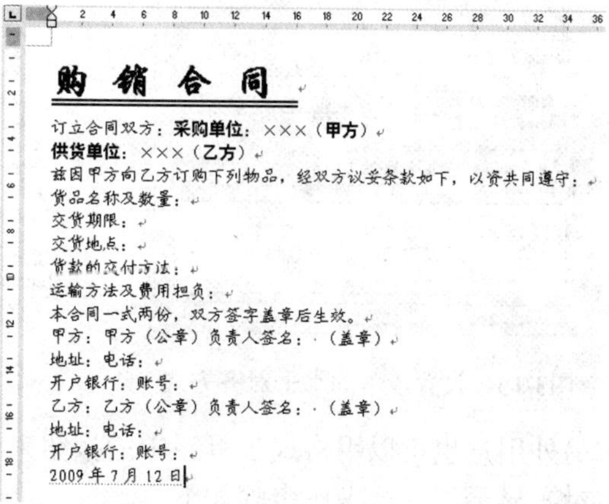

图3-14　其他文本设置字符格式的效果

3.2　设置段落格式

段落是以回车键结束的一段文本。在设置段落格式时，用户可以将鼠标定位在要设置格

式的段落中，然后进行设置。如果要同时对多个段落进行设置，则应先选定这些段落。

3.2.1 设置段落对齐方式

段落的对齐方式直接影响文档的版面效果，控制段落中文本行的排列方式，段落的对齐方式有“两端对齐”、“左对齐”、“右对齐”、“居中”和“分散对齐”五种：

- 两端对齐：段落中除最后一行文本外，其余行文本的左、右两端分别以文档的左、右边界为基准向两端对齐。这种对齐方式是文档中最常用的，也是系统默认的对齐方式，平时用户看到的书籍正文都采用该对齐方式。
- 左对齐：段落中每行文本一律以文档的左边界为基准向左对齐。对于中文文本来说，左对齐方式和两端对齐方式没有什么区别。如果文档中有英文单词，左对齐将会使文档右边的边缘参差不齐，此时使用“两端对齐”的方式，右边缘就可以对齐了。
- 右对齐：文本以文档的右边界为基准向右对齐，而左边界是不规则的，一般文章的落款多采用该对齐方式。
- 居中对齐：文本位于文档的左、右边界的中间，一般文章的标题都采用该对齐方式。
- 分散对齐：所有行的文本的左、右两端分别沿文档的左、右边界对齐。

在 Word 2003 中可以利用“段落”对话框设置段落的对齐方式，例如要设置合同文档中标题段落的格式的为居中对齐，具体操作步骤如下：

（1）选中合同文档的标题“购销合同”。

（2）执行“格式”→“段落”命令，打开“段落”对话框，“缩进和间距”选项卡如图 3-13 所示。

（3）在“常规”区域的“对齐方式”下拉列表框中选择“居中”对齐方式。

（4）单击“确定”按钮，设置后的效果如图 3-16 所示。

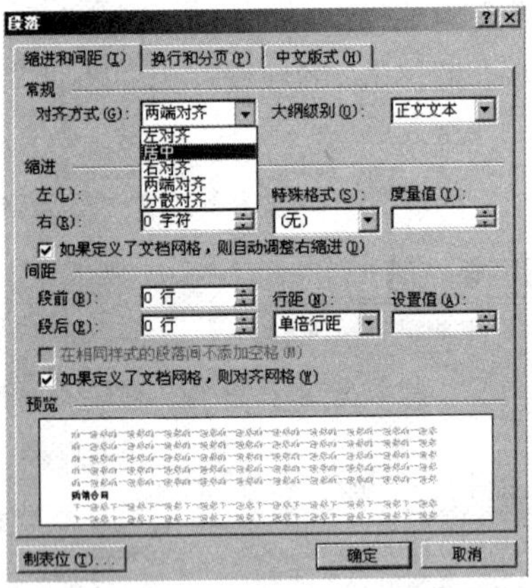

图3-15 设置段落的水平对齐方式

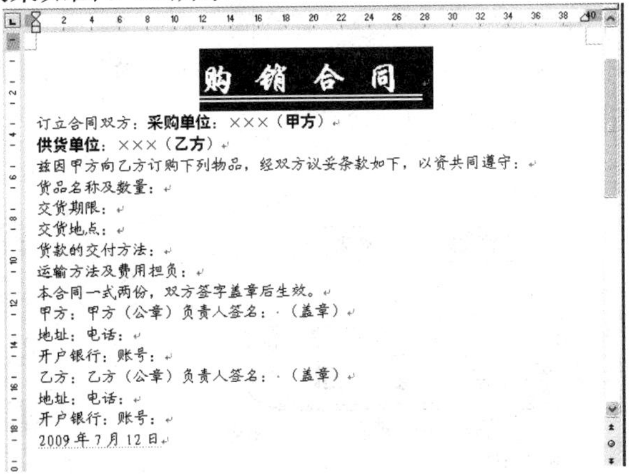

图3-16 标题居中的效果

另外用户也可以用格式工具栏中的按钮来快速设置段落的对齐方式，例如要将文档的日期右对齐显示，具体操作步骤如下：

（1）将插入点定位在时间段落中的任意位置。

（2）单击“格式”工具栏上的“右对齐”按钮 ，日期段落即可右对齐显示了，如图 3-17 所示。

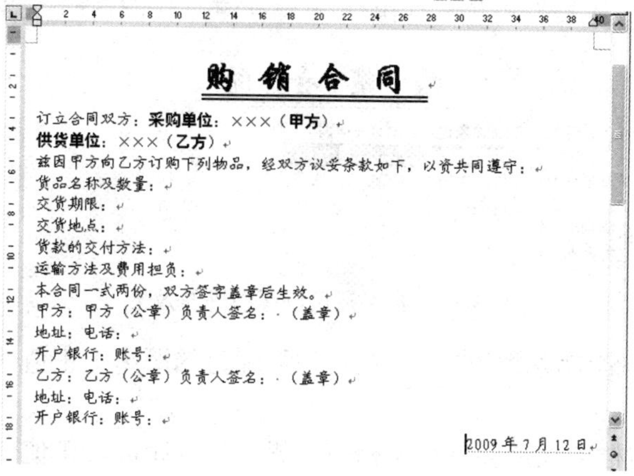

图3-17　设置段落右对齐的效果

3.2.2　设置段落缩进

段落缩进可以调整段落与边距之间的距离。设置段落缩进可以将一个段落与其他段落分开，或显示出条理更加清晰的段落层次，方便阅读。缩进分为首行缩进、左缩进、右缩进和悬挂缩进四种方式：

- 左（右）缩进：整个段落中的所有行的左（右）边界向右（左）缩进，左缩进和右缩进通常用于嵌套段落。
- 首行缩进：段落的首行向右缩进，使之与其他的段落之间区分开。
- 悬挂缩进：段落中除首行以外所有行的左边界向右缩进。

使用标尺或“段落”对话框都可以设置段落缩进。

1. 利用标尺设置段落缩进

在标尺上拖动缩进滑块可以快速灵活地设置段落的缩进，水平标尺上有四个缩进滑块，如图 3-18 所示。将鼠标放在缩进滑块上，鼠标变成箭头状时稍作停留将会显示该滑块的名称。在使用鼠标拖动滑块时可以根据标尺上的尺寸确定缩进的位置。

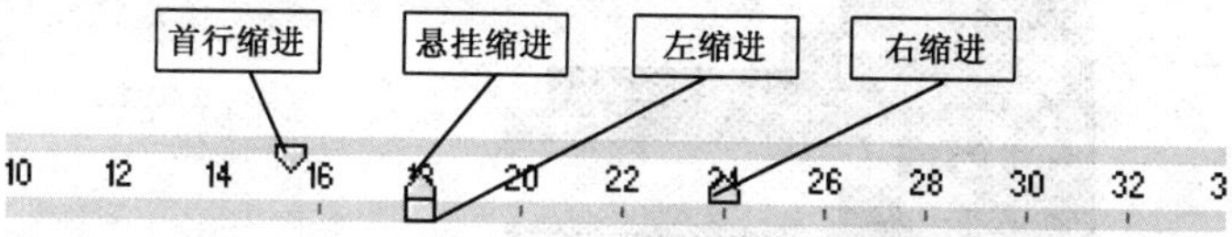

图3-18　标尺上的缩进滑块

例如，设置合同文档中“供货单位”与“采购单位”并齐显示，利用标尺进行设置的具体操作步骤如下：

（1）将插入点定位在“供货单位”所在的段落中并选中该段落。

（2）拖动标尺上的首行缩进滑块，拖动时，文档中显示一条虚线，虚线所在位置即是段落的缩进位置。

（3）当虚线与“采购单位”对齐时松开鼠标，则“供货单位”与“采购单位”将并齐显示，如图 3-19 所示。

2. 利用“段落”对话框设置段落缩进

如果要精确地设置段落的缩进量，可以在“段落”对话框中的“缩进与间距”选项卡中设置：

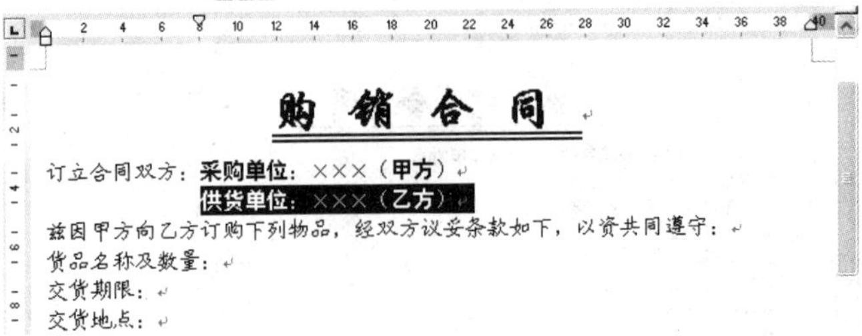

图3-19　利用标尺设置缩进的效果

- 在“左”文本框中设置段落从文档左边界缩进的距离，正值代表向右缩进，负值代表向左缩进。
- 在“右”文本框中设置段落从文档右边界缩进的距离，正值代表向左缩进，负值代表向右缩进。
- 在“特殊格式”下拉列表框中可以选择“首行缩进”或“悬挂缩进”，选好后在度量值中输入缩进量即可。

例如，将合同文档正文中“供货单位”下方除日期之外的段落设置首行缩进两个字符，具体操作步骤如下：

（1）选中“供货单位”下方除日期之外的所有段落。

（2）执行“格式”→“段落”命令，打开“段落”对话框，单击“缩进和间距”选项卡。

（3）在“缩进”区域的“特殊格式”下拉列表框中选择“首行缩进”，然后在“度量值”文本框中选择或输入“2 个字符”。

（4）单击“确定”按钮，设置首行缩进 2 个字符后的效果如图 3-20 所示。

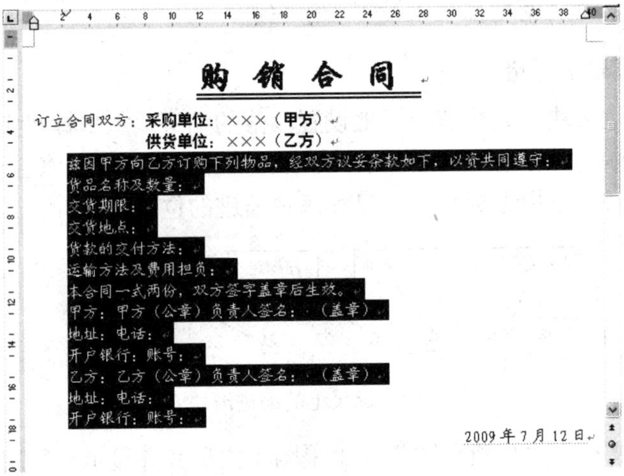

图3-20　设置左缩进2个字符后的效果

提示：也可以利用工具栏快速设置段落缩进，将鼠标定位在要设置段落缩进的段落中或者选中段落的所有文本，单击“格式”工具栏上的“减少缩进量”按钮 或“增加缩进量”按钮 一次，选中段落的所有行将减少或增加一个汉字的缩进量。

3.2.3　设置行间距和段间距

段落间距是指两个段落之间的间隔，行间距是一个段落中行与行之间的距离，行间距和段间距的大小影响整个版面的排版效果。

1．设置段落间距

文档标题与后面文本之间的距离常常要大于正文的段落间距。设置段落间距最简单的方法是在一段的末尾按回车键来增加空行，但是这种方法的缺点是不够准确。为了精确设置段落间距并将它作为一种段落格式保存起来，可以在“段落”对话框中进行设置。

例如，设置合同文档标的题段落间距为段前 1 行，段后 1.5 行，具体操作步骤如下：

（1）将插入点定位在标题段落中，或选定该段落。

（2）执行“格式”→“段落”命令，打开“段落”对话框，单击“缩进与间距”选项卡。

（3）在“间距”区域的“段前”文本框中选择或输入段前的距离“1 行”；在“段后”文本框中选择或输入段后的距离“1.5 行”。

（4）单击“确定”按钮，设置标题段落间距后的效果如图 3-21 所示。

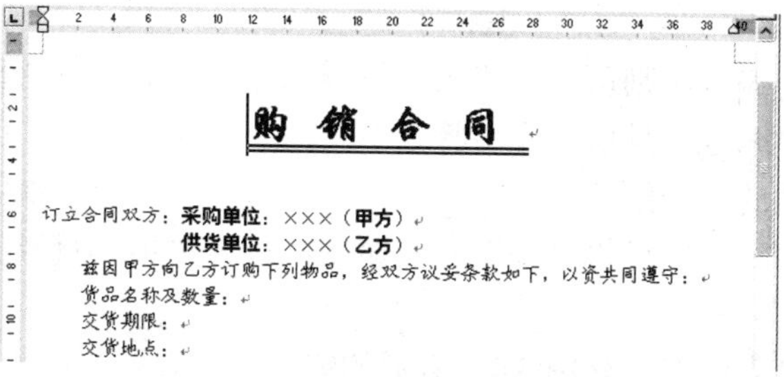

图3-21　设置标题段落间距后的效果

2．设置行间距

行距是指段落内部行与行之间的距离。如果想在较小的页面上打印文档，使用单倍行距会使正文行与行之间很紧凑。如果要打印出来让别人校对文档，应该用较宽的行距，以便给修改者提供书写批注的空间。

例如，将合同文档中正文的行距设置为 1.5 倍行距，具体操作步骤如下：

（1）选中合同文档的所有正文段落（除标题和日期所在段落的其他段落）。

（2）执行“文件”→“段落”命令，打开“段落”对话框，单击“缩进和间距”选项卡。

（3）在“间距”区域的“行距”下拉列表框中选择“1.5 倍行距”。

（4）单击“确定”按钮，设置 1.5 倍行距后的效果如图 3-22 所示。

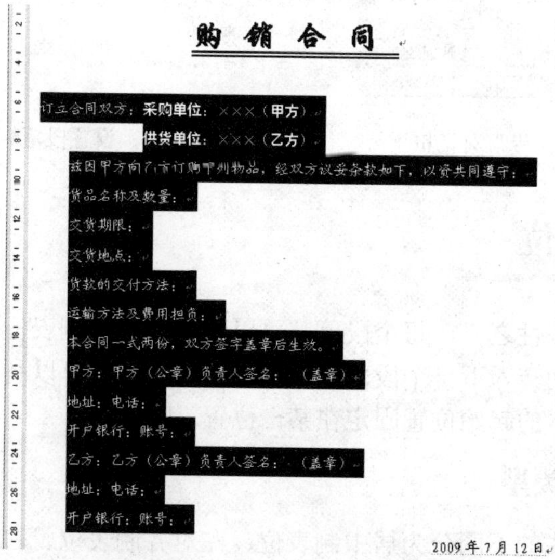

图3-22　设置行距的效果

提示：可以利用“格式”工具栏快速设置行距，将插入点定位在要设置行距的段落中或选中段落，单击“格式”工具栏上的“行距”按钮，然后在下拉菜单中选择需要的行距“1.5”。另外用户也可以按快捷键Ctrl+5 则调整为 1.5 倍行距，按快捷键 Ctrl+2 则调整为 2 倍行距，按快捷键 Ctrl+1 调整为 1 倍行距。

3.3 应用编号

在制作文档的过程中，为了增强文档的可读性，使段落条理更加清楚，可在文档各段落前添加一些有序的编号或项目符号。Word 2003 提供了添加段落编号、项目符号和多级编号的功能。

在文档中使用编号主要是为了使段落层次清楚，用户可以使用“格式”工具栏创建编号，单击“格式”工具栏上的“编号”按钮 可以把当前默认的编号格式应用于所选中的段落。

如果要设置复杂的编号，则可利用“项目符号和编号”对话框进行设置。例如，为合同文档中的合同内容创建编号，具体操作步骤如下：

（1）选中合同条款的五个段落。

（2）执行“格式”→“项目符号和编号”命令，打开“项目符号和编号”对话框，单击“编号”选项卡，如图 3-23 所示。

（3）在“编号”列表中选择如图 3-24 所示的编号样式。

（4）单击“确定”按钮，设置段落编号后的效果如图 3-24 所示。

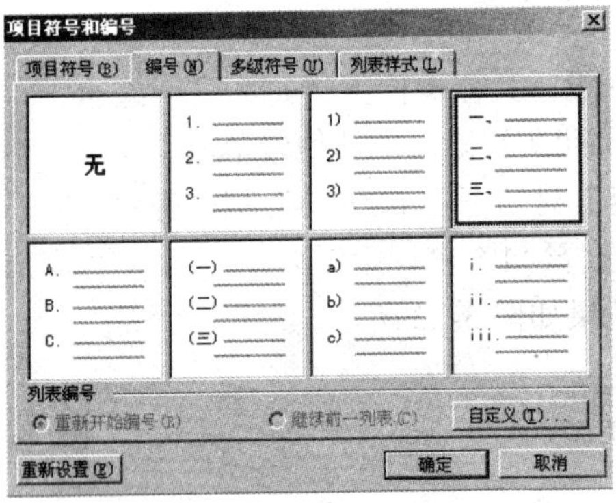

图3-23 “项目符号和编号”对话框

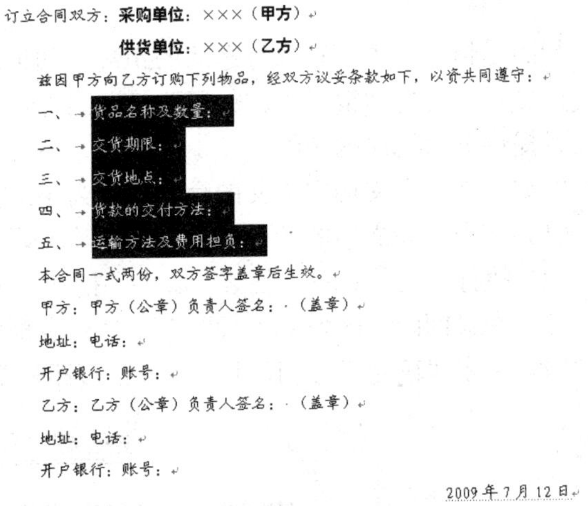

订立合同双方：**采购单位**：×××（**甲方**）

供货单位：×××（**乙方**）

兹因甲方向乙方订购下列物品，经双方议妥条款如下，以资共同遵守：

一、货品名称及数量：

二、交货期限：

三、交货地点：

四、货款的交付方法：

五、运输方法及费用担负：

本合同一式两份，双方签字盖章后生效。

甲方：甲方（公章）负责人签名：（盖章）

地址：电话：

开户银行：账号：

乙方：乙方（公章）负责人签名：（盖章）

地址：电话：

开户银行：账号：

2009 年 7 月 12 日

图3-24 设置段落编号后的效果

3.4 设置制表位

制表位属于段落的属性之一，每个段落都可以设置自己的制表位，按回车键开始新段落时，制表位的设置将自动转入下一个段落中。在 Word 2003 中可以利用水平标尺或菜单命令设置制表位，将选定文本的起始位置固定在某一位置。

3.4.1 制表位的类型

制表位根据对齐方式的不同分为居中制表位、左对齐制表位、右对齐制表位、小数点对齐制表位和竖线对齐制表位五种，不同对齐方式的制表位在标尺上的显示标记是不同的，表 3-1

展示了不同对齐方式制表位在标尺上的显示标记和功能。

表3-1　制表位示例

制表位名称	显示标记	功能
居中式制表位		字符以该位置为中线向左右两边排列
左对齐式制表位		字符从该位置向右排列
右对齐式制表位		字符从该位置向左排列
小数点对齐式制表位		十进制小数的小数点与该位置对齐
竖线对齐式制表位		在该位置插入一条竖线

3.4.2　利用标尺设置制表位

如果对制表位位置要求的精确度不是很高，可以使用标尺快速设置制表位。

例如，用户可以利用制表位对齐合同文档中的段落，具体操作步骤如下：

（1）选中如图3-25所示的几个段落。

（2）在水平标尺最左端和垂直标尺的交界处单击鼠标直至出现“左对齐式制表位”为止。

（3）在水平标尺上标有“20”的刻度处单击鼠标，在该处设置左对齐式制表符的标记。

（4）将插入点定位在“负责人”的前面按下Tab键，按照相同的方法设置制表位对齐选中段落中的文本，如图3-26所示。

提示： 如果要删除制表位，在制表符上按住鼠标左键将它拖出标尺即可。

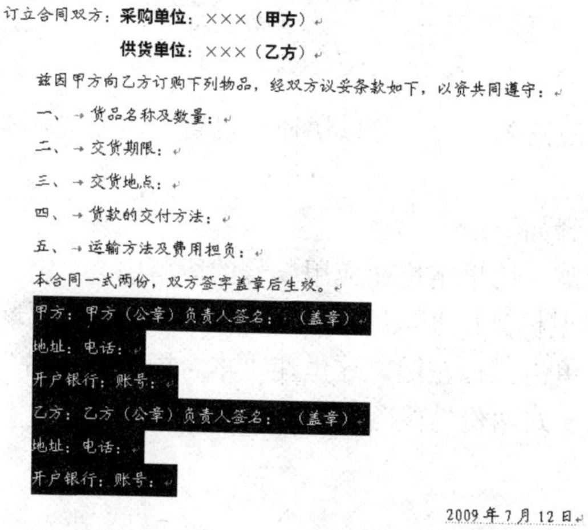

订立合同双方：**采购单位**：×××（**甲方**）

供货单位：×××（**乙方**）

兹因甲方向乙方订购下列物品，经双方议妥条款如下，以资共同遵守：

一、→货品名称及数量：

二、→交货期限：

三、→交货地点：

四、→货款的交付方法：

五、→运输方法及费用担负：

本合同一式两份，双方签字盖章后生效。

甲方：甲方（公章）负责人签名：（盖章）

地址：电话：

开户银行：账号：

乙方：乙方（公章）负责人签名：（盖章）

地址：电话：

开户银行：账号：

2009年7月12日

图3-25　选中要设置制表位的段落

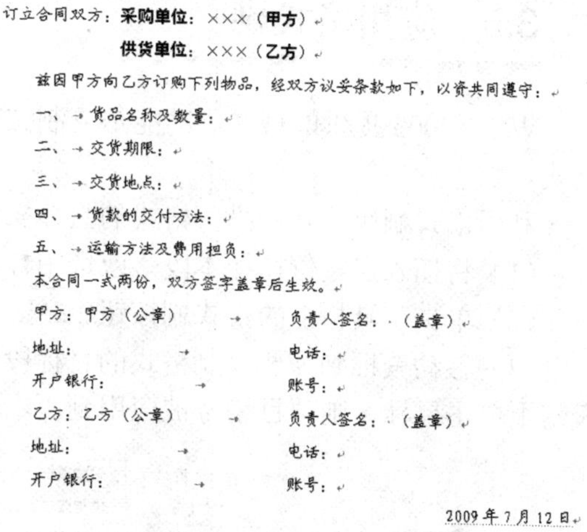

订立合同双方：**采购单位**：×××（**甲方**）

供货单位：×××（**乙方**）

兹因甲方向乙方订购下列物品，经双方议妥条款如下，以资共同遵守：

一、→货品名称及数量：

二、→交货期限：

三、→交货地点：

四、→货款的交付方法：

五、→运输方法及费用担负：

本合同一式两份，双方签字盖章后生效。

甲方：甲方（公章）→负责人签名：（盖章）

地址：→电话：

开户银行：→账号：

乙方：乙方（公章）→负责人签名：（盖章）

地址：→电话：

开户银行：→账号：

2009年7月12日

图3-26　设置制表位后的效果

3.4.3　利用菜单命令设置制表位

如果要精确设置制表位，就要使用“制表位”命令来设置制表位。具体操作步骤如下：

（1）选定要设置制表位的段落，这里选定合同的前两个段落。

（2）执行“格式”→“制表位”命令，打开“制表位”对话框，如图3-27所示。

（3）在对话框中的默认制表位文本框中显示了系统默认的制表位，这是在不设置具体制表位时按下“Tab”键一次移动的距离。

（4）在“制表位位置”文本框中输入数值“2字符”，在“对齐方式”区域选择制表位的对齐方式为“左对齐”，在“前导符”区域选择制表位的前导符为“无”。

（5）单击“设置”按钮，则可得到第一个制表位。

（6）继续在“制表位位置”文本框中输入数值“11 字符”，在“对齐方式”区域选择制表位的对齐方式“左对齐”，在“前导符”区域选择制表位的前导符“无”。

（7）单击“设置”按钮，得到第二个制表位。

（8）设置完毕后单击“确定”按钮。

将鼠标定位在“订立合同双方”前面，按下“Tab”键则“订立合同双方”移到第 2 个字符的位置；将鼠标定位在“采购单位”前面，按下“Tab”键则“采购单位”移到第 11 个字符的位置；将鼠标定位在“供货单位”前面，按下“Tab”键则“供货单位”移到第 11 个字符的位置，效果如图 3-28 所示。

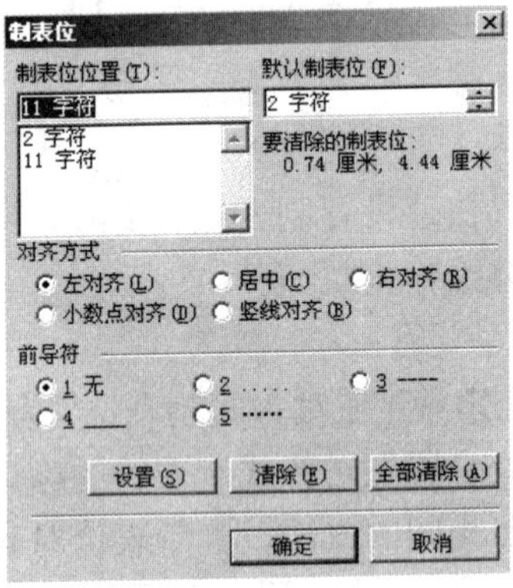

图3-27 “制表位”对话框

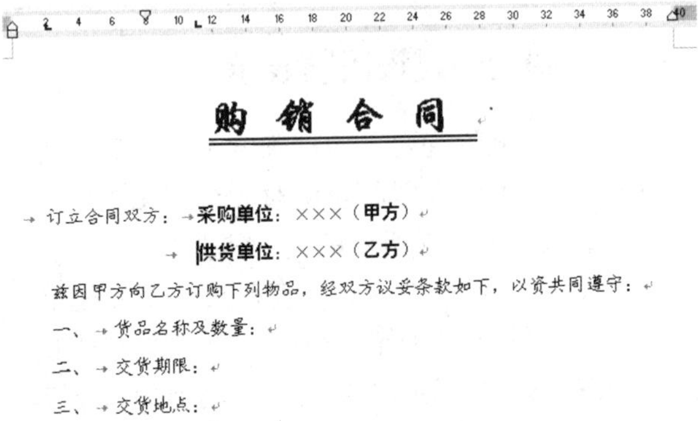

图3-28 设置多个制表位的效果

3.5 应用格式刷

Word 2003 提供的格式刷功能是复制文本或段落的格式，可以快速地设置文本或段落的格式。

利用格式刷快速复制段落格式的具体操作步骤如下：

（1）将插入点定位在样本段落或选中样本段落，这里定位在应用编号的段落中。

（2）单击工具栏上的格式刷按钮 ，此时鼠标光标变成刷子状 。

（3）移动鼠标到需要复制格式的目标段落，单击鼠标左键，这里在“本合同一式两份”段落上单击鼠标，则项目编号被应用到“本合同一式两份”段落中，如图 3-29 所示。

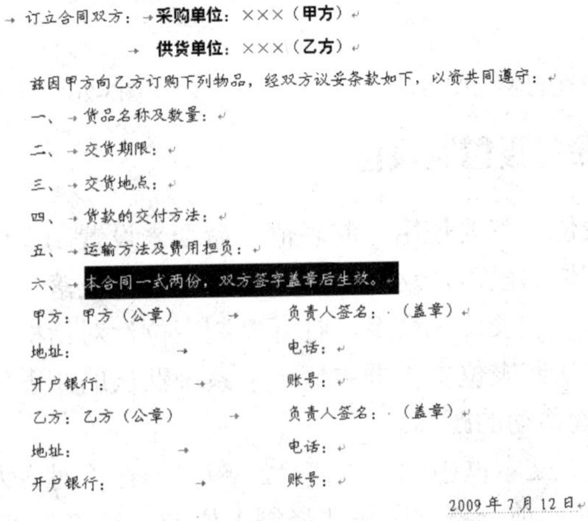

图3-29 应用格式刷的效果

提示：在使用格式刷时双击格式刷按钮，则格式刷可以多次应用，如果要结束格式刷的使用可再次单击格式刷按钮。

3.6　操作的撤销与恢复

当用户对文档进行编辑操作时，Word 2003 都把每一步操作和内容的变化记录下来，这种暂时存储的功能使撤销与恢复和重复变得十分方便。合理地利用“撤销”、“恢复”和“重复”命令可以提高工作的效率。

3.6.1　撤销操作

Word 2003 在执行“编辑”→“撤销”命令时，它的名称会随着用户的具体工作内容而变化。

如果只撤销最后一步操作，可单击“常用”工具栏中的“撤销”按钮 或者执行“编辑”→“撤销”命令，或按组合键 Ctrl+Z。如果想一次撤销多步操作，可连续单击“撤销”按钮多次，或者单击“撤销”按钮后的下三角箭头，打开如图 3-30 所示的下拉列表框，在下拉列表框中选择要撤销的步骤即可。例如，在应用格式刷粘贴格式后，发现个是应用错误，此时用户可以直接单击“撤销”按钮撤销这一步的操作。

3.6.2　恢复操作

执行完一次“撤销操作”命令后，如果用户又想恢复“撤销”操作之前的内容，可单击“恢复”按扭 ，或者执行“编辑”→“恢复”命令，或按组合键 Ctrl+Y。同样，要想恢复多步操作，可重复单击“恢复”按钮，或者单击“恢复”按钮后的下三角箭头，打开如图 3-31 所示的下拉列表框，在下拉列表框中选择相应的恢复操作。不过只有在进行了“撤销”操作后，“恢复”命令才生效。

图3-30　可以撤销的操作列表

图3-31　可以恢复的操作列表

技巧：合同差别是很大的，不过有几个必要条件是每个合同都应具有的：（1）供销双方详细名称、地址和电话。（2）货物名称、数量、单价、总额。货物名称要正确填写，凡使用品牌、商标的产品，应特别注明品牌、商标和生产厂家。（3）交货地点、方式、交货期限。（4）付款方式：部分预付、一次结清，还是全额预付。（5）赔偿约定。包括供货方没按时完成交付，质量有问题或购买方没有按时结清货款等。

举一反三　制作人事通告

企业中人事部门遇到人事变动（如招聘、派遣、调动以及任命就职等）时都需要发出正式的人事通告，使用 Word 2003 来进行编辑就可以轻松实现。人事通告的页面效果如图 3-32 所示。

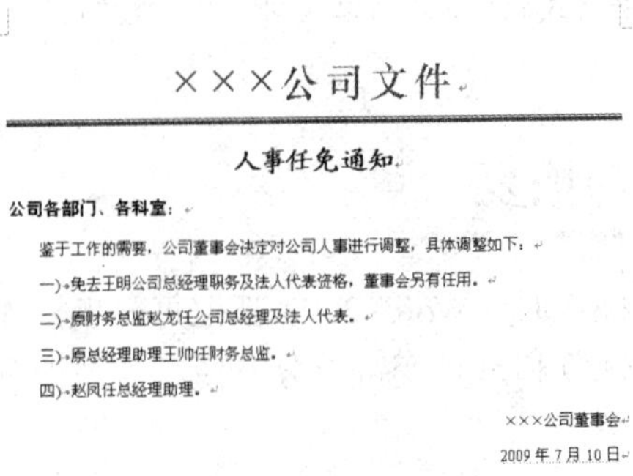

×××公司文件

人事任免通知

公司各部门、各科室：

鉴于工作的需要，公司董事会决定对公司人事进行调整，具体调整如下：

一)免去王明公司总经理职务及法人代表资格，董事会另有任用。

二)原财务总监赵龙任公司总经理及法人代表。

三)原总经理助理王帅任财务总监。

四)赵凤任总经理助理。

×××公司董事会

2009 年 7 月 10 日

图3-32　人事通告的最终效果

在制作人事通告之前首先打开“案例与素材\第 3 章素材”文件夹中的“人事通告（初始）.doc”文档，如图 3-33 所示。

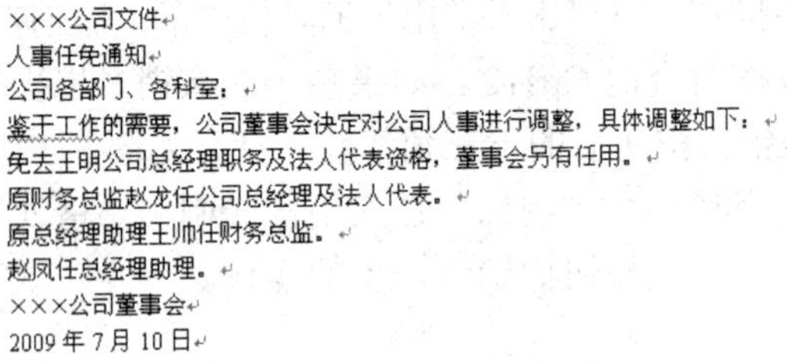

×××公司文件

人事任免通知

公司各部门、各科室：

鉴于工作的需要，公司董事会决定对公司人事进行调整，具体调整如下：

免去王明公司总经理职务及法人代表资格，董事会另有任用。

原财务总监赵龙任公司总经理及法人代表。

原总经理助理王帅任财务总监。

赵凤任总经理助理。

×××公司董事会

2009 年 7 月 10 日

图3-33　人事通告初始效果

制作人事通告的具体操作步骤如下：

（1）选定要通知文件头文本“×××公司文件”，其中“×××”是西文字符，“公司文件”则是中文字符。

（2）执行“格式”→“字体”命令，打开“字体”对话框。

（3）在“中文字体”下拉列表中框选择“华文中宋”，该格式只对中文有效；在“西文字体”下拉列表框中选择“Times New Roman”，该格式只对西文有效；在“字号”列表中选择“一号”；在“字体颜色”下拉列表框中选择“红色”，如图 3-34 所示。

（4）在对话框中选择“字符间距”选项卡，在“间距”下拉列表框中选择字符间距的类型为“加宽”，在右侧的“磅值”文本框中设置选择或输入间距的值“2 磅”，如图 3-35 所示。单击“确定”按钮。

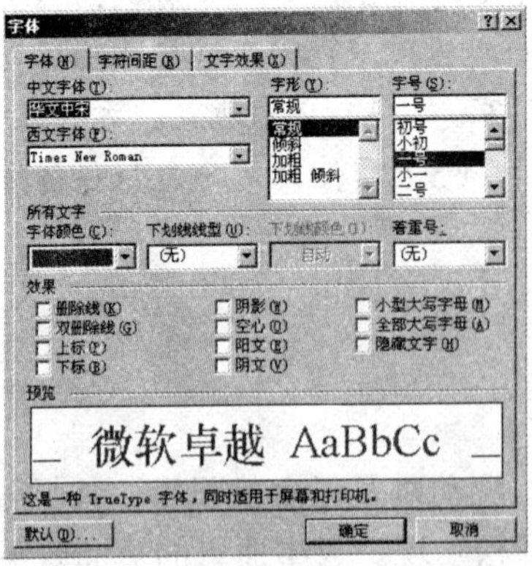

图3-34　设置文件头字符格式

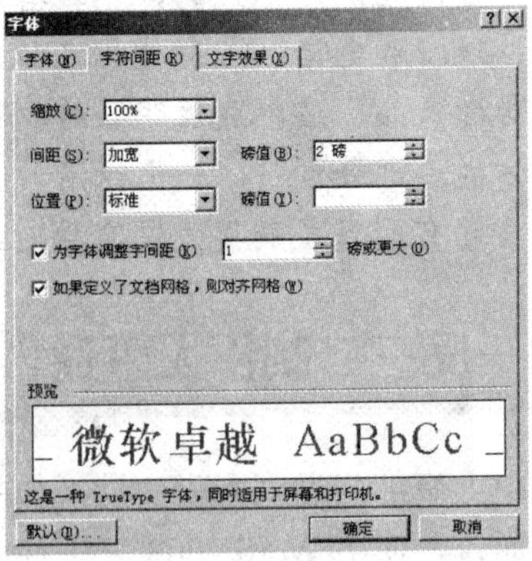

图3-35　设置文件头字符间距

（5）选中“人事任免通知”文本在“格式”工具栏中的“字体”下拉列表框中选择“楷体”，在“字号”下拉列表框中选择“小二”，单击“加粗”按钮。

（6）选中“公司各部门、各科室：”文本，在“格式”工具栏中的“字体”下拉列表框中选择“黑体”，在“字号”下拉列表框中选择“小四”，设置字符格式后的效果如图 3-36 所示。

（7）选中文件的前两个段落，单击“格式”工具栏上的“居中”按钮；选中文件的最后两个段落，单击“右对齐”按钮，设置段落对齐，如图 3-37 所示。

（8）选中“公司各部门”下面的五个段落，执行“文件”→“段落”命令，打开“段落”对话框，选择“缩进和间距”选项卡。在“特殊格式”下拉列表框中选择“首行缩进”选项，在“度量值”文本框中单击微调按钮选择“2 个字符”，如图 3-38 所示。

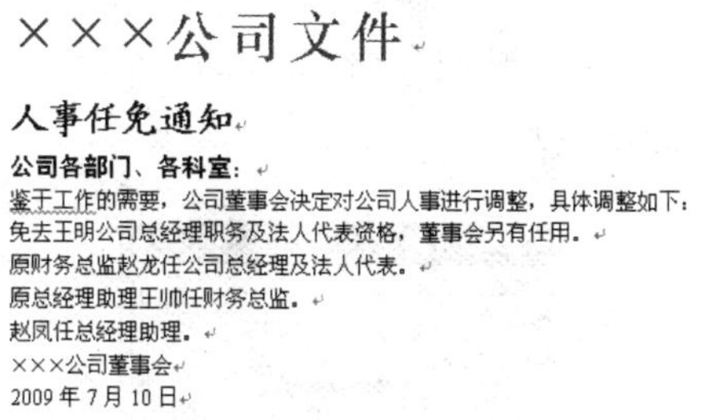

×××公司文件

人事任免通知

公司各部门、各科室：

鉴于工作的需要，公司董事会决定对公司人事进行调整，具体调整如下：

免去王明公司总经理职务及法人代表资格，董事会另有任用。

原财务总监赵龙任公司总经理及法人代表。

原总经理助理王帅任财务总监。

赵凤任总经理助理。

×××公司董事会

2009 年 7 月 10 日

图3-36　设置字符格式的效果

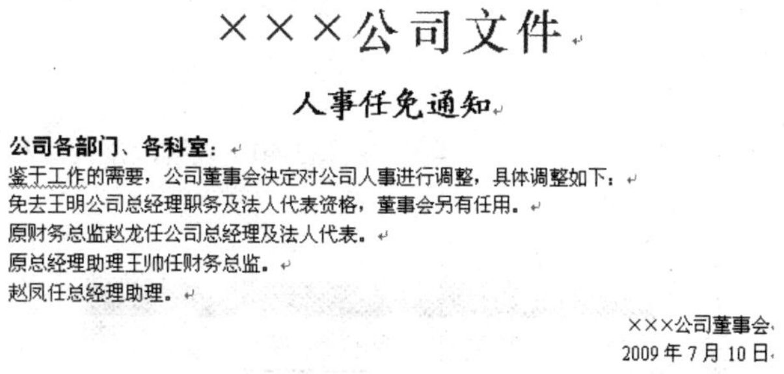

×××公司文件

人事任免通知

公司各部门、各科室：

鉴于工作的需要，公司董事会决定对公司人事进行调整，具体调整如下：

免去王明公司总经理职务及法人代表资格，董事会另有任用。

原财务总监赵龙任公司总经理及法人代表。

原总经理助理王帅任财务总监。

赵凤任总经理助理。

×××公司董事会

2009 年 7 月 10 日

图3-37　设置段落对齐的效果

（9）单击“确定”按钮，设置段落缩进的效果如图 3-39 所示。

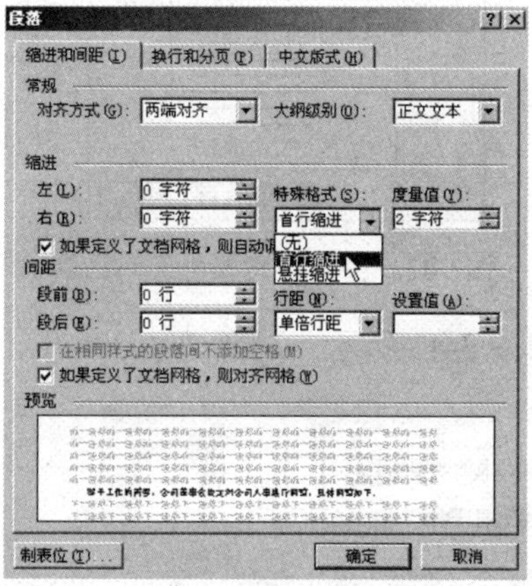

图3-38　设置段落缩进

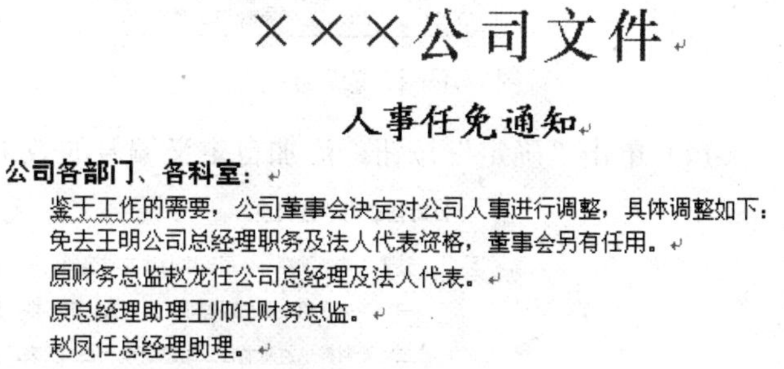

×××公司文件

人事任免通知

公司各部门、各科室：

鉴于工作的需要，公司董事会决定对公司人事进行调整，具体调整如下：

免去王明公司总经理职务及法人代表资格，董事会另有任用。

原财务总监赵龙任公司总经理及法人代表。

原总经理助理王帅任财务总监。

赵凤任总经理助理。

图3-39　设置段落缩进的效果

（10）选中文件的前二段，执行“文件”→“段落”命令，打开“段落”对话框，选择“缩进和间距”选项卡。在“间距”区域的“段前”和“段后”文本框中单击微调按钮选择“0.5 倍行距”，单击“确定”按钮。

（11）选中文件的后七段，执行“文件”→“段落”命令，打开“段落”对话框，选择“缩进和间距”选项卡。在“间距”区域的“行距”文本框的下拉列表框中选择“1.5 倍行距”，单击“确定”按钮。设置段落间距和行间距的效果如图 3-40 所示。

（12）选中人事调整内容的四个段落，执行“格式”→“项目符号和编号”命令，打开“项目符号和编号”对话框，在对话框中选择“编号”选项卡，如图 3-41 所示。

（13）用户选择如图所示的编号，单击“自定义”按钮，打开“自定义编号列表”对话框，如图 3-42 所示。在“编号样式”下拉列表框中选择如图所示的样式。单击“确定”按钮，返回“项目符号和编号”对话框。

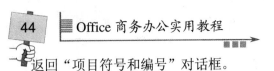

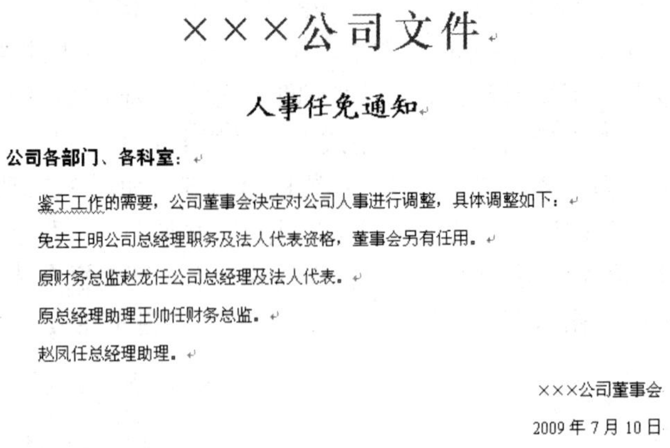
×××公司文件

人事任免通知

公司各部门、各科室：

鉴于工作的需要，公司董事会决定对公司人事进行调整，具体调整如下：

免去王明公司总经理职务及法人代表资格，董事会另有任用。

原财务总监赵龙任公司总经理及法人代表。

原总经理助理王帅任财务总监。

赵凤任总经理助理。

×××公司董事会

2009年7月10日

图3-40　设置段落间距和行间距的效果

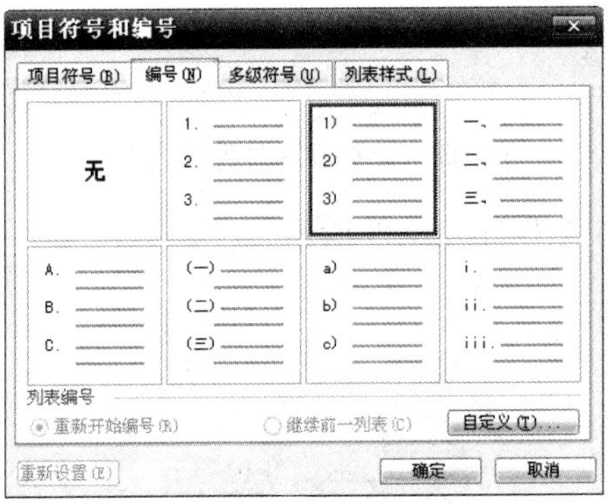

图3-41　设置编号

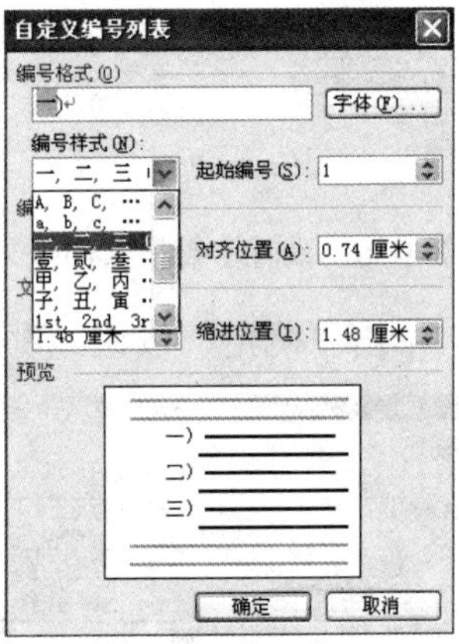

图3-42　“自定义编号”对话框

（14）单击“确定”按钮，添加自定义编号的效果如图3-43所示。

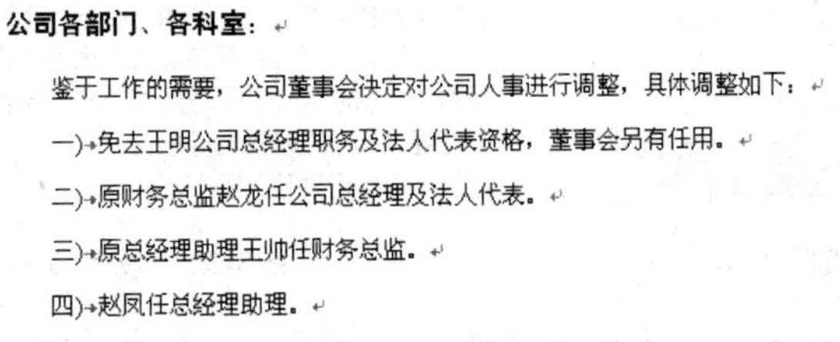
公司各部门、各科室：

鉴于工作的需要，公司董事会决定对公司人事进行调整，具体调整如下：

一)→免去王明公司总经理职务及法人代表资格，董事会另有任用。

二)→原财务总监赵龙任公司总经理及法人代表。

三)→原总经理助理王帅任财务总监。

四)→赵凤任总经理助理。

图3-43　设置编号的效果

（15）选中文件头段落的文本“×××公司文件”，执行“格式”→“边框和底纹”命令，打开“边框和底纹”对话框，在对话框中选择“边框”选项卡，如图3-44所示。

（16）在“应用范围”文本框中选择“段落”，在“设置”区域中选择“自定义”边框类型，在“线型”列表框框中选择如图3-44所示的边框线线型，在“颜色”下拉列表框中选择“红色”，在“宽度”下拉列表框中选择“3磅”，在“预览”区域单击下边线按钮。

（17）单击“确定”按钮，添加边框后效果如图3-45所示。

提示： *在设置边框时选择的应用范围不同则添加边框的效果是不同的，如果选择的应用范围是文本则为选中的文本添加的边框是以行为单位添加的，即选中的文本的每一行都添加边框。如果选择的应用范围为*

段落则以段落为单位对文本添加文本，即为整个段落添加文本。

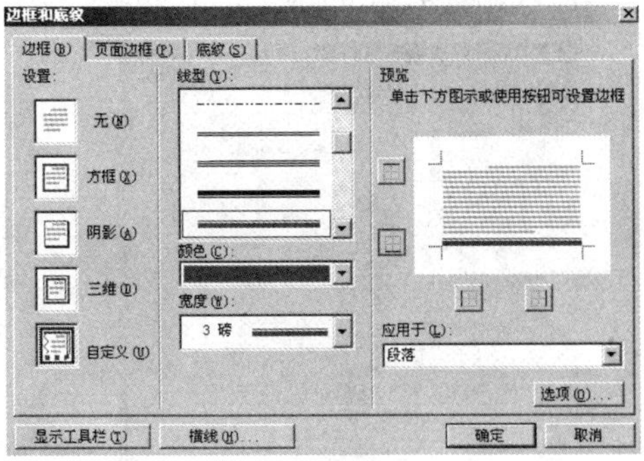

图3-44　“边框和底纹”对话框

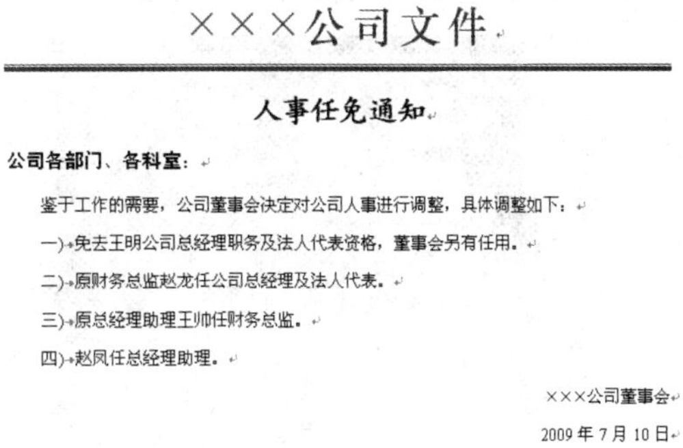
×××公司文件

人事任免通知

公司各部门、各科室：

鉴于工作的需要，公司董事会决定对公司人事进行调整，具体调整如下：

一)免去王明公司总经理职务及法人代表资格，董事会另有任用。

二)原财务总监赵龙任公司总经理及法人代表。

三)原总经理助理王帅任财务总监。

四)赵凤任总经理助理。

×××公司董事会

2009 年 7 月 10 日

图3-45　设置边框的效果

回头看

通过案例“购销合同”以及举一反三“人事通告”的制作过程，主要学习编排文档格式的基本操作，在文档中设置字符格式使文字突出显示，设置段落格式使文档层次分明，利用边框可以重点突出一些比较特殊的文本，学习这些内容之后就可以编排出层次分明、结构清晰的文档，使自己的编辑水平有进一步的提高。

知识拓展

1. 设置自符的动态效果

字符的动态效果方便用户进行 Web 页或演示文档的制作，在 Word 2003 中这些功能得到了很大的扩充。字符的动态效果只能在屏幕上显示，是打印不出来的。设置文字动态效果的具体操作步骤如下：

（1）选定要设置动态效果的文本。

（2）执行“格式”→“字体”命令，打开“字体”对话框，单击“文字效果”选项卡。

（3）在“动态效果”列表框中，选择一种字符动态效果，在“预览”文本框中可以预览目前所设置文字的动态效果，如图 3-46 所示。

（4）单击“确定”按钮。

2. 设置换行与分页

默认情况下，Word 2003 按照页面设置自动分页，但自动分页有时会使一个段落的第一行排在页面的最下面或是一个段落的最后一行出现在下一页的顶部。为了保证段落的完整性及更好的外观效果，可以通过“换行和分页”的设置条件来控制段落的分页。

将鼠标定位在要设置换行与分页的段落中，执行“格式”→“段落”命令，打开“段落”对话框，单击“换行与分页”选项卡，如图 3-47 所示。

在分页区域可以对段落的分页与换行进行设置：

- 孤行控制：选中“孤行控制”复选框。如果段落的第一行出现在页面的最后一行，Word 2003 将自动调整将该行推至下一页；如果段落的最后一行出现在下一页的顶部，Word 2003 自动将孤行前面的一行也推至下页，使段落的最后一行不再是孤行。
- 与下段同页：如果选中该复选框，则可以使当前段落与下一段落同处于一页中。

- 段中不分页：选中该复选框，则段落中的所有行将同处于一页中，中间不分页。
- 段前分页：如果选中该复选框，则可以使当前段落排在新的一页的开始。

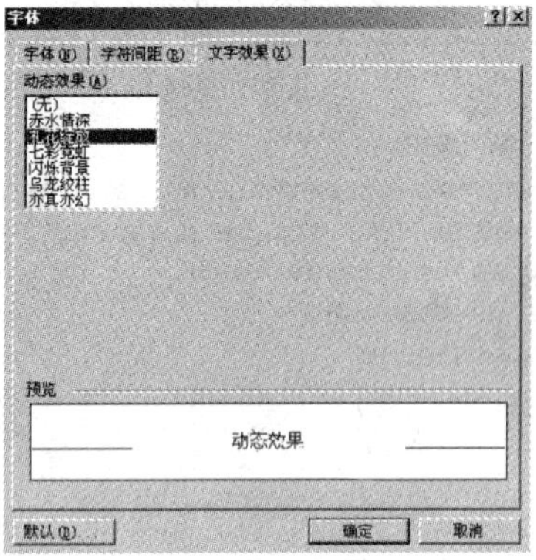

图3-46　设置字体的“文字效果”

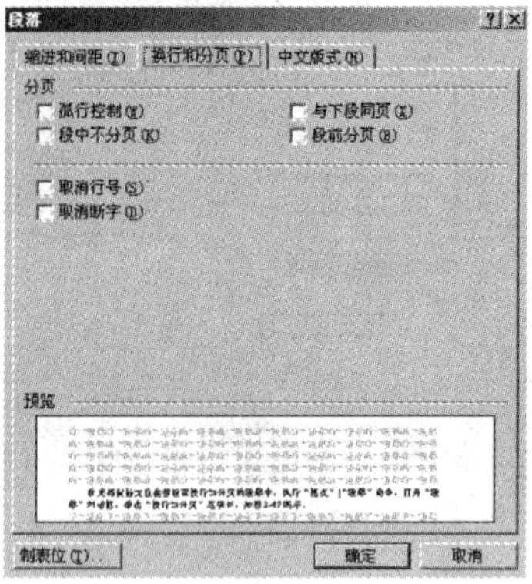

图3-47　设置换行和分页

3. 设置项目符号

设置项目符号最简单的方法是利用“格式”工具栏上的“项目符号”按钮来格式化段落，单击“格式”工具栏上的“项目符号”按钮 可以把当前默认的项目符号格式应用于所选择的段落。

在“项目符号和编号”对话框中选择更多的项目符号来格式化段落，具体操作步骤如下：

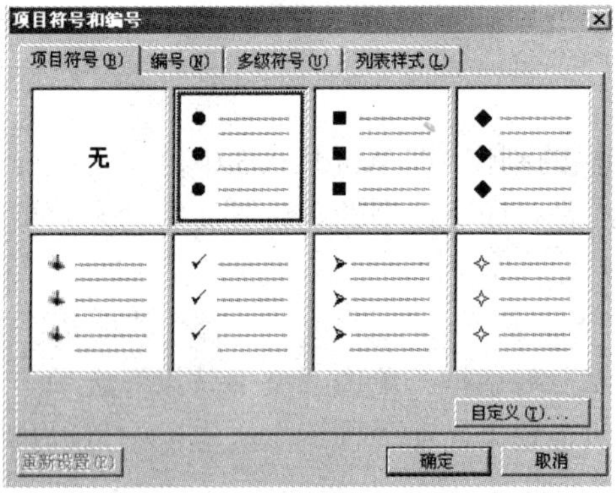

图3-48　设置项目符号

（1）选中要创建项目符号的段落或者将鼠标定位在即将输入文本的段落的开始处。

（2）执行“格式”→“项目符号和编号”命令，打开“项目符号和编号”对话框，单击“项目符号”选项卡，如图3-48所示。

（3）在对话框中显示了七种不同的项目符号，这些项目符号是Word 2003已经设置好的。用户选择除“无”以外的其余七个选项中的一个，就可以用选定的项目符号格式化当前段落。

（4）单击“确定”按钮。

习题3

填空题

1. 默认情况下，在新建的文档中输入文本时文字以________的格式输入，即_________字。
2. 字符间距指的是文档中____之间的距离，通常情况下，采用单位___来度量字符间距。
3. 制表位有________、_________、________、________、______五种方式。
4. 段落的缩进可分为_________、_________、_________和________四种方式。

选择题

1. 在Word 2003中_________快捷键是撤销功能，_________快捷键是恢复功能。

（A）Ctrl+R，Ctrl+A　　（B）Ctrl+Z，Ctrl+Y　　（C）Ctrl+R，Ctrl+Y　　（D）Ctrl+Z，Ctrl+A

2．在“字体”对话框中不包含下面的________功能。

（A）文字间距　　（B）字号　　（C）文字效果　　（D）对齐方式

3．下面________不属于对齐方式格式。

（A）左对齐　　（B）两端对齐　　（C）分散对齐　　（D）左右对齐

4．使用“格式”工具栏上的________按钮，可以快速设置文字和段落的格式。

（A）粘贴　　（B）格式刷　　（C）剪切　　（D）复制

5．在 Word 2003 中________快捷键可放大选中的文本，________快捷键可以缩小选中的文本。

（A）Ctrl+Alt+>，Ctrl+Alt+<　　（B）Shift+ Alt+>，Shift+ Alt+<

（C）Ctrl+Shift+>，Ctrl+Shift+<　　（D）Shift+Tab+>，Shift+Tab+<

6．快速调整行距的快捷键分别是：Ctrl+5 是________，Ctrl+2 是________，Ctrl+1 是________。

（A）1.5 倍行距，单倍行距，2 倍行距　　（B）单倍行距，2 倍行距，1.5 倍行距

（C）2 倍行距，1.5 倍行距，单倍行距　　（D）1.5 倍行距，2 倍行距，单倍行距

操作题

打开“案例与素材\第 3 章素材”文件夹中的“手机与辐射（初始）.doc”文档，按下述要求完成全部操作，结果如图 3-49 所示。

（1）设置文本格式：

- 字体：第一行标题设置为华文新魏；正文设置为楷体。
- 字号：第一行标题设置为三号字；正文设置为小四号字。

（2）设置段落格式：

- 段落对齐：第一行标题设置为居中对齐方式。
- 段落缩进：正文各段首行缩进设置为 4 字符。
- 段落间距：正文各段段前、段后各设置为 0.5 倍行距。

（3）保存文件：将操作后的结果以“手机与辐射”为文件名保存。

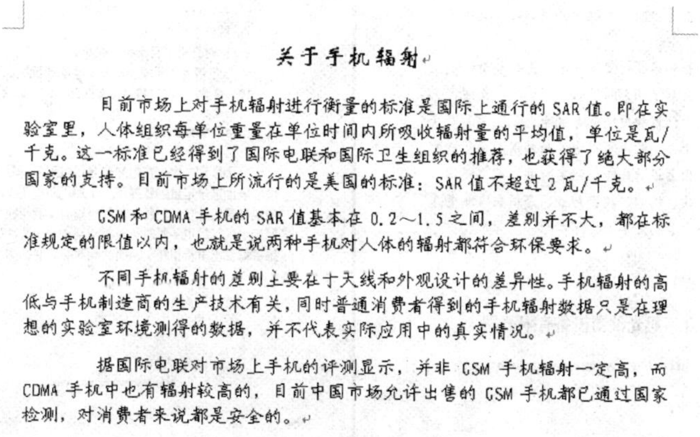

关于手机辐射

目前市场上对手机辐射进行衡量的标准是国际上通行的 SAR 值。即在实验室里，人体组织每单位重量在单位时间内所吸收辐射量的平均值，单位是瓦/千克。这一标准已经得到了国际电联和国际卫生组织的推荐，也获得了绝大部分国家的支持。目前市场上所流行的是美国的标准：SAR 值不超过 2 瓦/千克。

GSM 和 CDMA 手机的 SAR 值基本在 0.2～1.5 之间，差别并不大，都在标准规定的限值以内，也就是说两种手机对人体的辐射都符合环保要求。

不同手机辐射的差别主要在于天线和外观设计的差异性。手机辐射的高低与手机制造商的生产技术有关，同时普通消费者得到的手机辐射数据只是在理想的实验室环境测得的数据，并不代表实际应用中的真实情况。

据国际电联对市场上手机的评测显示，并非 GSM 手机辐射一定高，而 CDMA 手机中也有辐射较高的，目前中国市场允许出售的 GSM 手机都已通过国家检测，对消费者来说都是安全的。

图3-49　操作题设置效果

第 4 章　文档版面的编排
——制作产品说明书和商务回复函

在编辑文档时可以利用分页与分节来调整文档的页面，可以利用分栏排版为文档设置多种不同的版式。还可以通过给文档添加页眉和页脚，使文档获得更具吸引力的外观效果。

知识要点

- 分页与分节
- 设置分栏
- 设置首字下沉
- 添加页眉和页脚
- 打印文档

任务描述

产品说明书是介绍产品的性质、性能、构造、用途、规格、使用方法、保管方法、注意事项等的说明文字。这些说明文字的版面必须整洁，否则用户不但不能掌握产品的使用方法，反而会被说明书搞得头昏脑胀。本章利用 Word 2003 提供的版面编排功能，对一个产品说明书的版面进行设置，最终效果如图 4-1 所示。

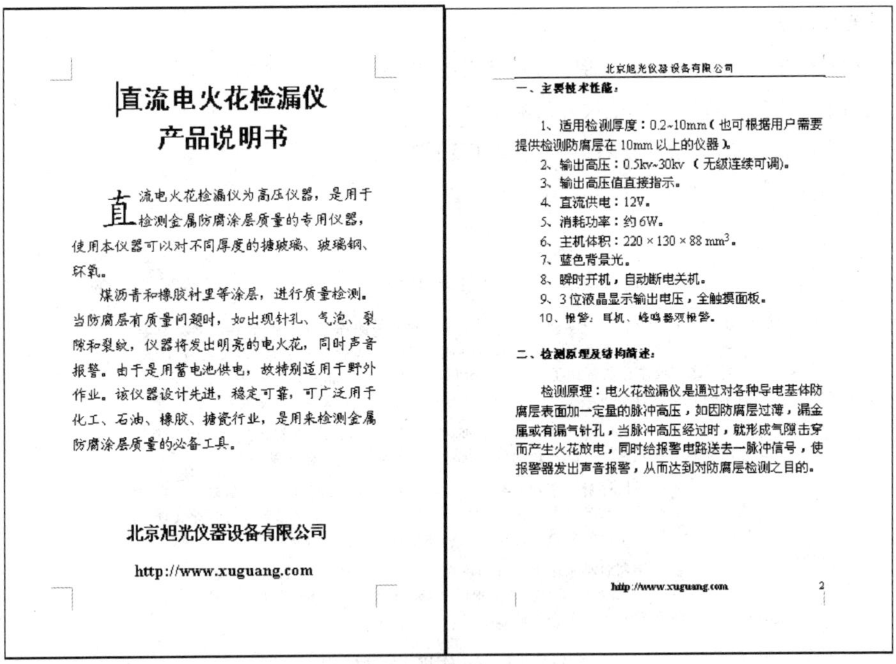

直流电火花检漏仪
产品说明书

直流电火花检漏仪为高压仪器，是用于检测金属防腐涂层质量的专用仪器，使用本仪器可以对不同厚度的搪玻璃、玻璃钢、环氧。

煤沥青和橡胶衬里等涂层，进行质量检测。当防腐层有质量问题时，如出现针孔、气泡、裂隙和裂纹，仪器将发出明亮的电火花，同时声音报警。由于是用蓄电池供电，故特别适用于野外作业。该仪器设计先进，稳定可靠，可广泛用于化工、石油、橡胶、搪瓷行业，是用来检测金属防腐涂层质量的必备工具。

北京旭光仪器设备有限公司

http://www.xuguang.com

北京旭光仪器设备有限公司

一、主要技术性能：

1、适用检测厚度：0.2~10mm（也可根据用户需要提供检测防腐层在 10mm 以上的仪器）。
2、输出高压：0.5kv~30kv （无级连续可调）。
3、输出高压值直接指示。
4、直流供电：12V。
5、消耗功率：约 6W。
6、主机体积：220 × 130 × 88 mm^3。
7、蓝色背景光。
8、瞬时开机，自动断电关机。
9、3 位液晶显示输出电压，全触摸面板。
10、报警：耳机、蜂鸣器双报警。

二、检测原理及结构简述：

检测原理：电火花检漏仪是通过对各种导电基体防腐层表面加一定量的脉冲高压，如因防腐层过薄，漏金属或有漏气针孔，当脉冲高压经过时，就形成气隙击穿而产生火花放电，同时给报警电路送去一脉冲信号，使报警器发出声音报警，从而达到对防腐层检测之目的。

http://www.xuguang.com　2

图4-1　产品说明书版面设置

案例分析

完成产品说明书的制作要用到文档的分页、分节、设置分栏、调整分栏版式、首字下沉、为文档添加页眉和页脚以及打印文档等功能。在为文档添加页眉和页脚时可以根据实际需要为首页、偶数页和奇数页创建不同的页眉和页脚，在打印文档时，还可以根据实际需要设置打印的范围以及份数。

本章所涉及案例的素材和最终效果文件请登录华信教育资源网（www.hxedu.com.cn）下载，在下载后的“案例与素材\第 4 章素材”和“案例与素材\第 4 章案例效果”文件夹中。

4.1　分页与分节

通常情况下，用户在编辑文档时，系统会自动分页。但是系统的自动分页不一定符合实际工作任务中的版面要求，这时便可以通过插入分页符在指定位置进行强制分页。

为了方便对同一个文档中不同部分进行不同的版面设计，用户将文档分割成多个节。在不同的节中，可以设置与前面文本不同的页眉和页脚、页边距、页面方向、文字方向或分栏版式等格式。分节使文档的编辑排版更灵活，版面更美观。

4.1.1　分页

在文档输入文本或其他内容满一页时，Word 2003 会自动进行换页。但在有些情况下需要对文档进行强行分页，例如在如图 4-2 所示的产品说明书中，文字“三、设备结构图”在上一页，而图和图的说明文字却在下一页，为了使说明书的页面更加整洁，方便用户阅读，可以在文档中插入一个分页符将文字“三、设备结构图”移至下一页中。

在文档中插入分页符的具体操作步骤如下：

（1）将插入点定位在要插入分页符的位置处，这里定位在文字“三、设备结构图”的前面，如图 4-2 所示。

（2）执行“插入”→“分隔符”命令，打开“分隔符”对话框，如图 4-3 所示。

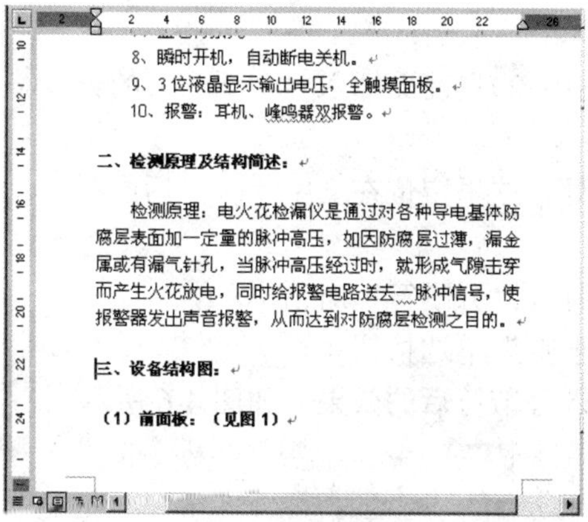

图4-2　在产品说明书中定位插入点

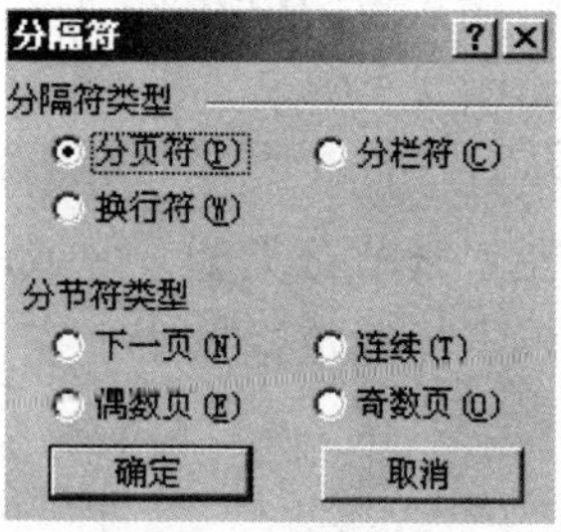

图4-3　“分隔符”对话框

（3）在“分隔符类型”区域选中“分页符”单选按钮。

（4）单击“确定”按钮。在文档中插入分页符后的效果，如图 4-4 所示。

插入的分页符在普通视图和页面视图方式下是以一条水平的虚线存在，并在中间标有“分页符”字样。在页面视图方式下，Word 2003 把分页符前后的内容分别放置在不同的页面中。

提示： 在插入分页符时用户也可以使用快捷键“Ctrl+Enter”键。在普通视图或页面视图中将插入点定位在分页符的前面，按下“Delete”键即可将其删除。

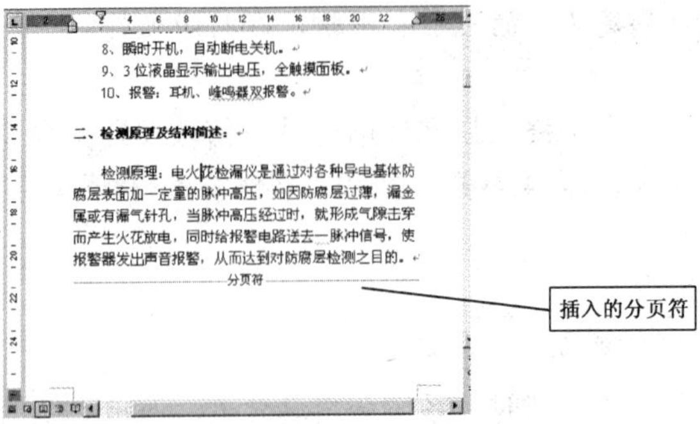

图4-4　插入分页符后的效果

4.1.2 分节

可以把一篇长文档分成任意多个节，每节都按照不同的需要设置为不同的页面版式。在不同的节中，都可以对页边距、纸张的方向、页眉和页脚的位置、页眉和页脚的内容等进行设置。

节通常用“分节符”来标识，普通视图方式下，分节符是两条水平平行的虚线。Word 2003 会自动把当前节的页边距、页眉和页脚等设置信息保存在分节符中。

利用“分隔符”对话框中在文档中插入分节符，在如图 4-3 所示的“分隔符”对话框的“分节符类型”区域中提供了四种分节符类型：

- 下一页：表示在当前插入点插入一个分节符，新的一节从下一页开始。
- 连续：表示在当前插入点插入一个分节符，新的一节从下一行开始。
- 偶数页：表示在当前插入点插入一个分节符，新的一节从偶数页开始，如果这个分节符已经在偶数页上，那么下面的奇数页是一个空白页。
- 奇数页：表示在当前插入点插入一个分节符，新的一节从奇数页开始，如果这个分节符已经在奇数页上，那么下面的偶数页是一个空白页。

如在说明书中的文字“（2）后面板：（见图 2）”前面插入一个下一页的分节符，将这个图以及说明放入下一页，具体操作步骤如下：

（1）将插入点定位在要创建新节的开始处，这里定位在文字“（2）后面板：（见图 2）”的前面，如图 4-5 所示。

（2）执行“插入”→“分隔符”命令，打开“分隔符”对话框。

（3）在“分节符类型”区域，选中“下一页”单选按钮。

（4）单击“确定”按钮，在说明书中插入分节符后的效果，如图 4-6 所示。

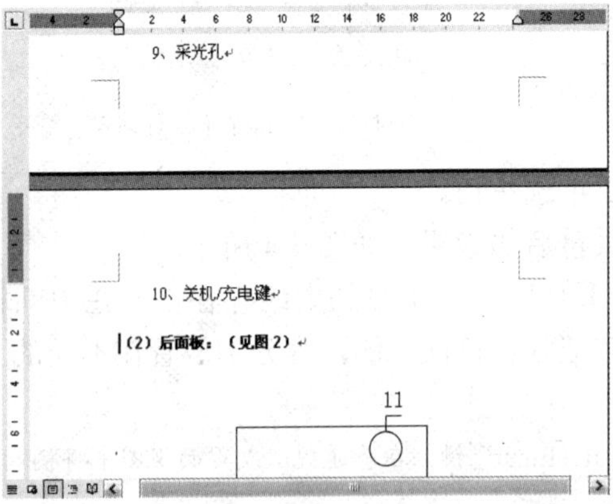

图4-5　在文档中插入分节符前的效果

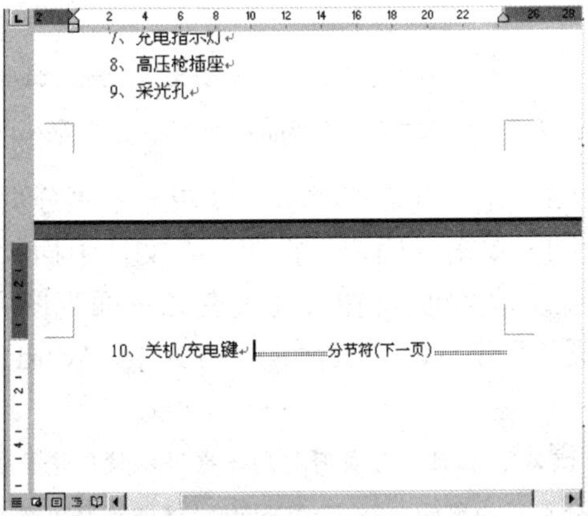

图4-6　在文档中插入分节符后的效果

提示： 在普通视图或页面视图中将插入点定位在分节符的前面，按“Delete”键，分节符将被删。删除分节符时，这个分节符中的文本所应用的格式也将同时被删除。文本成为下面的节的一部分，并采用该节的格式设置。

4.2　分栏排版

分栏是经常使用的一种版面设置方式，在报刊、杂志中被广泛使用。分栏排版使文本从一栏的底端连续接到下一栏的顶端。只有在页面视图方式和打印预览视图方式下才能看到分栏的效果，在普通视图方式下，只能看到按一栏宽度显示的文本。

4.2.1　设置分栏

设置分栏，就是将某一页、整篇文档或文档的某一部分设置成具有相同栏宽或不同栏宽的多个栏。Word 2003 为用户提供了控制栏数、栏宽和栏间距的多种分栏方式。

如果要对文档中的某一部分文本进行分栏，在进行分栏时应首先选中要设置分栏的文本，这样在进行分栏时系统将自动为选中的文本添加分节符。如果要对文档中的某一节进行分栏，则在进行分栏时应将插入点定位在文档的当前节中，如果要对没有分节的整篇文档进行分栏则可以将鼠标定位在文档的任意位置。

例如在产品说明书中“图 1”的下面有 10 段对图中标号进行说明的文本，这些文本每段只有几个字，如图 4-7 所示，他们影响了整个文档的版面美观，可以对他们进行分栏，具体操作步骤如下：

（1）选中“图 1”下面的 10 段文本。

（2）执行“格式”→“分栏”命令，打开“分栏”对话框，如图 4-8 所示。

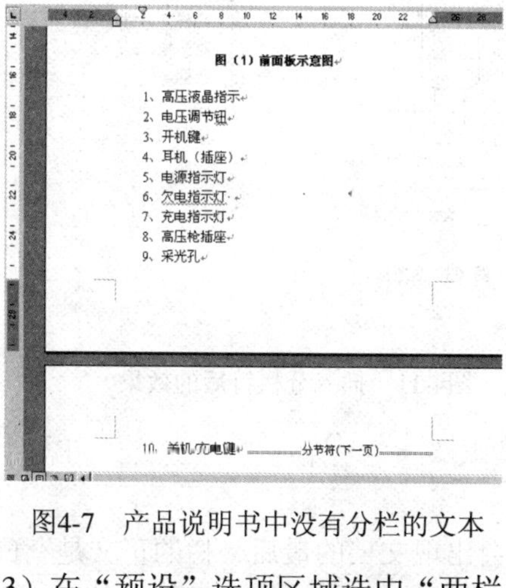

图4-7　产品说明书中没有分栏的文本

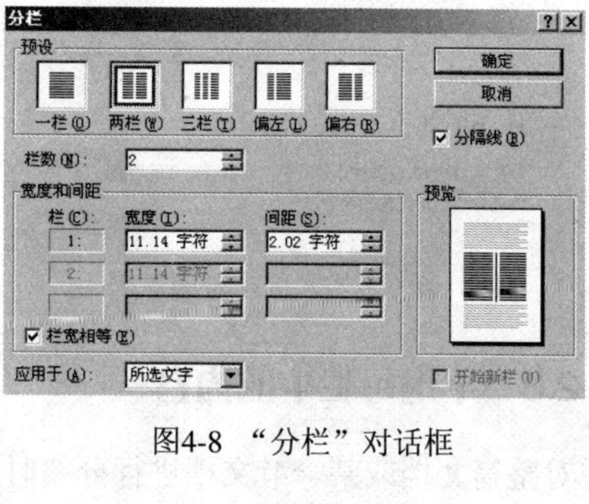

图4-8　“分栏”对话框

（3）在“预设”选项区域选中“两栏”选项。

（4）选中“栏宽相等”和“分隔线”复选框。

（5）在“应用于”下拉列表框中选择“所选文字”。

（6）单击“确定”按钮。选中的文本进行分栏排版，如图 4-9 所示。

提示： 在“分栏”对话框中用户可以在“预设”区域选择 Word 2003 给出的 5 种分栏方式中的一种，如果选定了一种方式则在下面的“栏数”、“宽度和间距”区域会自动给出预设的值。也可以在“栏数”文本框中自定义要分的栏数，在“宽度和间距”区域对各栏的栏宽和栏间距进行调整。

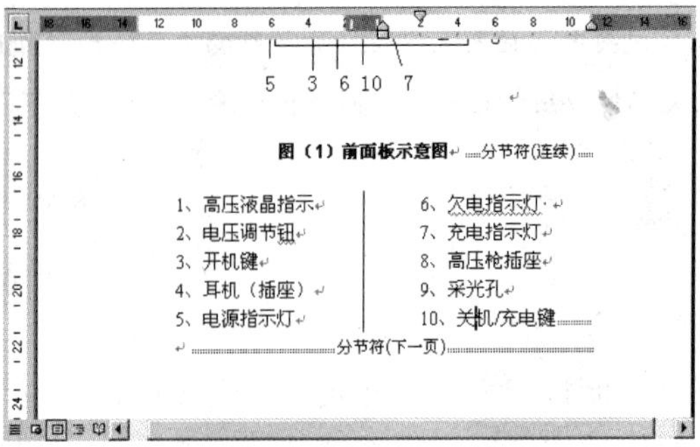

图4-9 文本分栏的效果

4.2.2 控制栏中断

如果希望某段文字处于下一栏的开始处，可以采用在文档中插入分栏符的方法，使当前插入点以后的文字移至下一栏。

例如，用户对“图 3”以及图 3 的说明文字分栏后，发现图 3 的图标题和说明文字在一栏，如图 4-10 所示。这样的版面显然不符合要求，这时可以用控制栏中断来使图 3 的图标题和图 3 在同一栏中，具体操作步骤如下：

（1）将插入点定位在图“3 图”的图标题的后面。

（2）执行“插入”→“分隔符”命令，打开“分隔符”对话框。

（3）在“分隔符类型”区域选中“分栏符”单选按钮。

（4）单击“确定”按钮，插入分栏符后的效果，如图 4-11 所示。

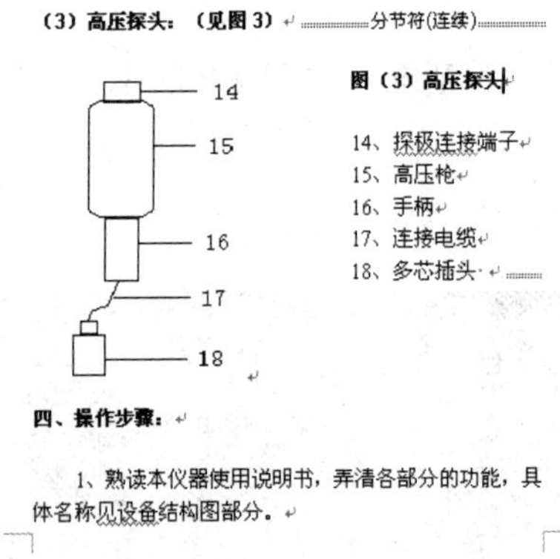

图4-10 未插入分栏符的效果

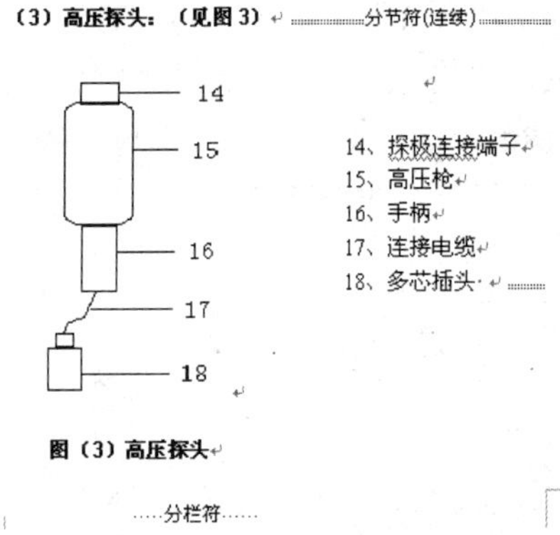

图4-11 插入分栏符后的效果

4.2.3 平均每栏中的内容

在对整篇文档或某一节文档进行分栏时，往往会出现文档的最后一栏的正文是空白或不能排满的情况。图 4-12 所示的产品说明书的最后一部分分栏后的文档就是这种情况，这样没有达到分栏的目的，会影响文档的整体美观。此时用户可以建立长度相等的栏，具体操作步骤如下：

（1）将插入点定位在文档最后一段的结尾处。

（2）执行“插入”→“分隔符”命令，打开“分隔符”对话框。

（3）在“分节符类型”区域选中“连续”单选按钮。

（4）单击“确定”按钮，平均每栏内容后的效果，如图 4-13 所示。

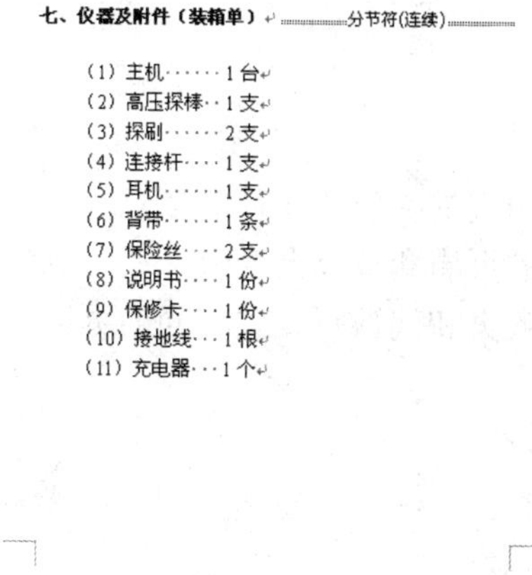

图4-12　平均每栏内容前的效果

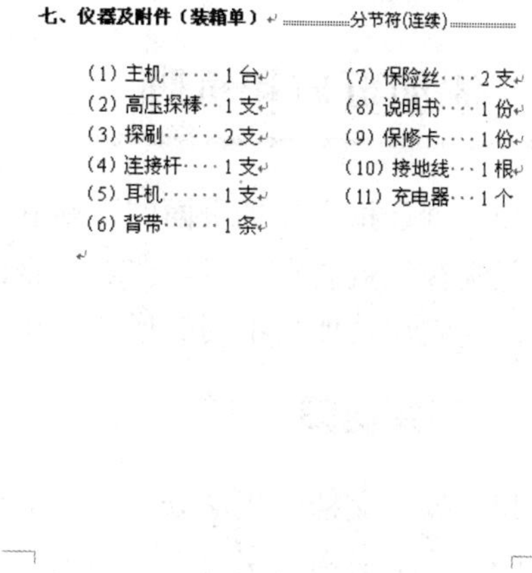

图4-13　平均每栏内容后的效果

4.2.4　取消分栏

如果要取消文档的分栏可以在“分栏”对话框的“预设”区域选择“一栏”即可。在取消分栏时还可以选择取消分栏文档中的部分文档的分栏。在分栏文档中选中要取消分栏的部分文本，然后在“分栏”对话框的“预设”区域中选择“一栏”，单击“确定”按钮后，系统将自动为文档分节，选中的文本被分在一节中，该节的分栏版式被取消。

4.3　首字下沉

首字下沉是文档中常用到的一种排版方式，就是将段落开头的第一个或若干个字母、文字变为大号字，从而使文档的版面出现跌宕起伏的变化使文档更美观。

例如，在产品说明书中将文档第一段的第一个字设置首字下沉效果，具体操作步骤如下：

（1）将鼠标定位在文档第一段中。

（2）执行“格式”→“首字下沉”命令，打开“首字下沉”对话框，如图 4-14 所示。

（3）在“位置”区域选中“下沉”选项，在“字体”下拉列表框中选择“楷体”，在“下沉行数”文本框中选择或输入数值“2”。

（4）单击“确定”按钮，设置首字下沉后的效果，如图 4-15 所示。

图4-14　“首字下沉”对话框

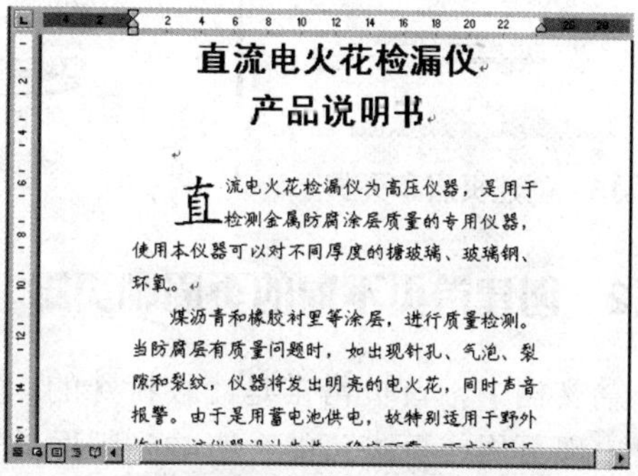

图4-15　设置首字下沉后的效果

提示：如果要设置段落开头的多个文字下沉效果则应首先选中要设置下沉的文本。如果要取消首字下沉效果，则首先选中要取消首字下沉效果的文本，然后执行“格式”→“首字下沉”命令，打开“首字下沉”对话框。在对话框中的“位置”区域中选择“无”选项，单击“确定”按钮即可。

4.4 添加页眉和页脚

页眉和页脚是指在文档页面的顶端和底端重复出现的文字或图片等信息。在普通视图方式下用户无法看到页眉和页脚，在页面视图中看到的页眉和页脚会变淡。还可以将首页的页眉和页脚设置成与其他页不同的形式，也可以对奇数页和偶数页设置不同的页眉和页脚。

4.4.1 创建页脚

页眉和页脚与文档的正文处于不同的层次上，因此在编辑页眉和页脚时不能编辑文档的正文，同样在编辑文档正文时也不能编辑页眉和页脚。

在文档中添加页脚的具体操作步骤如下：

（1）将插入点定位在文档中的任意位置。

（2）执行“视图”→“页眉和页脚”命令，进入页眉和页脚编辑模式，同时打开“页眉和页脚”工具栏，如图 4-16 所示。

（3）用户可以直接在“页眉”或“页脚”区进行编辑，方法和在文档中编辑文档的方法相同，例如可以进行插入图片，绘制自选图形等操作。这里将鼠标定位在页脚区域，然后输入公司的网址 http://www.xuguang.com。

（4）将鼠标定位在输入的文本段落中，单击工具栏上的居中按钮，则输入的公司网址居中显示。

（5）编辑完毕后，单击“关闭”按钮返回文档，为文档添加页脚的效果如图 4-17 所示。

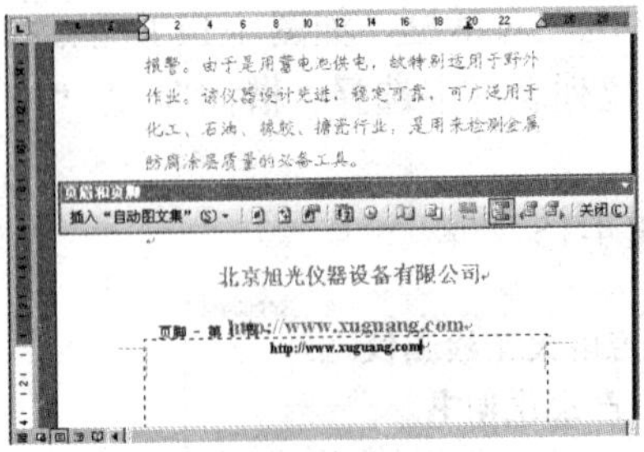

图4-16 创建页眉和页脚

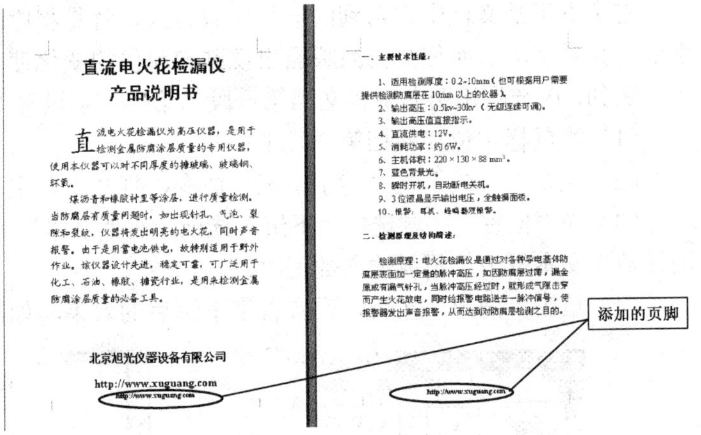

图4-17 添加页脚的效果

4.4.2 创建首页不同的页眉和页脚

在一篇文档中，首页常常是比较特殊的，它往往是文章的封面或图片简介等。在这种情况下如果出现页眉或页脚可能会影响到版面的美观，此时可以设置在首页不显示页眉或页脚内容。

创建首页不同的页眉和页脚的具体操作步骤如下：

（1）将插入点定位在文档中，执行“视图”→“页眉和页脚”命令，进入页眉和页脚编辑模式。

（2）在“页眉和页脚”工具栏中单击“页面设置”按钮，打开“页面设置”对话框，单击“版式”选项卡。

（3）在“页眉和页脚”区域选中“首页不同”复选框，在“应用于”下拉列表框中选择“整篇文档”，如图 4-18 所示。

（4）单击“确定”，这时在页眉区顶部显示“首页页眉”字样，在页脚区显示“首页页脚”字样，如图 4-19 所示。

（5）在首页页眉和页脚中可以输入与其他页不同的页眉和页脚的内容，若不想在首页出现页眉或页脚的内容，不输入任何内容即可。

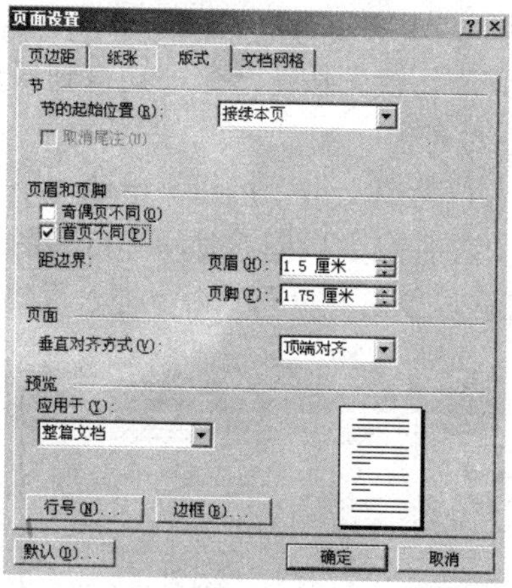

图4-18 “页面设置”对话框

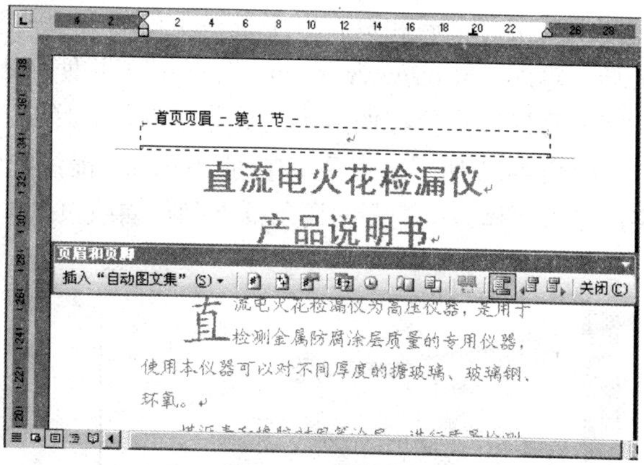

图4-19 创建首页不同的页眉和页脚

（6）单击“页眉和页脚”工具栏中的“显示下一项”按钮，切换到文档的其他页眉或页脚编辑区中进行编辑，这里保持其他页的页脚编辑区的内容不变。

（7）编辑完毕，单击页眉和页脚工具栏中的“关闭”按钮返回文档，这样就创建与首页风格不同的页眉和页脚，如图 4-20 所示。

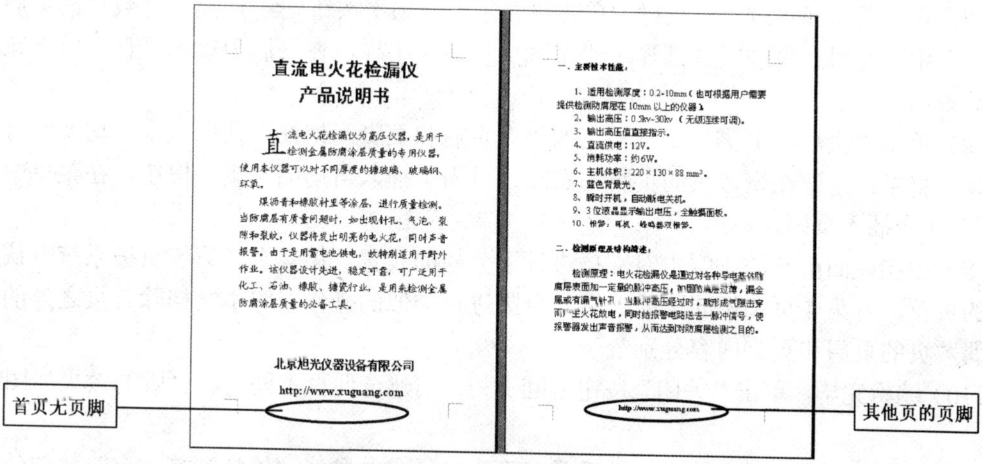

图4-20 创建首页不同的页眉和页脚

4.4.3 创建奇偶页不同的页眉和页脚

有时用户希望在文档的奇数页和偶数页显示不同的页眉或页脚。例如，在奇数页页眉显示产品的名称，在偶数页页眉显示公司的名称。在双面文档中，这种页眉和页脚最为常见。

为产品说明书文档创建奇偶页不同的页眉和页脚，具体操作步骤如下：

（1）将插入点定位在文档中的任意位置，执行“视图”→“页眉和页脚”命令，进入页眉和页脚编辑模式。

（2）在“页眉和页脚”工具栏中单击“页面设置”按钮，打开“页面设置”对话框，单击“版式”选项卡。

（3）在“页眉和页脚”区域选中“奇偶页不同”复选框，在“应用于”下拉列表中选择“整篇文档”。

（4）单击“确定”按钮，返回到文档中，单击“显示下一项”按钮，切换到“偶数页页眉”，在页眉区输入“北京旭光仪器设备有限公司”，如图 4-21 所示。

（5）单击“页眉和页脚”工具栏上的“在页眉和页脚间切换”按钮，切换到偶数页的页脚，输入“http://www.xuguang.com”，并使文本居中对齐。

（6）将鼠标定位在偶数页的页脚的左端，单击“插入自动图文集”按钮，出现一个下拉菜单，如图 4-22 所示。在菜单中列出了系统提供的作者、文件名、日期或时间等自动图文集词条，可以选择自己需要的词条插入到页眉或页脚中。在这里单击“页码”命令插入页码。

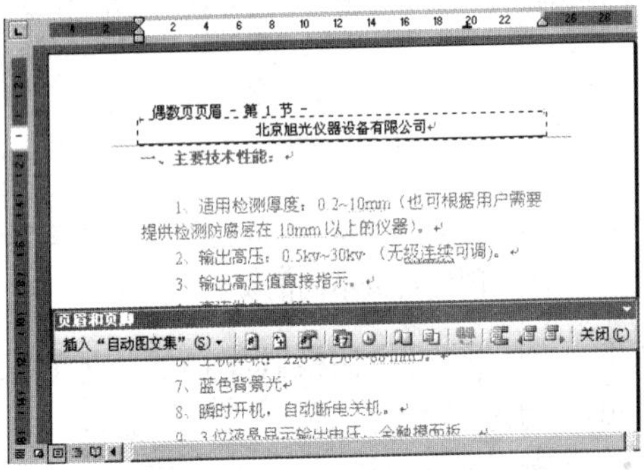

图4-21　设置偶数页页眉的效果

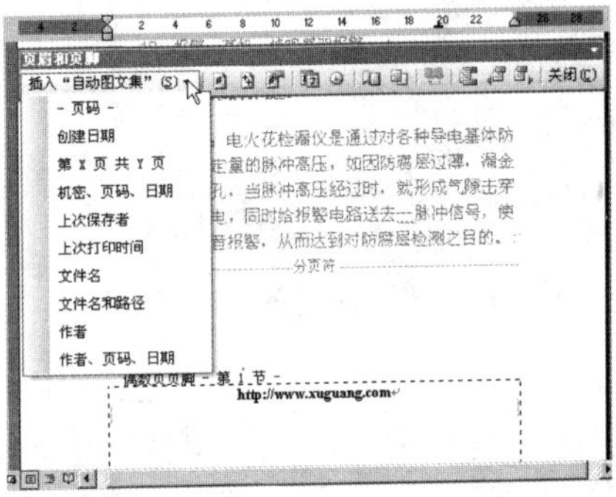

图4-22　设置偶数页页脚的效果

（7）在“页眉和页脚”工具栏中单击“显示下一项”按钮 切换到奇数页的页眉和页脚编辑区中，此时在页眉区顶部显示“奇数页页眉”字样，在页眉中输入“直流电火花检漏仪产品说明书”。

（8）单击“页眉和页脚”工具栏上的“在页眉和页脚间切换”按钮，切换到奇数页的页脚。将鼠标定位在奇数页的页脚的右端，单击“插入自动图文集”按钮，在菜单中单击“页码”命令插入页码。

（9）因在前面小节的讲解中对文档进行了分栏的设置，第 4 页和第 5 页被系统默认为新小节的页首，对第 4 页和第 5 页的页眉和页脚进行类似的操作，将本文档除首页之外的奇数页和偶数页的页眉和页脚内容分别统一。

（10）编辑完毕，单击“关闭”按钮返回文档，创建奇偶页不同页眉页脚的效果如图 4-23 所示。

注意：在设置第 4 页和第 5 页的页眉和页脚时，需要取消“链接到前一个”按钮的自动被选择状态。

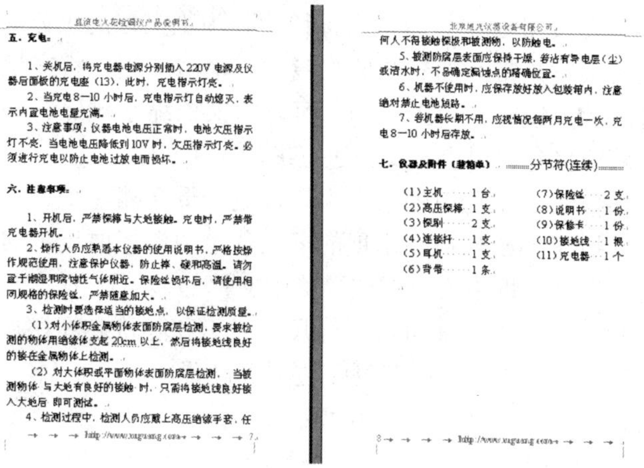

图4-23　创建奇偶页不同页眉页脚的效果

4.5　打印文档

对产品说明书的版面设置完毕后，就可以将说明书打印出来了，Word 2003 提供了多种打印方式，包括打印多份文档、打印输出到文件、手动双面打印等功能，此外利用打印预览功能，用户还能在打印之前查看打印效果。

4.5.1　打印预览

利用 Word 2003 的打印预览功能，可以在正式打印文档之前从屏幕上看到文档被打印后的效果，如果不满意，在打印前进行必要的修改。

打印预览视图是一个独立的视图窗口，与页面视图相比，可以更真实地表现文档外观。而且在打印预览视图中，可任意缩放页面的显示比例，也可同时显示多个页面。

选择“文件”菜单中的“打印预览”命令或者单击“常用”工具栏中的“打印预览”按钮 都可以进入到打印预览视图，如图 4-24 所示。用户通过单击打印预览窗口上方的工具按键，可以进行一些打印预览的设置：

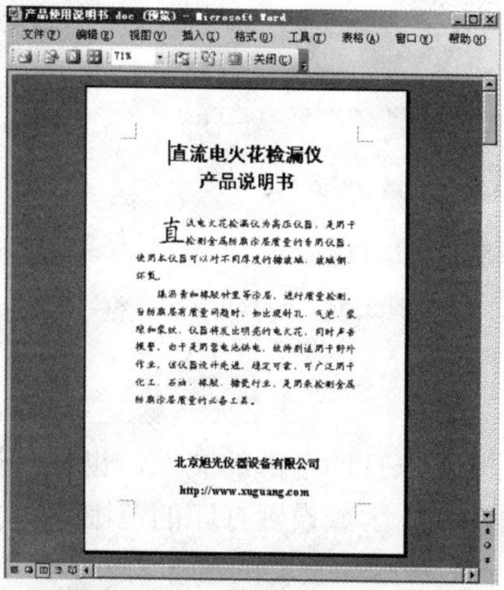

图4-24　“打印预览”视图

- 单击“打印”按钮 可以打印当前预览的文档。

- 单击“放大镜”按钮 然后将鼠标移动到预览文档的上方，鼠标指针将变成放大镜形状。当放大镜是带有加号的放大镜时，单击文档，将文档放大预览；当放大镜是带有减号的放大镜时，单击文档，可以将文档缩小预览。如果“放大镜”按键没有被按下，系统将允许用户对文档进行编辑。
- 单击“单页”按钮 可以使窗口中只预览一页文档。
- 单击“多页”按钮 然后在出现的下拉菜单中选择要显示的页面数目。
- 在“显示比例”文本框中可以调整预览中文档的显示比例。
- 单击“查看标尺”按钮 可以使标尺在显示和隐藏之间切换。在打印预览的状态下，使用标尺可以很容易地调节页面边距等设置。
- 如果文档只超出一页少许可以使用“缩小字体填充”按钮 让系统自动压缩超出的部分显示在一页中。
- 单击“全屏显示”按钮 ，可使预览窗口成全屏显示。
- 单击“关闭”按钮 关闭(C)，可关闭预览视图返回到文档编辑状态。

4.5.2 快速打印

在打印文档时如果想进行快速打印，直接单击“常用”工具栏上的“打印”按钮，这样就可以按 Word 2003 默认的设置进行打印文档。

4.5.3 一般打印

一般情况下，默认的打印设置不一定能够满足用户的要求，此时在“打印”对话框中对打印的具体方式进行设置。

例如要将制作的说明书打印 100 份，具体操作步骤如下：

（1）执行“文件”→“打印”命令，打开“打印”对话框，如图 4-25 所示。

（2）在“副本”区域的“份数”文本框中选择或者输入“100”。

（3）单击“确定”按钮。

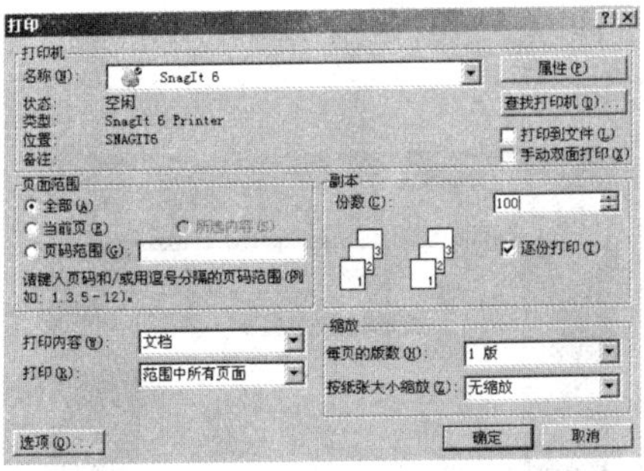

图4-25 “打印”对话框

1. 选择打印的范围

Word 2003 打印文档时，既可以打印全部的文档，也可以打印文档的一部分。用户可以在“打印”对话框中的“页面范围”区域设置打印的范围：

- 选择“全部”单选按钮，可打印文档的全部内容。
- 选择“当前页”单选按钮，可打印插入点所在的页。
- 选定“页码范围”单选按钮，可打印文档指定页码范围的内容，在后面的文本框中输入需要打印的页码范围即可。

- 选择“所选内容”单选按钮，可打印文档中选定的内容。

此外，在“打印”下拉列表中还可以选择打印的是奇数页还是偶数页，或者是用户在页面范围中所选的全部页面。

2. 打印特殊文档项目

用户打印那些放入文档中的特殊项目，如批注、样式和自动图文集词条。当选择要打印这些项目时，将被提供一页或几页列有批注、样式等所选项目的页面，这些页面与文档主体是分开的。用户可以在打印内容下拉列表中选择需要打印的项目。

3. 手动双面打印文档

在使用送纸盒或手动进纸的打印机进行双面打印时，利用“手动双面打印”功能可大大提高打印速度，避免打印过程中的手工翻页操作，如先打印 1、3、5……页，然后把打印了单面的纸放回纸盒再打印 2、4、6……页。要利用“手动双面打印”功能在“打印”对话框中选中“手动双面打印”复选框。

4. 可缩放的文件打印

在 Word 2003 中，文档可以按照缩小或放大的比例进行打印。在“打印”对话框的“缩放”区域的“每页的版数”下拉列表框中可以设置每页纸上将打印的版数，可在每张纸上打印多页文件内容。如果文件页面大于或小于打印纸张，在“按纸型缩放”下拉列表框中选择打印文件的纸型，可使文件按照纸张大小缩放后打印。这项功能对于需要预览多页文档输出结果，或是经常要调整文档输出格式的用户来说，可大大提高打印的效率。

5. 打印到文件

有时，需要把文档打印到一个文件中，而不是打印到打印机上，这样就可以把原来设定用于打印到打印机的一个文档打印到一个文件中，然后可以将得到的文件送到打印中心，执行高质量的打印。

在“打印”对话框中选中“打印到文件”复选项，然后在对话框中对打印选项进行设置，最后单击“确定”按钮，就会打开“打印到文件”对话框，如图 4-26 所示。

在“保存位置”列表框中选定驱动器和文件夹，在文件名文本框中输入文件名。单击“确定”按钮，发送到打印机上的信息就会被存储到指定的文件中。

设定打印到文件还有一个用途就是打印到文件后，可以在没有安装 Word 2003 程序的计算机上使用这个文件进行打印。

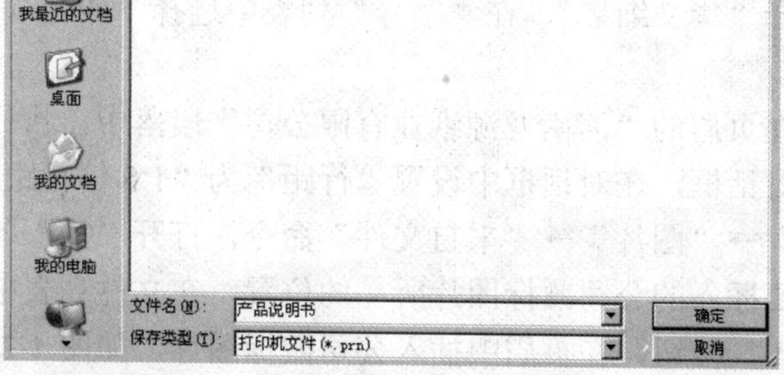

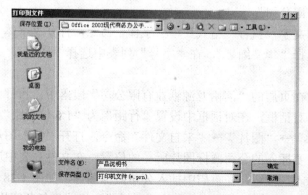

图4-26　“打印到文件”对话框

技巧：产品说明书是对产品的介绍和说明，包括产品的外观、性能、参数、使用方法、操作指南、注意事项等。产品说明书应具备以下几个特点：（1）说明性。说明、介绍产品，是产品说明书的主要功能和目的。（2）真实性。必须客观、准确反映产品。（3）指导性。包含指导消费者使用和维修产品的知识。（4）形式多样性。表达形式可以是文字式，也可以图文兼备。

举一反三　制作商务回复函

通常企业在收到对方的商务信函后会进行回复，这里介绍龙源纸业有限公司接到今晚报业有限公司的传真后的回复函。制作完成后的效果如图 4-27 所示。

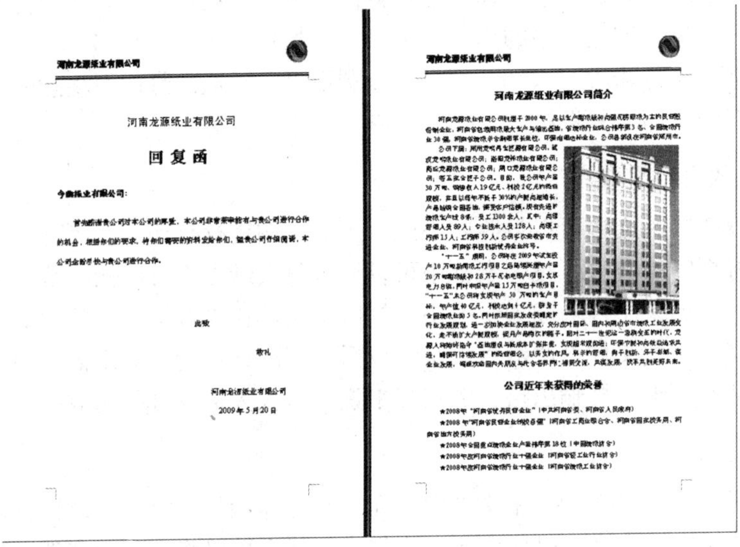
河南龙源纸业有限公司

河南龙源纸业有限公司

回复函

今晚纸业有限公司：

首先感谢贵公司对本公司的厚爱，本公司非常荣幸能有与贵公司进行合作的机会，根据你们的要求，将你们需要的资料发给你们，望贵公司仔细阅读，本公司会尽早快与贵公司进行合作。

此致

敬礼

河南龙源纸业有限公司

2009年5月20日

河南龙源纸业有限公司

河南龙源纸业有限公司简介

公司近年来获得的荣誉

图4-27　商务回复函

在制作商务回复函之前首先打开“案例与素材\第 4 章素材”文件夹中的“商务回复函（初始）.doc”文档。

在制商务回复函时我们可以把公司的名称和徽标放在信函的页眉中，制作商务回复函的具体操作步骤如下：

（1）将插入点定位在商务回复函中的任意位置。

（2）执行“视图”→“页眉和页脚”命令，进入页眉和页脚编辑模式，在页眉中输入文字“河南龙源纸业有限公司”。

（3）选中输入的文字，执行“格式”→“字体”命令，打开“字体”对话框，在“中文字体”下拉列表中选择“华文细黑”，在“字号”列表中选择“四号”，在“效果”区域选中“空心”复选框。

（4）将鼠标定位在页眉的“河南龙源纸业有限公司”段落中，执行“格式”→“段落”命令，打开“段落”对话框，在对话框中设置“行距”为“1.5 倍行距”。

（5）执行“插入”→“图片”→“来自文件”命令，打开“插入图片”对话框。在“查找范围”列表中选中要插入的公司徽标图片所在的位置，在文件列表中选择需要插入的公司徽标图片，单击“插入”按钮，在页眉中插入公司徽标图片，如图 4-28 所示。

（6）执行“格式”→“任务窗格”命令打开“样式和格式”任务窗格。在“样式和格式”

任务窗格的“所选文字的格式”列表中显示“页眉”选项，单击该选项的下拉三角形按钮，在下拉菜单中选择“修改”命令，如图 4-29 所示。

（7）在打开的“修改样式”对话框中单击“格式”按钮，在下拉菜单中选择“边框”命令，如图 4-30 所示。

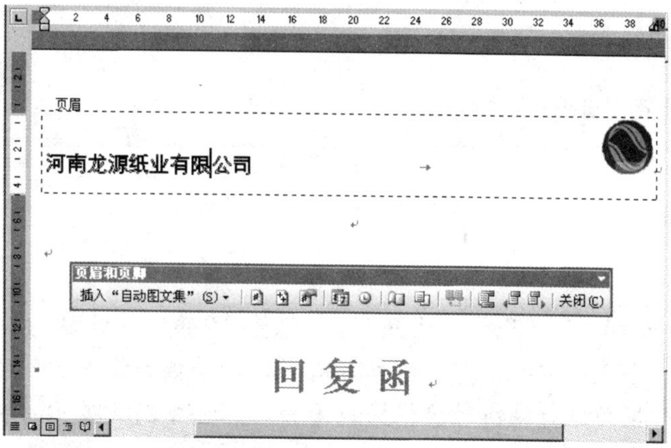

图4-28　在页眉中插入公司徽标图片

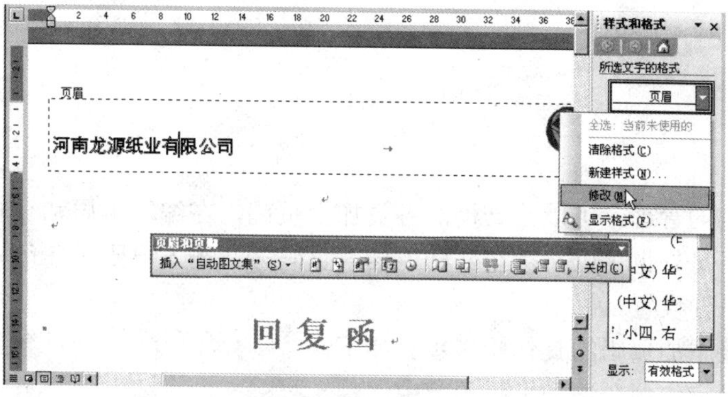

图4-29　修改页眉和页脚

（8）在打开的“边框和底纹”对话框中选择“边框”选项卡，在“设置”区域单击“自定义”按钮，在“线型”列表中选择需要的线型，在“预览”区域单击“下边线”按钮，如图 4-31 所示。

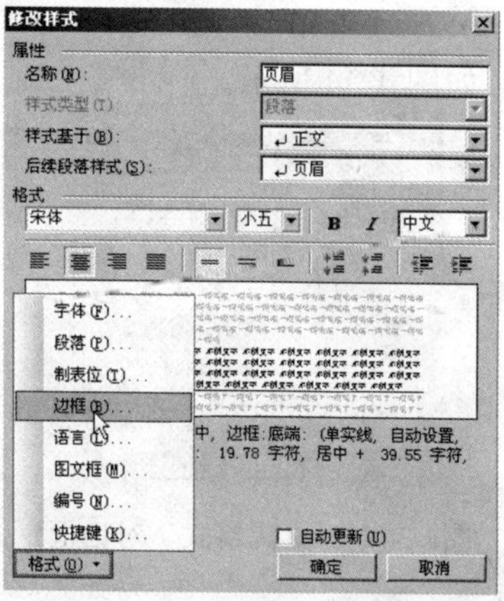

图4-30　“修改样式”对话框

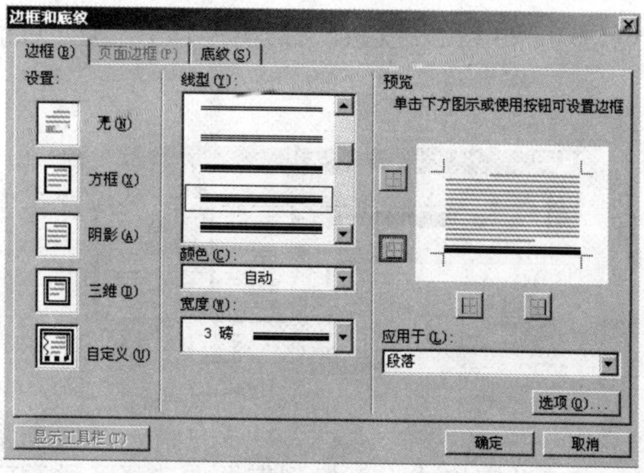

图4-31　“边框和底纹”对话框

（9）单击“页眉和页脚”工具栏中的“页面设置”按钮，打开“页面设置”对话框，单击“版式”选项卡。在“距边界”区域的“页眉”文本框中选择或输入“1.75 厘米”，在“页眉”文本框中选择或输入“1.5 厘米”。

（10）单击“页眉和页脚”工具栏中的“关闭”按钮，得到的页眉效果如图 4-32 所示。

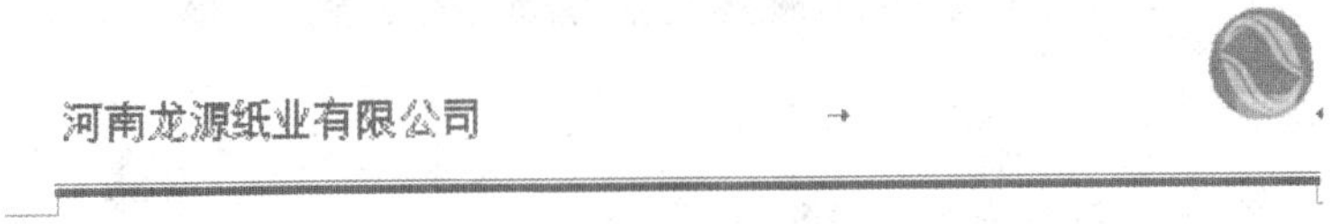

图4-32　设置的页眉效果

回头看

通过案例“产品说明书”以及举一反三“商务回复函”的操作练习，主要学习了 Word 2003 提供的分页、分节、分栏、首字下沉、添加页眉和页脚等版面设置操作的方法和技巧。这其中关键之处在于，对版面进行编排时要根据版面的内容需要以及版面的整体要求来采用不同的方法和技术，否则会起到适得其反的效果。

知识拓展

1. 插入页码

为了方便文档的管理，可以给文档的各页加上页码，在编辑页眉和页脚时可以在页眉和页脚区插入页码。另外也可以直接在文档中插入页码，在插入页码时还可以对页码的数字格式以及起始编号进行设置。

在文档中直接添加页码的具体操作步骤如下：

（1）将插入点定位到要添加页码的节中。

（2）执行“插入”→“页码”命令，打开“页码”对话框，如图 4-33 所示。

（3）在“位置”下拉列表框中选定页码出现的位置，在“对齐方式”下拉列表中选择页码的对齐方式，在“预览”区域可以看到插入页码的大体位置。

（4）选中“首页显示页码”复选框，则第一页就出现页码，如果第一页是标题页，不需要显示页码，则可以取消此复选框的选中状态。

（5）单击“格式”按钮，打开“页码格式”对话框，如图 4-34 所示。

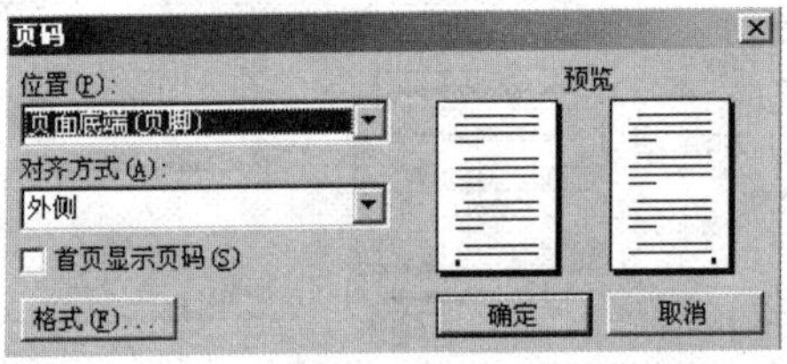

图4-33　“页码”对话框

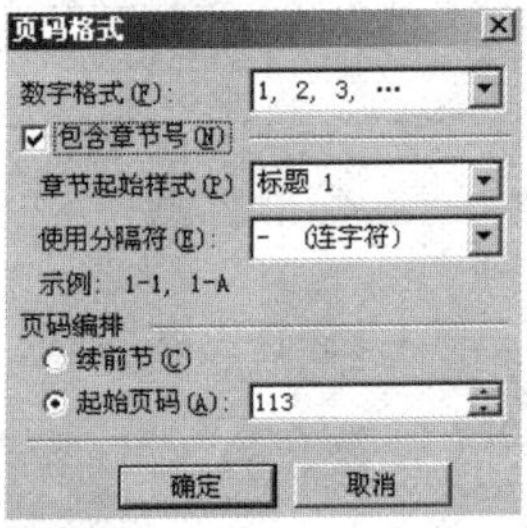

图4-34　“页码格式”对话框

（6）在“数字格式”下拉列表框中选择一种数字格式。

（7）在“页码编排”区域可以选择“续前节”或“起始页码”，如果选择“起始页码”

则需在文本框中输入第一页设置的起始页码数。

（8）单击“确定”按钮，返回到“页码”对话框。

（9）单击“确定”按钮，在文档中插入页码。

如果要删除页码则必须进入页眉和页脚区，在页脚编辑区中选中设置的页码，然后进行删除。

2. 在同一文档中创建不同的页眉页脚

用户可以在一篇文档中创建不相同的页眉和页脚，创建的前提是该文档必须被分为不同的节。在同一文档中创建不相同的页眉和页脚的具体操作步骤如下：

（1）将插入点定位到要创建页眉和页脚的第一个节中。

（2）单击“视图”→“页眉和页脚”命令，进入页眉和页脚编辑模式，在页眉区会显示“页眉-第 1 节-”字样，用户可以对页眉和页脚进行编辑。

（3）将鼠标定位在要创建不同页眉和页脚的节中，用户会发现在页眉或页脚编辑区出现系统默认的“与上一节相同”字样，如图 4-35 所示。

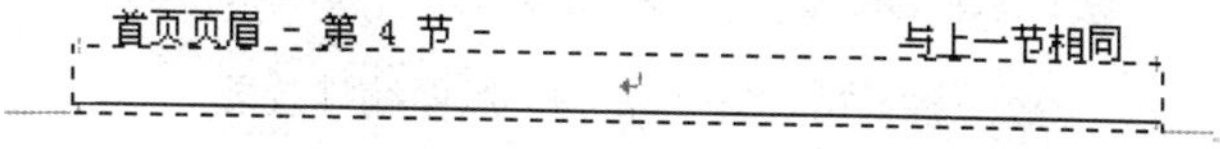

图4-35　切换到另一个节中

（4）单击“页眉和页脚”工具栏中的“链接到前一个”按钮，取消该按钮的被选中状态，断开当前节中的页眉和页脚与上一节的链接，此时“前一节”字样将消失。

（5）在页眉或页脚区创建新的页眉或页脚，编辑完毕返回文档。这样就可以为文档中的不同节设置不同的页眉和页脚了。

习题4

填空题

1．文档中的分节符包括________、________、________和________四种。

2．首字下沉包括________和________两种效果。

3．页眉和页脚是指在文档页面的顶端和底端重复出现的________或________等信息。

4．手工插入的分页符在普通视图和页面视图方式下它是________存在的，并在中间标有“分页符”字样。

5．要进入页眉和页脚的编辑状态，可以选择________菜单中的“页眉和页脚”命令。

6．如果要设置最简单的页码。可以选择______菜单中的“页码”命令。

操作题

打开“案例与素材\第 4 章素材”文件夹中的“科普常识（初始）.doc”文档，按下述要求完成全部操作，结果如图 4-36 所示。

1．分栏设置：

- 将正文第一段分为“栏宽相等”的两栏。
- 将正文最后两段分为“栏宽相等”的三栏，并添加分隔线。

2. 页眉和页脚设置：

- 在页眉的左端插入页眉“科普常识”。
- 在页眉的右端插入页码。

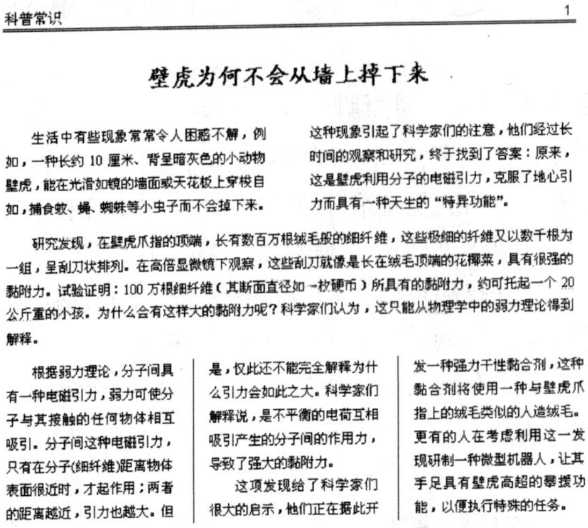
科普常识 1

壁虎为何不会从墙上掉下来

生活中有些现象常常令人困惑不解，例如，一种长约 10 厘米、背呈暗灰色的小动物壁虎，能在光滑如镜的墙面或天花板上穿梭自如，捕食蚊、蝇、蜘蛛等小虫子而不会掉下来。这种现象引起了科学家们的注意，他们经过长时间的观察和研究，终于找到了答案：原来，这是壁虎利用分子的电磁引力，克服了地心引力而具有一种天生的“特异功能”。

研究发现，在壁虎爪指的顶端，长有数百万根绒毛般的细纤维，这些极细的纤维又以数千根为一组，呈刮刀状排列。在高倍显微镜下观察，这些刮刀就像是长在绒毛顶端的花椰菜，具有很强的黏附力。试验证明：100 万根细纤维（其断面直径如一枚硬币）所具有的黏附力，约可托起一个 20 公斤重的小孩。为什么会有这样大的黏附力呢？科学家们认为，这只能从物理学中的弱力理论得到解释。

根据弱力理论，分子间具有一种电磁引力，弱力可使分子与其接触的任何物体相互吸引。分子间这种电磁引力，只有在分子(细纤维)距离物体表面很近时，才起作用；两者的距离越近，引力也越大。但是，仅此还不能完全解释为什么引力会如此之大。科学家们解释说，是不平衡的电荷互相吸引产生的分子间的作用力，导致了强大的黏附力。

这项发现给了科学家们很大的启示，他们正在据此开发一种强力干性黏合剂，这种黏合剂将使用一种与壁虎爪指上的绒毛类似的人造绒毛。更有的人在考虑利用这一发现研制一种微型机器人，让其手足具有壁虎高超的攀援功能，以便执行特殊的任务。

图4-36 “科普常识”版面编排效果

第 5 章　在 Word 2003 中应用表格
——制作个人简历和列车时刻表

表格是编辑文档时常见的文字信息组织形式，它的优点就是结构严谨、效果直观。以表格的方式组织和显示信息，可以给人一种清晰、简洁、明了的感觉。

知识要点

- 创建表格
- 在表格中输入数据
- 调整表格结构
- 修饰表格

任务描述

在就业形势严峻的今天，找到一份满意的工作可不是一件容易的事，在应聘时如果拿着一份吸引人的简历可能会对应聘起到意想不到效果。利用 Word 2003 提供的强大、便捷的表格制作和编辑功能，可以方便快捷地完成一个如图 5-1 所示的简历，拿着它去找工作肯定能起到事半功倍的作用！

个·人·简·历

个人基本信息				
姓····名	——	性···别	男	照··片
年····龄	24	婚姻状况	否	
家庭住址	北京市海淀区幸福小区	籍···贯	河南郑州	
联系电话	——	电子邮件	——	
求职意向及工作经历				
应聘职位	机械设计/制图/制造	职位类型	全职	
待遇要求	月薪 3000—4000 元	工作地区	不限	
工作经历	2007 年 8 月至 2008 年 2 月在北京亚力机械有限公司担任技术员 2008 年 2 月至今在北京亚力机械有限公司担任工程师			
教育背景				
毕业院校	蓝天职业技术学院	最高学历	本科	
所学专业	机电一体化	毕业年份	2007 年	
教育培训经历	2003 年 9 月至 2007 年 7 月···蓝天职业技术学院···机电一体化 2007 年 10 至 12 月······在北京市劳动职业技能中心培训，并通过北京市劳动厅的考试，考取了加工中心高级证。 2008 年 1 月·····ISO 内审员培训······内审员资格证书			
特····长				
语····言	英语水平六级			
技能专长	本人专业基础扎实,学习能力、动手能力强，熟悉掌握各类机床（车、刨、磨、铣、钻）、钳工和各类焊接（电弧焊、氧焊、氩弧焊）的操作。能操作平面设计软件，AUTOCAD，PROE，OFFICE 等软件，已取得机械设计工程工程师，加工中心操作中级证和高级证。			
其他信息				
自我评价	本人工作认真细致，勤奋好学，适应能力强，能出色完成本职工作，特别有团队合作精神。个人兴趣广泛，业余喜欢阅读、音乐及运动。希望能在未来的职业生涯中学到更多的知识，提升个人的整体素质。			
发展方向				
其他要求				

图5-1　“个人简历”表格

案例分析

完成个人简历的制作首先要创建一个表格并在表格中输入文本和信息，然后通过插入行（列）、删除行（列）、合并单元格、拆分单元格、调整行高和列宽、设置表格中文本的格式以及设置表格的边框和底纹等操作对个人简历表格进行设置。

本章所涉及案例的素材和最终效果文件请登录华信教育资源网（www.hxedu.com.cn）下载，在下载后的“案例与素材\第 5 章素材”和“案例与素材\第 5 章案例效果”文件夹中。

5.1 创建表格

表格是由水平的行和垂直的列组成，行与列交叉形成的方框称之为单元格。在 Word 2003 中提供了多种创建表格的方法，可以使用“插入表格”命令或“插入表格”按钮等方法来创建表格。

5.1.1 利用“插入表格”对话框创建表格

利用“插入表格”对话框创建的表格，可以在其中输入表格的行数和列数，系统自动在文档中插入表格，这种方法不受表格行、列数的限制，并且还可以同时设置表格的列宽。

利用“插入表格”对话框创建简历表格的具体操作步骤如下：

（1）将插入点定位在要插入表格的位置。

（2）执行“表格”→“插入”→“表格”命令，打开“插入表格”对话框，如图 5-2 所示。

（3）在“列数”文本框中选择或输入表格的列数值，这里输入“5”；在“行数”文本框中选择或输入表格的行数值，这里输入“20”；在“自动调整”操作选项区域中还可以选择以下操作内容：

- 选择“固定列宽”，可以在数值框中输入或选择列的宽度，也可以使用默认的“自动”选项把页面的宽度在指定的列之间平均分布。
- 选择“根据窗口调整表格”，可以使表格的宽度与窗口的宽度相适应，当窗口的宽度改变时，表格的宽度也跟随变化。
- 选择“根据内容调整表格”单选按钮，可以使列宽自动适应内容的宽度。单击“自动套用格式”按钮，可以按预定义的格式创建表格。

（4）选中“为新表格记忆此尺寸”选项，此时对话框中的设置将成为以后新建表格的默认值。

（5）单击“确定”按钮完成插入表格的操作，如图 5-3 所示。

提示：如果在插入表格之前没有输入表格标题，想要在表格上方插入一个空行用于输入表格标题。将鼠标指针放在表格的第一个单元格中，按下回车键，就可以在表格上方插入一个空行。

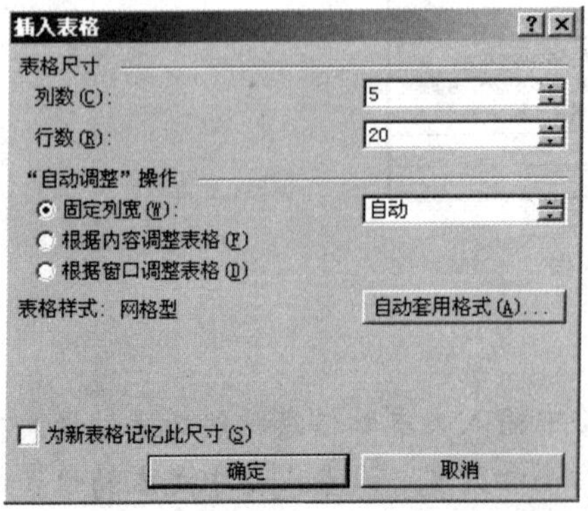

图5-2 “插入表格”对话框

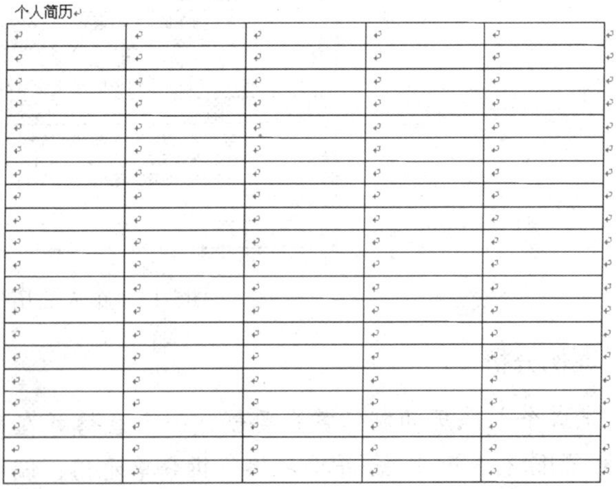

图5-3 插入的表格

5.1.2 利用“插入表格”按钮创建表格

如果创建的表格行列数比较少，可以利用“常用”工具栏中的“插入表格”按钮，但是创建的表格不能设置自动套用格式和列宽，而是需要在创建表格后作进一步地调整。

利用“插入表格”按钮创建表格的具体操作步骤如下：

（1）将插入点定位在文档中要插入表格的位置。

（2）在“常用”工具栏中单击“插入表格”按钮 ，此时在屏幕上出现一个网格。按住鼠标左键沿网格左上角向右拖动指定表格的列数，向下拖动指定表格的行数，如图 5-4 所示即为准备绘制一个 6 行 8 列的表格。

（3）当拖动需要的行列时松开鼠标，即可在插入点处绘制一个平均分布各行、平均分布各列的规则的表格。

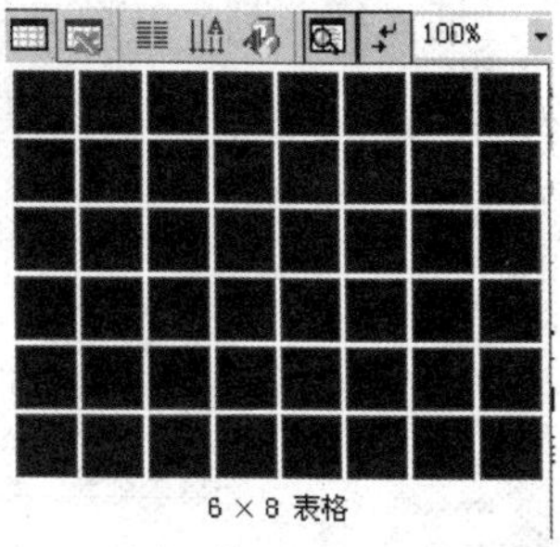

图5-4　利用“插入表格”按钮创建表格

5.2 编辑表格

编辑表格主要包括在表格中移动插入点并在相应的单元格中输入文本和信息，移动和复制单元格中的内容以及插入、删除行（列）等一些基本的编辑操作。

5.2.1 在表格中输入文本和信息

在表格中输入文本和信息与在文档中输入文本的方法一样，都是先定位插入点，创建好表格后插入点默认地定位在第一个单元格中。如果需要在其他单元格中输入内容，只要用鼠标单击该单元格即可定位插入点，然后再向表格中输入文本和信息就可以了。

如果在单元格中输入文本时出现错误，按“Backspace”键删除插入点左边的字符，按“Delete”键删除插入点右边的字符，在创建的个人简历表格中输入基本内容后的效果如图 5-5 所示。

个人简历

个人基本信息				
姓名		性别		照片
家庭住址		籍贯		
联系电话		电子邮件		
求职意向及工作经历				
应聘职位		职位类型		
待遇要求		工作地区		
工作经历				
教育背景				
毕业院校		最高学历		
所学专业		毕业年份		
教育培训经历				
特长				
语言				
技能专长				
其他信息				
自我评价				
发展方向				
其他要求				

图5-5　在创建的表格中输入内容

5.2.2 插入、删除行（列）

在创建表格时可能有的行（列）不能满足要求，此时可以在表格中插入行（列）或者删除多余的行（列）使表格的行（列）能够满足需要。

1. 插入行（列）及单元格

如果用户希望在表格的某一位置插入行（列），首先将鼠标定位在对应位置，然后选择“表格”菜单中“插入”命令下的选项即可。

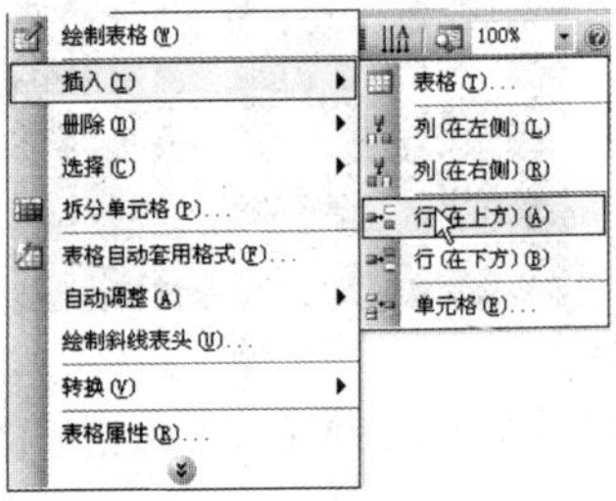

图5-6 “插入”子菜单

例如，在简历表格中输入文字后发现没有“年龄”一项，因此需要在简历表格“家庭住址”所在行的上方插入一个新行，具体操作步骤如下：

（1）将插入点定位在“家庭住址”单元格中。

（2）执行“表格”菜单中的“插入”命令，出现一个子菜单，如图5-6所示。

（3）在子菜单中单击“行（在上方）”命令。

（4）在插入的行中输入“年龄、婚姻状况”等相应文本，效果如图5-7所示。

“插入”子菜单中其他命令的功能如下：

- 选择“表格”命令，可在插入点处插入一个新表格。
- 选择“列（在左侧）”命令，可在插入点所在列的左边插入新列。
- 选择“列（在右侧）”命令，可在插入点所在列的右边插入新列。
- 选择“行（在下方）”命令，可在插入点所在行的下方插入新行。

提示： 如果在“插入”子菜单中选择“单元格”命令，就会打开“插入单元格”对话框，如图5-8所示，用户根据需要选择相应的选项后就会出现不同的结果。

个人简历

插入的新行

个人基本信息				
姓名		性别		照片
年龄		婚姻状况		
家庭住址		籍贯		
联系电话		电子邮件		
求职意向及工作经历				
应聘职位		职位类型		
待遇要求		工作地区		
工作经历				
教育背景				
毕业院校		最高学历		
所学专业		毕业年份		
教育培训经历				
特长				
语言				
技能专长				
其他信息				
自我评价				
发展方向				
其他要求				

图5-7 插入一行效果

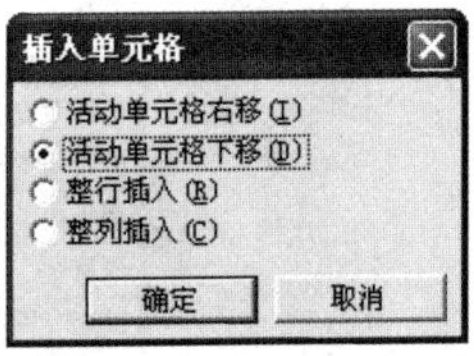

图5-8 “插入单元格”对话框

2. 删除行（列）及单元格

在插入表格时，对表格的行或列控制的不好将会出现多余的行或列，可以根据需要将多余的行或列删除。在删除单元格、行或列时，单元格、行或列中的内容也同时被删除。

如果希望将表格的某行（列）删除，首先将鼠标定位在对应位置，然后执行“表格”→“删除”命令，在子菜单中选择需要删除的行（列）即可。

例如简历表格的最后一行是多余的，用户可以将它删除，具体操作步骤如下：

（1）将插入点定位在最后一行中的任意单元格中。

（2）执行“表格”→“删除”→“行”命令，则最后一行的单元格和单元格中的内容都被删除。

5.2.3 合并、拆分单元格

Word 2003 允许将多个单元格合并成一个单元格，或者将一个单元格拆分为多个单元格，这为制作复杂的表格提供了极大的便利。

1. 合并单元格

在调整表格结构时，如果需要让几个单元格变成一个单元格，可以利用 Word 2003 提供的合并单元格功能。例如对简历表格的单元格进行合并，具体操作步骤如下：

（1）选中“个人基本信息”以及右侧的四个单元格。

（2）执行“表格”|“合并单元格”命令，或单击鼠标右键在快捷菜单中选择“合并单元格”命令，则选中的单元格被合并为一个单元格。

（3）重复操作，将表格中需要合并的单元格区域依次合并，效果如图 5-9 所示。

个人简历

<table>
<tr><td colspan="5">个人基本信息</td></tr>
<tr><td>姓名</td><td></td><td>性别</td><td></td><td rowspan="4">照片</td></tr>
<tr><td>年龄</td><td></td><td>婚姻状况</td><td></td></tr>
<tr><td>家庭住址</td><td></td><td>籍贯</td><td></td></tr>
<tr><td>联系电话</td><td></td><td>电子邮件</td><td></td></tr>
<tr><td colspan="5">求职意向及工作经历</td></tr>
<tr><td>应聘职位</td><td></td><td>职位类型</td><td colspan="2"></td></tr>
<tr><td>待遇要求</td><td></td><td>工作地区</td><td colspan="2"></td></tr>
<tr><td>工作经历</td><td colspan="4"></td></tr>
<tr><td>教育背景</td><td colspan="4"></td></tr>
<tr><td>毕业院校</td><td></td><td>最高学历</td><td colspan="2"></td></tr>
<tr><td>所学专业</td><td></td><td>毕业年份</td><td colspan="2"></td></tr>
<tr><td>教育培训经历</td><td colspan="4"></td></tr>
<tr><td colspan="5">特长</td></tr>
<tr><td>语言</td><td colspan="4"></td></tr>
<tr><td>技能专长</td><td colspan="4"></td></tr>
<tr><td colspan="5">其他信息</td></tr>
<tr><td>自我评价</td><td colspan="4" rowspan="3"></td></tr>
<tr><td>发展方向</td></tr>
<tr><td>其他要求</td></tr>
</table>

图5-9　合并单元格的效果

2. 拆分单元格

拆分单元格最简单的方法是使用“表格和边框”工具栏中的“绘制表格”按钮在单元格中画出边线，鼠标将变成铅笔状，在单元格中拖动铅笔状的鼠标时，被鼠标拖过的地方将出现边线。在拆分单元格时如果情况比较复杂可以使用“拆分单元格”命令对要拆分的单元格进行设置。

在上面合并单元格的过程中不小心将最后几个单元格合并错了，这里可以将其拆分，具体操作步骤如下：

（1）将鼠标指针定位在要拆分的单元格中，这里定位在最后一个单元格中。

（2）执行“表格”→“拆分单元格”命令，或者在“表格与边框”工具栏中单击“拆分单元格”命令，打开“拆分单元格”对话框，如图 5-10 所示。

（3）在“列数”文本框中选择或输入要拆分的列数，这里选择“1”；在“行数”文本框中选择或输入要拆分的行数，这里选择“3”。

（4）单击“确定”按钮，拆分后的效果如图 5-11 所示。

提示：在拆分单元格时如果用户选中的是多个单元格，则在“拆分单元格”对话框中用户还可以选中“拆分前合并单元格”复选框，这样在拆分时首先将选中的多个单元格进行合并，然后再拆分。

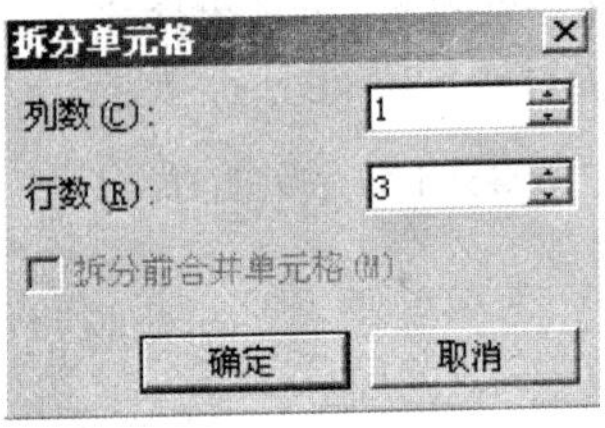

图5-10 “拆分单元格”对话框

个人简历

个人基本信息				
姓名		性别		照片
年龄		婚姻状况		
家庭住址		籍贯		
联系电话		电子邮件		
求职意向及工作经历				
应聘职位		职位类型		
待遇要求		工作地区		
工作经历				
教育背景				
毕业院校		最高学历		
所学专业		毕业年份		
教育培训经历				
特长				
语言				
技能专长				
其他信息				
自我评价				
发展方向				
其他要求				

图5-11 拆分单元格的效果

5.3 修饰表格

表格创建编辑完成后，为了使其更加美观大方，还可以进行如添加边框和底纹、设置表格中文本的对齐方式等修饰。

5.3.1 调整行高、列宽及单元格的宽度

对于已有的表格，为了突出显示标题行的内容，或者让各列的宽度与内容相符，用户可以调整行高与列宽。在 Word 2003 中不同的行可以有不同的高度，但同一行中的所有单元格必须具备相同的高度；列则有点特殊，同一列中各单元格的宽度可以不同。

1. 调整行高

调整简历表格行高的具体操作步骤如下：

（1）单击表格左上角的选定控制点选中整个表格，执行“表格”→“表格属性”命令，打开“表格属性”对话框。

（2）选择“行”选项卡，如图 5-12 所示。选中“指定高度”复选框，然后在文本框中选择或输入具体的数值。

（3）单击“确定”按钮，调整行高后的效果如图 5-13 所示。

这种方法适合于表格中所有的行高都是一样的情况，如果需要单独调整某一行的行高可

以选中某一行然后在对话框中设置行的高度。

如果对行的高度要求不是很精确，也可以手动调整。由于简历表格中的“工作经历”、“教育培训经历”、“机能专长”和“自我评价”等行中所要填写的内容较多，用户可以适当增加行高，使它能够容纳更多的内容。

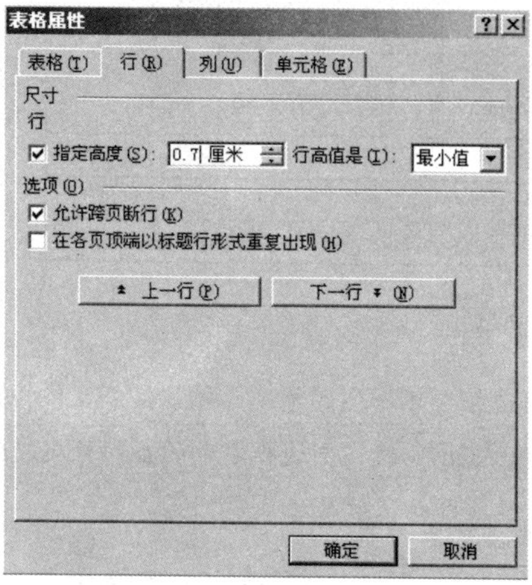

图5-12 “表格属性”对话框

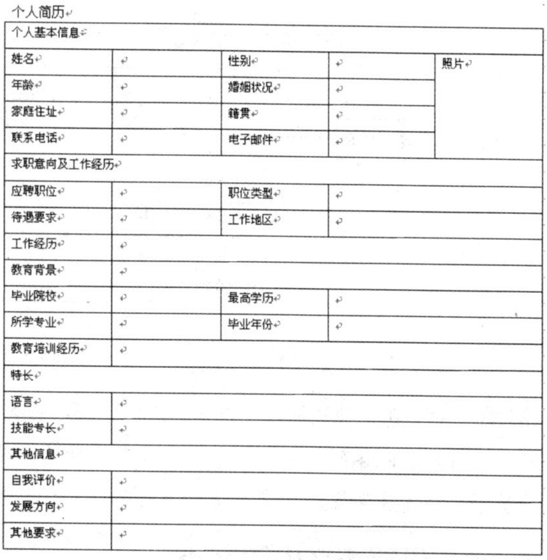

图5-13 调整行高后的效果

将鼠标指针移动到要调整行高的行边框线上，这里移动到“工作经历”的下边线上。当出现一个改变大小的行尺寸工具  时按住鼠标左键向下（上）拖动鼠标，此时出现一条水平的虚线，显示改变行高度后的位置，如图 5-14 所示，当行高调整合适时松开鼠标，效果如图 5-15 所示。

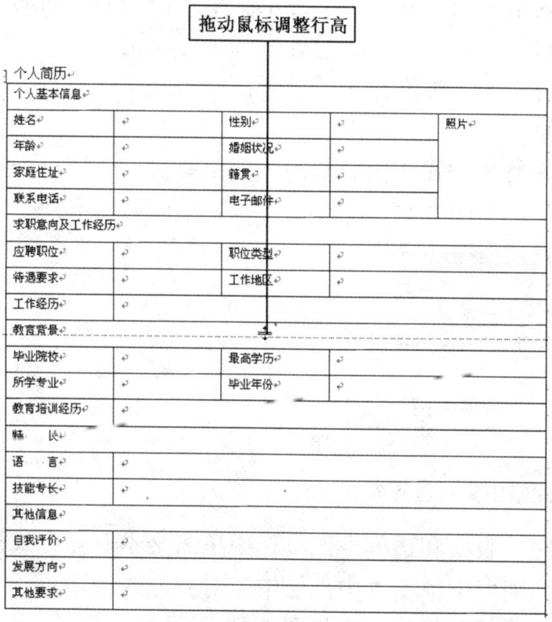

图5-14 利用鼠标调整行高

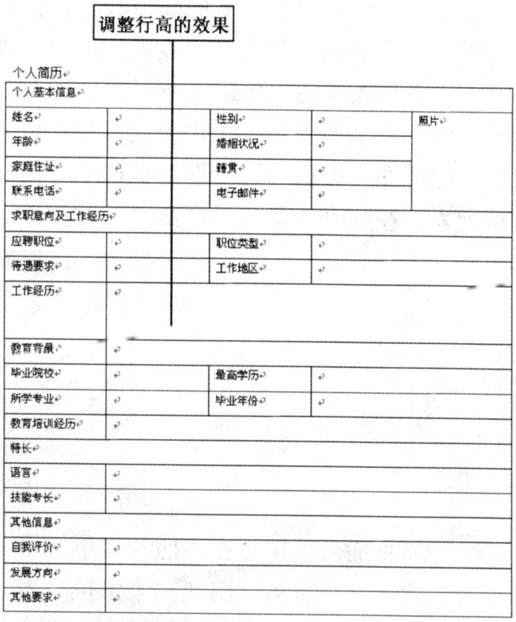

图5-15 调整行高后的效果

2．调整列宽

将鼠标指针移动到要调整列宽的列边框线上，当出现一个改变大小的列尺寸工具 ⫲ 时按住鼠标左键拖动鼠标，此时出现一条垂直的虚线，显示列改变后的宽度，如图 5-16 所示。到达合适位置释放鼠标即可。

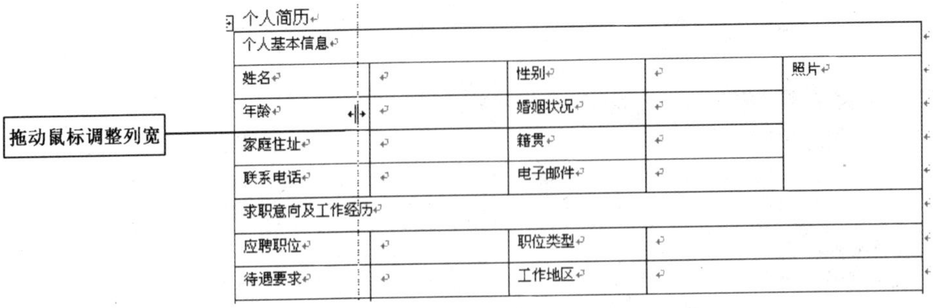

图5-16　调整列宽时的效果

提示：如果在拖动鼠标时，按住“Shift”键，将会改变边框左侧一列的宽度，并且整个表格的宽度将发生变化，但是其他各列的宽度不变。如果在拖动鼠标时按住“Ctrl”键，则边框右侧的各列宽度发生均匀变化，整个表格宽度不变。如果在拖动鼠标时，按住“Alt”键，可以在标尺上显示列宽。

5.3.2　设置表格中的文本

设置表格中文本的格式和在普通文档中一样，可以采用设置文档中文本格式的方法设置表格中文本的字体、字号、字形等格式，此外还可以设置表格中文字的对齐方式。

1．设置单元格中文本的对齐方式

单元格默认的对齐方式为“靠上两端对齐”，即单元格中的内容以单元格的上边线为基准向左对齐。如果单元格的高度较大，但单元格中的内容较少不能填满单元格时靠上两端对齐的方式会影响整个表格的美观，用户可以对单元格中文本的对齐方式进行设置。

下面就为简历表中的文本设置一下对齐方式，具体操作步骤如下：

（1）将插入点定位在“个人信息”单元格。

（2）在“表格和边框”工具栏中单击文本对齐方式按钮右侧的下三角箭头，出现一个下拉列表，在列表中单击“中部两端对齐”选项，如图 5-17 所示。

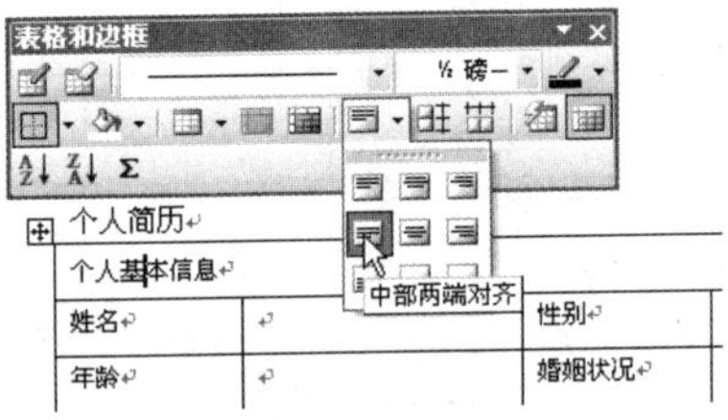

图5-17　设置单元格中文本对齐方式

（3）将插入点定位在“照片”单元格，在“表格和边框”工具栏中单击文本对齐方式按钮右侧的下三角箭头，出现一个下拉列表，在列表中单击“中部居中”对齐方式选项。

（4）按照相同的方法设置其他文本的对齐格式，最终效果如图 5-18 所示。

2. 设置单元格中文本的格式

简历表格内部的字体应选择合适的字体大小，一般情况下，中文应选择“小四”或“五号”字，保证招聘人员能清晰、快速地阅读。为了使简历表格显得整洁整齐，可以在文字较少的文字中间添加空格，如在“姓名”的中间添加空格使其长度与四个文字的长度相同。简历表格的标题字体应该比较醒目，因此将其设置为稍大的字体，如设置为小二号字、黑体字体，并将其居中显示。在简历表格中的相应位置输入自己的应聘信息，如图 5-19 所示。

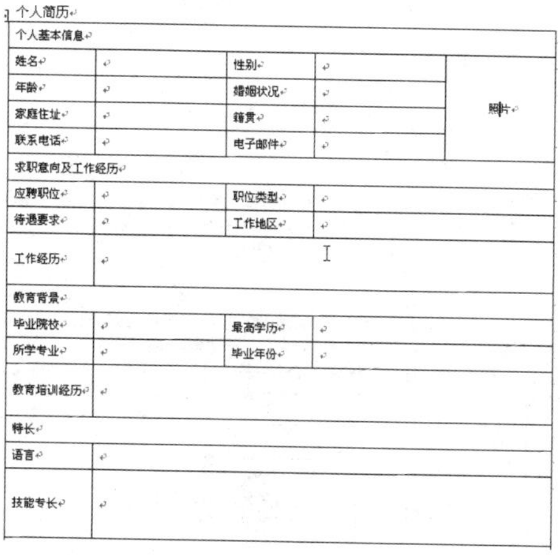

个人简历

个人基本信息				
姓名		性别		照片
年龄		婚姻状况		
家庭住址		籍贯		
联系电话		电子邮件		
求职意向及工作经历				
应聘职位		职位类型		
待遇要求		工作地区		
工作经历				
教育背景				
毕业院校		最高学历		
所学专业		毕业年份		
教育培训经历				
特长				
语言				
技能专长				

图5-18　设置单元格中文本的对齐方式效果

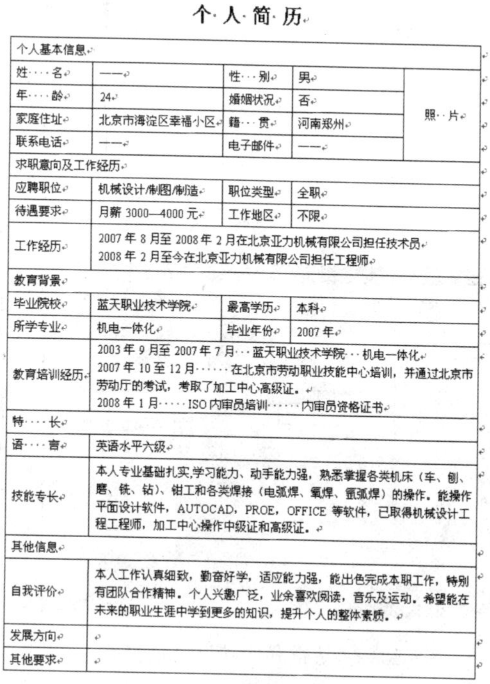

个 人 简 历

个人基本信息				
姓　名	——	性　别	男	照　片
年　龄	24	婚姻状况	否	
家庭住址	北京市海淀区幸福小区	籍　贯	河南郑州	
联系电话	——	电子邮件	——	
求职意向及工作经历				
应聘职位	机械设计/制图/制造	职位类型	全职	
待遇要求	月薪 3000—4000 元	工作地区	不限	
工作经历	2007 年 8 月至 2008 年 2 月在北京亚力机械有限公司担任技术员 2008 年 2 月至今在北京亚力机械有限公司担任工程师			
教育背景				
毕业院校	蓝天职业技术学院	最高学历	本科	
所学专业	机电一体化	毕业年份	2007 年	
教育培训经历	2003 年 9 月至 2007 年 7 月　蓝天职业技术学院　机电一体化 2007 年 10 至 12 月……在北京市劳动职业技能中心培训，并通过北京市劳动厅的考试，考取了加工中心高级证。 2008 年 1 月……ISO 内审员培训……内审员资格证书			
特　长				
语　言	英语水平六级			
技能专长	本人专业基础扎实,学习能力、动手能力强，熟悉掌握各类机床（车、刨、磨、铣、钻）、钳工和各类焊接（电弧焊、氧焊、氩弧焊）的操作。能操作平面设计软件，AUTOCAD，PROE，OFFICE 等软件，已取得机械设计工程工程师，加工中心操作中级证和高级证。			
其他信息				
自我评价	本人工作认真细致，勤奋好学，适应能力强，能出色完成本职工作，特别有团队合作精神。个人兴趣广泛，业余喜欢阅读，音乐及运动。希望能在未来的职业生涯中学到更多的知识，提升个人的整体素质。			
发展方向				
其他要求				

图5-19　设置表格文本的效果

技巧： 在制作简历时“求职意向”应清晰明确，简历中所有内容都应有利于你的应聘职位，无关的甚至妨碍应聘的内容不要叙述。如果你具备应聘工作所要求的工作经历和专业技能条件，却没有应聘所需的学历，最聪明、最简单的办法是，只列出你曾经受到过的教育和培训内容，以及受训后取得的成绩和应用到工作实践中的业绩。在技能专长中与应聘工作有关的专业知识要体现出来，如果你熟悉某一领域最新的趋势与技术，也应毫不谦虚地写出来。当然，如果有其他行业的工作技巧也不要省略，这些虽然与应聘工作关系不大或没有直接关系，但其工作经验同样可用于证明你的能力，这至少能够证明你有学习、研究并尽快适应各种工作的能力。

5.3.3　设置表格边框和底纹

文字可以通过使用 Word 2003 提供的修饰功能，变得更加漂亮，表格也不例外。颜色、线条、底纹可以随心所欲，任意选择。

例如，为简历表格添加双实线边框，具体操作步骤如下：

（1）单击表格左上角的控制按钮，选中整个表格。

（2）执行“格式”→“边框和底纹”命令，打开“边框和底纹”对话框，如图 5-20 所示。

（3）在“设置”区域单击“网格”按钮，在“线型”列表中选择双实线，在“应用于”下拉列表中选择“表格”。

（4）单击“确定”按钮。为表格添加边框的效果如图5-21所示。

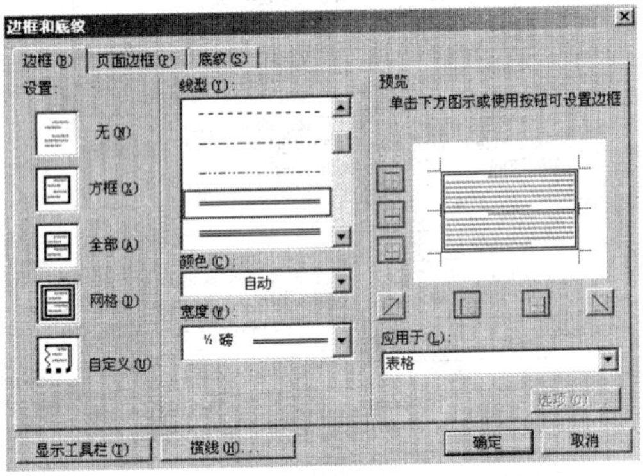

图5-20 “边框和底纹”对话框

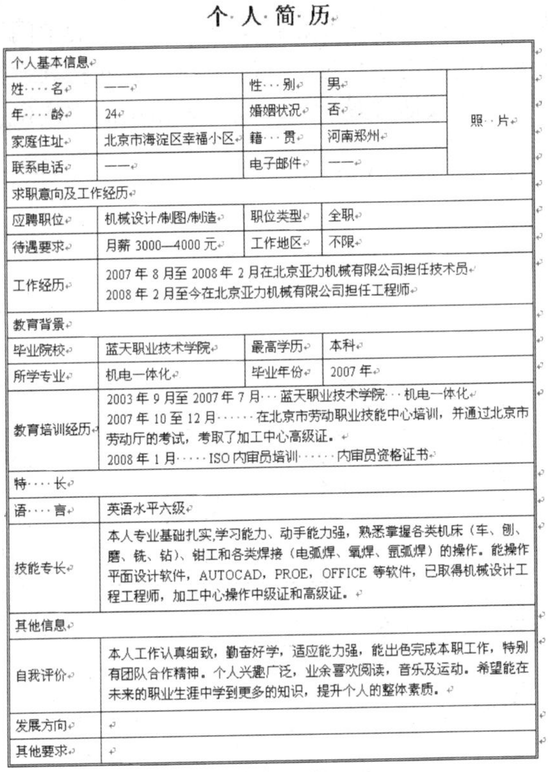

个人简历

个人基本信息				
姓　名	——	性　别	男	照　片
年　龄	24	婚姻状况	否	
家庭住址	北京市海淀区幸福小区	籍　贯	河南郑州	
联系电话	——	电子邮件	——	
求职意向及工作经历				
应聘职位	机械设计/制图/制造	职位类型	全职	
待遇要求	月薪3000—4000元	工作地区	不限	
工作经历	2007年8月至2008年2月在北京亚力机械有限公司担任技术员 2008年2月至今在北京亚力机械有限公司担任工程师			
教育背景				
毕业院校	蓝天职业技术学院	最高学历	本科	
所学专业	机电一体化	毕业年份	2007年	
教育培训经历	2003年9月至2007年7月…蓝天职业技术学院…机电一体化 2007年10至12月……在北京市劳动职业技能中心培训，并通过北京市劳动厅的考试，考取了加工中心高级证。 2008年1月……ISO内审员培训……内审员资格证书			
特　长				
语　言	英语水平六级			
技能专长	本人专业基础扎实,学习能力、动手能力强，熟悉掌握各类机床（车、刨、磨、铣、钻）、钳工和各类焊接（电弧焊、氧焊、氩弧焊）的操作。能操作平面设计软件，AUTOCAD，PROE，OFFICE等软件，已取得机械设计工程工程师，加工中心操作中级证和高级证。			
其他信息				
自我评价	本人工作认真细致，勤奋好学，适应能力强，能出色完成本职工作，特别有团队合作精神。个人兴趣广泛，业余喜欢阅读，音乐及运动。希望能在未来的职业生涯中学到更多的知识，提升个人的整体素质。			
发展方向				
其他要求				

图5-21 添加边框效果

还可以为表格添加底纹，例如为简历表格的第一行添加灰色底纹，具体操作步骤如下：

（1）选中表格的第1行，执行“格式”→“边框和底纹”命令，打开“边框和底纹”对话框，选择“底纹”选项卡，如图5-22所示。

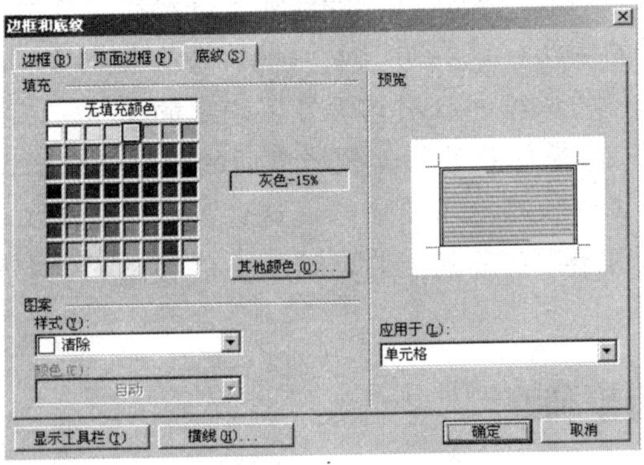

图5-22 “底纹”选项卡

（2）在“填充”区域选择“灰色-15%”，在“应用于”下拉列表中选择“单元格”。

（3）单击“确定”按钮。

按照相同的方法为表格的第6、10、14、17行添加底纹，效果如图5-23所示。

个 人 简 历

个人基本信息				
姓　名	——	性　别	男	照　片
年　龄	24	婚姻状况	否	
家庭住址	北京市海淀区幸福小区	籍　贯	河南郑州	
联系电话	——	电子邮件	——	
求职意向及工作经历				
应聘职位	机械设计/制图/制造	职位类型	全职	
待遇要求	月薪 3000—4000 元	工作地区	不限	
工作经历	2007 年 8 月至 2008 年 2 月在北京亚力机械有限公司担任技术员 2008 年 2 月至今在北京亚力机械有限公司担任工程师			
教育背景				
毕业院校	蓝天职业技术学院	最高学历	本科	
所学专业	机电一体化	毕业年份	2007 年	
教育培训经历	2003 年 9 月至 2007 年 7 月　蓝天职业技术学院　机电一体化 2007 年 10 至 12 月……在北京市劳动职业技能中心培训，并通过北京市劳动厅的考试，考取了加工中心高级证。 2008 年 1 月……ISO 内审员培训……内审员资格证书			
特　长				
语　言	英语水平六级			
技能专长	本人专业基础扎实,学习能力、动手能力强，熟悉掌握各类机床（车、刨、磨、铣、钻）、钳工和各类焊接（电弧焊、氧焊、氩弧焊）的操作。能操作平面设计软件，AUTOCAD，PROE，OFFICE 等软件，已取得机械设计工程工程师，加工中心操作中级证和高级证。			
其他信息				
自我评价	本人工作认真细致，勤奋好学，适应能力强，能出色完成本职工作，特别有团队合作精神。个人兴趣广泛，业余喜欢阅读，音乐及运动。希望能在未来的职业生涯中学到更多的知识，提升个人的整体素质。			
发展方向				
其他要求				

图5-23　添加底纹效果

5.4　利用模板创建简历

如果用户是第一次制作简历，对简历的格式及内容不太熟悉，也可以利用 Word 2003 的摸板文件快速制作一份简历，具体操作步骤如下：

（1）执行“文件”→“新建”命令，打开“新建文档”任务窗格。

（2）在“模板”区域单击“本机上的模板”选项，打开“模板”对话框，在对话框中选择“其他文档”选项卡。

（3）在打开的对话框中选中“专业型简历”选项，在右边的预览区域显示出新建文档的大体形态。

（4）单击“确定”按钮，即可快速地建立一份“专业简历”文档，如图 5-24 所示。

利用模板创建的简历的第一栏其实就是对本人概况的一个介绍，用户可以为其添加上一个“本人概况”的标题，然后在这里对本人的概况进行介绍，由于模板所给出的概况不够全面，用户可以添加其他内容，例如添加“性别”、“民族”、“政治面貌”、“学历”、“专业”等，同时还可以将“传真”和“电子邮件”这两项无关紧要的内容删除。

在第二栏的工作经历中要将自己的主要工作经历都列举出来，需要将自己在工作中所从事的工作职位以及职务，尤其是与自己希望应聘职位相关的工作经历描述清楚。

在第三栏的教育中应将自己的曾经受到过的教育和培训内容，以及受训后取得的成绩描述清楚。

在第四栏的推荐栏，可以根据具体的情况进行更改，如这里可以更改为技能专长，然后将自己所擅长的技能描述出来。在该栏中与应聘工作有关的专业技能知识要体现出来，如果你熟悉某一领域最新的趋势与技术，也应毫不谦虚地写出来，便于招聘人员了解。

在第五栏的志愿人员经历栏，也可以根据具体的情况进行更改。例如这里更改为自我评价，自我评价要诚恳、真实，要将自己的所具有的优点和能力体现出来，当然可以稍微夸大其辞，但是千万不要过于炫耀，否则将给人一种虚假的感觉。

在第六栏和第七栏将自己的语言能力和获得的奖励描述出来。经过编辑整理后的简历如图 5-25 所示。

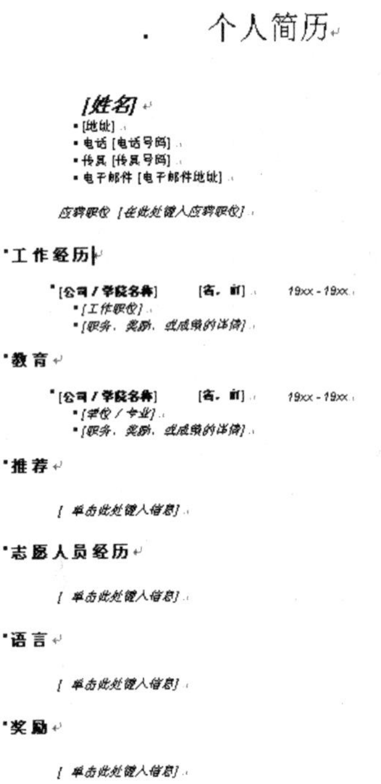

个人简历

[姓名]
- [地址]
- 电话 [电话号码]
- 传真 [传真号码]
- 电子邮件 [电子邮件地址]

应聘职位 [在此处键入应聘职位]

工作经历

[公司 / 学院名称] [省，市] 19xx - 19xx
- [工作职位]
- [职务、奖励，或成绩的详情]

教育

[公司 / 学院名称] [省，市] 19xx - 19xx
- [学位 / 专业]
- [职务、奖励，或成绩的详情]

推荐

[单击此处键入信息]

志愿人员经历

[单击此处键入信息]

语言

[单击此处键入信息]

奖励

[单击此处键入信息]

图5-24 利用模板创建的初始简历

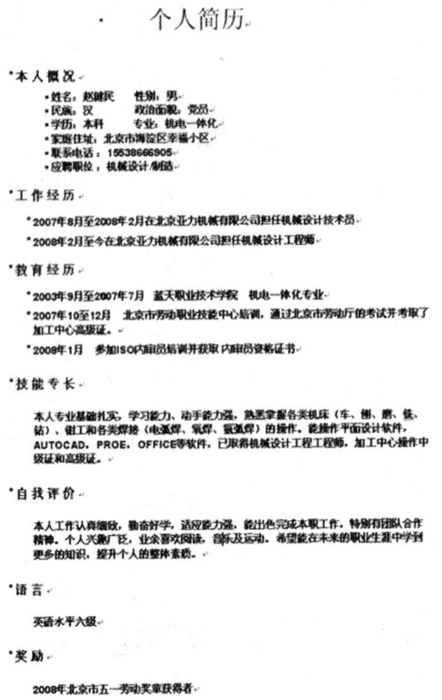

个人简历

本人概况
- 姓名：赵健民 性别：男
- 民族：汉 政治面貌：党员
- 学历：本科 专业：机电一体化
- 家庭住址：北京市海淀区幸福小区
- 联系电话：15538666905
- 应聘职位：机械设计/制造

工作经历
- 2007年8月至2008年2月在北京亚力机械有限公司担任机械设计技术员
- 2008年2月至今在北京亚力机械有限公司担任机械设计工程师

教育经历
- 2003年9月至2007年7月 蓝天职业技术学院 机电一体化专业
- 2007年10至12月 北京市劳动职业技能中心培训，通过北京市劳动厅的考试并考取了加工中心高级证。
- 2008年1月 参加ISO内审员培训并获取内审员资格证书

技能专长

本人专业基础扎实，学习能力、动手能力强，熟悉掌握各类机床（车、刨、磨、铣、钻）、钳工和各类焊接（电弧焊、氧焊、氩弧焊）的操作。能操作平面设计软件，AUTOCAD，PROE，OFFICE等软件，已取得机械设计工程工程师，加工中心操作中级证和高级证。

自我评价

本人工作认真细致，勤奋好学，适应能力强，能出色完成本职工作，特别有团队合作精神。个人兴趣广泛，业余喜欢阅读，音乐及运动。希望能在未来的职业生涯中学到更多的知识，提升个人的整体素质。

语言

英语水平六级

奖励

2008年北京市五一劳动奖章获得者

图5-25 个人简历

举一反三 制作列车时刻表

一个文本性质的列车时刻表，如图 5-26 所示，将它制作成表格性质的列车时刻表。制作完成的效果如图 5-27 所示。

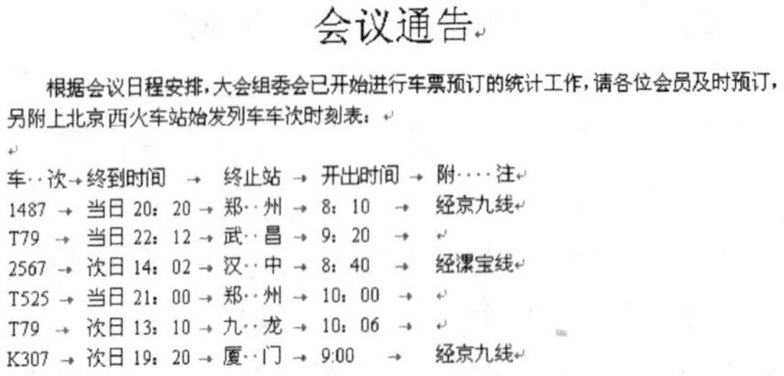

会议通告

根据会议日程安排，大会组委会已开始进行车票预订的统计工作，请各位会员及时预订，另附上北京西火车站始发列车车次时刻表：

车 次 → 终到时间 → 终止站 → 开出时间 → 附 注
1487 → 当日 20：20 → 郑 州 → 8：10 → 经京九线
T79 → 当日 22：12 → 武 昌 → 9：20 →
2567 → 次日 14：02 → 汉 中 → 8：40 → 经漯宝线
T525 → 当日 21：00 → 郑 州 → 10：00 →
T79 → 次日 13：10 → 九 龙 → 10：06 →
K307 → 次日 19：20 → 厦 门 → 9:00 → 经京九线

图5-26 文本性质的列车时刻表

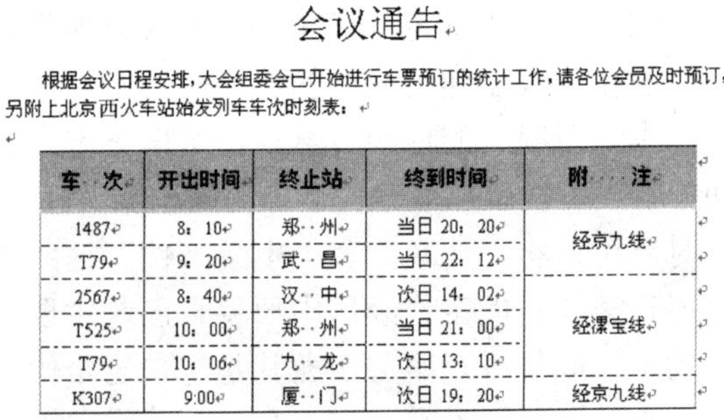

会议通告

根据会议日程安排，大会组委会已开始进行车票预订的统计工作，请各位会员及时预订，另附上北京西火车站始发列车车次时刻表：

车 次	开出时间	终止站	终到时间	附 注
1487	8：10	郑 州	当日 20：20	经京九线
T79	9：20	武 昌	当日 22：12	
2567	8：40	汉 中	次日 14：02	经漯宝线
T525	10：00	郑 州	当日 21：00	
T79	10：06	九 龙	次日 13：10	
K307	9:00	厦 门	次日 19：20	经京九线

图5-27 列车时刻表

在制作表格性质的列车时刻表之前首先打开“案例与素材\第 5 章素材”文件夹中的“文本性质列车时刻表.doc”文档。

可以先利用表格和文本之间的转换将文本转换为表格，然后利用拆分表格、设置表格字体、调整行高、合并单元格、添加边框和底纹等技巧对表格进行设置。

制作列车时刻表的具体操作步骤如下：

（1）在需要转换文本的适当位置添加必要的分隔符。单击“常用”工具栏中的“显示/隐藏编辑标记”按钮，查看文本中是否包含适当的分隔符。在该例原文本中有制表符分隔符，因此不必再添加分隔符。

（2）选中需要转换为表格的文本，执行“表格”→“转换”→“文本转换成表格”命令，打开“将文字转换为表格”对话框，如图 5-28 所示。

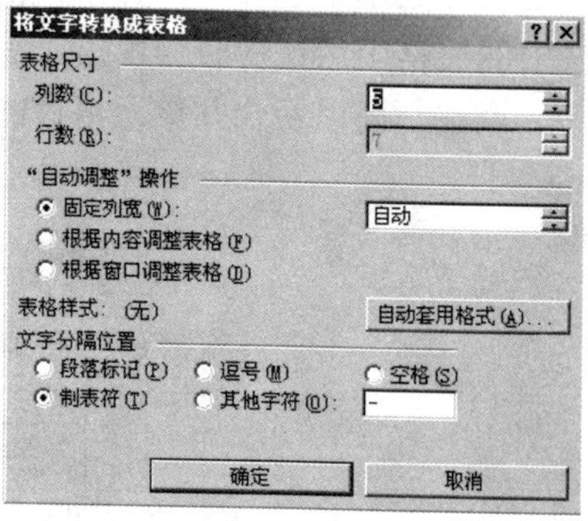

图5-28　“将文字转换成表格”对话框

（3）在“列数”文本框中显示出系统辨认出的列数，用户也可以自己在“列数”文本框中选择或输入所需的列数；在“行数”文本框中显示的是表格中将要包含的行数。在“自动调整操作”区域中设置适当的列宽。

（4）在“文字分隔位置”区域中选择确定列的分隔符，这里选择“制表符”，单击“确定”按钮，选中的文本将自动转换为表格，如图 5-29 所示。

（5）将鼠标的指针定位在“开出时间”所在的单元格中，执行“表格”→“选定”→“列”命令将整列选中，执行“编辑”→“剪切”命令将内容暂时存放在剪贴板上。将鼠标的指针定位在“终到时间”文本的前面，执行“编辑”→“粘贴”命令。

（6）将鼠标的指针定位在“终到时间”所在的单元格中，执行“表格”→“选定”→“列”命令将整列选中，执行“编辑”→“剪切”命令将内容暂时存放在剪贴板上。将鼠标的指标定位在“附注”文本的前面，执行“编辑”→“粘贴”命令。移动表格内容后的效果如图 5-30 所示。

会议通告

根据会议日程安排，大会组委会已开始进行车票预订的统计工作，请各位会员及时预订，另附上北京西火车站始发列车车次时刻表：

车··次	终到时间	终止站	开出时间	附····注
1487	当日 20：20	郑··州	8：10	经京九线
T79	当日 22：12	武··昌	9：20	
2567	次日 14：02	汉··中	8：40	经漯宝线
T525	当日 21：00	郑··州	10：00	
T79	次日 13：10	九··龙	10：06	
K307	次日 19：20	厦··门	9:00	经京九线

图5-29　将文本转换为表格的效果

会议通告

根据会议日程安排，大会组委会已开始进行车票预订的统计工作，请各位会员及时预订，另附上北京西火车站始发列车车次时刻表：

车··次	开出时间	终止站	终到时间	附····注
1487	8：10	郑··州	当日 20：20	经京九线
T79	9：20	武··昌	当日 22：12	
2567	8：40	汉··中	次日 14：02	经漯宝线
T525	10：00	郑··州	当日 21：00	
T79	10：06	九··龙	次日 13：10	
K307	9:00	厦··门	次日 19：20	经京九线

图5-30　移动表格内容

（7）在“车次”单元格上用鼠标右键单击，在弹出的快捷菜单中选择“表格属性”命令，打开“表格属性”对话框，单击“行”选项卡。在“尺寸”区域选中“指定高度”复选框，并在后面的文本框中选择或输入“1 厘米”，单击“确定”按钮。

（8）选中表格中剩余各行，在选中的表格上用鼠标右键单击，在弹出的快捷菜单中选择

“平均分布各行”命令。

（9）利用鼠标拖动的方法适当调整各列的宽度。

（10）选中“经京九线”和下面的空白单元格，在选中的表格上用鼠标右键单击，在弹出的快捷菜单中选择“合并单元格”命令。选中“经漯宝线”和下面的两个空白单元格，在选中的表格上用鼠标右键单击，在弹出的快捷菜单中选择“合并单元格”命令。

调整行高以及合并单元格后的效果如图 5-31 所示。

会议通告

根据会议日程安排，大会组委会已开始进行车票预订的统计工作，请各位会员及时预订，另附上北京西火车站始发列车车次时刻表：

车 次	开出时间	终止站	终到时间	附 注
1487	8：10	郑 州	当日 20：20	经京九线
T79	9：20	武 昌	当日 22：12	
2567	8：40	汉 中	次日 14：02	经漯宝线
T525	10：00	郑 州	当日 21：00	
T79	10：06	九 龙	次日 13：10	
K307	9:00	厦 门	次日 19：20	经京九线

图5-31 合并单元格效果

（11）用鼠标选中表格中第一行的所有单元格，在“格式”工具栏中单击“字体”组合框，在字体列表中选择“黑体”，在“字号”列表中选择“小四”。

（12）选中表格的所有行，单击“表格边框”工具栏中的“对齐”按钮后的下三角箭头，打开一个对齐方式的下拉列表，在列表中单击“中部居中”按钮。

（13）将鼠标移至表格第一行的左侧，当鼠标变成 形状时单击，将该行选中，执行“格式”→“边框和底纹”命令，打开“边框和底纹”对话框，单击“底纹”选项卡。在“填充”区域的颜色列表中选择“天蓝”色，单击“确定”按钮，为表格的第一行添加“天蓝”色底纹。

（14）选中表格中剩余各行，执行“格式”→“边框和底纹”命令，打开“边框和底纹”对话框，单击“底纹”选项卡。在“填充”区域的颜色列表中选择“浅青绿”色，单击“确定”按钮，为表格的其余各行添加“浅青绿”色底纹。

（15）选中表格，执行“格式”→“边框和底纹”命令，打开“边框和底纹”对话框，单击“边框”选项卡。在“设置”区域单击“自定义”按钮，在“预览”区域分别单击“左、右”边线按钮，单击“确定”按钮，表格两侧的边框被删除。

（16）选中表格的第一行，执行“格式”→“边框和底纹”命令，打开“边框和底纹”对话框，单击“边框”选项卡。在“设置”区域单击“自定义”按钮，在“颜色”列表中选择“金色”，在“线型”列表中选择实线，在“宽度”列表中选择“2.25 磅”，在“预览”区域双击“下边线”按钮，单击“确定”按钮，第一行的下边框被设置为“金色”粗实线。

（17）选中表格的第二至第六行，执行“格式”→“边框和底纹”命令，打开“边框和底纹”对话框，单击“边框”选项卡。在“设置”区域单击“自定义”按钮，在“线型”列表中选择点划线，在“宽度”列表中选择“1 磅”，在“预览”区域双击“网格横线”按钮，单击“确定”按钮。设置边框和底纹后的效果如图 5-32 所示。

（18）选中表格，单击“常用”格式工具栏中的“居中”按钮，表格居中显示，效果如图 5-33 所示。

回头看

通过案例“个人简历”以及举一反三“列车时刻表”的制作过程，主要学习了 Word 2003

提供的插入表格、在表格中输入数据、插入或删除行（列）、合并或拆分单元格、调整和设置表格的行高、设置表中文字的对齐方式、表格中文字格式的设置、设置表格的边框和底纹、文本与表格的转换、表格中单元格的移动等操作的方法和技巧。这其中关键之处在于，利用 Word 2003 的表格处理功能插入和调整表格，使得表格更加符合读者的习惯和要求。

会议通告

根据会议日程安排，大会组委会已开始进行车票预订的统计工作，请各位会员及时预订，另附上北京西火车站始发列车车次时刻表：

车　次	开出时间	终止站	终到时间	附　注
1487	8：10	郑　州	当日 20：20	经京九线
T79	9：20	武　昌	当日 22：12	
2567	8：40	汉　中	次日 14：02	经漯宝线
T525	10：00	郑　州	当日 21：00	
T79	10：06	九　龙	次日 13：10	
K307	9:00	厦　门	次日 19：20	经京九线

图5-32　设置“边框和底纹”后的表格

会议通告

根据会议日程安排，大会组委会已开始进行车票预订的统计工作，请各位会员及时预订，另附上北京西火车站始发列车车次时刻表：

车　次	开出时间	终止站	终到时间	附　注
1487	8：10	郑　州	当日 20：20	经京九线
T79	9：20	武　昌	当日 22：12	
2567	8：40	汉　中	次日 14：02	经漯宝线
T525	10：00	郑　州	当日 21：00	
T79	10：06	九　龙	次日 13：10	
K307	9:00	厦　门	次日 19：20	经京九线

图5-33　表格居中显示

知识拓展

1. 在单元格中插入图片

在文档中插入图片在后面的章节中会有详细讲解，这里首先简单介绍一下如何在单元格中插入图片。

（1）将鼠标定位在照片单元格中。

（2）执行“插入”→“图片”→“来自文件”命令，打开“插入图片”对话框。

（3）在“查找范围”列表中选中要插入的图片所在的位置，在文件列表中选择需要插入的图片。

（4）单击“插入”按钮，在单元格中插入图片。

（5）单击图片将其选中，将鼠标移动到图片四角的控制点上，当鼠标变成双向箭头状时，按下鼠标左键并拖动鼠标，此时会显示出一个虚线框，显示调整后图片的大小。效果如图 5-34 所示。

个 人 简 历

个人基本信息				
姓　名	一一	性　别	男	
年　龄	24	婚姻状况	否	
家庭住址	北京市海淀区幸福小区	籍　贯	河南郑州	
联系电话	一一	电子邮件	一一	
求职意向及工作经历				
应聘职位	机械设计/制图/制造	职位类型	全职	
待遇要求	月薪 3000—4000 元	工作地区	不限	
工作经历	2007 年 8 月至 2008 年 2 月在北京亚力机械有限公司担任技术员 2008 年 2 月至今在北京亚力机械有限公司担任工程师			

图5-34　在单元格中插入图片

2. 自由绘制表格

Word 2003 提供了用鼠标绘制任意不规则的自由表格的强大功能，单击“常用”工具栏中的“表格和边框”按钮，打开“表格和边框”工具栏。利用“表格和边框”工具栏上的按钮可以方便、灵活地绘制或修改表格，它适用于不规则的表格创建和带有斜线表头的复杂表格的创建。单击“表格和边框”工具栏中的“绘制表格”按钮 ，使之呈现按下状态。此时鼠标指针变成铅笔形状 ，在文档窗口按住鼠标左键不放拖动鼠标，即可画出表格的边框线。单击“表格和边框”工具栏中的“擦除”按钮 ，这时鼠标指针变成橡皮状 。按住鼠标左键并拖动经过要删除的线，就可以删除表格的框线。

3. 标题行重复

选定标题行，执行“表格”→“标题行重复”命令，系统会自动为后面的页增加标题行，而且保持原来的标题行格式，如果取消“标题行重复”，只需要再次执行“表格”→“标题行重复”命令即可。

4. 绘制斜线表头

将光标置于要插入表头的单元格，选择“表格”→“绘制斜线表头”命令，打开“插入斜线表头”对话框，在“表头设置”区域中选择好表头样式并输入相应的标题后，单击“确定”按钮即可。

5. 拆分表格

将鼠标定位在表格中间的任意一行中，然后执行“表格”→“拆分表格”命令，则原表格将拆分为两个表格。另外按组合键 Ctrl+Shift+Enter 也执行拆分表格的操作。

6. 选定单元格

选定单元格是编辑表格的最基本操作之一。可以利用鼠标直接选中，也可以利用“选择”命令选中表格中相邻的或不相邻的多个单元格；可以选择表格的整行或整列，也可以选定整个表格。

利用鼠标可以快速地选中单元格，其具体操作步骤如下：

- 选择单个单元格：将鼠标移动到单元格左边界与第一个字符之间，当鼠标指针变成 状时单击鼠标即可选中该单元格，双击则可选中该单元格所在的整行。
- 选择多个单元格：如果选择相邻的多个单元格，在表格中按下鼠标左键拖动鼠标，在虚框范围内的单元格被选中。
- 选择一行：将鼠标移到该行左边界的外侧，当鼠标变成箭头状时 ，单击鼠标则可选中该行。
- 选择一列：将鼠标移到该列顶端的边框上，当鼠标变成一个向下的黑色实心箭头 时，单击鼠标。如果按住“Alt”键的同时单击该列中的任意位置，则整列也被选中。
- 选择多行（列）：先选定一行（列），然后按住“Shift”键单击另外的行（列），则可将多行（列）选中。
- 单击表格左上角的 标记可以选中整个表格，或者在按住“Alt”键的同时双击表格中的任意位置也可选中整个表格。

对于键盘操作不太熟练的用户，可以利用菜单命令来选中表格中的内容。将插入点定位在表格中，执行“表格”→“选择”命令，打开一个子菜单，如图 5-35 所示。

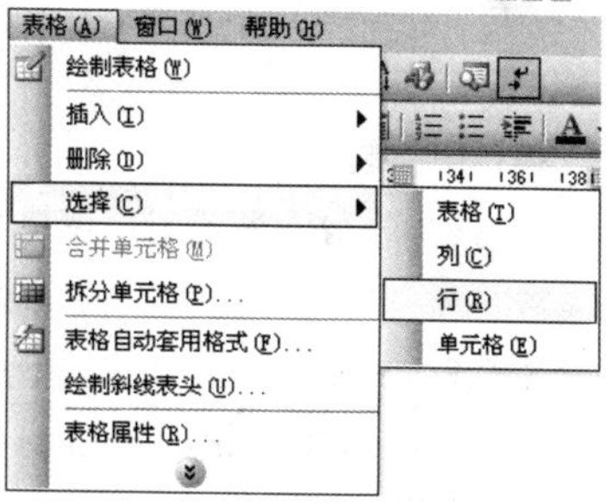

图5-35　“选择”子菜单

在“选择”子菜单中可以进行的操作有：

- 选择“单元格”命令，则选中插入点所在的单元格。
- 选择“行”（或“列”）则选中光标所在单元格的整行（整列）。
- 选择“表格”则选中整个表格。

7．调整单元格宽度

在表格中用户不但可以调整整列的宽度，还可以对个别单元格的宽度进行调整。调整单元格宽度的操作如下：

（1）选中要调整宽度的单元格。

（2）将鼠标指针移至选中单元格右侧边框线上，当出现一个改变大小的列尺寸工具 ⫲ 时按住鼠标左键向左或向右拖动，到达合适位置后松开鼠标，如图 5-36 所示。

图5-36　调整单元格宽度

习题5

填空题

1．创建表格有______、______和_______三种方法。

2．用户可以利用表格菜单中的______命令来选择表格中的行、列或单元格。

3．在 Word 2003 中不同的行可以有不同的高度，但同一行中的所有单元格必须__________，同一列中各单元格的列宽__________。

4．选择__________菜单中“合并单元格”命令，或者单击__________工具栏上的“合并单元格”按钮，则选中的单元格被合并成一个单元格。

选择题

1．在表格中不属于“自动调整”操作中的选项是______。

（A）根据内容调整表格　　（B）根据窗口调整表格

（C）固定列宽　　（D）根据表格调整内容

2．将鼠标指针定位在要拆分成第 2 个表格的首行中，然后按下快捷键______可拆分表格。

（A）Ctrl+Shift+Enter　　（B）Ctrl+Alt+Enter

（C）Shift+Tab+Enter　　（D）Shift+Alt+Enter

3．在利用拖动鼠标调整列宽时按住________键，则边框右侧的各列宽度发生均匀变化，整个表格宽度不变。

（A）Ctrl　　（B）Sift　　（C）Alt　　（D）Tab

操作题

大家可以做一个课程表，如图 5-37 所示。

闪客启航网页师培训课程表

上课时间		授课内容	主讲老师
2009-4-13 星期一	8：30-11：30	网络基础	肖 枫
	13：00-16：00	FW 交流课	西 米
2009-4-14 星期二	8：30-11：30	网络基础	肖 枫
	13：00-16：00	DIV+CSS 实例	夏 学
2009-4-15 星期三	8：30-11：30	Dreamweaver8	随风居
	13：00-16：00	DIV+CSS 实例	夏 学
2009-4-16 星期四	8：30-11：30	Dreamweaver8	随风居
	13：00-16：00	FW 交流课	西 米
2009-4-17 星期五	8：30-11：30	DIV+CSS 实例	夏 学
	13：00-16：00	Dreamweaver8	随风居

图5-37　课程表

第 6 章　Word 2003 的图文混排功能——制作会议邀请函和授权委托书

常常有这样的体会，在意犹未尽，却已语尽词穷的时候，只要用简单的图形、合适的图片往往就能把自己的意思更好的表达出来，甚至起到“只可意会，不可言传”的效果。

知识要点

- 设置页面
- 应用图片
- 制作艺术字
- 应用文本框
- 绘制图形

任务描述

公司要举办一个研讨会，要向公司内部的一些优秀员工发出邀请。利用 Word 2003 提供的图文混排功能，制做一个如图 6-1 所示图文并茂的邀请函，这样的邀请函是不是比传统公文格式的邀请函显得更有个性呢？

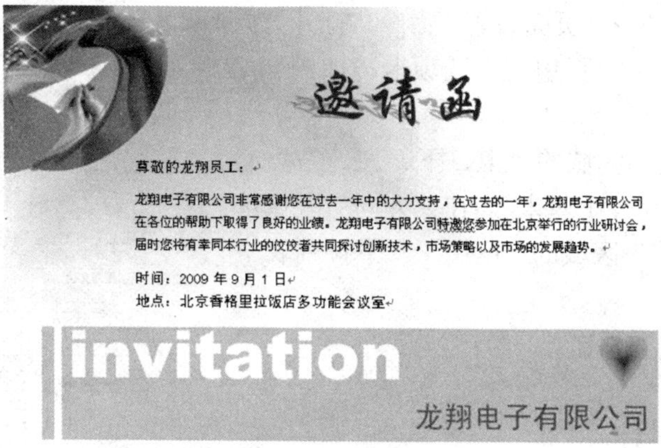

图6-1　邀请函

案例分析

完成邀请函的制作先要对纸张的大小和页面边距进行设置，还要用到插入图片、设置图片、插入艺术字、设置艺术字、应用文本框输入文本、绘制自选图形等功能。

本章所涉及案例的素材和最终效果文件请登录华信教育资源网（www.hxedu.com.cn）下载，在下载后的“案例与素材\第 6 章素材”和“案例与素材\第 6 章案例效果”文件夹中。

6.1　设置页面

基于模板创建一篇文档后，系统将会默认给出纸张大小、页面边距、纸张的方向等。如果制作的文档对页面有特殊的屏幕显示要求或者打印要求，这时就需要对页面进行设置。

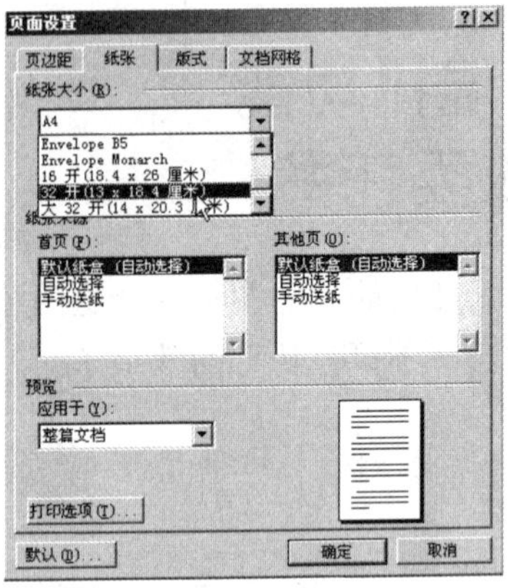

图6-2 设置文档“纸张大小”

6.1.1 设置纸张大小

Word 2003 提供了多种预定义的纸张，系统默认的是“A4”纸，可以根据需要选择纸张大小，还可以自定义纸张的大小。这里先设置邀请函的纸张大小，具体操作步骤如下：

（1）创建一个新的文档。

（2）执行“文件”→“页面设置”命令，打开“页面设置”对话框，单击“纸张”选项卡，如图 6-2 所示。

（3）在“纸张大小”下拉列表中选择“32 开（13×18.4 厘米)”；在“应用于”下拉列表中选择“整篇文档”。

（4）单击“确定”按钮。

6.1.2 设置页面边距

页边距是正文和页面边缘之间的距离，在页边距中存在页眉、页脚和页码等图形或文字，为文档设置合适的页边距可以使打印出的文档美观。只有在页面视图中才可以查看页边距的效果，因此设置页边距时应在页面视图中进行。为邀请函设置页边距的具体操作步骤如下：

（1）执行“文件”→“页面设置”命令，打开“页面设置”对话框，单击“页边距”选项卡，如图 6-3 所示。

（2）在“页边距”区域的“上、下、左、右”文本框中分别选择或输入“1 厘米”。在“方向”区域选择“横向”，在“预览”区域的“应用于”下拉列表中选择“整篇文档”。

（3）单击“确定”按钮。

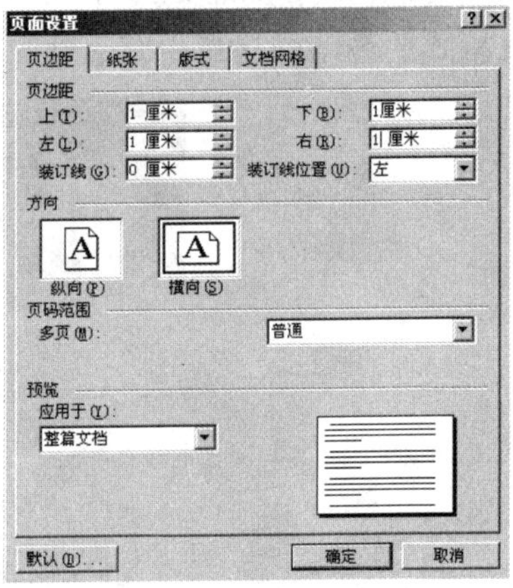

图6-3 设置“页边距”

6.2 应用图片

在文档中添加图片，可以使文档更加美观大方。Word 2003 允许用户在文档中导入多种格式的图片文件，并且可以对图片进行编辑和设置。前面已经为邀请函设置好了纸张，下面就为邀请函插入图片来美化它。

6.2.1 插入图片

用户可以很方便地在 Word 2003 中插入图片，图片可以是一个剪贴画、一张照片或一幅图画。在 Word 2003 中可以插入多种格式的外部图片，比如*.bmp、*.pcx、*.tif 和*.pic 等。

在邀请函中插入图片的具体操作步骤如下：

（1）将插入点定位在文档中要插入图片的位置。

（2）执行“插入”→“图片”→“来自文件”命令，打开“插入图片”对话框，如图 6-4 所示。

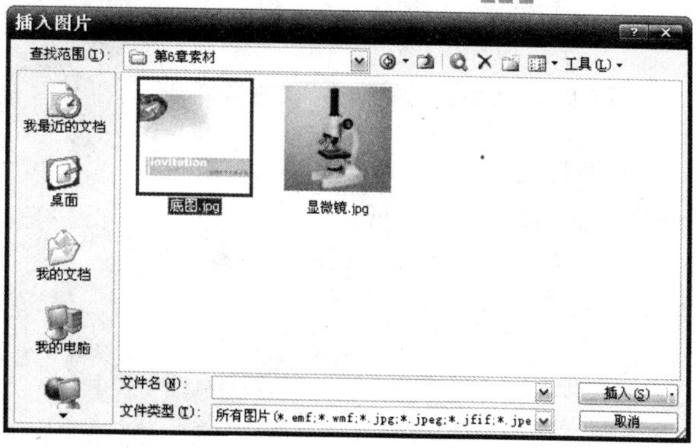

图6-4　“插入图片”对话框

（3）在“查找范围”列表中选中要插入图片的位置，在文件列表中选择要插入的图片。

（4）单击“插入”按钮，被选中的图片插入到文档中，如图 6-5 所示。

图6-5　插入图片的效果

6.2.2　设置图片版式

用户可以通过 Word 2003 的版式设置功能，将图片置于文档中的任何位置，并可以设置不同的环绕方式得到各种环绕效果。

在“设置图片格式”对话框的“版式”选项卡中列出了对话框常用的五种环绕方式，如图 6-6 所示：

- 嵌入型：这种版式是图片的默认插入方式，图片嵌入在文本中，可将图片作为普通文字处理。
- 四周型：在这种版式下文本排列在图片的四周，如果图片的边界是不规则的，则文字会按一个规则的矩形边界排列在图片的四周。把鼠标放到图片上，鼠标呈指向四个方向的箭头状，按住鼠标左键不放，拖动鼠标可以把图片放到任何位置。
- 浮于文字上方：在这种版式下图片浮在文本上方，此时被图片覆盖的文字是不可视的，用鼠标拖动图片也可以把图片放在任意位置。
- 衬于文字下方：在这种版式下图片衬于文本的底部，此时把鼠标放在文本空白处，在显示图片的地方也可拖动鼠标移动图片的位置。
- 紧密型：和四周型类似，但如果图片的边界是不规则的，则文字会紧密的排列在图片的周围。

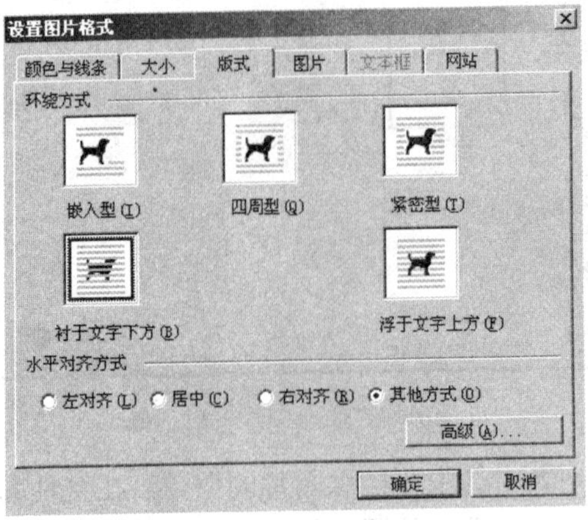

图6-6 设置图片版式

这里将邀请函中的图片设置为“衬于文字下方”的图片版式，具体操作步骤如下：

（1）在图片上单击鼠标左键选中图片。

（2）执行“格式”→“图片”命令，或者在“图片”工具栏上单击“设置图片格式”按钮，打开“设置图片格式”对话框，单击“版式”选项卡。

（3）在“环绕方式”区域中选中“衬于文字下方”选项。

（4）单击“确定”按钮，设置图片版式的效果如图 6-7 所示。

提示：利用“图片”工具栏也可以设置图片的版式。选中图片，在“图片”工具栏上单击“文字环绕”按钮 打开一个下拉菜单，如图 6-8 所示。在菜单中选择相应的版式命令即可。

图6-7 设置图片版式后的效果

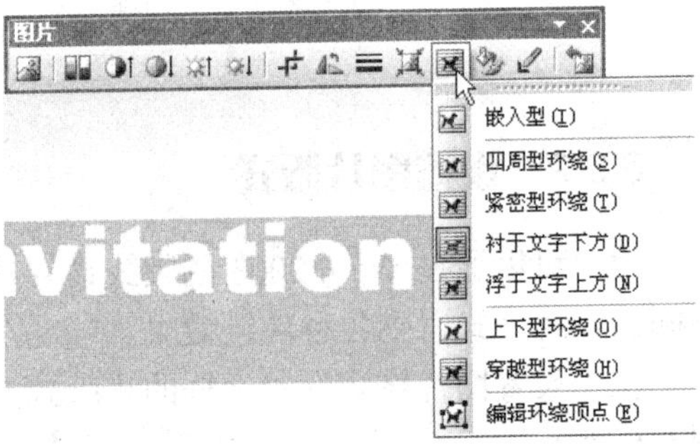

图6-8 利用工具按钮设置图片版式

6.2.3 设置图片大小

在插入图片时如果图片的大小合适，图片可以显著地提高文档质量，但如果图片的大小不合适不但不会美化文档还会使文档变得混乱。

1. 利用鼠标调整图片大小

如果文档中对图片的大小要求并不是很精确，可以利用鼠标快速地进行调整。在选中图片后在图片的四周将出现八个控制点，如果需要调整图片的高度，可以移动鼠标到图片上或下边的控制点上，当鼠标变成 形状时向上或向下拖动鼠标即可调整图片的高度；如果需要调整图片的宽度，将鼠标移动到图片左或右边的控制点上，当鼠标指针变成 ↔ 形状时向左或向右拖动鼠标即可调整图片的宽度；如果要整体缩放图片，移动鼠标到图片右下角的控制点上，当鼠标变成 ⤡ 形状时，拖动鼠标即可整体缩放图片。

例如要对邀请函中的图片进行整体缩放，具体操作步骤如下：

（1）用鼠标单击选中图片。

（2）移动鼠标到图片右下角的控制点上，当鼠标变成 ⤡ 形状时，按下鼠标左键并向外拖动鼠标，此时会出现一个虚线框，表示调整图片后的大小，如图 6-9 所示。当虚线框到达合适位置时松开鼠标即可。

图6-9　调整图片大小时的效果

2. 利用对话框调整大小

在实际操作中如果需要对图片的大小进行精确地调整，可以在“设置图片格式”对话框中进行。用鼠标左键双击图片打开“设置图片格式”对话框，单击“大小”选项卡，如图 6-10 所示。

在对话框中更改图片的大小有两种方法。一种方法是在“尺寸和旋转”选项区域中直接输入图片的高度和宽度的确切数值；另外一种方法是在“缩放”区域中输入高度和宽度相对于原始尺寸的百分比。

如果选中“锁定纵横比”复选框，则 Word 2003 将限制所选图片的高与宽的比例，以便高度与宽度相互保持原始的比例。此时如果更改对象的高度，则宽度也会根据相应的比例进行自动调整，反之亦然。

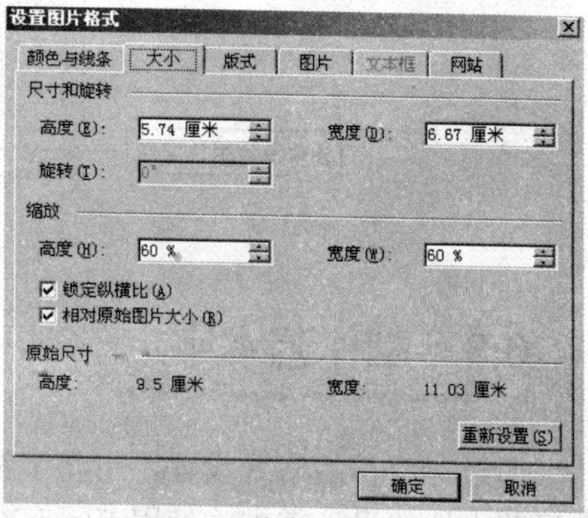

图6-10　“设置图片格式”对话框

如果选中“相对原始图片大小”复选框，则 Word 2003 将根据图片的原始尺寸计算“缩放”选项区域中的百分比，该选项只对图片类的对象有效。

提示：如果要将图片恢复至原来的大小，可以在“设置图片格式”对话框的“大小”选项卡中单击“重新设置”按钮。也可以按住“Ctrl”键，用鼠标左键双击图片。

6.2.4 调整图片位置

同样，如果插入图片的位置不合适也会使文档的版面显得不美观，可以对图片的位置进行调整。例如，对邀请函中图片的位置进行适当的调整，具体操作步骤如下：

（1）单击图片将其选中。

（2）将鼠标移至图片上，当鼠标变成 形状时，按下鼠标左键并拖动鼠标，此时会显示出一个虚线框，显示调整图片后的位置。

（3）到达合适的位置时松开鼠标即可。

6.2.5 裁剪图片

在对邀请函中图片的大小和位置调整后发现无论怎样调整，图片和纸张都有些不对称，此时用户可以利用裁剪功能将图片裁去一部分。裁剪图片的具体操作步骤如下：

（1）选中邀请函中的图片，单击“图片”工具栏上的“裁剪”按钮，鼠标指针变为形状。

（2）将鼠标指针移动到图片下面中间的控制点上，按住鼠标左键当鼠标变为 ┳ 形状时拖动鼠标，此时显示出一条虚线表示裁剪图片的大小，如图 6-11 所示。

（3）拖动鼠标向图片内部移动，可以裁剪图片的部分区域，当图片大小合适时松开鼠标左键，被鼠标拖过的区域将被裁剪掉。

（4）再次单击“裁剪”按钮，结束操作。

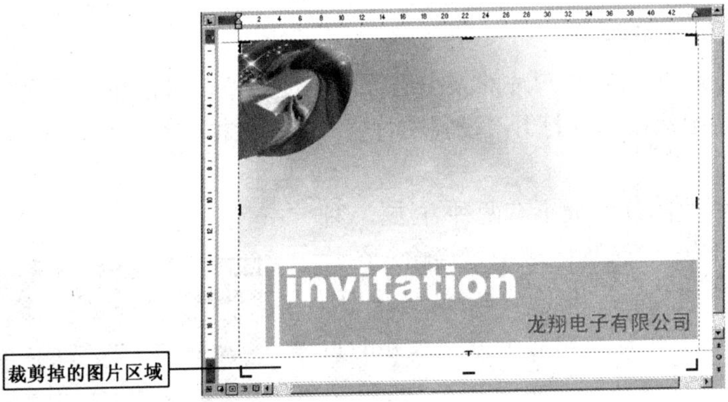

图6-11 裁剪图片

6.3 制作艺术字

通过对字符的格式设置，可将字符设置为多种字体，但远远不能满足文字处理工作中对字形艺术性的设计需求。使用 Word 2003 提供的艺术字功能，可以创建出各种各样的艺术字效果。

6.3.1 插入艺术字

为了使邀请函更具艺术性，可以在邀请中插入艺术字，具体操作步骤如下：

（1）执行“插入”→“图片”→“艺术字”命令，或单击“绘图”工具栏中“插入艺术字”按钮 ，打开“艺术字库”对话框，如图 6-12 所示。

（2）在“艺术字库”列表中选择一种艺术字样式后，单击“确定”按钮，打开“编辑‘艺术字’文字”对话框，如图 6-13 所示。

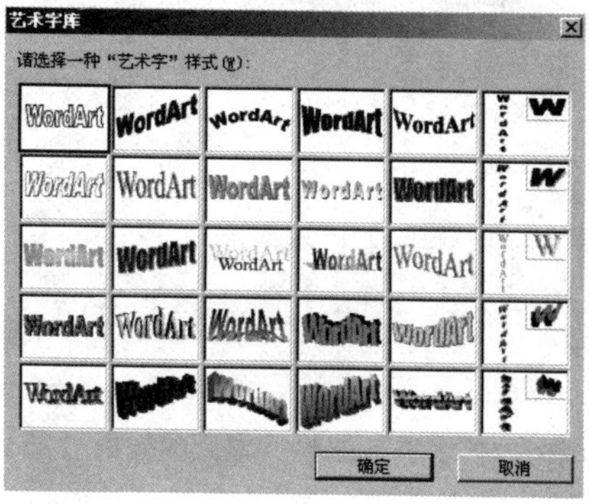

图6-12 “艺术字库”对话框

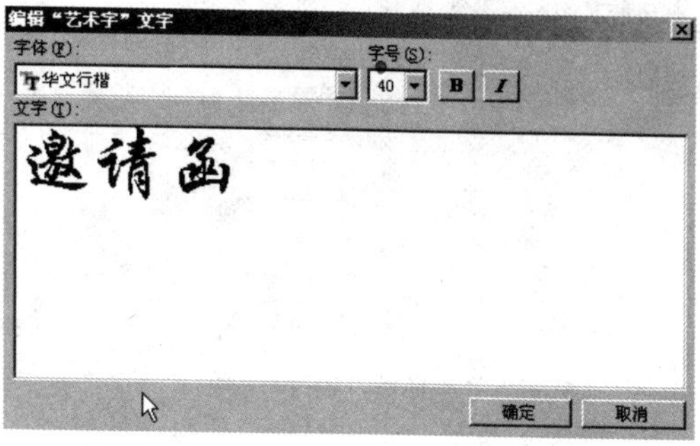

图6-13 “编辑艺术字文字”对话框

（3）在“字体”下拉列表中选择“华文行楷”；在字号下拉列表中选择“40”字号；在“文字”文本框中输入文字“邀请函”。

（4）单击“确定”按钮。在图片中插入艺术字后的效果如图 6-14 所示。

图6-14 在文档中插入艺术字后的效果

6.3.2 调整艺术字位置

很显然，艺术字在邀请函中的位置不够理想，可以调整它的位置使之符合要求。由于插入的艺术字默认的版式是“嵌入型”，因此无法对其进行随意移动。为能够更加方便地移动艺术字的位置，首先应改变艺术字的版式，具体操作步骤如下：

（1）单击选中插入的艺术字，“艺术字”工具栏将会自动显示出来。如果没有自动显示，执行“视图”→“工具栏”→“艺术字”命令，让“艺术字”工具栏显示出来。

（2）在“艺术字”工具栏中单击“文字环绕” 按钮，出现一个下拉子菜单，如图 6-15 所示。

（3）在下拉菜单中单击“浮于文字上方”命令。

（4）将鼠标移至艺术字上，当鼠标变成 形状时，按住鼠标左键不放，拖动鼠标移动艺术字到达合适的位置后松开鼠标，艺术字被调整位置后的效果如图 6-16 所示。

提示：也可以利用对话框调整艺术字的版式，在艺术字上单击鼠标选中艺术字，执行“格式”→“艺术字”命令，打开“设置艺术字格式”对话框，单击“版式”选项卡，在对话框中选择“浮于文字上方”版式即可，如图 6-17 所示。

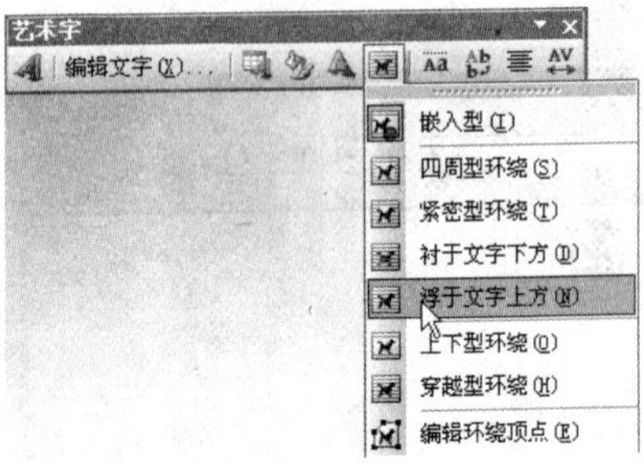

图6-15 “文字环绕”下拉菜单

图6-16 艺术字被调整位置后的效果

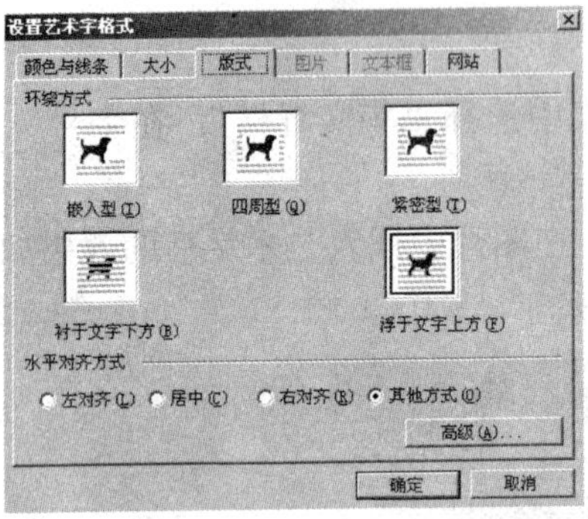

图6-17 “设置艺术字格式”对话框

6.3.3 设置艺术字填充

可以对插入的艺术字设置填充效果，具体操作步骤如下：

（1）选中插入的艺术字。

（2）在“艺术字”工具栏中单击“设置艺术字格式”按钮 ，或执行“格式”→“艺术字”命令，打开“设置艺术字格式”对话框，单击“颜色与线条”选项卡，如图 6-18 所示。

（3）在“填充”区域的“颜色”下拉列表中选择一种颜色，这里选择“蓝色”。

（4）在“线条”区域的“颜色”下拉列表中选择一种颜色，这里选择“无线条颜色”。

（5）单击“确定”按钮，设置了填充效果的艺术字如图 6-19 所示。

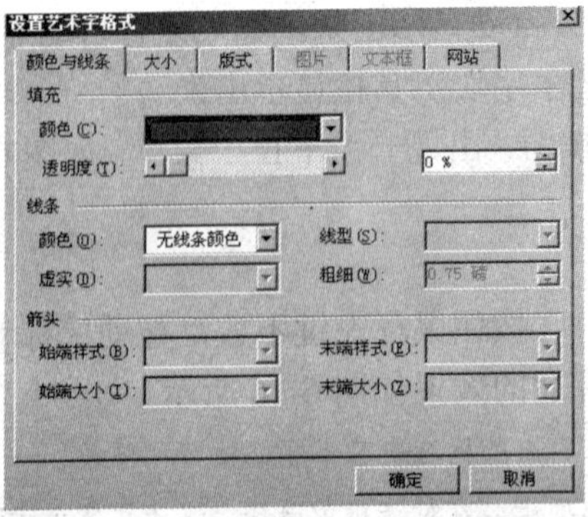

图6-18 设置艺术字的颜色与线条

图6-19 设置填充效果的艺术字

6.3.4　设置艺术字阴影

为了使艺术字更具有立体感，还可以给艺术字设置阴影效果，具体操作步骤如下：

（1）选中艺术字，在“绘图”工具栏中单击“阴影样式” 按钮，打开“阴影样式”列表，如图 6-20 所示。

（2）在“阴影样式”列表中选择一种阴影样式，例如选择“阴影样式 3”，则艺术字被添加该阴影效果。

（3）在“阴影样式”列表中单击“阴影设置”命令，打开“阴影设置”工具栏，如图 6-21 所示。

（4）单击“略向上移” 按钮或“略向下移” 按钮，使阴影向上或向下移动，单击“略向左移” 按钮或“略向右移” 按钮，使阴影向左或向右移动。

（5）单击“阴影颜色” 按钮后的下三角箭头，打开“阴影颜色”下拉列表，在列表中可以选择一种阴影颜色。艺术字设置阴影后的效果如图 6-22 所示。

图6-20 “阴影样式”列表

图6-21 “阴影设置”工具栏

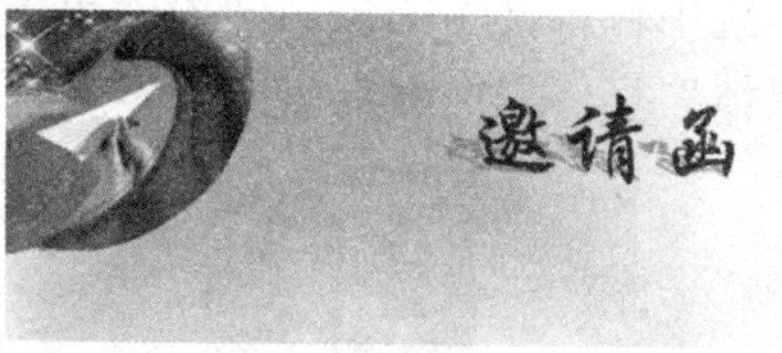

图6-22　设置阴影后的效果

6.4　应用文本框

在文档中灵活使用 Word 2003 中的文本框对象，可以将文字和其他各种图形、图片、表格等对象在页面中独立于正文放置并方便地定位。为了在邀请函中能够表达出公司的邀请意图，可以利用文本框在邀请函中输入相关内容。

6.4.1　绘制文本框

根据文本框中文本的排列方向，可将文本框分为“横排”和“竖排”两种。这里在邀请函中绘制一个横排文本框，具体操作步骤如下：

（1）执行“插入”→“文本框”→“横排”命令，鼠标变成“十”形状。

（2）按住鼠标左键拖动，绘制出一个大小合适的文本框，如图 6-23 所示。

6.4.2　在文本框中输入文本

在文本框中输入文本时，文本在到达文本框右边的框线时会自动换行；还可以对输入到的文本框中的内容进行编辑，如改变字体、字号大小等。

在文本框中输入文本的具体操作步骤如下：

（1）将插入点定位在文本框中，在文本框中输入相应的文本。输入的文本默认的“字体”为“宋体”，“字号”为“五号”，效果如图 6-24 所示。

图6-23　绘制出的文本框

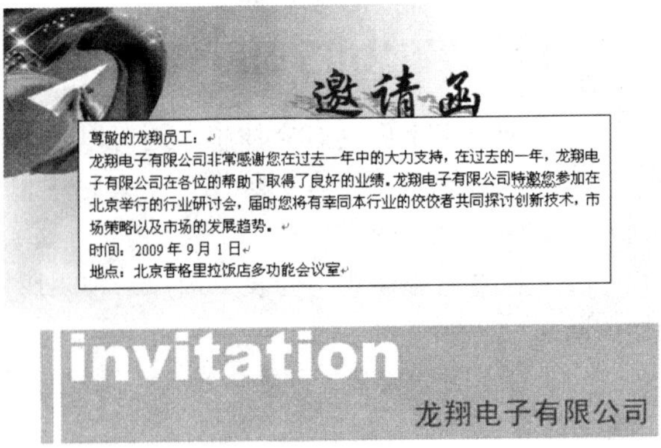

图6-24　在文本框中输入文本

（2）选中输入文本的第一段，单击“格式”工具栏上的“字体”按钮，在下拉列表中选择“黑体”字体。

（3）选中输入文本的第二段，单击“格式”工具栏上的“字号”按钮，在下拉列表中选择“小五”字号。然后执行“格式”→“段落”命令，打开段落对话框，设置段前、段后间距各为“0.5 倍行距”。

（4）选中输入文本的最后两段，单击“格式”工具栏上的“字体”按钮，在下拉列表中选择“黑体”字体。文本框中的文本设置了格式后的效果如图 6-25 所示。

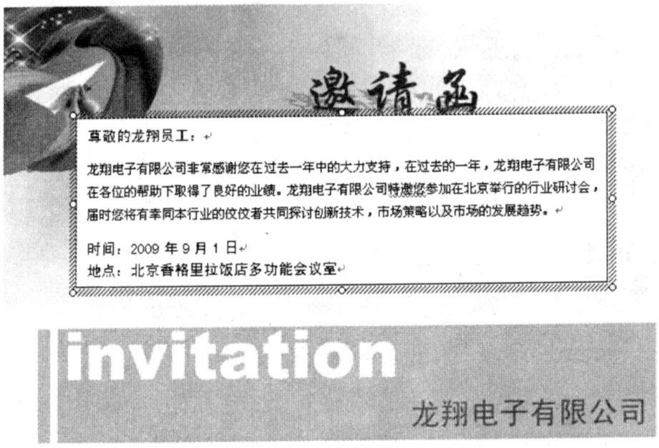

图6-25　设置文本格式后的效果

6.4.3　设置文本框

默认情况下，绘制的文本框带有边线，并且有白色的填充颜色。边线和填充颜色影响了邀请函的版面美观，可以将文本框的线条颜色和填充颜色设置为“无颜色”，使文本框具有透明效果，从而不影响整个版面的美观。

设置文本框的具体操作步骤如下：

（1）在文本框的边线上单击鼠标选中文本框，单击鼠标右键在出现的快捷菜单中选择“设置文本框格式”命令，或者直接用鼠标左键双击文本框，打开“设置文本框格式”对话框，选择“颜色与线条”选项卡，如图 6-26 所示。

（2）在“填充”区域的“颜色”下拉列表中选择“无填充颜色”。在“线条”区域的“颜色”下拉列表中选择“无线条颜色”。单击“确定”按钮。

（3）将鼠标移动至文本框边框上，按住鼠标左键当鼠标呈 形状时，按下鼠标左键拖动鼠标移动文本框。

（4）文本框到达合适位置后，松开鼠标。返回到文档中，在文本框的区域之外单击鼠标，文本框的虚线会立即消失。设置文本框格式后的效果如图 6-27 所示。

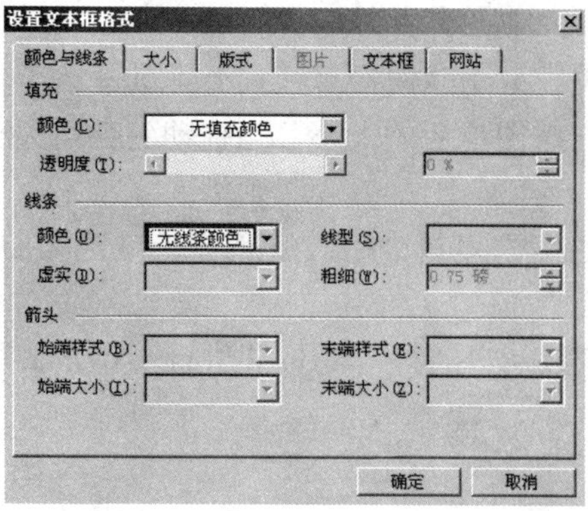

图6-26 “设置文本框格式”对话框

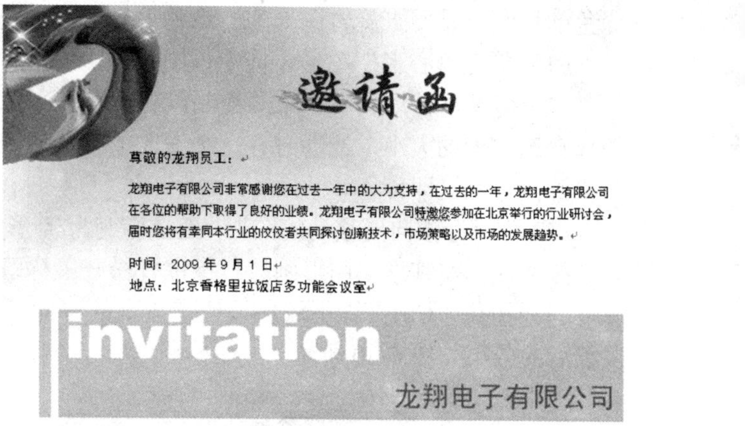

图6-27　设置无线条和填充颜色的文本框

6.5　绘制自选图形

利用 Word 2003 的绘图功能可以很轻松、快速地绘制各种外观专业、效果生动的图形。对于绘制出来的图形还可以调整其大小，进行旋转、翻转、添加颜色等，也可以将绘制的图形与其他图形组合，制作出各种更复杂的图形。

6.5.1　绘制自选图形

如果要绘制直线、箭头、矩形、椭圆等简单的图形，只需单击“绘图”工具栏中的对应按钮，然后在要绘制图形的开始位置单击鼠标左键并拖动到目的位置松开鼠标左键即可。

如果要绘制比较复杂的图形，可以利用 Word 2003 提供的绘制自选图形的功能进行绘制。这里为邀请函绘制一个心形表示邀请方的诚意，具体操作步骤如下：

（1）在“绘图”工具栏中单击“自选图形”按钮，打开一个下拉菜单，将鼠标指针指向“基本形状”命令，打开一个下拉子菜单，如图 6-28 所示。

（2）在子菜单中单击“心形”命令，此时鼠标变为“十”字形状。

（3）在文档中拖动鼠标，即可绘制出“心形”图形，如图 6-29 所示。

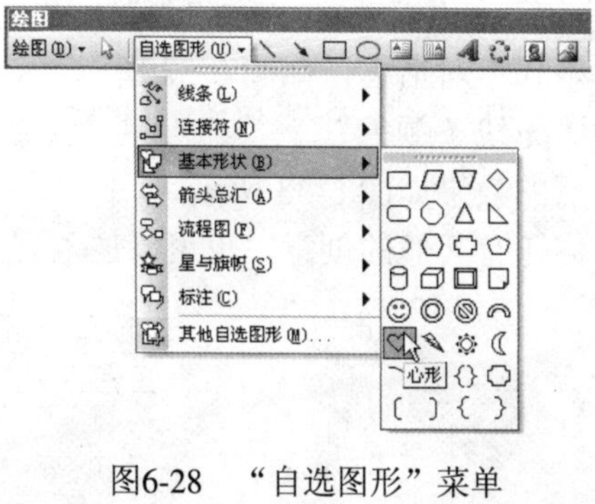

图6-28　“自选图形”菜单

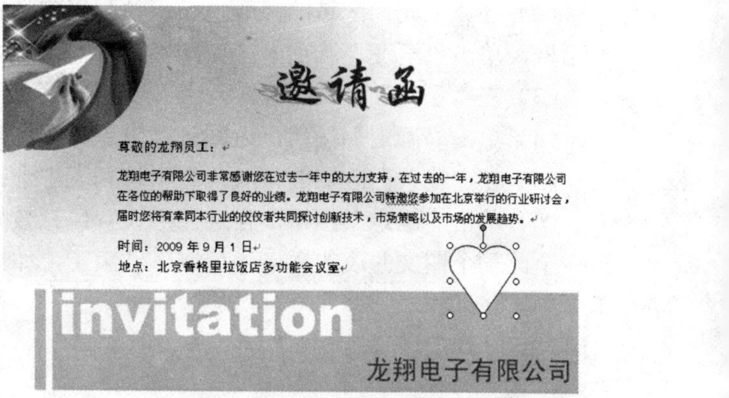

图6-29　绘制的“心形”图形

6.5.2 调整自选图形

在自选图形的四周一共有九个控制点，八个白色的控制点是用来调整图像的大小，一个绿色的控制点是用来旋转图形的。调整“心形”自选图形的具体操作步骤如下：

（1）单击“心形”图形，选中该图形。

（2）将鼠标移动到右下角的控制点上，当鼠标变成 形状时向里或向外拖动即可整体缩放自选图形的大小，拖动时有一个虚线框表示调整自选图形后的大小，当拖动到合适大小时松开鼠标左键即可。

（3）将鼠标指向要移动的图形，当鼠标变为 形状时按下鼠标左键，此时鼠标变为 形状，按住鼠标左键拖动图形到达目标位置松开鼠标即可。

（4）按住“Ctrl”键不放，按住键盘上的方向键可以对“心形”的位置进行微调，调整位置后的效果如图 6-30 所示。

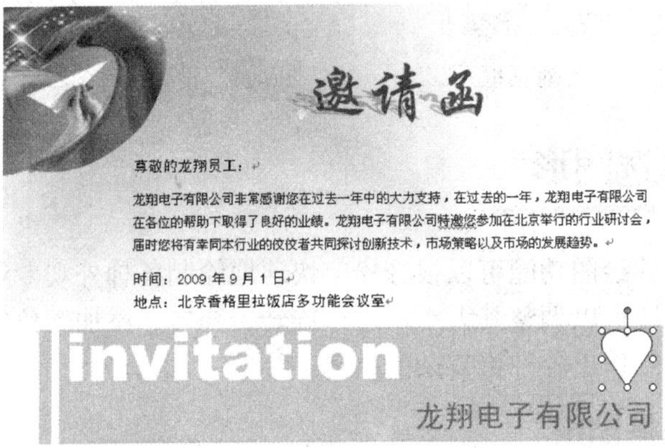

图6-30　调整自选图形的效果

6.5.3 设置自选图形效果

在文档中绘制图形对象后，可以为自选图形设置一些特殊的效果来修饰图形。例如，可以改变图形对象的线型、改变图形对象的填充颜色，还可以为图形对象添加阴影或三维效果。

为绘制的“心形”自选图形设置填充效果，具体操作步骤如下：

（1）选中自选图形，执行“格式”→“自选图形”命令，或者直接用鼠标左键双击自选图形，打开“设置自选图形格式”对话框，单击“颜色与线条”选项卡。

（2）在“填充”区域的“颜色”下拉列表中选择“填充效果”命令，打开“填充效果”对话框，单击“渐变”选项卡，如图 6-31 所示。

（3）在“颜色”区域选择“双色”，并将颜色 1 设置为红色，颜色 2 设置为粉红色。

（4）单击“确定”按钮，返回到“设置自选图形格式”对话框，如图 6-32 所示。

（5）在“线条”区域的“颜色”下拉列表中选择“无线条颜色”。

（6）单击“确定”按钮，自选图形设置填充效果后的效果如图 6-33 所示。

至此一个图文并茂的邀请函就制作结束了，如果你还有其他的创意，也可以加入到邀请函中。

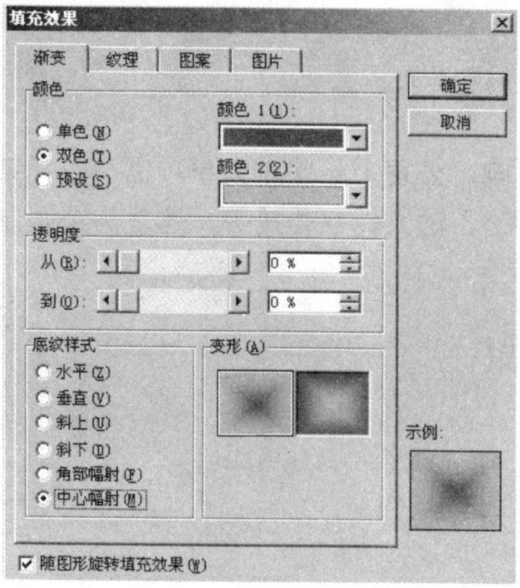

图6-31　“填充效果”对话框

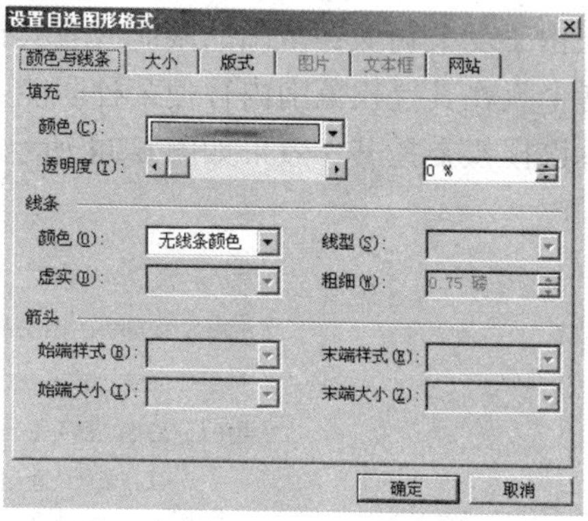

图6-32　“设置自选图形格式”对话框

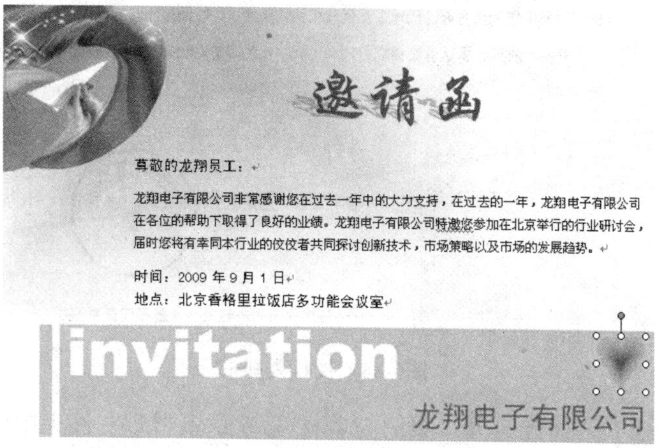

图6-33　设置自选图形填充后的效果

技巧：会议邀请函的基本内容应包括会议的背景、目的和名称；主办单位和组织机构；会议内容和形式；参加对象；会议的时间和地点、联络方式及其他需要说明的事项。

会议邀请函是专门用于邀请特定单位或人士参加会议，具有礼仪和告知双重作用的会议文书。邀请函用于会议活动时，与会议通知的不同之处在于：邀请函主要用于横向性的会议活动，发送对象是不受本机关职权所制约的单位和个人，也不属于本组织的成员，一般不具有法定的参会权利或义务，是否参加会议由邀请对象自行决定。举行学术研讨会、咨询论证会、技术鉴定会、贸易洽谈会、产品发布会等，以发邀请函为宜。而会议通知则用于具有纵向关系（即主办方与参会者存在隶属关系或工作上的管理关系）性质的会议，或者与会者本身具有参会的法定权利和义务的会议，如人民代表大会、董事会议等。对于这些会议的参会对象来说，参加会议是一种责任，因此可以发会议通知，不用邀请函。学术性团体举行年会或专题研讨会时，要区别成员与非成员。对于团体成员应当发会议通知，而邀请非团体成员参加则应当用邀请函。

举一反三　制作授权委托书

由于受公司业务范围的限制或者其他因素的影响，公司中一些重大事项需要委托某单位或者个人在其授权范围内行使某种职能。如委托诉讼、法人授权委托等。这里为公司制作一个诉讼授权委托书，效果如图 6-34 所示。

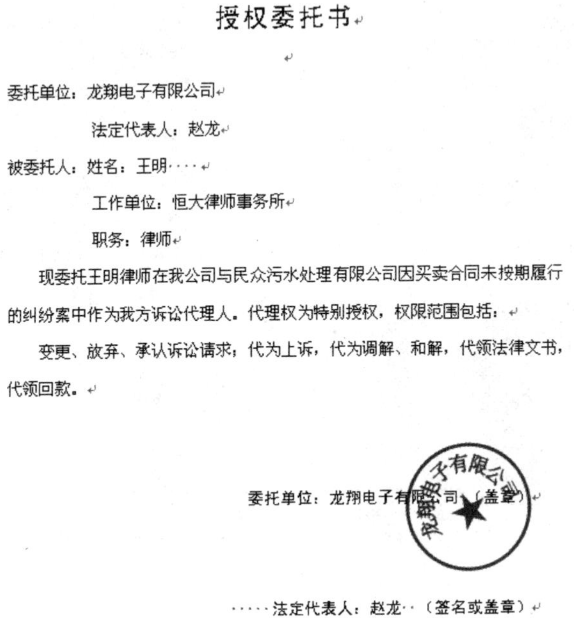

授权委托书

委托单位：龙翔电子有限公司

法定代表人：赵龙

被委托人：姓名：王明

工作单位：恒大律师事务所

职务：律师

现委托王明律师在我公司与民众污水处理有限公司因买卖合同未按期履行的纠纷案中作为我方诉讼代理人。代理权为特别授权，权限范围包括：

变更、放弃、承认诉讼请求；代为上诉，代为调解、和解，代领法律文书，代领回款。

委托单位：龙翔电子有限公司（盖章）

法定代表人：赵龙（签名或盖章）

图6-34　授权委托书

在制作授权委托书之前先打开“案例与素材\第 6 章素材”文件夹中的“授权委托书（初始）.doc”文档。制作授权委托书的具体操作步骤如下：

（1）在文档中执行“视图”→“工具栏”→“绘图”命令，打开“绘图”工具栏。

（2）在工具栏上单击“椭圆”按钮，按住 Shift 键，在文档中绘制一个适当大小的圆形。

（3）在自选图形上单击鼠标右键，在打开的快捷菜单中选择“设置自选图形格式”命令，打开“设置自选图形格式”对话框，单击“颜色与线条”选项卡。

（4）在“填充”区域的“颜色”下拉列表中选择“无填充颜色”命令；在“线条”区域的“颜色”下拉列表中选择“红色”，在“虚实”下拉列表中选择“实线”，在“线型”下拉列表中选择“3 磅”，如图 6-35 所示。

（5）单击“确定”按钮，则绘制的圆形效果如图 6-36 所示。

（6）在绘图工具栏中单击“插入艺术字”按钮，打开“艺术字库”对话框，如图 6-37 所示。在艺术字库列表中选择第一行第五列的艺术字样式，单击“确定”按钮，打开“编辑‘艺术字’文字”对话框。

（7）在“文字”文本框中输入公司的名称“龙翔电子有限公司”，如图 6-38 所示。单击“确定”按钮，则艺术字被插入到文档中。

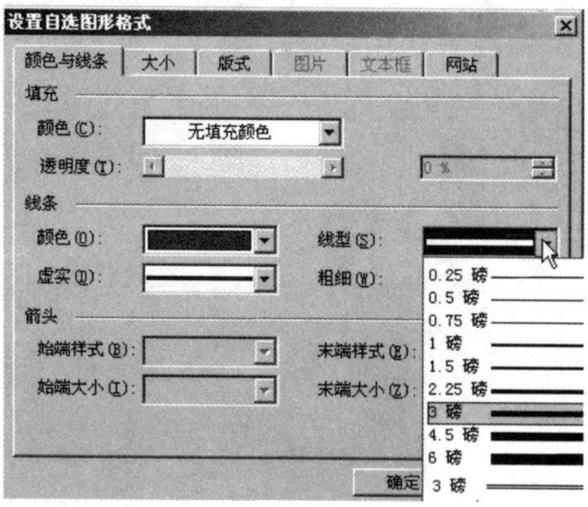

图6-35　“设置自选图形格式”对话框

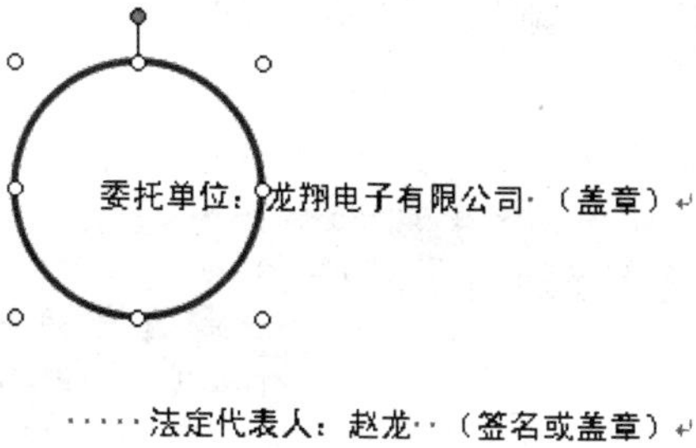

图6-36　绘制的圆形

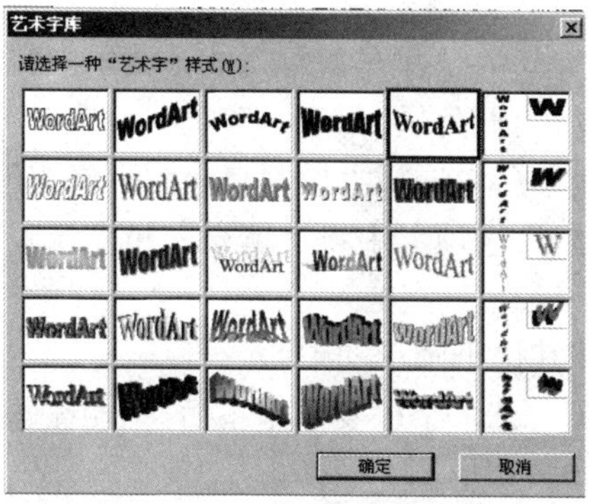

图6-37　选择艺术字样式

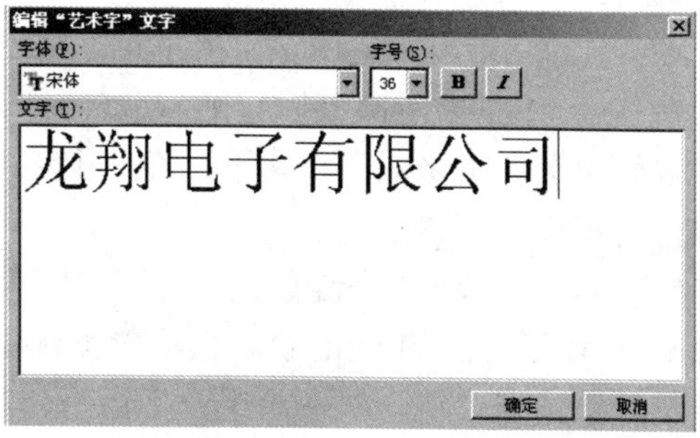

图6-38　编辑艺术字文字

（8）在艺术字上单击鼠标右键，在快捷菜单中选择“设置艺术字格式”命令，打开“设置艺术字格式”对话框，单击“颜色与线条”选项卡。在“填充”区域的“颜色”下拉列表中选择“红色”。在“线条”区域的“颜色”下拉列表中选择“红色”，如图 6-39 所示。

（9）单击“版式”选项卡，在“环绕方式”区域选择“浮于文字上方”，如图 6-40 所示。单击“确定”按钮。

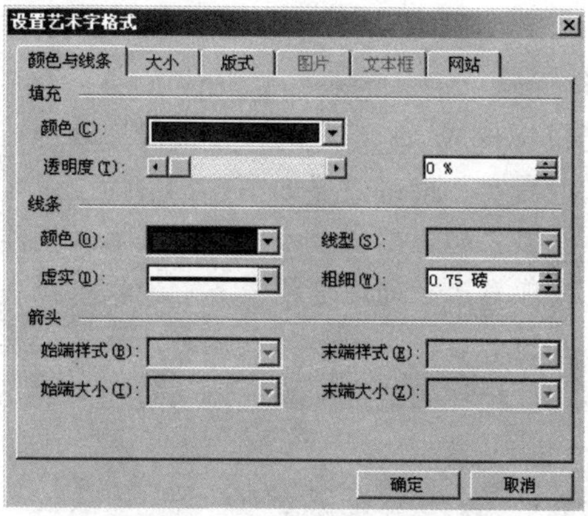

图6-39　设置艺术字颜色与线条

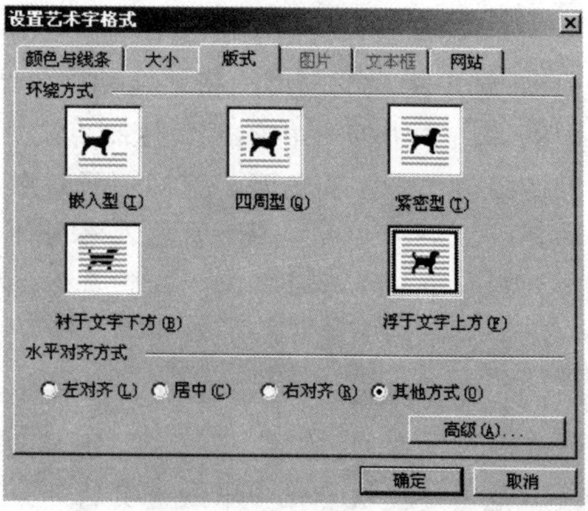

图6-40　设置艺术字版式

（10）执行“视图”→“工具栏”→“艺术字”命令，打开“艺术字”工具栏。

（11）单击“艺术字”工具栏上的“艺术字形状”按钮，在形状列表中选择“细上弯弧”选项，如图 6-41 所示。

（12）拖动艺术字上的圆形控制点，把艺术字调整为圆弧形，拖动艺术字左边的黄色菱形控制点调整艺术字环绕的弧度，如图6-42所示。

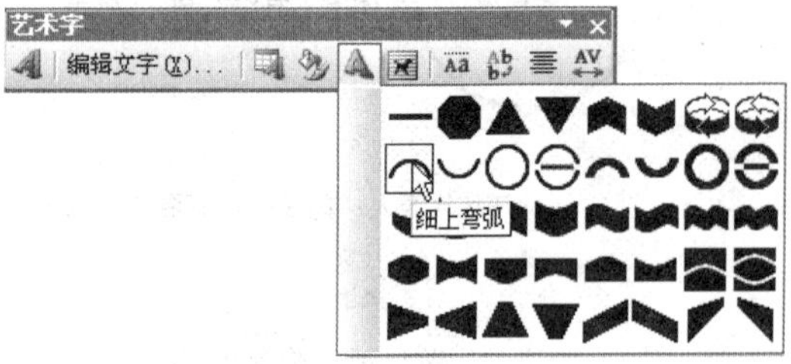

图6-41 更改艺术字形状

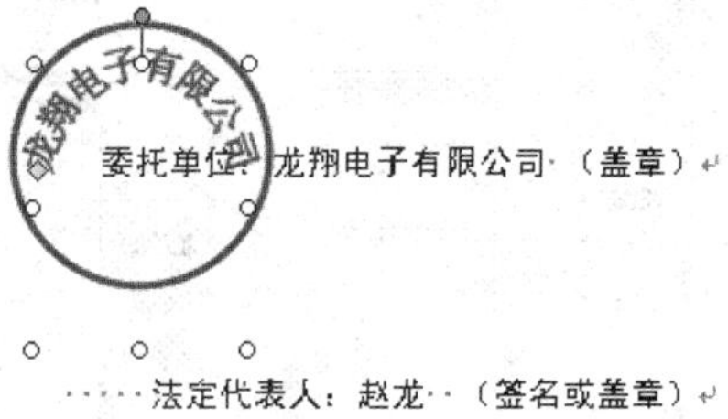

图6-42 调整艺术字的弧度

（13）在“绘图”工具栏中单击“自选图形”按钮，在“星与旗帜”的子菜单中单击“五角星”命令，在文档中拖动鼠标，绘制一个适当大小的五角星。

（14）在五角星上单击鼠标右键，在打开的快捷菜单中选择“设置自选图形格式”命令，打开“设置自选图形格式”对话框，在“颜色与线条”选项卡中将“填充”和“线条”区域的“颜色”都设置为“红色”。

（15）用鼠标拖动，适当调整五角星的位置，使其位于圆形的中心。

（16）按住鼠标上的Shift键，依次单击选中圆形、艺术字以及五角星后，单击鼠标右键，在快捷菜单中选择“组合”→“组合”命令，如图6-43所示。

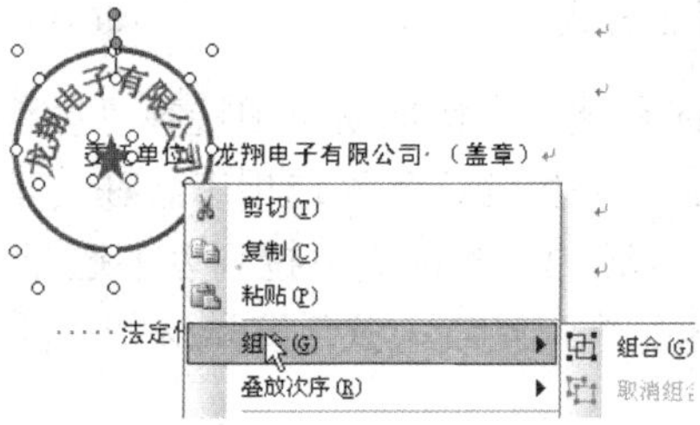

图6-43 组合图形

（17）选中组合的图形，将其拖动到合适的位置。

（18）将鼠标指向绿色的旋转控制点附近，当鼠标变成 ↻ 形状时按住鼠标拖动旋转控制点，使图章旋转一定的角度，这样图章效果更接近真实，最终效果如图6-34所示。

技巧： 当一个法人或一个自然人参与仲裁，而法人的法定代表人或自然人本人不能亲自处理仲裁程序中的一些事务时，就需要委托他人代理自己来处理这些事务。授权委托书格式方面，没有固定的要求，但起码应具备下述内容：（1）委托人的名称或姓名，法定代表人的姓名；（2）被委托人的姓名，职位，工作单位；（3）授权的范围；（4）授权的时间；（5）签发授权委托书的时间。

授权范围是授权委托书中最重要的部分。一般来说，授权范围分为两种，一般授权和特别授权。一般授权指的是代理人仅有代本人处理一般性事务的权力，在仲裁中即指提交、接收仲裁文书，进行调查，出庭辩论等，但不得代当事人行使重要的程序性权利和进行实体处分，比如选择仲裁员、选择适用的程序、承认、放弃、变更仲裁请求等。特别授权指是否授予以及授予何种重要的程序性权利和实体处分权利。当事人可以综合考虑各种情况，决定向代理人进行何种授权。代理人如果有当事人的全部授权，即我们通常所说的“全权代理”，就可以在仲裁程序中便宜行事，尤其是在调解的时候，不必时时请示法定代表人，各个文件上都要盖公司的公章等，能够比较快速地推进仲裁。但如果事关重大，不希望代理人有很大的处分权的话，当事人就可以只授予一般的代理权。

回头看

通过案例"会议邀请函"以及举一反三"授权委托书"的制作过程，主要学习了如何在文档中添加图片作为文档的背景，使用艺术字使呆板的文字变得生动活泼，使用文本框插入成段的文字，自己绘制图形美化文档。实际上 Word 2003 的图文混排的功能是非常强大的，在实际的应用中还有着更多的变化，可以做出更精美的版面效果。至于到底还能实现什么样的版式效果便需要读者自己去挖掘和创造了。

知识拓展

1. 插入剪贴画

Word 2003 提供了一个功能强大的剪辑管理器，在剪辑管理器中的 Office 收藏集中收藏了多种系统自带的剪贴画，使用这些剪贴画可以活跃文档。收藏集中的剪贴画是以主题为单位进行组织的。例如，想使用 Word 2003 提供的与"自然"有关的剪贴画时可以选择"自然"主题。

在文档中插入剪贴画的具体操作步骤如下：

（1）将插入点定位在要插入剪贴画的位置。

（2）执行"插入"→"图片"→"剪贴画"命令，打开"剪贴画"任务窗格。

（3）在"剪贴画"任务窗格"搜索文字"文本框中输入要插入剪贴画的主题，例如输入"自然"。在"搜索范围"下拉列表中选择索要搜索的剪贴画的范围。在"结果类型"下拉列表中选择所要搜索的剪贴画的媒体类型。单击"搜索"按钮，出现如图 6-44 所示的任务窗格。

（4）单击需要的剪贴画，即可将其插入到文档中。

2. 设置文档网格

如果文档中需要每行固定字符数或是每页固定行数可以使用文档网格实现。可以在文档中设置每页的行网格数和每行的字符网格数，具体操作步骤如下：

（1）执行"文件"→"页面设置"命令，打开"页面设置"对话框，单击"文档网格"选项卡，如图 6-45 所示。

（2）在"网格"区域中可以进行以下选择：

- 选中"只指定行网格"单选按钮，可以在"每页"文本框中输入行数，或在它右面的"跨度"栏中输入跨度的值，来设定每页中的行数。
- 选中"指定行和字符网格"单选按钮，除了可以设定每页的行数外还可以在"每行"文本中输入每行的字符数。
- 选中"文字对齐字符网格"单选按钮，则输入每页的行数和每行的字符数后 Word 2003 会严格按照输入的数值设定页面。

（3）在"文字排列"区域中可以选择文字的排列方向。在"应用于"下拉列表中可以选择应用的范围。单击"确定"按钮。

图6-44　搜索到的剪贴画

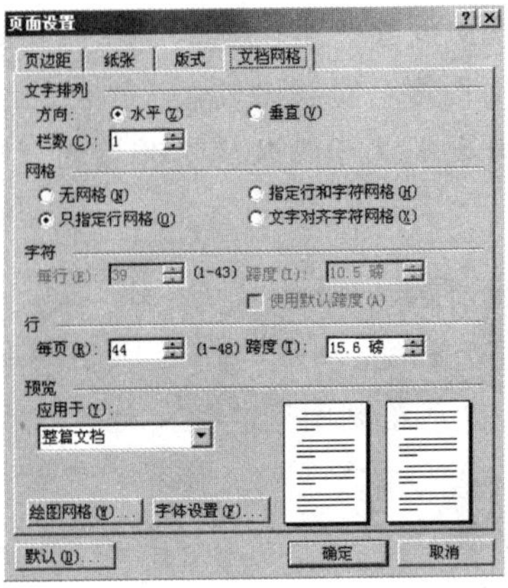

图6-45　设置文档网格

3. 向自选图形中添加文字

在各类自选图形中，除了直线、箭头等线条图形外其他的所有图形都允许向其中添加文字。有的自选图形在绘制好后可以直接添加文字，例如绘制的标注等。有些图形在绘制好后则不能直接添加文字，在自选图形上单击鼠标右键，然后在快捷菜单中选择“添加文字”命令即可向自选图形中添加文字。

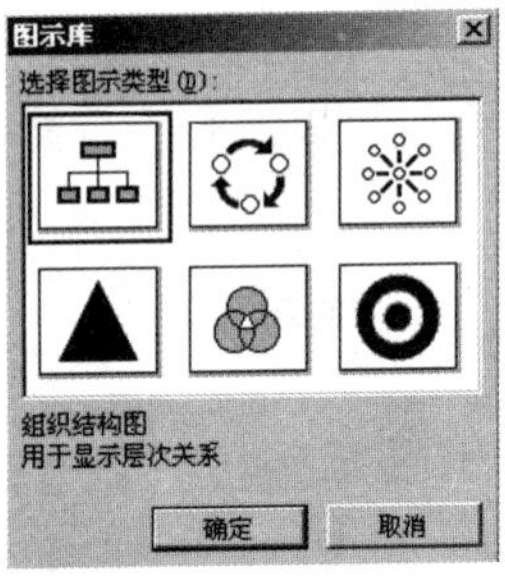

图6-46　“图示库”对话框

4. 插入组织结构图

组织结构图是用来显示层次关系的一种图示，经常被用来制作类似公司组织机构的图示。执行“插入”→“图示”命令，打开“图示库”对话框，如图 6-46 所示。在“选择图示类型”区域选择一种图示类型，在下面会显示当前选择图示的说明文字。

习题6

填空题

1．Word 2003 提供了多种预定义的纸张，系统默认的是________纸，用户可以根据自己的需要选择纸张大小，还可以自定义纸张的大小。

2．页边距是__________边缘之间的距离，在页边距中存在__________、__________和__________等图形或文字，为文档设置合适的页边距可以使打印出的文档美观。

3．用户可以利用“艺术字”工具栏中的____________按钮来设置艺术字的形状。可以利用“图片”工具栏上的__________按钮为图片设置版式。

4．根据文本框中文本的排列方向，可将文本框分为_____文本框和_____文本框两种。

选择题

1．在绘图工具栏中单击“椭圆”按钮，此时按住________键可以绘出正圆图形。

（A）Ctrl　　（B）Sift　　（C）Alt　　（D）Tab

2．下面不属于环绕方式的是________。

（A）嵌入型　　（B）四周型　　（C）紧密型　　（D）上下穿越型

3. 选中图形或者图片后，会出现几个控制点？（　　）

（A）9 个　　（B）8 个　　（C）7 个　　（D）6 个

4. 在“图示库”对话框中，有几种图示类型用于显示层次关系？（　　）

（A）5 种　　（B）6 种　　（C）7 种　　（D）8 种

5. 如何快速恢复图片至原始大小？（　　）

（A）选中图片，按住 Shift 键即可　　（B）按住 Shift 键，单击图片即可

（C）按住 Ctrl 键，双击图片即可　　（D）选中图片，按住 Ctrl 键即可

6. 在默认情况下，图片是以那种环绕方式插入的？（　　）

（A）四周环绕型　　（B）嵌入型　　（C）浮于文字上方　　（D）上下型环绕

操作题

打开“案例与素材\第 6 章素材”文件夹中的“微生物与人类健康（初始）.doc”文档，按下述要求完成全部操作，结果如图 6-47 所示。

1. 页面设置：

- 页边距：上、下各 3.5 厘米；左、右各 3.0 厘米。
- 纸型：16 开。

2. 格式设置：

- 文字：正文字体：楷体，字号：小四号字。
- 段落：正文各段首行缩进：2 字符，间距：段前 0.5 倍行距。

3. 插入设置：

- 图片：在如图 6-47 所示位置插入素材中的图片“显微镜.JPG”。
- 艺术字：将标题“微生物与人类健康”设置为艺术字。样式为第 3 行第 4 列；字体：华文行楷，字号：32 号字；环绕方式：浮于文字上方；形状：两端远；阴影样式：阴影样式 1。

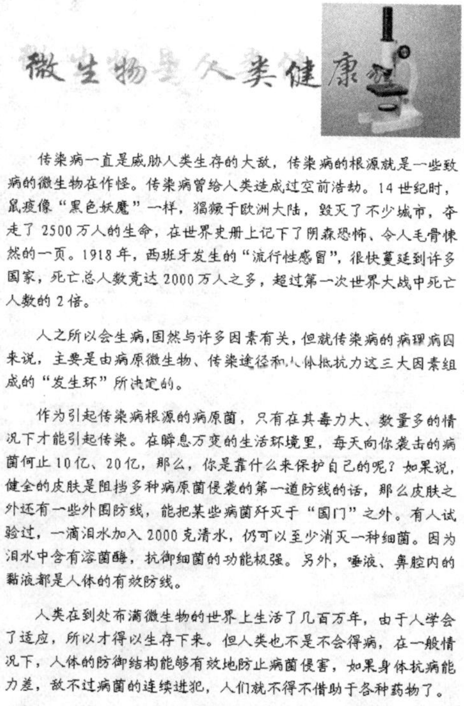

微生物与人类健康

传染病一直是威胁人类生存的大敌，传染病的根源就是一些致病的微生物在作怪。传染病曾给人类造成过空前浩劫。14 世纪时，鼠疫像“黑色妖魔”一样，猖獗于欧洲大陆，毁灭了不少城市，夺走了 2500 万人的生命，在世界史册上记下了阴森恐怖、令人毛骨悚然的一页。1918 年，西班牙发生的“流行性感冒”，很快蔓延到许多国家，死亡总人数竟达 2000 万人之多，超过第一次世界大战中死亡人数的 2 倍。

人之所以会生病，固然与许多因素有关，但就传染病的病理病因来说，主要是由病原微生物、传染途径和人体抵抗力这三大因素组成的“发生环”所决定的。

作为引起传染病根源的病原菌，只有在其毒力大、数量多的情况下才能引起传染。在瞬息万变的生活环境里，每天向你袭击的病菌何止 10 亿、20 亿，那么，你是靠什么来保护自己的呢？如果说，健全的皮肤是阻挡多种病原菌侵袭的第一道防线的话，那么皮肤之外还有一些外围防线，能把某些病菌歼灭于“国门”之外。有人试验过，一滴泪水加入 2000 克清水，仍可以至少消灭一种细菌。因为泪水中含有溶菌酶，抗御细菌的功能极强。另外，唾液、鼻腔内的黏液都是人体的有效防线。

人类在到处布满微生物的世界上生活了几百万年，由于人学会了适应，所以才得以生存下来。但人类也不是不会得病，在一般情况下，人体的防御结构能够有效地防止病菌侵害，如果身体抗病能力差，敌不过病菌的连续进犯，人们就不得不借助于各种药物了。

图6-47　微生物与人类健康

第 7 章　Word 2003 高级编排技术
——制作项目评估报告和可行性研究报告

Word 2003 提供了一些高级的文档编辑和排版技术，例如可以应用样式快速格式化文档，对文档中的文本进行注释等，这些编辑功能和排版技术为文字处理提供了强大的支持。

知识要点

- 应用样式
- 为文档添加注释
- 插入题注
- 制作文档目录
- 查找与替换

任务描述

一般情况下公司在启动一个大的项目之前，会请一些行业权威专家对项目进行专业的评估，下面是一份房地产开发贷款项目评估报告。报告通过对借款人、项目、市场、筹资、财务、贷款风险的评价得出项目投资计划可行，财务评价符合贷款要求的结论。由于该项目评估报告版面编排比较乱，这里利用 Word 2003 提供的高级编排技术对该报告的版面进行编排，使项目评估报告的版面更加整洁清晰，让阅读能够一目了然，如图 7-1 所示。

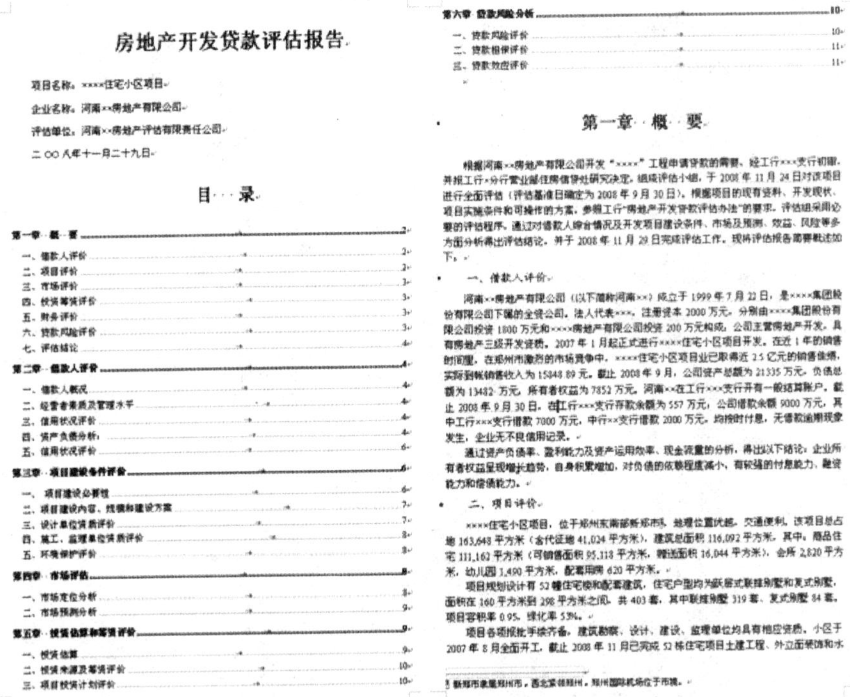

房地产开发贷款评估报告

项目名称：××××住宅小区项目

企业名称：河南××房地产有限公司

评估单位：河南××房地产评估有限责任公司

二〇〇八年十一月二十九日

目　录

第一章　概　要 2
一、借款人评价 2
二、项目评价 2
三、市场评价 3
四、投资筹资评价 3
五、财务评价 3
六、贷款风险评价 3
七、评估结论 4
第二章　借款人评价 4
一、借款人概况 4
二、经营者素质及管理水平 4
三、信用状况评价 4
四、资产负债分析 4
五、信用状况评价 6
第三章　项目建设条件评价 6
一、项目建设必要性 6
二、项目建设内容、规模和建设方案 7
三、设计单位资质评价 7
四、施工、监理单位资质评价 8
五、环境保护评价 8
第四章　市场评估 8
一、市场定位分析 8
二、市场预测分析 9
第五章　投资估算和筹资评价 9
一、投资估算 9
二、投资来源及筹资评价 10
三、项目投资计划评价 10
第六章　贷款风险分析 10
一、贷款风险评价 10
二、贷款担保评价 11
三、贷款效益评价 11

第一章　概　要

根据河南××房地产有限公司开发“××××”工程申请贷款的需要，经工行×××支行初审，并报工行×分行营业部住房信贷处研究决定，组成评估小组，于 2008 年 11 月 24 日对该项目进行全面评估（评估基准日确定为 2008 年 9 月 30 日）。根据项目的现有资料、开发现状、项目实施条件和可操作的方案，参照工行“房地产开发贷款评估办法”的要求，评估组采用必要的评估程序，通过对借款人综合情况及开发项目建设条件、市场及预测、效益、风险等多方面分析得出评估结论，并于 2008 年 11 月 29 日完成评估工作，现将评估报告简要概述如下。

一、借款人评价

河南××房地产有限公司（以下简称河南××）成立于 1999 年 7 月 22 日，是××××集团股份有限公司下属的全资公司，法人代表×××，注册资本 2000 万元，分别由××××集团股份有限公司投资 1800 万元和××××房地产有限公司投资 200 万元构成，公司主营房地产开发，具有房地产三级开发资质。2007 年 1 月起正式进行××××住宅小区项目开发，在近 1 年的销售时间里，在郑州市激烈的市场竞争中，××××住宅小区项目业已取得近 2.5 亿元的销售佳绩，实际到帐销售收入为 15848.89 元。截止 2008 年 9 月，公司资产总额为 21335 万元，负债总额为 13482 万元，所有者权益为 7852 万元。河南××在工行×××支行开有一般结算账户，截止 2008 年 9 月 30 日，在工行×××支行存款余额为 557 万元，公司借款余额 9000 万元，其中工行×××支行借款 7000 万元，中行××支行借款 2000 万元，均按时付息，无借款逾期现象发生，企业无不良信用记录。

通过资产负债率、盈利能力及资产运用效率、现金流量的分析，得出以下结论：企业所有者权益呈现增长趋势，自身积累增加，对负债的依赖程度减小，有较强的付息能力、融资能力和偿债能力。

二、项目评价

××××住宅小区项目，位于郑州东南部新郑市[1]，地理位置优越，交通便利，该项目总占地 163,648 平方米（含代征地 41,024 平方米），建筑总面积 116,092 平方米，其中，商品住宅 111,162 平方米（可销售面积 95,118 平方米，赠送面积 16,044 平方米），会所 2,820 平方米，幼儿园 1,490 平方米，配套用房 620 平方米。

项目规划设计有 52 幢住宅楼和配套建筑，住宅户型均为跃层式联排别墅和复式别墅，面积在 160 平方米到 298 平方米之间，共 403 套，其中联排别墅 319 套、复式别墅 84 套，项目容积率 0.95，绿化率 53%。

项目各项报批手续齐备，建筑勘察、设计、建设、监理单位均具有相应资质，小区于 2007 年 8 月全面开工，截止 2008 年 11 月已完成 52 栋住宅项目土建工程、外立面装饰和水

[1] 新郑市隶属郑州市，西北紧邻郑州，郑州国际机场位于市境。

图7-1　项目评估报告

案例分析

完成项目评估报告的制作要使用样式、创建样式、修改样式、插入尾注、插入题注、添

加交叉引用、提取目录、查找和替换文本等功能。

本章所涉及案例的素材和最终效果文件请登录华信教育资源网（www.hxedu.com.cn）下载，在下载后的“案例与素材\第 7 章素材”和“案例与素材\第 7 章案例效果”文件夹中。

7.1　应用样式

样式是指一组已经命名的字符样式或者段落样式。每个样式都有唯一确定的名称，用户可以将一种样式应用于一个段落，或段落中选定的部分字符之上，能够快速地完成段落或字符的格式编排，而不必逐个选择各种样式指令。

7.1.1　使用样式

Word 2003 中的样式分为字符样式和段落样式：

- 字符样式是指用样式名称来标识字符格式的组合，字符样式只作用于段落中选定的字符，如果要突出段落中的部分字符，可以定义和使用字符样式，字符样式只包含字体、字形、字号、字符颜色等字符格式的信息。
- 段落样式是指用某一个样式名称保存的一套段落格式，一旦创建了某个段落样式，就可以为文档中的一个或几个段落应用该样式。段落样式包括段落格式、制表符、边框、图文框、编号、字符格式等信息。

1. 利用“样式和格式”任务窗格使用样式

Word 2003 的“样式和格式”任务窗格提供了方便使用样式的用户界面，如图 7-2 所示，在项目评估报告中使用样式，具体操作步骤如下：

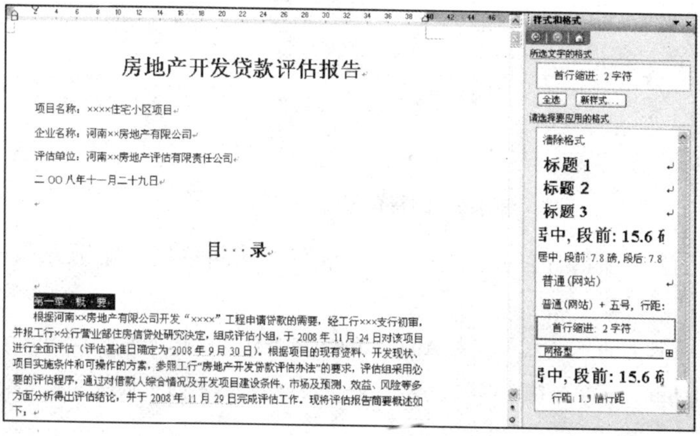

图 7-2　“样式和格式”任务窗格

（1）打开项目评估报告文档，执行“格式”→“样式和格式”命令，打开“样式和格式”任务窗格，如图 7-2 所示。

（2）选中要应用样式的段落“第一章　概要”，在“所选文字的格式”文本框中显示出当前段落的格式如图 7-2 所示。

（3）在“请选择要应用的格式”区域内列出了一系列的样式列表，单击“标题 1”样式，选中的段落被应用了该样式，在“所选文字的格式”文本框中显示出应用的样式，如图 7-3 所示。

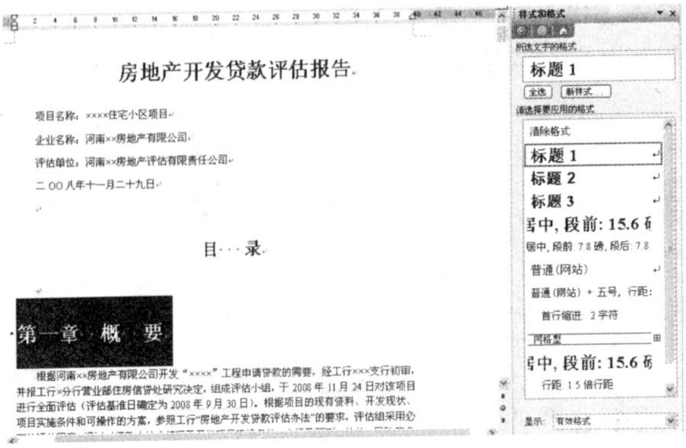

图7-3 选中的段落应用“标题1”样式

2. 利用样式列表使用样式

在文档中不仅可以利用“样式和格式”任务窗格应用样式，而且还可以利用样式列表快速应用样式，具体操作步骤如下：

（1）在文档中选中要应用样式的段落，这里选中“第二章 借款人评价”。

（2）单击“格式”工具栏中的“样式”组合框 正文 右侧的下三角箭头，打开一个样式列表，如图 7-4 所示。

（3）在样式列表中单击“标题 1”即可。

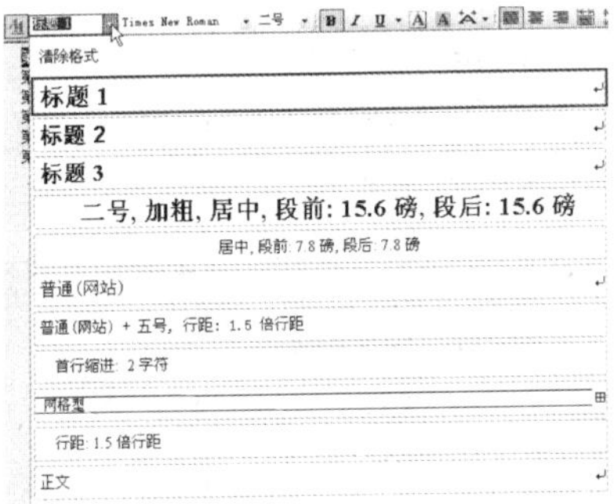

图7-4 样式列表

按照相同的方法为项目评估报告中“第三章”、“第四章”、“第五章”、“第六章”所在的段落应用“标题 1”样式。

提示： 如果需要设置的正文文本，按 Alt+Shift+←组合键可以把正文文本提升为标题 1。如果选定的是标题文本，按 Alt+Shift+←组合键可以把标题提升一级。如果选定的是标题文本，按 Alt+Shift+→组合键可以把标题降低一级。

7.1.2 创建样式

Word 2003 提供了许多常用的样式，如正文、脚注、各级标题、索引、目录等。对于一般的文档来说这些内置样式就能够满足工作需要，但在编辑一篇复杂的文档时这些内置的样式往往不能满足用户的要求，用户可以自己定义新的样式来满足特殊排版格式的需要。

例如在项目评估报告中创建一个“小标题”的新样式，具体操作步骤如下：

（1）执行“格式”→“样式和格式”命令，打开“样式和格式”任务窗格，在任务窗格中单击“新样式”按钮，打开“新建样式”对话框，如图 7-5 所示。

（2）在“属性”区域的“名称”文本框中输入“小标题”；在“样式类型”的下拉列表框中选择“段落”；在“样式基于”的下拉列表框中选择“标题 2”；在“后续段落样式”的下拉列表框中选择“正文”。

（3）在“格式”区域的“字体”下拉列表中选择“楷体-GB2312”，在“字号”下拉列表中选择“小四”，单击“加粗”按钮，取消加粗状态。

（4）单击“格式”按钮打开一个菜单，在菜单中选择“段落”命令，打开“段落”对话框，单击“缩进和间距”选项，如图 7-6 所示。

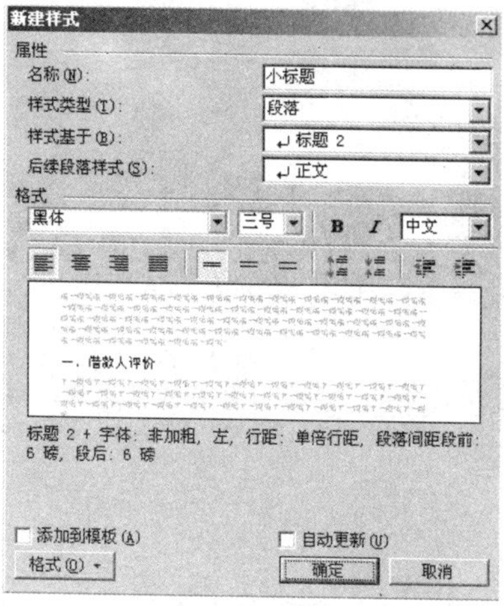

图7-5　“新建样式”对话框

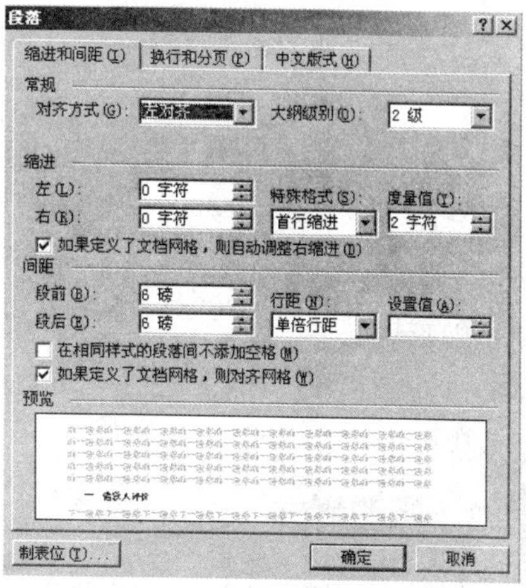

图7-6　“段落”对话框

（5）在“常规”区域的“对齐方式”下拉列表框中选择“左对齐”，在“间距”区域的“段前”文本框中选择或输入“6 磅”，在“段后”文本框中选择或输入“6 磅”，在“行距”下拉列表中选择“单倍行距”。

（6）单击“确定”按钮，返回到“新建样式”对话框。

（7）如果选中“添加到模板”复选框，则可将创建的样式添加到模板文本中。单击“确定”按钮，新创建的样式便出现在“样式和格式”任务窗格中，如图 7-7 所示。

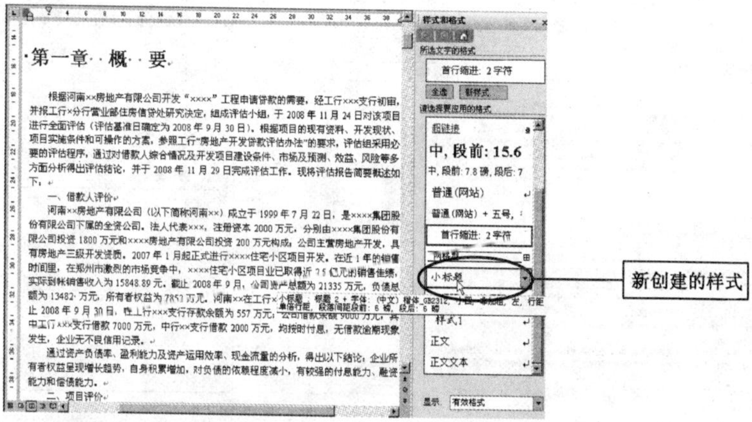

图7-7　新创建的“小标题”样式

（8）选中“一、借款人评价”段落，然后在任务窗格中单击新创建的“小标题”样式，应用“小标题”样式后的效果如图 7-8 所示。

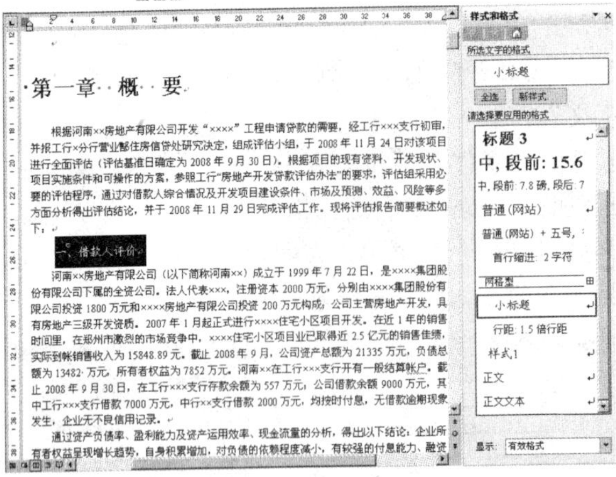

图7-8 应用新创建的样式

按照相同的方法为第一章、第二章、第三章、第四章、第五章、第六章中的所有小条款应用小标题样式。

提示：所谓基准样式，就是新建样式在其基础上进行修改的样式，后继段落样式就是应用该段落样式后面的段落缺省的样式。

7.1.3 修改样式

如果对已有样式不满意还可以对其进行修改，对于内置样式和自定义样式都可以进行修改，修改样式后，Word 2003 会自动使文档中使用这一样式的文本格式都进行相应地改变。这里对项目评估报告中的样式“标题 1”进行修改，具体操作步骤如下：

（1）将鼠标定位在应用样式“标题 1”的段落中，执行“格式”→“样式和格式”命令，打开“样式和格式”任务窗格。

（2）在“所选文字的格式”文本框中显示了所选文本的样式，单击样式右侧的下三角箭头，打开一个菜单，如图 7-9 所示。

（3）在菜单中单击“修改”命令，打开“修改样式”对话框，如图 7-10 所示。

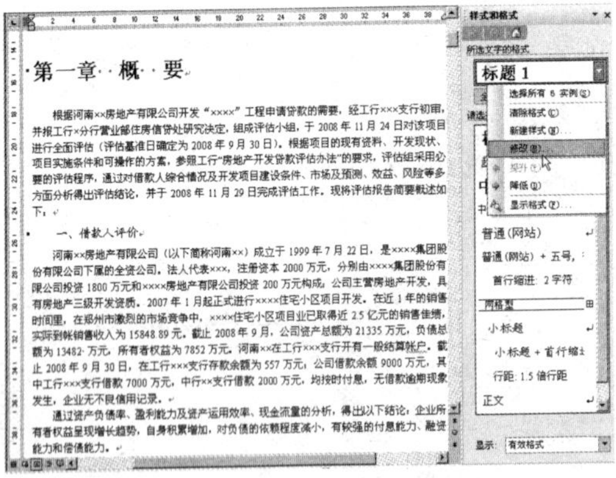

图7-9 修改样式

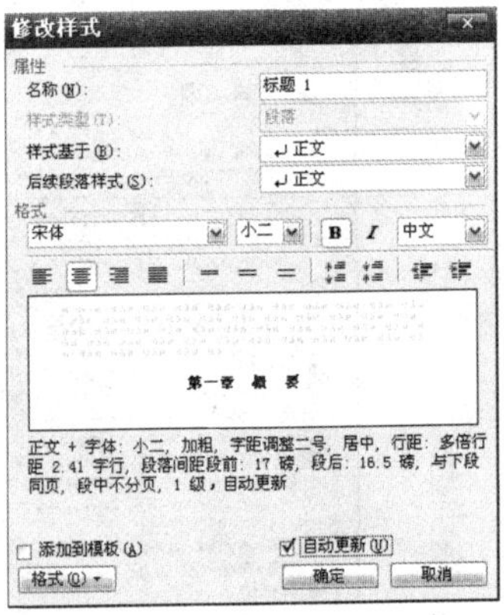

图7-10 “修改样式”对话框

（4）在“格式”区域中单击“居中”按钮，在“字号”下拉列表中选择“小二”字号，选中“自动更新”复选框。

（5）单击“确定”按钮，修改样式后的效果如图 7-11 所示。

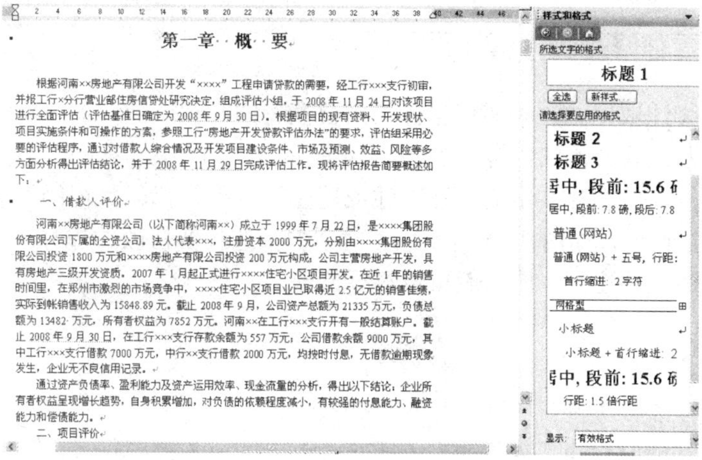

图7-11 修改样式后的效果

7.2 为文档添加注释

注释是对文档中个别术语的进一步说明，以便在不打断文章连续性的前提下把问题描述得更清楚。注释由两部分组成：注释标记和注释正文。注释一般分为脚注和尾注，一般情况下脚注出现在每页的末尾，尾注出现在文档的末尾。

7.2.1 插入脚注和尾注

在 Word 2003 中可以很方便地为文档添加脚注和尾注。这里为项目评估报告中的"新郑市"插入脚注，具体操作步骤如下：

（1）查找第一个出现的"新郑市"文本，并将插入点定位在文本"新郑市"的后面。

（2）执行"插入"→"引用"→"脚注和尾注"命令，打开"脚注和尾注"对话框，如图 7-12 所示。

（3）在"位置"区域，选中"脚注"单选按钮，并在其后的下拉列表中选择"页面底端"。在"格式"区域的"编号格式"下拉列表中选择一种编号格式，在"起始编号"文本框中选择或输入起始编号的数值，在"编号方式"下拉列表中选择"连续"选项。

（4）单击"插入"按钮，即可在插入点处插入注释标记，鼠标指针自动跳转至脚注编辑区，在编辑区中对脚注进行编辑，如图 7-13 所示。

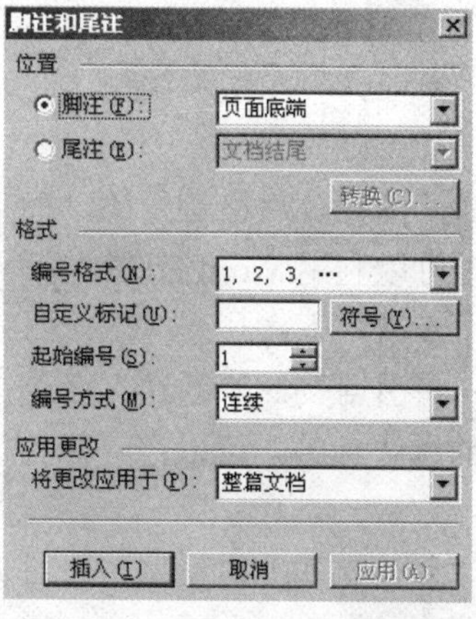

图7-12 插入脚注

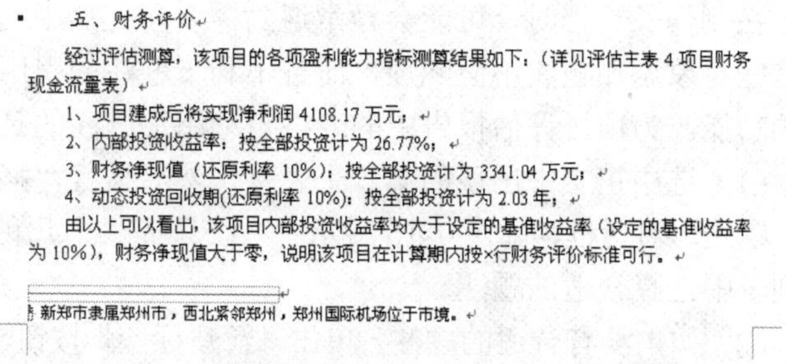

五、财务评价
经过评估测算，该项目的各项盈利能力指标测算结果如下：（详见评估主表 4 项目财务现金流量表）
1、项目建成后将实现净利润 4108.17 万元；
2、内部投资收益率：按全部投资计为 26.77%；
3、财务净现值（还原利率 10%）：按全部投资计为 3341.04 万元；
4、动态投资回收期(还原利率 10%)：按全部投资计为 2.03 年；
由以上可以看出，该项目内部投资收益率均大于设定的基准收益率（设定的基准收益率为 10%），财务净现值大于零，说明该项目在计算期内按×行财务评价标准可行。
新郑市隶属郑州市，西北紧邻郑州，郑州国际机场位于市境。

图7-13 插入脚注的效果

7.2.2 查看和修改脚注或尾注

如果要查看脚注或尾注，只要把鼠标指向要查看的脚注或尾注的注释标记，页面中将出现一个文本框显示注释文本的内容，如图 7-14 所示。

修改脚注或尾注的注释文本需要在脚注或尾注区进行，执行“视图”→“脚注”命令打开“查看脚注”对话框，如图 7-15 所示。在对话框中选择要修改的注释区，单击“确定”按钮进入相应的脚注或尾注区，然后就可以进行修改了。

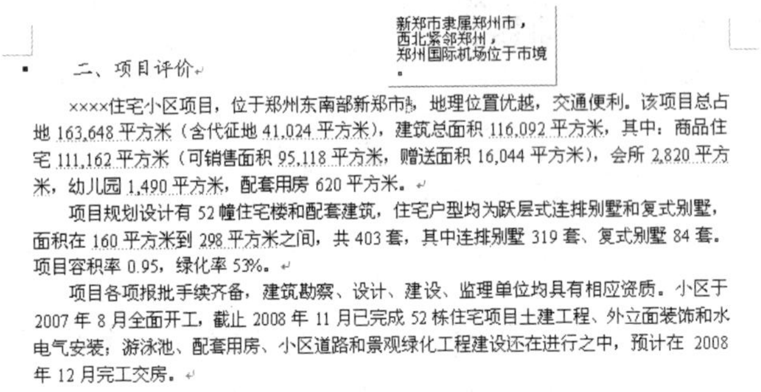
新郑市隶属郑州市，
西北紧邻郑州，
郑州国际机场位于市境
二、项目评价
××××住宅小区项目，位于郑州东南部新郑市，地理位置优越，交通便利。该项目总占地 163,648 平方米（含代征地 41,024 平方米），建筑总面积 116,092 平方米，其中：商品住宅 111,162 平方米（可销售面积 95,118 平方米，赠送面积 16,044 平方米），会所 2,820 平方米，幼儿园 1,490 平方米，配套用房 620 平方米。
项目规划设计有 52 幢住宅楼和配套建筑，住宅户型均为跃层式连排别墅和复式别墅，面积在 160 平方米到 298 平方米之间，共 403 套，其中连排别墅 319 套、复式别墅 84 套。项目容积率 0.95，绿化率 53%。
项目各项报批手续齐备，建筑勘察、设计、建设、监理单位均具有相应资质。小区于 2007 年 8 月全面开工，截止 2008 年 11 月已完成 52 栋住宅项目土建工程、外立面装饰和水电气安装；游泳池、配套用房、小区道路和景观绿化工程建设还在进行之中，预计在 2008 年 12 月完工交房。

图7-14 显示脚注提示

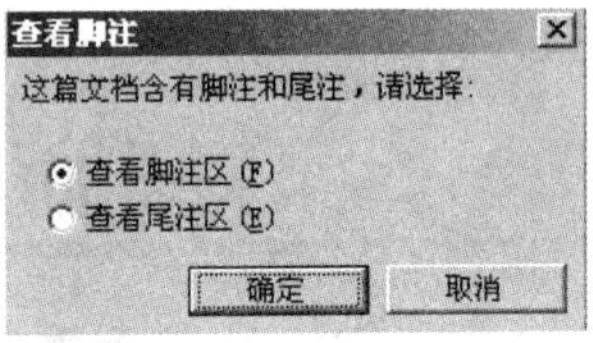

图7-15 “查看脚注”对话框

提示：如果文档中只包含脚注或尾注，在执行“视图”→“脚注”命令后即可直接进入脚注区或尾注区。

7.2.3 删除脚注或尾注

删除脚注或尾注只要选定需要删除的脚注或尾注的注释标记，然后按“Delete”键即可，此时脚注或尾注区域的注释文本同时被删除。进行移动或删除操作后 Word 2003 都会自动重新调整脚注或尾注的编号。例如：删除了编号为 1 的脚注，无须手动调整编号，Word 2003 会自动将后面的所有脚注的编号前移一位。

7.3 添加题注和交叉引用

题注是添加到表格、图表、公式或其他项目上的编号标签，比如“图表 1”、“图 1”等。当用户在文档中插入表格、图表或其他项目时可以利用题注对其添加标注。交叉引用则是对文档其他内容的引用，比如“请参阅表 1”，可以利用标题、脚注、书签、题注等创建交叉引用。

7.3.1 插入题注

在制作长文档时，可能会经常遇到需要向文档中插入大量的图片、表格等对象，而手动为这些对象添加题注不但麻烦，而且不利于题注的引用，此时可以利用 Word 2003 的插入题注的功能。为项目评估报告中的表格自动添加题注的具体操作步骤如下：

（1）选中正文中出现的第一个表格，然后执行“插入”→“引用”→“题注”命令，打开“题注”对话框，如图 7-16 所示。系统只提供了几种类型的题注标签，可以在“标签”下拉列表中选择合适的题注。

（2）如果没有合适的题注，单击“新建标签”按钮，打开“新建标签”对话框，如图 7-16 所示。在“标签”文本框中输入“表”，单击“确定”按钮。

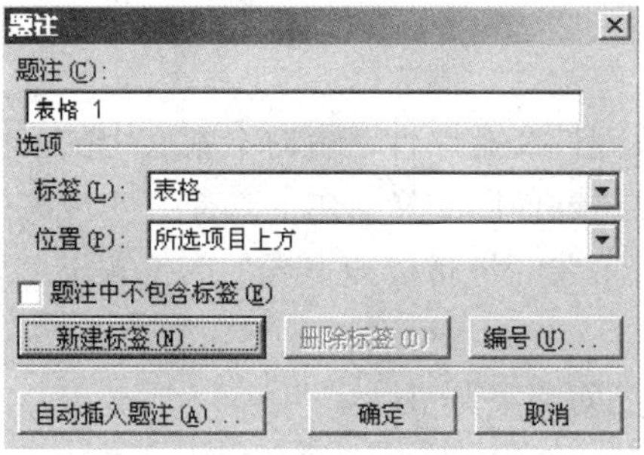

图7-16　“题注”对话框

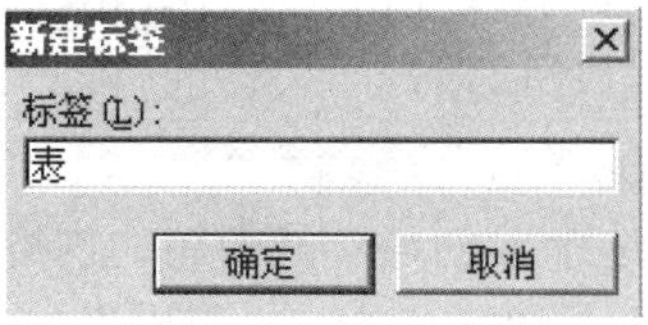

图7-17　“新建标签”对话框

（3）创建了新的标签后在“标签”下拉列表中选择“表”，在“位置”下拉列表中选择决定题注相对于项目的位置，一般用户习惯于题注在项目的下方，所以选择“所选项目的下方”选项。

（4）单击“确定”按钮，关闭对话框，系统自动给文档中选定的表格添加题注。选中添加的题注，单击工具栏上的“居中”按钮，添加题注后的效果如图 7-18 所示。

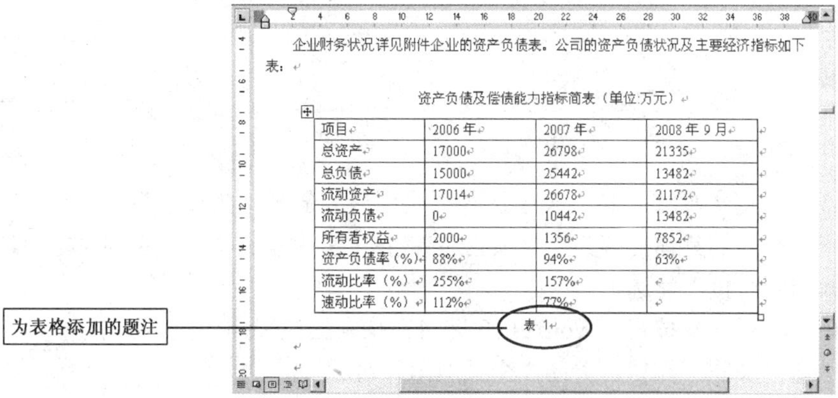

项目	2006 年	2007 年	2008 年 9 月
总资产	17000	26798	21335
总负债	15000	25442	13482
流动资产	17014	26678	21172
流动负债	0	10442	13482
所有者权益	2000	1356	7852
资产负债率（%）	88%	94%	63%
流动比率（%）	255%	157%	
速动比率（%）	112%	77%	

图7-18　为表格添加题注的效果

用同样的方法为正文中其余 4 个表格添加题注。

使用手工创建题注，用户需要对每一个需要添加题注的图片、表格等项目逐一添加。Word 2003 还提供了自动插入题注的功能，用户首先设置题注的格式和样式，然后 Word 2003 会按照要求自动添加题注，具体操作步骤如下：

（1）执行“插入”→“引用”→“题注”命令，打开“题注”对话框。

（2）在对话框中单击“自动插入题注”按钮，打开“自动插入题注”对话框，如图 7-19 所示。

（3）在“插入时添加题注”列表框中选择希望自动添加题注的项目类型，例如选择“Microsoft Word 表格”。

（4）在“选项”区域对要自动添加的题注进行设置，“使用标签”设置为“表”，“位置”设置为“项目下方”。

（5）单击“确定”按钮，这样以后在文档中插入表格时，Word 2003 都会自动为它添加题注。

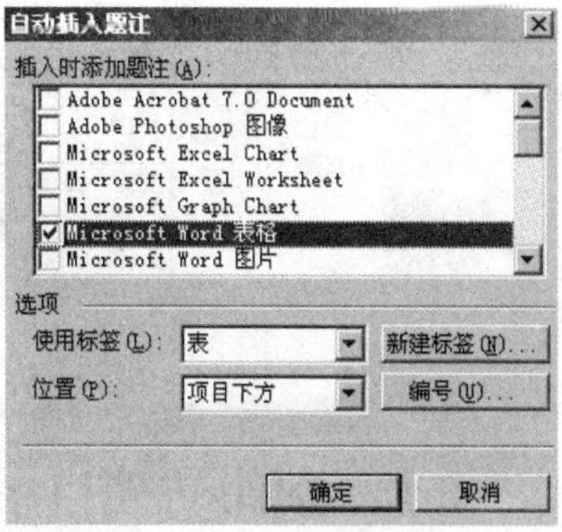

图7-19　“自动插入题注”对话框

7.3.2 添加交叉引用

在文档的组织过程中，为了保持文档的条理性和有序性，有时会在文中的不同地方引用文档中其他位置的内容，在 Word 2003 中可以通过使用交叉引用的功能来实现这种引用。

在项目评估报告“公司的资产负债状况及主要经济指标如下表”的位置添加交叉引用，具体操作步骤如下：

（1）选中要创建交叉引用的内容“下表”，如图 7-20 所示。

（2）执行“插入”→“引用”→“交叉引用”命令，打开“交叉引用”对话框，如图 7-21 所示。

图7-20 选中要进行交叉引用的内容

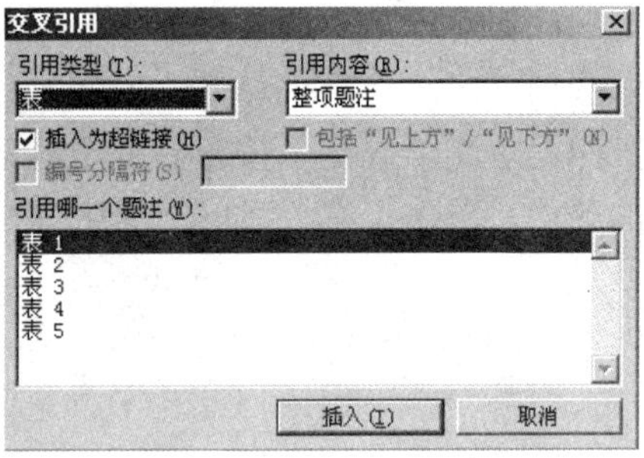

图7-21 “交叉引用”对话框

（3）在“引用类型”下拉列表中选择要引用内容的类型为“表”；在“引用内容”下拉列表中选择要引用的具体内容为“整项题注”；在“引用哪一个题注”列表框中选择“表 1”；选中“插入为超链接”复选框。

（4）单击“插入”按钮，Word 2003 即可在指定的位置插入交叉引用。

（5）单击“关闭”按钮，关闭“交叉引用”对话框。

将鼠标移至插入交叉引用的位置，将会出现如图 7-22 所示的屏幕提示。如果按下 Ctrl 键不放，然后将鼠标移到插入的交叉引用内容的位置，鼠标会变成小手形状，此时单击鼠标，Word 2003 可自动定位到被引用的项目所在位置。

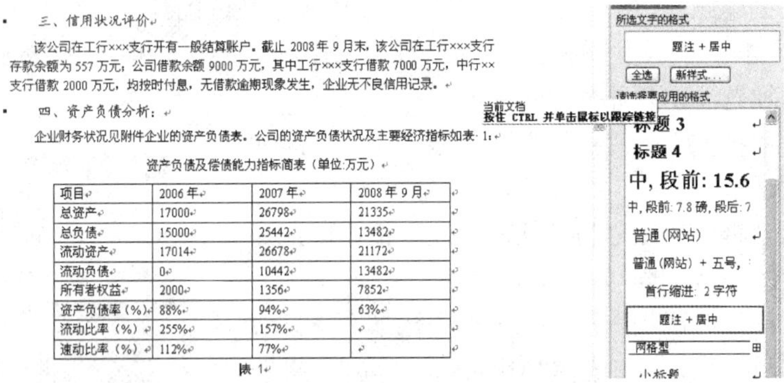

图7-22 插入交叉引用的效果

7.4 制作文档目录

目录的功能就是列出文档中的各级标题以及各级标题所在的页码，通过目录还可以对文章的大致内容有所了解。

7.4.1　提取目录

Word 2003 具有自动编制目录的功能，编制好目录后，只要用鼠标左键单击目录中的页码，就可以跳转到该页码对应的标题。这里将项目评估报告的目录提取出来，具体操作步骤如下：

（1）将插入点定位在要插入目录的位置，这里定位在“目录”标题下面。

（2）执行“插入”→“引用”→“索引和目录”命令，打开“索引和目录”对话框，单击“目录”选项卡，如图 7-23 所示。

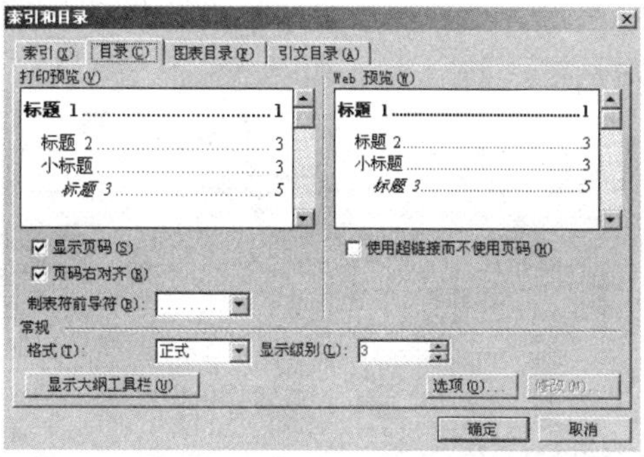

图7-23　“索引和目录”对话框

（3）在“格式”下拉列表中选择一种目录格式，例如选择“正式”选项，可以在“打印预览”框中看到该格式的目录效果。

（4）在“显示级别”文本框中选择或输入目录显示的级别为“3 级”。

（5）选中“显示页码”复选框，在目录的每一个标题后面显示页码。

（6）选中“页码右对齐”复选框，使目录中的页码居右对齐。

（7）在“制表符前导符”下拉列表框中指定标题与页码之间的分隔符为点下画线。

（8）选中“使用超链接而不使用页码”复选框，则在“Web”视图中提取的目录以超链接的形式显示。

（9）单击“确定”按钮，目录将被提取出来并插入到文档中，如图 7-24 所示。

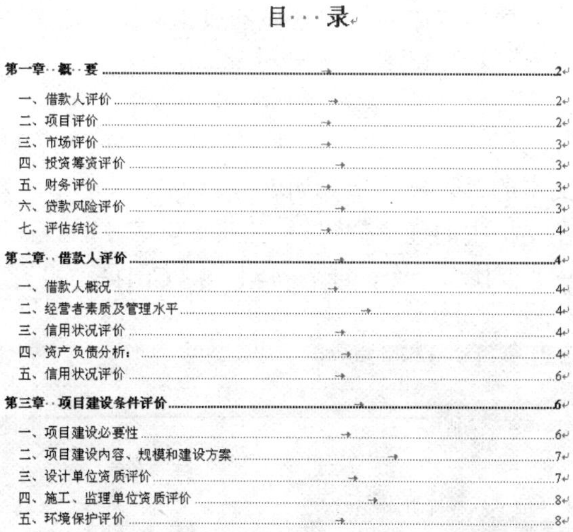
目 录

第一章 概 要 2
一、借款人评价 2
二、项目评价 2
三、市场评价 3
四、投资筹资评价 3
五、财务评价 3
六、贷款风险评价 3
七、评估结论 4
第二章 借款人评价 4
一、借款人概况 4
二、经营者素质及管理水平 4
三、信用状况评价 4
四、资产负债分析： 4
五、信用状况评价 6
第三章 项目建设条件评价 6
一、项目建设必要性 6
二、项目建设内容、规模和建设方案 7
三、设计单位资质评价 7
四、施工、监理单位资质评价 8
五、环境保护评价 8

图7-24　提取出的目录

目录是以域的形式插入到文档中的，目录中的页码与原文档有一定的联系，当把鼠标指向提取出的目录时会给出一个提示，根据提示按住“Ctrl”键，然后单击目录标题或页码，则会自动跳转至文档中的相应标题处。

7.4.2 更新目录

目录被提取出来以后，如果在文档中增加了新的目录项或在文档中进行增加或删除文本操作时引起了页码的变化，可以更新目录，具体操作步骤如下：

（1）选中需要更新的目录，被选中的目录发暗。

（2）在目录上单击鼠标右键，打开一个快捷菜单，在打开的快捷菜单中选择“更新域”命令，打开“更新目录”对话框，如图 7-25 所示。

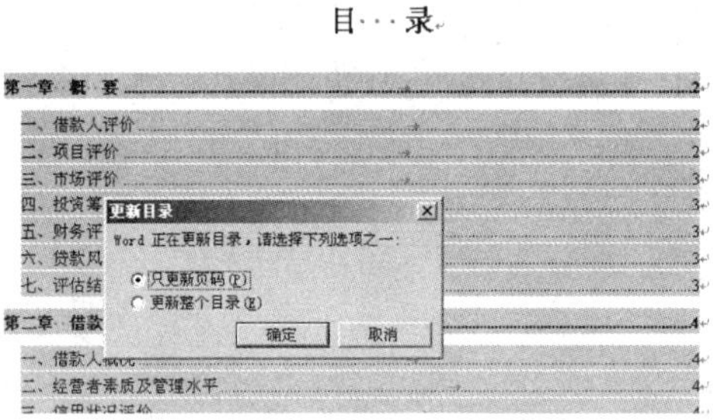

图7-25 “更新目录”对话框

（3）如果选中“只更新页码”单选按钮，则只更新目录中的页码，保留原目录格式；如果选中“更新整个目录”单选按钮，则重新编辑更新后的目录。

（4）单击“确定”按钮，系统将对目录进行更新。在更新的过程中系统将询问是否要替换目录，单击“是”按钮则删除当前的目录并插入新的目录，单击“否”按钮将在另外的位置插入新的目录。

7.5 查找与替换文本

在一篇比较长的文档中查找某些字词是一项非常艰巨的任务，Word 2003 提供的查找功能可以帮助用户快速查找所需内容，如果用户需要对多处相同的文本进行修改时还可以利用替换功能快速对文档中的内容进行修改。

7.5.1 查找文本

在文档中进行查找文本的具体操作步骤如下：

（1）将插入点定位在文档中的任意位置。

（2）执行“编辑”→“查找”命令，或者按组合键 Ctrl+F，打开“查找和替换”对话框，如图 7-26 所示。

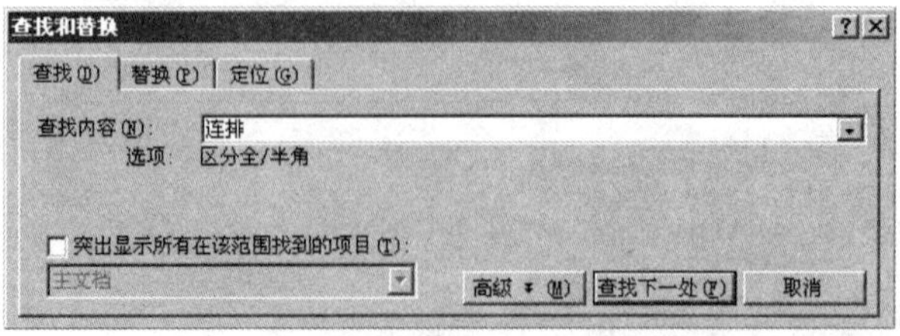

图7-26 在文档中执行查找操作

（3）在“查找内容”文本框中输入要查找的内容，这里输入“连排”，单击“查找下一处”按钮，Word 2003 就开始进行查找。如果找到了要查找的内容就会将其反白显示，如图 7-27 所示。

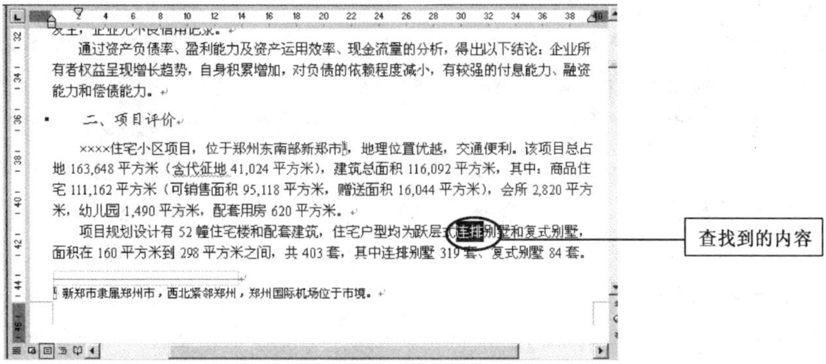

图7-27　查找到的内容

（4）若要继续查找，单击“查找下一处”按钮。如果不再继续查找，单击“取消”按钮，关闭“查找和替换”对话框，返回到文档中。

提示： 如果要一次选中所有的指定内容，在“查找和替换”对话框中选中“突出显示所有在该范围找到的项目”复选框，然后在下面的列表中选择查找范围，此时“查找下一处”按钮变为“查找全部”按钮。单击“查找全部”按钮，Word 2003 就会将所有指定内容选中。

7.5.2　替换文本

文档中“连排”是错别字，可以用替换功能将其替换为“联排”，在文档中执行替换操作的具体操作步骤如下：

（1）将插入点定位在文档中的任意位置。

（2）执行“编辑”→“替换”命令，打开“查找和替换”对话框，如图 7-28 所示。

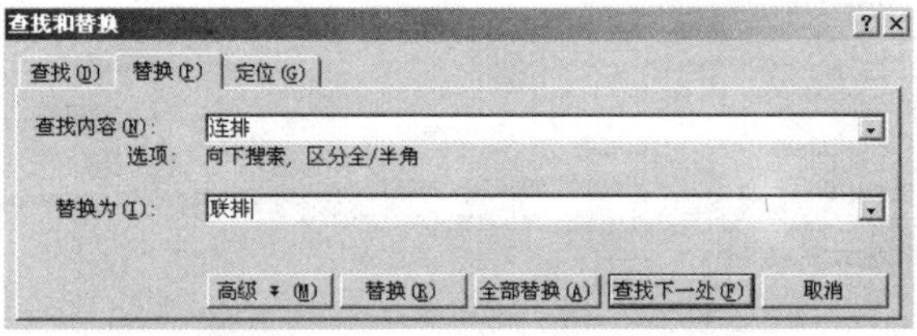

图7-28　在文档中执行替换操作

（3）在“查找内容”文本框中输入要替换的内容 “连排”，在“替换为”文本框中输入要替换成的内容“联排”。

（4）单击“查找下一处”按钮，系统从插入点处开始向下查找，查找到的内容反白显示在屏幕上。

（5）单击“替换”按钮将会把该处的“连排”替换成“联排”，并且系统继续查找。如果查找的内容不是需要替换的内容，可以单击“查找下一处”按钮继续查找。

（6）替换完毕，单击“关闭”按钮关闭对话框。

提示： 如果用户确信所有查找到的文本“连排”都可以替换为“联排”，则可以单击“全部替换”按钮，将所有文本“连排”一次性全部替换为“联排”。

技巧：项目评估报告，是专业评估人员根据项目主办单位提供的项目可行性研究报告，通过对目标项目的全面调查、综合分析和科学判断，确定目标项目是否可行的技术经济文书。它是项目主管部门决定项目取舍的重要依据，是银行向项目主办方提供资金保障的有力凭证，也是项目建设施工过程中必须的指导文件。一般由作为项目评估方的国家项目管理部门或者项目主办方的上级部门，组织有关专家，或者授权委托专业咨询公司、意向上为目标项目提供贷款的银行来实施项目评估并制作项目评估报告。

项目评估报告有长有短，有繁有简，在结构上一般都包括“编制说明”、“目录”、“正文”和“附件”四个部分，具体情况视目标项目的重要程度及难易程度而定。但项目评估报告的制作必须遵循两个基本原则，把握两个重点内容。基本原则之一是客观性，项目评估是在项目主办单位可行性研究的基础上进行的再研究，其结论的得出完全建立在对大量的材料进行科学研究和分析的基础之上。基本原则之二是科学性。要使用科学的方法，在评估工作中，注意全面调查与重点核查相结合，定量分析与定性分析相结合，经验总结与科学预测相结合，以保证相关项目数据的客观性、使用方法的科学性和评估结论的正确性。重点内容之一是必要性。必要性评价又称背景分析，即分析项目在科学研究和经济建设中的意义和地位，从而明确目标项目是否有建设的必要。重点内容之二就是可行性。即考察项目是否具有建设的可能。

举一反三　制作可行性研究报告

可行性研究报告是从事一种经济活动之前，调研人员从经济、技术、生产、销售、社会环境、法律等各种因素进行具体调查研究和分析，确定有利和不利因素，项目是否可行，估计成功率大小，经济效益和社会效果程度，为决策者和主管机关审批的上报文件。

这里利用 Word 2003 的修订功能，由多人协作来完成可行性研究报告的审阅、修订工作，修订的最终效果如图 7-29 所示。

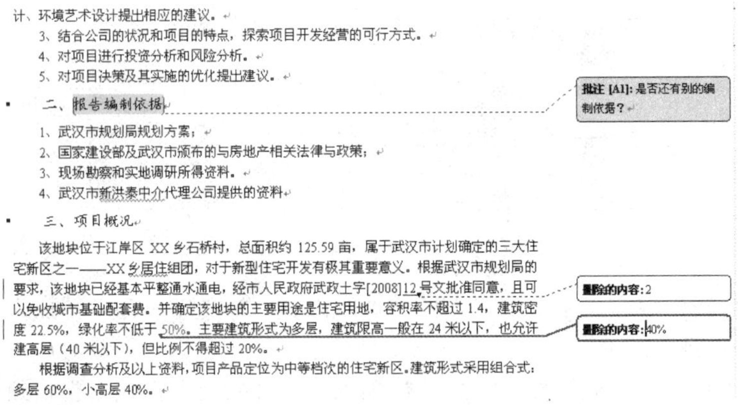
计、环境艺术设计提出相应的建议。
3、结合公司的状况和项目的特点，探索项目开发经营的可行方式。
4、对项目进行投资分析和风险分析。
5、对项目决策及其实施的优化提出建议。
二、报告编制依据
批注 [A1]: 是否还有别的编制依据？
1、武汉市规划局规划方案；
2、国家建设部及武汉市颁布的与房地产相关法律与政策；
3、现场勘察和实地调研所得资料。
4、武汉市新洪泰中介代理公司提供的资料
三、项目概况
该地块位于江岸区 XX 乡石桥村，总面积约 125.59 亩，属于武汉市计划确定的三大住宅新区之一——XX 乡居住组团，对于新型住宅开发有极其重要意义。根据武汉市规划局的要求，该地块已经基本平整通水通电，经市人民政府武政土字[2008]12 号文批准同意，且可以免收城市基础配套费。并确定该地块的主要用途是住宅用地，容积率不超过 1.4，建筑密度 22.5%，绿化率不低于 50%。主要建筑形式为多层，建筑限高一般在 24 米以下，也允许建高层（40 米以下），但比例不得超过 20%。
删除的内容：2
删除的内容：40%
根据调查分析及以上资料，项目产品定位为中等档次的住宅新区。建筑形式采用组合式：多层 60%，小高层 40%。

图7-29　可行性研究报告

在制作可行性研究报告之前先打开“案例与素材\第 7 章素材”文件夹中的“可行性研究报告（初始）.doc”文档。多人协作修订可行性研究报告的具体操作步骤如下：

（1）在文档中选中要设置批注的文本，或者将鼠标定位在该文本的后面，这里选中“报告编制依据”。

（2）执行“插入”→“批注”命令，Word 2003 会突出显示所选中的文字，并且在旁边的页边距上插入一个批注框。批注框和选中的文本之间还有连接线，同时会自动打开“审阅”工具栏。

（3）在批注框中输入要批注的内容，将鼠标在批注框上稍作停留，屏幕上会提示修订者的姓名、修订的时间以及修订的类型，如图 7-30 所示。

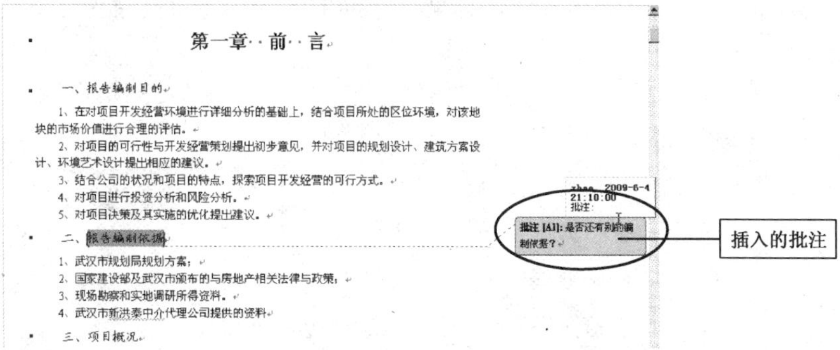

图7-30　在文档中插入批注

如果需要将原文中的某些文字删除，或者插入一些新的内容，又希望让其他阅读者能很快看出来，此时就可以使用 Word 2003 提供的修订功能。

（4）单击“审阅”工具栏中的“修订”按钮，使该按钮处于选中状态，或者执行“工具”→“修订”命令，进入文档的修订状态。

（5）将可行性研究报告文本“武政土字[2008]2 号”中的“2”改为“12”，如图 7-31 所示。在文档中编辑修改过的内容会以与原文本不同的颜色显示，并且在修改编辑过的内容所在行的左侧显示有修改编辑的标记|。

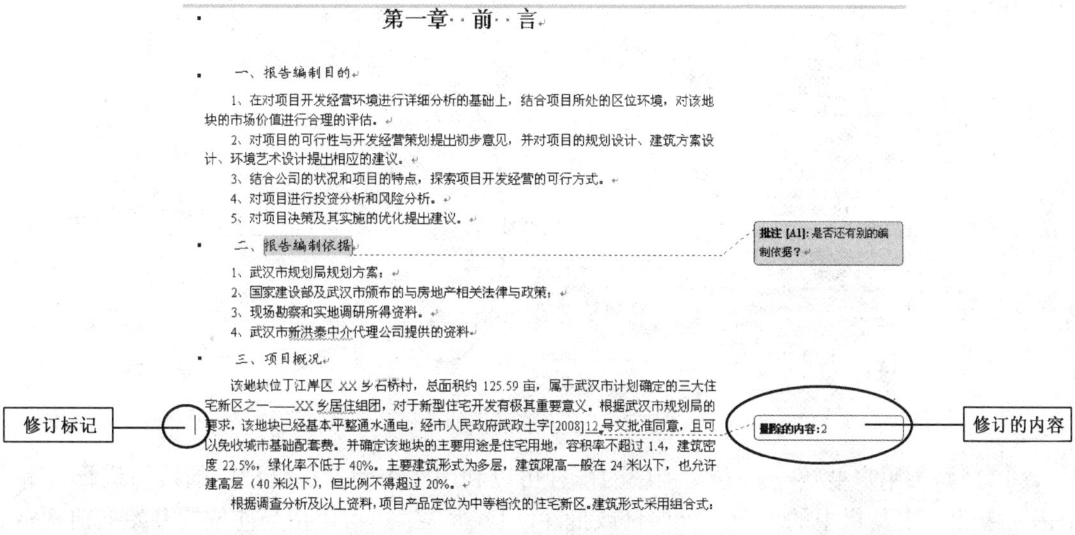

图7-31　修订文档

如果同一文档需要被多人审阅修改，审阅者可以设置不同的修订标记格式以及批注人的姓名等，以显示个性化的修订状态，也便于区分各自的审阅意见。

（6）第一个审阅者对原始文档修订好后可以直接将修改后的文档保存起来。

（7）第二个审阅者打开要修订的文档，可以执行“工具”→“选项”命令，打开“选项”

对话框，单击“修订”选项卡，如图 7-32 所示。

（8）在“标记”区域的“插入内容”、“删除内容”或“格式”下拉列表中选择插入修订时的显示格式。在“颜色”下拉列表中选择修订内容的显示颜色，为了便于跟踪不同修订人的修订情况，最好选择“按作者”，这样不同修订人的修改将按不同的颜色显示。

（9）在“批注框”区域选择相应的选项，可以设置与批注相关的显示格式。例如可以设置“批注框”的宽度，指定显示与其所修订文字之间的连线，并将其设置在文档中的“靠左”或“靠右”显示。

（10）在“选项”对话框中单击“用户信息”选项卡，如图 7-33 所示。

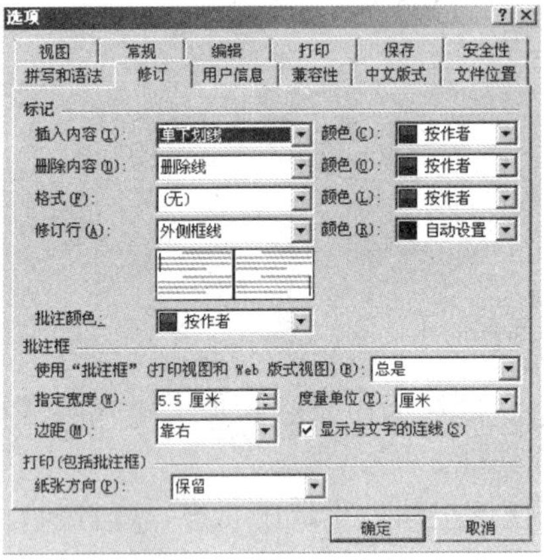

图7-32　按作者进行修订

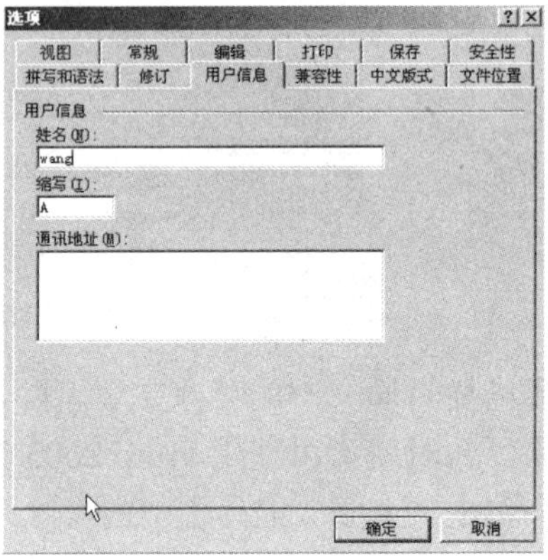

图7-33　设置“用户信息”

（11）在“用户信息”区域可以输入审阅者的个人信息。

（12）单击“确定”按钮。这样文档被不同的审阅者修订后将会以不同的颜色进行标记，如图 7-34 所示。

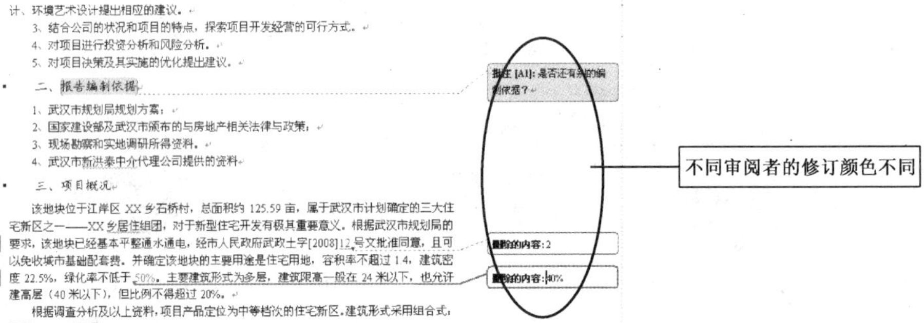

图7-34　多人修订后的效果

（13）如果用户要逐一查看文档中的修订可以利用“审阅”工具栏中的按钮进行查看。单击“审阅”工具栏中的“前一处修订或批注”按钮，可以由当前位置开始向前搜索。下一处修订或批注所在的位置并呈高亮显示。单击“审阅”工具栏上的“后一处修订或批注”按钮可以由当前位置开始向后搜索，下一处修订或批注所在的位置并呈高亮显示。

如果用户要查看文档中的所有修订或批注，以及修订或批注的作者和时间，可以单击“审阅”工具栏中的“审阅窗格”按钮，则在文档的尾部将会显示出“审阅窗格”，在审阅窗格中显示了文档中所有的修订或批注内容，以及修订或批注的作者和时间，如图 7-35 所示。

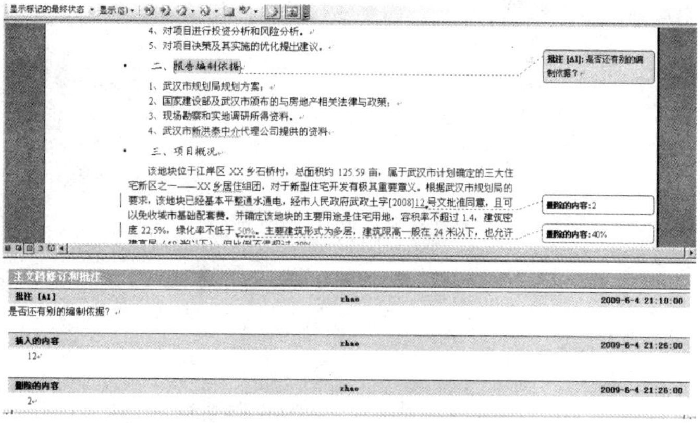

图7-35　显示“审阅窗格”

（14）如果对文档进行修订的审阅者较多，用户可以只查看某一个审阅者的修订或批注。单击“审阅”工具栏中“显示”按钮后的下三角箭头，在下拉菜单中选择“审阅者”打开一子菜单。在子菜单中如果用户选择“所有审阅者”选项，则可以看到所有审阅者所做的修订，如果只选择某一个审阅者，例如选择“zhao”，就只会看到该审阅者所做的修订，而其他审阅者所做的修订则默认为接受，如图 7-36 所示。

（15）为了方便查看文档的修改效果，可以让修订或批注标记显示为不同的显示状态。在“审阅”工具栏上单击“显示审阅”按钮后的下三角箭头，打开一个下拉菜单，如图 7-37 所示。

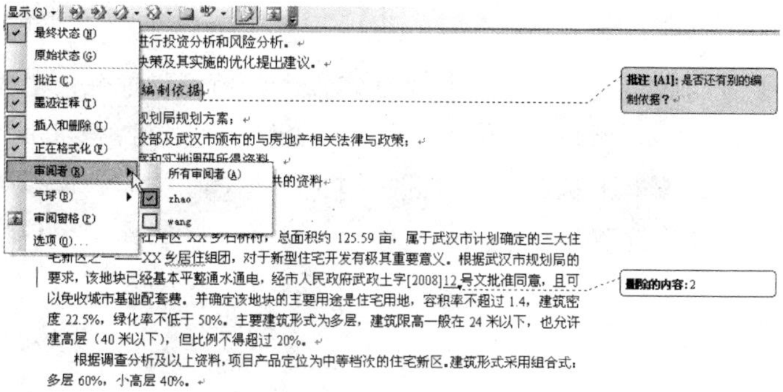

图7-36　显示“zhao”修订后结果

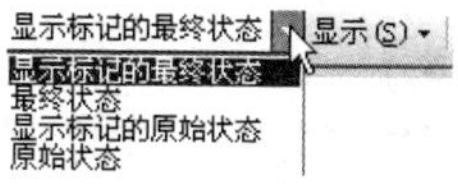

图7-37　不同的显示状态

下拉菜单中各显示状态的含义如下：

- 选择“显示标记的最终状态”选项：可以看到文档修订后的最终效果。
- 选择“最终状态”选项：可以看到文件修改后的效果，所有的修订标记全部消失，文档显示未修订后的效果。
- 选择“显示标记的原始状态”选项：可以看到对原文进行了怎样的修订，还可以显示出原始文档，并用标记指出对文档做了哪些修订，如图 7-38 所示。
- 选择“原始文档”选项：可以看到原始文档，所有的修订标记全部消失，并且文档显示为原始文档。

（16）如果用户认同审阅者修改后的结果，可以接受审阅者所做的修订。单击要接受的修订框将其选中，在“审阅”工具栏上单击“接受所选修订”按钮  后的下三角箭头，在下拉菜单中选择“接受修订”选项，接受修订后，原编辑修改的部分将不再做标记，与文档中未修改的部分毫无区别。

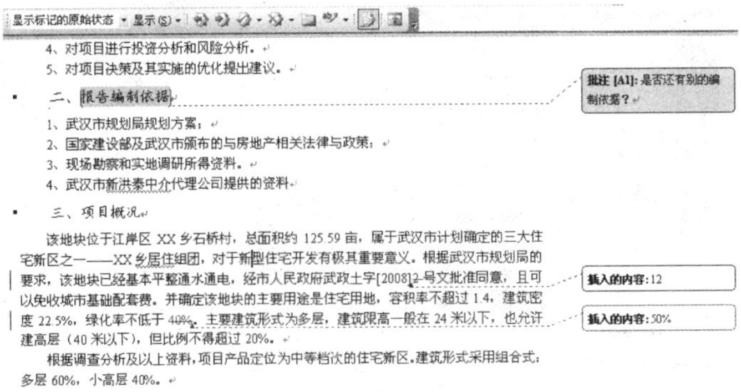

图7-38　显示标记的原始状态效果

如果在“接受所选修订”下拉菜单中选择“接受对文档所做的所有修订”选项，则无论鼠标指针在文档的何处，对该文档所做的任何修订均被接受，所有的修订标记全部消失。建议用户只有在确信无疑时才可以使用这个命令。

（17）如果用户对审阅者修改后的结果不满意，可以拒绝接受审阅者所做的修订。单击要拒绝的修订框将其选中，在“审阅”工具栏上单击“拒绝所选修订”按钮后的下三角箭头，在下拉菜单中选择“拒绝修订/删除批注”选项即可。

如果在“拒绝所选修订”下拉菜单中选择“拒绝对文档所做的所有修订”选项，则无论鼠标指针在文档的何处，对该文档所做的任何修订均被拒绝，所有的修订标记全部消失，文档恢复为原始状态。

回头看

通过案例“项目评估报告”以及举一反三“可行性研究报告”的修订过程，主要学习了Word 2003提供的应用样式、为文档添加脚注和尾注、添加题注和交叉引用、制作文档目录、查找与替换文本、添加批注、修订文档等操作的方法和技巧。这些操作步骤和技巧适用于比较长的文档，学习了这些方法和技巧后，如果遇到较长的文档那么用户就可以轻松处理了。

知识拓展

1. 删除样式

对于那些用户不常用的样式是没必要保留的，在删除样式时系统内置的样式是不能被删除的，只有用户自己创建的样式才可以被删除。删除样式的具体操作步骤如下：

（1）执行“格式”→“样式和格式”命令，打开“样式和格式”任务窗格。

（2）在“请选择要应用的样式”列表中单击要删除样式右侧的下三角箭头，在下拉菜单中选择“删除”命令。

（3）在出现的警告对话框中，单击“是”按钮，选中的样式将从样式列表中删除。

2. 移动脚注和尾注

如果不小心把脚注或尾注插错了位置，可以使用移动脚注或尾注位置的方法来改变脚注或尾注的位置。移动脚注或尾注只需用鼠标选定要移动的脚注或尾注的注释标记，并将它拖动到所需的位置即可。

习题7

填空题

1. 样式是存储在 Word 中的__________，Word 2003 中的样式分为__________和__________。

2. 注释由两部分组成：__________和__________。注释一般分为脚注和尾注，一般情况下脚注出现在__________，尾注出现在__________。

3. 目录的功能是列出文档中的______________________________，通过目录可以对文章的大致内容有所了解。

4. 批注是指作者或审阅者为文档添加的________；在页面视图或 Web 版式视图中，文档的页边距中标记批注框将显示________；修订是指显示文档中所做的诸如删除、插入或其他编辑更改的位置的________；标记是指________，例如插入、删除和格式更改。

选择题

1. 关于 Word 样式的说法，下面错误的是：

（A）是应用于文档中文本、表格和列表的一套格式特征，能迅速改变文档的外观。

（B）应用样式时，可以在一个简单的任务中应用一组格式。

（C）样式是一系列格式设置操作的集合，应用样式时，系统会自动完成该样式中所包含的所有格式设置，可以大大提高排版的工作效率。

（D）样式可以对插入的图片、图形进行设置，达到美观效果。

2. 按______组合键可以打开“查找和替换”对话框。

（A）Ctrl+G　　（B）Ctrl+J　　（C）Ctrl+K　　（D）Ctrl+F

3. 选定需要设置的文本，按下______组合键可以把文本提升为标题，应用样式为标题 1。

（A）Alt+Shift+←　　（B）Alt+Shift+→　　（C）Alt+Shift+↑　　（D）Alt+Shift+↓

操作题

1. 打开“案例与素材\第 7 章素材”文件夹中的“XX 专业教育机构（初始）.doc”文档，然后按照下面的要求对文档进行操作：

（1）插入页眉和页脚：页眉的内容是“XX 专业教育机构”，“小五”号字，居右对齐；页脚的内容是当前的日期，例如 9/14/2009。

（2）为正文第四行的“1000”加入批注“截至 2005 年底数据”；将正文第二行的“31”修订为“32”。

（3）请根据提供的 XX 专业教育机构的部门设置情况，做出 XX 专业教育机构的组织结构图。

2. 打开“案例与素材\第 7 章素材”文件夹中的“投标书（初始）.doc”文档，然后按照下面的要求对文档进行操作：

（1）通过相应的设置在文章的第一页自动生成目录。

（2）给目录添加标题：投标书目录。

（3）要求显示 4 个级别，显示页码不使用超链接。

3. 打开“案例与素材\第 7 章素材”文件夹中的“销售管理手册（初始）.doc”文档，然后按照下面的要求对文档进行操作：

（1）将“第一章”、“第二章”等标题应用“标题 1”样式。并修改“标题 1”的样式“居中”显示。

（2）将“第一章”、“第二章”等下面的条款应用“标题 2”样式。并修改“标题 2”的样式为“四号”

字号，段前、段后间距为“6 磅”，行间距为“单倍行距”。

（3）为二级标题添加项目编号“第一条、第二条……”。

销售管理手册的最终效果如图 7-39 所示。

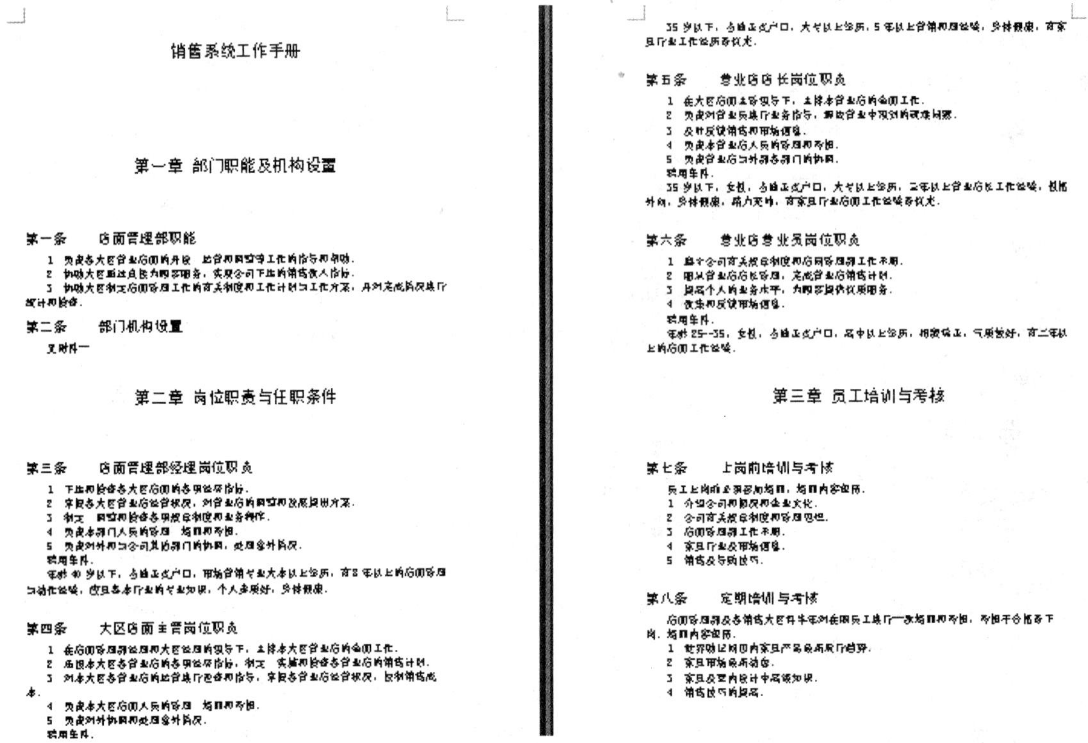
销售系统工作手册

第一章 部门职能及机构设置

第一条　店面管理部职能

1 负责各大区营业店面的开设、经营和管理等工作的指导和帮助。
2 协助大区通过良好的服务，实现公司下达的销售收入指标。
3 协助大区制定店面管理工作的有关制度和工作计划与工作方案，并对完成情况进行统计和检查。

第二条　部门机构设置

见附件一

第二章 岗位职责与任职条件

第三条　店面管理部经理岗位职责

1 下达和检查各大区店面的各项经济指标。
2 掌握各大区营业店经营状况，对营业店的管理和发展提出方案。
3 制定、管理和检查各项规章制度和业务程序。
4 负责本部门人员的管理、培训和考核。
5 负责对外和与公司其他部门的协调，处理意外情况。
聘用条件。
年龄 40 岁以下，当地正式户口，市场营销专业大本以上学历，有 8 年以上的店面管理与操作经验，极具丰富行业的专业知识，个人素质好，身体健康。

第四条　大区店面主管岗位职责

1 在店面管理部经理和大区经理的领导下，主持本大区营业店的全面工作。
2 根据本大区各营业店的各项经济指标，制定、实施和检查各营业店的销售计划。
3 对本大区各营业店的经营进行监督和指导，掌握各营业店经营状况，控制销售成本。
4 负责本大区店面人员的管理、培训和考核。
5 负责对外协调和处理意外情况。
聘用条件。
35 岁以下，当地正式户口，大专以上学历，5 年以上营销和管理经验，身体健康，有家具行业工作经历者优先。

第五条　营业店店长岗位职责

1 在大区店面主管领导下，主持本营业店的全面工作。
2 负责对营业员进行业务指导，解决营业中遇到的疑难问题。
3 及时反馈销售和市场信息。
4 负责本营业店人员的管理和考核。
5 负责营业店与外部各部门的协调。
聘用条件。
35 岁以下，女性，当地正式户口，大专以上学历，二年以上营业店长工作经验，性格外向，身体健康，精力充沛，有家具行业店面工作经验者优先。

第六条　营业店营业员岗位职责

1 遵守公司有关规章制度和店面管理部工作制度。
2 服从营业店店长管理，完成营业店销售计划。
3 提高个人的业务水平，为顾客提供优质服务。
4 收集和反馈市场信息。
聘用条件。
年龄 25--35，女性，当地正式户口，高中以上学历，相貌端正，气质较好，有二年以上的店面工作经验。

第三章 员工培训与考核

第七条　上岗前培训与考核

员工上岗前必须参加培训，培训内容如下。
1 介绍公司和制度和企业文化。
2 公司有关规章制度和管理思想。
3 店面管理部工作制度。
4 家具行业及市场信息。
5 销售及导购技巧。

第八条　定期培训与考核

店面管理部及各销售大区每半年对在职员工进行一次培训和考核，考核不合格者下岗。培训内容如下。
1 世界知名品牌家具产品最新流行趋势。
2 家具市场最新动态。
3 家具及室内设计中高级知识。
4 销售技巧的提高。

图7-39　销售管理手册

第 8 章　Word 2003 的邮件合并功能
——制作应聘人员面试通知单和商务邀请函

在文字信息处理实际工作中，经常会遇到这样的情况：处理大量日常报表和信件，尤其是各类学校一年一度的新生录取通知书。这些报表、信件和录取通知书，其主要内容又基本相同，只是具体数据有所变化。为了减少重复工作，提高办公效率，不妨试试 Word 2003 提供的“邮件合并”功能，定能收到意想不到的效果。

知识要点

- 创建主文档
- 打开数据源
- 插入合并域
- 设置合并选项
- 合并文档

任务描述

公司不久前进行了应聘人员的笔试，现在需要根据笔试结果，给有资格面试的人员发放面试通知单。利用 Word 2003 提供的邮件合并功能，可以方便快捷的做如图 8-1 所示的面试通知单！

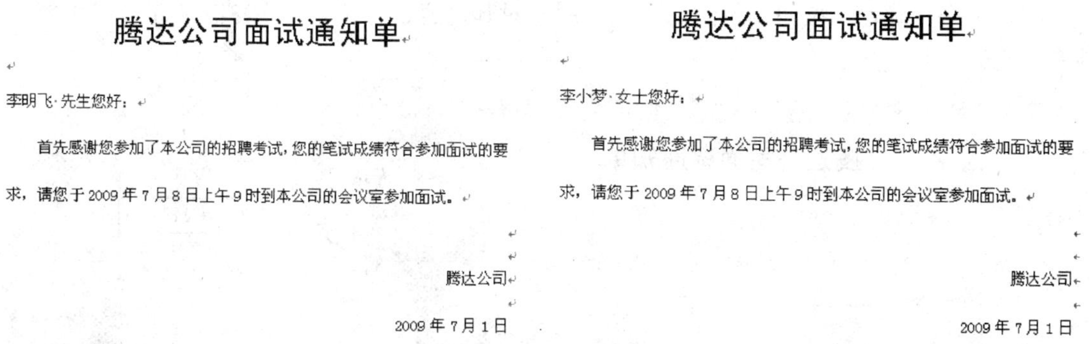
腾达公司面试通知单

李明飞 先生您好：

首先感谢您参加了本公司的招聘考试，您的笔试成绩符合参加面试的要求，请您于 2009 年 7 月 8 日上午 9 时到本公司的会议室参加面试。

腾达公司

2009 年 7 月 1 日

腾达公司面试通知单

李小梦 女士您好：

首先感谢您参加了本公司的招聘考试，您的笔试成绩符合参加面试的要求，请您于 2009 年 7 月 8 日上午 9 时到本公司的会议室参加面试。

腾达公司

2009 年 7 月 1 日

图8-1　面试通知单

案例分析

完成应聘人员面试通知单的制作要用到邮件合并中的创建主控文档、打开数据源、插入合并域、设置合并选项以及合并文档等功能。

本章所涉及案例的素材和最终效果文件请登录华信教育资源网（www.hxedu.com.cn）下载，在下载后的“案例与素材\第 8 章素材”和“案例与素材\第 8 章案例效果”文件夹中。

8.1　创建主文档

主文档可以是信函、信封、标签或其他格式的文档，在主文档中除了包括那些固定的信息外还包括一些合并的域。

可以创建一个新文档作为信函主文档，另外也可以将一个已有的文档转换成信函主文档。这里我们创建一个新文档作为录取通知单信函，具体操作步骤如下：

（1）创建一个新的 Word 文档，执行“工具”→“信函与邮件”→“邮件合并”命令，打开“邮件合并”任务窗格，如图 8-2 所示。

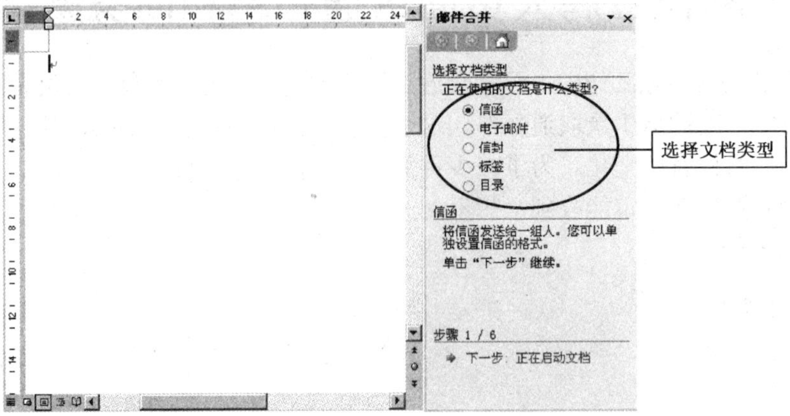

图8-2　选择主文档类型

（2）在任务窗格中的“选择文档类型”区域选中“信函”单选按钮，单击“下一步：正在启动文档”进入邮件合并第二步，如图 8-3 所示。

（3）在“想要如何设置信函”区域选中“使用当前文档”单选按钮。

（4）执行“文件”→“页面设置”命令，打开“页面设置”对话框，单击“纸张”选项卡，在“纸张大小”下拉列表中选择“16 开”。

（5）单击“确定”按钮，返回到主文档中并对其内容进行编辑，图 8-3 所示即是编辑信函主文档的效果。

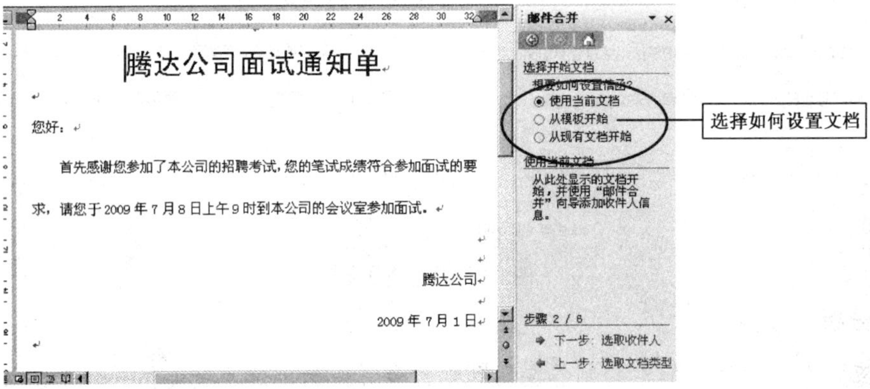

图8-3　设置信函主文档

8.2　打开数据源

主文档信函创建好后，还需要明确参加面试的人员等信息，在邮件合并操作中这些信息以数据源的形式存在。

用户可以使用多种类型的数据源，例如 Microsoft Word 表格、Outlook 联系人列表、Excel 工作表、Access 数据库和文本文件等。

如果在计算机中不存在进行邮件合并操作的数据源，可以创建新的数据源。如果在计算机上存在要使用的数据源，可以在邮件合并的过程中直接打开数据源。

由于参加招聘考试人员的姓名、成绩等信息已经被保存在“招聘人员笔试成绩”Excel 工作表中，这里可以直接打开数据源，具体操作步骤如下：

（1）在邮件合并向导的第二步单击“下一步，选取收件人”进入邮件合并的第三步，在“选择收件人”区域选中“使用现有列表”单选按钮，如图 8-4 所示。

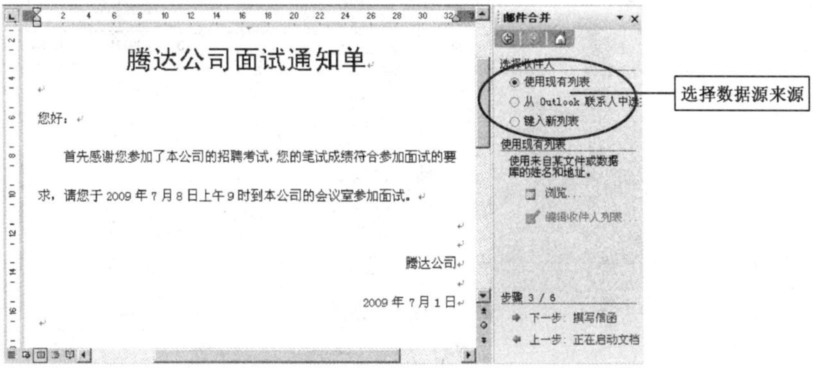

图8-4　选择数据源来源

（2）在“在使用现有列表”区域单击“浏览”按钮，打开“选取数据源”对话框。

（3）在对话框中系统默认的查找范围是“我的数据源”文件夹，找到数据源的存放位置，然后在列表中选中“招聘人员笔试成绩”数据源，如图 8-5 所示。

图8-5　“选取数据源”对话框

（4）单击“打开”按钮，打开“邮件合并收件人”对话框，如图 8-6 所示。在对话框中可以在“收件人列表”中选择要使用的数据信息，默认状态是全部选中。

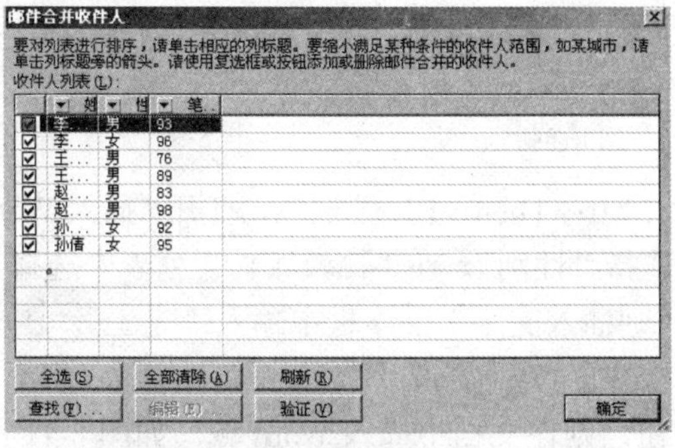

图8-6　“邮件合并收件人”对话框

（5）单击“确定”按钮，将数据源打开，打开数据源后在“使用现有列表”区域将显示打开的数据源，如图 8-7 所示。用户还可以单击“选择另外的列表”选项继续选择另外的数据源。

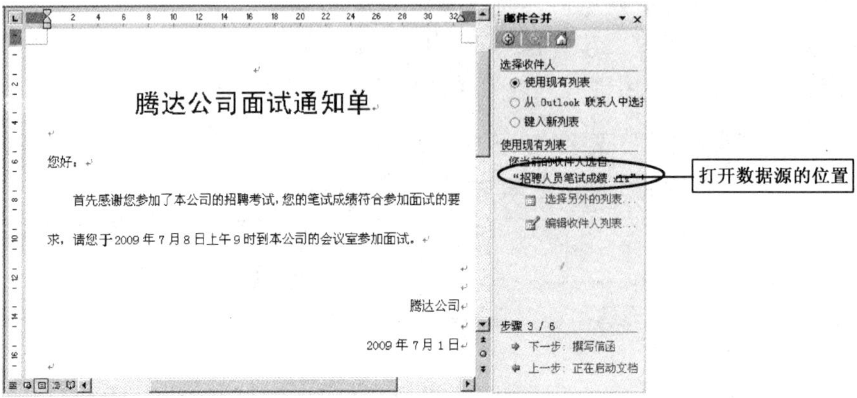

图8-7　打开数据源

8.3　插入合并域

主文档和数据源创建成功后，就可以进行合并操作了，不过在进行主文档和数据源的合并前还应在主文档中插入合并域。在信函主文档中插入合并域的具体操作步骤如下：

（1）在邮件合并的第三步单击“下一步，撰写信函”进入邮件合并第四步，执行“视图”→“工具栏”→“邮件合并”命令，显示邮件合并工具栏。

（2）将插入点定位在信函中“您好”文本的前面。在任务窗格中单击“其他项目”按钮，或者在工具栏上单击“插入域”按钮，打开“插入合并域”对话框，如图 8-8 所示。

（3）在“域”列表中选中“姓名”，单击“插入”按钮，将“姓名”域插入到文档中。

（4）在“邮件合并”工具栏中单击“插入 Word 域”，打开下拉列表，如图 8-9 所示。

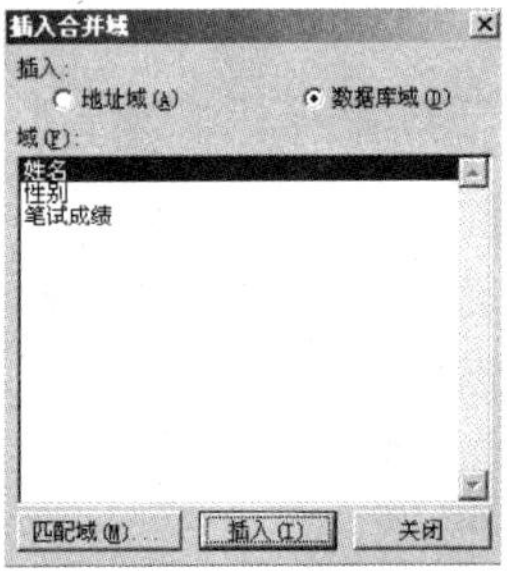

图8-8　“插入合并域”对话框

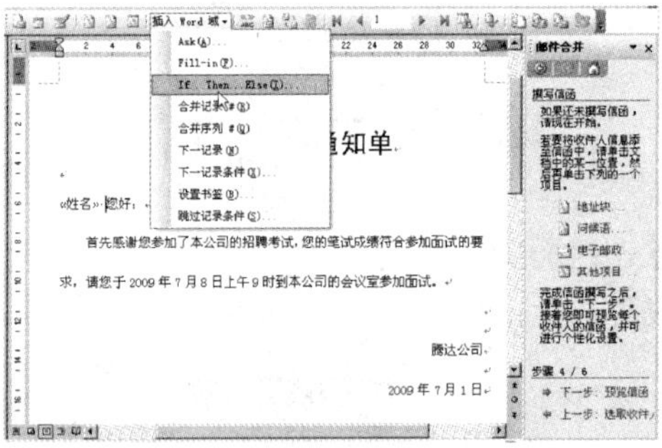

图8-9　邮件合并工具栏

（5）在下拉列表中单击“If…Then…Else”选项，打开“插入 Word 域”对话框，如图 8-10 所示。在“域名”列表中选择“性别”，在“比较条件”列表中选择“等于”，在“比较对象”文本框中选择“男”，在“则插入文字”文本框中输入“先生”，在“否则插入此文字”文本框中输入“女士”。

（6）单击“确定”按钮，则在文档中插入 Word 域，如图 8-11 所示。

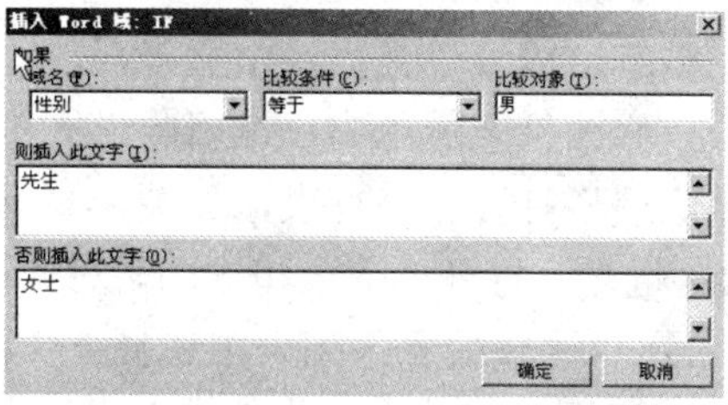

图8-10　“插入Word域”对话框

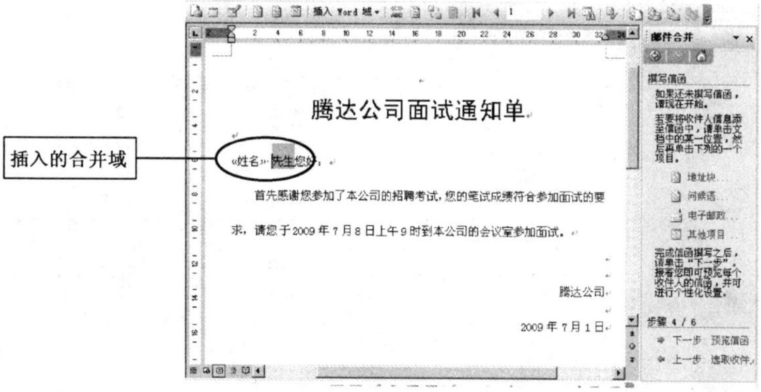

图8-11　插入合并域的效果

8.4　设置合并选项

设置合并选项主要是在编辑收件人信息列表中进行的。根据需要以不同的条件对数据源中的数据进行筛选和排序。设置合并域的具体操作步骤如下：

（1）在邮件合并第四步单击“下一步，预览信函”进入邮件合并向导第五步，如图 8-12 所示。

在任务窗格中单击“预览信封”区域中“收件人”的左、右箭头可以在屏幕上对具体的信函进行预览。在预览时如果发现某个信函可以不要，在“做出更改”区域单击“排除此收件人”选项将该收件人排除在合并工作之外。

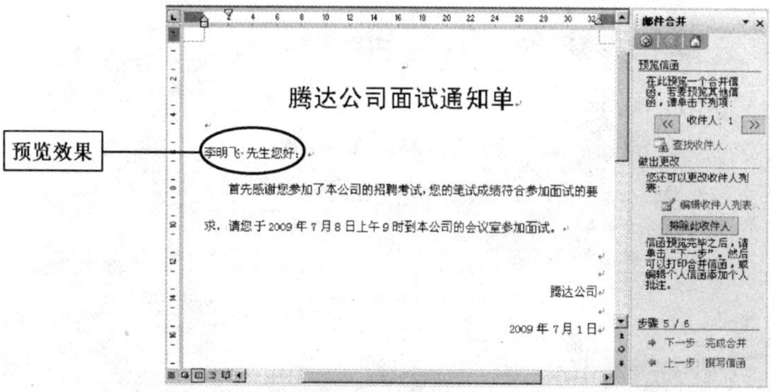

图8-12　预览信函

如果在合并时只需要合并数据源中某一个或几个域中的若干数据，可以利用筛选的方法将需要的数据从数据源中筛选出来。由于面试的条件是笔试成绩大于 90 分的人员，因此在合并信函时只需要合并“招聘人员笔试成绩”数据源中大于 90 分的数据源。

（2）在任务窗格中的“做出修改”区域单击“编辑收件人列表”按钮，打开“邮件合并收件人”对话框。单击“笔试成绩”打开一个列表，如图 8-13 所示。

（3）在列表中单击“高级”选项，打开“筛选和排序”对话框，如图 8-14 所示。在“域”下拉列表中选择“笔试成绩”，在“比较关系”列表中选择“大于”，在“比较对象”文本框中输入 90，单击“确定”按钮，返回“邮件合并收件人”对话框，单击“确定”按钮，返回文档。

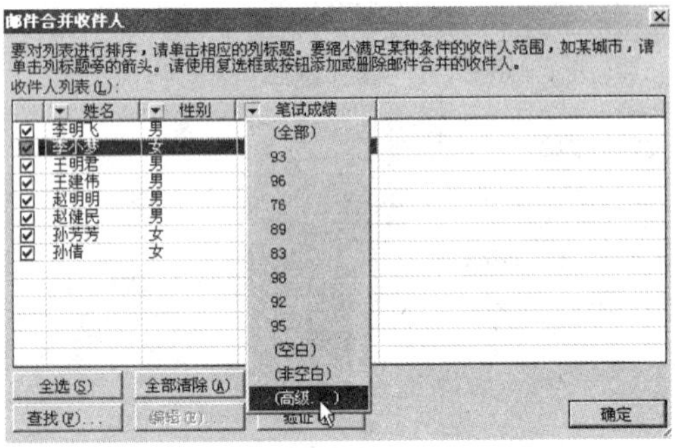

图8-13　选择笔试成绩符合条件的人员

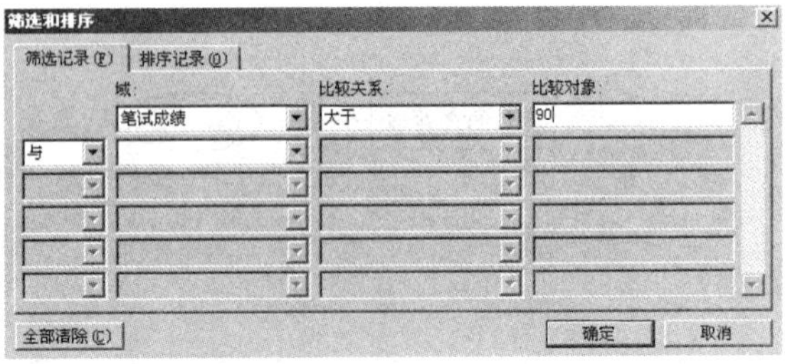

图8-14　“筛选和排序”对话框

8.5　合并文档

合并文档是邮件合并的最后一步。如果对预览的结果满意，就可以进行邮件合并的操作了。用户可以将文档合并到打印机上，也可以合并成一个新的文档，以 Word 文件的形式保存下来，供以后打印。

在合并文档时可以直接将文档合并到新文档中，这里将创建的信函主文档合并到一个新的文档，具体操作步骤如下：

（1）在邮件合并向导的第五步单击“下一步，完成合并”按钮进入邮件合并向导的第六步，如图 8-15 所示。

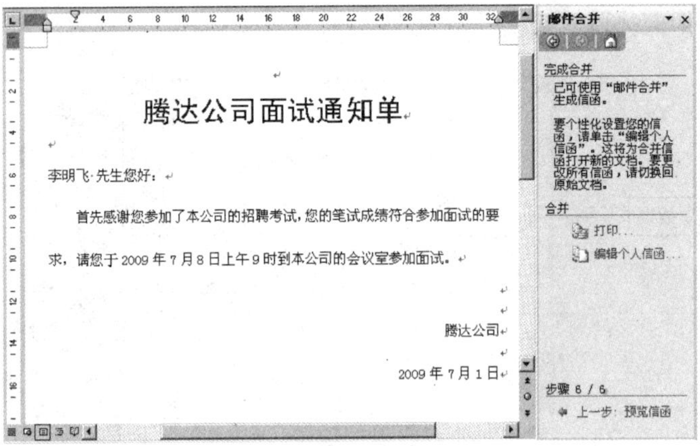

图8-15　合并文档

（2）在“合并”区域单击“编辑个人信函”选项，打开“合并到新文档”对话框，如图 8-16 所示。

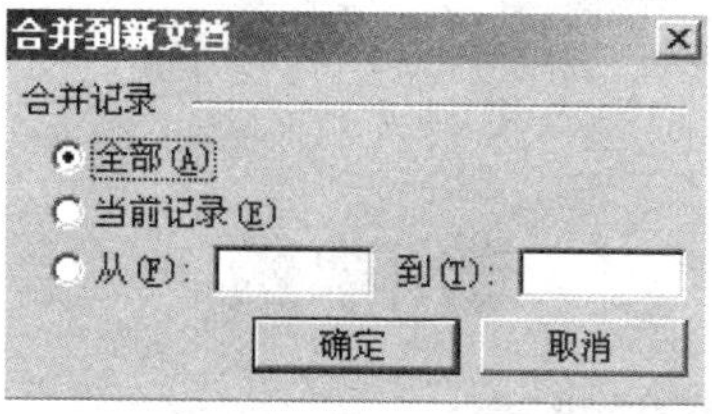

图8-16　“合并到新文档”对话框

（3）在“合并记录”区域选择合并的范围，如果选择“全部”选项则合并全部的记录；如果选择“当前记录”则只合并当前的记录；还可以选择具体某几个记录进行合并；这里选择“全部”单选按钮。

（4）单击“确定”按钮，则主文档将于数据源合并，并建立一个新的文档，合并结果如图 8-17 所示。

（5）单击“文件”→“保存”命令，打开“另存为”对话框，在对话框中设置文档的保存位置和文件名，单击“保存”按钮。

在新合并的文档中，用户还可以进行打印前的最后修改，对现有的收信人信息进行修改，如修改姓名和地址等，甚至还可以删除整条的记录，但是不能创建新的收件人记录，具体的修改方法和普通文档的方法相同。用户再根据相同的方法对创建的信封文档进行插入合并域与合并的操作，这样就可以将信函分别装入相对应的信封中，然后分发出去。

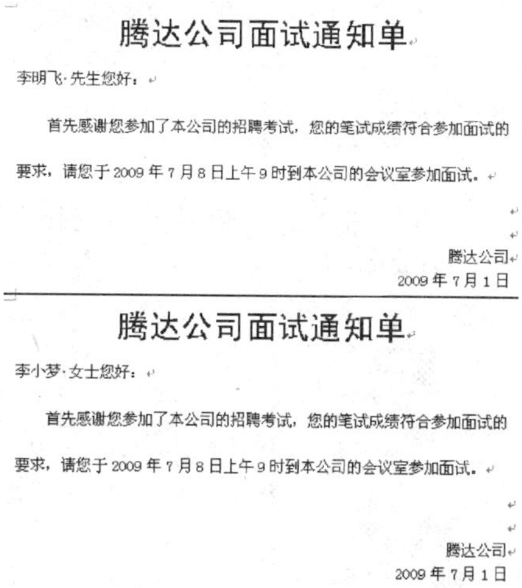

腾达公司面试通知单

李明飞 先生您好：

首先感谢您参加了本公司的招聘考试，您的笔试成绩符合参加面试的要求，请您于 2009 年 7 月 8 日上午 9 时到本公司的会议室参加面试。

腾达公司
2009 年 7 月 1 日

腾达公司面试通知单

李小梦 女士您好：

首先感谢您参加了本公司的招聘考试，您的笔试成绩符合参加面试的要求，请您于 2009 年 7 月 8 日上午 9 时到本公司的会议室参加面试。

腾达公司
2009 年 7 月 1 日

图8-17　将信函主文档合并到新文档后的效果

技巧：在面试通知单中一定要写清楚面试的具体时间与地点。如果在面试时需要准备某些资料，如相关职称证书、职业资格证书以及毕业证等应在面试通知单中写明。如果条件允许应该还要写上联系电话和面试联系人的姓名，方便候选人在紧急情况下与招聘方保持联系。

举一反三　制作商务邀请函

公司召开一个产品展示会，要向一些相关人士和公司发出邀请函，这时负责人面临着大量的工作，需要向数十个或者数百个地址发出主体内容相同的一封信，利用邮件合并功能则能快速完成这一工作，利用邮件合并功能制作的邀请函如图 8-18 所示。

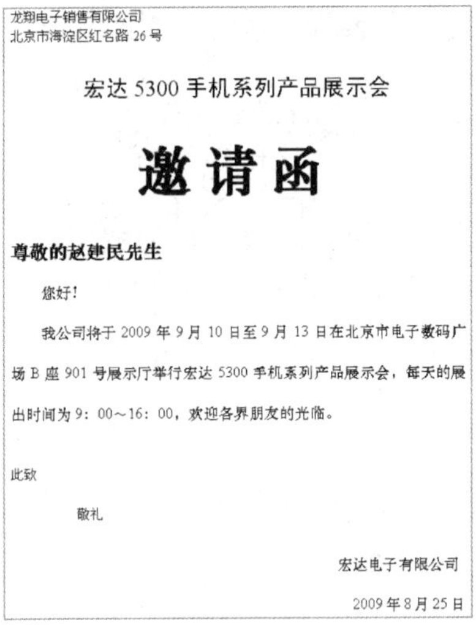
龙翔电子销售有限公司
北京市海淀区红名路26号

宏达5300手机系列产品展示会

邀请函

尊敬的赵建民先生

您好!

我公司将于2009年9月10日至9月13日在北京市电子数码广场B座901号展示厅举行宏达5300手机系列产品展示会，每天的展出时间为9：00～16：00，欢迎各界朋友的光临。

此致

敬礼

宏达电子有限公司

2009年8月25日

图8-18 邮件合并的邀请函

（1）创建一个新的Word文档，执行“工具”→“信函与邮件”→“邮件合并”命令，打开“邮件合并”任务窗格。

（2）在任务窗格中的“选择文档类型”区域选中“信函”单选按钮，单击“下一步：正在启动文档”进入邮件合并第二步。

（3）在“想要如何设置信函”区域选中“从现有文档开始”单选按钮，在“从现有文档开始”区域的列表中选择“其他文档”单击“打开”选项，打开“打开”对话框。在对话框中选择“第8章素材中”的邀请函原始文件，单击“打开”按钮，打开邀请函文档，如图8-19所示。

（4）单击“下一步，选取收件人”进入邮件合并的第三步，在“选择收件人”区域选中“输入新列表”单选按钮，如图8-20所示。

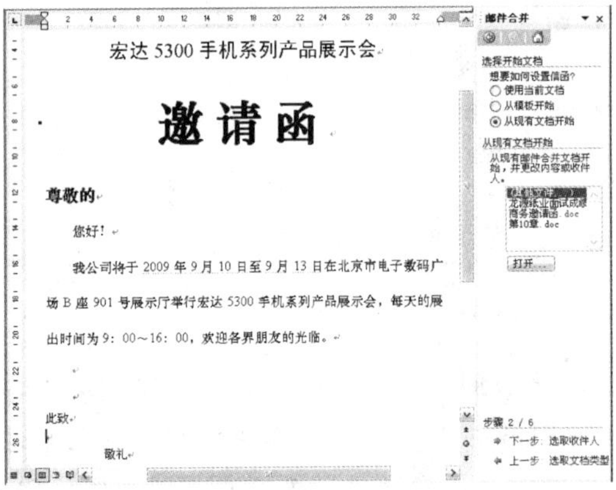

图8-19 打开原有文档

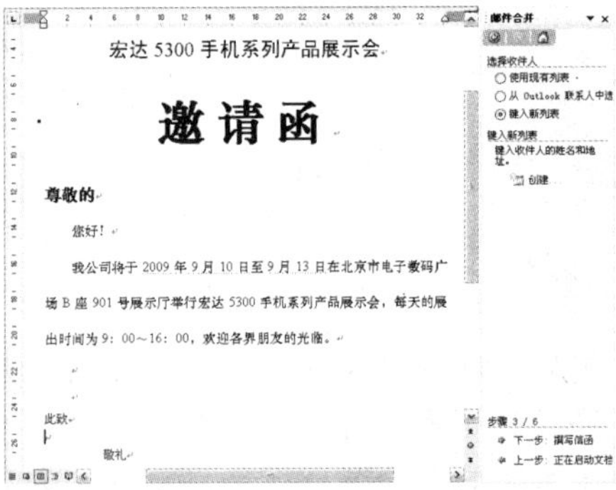

图8-20 创建数据源

（5）在“输入新列表”区域单击“创建”选项，打开“新建地址列表”对话框，如图8-21所示。

（6）在对话框中单击“自定义”按钮，打开“自定义地址列表”对话框，如图8-22所示。在“域名”列表中选中要删除的域名，单击“删除”按钮即可将无用的域名删除。

（7）根据邀请函的内容还需要添加一些域名，单击“添加”按钮打开“添加域”对话框，如图8-23所示。

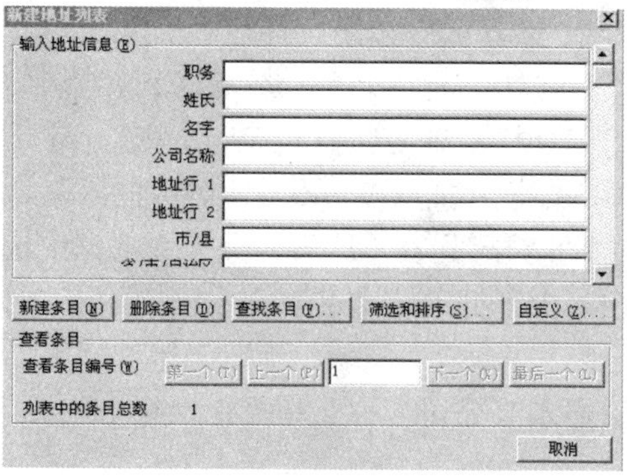

图8-21　“新建地址列表”对话框

（8）在“输入域名”文本框中输入新的域名“姓名”，单击“确定”按钮，根据需要添加其他的域名。在“自定义地址列表”对话框中添加或删除域名后的效果如图 8-24 所示。

（9）单击“确定”按钮返回到“新建地址列表”对话框。在“输入地址信息”区域的文本框中输入信息内容，如图 8-25 所示。输入完一条记录后，单击“新建条目”按钮，接着输入下面的记录。

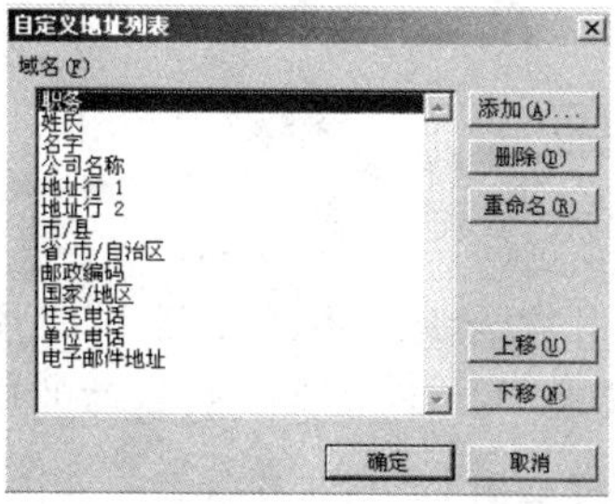

图8-22　“自定义地址列表”对话框

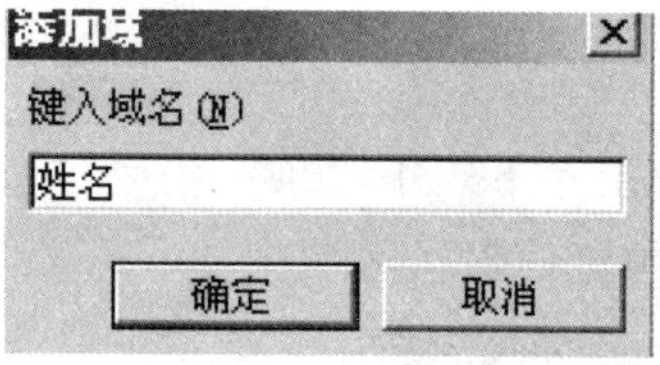

图8-23　“添加域”对话框

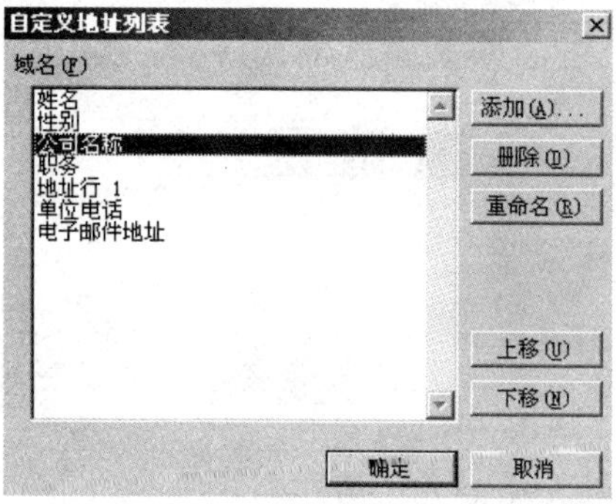

图8-24　添加域名

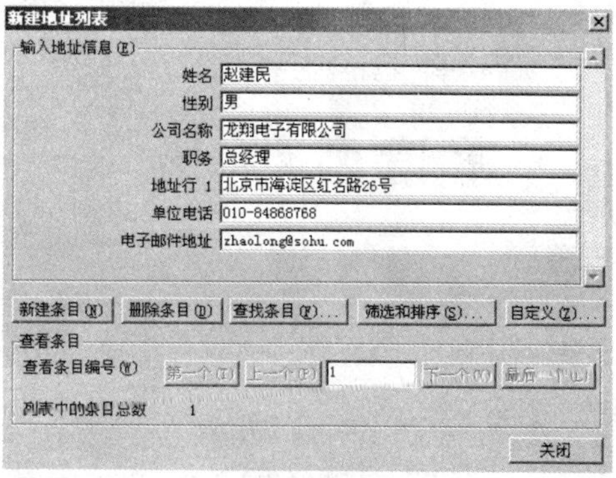

图8-25　输入记录

（10）记录输入完毕，单击“关闭”按钮，打开“保存通讯录”对话框，在对话框中默认的保存位置是“我的数据源”文件夹，可以选择另外的位置进行保存，在“文件名”文本框中输入文件名“经销商通讯录”。单击“保存”按钮，打开“邮件合并收件人”对话框，在对话框中列出了前面输入的数据，单击“确定”按钮完成数据源的创建工作。

（11）单击“下一步，撰写信函”进入邮件合并第四步，执行“视图”→“工具栏”→“邮件合并”命令，显示“邮件合并”工具栏。

（12）将插入点定位在信函中“尊敬的”文本的后面。在任务窗格中单击“其他项目”

按钮，或者在工具栏上单击“插入域”按钮，打开“插入合并域”对话框。在“域”列表中选择“姓名”，单击“插入”按钮，将“姓名”域插入到文档中。

（13）在“邮件合并”工具栏中单击“插入 Word 域”，打开下拉列表。在下拉列表中单击“If…Then…Else”选项，打开“插入 Word 域”对话框。在“域名”列表中选择“性别”，在“比较条件”列表中选择“等于”，在“比较对象”文本框中选择“男”，在“则插入文字”文本框中输入“先生”，在“否则插入此文字”文本框中输入“女士”。单击“确定”按钮，在文档中插入 Word 域。

（14）按照相同的方法插入“公司名称”和“地址行 1”域，效果如图 8-26 所示。

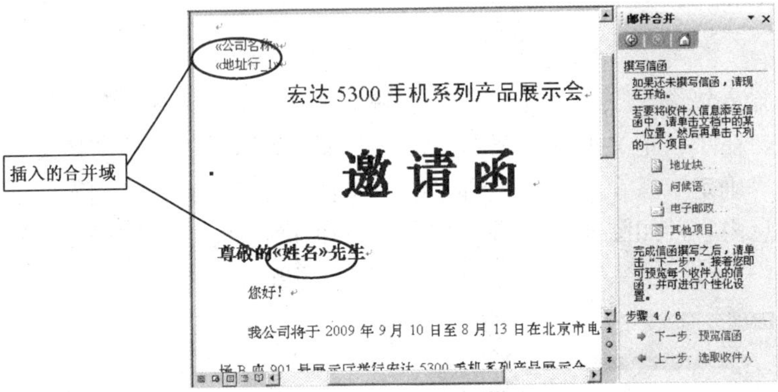

图8-26 插入合并域的效果

（15）单击“下一步，预览信函”进入邮件合并向导第五步，如图 8-27 所示。在任务窗格中单击“预览信封”区域中“收件人”的左右箭头可以在屏幕上对具体的信函进行预览。

（16）单击“下一步，完成合并”按钮进入邮件合并向导的第六步，如图 8-28 所示。

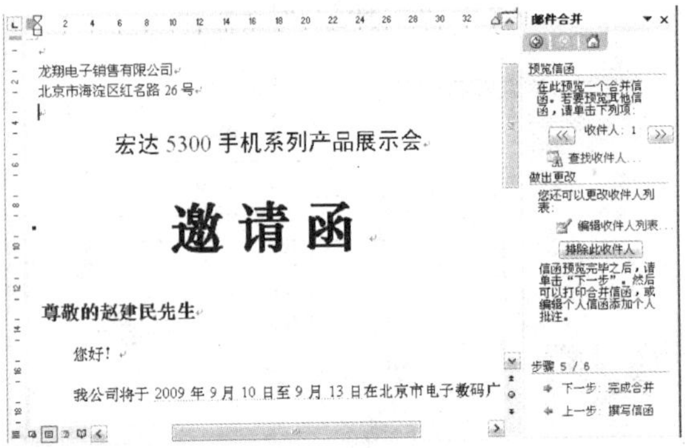

图8-27 预览信函

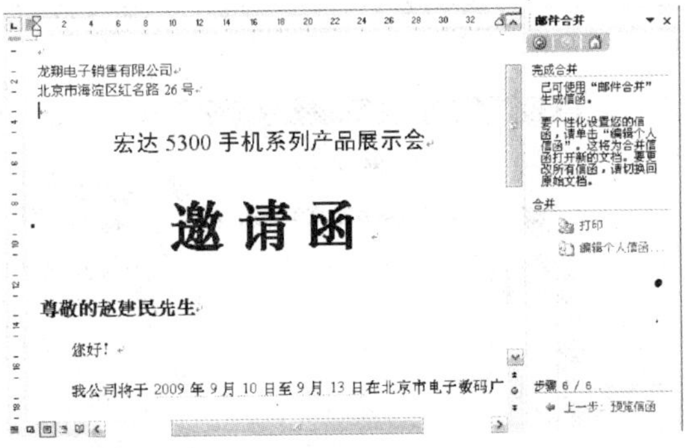

图8-28 完成合并

（17）在任务窗格中的“合并”区域单击“打印”按钮，打开“合并到打印机”对话框，如图 8-29 所示。

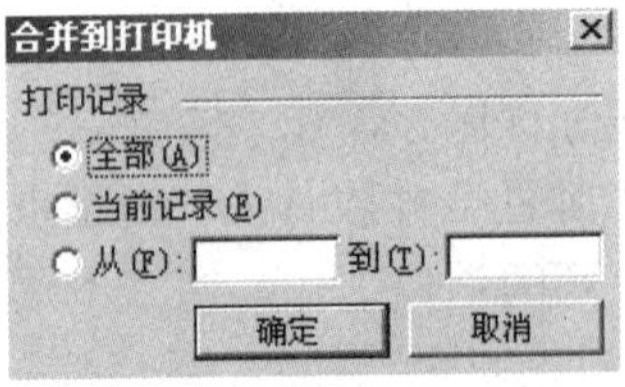

图8-29 “合并到打印机”对话框

（18）在“打印记录”区域选择打印的范围，如果选择“全部”选项则打印全部的记录；如果选择“当前记录”则只打印当前的记录；还可以选择具体某几个记录进行打印。

（19）单击“确定”按钮，打开“打印”对话框，在对话框中设置打印的份数，单击“确定”按钮即可开始打印。

技巧：商务邀请函是商务活动主办方为了郑重邀请其合作伙伴（投资人、材料供应方、营销渠道商、运输服务合作者、政府部门负责人、新闻媒体朋友等）参加其举行的活动而制发的书面函件。它体现了活动主办方的礼仪愿望、友好盛情；反映了商务活动中的人际社交关系。企业可根据商务活动的目的自行撰写具有企业文化特色的邀请函。商务礼仪活动邀请函的主体内容符合邀请函的一般结构，由标题、称谓、正文、落款组成。在正文中要写清楚商务活动举办的缘由、时间、地点和活动安排。

回头看

通过案例“应聘人员面试通知单”以及举一反三“商务邀请函”的制作过程，主要学习了 Word 2003 提供的邮件合并功能，包括主文档的创建、数据源的创建、插入合并域、设置合并选项及合并文档。在实际工作中如果遇到诸如向多人发邀请函，发放成绩通知单等类似的工作时可以利用邮件合并功能进行编辑，这样就不必为处理众多的地址和人名等信息而犯愁，也不会出现在输入时一不小心把人名和地址弄错的现象。

知识拓展

1. 制作信封文档

有了通知单用户还可以利用邮件合并功能制作一个通知单的信封，具体操作步骤如下：

（1）在邮件合并第一步中的任务窗格中“选择文档类型”区域选中“信封”单选按钮，单击“下一步：正在启动文档”按钮，进入邮件合并第二步。

（2）在“想要如何设置信封”区域选中“更改文档版式”单选按钮，在“更改文档版式”区域单击“信封选项”按钮，打开“信封选项”对话框，如图 8-30 所示。

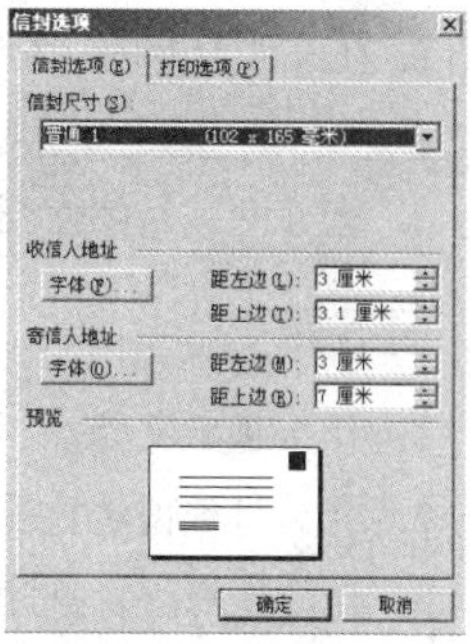

图8-30 “信封选项”对话框

（3）在“信封尺寸”下拉列表中选择信封尺寸，单击“寄信人地址”区域的“字体”按钮，打开“寄信人地址”对话框，在“寄信人地址”对话框中还可以对寄信人地址的字体进行详细地设置。

（4）单击“确定”按钮，返回“信封选项”对话框。单击“确定”按钮，当前文档变为信封的样式。

2. 制作标签文档

标签的应用也非常广泛，除了可制作邮件标签之外，还可以制作明信片、名片等。制作标签时用户可以利用邮件合并向导进行制作，另外，如果制作的标签比较简单，例如不需要插入合并域，可以直接创建标签文档，具体操作步骤如下：

（1）创建一个新文档，执行“工具”→“信函与邮件”→“信封和标签”命令，打开“信封和标签”对话框，单击“标签”选项卡，如图 8-31 所示。

（2）单击“选项”按钮，打开“标签选项”对话框，如图 8-32 所示。在“产品编号”列表中选择标签类型，单击“确定”按钮，返回“信封和标签”对话框。

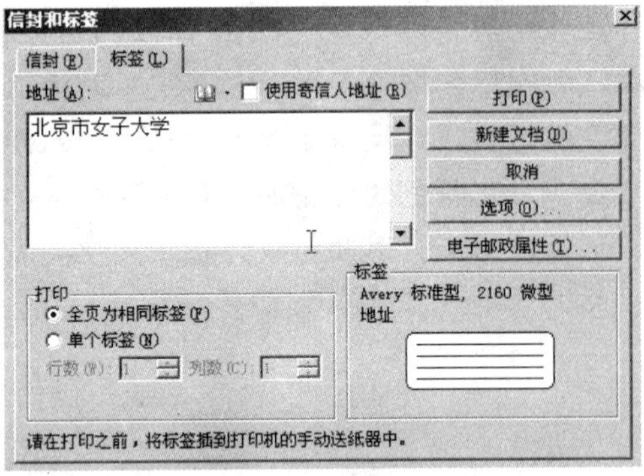

图8-31　制作标签

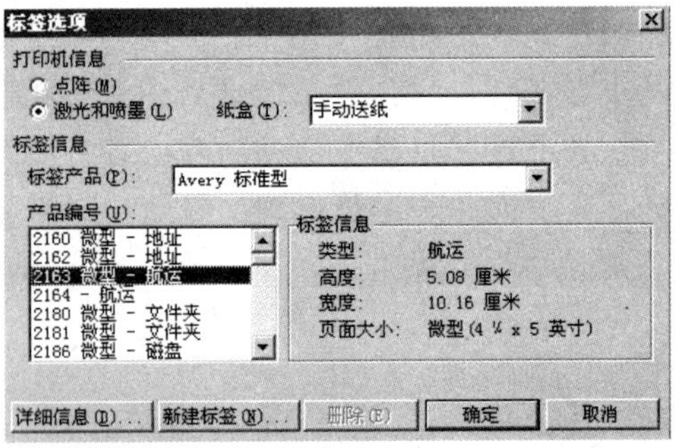

图8-32　“标签选项”对话框

（3）在“信封和标签”对话框中的“地址”文本框中输入标签的内容，在“打印”区域选择“全页为相同标签”单选按钮。

（4）如果单击“打印”按钮，则可直接开始打印标签，如果单击“新建文档”按钮，则创建一个标签文档。

习题8

填空题

1. 主文档可以是信函、信封、标签或其他格式的文档，在主文档中除了包括那些固定的信息外还包括__________。

2. 在邮件合并的过程中用户可以使用多种类型的数据源，例如__________、__________、__________、__________和__________等。

3. 合并文档是邮件合并的最后一步，用户可以将文档合并__________，也可以合并__________。

简答题

1. 什么是主文档？
2. 什么是数据源？
3. 对数据源进行排序和筛选的目的是什么？

第 9 章　Excel 2003 基础数据的编辑
——制作员工工资管理表和公司生产成本核算表

Excel 2003 是一个优秀的电子表格软件，主要用于电子表格方面的各种应用，可以方便地对数据进行组织、分析，把表格数据用各种统计图形象地表示出来。Excel 2003 是以工作表的方式进行数据运算和分析的，因此数据是工作表中重要的组成部分，是显示、操作以及计算的对象。只有在工作表中输入一定的数据，然后才能根据要求完成相应的数据运算和数据分析工作。

知识要点

- 创建工作簿
- 输入数据
- 输入公式
- 输入函数

任务描述

工资是员工的劳动报酬，是公司对员工劳动付出的认可，每个月公司都会给员工发放工资，因此在日常工作中，员工的工资管理是一项重要的工作。这里利用 Excel 2003 基本数据的编辑功能制作一个如图 9-1 所示的员工工资管理表。

员工工资管理表

								2009-7-5
员工编号	员工姓名	所属部门	基本工资	岗位补助	应扣请假费	工资总额	应扣所得税	实际应付工资
001	胡伟	生产部	4800	800	160	5440	544	4896
002	钟鸣	生产部	3800	850	0	4650	465	4185
003	陈琳	生产部	3900	700	80	4520	452	4068
004	江洋	生产部	3000	720	0	3720	0	3720
005	杨柳	工程部	3400	680	240	3840	0	3840
006	刘丽	工程部	3200	650	0	3850	0	3850
007	秦岭	工程部	3700	720	0	4420	442	3978
008	艾科	销售部	3500	740	0	4240	424	3816
009	李友利	销售部	4200	690	80	4810	481	4329
010	胡林涛	销售部	4600	780	160	5220	522	4698
011	徐辉	后勤部	4700	790	240	5250	525	4725
012	郑珊珊	后勤部	3600	670	0	4270	427	3843

图9-1　员工工资管理表

案例分析

完成员工工资管理表的制作首先要创建一个工作簿，然后在工作簿中输入基本的数据。在输入数据时不同类型的数据应采用不同的输入方法，本案例主要涉及到文本型数据、数字型数据和日期型数据的输入。进行数据的输入时，可以利用复制、粘贴命令和填充的方式提高数据的输入速度。本案例最后还用公式和函数对工作表中的数据进行运算，公式与函数和普通的数据一样，也可以利用填充的方法提高输入速度。

本章所涉及案例的素材和最终效果文件请登录华信教育资源网（www.hxedu.com.cn）下载，在下载后的“案例与素材\第 9 章素材”和“案例与素材\第 9 章案例效果”文件夹中。

9.1 创建工作簿

启动 Excel 2003 后，会自动生成一个新的空白工作簿，并取名为“Book1”。如果继续创建其他的工作簿，Excel 2003 会自动将其取名为“Book2、Book3……”。

在工作簿中单击常用工具栏上的“新建”按钮，系统会基于 Normal 模板创建一个新的空白工作簿。

启动 Excel 2003 后的工作界面，如图 9-2 所示。工作界面主要由标题栏、菜单栏、工具栏、编辑栏、状态栏和工作簿窗口等组成。其中一些窗口元素的作用和 Word 2003 中的类似，如标题栏、工具栏及菜单栏等，对于这些窗口元素在这里就不再作详细介绍，下面只对编辑栏、状态栏和工作簿窗口进行简单的介绍。

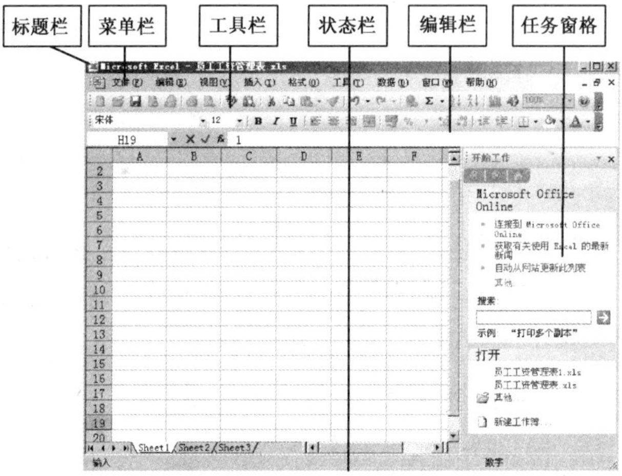

图9-2　Excel 2003的工作环境

9.1.1 编辑栏

编辑栏用来显示活动单元格中的数据或使用的公式，在编辑栏中可以对单元格中的数据进行编辑。

编辑栏的左侧是名称框，用来定义单元格或单元格区域的名字，还可以根据名字查找单元格或单元格区域。如果单元格定义了名称则在名称框中显示当前单元格的名字，如果没有定义名字，在名称框中显示活动单元格的地址名称。

在单元格中输入内容时，除了在单元格中显示内容外，还在编辑栏右侧的编辑区中显示。有时单元格的宽度不能显示单元格的全部内容，则通常要在编辑栏的编辑区中编辑内容。把鼠标指针移动到编辑区中时，在需要编辑的地方单击鼠标选择此处作为插入点，可以插入新的内容或者删除插入点左、右的字符。

在编辑栏中还有三个按钮：

- 取消按钮 ✕：单击该按钮取消输入的内容。
- 输入按钮 ✓：单击该按钮确认输入的内容。
- 插入函数按钮 fx：单击该按钮执行插入函数的操作。

9.1.2　状态栏

状态栏位于窗口的最底部，用来显示当前有关的状态信息。例如，准备输入单元格内容时，在状态栏中会显示“就绪”的字样。

在工作表中如果选中了一个单元格区域，在状态栏中有时会显示一栏的求和信息：“求和=？”这是 Excel 的自动计算功能。检查数据汇总时，可以不必输入公式或函数，只要选择这些单元格，就会在状态栏的“自动计数”区中显示求和结果。

如果要计算的是选择数据的平均值、个数、最大值或最小值等，只要在状态栏的“自动计算”区中单击鼠标右键，打开一个快捷菜单，如图 9-3 所示，选择所需的命令即可。

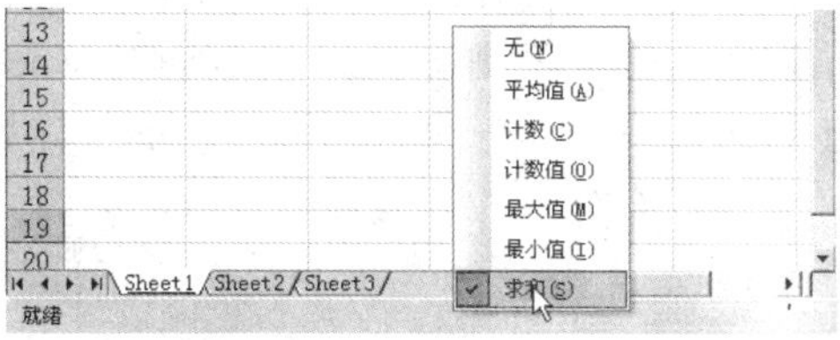

图9-3　更改自动计算方式菜单

9.1.3　工作簿窗口

工作簿是计算和储存数据的文件，每一个工作簿都可以包含多张工作表，因此可以在单个文件中管理各种类型的相关信息。工作簿窗口位于 Excel 2003 窗口的中央区域，启动 Excel 2003 时，系统自动打开一个名为“Book1”的工作簿窗口。默认情况下，工作簿窗口处于最大化状态，与 Excel 2003 窗口重合。工作簿由若干个工作表组成，工作表又由单元格组成，如图 9-4 所示。

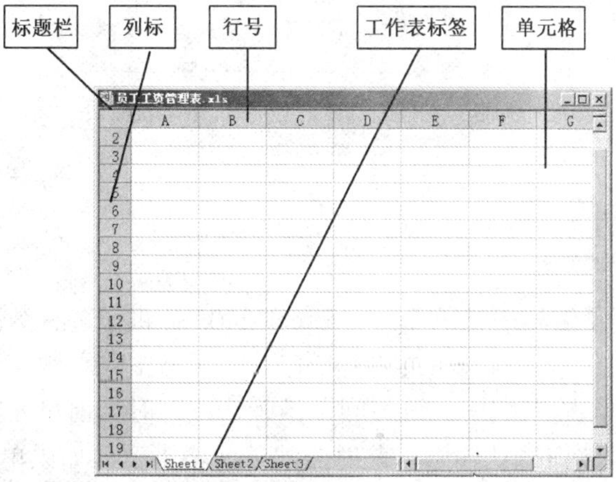

图9-4　工作簿窗口

1．单元格

单元格是 Excel 工作簿组成的最小单位，在工作表中白色长方格就是单元格，是存储数据的基本单位，在单元格中可以填写数据。在工作表中单击某个单元格，此单元格边框加粗显示，被称为活动单元格，并且活动单元格的行号和列标突出显示。可向活动单元格内输入数据，这些数据可以是字符串、数字、公式、图形等。单元格可以通过位置标识，每一个单元格均有对应的行号和列标，例如：第 C 列第 7 行的单元格表示为 C7。

2. 工作表

工作表位于工作簿窗口的中央区域，由行号、列标和网络线构成。工作表也称为电子表格，是 Excel 完成一项工作的基本单位，是由 65536 行和 256 列构成的一个表格，其中行是自上而下按 1 到 65536 进行编号，而列号则由左到右采用字母 A，B，C……进行编号。

使用工作表可以对数据进行组织和分析，可以同时在多张工作表上输入并编辑数据，并且可以对来自不同工作表的数据进行汇总计算。

工作表的名称显示于工作簿窗口底部的工作表标签上。要从一个工作表切换到另一工作表进行编辑，可以单击工作表标签进行工作表的切换，活动工作表的名称以单下画线显示并呈凹入状态显示。默认的情况下，工作簿由 Sheet1、Sheet2、Sheet3 这三个工作表组成。工作簿最多可以包括 255 张工作表和图表，一个工作簿默认的工作表的多少可以根据用户的需要决定，设置默认工作表的个数的具体操作步骤如下：

（1）执行“工具”→“选项”命令，打开“选项”对话框，单击“常规”选项卡，如图 9-5 所示。

（2）在“新工作簿内的工作表数”文本框中选择或输入新打开工作簿中包含的工作表数。单击“确定”按钮。

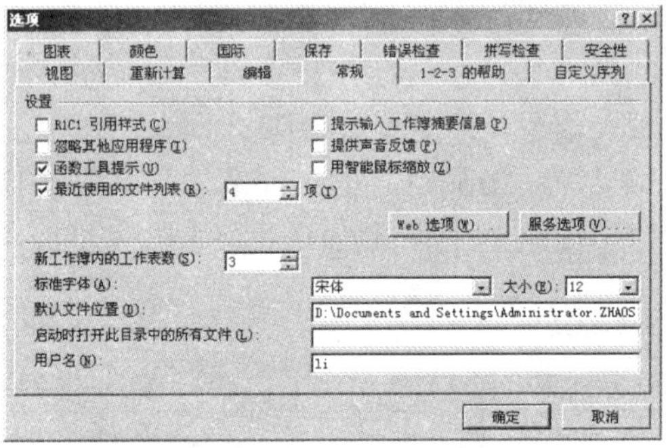

图9-5　设置新建工作簿中的工作表数目

9.2　输入数据

在表格中输入数据是编辑表格的基础，Excel 2003 提供了多种数据类型，不同的数据类型在表格中的显示方式是不同的。如果要在指定的单元格中输入数据应首先单击该单元格将其选定，然后输入数据。输入完毕，可按回车键确认，同时当前单元格自动下移。也可以单击“编辑栏”上的 ✔ 按钮确认输入，此时当前单元格不变。如果单击“编辑栏”上的 ✖ 按钮则可以取消本次输入。

Excel 2003 提供的数据类型有十几种，在此主要介绍文本型数据、数字型数据、日期型数据的输入。

9.2.1　输入字符型数据

在 Excel 2003 中，字符型数据包括汉字、英文字母、数字、空格以及其他合法的在键盘上能直接输入的符号，字符型数据通常不参与计算。在默认情况下，所有在单元格中的字符型数据均设置为左对齐。在 Excel 2003 中，每个单元格最多可包含 32000 个字符。

如果要输入中文文本，首先将要输入内容的单元格选中，然后选择一种熟悉的中文输入法直接输入即可。如果用户输入的文字过多，超过单元格的宽度，会产生两种结果：

- 如果右边相邻的单元格中没有数据，则超出的文字会显示在右边相邻的单元格中。
- 如果右边相邻的单元格中含有数据，那么超出单元格的部分不会显示。没有显示的部分在加大列宽或以折行的方式格式化该单元格后，可以看到该单元格中的全部内容。

在新创建的空白工作簿的“sheet1”工作表的“A2”单元格中输入标题“员工工资管理表”，具体操作步骤如下：

（1）用鼠标单击“A2”单元格将其选中。

（2）选择一种中文输入法在单元格中直接输入“员工工资管理表”，如图 9-6 所示。

（3）输入完毕，按回车键确认，同时当前单元格自动下移。

（4）按照相同的方法在工作表中输入其他的文本型数据，输入文本型数据后的最终效果，如图 9-7 所示。

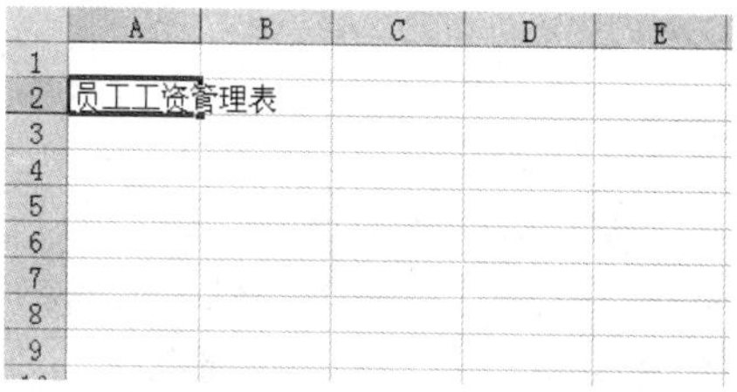

图9-6　在单元格中输入文本型数据

如果输入的文本型数据全部由数字组成，如员工编号、邮编、电话号码、学号等，在输入时必须先输入“'”，这样系统才能把数字视作文本，如果要在单元格中输入员工编号“001”，首先选中“A9”单元格，然后输入“'”符号，再输入“001”，这样 Excel 2003 就会把它看作是文本型数据，将它沿单元格左边对齐。按照相同的方法输入其他的员工编号。

将数字视作文本输入后，用户会发现在单元格的左上角将显示有绿色错误指示符，如图 9-8 所示。选中含有绿色错误指示符的单元格后，在单元格的旁边将会出现按钮 ⚠，单击该按钮，打开一个下拉菜单。在下拉菜单中如果单击“转换为数字”命令，则当前数字转换为数字型数据，如果单击“忽略错误”命令，则单元格左上角的绿色错误指示符将消失。

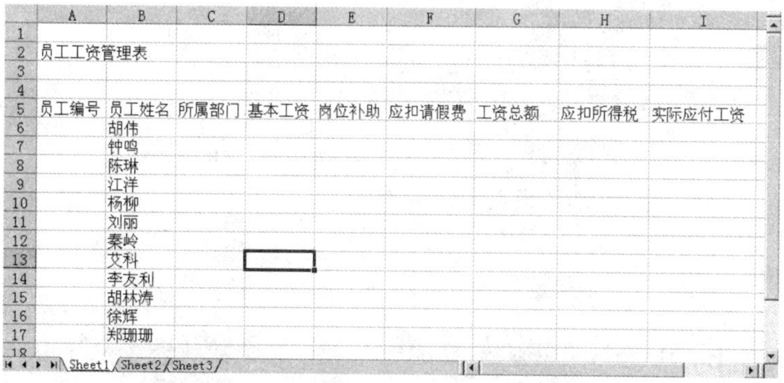

图9-7　输入文本型数据后的最终效果

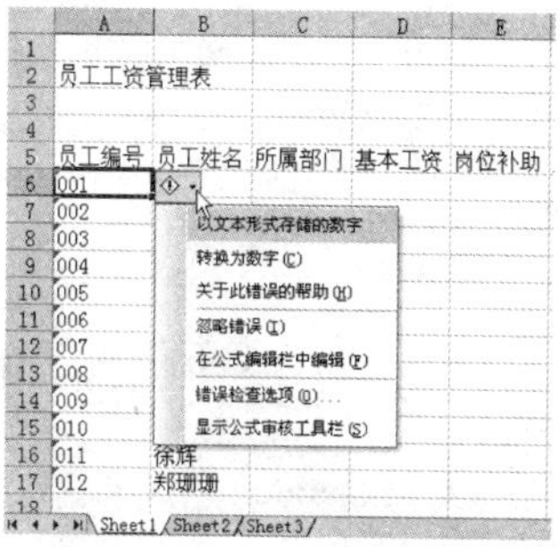

图9-8　错误提示菜单

9.2.2　输入数字

Excel 2003 中的数字可以是 0、1、……，以及正号、负号、小数点、分数号“/”、百分号“%”、货币符号“￥”等。在默认状态下，系统把单元格中的所有数字设置为右对齐。

如要在单元格中输入正数可以直接在单元格中输入，例如要输入胡伟的基本工资“4800”，首先选中“D6”单元格，然后直接输入数字“4800”。按照相同的方法在其他单元格中输入相应的数据，如图 9-9 所示。

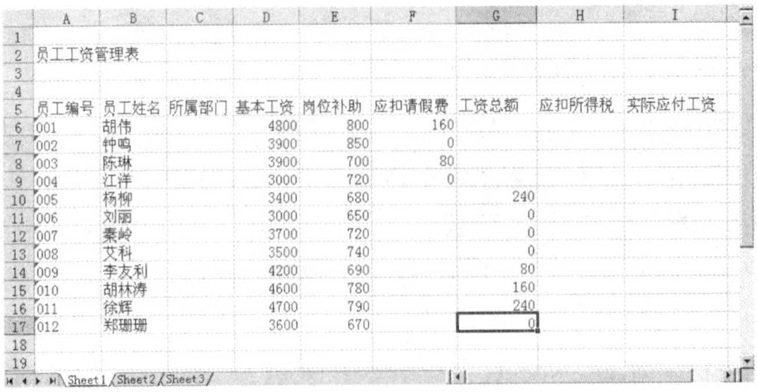

图9-9 输入数字型数据

如果要在单元格中输入负数，在数字前加一个负号，或者将数字括在括号内，例如输入“-50”和“(50)”都可以在单元格中得到-50。

输入分数比较麻烦一些，如果要在单元格中输入 1/5，首先选取单元格，然后输入一个数字 0，再输入一个空格，最后输入“1 / 5”，这样表明输入了分数 1 / 5。如果不先输入 0 而直接输入 1 / 5，系统将默认这是日期型数据。

提示： 在输入小数时如果输入的数据量比较大，并且都含有相同位数的小数，可以使用系统提供的“自动设置小数点”功能。执行“工具”→“选项”命令，单击“编辑”选项卡，在选项卡选择“自动设置小数点”复选框，并在“位数”文本框中选择或输入小数位数，如图 9-10 所示。例如在对话框中设置的是 3 位小数，则在单元格中输入 12345 时，在单元格中将显示 12.345。

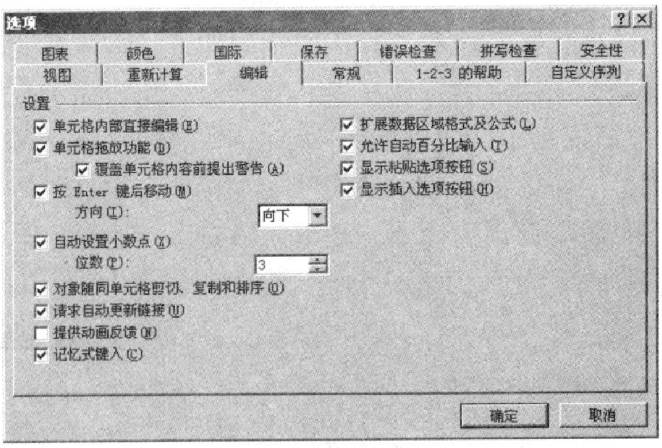

图9-10 设置小数点位数

9.2.3 输入日期和时间

在单元格中输入一个日期后，Excel 2003 会把它转换成一个数，这个数代表了从 1900 年 1 月 1 日起到该天的总天数。尽管不会看到这个数（Excel 2003 还是把用户的输入显示为正常日期），但它在日期计算中还是很有用的。在输入时间或日期时必须按照规定的输入方式，在输入日期或时间后，如果 Excel 2003 认出了输入的是日期或时间，它将以右对齐的方式显示在单元格中。如果没有认出，则把它看成文本，并左对齐显示。

输入日期，应使用“YY / MM / DD”格式，即先输入年份，再输入月份，最后输入日期。如 2009/7/5。如果在输入时省略了年份，则以当前年份作为默认值。

例如在工资表的“I4”单元格中输入日期 2009-7-5，首先选中“I4”单元格，然后输入 2009/7/5，则在“I4”单元格中显示出 2009-7-5，如图 9-11 所示。

	A	B	C	D	E	F	G	H	I
1									
2	员工工资管理表								
3									
4									2009-7-5
5	员工编号	员工姓名	所属部门	基本工资	岗位补助	应扣请假费	工资总额	应扣所得税	实际应付工资
6	001	胡伟		4800	800	160			
7	002	钟鸣		3900	850	0			
8	003	陈琳		3900	700	80			
9	004	江洋		3000	720	0			
10	005	杨柳		3400	680		240		
11	006	刘丽		3000	650		0		
12	007	秦岭		3700	720		0		
13	008	艾科		3500	740		0		
14	009	李友利		4200	690		80		
15	010	胡林涛		4600	780		160		
16	011	徐辉		4700	790		240		
17	012	郑珊珊		3600	670		0		
18									
19									

图9-11 输入日期

在输入时间时，要用冒号将小时、分、秒隔开。如“15：51：51”。如果在输入时间后不输入“AM”或“PM，Excel 2003 会认为使用的是 24 小时制。即在输入下午的 3：51 分时应输入“3：51 PM”或“15：51：00”。必须要记住在时间和“AM 或 PM”标注之间输入一个空格。如果要在单元格中插入当前日期，可以按“Ctrl+;”组合键。如果在单元格中插入当前时间，可以按“Ctrl+Shift+;”组合键。

9.2.4 移动或复制数据

单元格中的数据可以通过复制或移动操作，将它们复制或移动到同一个工作表中的不同地方、另外的工作表中或另外的应用程序中。如果要移动或复制的原单元格或单元格区域中含有公式，移动或复制到新位置的时候，公式会因单元格区域的引用变化自动生成新的计算结果。

1．利用菜单命令移动或复制数据

如果移动或者复制的源单元格和目标单元格相距较远，可以利用“编辑”下拉菜单中的“复制”、“剪切”和“粘贴”命令来复制或移动单元格中的数据。

在制作员工工资管理表时，一不小心把“应扣请假费”的部分数据输错了位置，利用菜单命令移动单元格区域中的数据的具体操作步骤如下：

（1）选定要进行移动数据的单元格区域。

（2）执行“编辑”→“剪切”命令，或单击工具栏上的“剪切”按钮，此时在选定的单元格或单元格区域被一个闪烁的边框包围，称之为“活动选定框”，如图 9-12 所示。

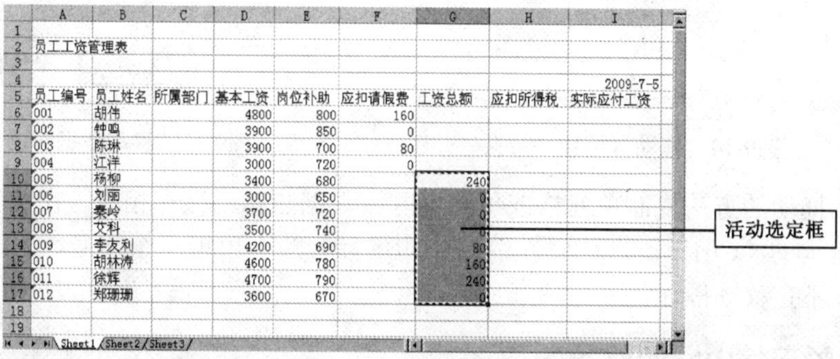

	A	B	C	D	E	F	G	H	I
1									
2	员工工资管理表								
3									
4									2009-7-5
5	员工编号	员工姓名	所属部门	基本工资	岗位补助	应扣请假费	工资总额	应扣所得税	实际应付工资
6	001	胡伟		4800	800	160			
7	002	钟鸣		3900	850	0			
8	003	陈琳		3900	700	80			
9	004	江洋		3000	720	0			
10	005	杨柳		3400	680		240		
11	006	刘丽		3000	650		0		
12	007	秦岭		3700	720		0		
13	008	艾科		3500	740		0		
14	009	李友利		4200	690		80		
15	010	胡林涛		4600	780		160		
16	011	徐辉		4700	790		240		
17	012	郑珊珊		3600	670		0		
18									
19									

图9-12 活动选定框

（3）选定要粘贴到的单元格或单元格区域左上角的单元格。

（4）执行“编辑”→“粘贴”命令，或者单击工具栏上的“粘贴”按钮，将选定区域的

数据复制到目标区域，如图 9-13 所示。

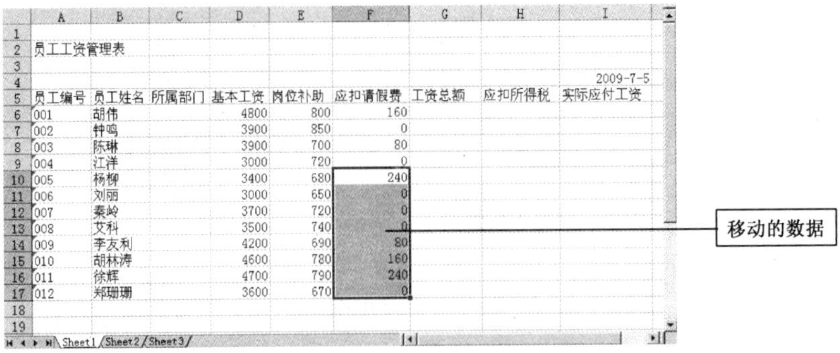

	A	B	C	D	E	F	G	H	I
1									
2	员工工资管理表								
3									
4									2009-7-5
5	员工编号	员工姓名	所属部门	基本工资	岗位补助	应扣请假费	工资总额	应扣所得税	实际应付工资
6	001	胡伟		4800	800	160			
7	002	钟鸣		3900	850	0			
8	003	陈琳		3900	700	80			
9	004	江洋		3000	720	0			
10	005	杨柳		3400	680	240			
11	006	刘丽		3000	650	0			
12	007	秦岭		3700	720	0			
13	008	艾科		3500	740	0			
14	009	李友利		4200	690	80			
15	010	胡林涛		4600	780	160			
16	011	徐辉		4700	790	240			
17	012	郑珊珊		3600	670	0			

图9-13　移动单元格区域数据后的效果

复制单元格或单元格区域的数据与移动的操作类似，只要执行“编辑”→“复制”命令，或者单击工具栏上的“复制”按钮即可执行复制数据的操作。

2．利用鼠标拖动移动或复制

如果移动或者复制的源单元格和目标单元格相距较近，直接使用鼠标拖动更方便快捷地实现复制和移动数据的操作。使用鼠标拖动的方法移动数据的操作步骤如下：

（1）选定要移动数据的单元格区域。

（2）将鼠标移动到所选定的单元格或单元格区域的边缘，当鼠标变成 形状时按住鼠标左键不放。

（3）拖动鼠标此时一个与原单元格或单元格区域一样大小的一个虚线框会随着鼠标移动，如图 9-14 所示。到达目标位置后松开鼠标左键即可。

提示： 在利用鼠标移动数据时，如果目标单元格区域含有数据，则会打开如图 9-15 所示的警告对话框，单击“确定”按钮，则目标单元格区域中的数据将被替换，单击“取消”按钮，则取消移动操作。

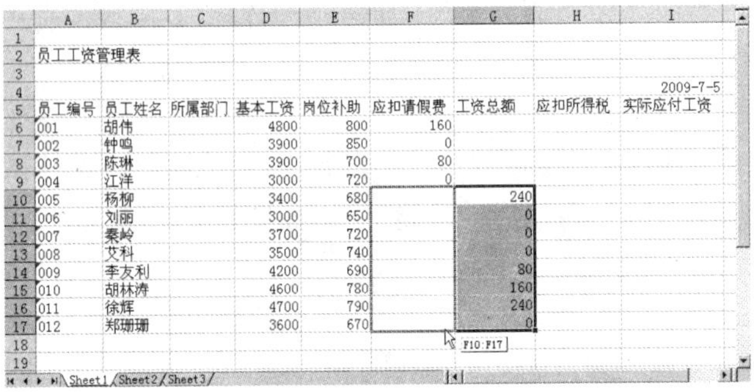

	A	B	C	D	E	F	G	H	I
1									
2	员工工资管理表								
3									
4									2009-7-5
5	员工编号	员工姓名	所属部门	基本工资	岗位补助	应扣请假费	工资总额	应扣所得税	实际应付工资
6	001	胡伟		4800	800	160			
7	002	钟鸣		3900	850	0			
8	003	陈琳		3900	700	80			
9	004	江洋		3000	720	0			
10	005	杨柳		3400	680		240		
11	006	刘丽		3000	650		0		
12	007	秦岭		3700	720		0		
13	008	艾科		3500	740		0		
14	009	李友利		4200	690		80		
15	010	胡林涛		4600	780		160		
16	011	徐辉		4700	790		240		
17	012	郑珊珊		3600	670		0		

图9-14　拖动鼠标移动数据

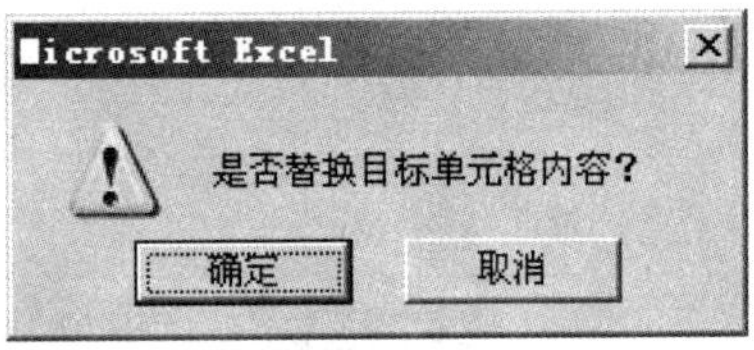

图9-15　移动数据时的警告对话框

使用鼠标拖动的方法复制单元格或单元格区域数据与移动操作相似。在按下鼠标左键的同时按住键盘上的“Ctrl”键，此时在箭头状的鼠标旁边会出现一个加号，表示现在进行的是复制操作而不是移动操作。

9.2.5　单元格内容的修改

当单元格中的内容输入有误或不完整时就需要对单元格的内容进行修改，当单元格中的一些数据内容不再需要时，可以将其删除。修改与删除是编辑工作表数据时常用的两种操作。

1. 修改单元格中的部分数据

在员工工资管理表中输入数据后发现“D7”单元格中的数据不是“3900”而应该是“3800”，将数据修改正确的具体操作步骤如下：

（1）单击要修改内容的“D7”单元格，此时在编辑栏中显示该单元格中的内容。

（2）单击编辑栏，在编辑栏中出现闪烁的鼠标指针，将鼠标移至要修改的地方，如图 9-16 所示。

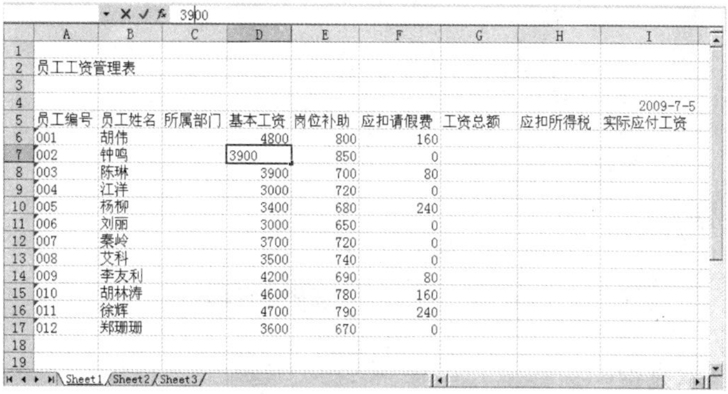

图9-16 选中要修改数据的单元格

（3）按“Back Space”键删除鼠标指针左侧的字符，并在鼠标指针处输入正确的数据。

（4）输入完数据后单击编辑栏中的“输入”按钮即可。

提示：还可以用鼠标左键双击要修改数据的单元格，在单元格中出现闪烁的鼠标指针后直接在单元格中修改部分数据。

2. 以新数据覆盖旧数据

在员工工资管理表中输入数据后发现“D11”单元格中的数据“3000”是错误的，正确的应该是“3200”，也可以利用以新数据覆盖旧数据的方法来修改数据，具体操作步骤如下：

（1）单击要被新数据替代的单元格“D11”。

（2）直接在该单元格中输入数据“3200”，则此时单元格中的数据“3000”被输入的新数据覆盖。

9.3 自动填充数据

如果输入的行或列中的数据有规律可循时，可以利用 Excel 2003 的自动填充数据功能来快捷地输入这些数据。

9.3.1 填充相同的数据

如果遇到相邻的单元格中的数据相同时，可以快速填充而不必每个单元格都输入，单击“编辑”→“填充”命令，或者利用“填充柄”来进行填充。

1. 利用菜单命令填充相同的数据

使用 Excel 2003 中的自动填充命令，可以在工作表中同行或同列中输入相同的内容，简化了数据的操作。在员工工资管理表中有很多人在相同的部门，这时可以利用填充的方法输入相同的数据，在 C6 单元格中输入“生产部”，然后将数据填充到 C7：C9 区域，具体操作步骤如下：

（1）选定 C6：C9 区域。

（2）执行“编辑”→“填充”→“向下填充”命令，则数据被填充到 C7：C9 区域，如图 9-17 所示。

图9-17　向下填充相同的数据

2．利用填充柄填充相同的数据

当用户选定某个单元格而使其成为活动单元格时，可以看到在单元格的右下角有一个黑色的矩形图标，该图标在 Excel 2003 中被称为填充柄。利用填充柄来进行数据的填充操作时，可使操作变得十分简便。利用填充柄填充相同的数据，具体操作步骤如下：

（1）选定原有数据的区域 C10，将鼠标移至选中区域的右下角，此时鼠标指针为 ✚ 形状。

（2）按住鼠标左键不放，拖动填充柄到目的区域，则拖过的单元格区域的外围边框显示为虚线，并显示出填充的数据，如图 9-18 所示。

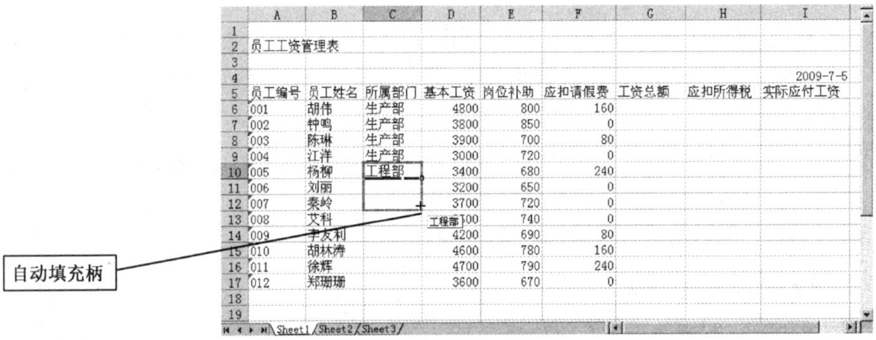

图9-18　拖动填充柄填充相同的数据

（3）松开鼠标，则被拖过的单元格区域内均填充了相同的数据内容。

9.3.2　填充数据序列

在 Excel 2003 中，不但可以在相邻的单元各中填充相同的数据，还可以使用自动填充功能快速输入具有某种规律的数据序列。

1．填充可扩展数据序序列

在 Excel 2003 中提供了一些可扩展序列，可扩展序列是默认的可自动填充的数列，其中包括日期和时间序列。在使用单元格填充柄填充这些数据时，相邻单元格的数据将按序列递增或递减的方式进行填充。如果要在工作表中填充一星期七天，具体操作步骤如下：

（1）在单元格中输入序列数据的初始值“星期一”。

（2）将鼠标指向单元格右下角的填充柄，当鼠标变为 ＋ 形状时按住鼠标左键不放向下拖动，并在拖动的过程中出现屏幕提示“星期二……”这样的字样，如图 9-19 所示。

（3）到达目标位置松开鼠标，序列的其他值会自动填充到拖过的区域，如图 9-20 所示。

2. 输入等比序列

等比序列也是在编辑工作表时经常用到的序列，对于等比序列的填充用户可以利用“序列”对话框来实现，输入等比序列的具体操作步骤如下：

（1）选中含有等比序列初始值的单元格为当前单元格。

（2）执行“编辑”→“填充”→“序列”命令，打开“序列”对话框，如图 9-21 所示。

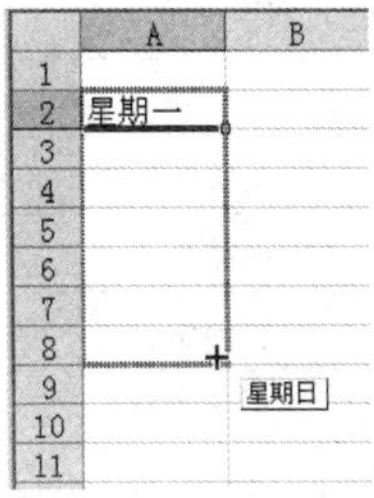

图9-19　利用填充柄填充可扩展序列

图9-20　填充可扩展序列的效果

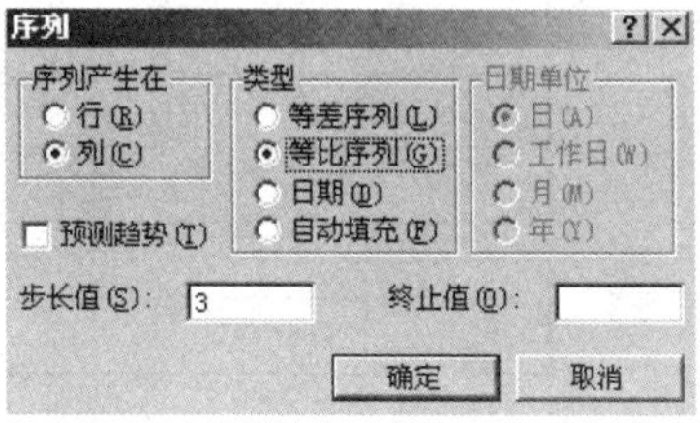

图9-21　输入等比序列

（3）在“序列产生在”区域选择序列产生在“行”还是“列”。

（4）在“类型”区域选择“等比序列”单选按钮。

（5）在“步长值”文本框中输入等比序列的增长值，在“终止值”文本框中输入等比序列的终止值。

（6）单击“确定”按钮，将会在表格中产生一个等比序列。

提示： 如果在“序列”对话框中的“类型”区域选中“等差序列”或“日期”单选按钮，然后再进行其他项的设置，则可以得到一个等差序列或日期序列。

3. 输入等差序列

可以利用“序列”对话框对等差序列进行填充，在实际的操作中也可以拖动填充柄来快速输入等差序列。首先在两个单元格中输入等差数列的前两个数，然后选中输入数据的两个单元格作为当前单元格区域，拖动填充柄，这时 Excel 2003 将按照前两个数的差自动填充序列。

9.4　输入公式

公式是在工作表中对数据进行分析和运算的等式，或者说是一组连续的数据和运算符组成的序列。公式要以等号（=）开始，用于表明其后的字符为公式。紧随等号之后的是需要进行计算的元素，各元素之间用运算符隔开。

9.4.1　公式中的运算符

运算符用于对公式中的元素进行特定类型的运算，分为算术运算符、文本运算符、比较运算符和引用运算符。

- 文本运算符：文本运算符只有一个“&”，使用该运算符可以将文本连结起来。其含义是将两个文本值连接或串联起来产生一个连续的文本值，如“大众”&“轿车”的结果是“大众轿车”。

- 算术运算符和比较运算符：算术运算符可以完成基本的算术运算，如加、减、乘、除等，还可以连接数字并产生运算结果。比较运算符可以比较两个数值并产生逻辑值，逻辑值只有两个 FALSE 和 TURE，即错误和正确。表 9-1 列出了算术运算符和比较运算符的含义。
- 引用运算符：引用运算符可以将单元格区域合并计算，它主要包括冒号、逗号、空格。表 9-2 列出了引用运算符的含义。

表 9-1　算术运算符和比较运算符

算术运算符	含　义	比较运算符	含　义
+	加	=	等于
−	减	<	小于
*	乘	>	大于
/	除	>=	大于等于
^	乘方	<=	小于等于
%	百分号	<>	不等于

表 9-2　引用运算符

引用运算符	含　　义
：（冒号）	区域运算符，表示区域引用，对包括两个单元格在内的所有单元格进行引用
，（逗号）	联合运算符，将多个引用合并为一个引用
空格	交叉运算符，对同时隶属两个区域的单元格进行引用

9.4.2　运算顺序

Excel 2003 根据公式中运算符的特定顺序从左到右计算公式。如果公式中同时用到多个运算符时，对于同一级的运算，则按照从等号开始从左到右进行计算，对于不同级的运算符，则按照运算符的优先级进行计算。表 9-3 列出了常用运算符的运算优先级。

表 9-3　公式中运算符的优先级

运算符	含义	运算符	含义
：(冒号)	区域运算符	^	乘方
(空格)	交叉运算符	*和/	乘和除
，(逗号)	联合运算符	+和-	加和减
-(负号)	如：-5	&	文本运算符
%	百分号	=、>、<、>=、<=、<>	比较运算符

提示：若要更改求值的顺序，可以将公式中要先计算的部分用括号括起来。例如，公式“=10+3*5”的结果是“25”，因为 Excel 2003 先进行乘法运算后再进行加法运算。先将“3”与“5”相乘，然后再加上“10”，即得到结果。如果使用括号改变语法“=（10+3）*5”，Excel 先用“10”加上“3”，再用结果乘以“5”，得到结果“65”。

9.4.3　创建公式

创建公式时可以直接在单元格中输入，也可以在编辑栏中输入，在编辑栏中输入和在单元格中输入计算结果是相同的。

例如，要在工作表中计算出“胡伟”的工资总额，具体操作步骤如下：

（1）选定单元格“G6”，直接输入公式“=D6+E6-F6”，如图 9-22 所示。

（2）按回车键，或单击编辑栏中的输入按钮 ✓ 即可在单元格中计算出结果，如图 9-23 所示。

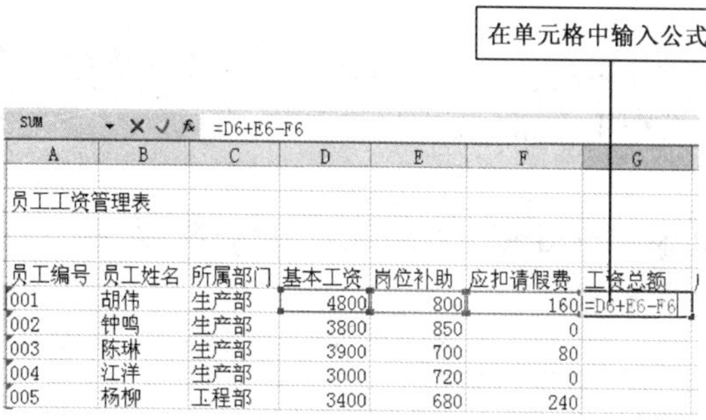

图9-22　在单元格中输入公式

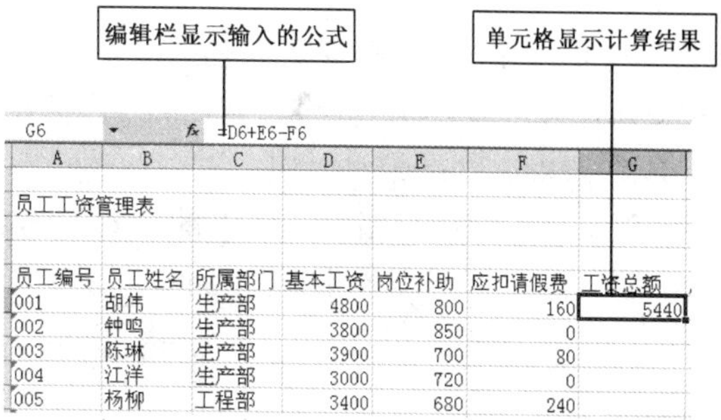

图9-23　利用公式计算出的结果

9.5　单元格的引用

引用的作用在于标识工作表上的单元格或单元格区域，并指明公式中所使用的数据的位置。通过引用，可以在公式中使用工作表不同部分的数据，或者在多个公式中使用同一个单元格的数值。还可以引用同一个工作簿中不同工作表上的单元格或其他工作簿中的数据。在 Excel 2003 中，系统提供了三种不同的引用类型：相对引用、绝对引用和混合引用。它们之间既有区别又有联系，在引用单元格数据时，一定要清楚这三种引用类型间的区别和联系。

9.5.1　相对引用

相对引用，指的是引用单元格的行号和列标。所谓相对就是可以变化，它最大的特点就是在单元格中使用公式时如果公式的位置发生变化，那么所引用的单元格也会发生变化。

例如，在单元格“G6”中使用的公式“=D6+E6-F6”想把其公式相对引用到“G7”单元格中，具体操作步骤如下：

（1）单击选中“G6”单元格。

（2）执行“编辑”→“复制”命令，在选中的单元格周围出现闪烁的边框。

（3）单击选中要相对引用的单元格“G7”，执行“编辑”→“粘贴”命令即可将“G6”单元格中的公式相对引用到“G7”单元格中，在该单元格中的公式将变为“=D7+E7+F7”，如图 9-24 所示。

G7 =D7+E7-F7

A	B	C	D	E	F	G
员工工资管理表						
员工编号	员工姓名	所属部门	基本工资	岗位补助	应扣请假费	工资总额
001	胡伟	生产部	4800	800	160	5440
002	钟鸣	生产部	3800	850	0	4650
003	陈琳	生产部	3900	700	80	
004	江洋	生产部	3000	720	0	
005	杨柳	工程部	3400	680	240	

图9-24 在公式中使用了相对引用复制公式的效果

9.5.2 绝对引用

绝对引用，顾名思义就是当公式的位置发生变化时，所引用的单元格不会发生变化，无论移到任何位置，引用都是绝对的。绝对引用使用在单元格名前加符号“＄”，如＄A＄3 表示单元格“A3”是绝对引用。

例如，当把单元格“G6”中的公式改为“=$D$6+$E$6-$F$6”再把它复制到单元格“G7”中，这时单元格的引用不发生任何变化，如图 9-25 所示。

G7 =$D$6+$E$6-$F$6

A	B	C	D	E	F	G
员工工资管理表						
员工编号	员工姓名	所属部门	基本工资	岗位补助	应扣请假费	工资总额
001	胡伟	生产部	4800	800	160	5440
002	钟鸣	生产部	3800	850	0	5440
003	陈琳	生产部	3900	700	80	
004	江洋	生产部	3000	720	0	
005	杨柳	工程部	3400	680	240	

图9-25 绝对引用填充公式

9.5.3 混合引用

混合引用，就是指只绝对引用行号或者列标，如$B6 表示绝对引用列标，B$6 则表示绝对引用行号。当相对引用的公式发生位置变化时，绝对引用的行号或列标不变，但相对引用的行号或列标则发生变化。

如果多行多列地复制公式，则相对引用自动调整，而绝对引用不作调整。例如，如果将一个混合引用“=A$1”从 A2 复制到 B2，它将从“=A$1”调整到“=B$1”。

9.5.4 公式自动填充

与常量数据填充一样，利用填充手柄也可以完成公式的自动填充。利用相对引用和绝对引用的不同特点，再配合自动填充操作，可以快速建立一批类似的公式。

例如，在员工工资表中，单元格区域“G6：G17”所应用的公式非常类似，因此可以利用自动填充的功能来快速完成公式的输入，具体操作步骤如下：

（1）单击“G6”单元格。

（2）将鼠标移到该单元格的填充柄上，并向下拖动填充柄。

（3）到达单元格“G17”后松开鼠标，则“G6”中的公式自动填充到选定的单元格区域，如图 9-26 所示。

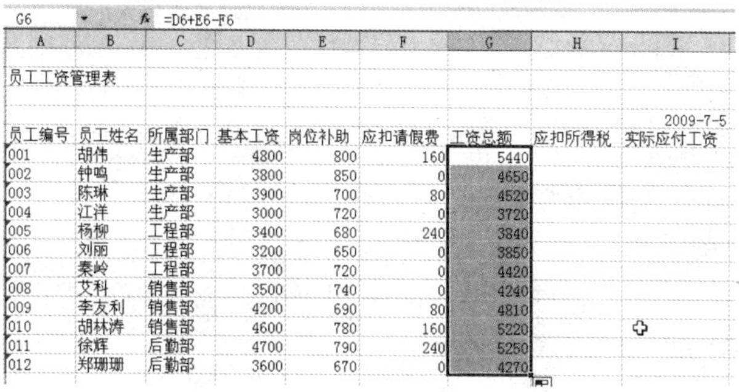

员工编号	员工姓名	所属部门	基本工资	岗位补助	应扣请假费	工资总额	应扣所得税	实际应付工资
001	胡伟	生产部	4800	800	160	5440		
002	钟鸣	生产部	3800	850	0	4650		
003	陈琳	生产部	3900	700	80	4520		
004	江洋	生产部	3000	720	0	3720		
005	杨柳	工程部	3400	680	240	3840		
006	刘丽	工程部	3200	650	0	3850		
007	秦岭	工程部	3700	720	0	4420		
008	艾科	销售部	3500	740	0	4240		
009	李友利	销售部	4200	690	80	4810		
010	胡林涛	销售部	4600	780	160	5220		
011	徐辉	后勤部	4700	790	240	5250		
012	郑珊珊	后勤部	3600	670	0	4270		

图9-26　自动填充公式后的效果

9.6　应用函数

函数是一些预定义的公式，通过使用一些称为参数的特定数值按特定的顺序或结构执行计算。函数可用于执行简单或复杂的计算。在公式中合理地使用函数，可以大大节省输入的时间，简化公式的输入。

9.6.1　直接输入函数

直接输入法就是直接在工作表的单元格中输入函数的名称及语法结构。这种方法要求用户对所使用的函数较为熟悉，并且十分了解此函数包括多少个参数及参数的类型。然后就可以像输入公式一样来输入函数，而且使用起来也较为方便。

直接输入法的操作非常简单，只需先选择要输入函数公式的单元格，输入“=”，然后按照函数的语法直接输入函数名称及各参数即可。

例如，在员工工资表中，利用公式计算出了工资总额，那么应扣所得税的计算方法则是总工资的 10%，但是总工资必须大于等于 4000，小于 4000 的总工资不扣除所得税，现在利用直接输入函数的方法在“H6”单元格中输入条件函数，以此来求出应扣所得税的数值，具体操作步骤如下：

（1）单击选中“H6”单元格。

（2）直接输入“=IF（G6>=4000,G6*10%,0）”，如图 9-27 所示。

（3）按回车键或单击“编辑栏”中的“输入”按钮 ✓ ，则可在“H6”单元格中得出计算结果。

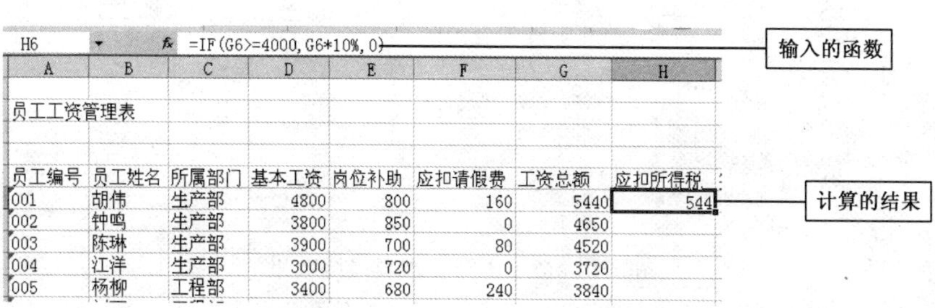

员工编号	员工姓名	所属部门	基本工资	岗位补助	应扣请假费	工资总额	应扣所得税
001	胡伟	生产部	4800	800	160	5440	544
002	钟鸣	生产部	3800	850	0	4650	
003	陈琳	生产部	3900	700	80	4520	
004	江洋	生产部	3000	720	0	3720	
005	杨柳	工程部	3400	680	240	3840	

图9-27　在单元格中直接输入函数

9.6.2　插入函数

由于 Excel 提供了 200 多种函数，用户不可能全部记住。当不能确定函数的拼写时，则可使用插入函数的方法来插入函数，这种方法简单、快速，不需要用户的输入，直接插入即可使用。

比如，上面的条件函数我们不经常利用，这里可以使用粘贴函数的方法在“H6”单元格中求出应扣所得税，具体操作步骤如下：

（1）单击“H6”单元格。

（2）执行“插入”→“函数”命令，或者在“编辑栏”中单击“插入函数”按钮 fx ，打开“插入函数”对话框，如图 9-28 所示。

（3）在“或选择类别”下拉列表中选择“常用函数”选项，在“选择函数”列表框中选择所需的函数类型“IF”。

（4）单击“确定”按钮，打开“函数参数”对话框，如图 9-29 所示。

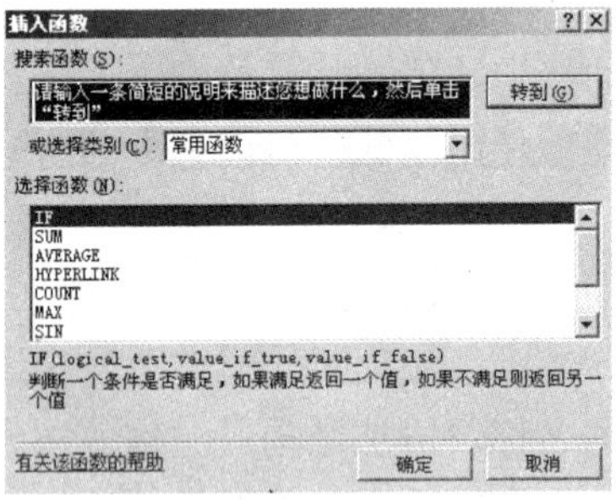

图9-28 “插入函数”对话框

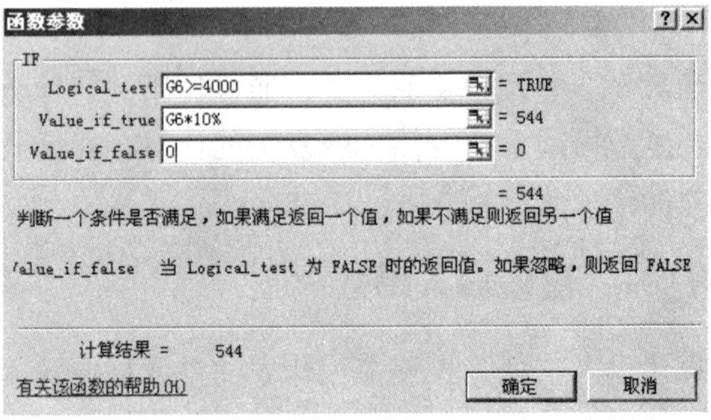

图9-29 “函数参数”对话框

（5）在 Logical_test 编辑框中直接输入函数的参数“G6>=4000”，在 Value_if_true 编辑框中输入 logical_test 条件成立时的值“G6*10%”，在 Value_if_false 编辑框中输入 logical_test 条件不成立时的值“0”。

（6）单击“确定”按钮，则在单元格中将显示出计算结果。

利用填充的方法将“H6”中的函数填充到 H7：H17 区域，利用公式计算出实际应付的工资。选择 A2：I2 区域，单击“格式”工具栏中的“合并及居中”按钮，然后在“字体”下拉列表中选择“20”，则工资表的最终效果如图 9-30 所示。

员工工资管理表

								2009-7-5
员工编号	员工姓名	所属部门	基本工资	岗位补助	应扣请假费	工资总额	应扣所得税	实际应付工资
001	胡伟	生产部	4800	800	160	5440	544	4896
002	钟鸣	生产部	3800	850	0	4650	465	4185
003	陈琳	生产部	3900	700	80	4520	452	4068
004	江洋	生产部	3000	720	0	3720	0	3720
005	杨柳	工程部	3400	680	240	3840	0	3840
006	刘丽	工程部	3200	650	0	3850	0	3850
007	秦岭	工程部	3700	720	0	4420	442	3978
008	艾科	销售部	3500	740	0	4240	424	3816
009	李友利	销售部	4200	690	80	4810	481	4329
010	胡林涛	销售部	4600	780	160	5220	522	4698
011	徐辉	后勤部	4700	790	240	5250	525	4725
012	郑珊珊	后勤部	3600	670	0	4270	427	3843

图9-30 员工工资管理表最终效果

技巧：员工工资是指支付给员工的基本劳动报酬的形式、标准和方法。每家公司都有自己的工资管理制度，在工资管理制度中都明确了工资的发放标准和方法。每个公司工资的工资发放情况都不一样，在一个公司内部由于工作性质的不同也有不同的工资发放方法，在制作工资表时一定要根据自己公司的工资管理制度来制定工资的发放标准和方法。

举一反三 制作公司生产成本核算表

生产成本是指企业为生产一定种类和数量的产品所发生的费用，即直接材料、直接人工和制造费用的总和。这里为某企业制作一个生产成本核算表，最终效果如图 9-31 所示。

产品生产成本表		
编制：王刚	时间	2009年7月
项　　目	**上月实际**	**本月实际**
生产费用:		
直接材料	￥210,000.00	￥200,000.00
其中:原材料	￥160,000.00	￥150,000.00
直接人工	￥120,000.00	￥130,000.00
燃料及动力	￥1,700.00	￥1,600.00
制造费用	￥21,000.00	￥20,000.00
生产费用合计	￥352,700.00	￥351,600.00
加:在产品、自制半成品期初余额	￥2,700.00	￥2,600.00
减：在产品、自制半成品期末余额	￥5,100.00	￥5,000.00
产品生产成本合计	￥350,300.00	￥349,200.00
减：自制设备耗用、在建工程耗用	￥390.00	￥400.00
减：其他不包括在产品成本中的生产费用	￥490.00	￥480.00
产品总成本	￥349,420.00	￥348,320.00

图9-31　生产成本核算表

在制作生产成本核算表之前先打开"案例与素材\第 9 章素材"文件夹中的"生产成本核算表（初始）.xls"文件。制作生产成本核算表的具体操作步骤如下：

（1）利用求和函数 SUM 计算"生产费用合计"。选定"B11"单元格。

（2）执行"插入"→"函数"命令，或者在"编辑栏"中单击"插入函数"按钮 f_x ，打开"插入函数"对话框，如图 9-32 所示。

（3）在"或选择类别"下拉列表中选择"常用函数"项，在"选择函数"列表框中选择所需的函数类型"SUM"。

（4）单击"确定"按钮，打开"函数参数"对话框，如图 9-33 所示。

（5）在 Number1 编辑框中直接输入"B6"，在 Number2 编辑框中直接输入"B8：B10"。

（6）单击"确定"按钮，则在单元格中显示出计算结果。

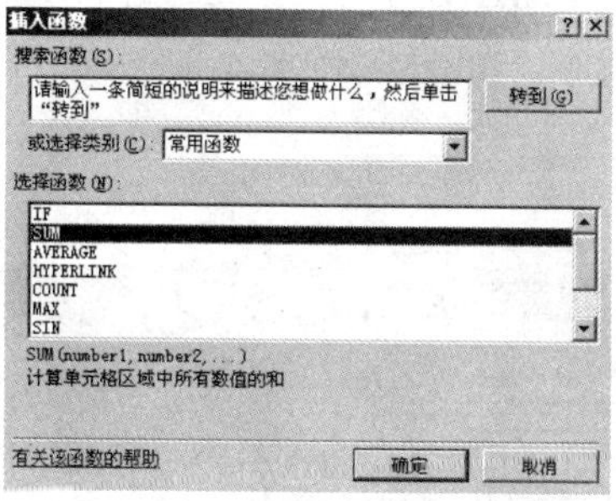

图9-32　选择"SUM"函数

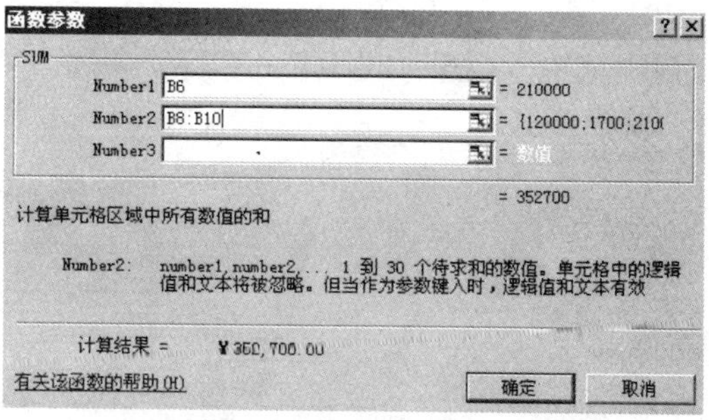

图9-33　设置SUM"函数参数"

（7）利用填充的方法将 B11 中的函数填充到 C11 区域，如图 9-34 所示。

数组公式是对一组或多组数值执行多重计算，并返回一个或多个结果，在输入数组公式时 Excel 2003 会自动在大括号 {} 之间插入公式。假设"产品生产成本合计"等于"生产费用合计"加上"在产品、自制半成品期初余额"减去"在产品、自制半成品期末余额"的值。

（8）单击选定 B14 单元格，直接输入公式"=SUM（B6,B8:B10）+B12-B13"，按"Ctrl+Shift+Enter"组合键确认输入，单元格 B14 显示出产品生产成本合计值，如图 9-35 所示。

产品生产成本表		
编制：王刚	时间	2009年7月
项　目	**上月实际**	**本月实际**
生产费用:		
直接材料	￥210,000.00	￥200,000.00
其中:原材料	￥160,000.00	￥150,000.00
直接人工	￥120,000.00	￥130,000.00
燃料及动力	￥1,700.00	￥1,600.00
制造费用	￥21,000.00	￥20,000.00
生产费用合计	￥352,700.00	￥351,600.00
加:在产品、自制半成品期初余额	￥2,700.00	￥2,600.00
减：在产品、自制半成品期末余额	￥5,100.00	￥5,000.00
产品生产成本合计		
减：自制设备耗用、在建工程耗用	￥390.00	￥400.00
减：其他不包括在产品成本中的生产费用	￥490.00	￥480.00
产品总成本		

图9-34　利用求和函数计算的效果

B14　{=SUM(B6,B8:B10)+B12-B13}　——　输入的数组公式

A	B	C
产品生产成本表		
编制：王刚	时间	2009年7月
项　目	**上月实际**	**本月实际**
生产费用:		
直接材料	￥210,000.00	￥200,000.00
其中:原材料	￥160,000.00	￥150,000.00
直接人工	￥120,000.00	￥130,000.00
燃料及动力	￥1,700.00	￥1,600.00
制造费用	￥21,000.00	￥20,000.00
生产费用合计	￥352,700.00	￥351,600.00
加:在产品、自制半成品期初余额	￥2,700.00	￥2,600.00
减：在产品、自制半成品期末余额	￥5,100.00	￥5,000.00
产品生产成本合计	￥350,300.00	
减：自制设备耗用、在建工程耗用	￥390.00	￥400.00
减：其他不包括在产品成本中的生产费用	￥490.00	￥480.00
产品总成本		

图9-35　利用数组公式计算结果

（9）利用填充的方法将 B14 中的函数填充到 C14 区域。

假设“产品总成本”等于“产品生产成本合计”减去“自制设备耗用、在建工程耗用”减去“其他不包括在产品成本中的生产费用”的值。

（10）选定 B17: C17 区域，输入公式“=B14:C14-B15:C15-B16:C16”，按“Ctrl+Shift+Enter”组合键确认输入，单元格 B17：C17 区域显示出产品总成本，如图 9-36 所示。

C17　{=B14:C14-B15:C15-B16:C16}

A	B	C
产品生产成本表		
编制：王刚	时间	2009年7月
项　目	**上月实际**	**本月实际**
生产费用:		
直接材料	￥210,000.00	￥200,000.00
其中:原材料	￥160,000.00	￥150,000.00
直接人工	￥120,000.00	￥130,000.00
燃料及动力	￥1,700.00	￥1,600.00
制造费用	￥21,000.00	￥20,000.00
生产费用合计	￥352,700.00	￥351,600.00
加:在产品、自制半成品期初余额	￥2,700.00	￥2,600.00
减：在产品、自制半成品期末余额	￥5,100.00	￥5,000.00
产品生产成本合计	￥350,300.00	￥349,200.00
减：自制设备耗用、在建工程耗用	￥390.00	￥400.00
减：其他不包括在产品成本中的生产费用	￥490.00	￥480.00
产品总成本	￥349,420.00	￥348,320.00

图9-36　计算产品总成本

回头看

通过案例“员工工资管理表”以及举一反三“公司生产成本核算表”的制作过程，主要学习了各种类型数据的输入方法、公式和函数的输入方法、数据的快速输入及数据的编辑方法。编辑数据是操作工作簿的基础，因此本章的知识是学习 Excel 2003 的基础。

知识拓展

1. 单元格、行和列的选择

在进行单元格或单元格区域的格式设置之前，首先要选定进行格式设置的对象。如果操作的对象是单个单元格，只需单击某一个单元格即可。如果操作的对象是一些单元格的集合时，就需要选定数据内容所在的单元格区域，然后才能进行格式化的操作。

单元格、行和列的选定具体操作步骤主要有以下几种：

- 选定列：将鼠标指针移动到所要选择列的列标上，当鼠标指针变为 ⬇ 形状时，单击鼠标左键，则整列被选中。如果要同时选定连续的多列时，只需将鼠标指针移到某列的列标上，单击左键并拖动，拖动到所要选择的最后一列时松开鼠标左键即可；选择不连续的多列时，可在选定一部分列后，按“Ctrl”键再选择另外的列即可。
- 选定行：将鼠标指针移到该行的行号上，当鼠标变成 ➡ 形状时然后单击鼠标左键即可将该行选中。
- 选定连续的单元格区域：用鼠标单击要选定区域左上角的单元格，此时鼠标指针为 ✚ 形状，按住鼠标左键并拖动鼠标到要选定区域的右下角。松开鼠标左键，选择的区域将反白显示。其中只有第一个单元格正常显示，表明它为当前活动的单元格，其他均被置为蓝色。
- 选定不连续的单元格区域：首先选定第一个区域，然后按“Ctrl”键再选定其他区域即可。

2. 使用选择性粘贴

在进行单元格或单元格区域复制操作时，有时只需要复制其中的特定内容而不是所有内容，可以使用“选择性粘贴”命令来完成，具体操作步骤如下：

（1）选中需要复制数据的单元格区域。

（2）执行“编辑”→“复制”命令，或者单击工具栏上的“复制”按钮，在选中的单元格区域周围出现闪烁的边框。

（3）选择要复制目标区域中的左上角的单元格，执行“编辑”→“选择性粘贴”命令，打开“选择性粘贴”对话框，如图 9-37 所示。

（4）在“选择性粘贴”对话框中根据需要选择粘贴方式。

（5）单击“确定”按钮。

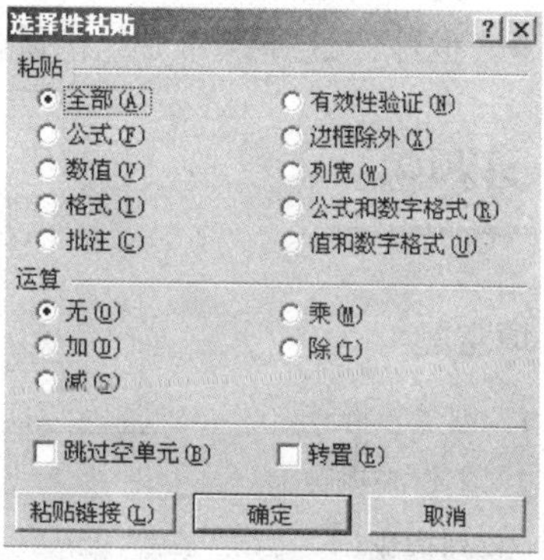

图9-37　“选择性粘贴”对话框

从“选择性粘贴”对话框中可以看到，使用选择性粘贴进行复制可以实现加、减、乘、除运算，或者只复制公式、数值、格式等。

3. 设置数据输入条件

在 Excel 2003 中，可以使用“数据有效性”来控制单元格中输入数据的类型及范围。这样可以避免给参与运算的单元格输入错误的数据，以避免运算时发生混乱。

（1）选择需要设置数据有效性的单元格区域。

（2）执行“数据”→“有效性”命令，打开“数据有效性”对话框，单击“设置”选项卡，如图 9-38 所示。在“有效性条件”区域设置允许输入的数据。

（3）单击“输入信息”选项卡，如图 9-39 所示。在这里还可以设置输入的提示信息。

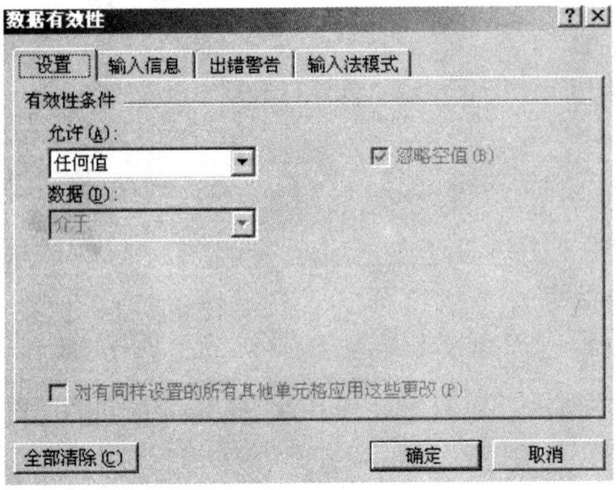

图9-38 “数据有效性”对话框

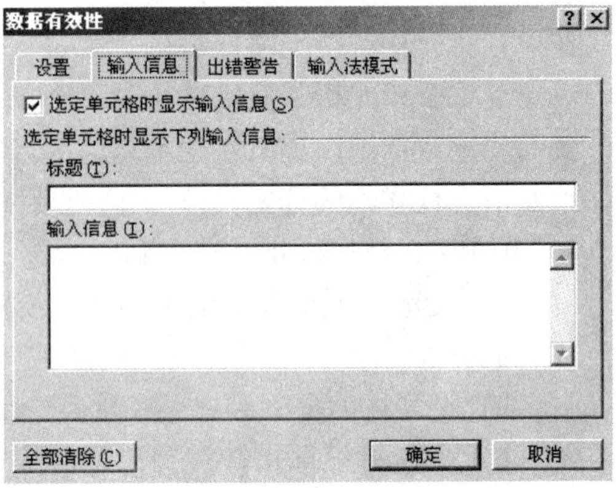

图9-39 设置“输入信息”

4. 清除单元格内容

如果仅仅想将单元格中的数据清除掉，但还要保留单元格，可以先选中该单元格然后直接按“Delete”键删除单元格中的内容。此外还可以利用清除命令，对单元格中的不同内容进行清除。

首先选中要清除内容的单元格或单元格区域，单击“编辑”→“清除”命令，打开一个子菜单，可以根据需要选择相应的命令来完成操作，子菜单中各命令的功能说明如下：

- 全部：选择该命令将清除单元格中的所有内容，包括格式、内容、批注等。
- 格式：选择该命令只清除单元格的格式，单元格中其他的内容不被清除。
- 内容：选择该命令可以只清除单元格的内容，单元格中的格式、批注等不被清除。
- 批注：选择该命令只清除单元格的批注。

习题9

填空题

1. 创建表格有______、______和_______三种方法。

2. 工作表也称为___________，它是 Excel 2003 完成一项工作的基本单位，工作表由______行和_______列构成。

3. 默认情况下，在单元格中的字符型数据均设置为_________，每个单元格最多可包含_________个字符。

4. 如果要在单元格中插入当前日期，可以按_________组合键。如果在单元格中插入当前时间，可以按_________组合键。

5. 公式中的运算符分为_________、_________、_________和_________。

6. Excel 2003 提供了三种不同的引用类型：_________、_________和_________。

7. Excel 2003 的函数由三部分组成：_________、_________和_________。

8．默认的工作薄有_____张工作表。

9．在选定多个单元格区域时，如果同时按下______键，能快速地选择连续的单元格区域，按下______键则可以选择多个不连续的单元格区域。

选择题

1．鼠标指针移动到某一列的上方，当指针变为_______时，单击可选定该列。

（A）白色的下箭头　（B）白色的斜箭头

（C）黑色的下箭头　（D）黑色的斜箭头

2．在快速输入数据时，可以用_______键或_______键来下移或右移到下一个单元格。

（A）Enter，Ctrl　（B）Shift，Tab　（C）Enter，Tab　（D）Shift，Ctrl

3．下面_______不属于“自动填充选项”下拉列表中的内容。

（A）复制单元格　（B）仅填充单元格　（C）以序列方式填充　（D）仅填充格式

4．下面关于选择性粘贴的说法错误的是_______。

（A）在“选择性粘贴”对话框中，可以任意选择“全部”、“数值”、“格式”、“批注”等选项。

（B）在“选择性粘贴”对话框中，可以重复选择“有效性验证”、“列宽”、“公式和数字格式”等选项。

（C）在“选择性粘贴”对话框中，可以重复选择“跳过空单元”、“转置”选项。

（D）可以不使用“选择性粘贴”对话框，直接单击“粘贴”按钮进行操作。

5．下面不属于复制单元格格式的方法是_______。

（A）使用复制粘贴命令　（B）使用格式刷

（C）使用填充柄　（D）拖动鼠标

6．在输入繁杂数据的过程中，容易出现输入错误，Excel 2003 提供了数据的有效性设置功能，这将有效减少输入错误，下面不属于“数据有效性”对话框中的设置的是_______。

（A）输入信息　（B）输入语法

（C）出错警告　（D）输入法模式

第 10 章　工作表的修饰——格式化员工工资管理表和产品目录价格表

Excel 2003 提供了丰富的格式化命令，可以设置单元格格式，格式化工作表中的字体格式，改变工作表中的行高和列宽，为表格设置边框，为单元格设置底纹颜色等。

知识要点

- 编辑行、列或单元格
- 设置单元格格式
- 调整行高与列宽
- 设置边框
- 添加批注

任务描述

建立好工作表后，在确保内容准确无误的情况下，还应对工作表进行修饰。这样可以使工作表中各项数据更便于阅读并使工作表更加美观。这里利用 Excel 2003 的格式化命令对前面一章制作的员工工资管理表进行格式化设置，最终效果如图 10-1 所示。

员工工资管理表

2009-7-5

员工编号	员工姓名	所属部门	基本工资	岗位补助	应扣请假费	工资总额	应扣所得税	实际应付工资
001	胡伟	生产部	￥4,800	￥800	￥160	￥5,440	￥544	￥4,896
002	钟鸣	生产部	￥3,800	￥850	￥0	￥4,650	￥465	￥4,185
003	陈琳	生产部	￥3,900	￥700	￥80	￥4,520	￥452	￥4,068
004	江洋	生产部	￥3,000	￥720	￥0	￥3,720	￥0	￥3,720
005	杨柳	工程部	￥3,400	￥680	￥240	￥3,840	￥0	￥3,840
006	吴坤	工程部	￥4,300	￥660	￥160	￥4,800	￥480	￥4,320
007	刘丽	工程部	￥3,200	￥650	￥0	￥3,850	￥0	￥3,850
008	秦岭	工程部	￥3,700	￥720	￥0	￥4,420	￥442	￥3,978
009	艾科	销售部	￥3,500	￥740	￥0	￥4,240	￥424	￥3,816
010	胡林涛	销售部	￥4,600	￥780	￥160	￥5,220	￥522	￥4,698
011	徐辉	后勤部	￥4,700	￥790	￥240	￥5,250	￥525	￥4,725
012	郑珊珊	后勤部	￥3,600	￥670	￥0	￥4,270	￥427	￥3,843

图10-1　修饰员工工资管理表

案例分析

完成员工工资管理表的修饰要用到插入或删除行、设置单元格数字格式、设置单元格字符格式、设置单元格对齐格式、调整行高和列宽、设置边框以及添加批注等功能。

本章所涉及案例的素材和最终效果文件请登录华信教育资源网（www.hxedu.com.cn）下载，在下载后的“案例与素材\第 10 章素材”和“案例与素材\第 10 章案例效果”文件夹中。

10.1　插入、删除行或列

Excel 2003 允许在已经建立的工作表中插入行、列或单元格，这样可以在表格的适当位置填入新的内容。

10.1.1　插入行或列

在编辑工作表时可以在数据区中插入行或列，以便在新行或列中进行数据的插入。

例如，在对员工工资管理表进行编辑时发现在第 11 行“刘丽”的上面少输入了一个“吴坤”员工的信息，此时可以在工作表中插入一行然后填入新的数据，具体操作步骤如下：

（1）选中“刘丽”所在的行。

（2）执行“插入”→“行”命令，此时将在选中行的上方插入一个空白行，被选定的行自动下移。

（3）在新插入的行中输入“吴坤”员工的信息，插入行后的效果，如图 10-2 所示。

员工工资管理表								
								2009-7-5
员工编号	员工姓名	所属部门	基本工资	岗位补助	应扣请假费	工资总额	应扣所得税	实际应付工资
001	胡伟	生产部	4800	800	160	5440	544	4896
002	钟鸣	生产部	3800	850	0	4650	465	4185
003	陈琳	生产部	3900	700	80	4520	452	4068
004	江洋	生产部	3000	720	0	3720	0	3720
005	杨柳	工程部	3400	680	240	3840	0	3840
006	吴坤	工程部	4300	660	160	4800	480	4320
007	刘丽	工程部	3200	650	0	3850	0	3850
008	秦岭	工程部	3700	720	0	4420	442	3978
009	艾科	销售部	3500	740	0	4240	424	3816
010	李友利	销售部	4200	690	80	4810	481	4329
011	胡林涛	销售部	4600	780	160	5220	522	4698
012	徐辉	后勤部	4700	790	240	5250	525	4725
013	郑珊珊	后勤部	3600	670	0	4270	427	3843

插入新行并输入数据

图10-2　插入行后的效果

提示：在工作表中插入列的方法和插入行的方法类似，新插入的列将出现在选定列的左侧。

10.1.2　删除行或列

如果工作表中的某行或某列是多余的可以将其删除，例如，在对员工工资管理表进行编辑时发现在第 15 行“李友利”员工已经辞职，这里就可以将该行信息删除，具体操作步骤如下：

（1）选中要删除的行，这里选中第 15 行。

（2）执行“编辑”→“删除”命令，直接将选中的行删除。将“胡林涛”的编号修改为“010”，然后将下面两行的编号也作相应修改，最终效果如图 10-3 所示。

提示：在工作表中删除列的方法和删除行的方法类似，选中要删除的列，然后执行“编辑”→“删除”命令。

员工工资管理表								
								2009-7-5
员工编号	员工姓名	所属部门	基本工资	岗位补助	应扣请假费	工资总额	应扣所得税	实际应付工资
001	胡伟	生产部	4800	800	160	5440	544	4896
002	钟鸣	生产部	3800	850	0	4650	465	4185
003	陈琳	生产部	3900	700	80	4520	452	4068
004	江洋	生产部	3000	720	0	3720	0	3720
005	杨柳	工程部	3400	680	240	3840	0	3840
006	吴坤	工程部	4300	660	160	4800	480	4320
007	刘丽	工程部	3200	650	0	3850	0	3850
008	秦岭	工程部	3700	720	0	4420	442	3978
009	艾科	销售部	3500	740	0	4240	424	3816
010	胡林涛	销售部	4600	780	160	5220	522	4698
011	徐辉	后勤部	4700	790	240	5250	525	4725
012	郑珊珊	后勤部	3600	670	0	4270	427	3843

图10-3　删除行的效果

10.2 设置单元格格式

对于工作表中的不同单元格，可以根据需要设置数据的不同格式。例如，设置数据类型、文本的对齐方式、字体、单元格的边框和底纹等。

10.2.1 设置数字格式

默认情况下，单元格中的数字格式是常规格式，不包含任何特定的数字格式，即以整数、小数、科学计数的方式显示。Excel 2003 提供了多种数字显示格式，如百分比、货币、日期等，可以根据数字的不同类型设置它们在单元格中的显示格式。

1. 利用工具按钮设置数字格式

在“格式”工具栏中包括一些数字格式按钮，通过这些按钮，可以快速地设置数字的格式。选中要设置格式的单元格或单元格区域，单击工具栏上相应的按钮即可。“格式”工具栏中常用的设置数字格式的按钮有以下五个：

- 货币样式 按钮：在数据前使用的货币符号。
- 百分比样式 按钮：对数据使用百分比。
- 千位分隔样式 按钮：使显示的数据在千位上有一个分割符。
- 增加小数位数 按钮：每单击一次，数据增加一个小数位。
- 减少小数位数 按钮：每单击一次，数据减少一个小数位。

例如，利用货币样式按钮设置基本工资列中数字的格式，选中基本工资列中的数据，然后单击“格式”工具栏中的货币样式按钮，效果如图 10-4 所示。

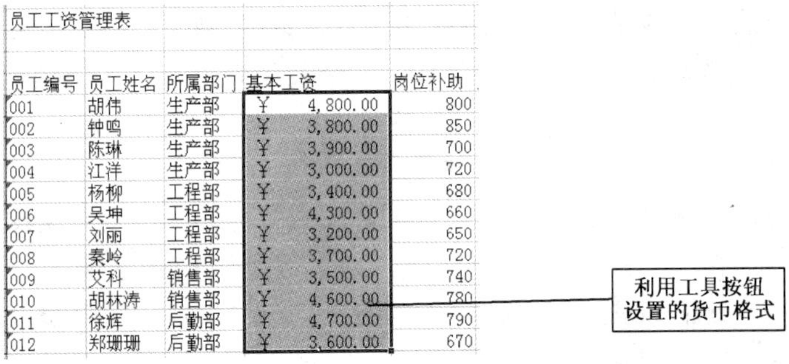
员工工资管理表

员工编号	员工姓名	所属部门	基本工资	岗位补助
001	胡伟	生产部	￥ 4,800.00	800
002	钟鸣	生产部	￥ 3,800.00	850
003	陈琳	生产部	￥ 3,900.00	700
004	江洋	生产部	￥ 3,000.00	720
005	杨柳	工程部	￥ 3,400.00	680
006	吴坤	工程部	￥ 4,300.00	660
007	刘丽	工程部	￥ 3,200.00	650
008	秦岭	工程部	￥ 3,700.00	720
009	艾科	销售部	￥ 3,500.00	740
010	胡林涛	销售部	￥ 4,600.00	780
011	徐辉	后勤部	￥ 4,700.00	790
012	郑珊珊	后勤部	￥ 3,600.00	670

图10-4 利用工具按钮设置货币样式效果

2. 利用对话框设置数字格式

如果数字格式化的工作比较复杂，可以利用“单元格格式”对话框来完成。

例如，在前面我们利用工具按钮设置了货币样式后，发现这样的设置不能满足我们的要求，可以利用对话框来重新设置，具体操作步骤如下：

（1）选中要设置货币样式的基本工资列中的数据。

（2）执行“格式”→“单元格”命令，打开“单元格”对话框，单击“数字”选项卡，如图 10-5 所示。

（3）在“分类”列表框中选择“货币”选项。在“示例”区域的“小数位数”后的文本框中选择或输入“0”，在“货币符号”下拉列表中选择人民币货币符号，在“负数”列表框中选择一种样式。

（4）单击“确定”按钮，为单元格设置货币格式的效果如图 10-6 所示。

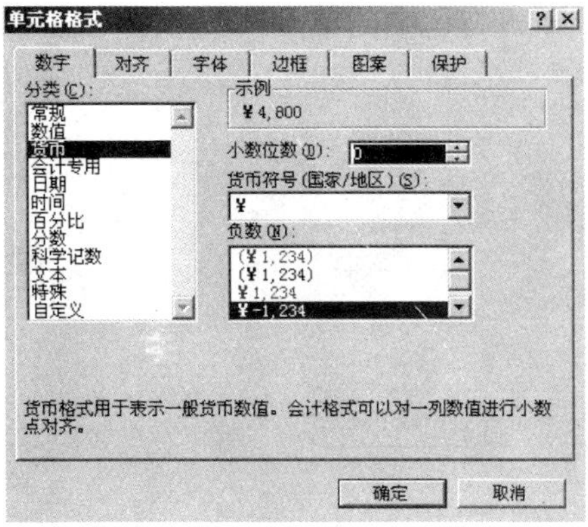

图10-5　设置货币样式

员工工资管理表				
员工编号	员工姓名	所属部门	基本工资	岗位补助
001	胡伟	生产部	￥4,800	800
002	钟鸣	生产部	￥3,800	850
003	陈琳	生产部	￥3,900	700
004	江洋	生产部	￥3,000	720
005	杨柳	工程部	￥3,400	680
006	吴坤	工程部	￥4,300	660
007	刘丽	工程部	￥3,200	650
008	秦岭	工程部	￥3,700	720
009	艾科	销售部	￥3,500	740
010	胡林涛	销售部	￥4,600	780
011	徐辉	后勤部	￥4,700	790
012	郑珊珊	后勤部	￥3,600	670

图10-6　利用对话框设置单元格货币样式的效果

（5）选中基本工资列中设置了货币格式的任意单元格，单击格式工具栏中的“格式刷”按钮，此时鼠标变为刷子形状，拖动鼠标选中 E3：I17 区域，则该区域的所有数据被应用了货币样式，效果如图 10-7 所示。

员工工资管理表								
								2009-7-5
员工编号	员工姓名	所属部门	基本工资	岗位补助	应扣请假费	工资总额	应扣所得税	实际应付工资
001	胡伟	生产部	￥4,800	￥800	￥160	￥5,440	￥544	￥4,896
002	钟鸣	生产部	￥3,800	￥850	￥0	￥4,650	￥465	￥4,185
003	陈琳	生产部	￥3,900	￥700	￥80	￥4,520	￥452	￥4,068
004	江洋	生产部	￥3,000	￥720	￥0	￥3,720	￥0	￥3,720
005	杨柳	工程部	￥3,400	￥680	￥240	￥3,840	￥0	￥3,840
006	吴坤	工程部	￥4,300	￥660	￥160	￥4,800	￥480	￥4,320
007	刘丽	工程部	￥3,200	￥650	￥0	￥3,850	￥0	￥3,850
008	秦岭	工程部	￥3,700	￥720	￥0	￥4,420	￥442	￥3,978
009	艾科	销售部	￥3,500	￥740	￥0	￥4,240	￥424	￥3,816
010	胡林涛	销售部	￥4,600	￥780	￥160	￥5,220	￥522	￥4,698
011	徐辉	后勤部	￥4,700	￥790	￥240	￥5,250	￥525	￥4,725
012	郑珊珊	后勤部	￥3,600	￥670	￥0	￥4,270	￥427	￥3,843

图10-7　应用格式刷的效果

10.2.2　设置对齐格式

所谓对齐就是指单元格中的数据在显示时相对单元格上、下、左、右的位置。默认情况下，输入的文本在单元格内靠左对齐，数字靠右对齐，逻辑值和错误值居中对齐。为了使工作表更加美观，可以利用对话框和工具栏按钮使数据按照需要的方式进行对齐。

1. 利用工具按钮设置对齐格式

如果要设置单元格简单的对齐方式，可以利用“格式”工具栏上的对齐方式按钮。选中单元格或单元格区域，单击“格式”工具栏中的对齐方式按钮，即可按不同的方式对齐单元格中的数据。在“格式”工具栏中用于对齐设置的按钮有四个：

- 左对齐 按钮：使文本或数字左对齐。
- 居中 按钮：使文本或数字在单元格内居中对齐。
- 右对齐 按钮：使文本或数字右对齐。
- 合并及居中 按钮：先将选中的整行单元格合并，并把选定区域左上角的数据居中放入合并后的单元格中。

利用工具栏对工作表中的单元格对齐格式，具体操作步骤如下：

（1）选中单元格区域“A5：C17”区域。

（2）在“格式”工具栏中单击“居中”按钮，即可将选中的单元格区域居中显示，如图10-8所示。

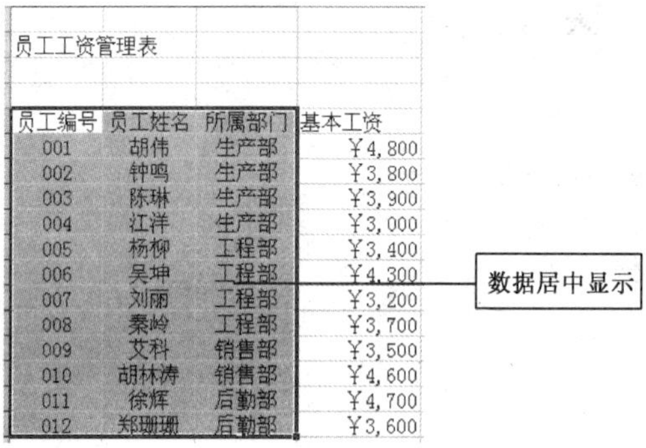

图10-8　设置数据居中显示后的效果

2．利用对话框设置对齐格式

有时单元格中的数据需要在垂直方向上进行对齐，如顶端对齐、垂直居中、底端对齐等，此时可以利用“单元格格式”对话框进行设置。在“单元格格式”对话框中单击“对齐”选项卡，如图10-9所示。

在“文本对齐方式”区域的“水平对齐”下拉列表中可以选择文本的水平对齐方式，在“垂直对齐”下拉列表中用户可以选择文本的垂直对齐方式，在文本控制区域用户可以对单元格中的数据进行控制：

- 自动换行：根据文本长度及单元格宽度自动换行，并且自动调整单元格的高度，使全部内容都能显示在该单元格上。
- 缩小字体填充：缩减单元格中字符的大小以使数据调整到与列宽一致。如果更改列宽，字符大小可自动调整，但设置的字号保持不变。
- 合并单元格：将两个或多个单元格合并为一个单元格，合并后单元格引用为合并前左上角单元格的内容。

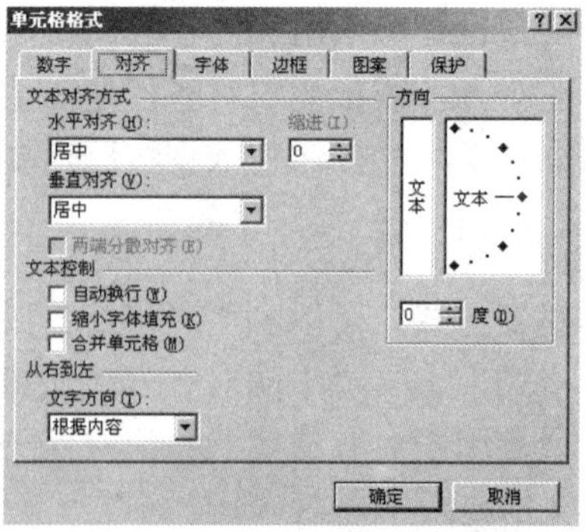

图10-9　设置单元格对齐格式

例如，将表头区域“A2：I3”进行合并，并设置水平居中及垂直居中的对齐格式，具体操作步骤如下：

（1）选中“A2：I3”单元格区域。

（2）执行“格式”→“单元格”命令，打开“单元格格式”对话框，单击“对齐”选项卡，如图 10-9 所示。

（3）在“文本对齐方式”区域的“水平对齐”下拉列表中选择“居中”选项，在“垂直对齐”下拉列表中选择“居中”选项。

（4）在“文本控制”区域选中“合并单元格”复选框。

（5）单击“确定”按钮，设置表头合并居中的效果如图 10-10 所示。

员工工资管理表　　合并居中效果

2009-7-5

员工编号	员工姓名	所属部门	基本工资	岗位补助	应扣请假费	工资总额	应扣所得税	实际应付工资
001	胡伟	生产部	￥4,800	￥800	￥160	￥5,440	￥544	￥4,896
002	钟鸣	生产部	￥3,800	￥850	￥0	￥4,650	￥465	￥4,185
003	陈琳	生产部	￥3,900	￥700	￥80	￥4,520	￥452	￥4,068
004	江洋	生产部	￥3,000	￥720	￥0	￥3,720	￥0	￥3,720
005	杨柳	工程部	￥3,400	￥680	￥240	￥3,840	￥0	￥3,840
006	吴坤	工程部	￥4,300	￥660	￥160	￥4,800	￥480	￥4,320
007	刘丽	工程部	￥3,200	￥650	￥0	￥3,850	￥0	￥3,850
008	秦岭	工程部	￥3,700	￥720	￥0	￥4,420	￥442	￥3,978
009	艾科	销售部	￥3,500	￥740	￥0	￥4,240	￥424	￥3,816
010	胡林涛	销售部	￥4,600	￥780	￥160	￥5,220	￥522	￥4,698
011	徐辉	后勤部	￥4,700	￥790	￥240	￥5,250	￥525	￥4,725
012	郑珊珊	后勤部	￥3,600	￥670	￥0	￥4,270	￥427	￥3,843

图10-10　设置表头合并及居中对齐

10.2.3　设置字体格式

默认情况下工作表中的中文为“宋体”，英文字体为“Times New Roman”。为了使工作表中的某些数据能够突出显示，也为了使版面整洁美观，通常需要将不同的单元格设置成不同的效果。

1．利用工具按钮设置字体

如果对较简单的字体进行设置，可以通过“格式”工具栏上的设置字体工具按钮来完成。在格式工具栏上有 5 个设置字体的按钮：

- 字体 组合框：单击文本框后的下拉箭头打开一下拉列表，在下拉列表中选择要设置的字体名称，即可改变字体。
- 字号 按钮：可以在框中的下拉列表中选择或输入字体的大小，改变字号。
- 加粗 按钮：单击“加粗”按钮，可以使数据加粗显示。
- 倾斜 按钮：单击“倾斜”按钮，可以使数据出现倾斜效果。
- 下画线 按钮：单击“下画线”按钮，可以为数据添加下画线。

例如，利用工具按钮设置单元格区域“A5：I5”的字体格式，具体操作步骤如下：

（1）选中单元格区域“B2：G2”。

（2）在“格式”工具栏中的“字体”列表中选择“黑体”，设置的效果如图 10-11 所示。

员工工资管理表

2009-7-5

员工编号	员工姓名	所属部门	基本工资	岗位补助	应扣请假费	工资总额	应扣所得税	实际应付工资
001	胡伟	生产部	￥4,800	￥800	￥160	￥5,440	￥544	￥4,896
002	钟鸣	生产部	￥3,800	￥850	￥0	￥4,650	￥465	￥4,185
003	陈琳	生产部	￥3,900	￥700	￥80	￥4,520	￥452	￥4,068
004	江洋	生产部	￥3,000	￥720	￥0	￥3,720	￥0	￥3,720
005	杨柳	工程部	￥3,400	￥680	￥240	￥3,840	￥0	￥3,840
006	吴坤	工程部	￥4,300	￥660	￥160	￥4,800	￥480	￥4,320
007	刘丽	工程部	￥3,200	￥650	￥0	￥3,850	￥0	￥3,850
008	秦岭	工程部	￥3,700	￥720	￥0	￥4,420	￥442	￥3,978
009	艾科	销售部	￥3,500	￥740	￥0	￥4,240	￥424	￥3,816
010	胡林涛	销售部	￥4,600	￥780	￥160	￥5,220	￥522	￥4,698
011	徐辉	后勤部	￥4,700	￥790	￥240	￥5,250	￥525	￥4,725
012	郑珊珊	后勤部	￥3,600	￥670	￥0	￥4,270	￥427	￥3,843

图10-11　利用工具按钮设置字体格式的效果

2. 利用对话框设置字体

如果要设置的单元格中的字体格式比较复杂，可以在“单元格格式”对话框中进行设置。例如，利用对话框为“员工工资管理表”表头设置字体格式，具体操作步骤如下：

（1）选中“员工工资管理表”表头。

（2）执行“格式”→“单元格”命令，打开“单元格格式”对话框，单击“字体”选项卡，如图 10-12 所示。

（3）在“字体”下拉列表中选择“隶书”字体，在“字形”列表框中选择“加粗”字形，在“字号”列表框中选择“22”字号。

（4）单击“确定”按钮，设置表头字体格式的效果如图 10-13 所示。

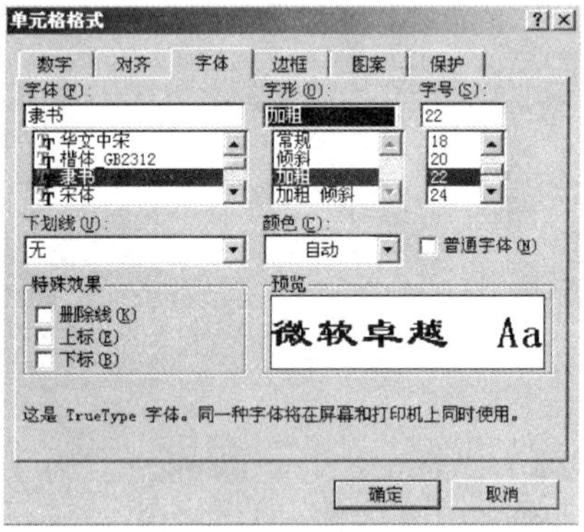

图10-12　设置字体格式

员工工资管理表

基本工资	岗位补助	应扣请假费	工资总额
￥4,800	￥800	￥160	￥5,440
￥3,800	￥850	￥0	￥4,650
￥3,900	￥700	￥80	￥4,520
￥3,000	￥720	￥0	￥3,720
￥3,400	￥680	￥240	￥3,840
￥4,300	￥660	￥160	￥4,800
￥3,200	￥650	￥0	￥3,850

图10-13　设置表头字体格式的效果

10.3　调整行高与列宽

在向单元格中输入数据时，经常会出现文字只显示了其中的一部分，有的单元格中显示的是一串“#”符号，但是在编辑栏中却能看见对应单元格的数据。造成这种结果的原因是单元格的高度或宽度不合适，可以对工作表中单元格的高度或宽度进行适当调整以便显示更多的内容。

10.3.1　调整行高

默认情况下，工作表中任意一行所有单元格的高度总是相同的，所以调整某一个单元格的高度，实际上是调整了该单元格所在行的高度，并且行高会自动随单元格中的字体变化而变化。可以利用拖动鼠标快速调整行高，也可以利用菜单命令精确调整行高。

可以利用鼠标快速地进行行高的调整，例如要调整第四行的行高，具体操作步骤如下：

（1）将鼠标移到第 4 行的下边框线上。

（2）当鼠标变为 ✢ 形状时上下拖动鼠标，此时出现一条黑色的虚线随鼠标的拖动而移动，表示调整后行的高度，同时系统还会显示行高值，如图 10-14 所示。

（3）当拖动到合适位置时松开鼠标即可。

另外也可以利用菜单命令精确地调整行高，选中要调整的行，然后执行“格式”→“行”命令，打开一个子菜单，如图 10-15 所示。在子菜单中有关“行高”命令的功能如下：

员工编号	员工姓名	所属部门	基本工资	岗位补助	应扣请假费	工资总额	应扣所得税	实际应付工资
001	胡伟	生产部	￥4,800	￥800	￥160	￥5,440	￥544	￥4,896
002	钟鸣	生产部	￥3,800	￥850	￥0	￥4,650	￥465	￥4,185
003	陈琳	生产部	￥3,900	￥700	￥80	￥4,520	￥452	￥4,068
004	江洋	生产部	￥3,000	￥720	￥0	￥3,720	￥0	￥3,720
005	杨柳	工程部	￥3,400	￥680	￥240	￥3,840	￥0	￥3,840

图10-14　拖动鼠标快速调整行高

- 选择“最适合的行高”命令，则系统会根据行中的内容自动调整行高，选中行的行高会以行中单元格高度最大的单元格为标准自动做出调整。
- 选择“行高”命令，则会打开“行高”对话框，可以根据需要精确设置行高，如图 10-16 所示。

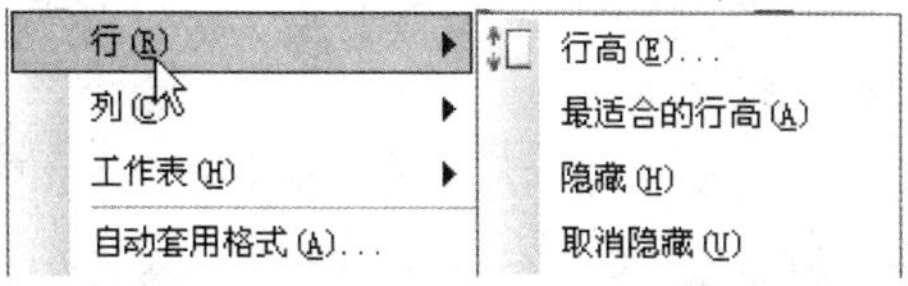

图10-15　“行”命令子菜单

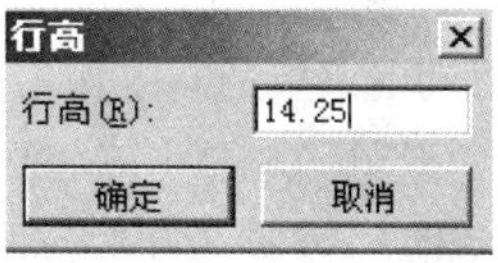

图10-16　“行高”对话框

10.3.2　调整列宽

在工作表中列和行有所不同，工作表默认单元格的宽度为固定值，并不会根据数字的长短而自动调整列宽。当在单元格中输入数字型数据超出单元格的宽度时，则会显示一串“#”符号；如果输入的是字符型数据，单元格右侧相邻的单元格为空时则会利用其空间显示，否则只在单元格中显示当前单元格所能显示的字符。在这种情况下，为了能完全显示单元格中的数据可以调整列宽。

可以使用鼠标快速地进行列宽的调整，将鼠标移动到需要调整列的右侧边框线处，当鼠标变成“✛”形状时拖动鼠标，此时出现一条黑色的虚线跟随拖动的鼠标移动，表示调整后行的边界，同时系统还会显示出调整后的列宽值，如图 10-17 所示。

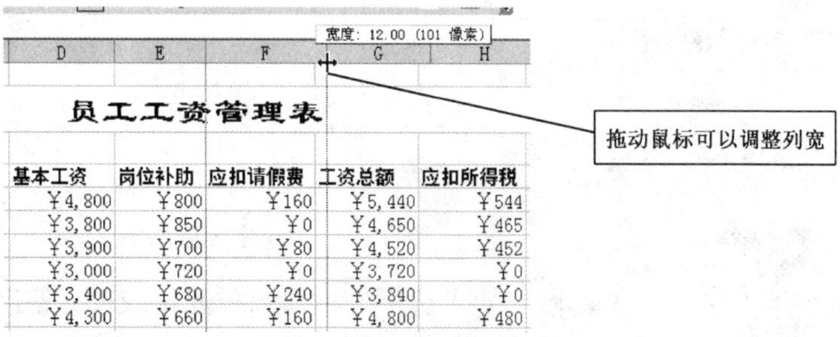

基本工资	岗位补助	应扣请假费	工资总额	应扣所得税
￥4,800	￥800	￥160	￥5,440	￥544
￥3,800	￥850	￥0	￥4,650	￥465
￥3,900	￥700	￥80	￥4,520	￥452
￥3,000	￥720	￥0	￥3,720	￥0
￥3,400	￥680	￥240	￥3,840	￥0
￥4,300	￥660	￥160	￥4,800	￥480

图10-17　拖动调整列宽

也可以利用菜单命令精确地调整列宽，选中要调整的列，单击“格式”→“列”命令，打开一个子菜单，如图 10-18 所示。在子菜单中有关“列宽”命令的功能如下：

- 选择“最适合的列宽”命令，则系统会根据列中的内容自动调整进行调整，选中的列的列宽会以行中单元格宽度最大的单元格为标准自动做出调整。

- 选择“列宽”命令，打开“列宽”对话框，如图 10-19 所示。可以根据需要精确设置列宽。
- 选择“标准列宽”命令，打开“标准列宽”对话框，可以在对话框中设置系统默认的列宽。

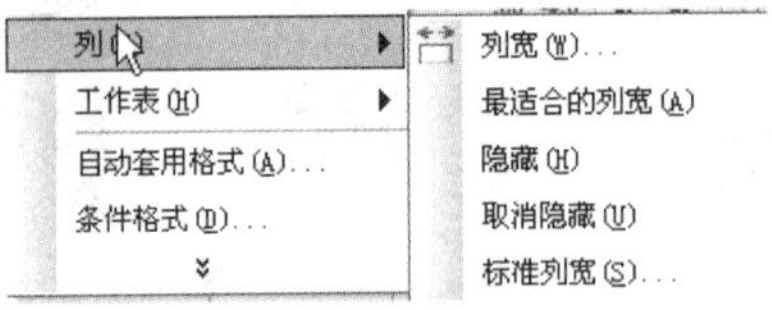

图10-18 “列”命令子菜单

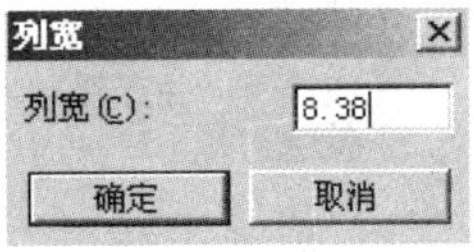

图10-19 “列宽”对话框

10.4 设置边框

在设置单元格格式时，为了使工作表中的数据层次更加清晰明了，区域界限分明，可以利用工具按钮或者对话框为单元格或单元格区域添加边框。

默认情况下单元格的边框线为浅灰色，在实际打印时是显示不出来的。可以为表格添加边框来加强表格的视觉效果。为表格添加边框的具体操作步骤如下：

（1）选定要设置边框的单元格区域，如选择合并后的 A2。

（2）执行“格式”→“单元格”命令，打开“单元格格式”对话框，单击“边框”选项卡，如图 10-20 所示。

（3）在“线条样式”列表中选择粗实线，在“颜色”下拉列表中选择一种颜色，这里采用默认的自动，在“边框”区域单击“下边线”按钮。

（4）单击“确定”按钮，设置边框后的效果如图 10-21 所示。

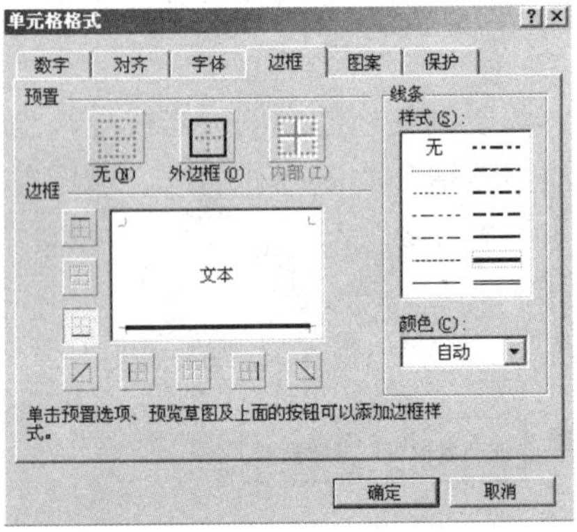

图11-20 设置表格边框

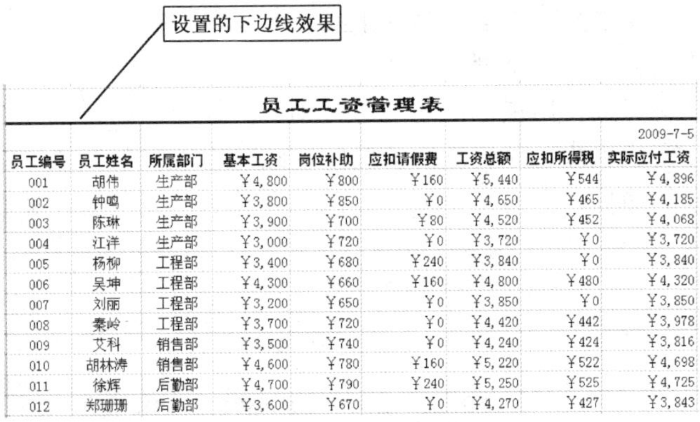

员工编号	员工姓名	所属部门	基本工资	岗位补助	应扣请假费	工资总额	应扣所得税	实际应付工资
001	胡伟	生产部	¥4,800	¥800	¥160	¥5,440	¥544	¥4,896
002	钟鸣	生产部	¥3,800	¥850	¥0	¥4,650	¥465	¥4,185
003	陈琳	生产部	¥3,900	¥700	¥80	¥4,520	¥452	¥4,068
004	江洋	生产部	¥3,000	¥720	¥0	¥3,720	¥0	¥3,720
005	杨柳	工程部	¥3,400	¥680	¥240	¥3,840	¥0	¥3,840
006	吴坤	工程部	¥4,300	¥660	¥160	¥4,800	¥480	¥4,320
007	刘丽	工程部	¥3,200	¥650	¥0	¥3,850	¥0	¥3,850
008	秦岭	工程部	¥3,700	¥720	¥0	¥4,420	¥442	¥3,978
009	艾科	销售部	¥3,500	¥740	¥0	¥4,240	¥424	¥3,816
010	胡林涛	销售部	¥4,600	¥780	¥160	¥5,220	¥522	¥4,698
011	徐辉	后勤部	¥4,700	¥790	¥240	¥5,250	¥525	¥4,725
012	郑珊珊	后勤部	¥3,600	¥670	¥0	¥4,270	¥427	¥3,843

图11-21 为选定区域添加下边线的效果

另外也可以利用“格式”工具栏上的“边框”按钮为单元格或单元格区域添加简单的边框。选择要加边框的单元格或单元格区域，这里选择“A5：I17”区域，在“格式”工具栏中单击“边框”按钮后的下三角箭头，打开“边框”下拉列表，如图 10-22 所示，在下拉列表中选择“所有框线”，则添加的边框线效果如图 10-23 所示。

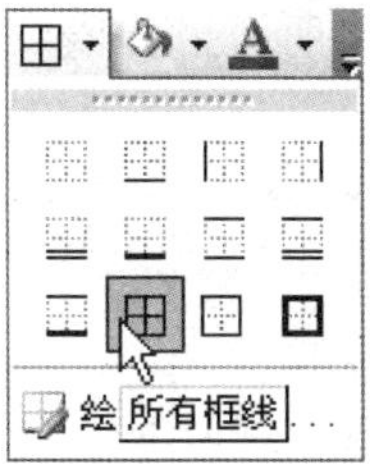

图11-22　“边框”按钮下拉列表

员工工资管理表

								2009-7-5
员工编号	员工姓名	所属部门	基本工资	岗位补助	应扣请假费	工资总额	应扣所得税	实际应付工资
001	胡伟	生产部	￥4,800	￥800	￥160	￥5,440	￥544	￥4,896
002	钟鸣	生产部	￥3,800	￥850	￥0	￥4,650	￥465	￥4,185
003	陈琳	生产部	￥3,900	￥700	￥80	￥4,520	￥452	￥4,068
004	江洋	生产部	￥3,000	￥720	￥0	￥3,720	￥0	￥3,720
005	杨柳	工程部	￥3,400	￥680	￥240	￥3,840	￥0	￥3,840
006	吴坤	工程部	￥4,300	￥660	￥160	￥4,800	￥480	￥4,320
007	刘丽	工程部	￥3,200	￥650	￥0	￥3,850	￥0	￥3,850
008	秦岭	工程部	￥3,700	￥720	￥0	￥4,420	￥442	￥3,978
009	艾科	销售部	￥3,500	￥740	￥0	￥4,240	￥424	￥3,816
010	胡林涛	销售部	￥4,600	￥780	￥160	￥5,220	￥522	￥4,698
011	徐辉	后勤部	￥4,700	￥790	￥240	￥5,250	￥525	￥4,725
012	郑珊珊	后勤部	￥3,600	￥670	￥0	￥4,270	￥427	￥3,843

图10-23　设置选定区域添加所有边框线的效果

10.5　在工作表中添加批注

为了让别的用户更加方便、快速地了解自己建立的工作表内容，可以使用 Excel 2003 提供的添加批注功能，对工作表中一些复杂公式或者特殊的单元格数据添加批注。当在某个单元格中添加了批注之后，会在该单元格的右下角出现一个小红三角，只要将鼠标指针移到该单元格之中，就会显示出添加批注的内容。

10.5.1　为单元格添加批注

批注是附加在单元格中，与其他单元格内容分开的注释。批注是十分有用的提醒方式，例如注释复杂的公式，或为其他用户提供反馈。在进行多用户协作时具有非常重要的作用。例如为资金筹集工作表“B11”单元格添加批注，具体操作步骤如下：

（1）选定“B11”单元格。

（2）执行“插入”→“批注”命令，或在选中的单元格上单击鼠标右键，在打开的快捷菜单中选择“插入批注”命令，在该单元格的旁边出现一个批注框。

（3）在批注框中输入内容“该员工原来在生产部”，如图 10-24 所示。

10.5.2　显示、隐藏、删除或编辑批注

批注可以一直显示在工作表上，也可以将其隐藏起来。如果批注被隐藏，当鼠标指针指向单元格时，批注才会自动显示出来。如果对添加的批注不满意，可以将其删除或重新进行编辑修改。

员工工资管理表

员工编号	员工姓名	所属部门	基本工资	岗位补助	应扣请假费	工资总额
001	胡伟	生产部	￥4,800	￥800	￥160	￥5,440
002	钟鸣	生产部	￥3,800	￥850	￥0	￥4,650
003	陈琳	生产部	￥3,900	￥700	￥80	￥4,520
004	江洋	生产部	￥3,000	￥720	￥0	￥3,720
005	杨柳	[illegible]	[illegible]	￥680	￥240	￥3,840
006	吴坤	[illegible]	[illegible]	￥660	￥160	￥4,800
007	刘丽	[illegible]	[illegible]	￥650	￥0	￥3,850
008	秦岭	[illegible]	[illegible]	￥720	￥0	￥4,420
009	艾科	销售部	￥3,500	￥740	￥0	￥4,240
010	胡林涛	销售部	￥4,600	￥780	￥160	￥5,220
011	徐辉	后勤部	￥4,700	￥790	￥240	￥5,250
012	郑珊珊	后勤部	￥3,600	￥670	￥0	￥4,270

插入的批注

li:
该员工原来在生产部

图10-24　插入批注

1．显示或隐藏批注

要显示或隐藏工作表中的所有批注，执行“视图”→“批注”命令，即可显示所有批注并打开“审阅”工具栏，再次执行“视图”→“批注”命令，即可将所有批注隐藏。

2．编辑批注

对已经存在的批注，可以对其进行修改和编辑，具体操作步骤如下：

（1）单击要编辑批注的单元格。

（2）执行“插入”→“编辑批注”命令，或在批注框上单击鼠标右键，在打开的快捷菜单中选择“编辑文字”命令。

（3）批注文本框处于可编辑状态，此时可对批注内容进行编辑，单击工作表中任意一个单元格结束编辑。

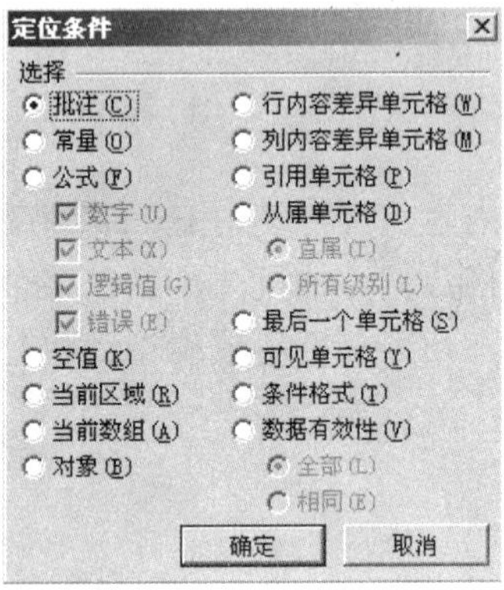

图10-25 “定位条件”对话框

3．删除批注

如果要删除某个单元格中的批注，单击包含批注的单元格，执行“编辑”→“清除”→“批注”命令，则该单元格右上角的小红三角消失，表明此单元格批注已被删除。

提示： 如果要一次删除工作表中的所有批注，可以执行“编辑”→“定位”命令，打开“定位”对话框。在对话框中单击“定位条件”按钮，打开“定位条件”对话框，如图 10-25 所示。在“选择”区域选中“批注”单选按钮，单击“确定”按钮，返回到工作表中，然后执行“编辑”→“清除”→“批注”命令即可。

举一反三　制作产品目录及价格表

下面我们制作一个产品目录及价格表，通过该表能够了解产品的信息，制作完成的效果如图 10-26 所示。

在制作产品目录及价格表之前首先打开“案例与素材\第 10 章素材”文件夹中的“产品目录及价格表（初始）.xls”文件。

产品目录及价格表								
公司名称：				电话：				
公司地址：				邮编：				
序号	产品编号	产品名称	规格	单位	产品简介	出厂价	零售价	备注
1	Z44022406	速效止泻胶囊	03g*10粒	盒	清热利湿，收敛止泻	6.2	7.8	
2	Z44023530	保和丸	0.9g*10丸	盒	消食，导滞，和胃。	3.3	4.3	
3	Z45020532	健肝灵胶囊	0.5g*60粒	盒	益气健脾，活血化瘀	15	17.6	
4	Z51020616	胃康灵胶囊	12粒*3板	盒	柔肝和胃，散瘀止血	13	14.5	
5	Z44020652	咳特灵胶囊	0.3g*30片	盒	镇咳，祛痰，平喘，消炎	2.5	3.2	
6	Z44020683	乙肝灵颗粒	17g*10袋	盒	调气健脾，滋肾养肝	13	14.9	

图10-26 产品目录及价格表

制作产品目录及价格表的具体操作步骤如下：

Excel 2003 内部提供的工作表格式都是在财务和办公领域流行的格式，使用自动套用格式功能既可节省大量时间，又可以使表格美观大方，并具有专业水准。

（1）选中需要使用自动套用格式的单元格区域，这里选中“A4：I10”区域，如图 10-27

所示。

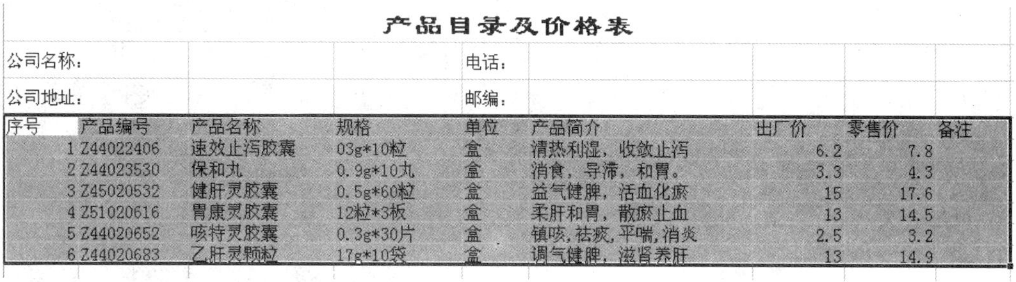

产品目录及价格表

公司名称：				电话：				
公司地址：				邮编：				
序号	产品编号	产品名称	规格	单位	产品简介	出厂价	零售价	备注
1	Z44022406	速效止泻胶囊	03g*10粒	盒	清热利湿，收敛止泻	6.2	7.8	
2	Z44023530	保和丸	0.9g*10丸	盒	消食，导滞，和胃。	3.3	4.3	
3	Z45020532	健肝灵胶囊	0.5g*60粒	盒	益气健脾，活血化瘀	15	17.6	
4	Z51020616	胃康灵胶囊	12粒*3板	盒	柔肝和胃，散瘀止血	13	14.5	
5	Z44020652	咳特灵胶囊	0.3g*30片	盒	镇咳，祛痰，平喘，消炎	2.5	3.2	
6	Z44020683	乙肝灵颗粒	17g*10袋	盒	调气健脾，滋肾养肝	13	14.9	

图10-27 选中要自动套用格式的区域

（2）执行“格式”→“自动套用格式”命令，打开“自动套用格式”对话框，如图 10-28 所示。

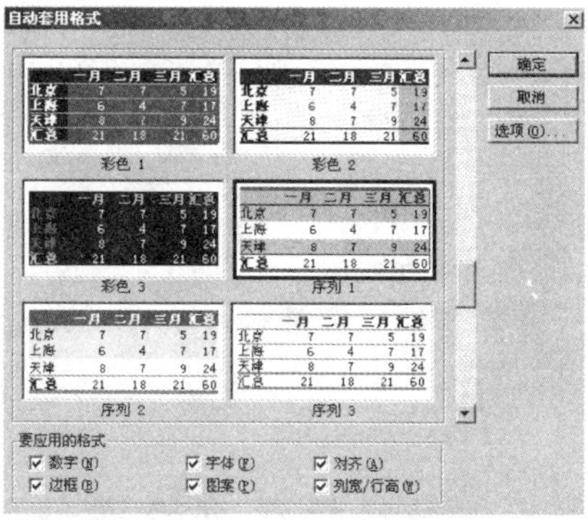

图10-28 选择自动套用的格式

（3）在“自动套用格式”列表中选择“序列 1”样式，单击“选项”按钮，可在对话框的底部打开“要应用的格式”区域，在该区域中可以确定在自动套用格式时套用哪些格式。在本例中选择全部选项。

（4）单击“确定”按钮，设置自动套用格式的效果如图 10-29 所示。

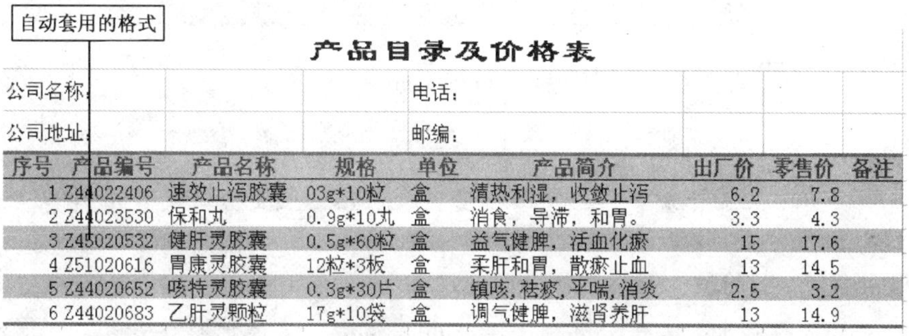

产品目录及价格表

公司名称：				电话：				
公司地址：				邮编：				
序号	产品编号	产品名称	规格	单位	产品简介	出厂价	零售价	备注
1	Z44022406	速效止泻胶囊	03g*10粒	盒	清热利湿，收敛止泻	6.2	7.8	
2	Z44023530	保和丸	0.9g*10丸	盒	消食，导滞，和胃。	3.3	4.3	
3	Z45020532	健肝灵胶囊	0.5g*60粒	盒	益气健脾，活血化瘀	15	17.6	
4	Z51020616	胃康灵胶囊	12粒*3板	盒	柔肝和胃，散瘀止血	13	14.5	
5	Z44020652	咳特灵胶囊	0.3g*30片	盒	镇咳，祛痰，平喘，消炎	2.5	3.2	
6	Z44020683	乙肝灵颗粒	17g*10袋	盒	调气健脾，滋肾养肝	13	14.9	

图10-29 设置自动套用格式的效果

在工作表的应用过程中，可能需要将某些满足条件的单元格以指定的样式进行显示。Excel 2003 提供了条件格式的功能，可以设置单元格的条件并设置这些单元格的格式。系统会在选定的区域中搜索符合条件的单元格，并将设定的格式应用到符合条件的单元格中。这里设置出厂价列中大于 10 元的单元格用红色显示。

（5）选定要设置条件格式的单元格区域“G5：G10”。

（6）执行“格式”→“条件格式”命令，打开“条件格式”对话框，如图 10-30 所示。

（7）在“条件”区域最左侧的“条件”下拉列表框中选择“单元格数值”，在其后的下拉列表框中选择“大于”，然后在最后的文本框中输入“10”。

（8）单击“格式”按钮，打开“单元格格式”对话框，单击“图案”选项卡，如图 10-31 所示。

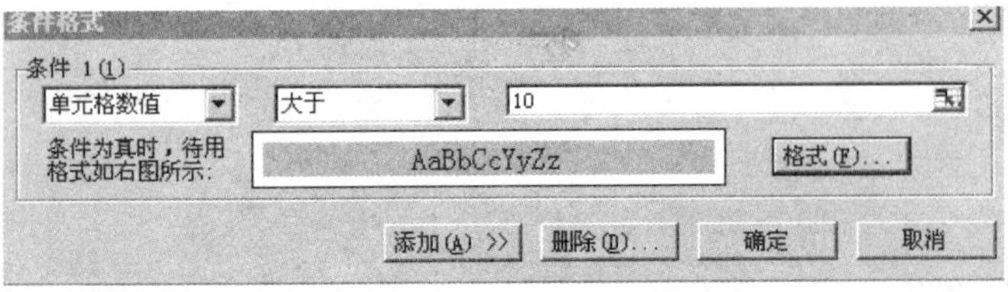

图10-30 “条件格式”对话框

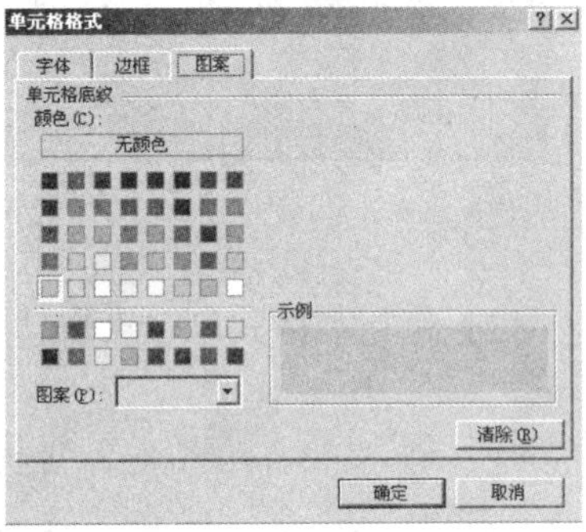

图10-31 设置条件格式的底纹

（9）在“颜色”列表中选择一种红色。单击“确定”按钮返回到“条件格式”对话框，在“格式预览”框中可以看到设置的格式。

（10）单击“确定”按钮，设置条件格式的效果如图 10-32 所示。

产品目录及价格表

公司名称：				电话：				
公司地址：				邮编：				
序号	产品编号	产品名称	规格	单位	产品简介	出厂价	零售价	备注
1	Z44022406	速效止泻胶囊	03g*10粒	盒	清热利湿，收敛止泻	6.2	7.8	
2	Z44023530	保和丸	0.9g*10丸	盒	消食，导滞，和胃。	3.3	4.3	
3	Z45020532	健肝灵胶囊	0.5g*60粒	盒	益气健脾，活血化瘀	15	17.6	
4	Z51020616	胃康灵胶囊	12粒*3板	盒	柔肝和胃，散瘀止血	13	14.5	
5	Z44020652	咳特灵胶囊	0.3g*30片	盒	镇咳，祛痰，平喘，消炎	2.5	3.2	
6	Z44020683	乙肝灵颗粒	17g*10袋	盒	调气健脾，滋肾养肝	13	14.9	

图10-32 设置条件格式的效果

回头看

通过案例“员工工资管理表”以及举一反三“产品目录及价格表”的制作过程，主要学习了 Excel 2003 提供的插入行或列、设置单元格格式、调整行高与列宽、设置边框、添加批注、自动套用格式以及条件格式等操作的方法和技巧。利用 Excel 2003 格式化工作表的功能可以使本来凌乱不堪的工作表变的美观大方，重点突出，方便用户查看。

知识拓展

1. 隐藏行与列

在建立工作表的时候，有些数据可能是保密的。为了不让其他人看到或编辑这些数据，可以利用隐藏行或列的方法将它们隐藏起来。

选中要隐藏的行或列，然后执行“格式”→“行”（列）→“隐藏”命令，可将该行（列）隐藏。

2. 设置底纹

在美化工作表时，为了使部分单元格中的数据重点显示，可以对单元格进行图案设置。单元格的图案包括底色、底纹。设置单元格或单元格区域的底纹可以利用“格式”工具栏中的按钮或在“单元格格式”对话框中的“图案”选项卡中进行设置。

选定要设置图案的单元格区域，然后在“单元格格式”对话框中单击“图案”选项卡，在“颜色”和“图案”区域可以为单元格设置底色和底纹。

3. 为工作表添加背景

为工作表添加背景的具体操作步骤如下：

（1）打开要添加背景图片的工作表。

（2）执行“格式”→“工作表”→“背景”命令，打开“工作表背景”对话框，如图 4-33 所示。

（3）在“查找范围”列表中选择背景文件的位置，选定背景文件。

（4）单击“插入”按钮。

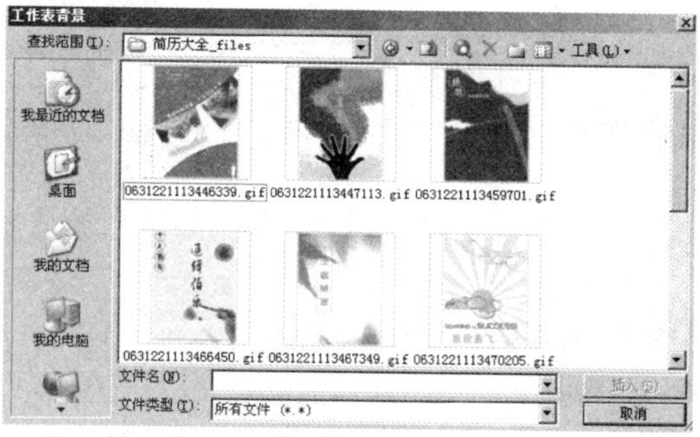

图10-33　“工作表背景”对话框

如果不再需要工作表背景图案，可将其从工作表中删除，执行“格式”→“工作表”→“删除背景”命令即可。

4. 删除套用格式

如果套用的表格格式不再需要，也可以将其删除。选择自动套用格式的单元格区域。执行“格式”→“自动套用格式”命令，打开“自动套用格式”对话框。在列表框中选择样式中的“无”选项即可。

5. 删除条件格式

在设置条件格式时，可以设置多个条件，在“条件格式”对话框中设置了条件 1，如果还想设置条件 2，单击“添加”按钮，就可以进行条件 2 的设置了，如图 10-34 所示。

如果单元格中的条件格式不再需要，可将其删除，删除条件格式的方法与建立条件格式的过程正好相反，具体操作步骤如下：

（1）选择设置了条件格式的单元格区域。执行“格式”→“条件格式”命令，打开“条件格式”对话框。

（2）在对话框中单击“删除”按钮，打开“删除条件格式”对话框，如图 10-35 所示。

（3）在“选定要删除的条件”区域的列表中选中需要删除的条件前的复选框。

（4）单击“确定”按钮，返回到“条件格式”对话框。单击“确定”按钮。

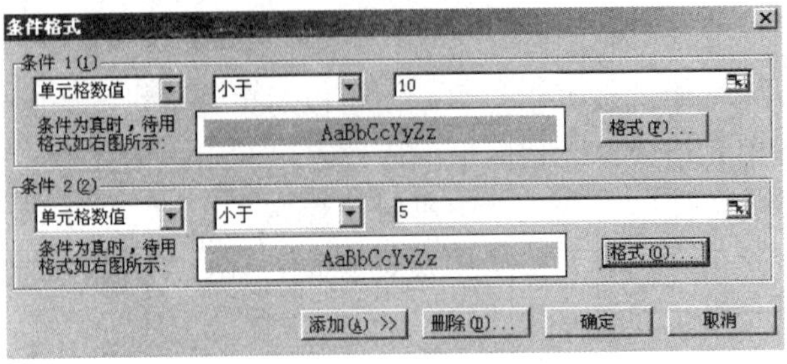

图10-34　设置多个条件格式

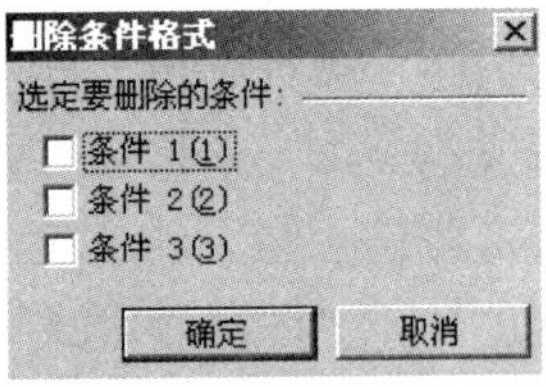

图10-35　“删除条件格式”对话框

习题10

填空题

1. “格式”工具栏上常用的设置数字格式的工具按钮有________、________、________、________和________五个。

2. “格式”工具栏中用于设置对齐的按钮有________、________、________和________四个。

3. 工作表的行高会自动随用户改变单元格中的字体而________，工作表默认的列宽为固定值，并不会根据数据的增长而________。

选择题

1. 下面不属于“单元格格式”对话框中的选项卡是________（　　）。

（A）数字选项卡，对齐选项卡　　（B）字体选项卡，边框选项卡

（C）图案选项卡，保护选项卡　　（D）图表选项卡，常规选项卡

2. 下面打开“单元格格式”对话框，操作错误的是________。（　　）

（A）右击选定的单元格区域，在弹出的快捷菜单中单击“设置单元格格式”命令。

（B）在菜单栏上单击“格式”→“单元格”命令。

（C）在菜单栏上单击“格式”→“设置单元格格式”命令。

3. 下面关于使用自动套用格式，说法错误的是________。（　　）

（A）使用自动套用格式功能既可以节省大量的时间，又可以使表格更加美观大方。

（B）在“自动套用格式”对话框中，提供了 17 种流行表格的预览，用户可以拖动滚动条查看所有的格式。

（C）无论选定多少单元格，都可以应用 Excel 2003 的自动套用格式。

（D）打开“自动套用格式”对话框，可以单击“选项”按钮，展开“要应用的格式”选项组，可以根据用户的喜好设定所需应用的格式属性。

4. Excel 2003 中的________功能可以根据单元格内容有选择地自动应用格式。（　　）

（A）自动套用格式　　（B）样式

（C）条件格式　　（D）数据有效性

5. 下面关于插入和删除工作表行的说法，错误的是________。（　　）

（A）选定需要插入行的单元格，在菜单栏上单击“插入”→“行”命令。

（B）右击需要删除的行所在单元格，在弹出的快捷菜单中单击“删除”命令，在弹出的“删除”对话框中单击“整行”单选按钮。

（C）右击需要插入的行所在单元格，在弹出的快捷菜单中单击“插入”命令，在弹出的“插入”对话框中单击“整行”单选按钮。

（D）选定需要删除行的单元格，在菜单栏上单击“删除”→“行”命令。

操作题

打开“案例与素材\第 10 章素材”文件夹中的“出货单（初始）.xls”文件，然后按照下面的要求进行操作：

（1）使用自动套用格式功能对表格应用“序列 1”的格式，并且不应用边框的样式。

（2）为应用自动套用格式的区域手动添加边框，外边框为粗实线，内边框为细实线。

（3）对第 7 行应用条件格式，设置“飞利浦 107F5”的单元格为红色底纹，价格 1100 的单元格为黄色底纹。

最终效果如图 10-36 所示。

出货单								
买方公司								
地址								
出货日期								
序号	货品名称	货品号码	规格	数量	单位	单价	总价	备注
0001	显示器	GB/T1393	飞利浦105E	5	台	￥2,000.00	￥4,000.00	
0002	显示器	GB/F1059	飞利浦107F5	6	台	￥1,100.00	￥6,600.00	
0003	显示器	GB/T1428	飞利浦107P4	4	台	￥1,200.00	￥4,800.00	
0004	显示器	GB/T1547	飞利浦107T	2	台	￥1,350.00	￥2,700.00	
0005	显示器	GB/F1064	飞利浦107X4	1	台	￥1,280.00	￥1,280.00	
0006	显示器	GB/F1081	飞利浦107B4	2	台	￥1,680.00	￥3,360.00	

图10-36 出货单

第 11 章　工作表与工作表间的操作与编辑——制作考勤表和活动节目单

在 Excel 2003 中，同一工作簿的不同工作表之间以及不同的工作簿之间都可以进行数据相互传递。

知识要点

- 操作工作表
- 工作表间的操作
- 冻结工作表窗口
- 保护工作簿或工作表
- 打印工作表

任务描述

公司的考勤制度能够督促公司员工自觉遵守工作规章制度，考勤表能够记录工作时间，与薪酬有着密切的关系，也是薪酬发放的依据。这里利用 Excel 2003 为公司制作一个考勤表，如图 11-1 所示。

旭光文化传媒有限公司考勤表																			
														2009年 7 月　第 1 周					
序号	姓　名	星期一			星期二			星期三			星期四			星期五			合计		
		迟到	请假	旷工	迟到	请假	旷工	迟到	请假	旷工	迟到	请假	旷工	迟到	请假	旷工	迟到	请假	旷工
1	刘文革							1									1		
2	宋　辉		1												1			2	
3	王永红																		
4	刘涛																		
5	张美芝																		
6	王德清																		
7	杨位庆																		
8	王　磊									1									1
9	刘长领																		
10	许艳荣							1									1		
11	李永保																		
12	何银江											1						1	
13	周素青																		

图11-1　考勤表

案例分析

完成考勤表的制作要用到重命名工作表、插入工作表、工作表组的操作、不同工作表间单元格的复制、不同工作表间单元格的引用、冻结工作表窗口、保护工作簿、保护工作表以及工作表的打印等功能。

本章所涉及案例的素材和最终效果文件请登录华信教育资源网（www.hxedu.com.cn）下载，在下载后的“案例与素材\第 11 章素材”和“案例与素材\第 11 章案例效果”文件夹中。

11.1　操作工作表

在 Excel 2003 中，一个工作簿可以包含多张工作表。可以根据任务需要随时插入、删除、移动或复制工作表，还可以给工作表重新命名或将其隐藏。

11.1.1　重命名工作表

创建新的工作簿后，系统会将工作表自动命名为“Sheet1、Sheet2、Sheet3……”。在实际应用中系统默认的这种命名既不便于使用也不便于管理和记忆。因此需要给工作表重新命名一个既有特点又便于记忆的名称。

为工作表“Sheet1”重命名的具体操作步骤如下：

（1）单击“Sheet1”工作表标签使其成为当前工作表。

（2）执行“格式”→“工作表”→“重命名”命令，或在此工作表标签上单击鼠标右键，在打开的快捷菜单中选择“重命名”命令，则此时工作表标签呈反白显示。

（3）输入工作表的名称“7 月份第 1 周”，重命名后的工作表如图 11-2 所示。

11.1.2　插入或删除工作表

启动 Excel 2003 时系统默认会打开 3 张工作表，如果还需要使用更多的工作表可以在原有工作表的基础上插入新的工作表，还可以根据需要删除多余的工作表。

1．插入工作表

如在“7 月份第 1 周”工作表的前面插入一个新的工作表，具体操作步骤如下：

（1）单击“7 月份第 1 周”工作表标签。

（2）执行“插入”→“工作表”命令，在选中的工作表前插入一个新的工作表，系统根据活动工作簿中工作表的数量自动为插入的新工作表命名为“Sheet4”，如图 11-3 所示。

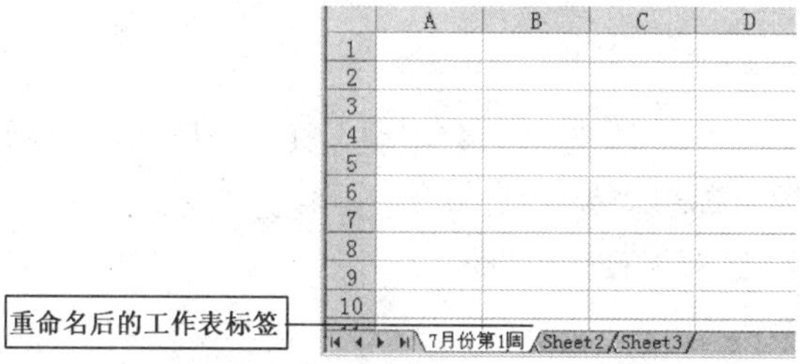

图11-2　重命名后的工作表

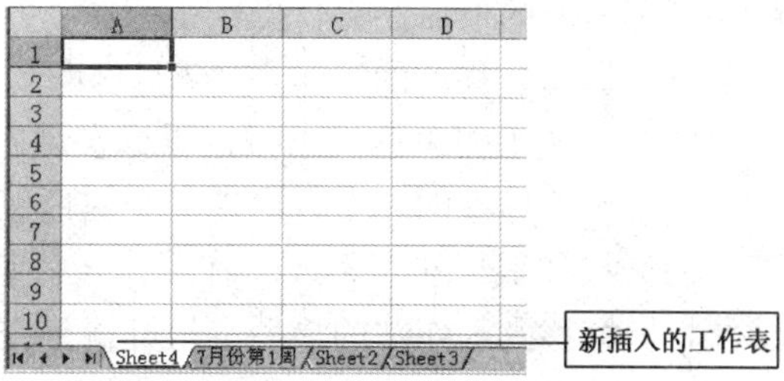

图11-3　插入新的工作表

提示：如果要插入的工作表是基于某个模板的，可以利用快捷键进行插入。在工作表标签上单击鼠标右键，在打开的捷菜单中单击“插入”命令，打开“插入”对话框，单击“电子方案表格”选项卡，如图 11-4 所示，在对话框中选中一个方案表格，单击“确定”按钮，即可在选中的工作表的前面插入一个方案工作表。

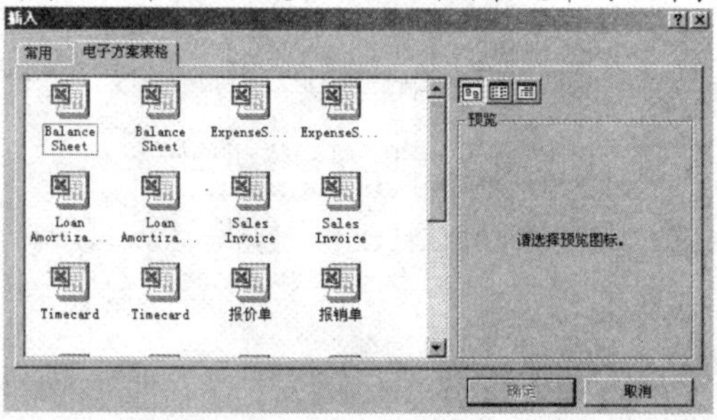

图11-4　选择要插入的工作表对象

2．删除工作表

在工作簿中还可以删除一些不需要的工作表。假如在插入工作表时插入了多余的工作表，此时可以将其删除，删除工作表的具体操作步骤如下：

（1）选中要删除的工作表。

（2）执行“编辑”→“删除工作表”命令。此时如果工作表中有数据内容，系统将打开如图 11-5 所示的提示对话框，询问是否要删除工作表。

（3）单击“确定”按钮即可将工作表删除，单击“取消”按钮返回到编辑状态。

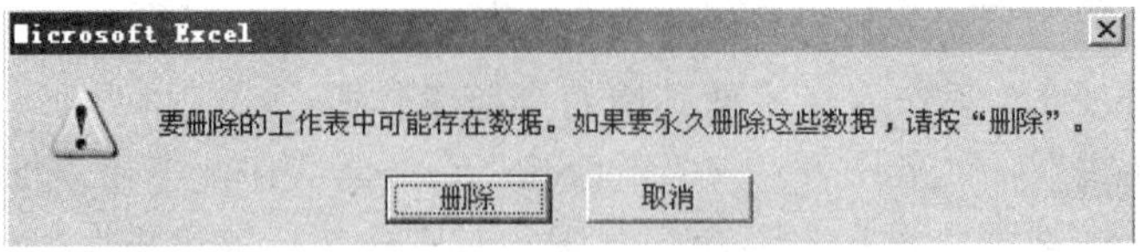

图11-5　系统提示对话框

提示：另一种删除工作表的方法是利用鼠标右击工作表标签，在打开的快捷菜单中选择“删除”命令删除工作表。

11.1.3　移动或复制工作表

在 Excel 2003 中移动或复制工作表有两种方法：一是使用鼠标拖动操作，二是利用菜单命令。既可以在同一工作簿中移动或复制工作表，也可以将工作表移动或复制到其他工作簿中。

1．利用鼠标移动或复制工作表

利用鼠标移动或复制工作表只能在同一工作簿中进行，例如将工作表“7 月份考勤统计”移动到工作簿的最后，具体操作步骤如下：

（1）选定要移动的工作表“7 月份考勤统计”。

（2）在该工作表标签上按住鼠标左键不放，鼠标所在位置会出现一个 形状的图标，且在该工作表标签的左上方出现一个黑色倒三角标志，如图 11-6 所示。

（3）按住鼠标左键不放，在工作表标签间移动鼠标，“白板”和黑色倒三角会随鼠标移动，将鼠标移到工作簿的最后，松开鼠标左键即可。

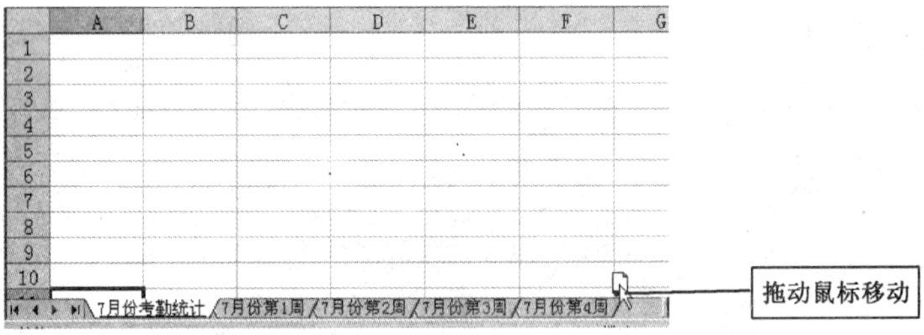

图11-6　利用鼠标移动工作表

提示：如果要复制工作表，也可以先按住“Ctrl”键然后拖动要复制的工作表，并在达到目标位置处松开鼠标后，再松开“Ctrl”键即可。

2．利用菜单命令移动或复制工作表

利用菜单命令可以实现工作表在不同的工作簿间移动或复制，具体操作步骤如下：

（1）分别打开目标工作簿和源工作簿，在源工作簿中选定要移动的工作表标签。

（2）执行“编辑”→“移动或复制工作表”命令，或在工作表标签上单击鼠标右键，在

打开的快捷菜单中选择“移动或复制工作表”命令，打开“移动或复制工作表”对话框，如图 11-7 所示。

（3）在“将选定工作表移至工作簿”下拉列表框中选定要移至的工作簿，在“下列选定工作表之前”列表框中选择插入的位置。如果选中“建立副本”复选框，则可以进行工作表复制的操作。

（4）单击“确定”按钮即可将工作表移动到目的位置。

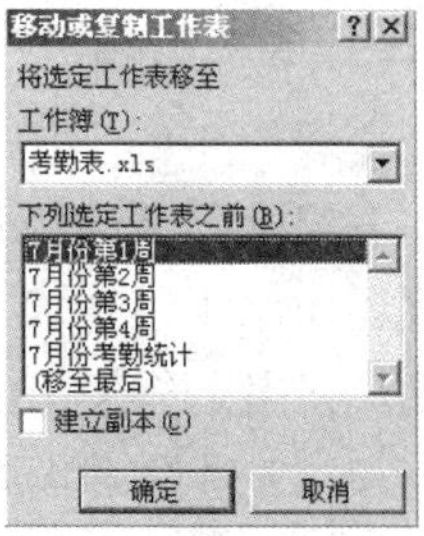

图11-7　“移动或复制工作表”对话框

11.2　工作表间的操作

工作表间的操作包括不同工作表间单元格的复制与引用，设置工作表组等。熟悉这些操作，可以方便而快捷地创建多个工作表。

11.2.1　工作表组的操作

利用 Excel 2003 提供的工作表组功能，可以快捷地在同一个工作簿中创建或编辑一批相同或格式类似的工作表。

1．设置或取消工作表组

要采用工作表组操作，首先必须将要处理的多个工作表设置为工作表组。设置工作表组的方式有：

- 选择一组相邻的工作表，先单击要成组的第一个工作表标签，然后按住“Shift”键，再单击要成组的最后一个工作表标签。
- 选择不相邻的一组工作表，按住“Ctrl”键，依次单击要成组的每个工作表标签。
- 选择工作簿中的全部工作表，用鼠标右键单击任意一个工作表标签，在快捷菜单中选择“选定全部工作表”命令。

设置完工作表组后，成组的工作表标签均呈高亮显示，同时在工作簿的标题栏上会出现“工作组”字样，提示已设定了工作表组，如图 11-8 所示。

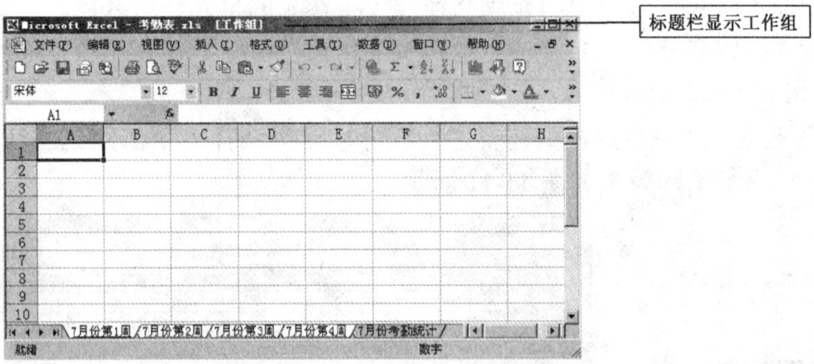

图11-8　设置工作组

如果想取消工作表组，只要单击除当前工作表以外的任意工作表的标签即可；另外，用鼠标右键单击任意一个工作表标签，在快捷菜单中选择“取消成组工作表”命令，也可取消工作表组。

2. 工作表组的编辑

对工作表组中的工作表的编辑方法与单个工作表的编辑方法相同，当编辑某一个工作表时，工作表组中的其他工作表同时也得到相应的编辑。即用户操作的结果不仅作用于当工作表，而且还作用于工作表组中的其他工作表。

例如，利用工作表组的方法同时建立工作表“7 月份第 1 周”、“7 月份第 2 周”、“7 月份第 3 周”和“7 月份第 4 周”中的数据。

首先将四个工作表设置为工作表组，然后在工作表中直接编辑数据，则工作表组中的所有工作表都被编辑了相同的数据，如图 11-9 所示。

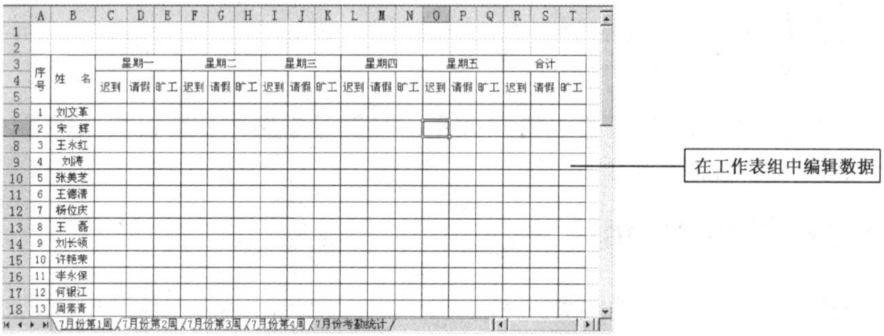

图11-9 利用工作表组编辑数据

提示：大多数编辑命令都可以同时作用到同组的所有工作表上，但查找和替换命令仅对当前工作表起作用。

3. 工作表组的填充

如果要建立的多个工作表与现有的某个工作表相同或类似，则可以采用工作表组填充的方法快速完成。

例如在编辑 7 月份四个周考勤表的表头时，没有采用工作表组的方法，而是只在工作表“7 月份第 1 周”中进行了编辑，可以利用填充的方法将表头的数据填充到其他三个周的工作表中，具体操作步骤如下：

（1）选定“7 月份第 1 周”为当前工作表，并把“7 月份第 1 周”、“7 月份第 2 周”、“7 月份第 3 周”和“7 月份第 4 周”设置为工作表组。

（2）在当前工作表中选定要填充到其他几个工作表的单元格或区域。

（3）执行“编辑”→“填充”→“至同组工作表”命令，打开“填充成组工作表”对话框，如图 11-10 所示。

（4）在“填充”区域用户根据需要进行选择，这里选择“全部”，单击“确定”按钮。利用工作表组填充数据的效果如图 11-11 所示。

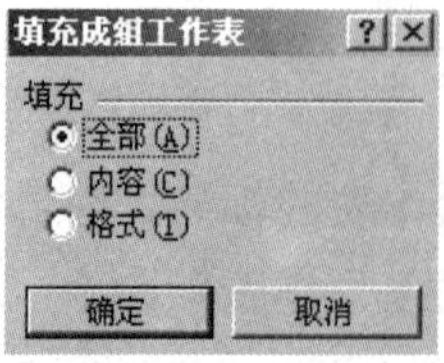

图11-10 “填充成组工作表”对话框

图11-11 利用工作组填充数据

11.2.2　不同工作表间的单元格复制

在不同工作表之间也可以复制单元格或单元格区域，操作步骤与在同一工作表中复制单元格类似。

例如在“7 月份考勤统计”工作表中编辑数据时，也需要输入序号和姓名的数据，如图 11-12 所示。而这些数据和前面四个工作表的数据一致，此时可以将序号和姓名列的数据复制过来，具体操作步骤如下：

（1）选定“7 月份第 4 周”工作表中序号和姓名列的数据。

（2）执行“编辑”→“复制”命令，或在“常用”工具栏中单击“复制”按钮。

（3）在“7 月份考勤统计”工作表中选定目的单元格“A5”。

（4）执行“编辑”→“粘贴”命令，或在“常用”工具栏中单击“粘贴”按钮，粘贴数据的效果如图 11-13 所示。

图11-12　编辑“7月份考勤统计”工作表

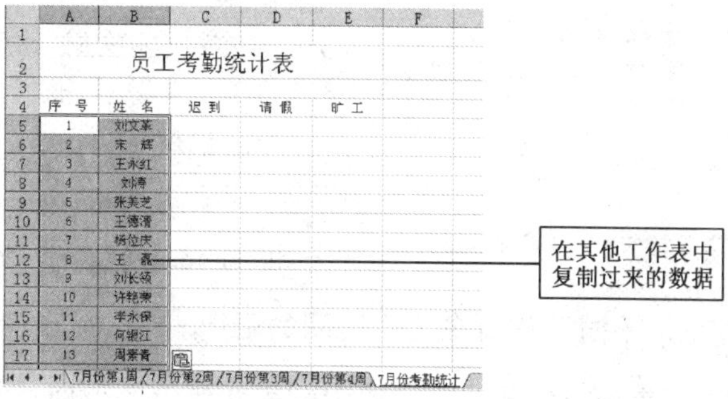

图11-13　在不同工作表间复制数据

11.2.3　不同工作表间的单元格引用

同一工作表中的单元格的引用，为创建和使用公式提供了极大的方便。Excel 2003 还允许在公式中引用不同工作表中的单元格或单元格区域。

1．同一工作簿中工作表间的引用

在相同工作簿中，引用其他工作表中的单元格或区域的方法是：在单元格或区域引用前加上相应工作表引用（即源工作表名称），并用感叹号“！”将工作表引用和单元格或区域引用分开，格式是：源工作表名称！单元格或区域引用。例如，要引用“7 月份第 1 周”工作表中的 R6 单元格，则在公式中应输入“7 月份第 1 周！R6”。

在计算 7 月份员工“刘文革”的迟到总次数时就是“7 月份第 1 周”工作表中的 R6 单元格中的数据与“7 月份第 2 周”工作表中的 R6 单元格中的数据、“7 月份第 3 周”工作表中的 R6 单元格中的数据、“7 月份第 4 周”工作表中的 R6 单元格中的数据相加的和。这里可以利用单元格引用的方式来计算迟到的总次数，具体操作步骤如下：

（1）在“7 月份考勤”工作表中选中“C5”单元格。

（2）输入公式“=7 月份第 1 周!R6+7 月份第 2 周!R6+7 月份第 3 周!R6+7 月份第 4 周!R6”。

（3）单击“编辑”栏上的输入按钮，则可以计算出结果，如图 11-14 所示。

（4）利用公式填充的方法将公式填充到其他的单元格中，如图 11-15 所示。

提示：引用另一个工作表单元格或区域的数据时大多数都采用绝对引用。如果工作表名称中包含空格，则必须用单引号将工作表引用括起来。

图11-14　利用单元格引用计算

图11-15　考勤统计的最终效果

2．不同工作簿中工作表间的引用

当需要引用其他工作簿中的单元格或区域时，其格式是：[源工作簿名称]源工作表名称！单元格或区域引用。例如，要引用Book2中的“6月份第1周”工作表中的R6单元格，则在公式中应输入“[Book2] 6月份第1周！R6”。

11.3　冻结工作表窗口

使用冻结窗口功能，可在滚动工作表时使冻结区域内的行和列的标题保持不动，但不影响打印效果。例如将“7月份第1周”工作表中序号所在的行进行冻结，具体操作步骤如下：

（1）在工作表中选中序号所在行下面的一行。

（2）执行“窗口”→“冻结窗格”命令，系统将以选中行的上侧为分界线，将窗口分割成两个窗口，分割条为细实线，如图11-16所示。

（3）此时移动工作表中的垂直滚动条，可以将发现水平分割线上边的窗格不动，下边的窗格可以移动。

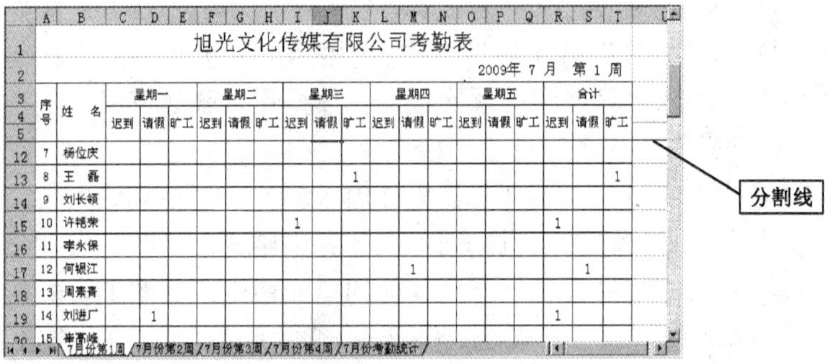

图11-16　冻结窗口

提示： 如果在冻结窗口时选取的是单元格，则选择冻结命令后窗口将以选中的单元格的左上角为交点将窗口分为四部分。如果要取消窗口的冻结状态，执行“窗口”→“撤销窗口冻结”命令即可。

11.4　保护工作簿或工作表

Excel 2003 提供了多种方式对用户如何查看或改变工作簿和工作表中的数据进行限定，限定的作用如下：

- 可以防止他人更改个人工作表中的部分或全部内容，查看隐藏的数据行或列，查阅公式、改变图形对象或更改保存的方案。
- 可以防止他人添加或删除工作簿中的工作表，或者查看其中的隐藏工作表。还可以防止他人改变工作簿窗口的大小和位置、取消共享工作簿设置、或关闭冲突日志。
- 通过在打开或保存工作簿时输入密码，可以对打开和使用工作簿数据的人员进行限定。还可以建议他人以只读方式打开工作簿。

11.4.1　设置打开权限

为了防止他人打开修改一个包括有重要数据的工作簿，用户可以为这个工作簿设置一个密码，防止他人访问文件，这里为考勤标工作簿设置打开权限密码，具体操作步骤如下：

（1）在工作簿中执行“工具”→“选项”命令，打开“选项”对话框，单击“安全性”选项卡，如图 11-17 所示。

（2）在“打开权限密码”文本框中输入密码，密码可由 15 个以下的字符组成，字母、数字、符号、空格均可以。

（3）单击“确定”按钮，打开确认密码对话框，如图 11-18 所示。

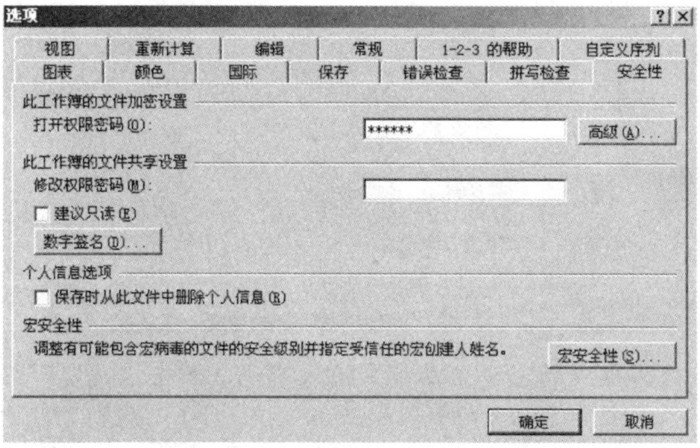

图11-17　设置打开权限

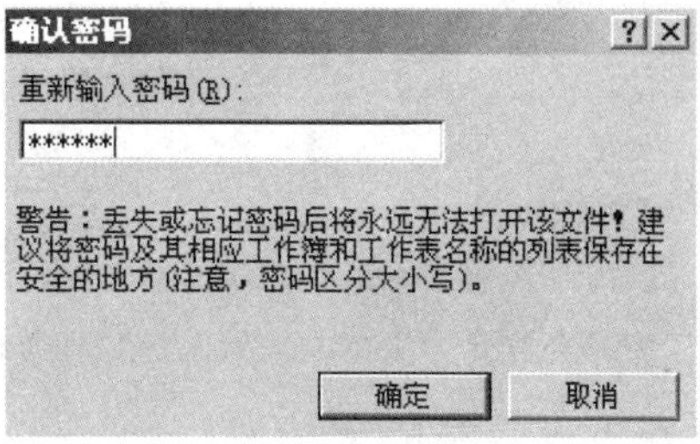

图11-18　“确认密码”对话框

（4）在对话框中再次输入密码，单击“确定”按钮，返回到工作簿中。

（5）单击“常用”工具栏上的“保存”按钮。

再次打开设置过打开权限的考勤表工作簿时将自动打开“密码”对话框，如图 11-19 所示，用户必须输入正确的密码才能打开工作簿。

图11-19　输入打开密码

提示： 如果用户希望将某一个工作簿与其他人共享，但是又不希望其他人对该工作簿做出任何的修改保存在原工作簿中，可以为工作簿设置修改权限。可以在“选项”对话框“安全性”选项卡中的“修改权限的密码”文本框中设置修改权限。

11.4.2 保护工作簿

对工作簿进行保护可以防止他人对工作簿的结构或窗口进行改动，这里为考勤表设置防止他人对工作簿窗口改动的保护，具体操作步骤如下：

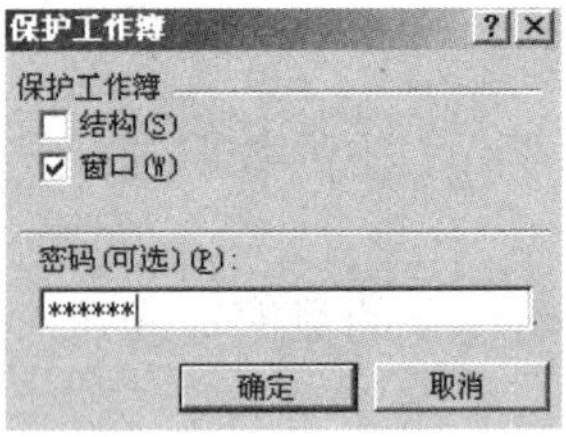

图11-20 “保护工作簿”对话框

（1）执行“工具”→“保护”→“保护工作簿”命令，打开“保护工作簿”对话框，如图 11-20 所示。

（2）在“保护工作簿”区域选中要具体保护的对象。如果选中“结构”复选框可以防止修改工作簿的结构，如插入工作表、删除工作表等；如果选中“窗口”复选框可以使工作簿的窗口保持当前的形式，窗口控制按钮变为隐藏，并且多数窗口功能例如移动、缩放、恢复、最小化、新建、关闭、拆分和冻结窗格将不起作用。这里选择“窗口”复选框。

（3）在密码文本框中输入密码后，单击“确定”按钮打开“确认密码”对话框，在对话框中的“重新输入密码”文本框中再次输入密码。

（4）单击“确定”按钮，返回到工作簿中，单击“常用”工具栏上的“保存”按钮。

保护了工作簿的窗口后，窗口控制按钮被隐藏，并且多数窗口功能也不起作用，效果如图 11-21 所示。

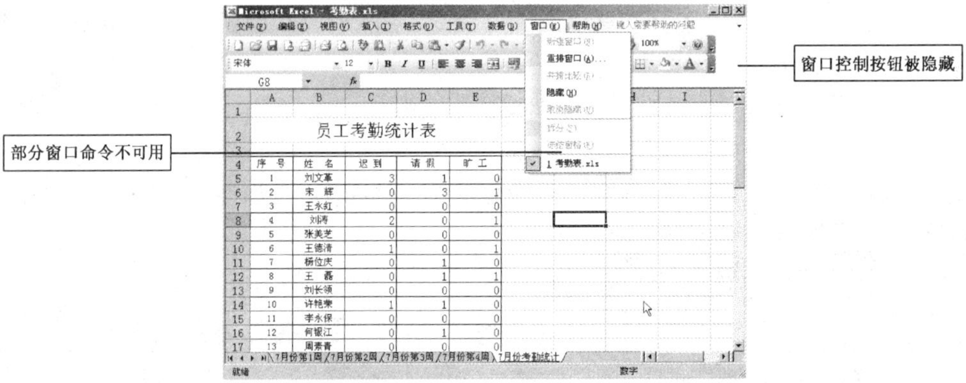

图11-21 保护工作簿窗口的效果

提示： 如果要撤销对工作簿的保护，可执行“工具”→“保护”→“撤销保护工作簿”命令，如果设置了密码会打开“撤销工作簿保护”对话框，在对话框中的密码文本框中输入密码，单击“确定”按钮。

11.4.3 保护工作表

对工作簿进行了保护，虽然不能对工作表进行删除、移动、复制等操作，但是在查看工作表时工作表中的数据还是可以被编辑修改的。为了防止他人修改“7 月份第 1 周”工作表中的数据，还可以对其进行保护，具体操作步骤如下：

（1）选定要保护的工作表为当前工作表。

（2）执行“工具”→“保护”→“保护工作表”命令，打开“保护工作表”对话框，如图 11-22 所示。

（3）选中“保护工作表及锁定的单元格内容”复选框。

（4）可以根据需要在“允许此工作表的所有用户进行”列表中选择用户在保护工作表后可以在工作表中进行编辑的选项。

（5）如果在“取消工作表保护时使用的密码”文本框中输入了密码，单击“确定”按钮打开“确认密码”对话框，在对话框中的“重新输入密码”文本框中再次输入密码。

（6）单击“确定”按钮，返回到工作簿中，单击“常用”工具栏上的“保存”按钮。

对工作表进行了保护后，如果在修改单元格中的数据，将会出现提示对话框，如图 11-23 所示。

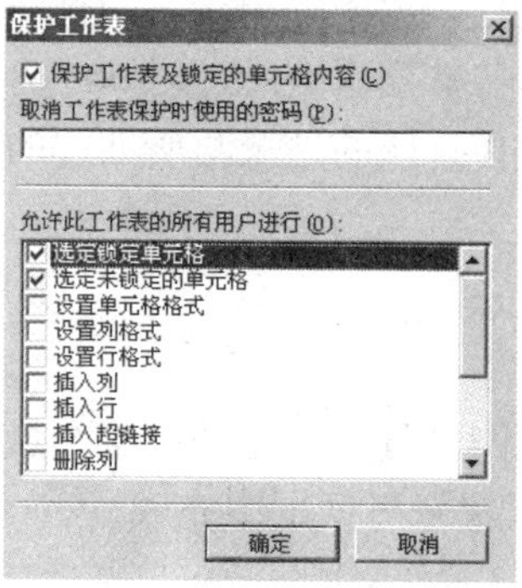

图11-22　“保护工作表”对话框

图11-23　提示对话框

提示： 如果要撤销对工作表保护，执行“工具”→“保护”→“撤销保护工作表”命令，如果打开“撤销工作表保护”对话框，在对话框中输入设置的密码。

11.4.4　保护单元格

如果单元格中的数据是公式计算出来的，选定该单元格后，在编辑栏上将会显示出该数据的公式。如果工作表中的数据比较重要，可以将工作表中单元格中的公式隐藏，这样可以防止其他用户看出该数据是如何计算出来的。

例如对“7 月份考勤统计”工作表中的公式进行保护，具体操作步骤如下：

（1）选中要保护的单元格或单元格区域。

（2）执行“格式”→“单元格”命令，打开“单元格格式”对话框，单击“保护”选项卡，如图 11-24 所示。

（3）在对话框中如果选中了“锁定”复选框，则工作表受保护后，单元格中的数据不能被修改；如果选中了“隐藏”复选框，则工作表受保护后，单元格中的公式被隐藏。

（4）单击“确定”按钮。

（5）单击“工具”→“保护”→“保护工作表”命令，对工作表设置保护。

设置了隐藏功能后，在选中含有公式的单元格，则不显示公式，效果如图 11-25 所示。

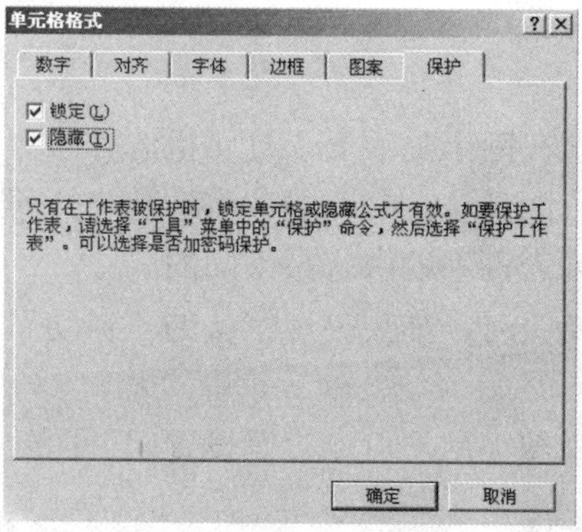

图11-24　保护单元格

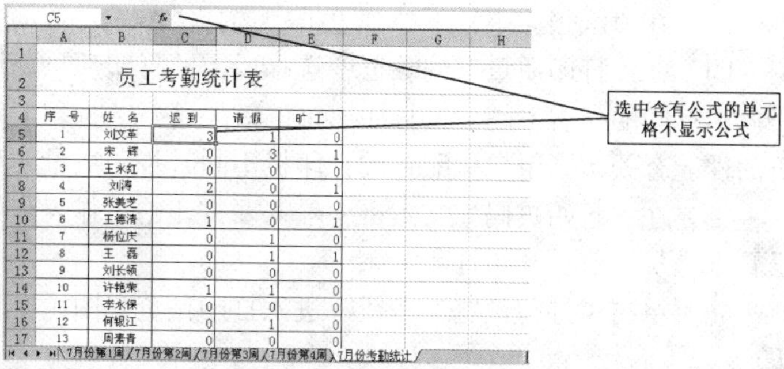

图11-25　保护单元格的效果

提示：只有在工作表被保护时，锁定单元格或隐藏公式才有效。因此对单元格设置保护后还应对工作表设置保护，这样设置的单元格保护才有效，否则设置的单元格保护功能是无效的。

11.5 打印工作表

当用户设计好厨房装修费用清单工作表后，可能还需要将其打印出来。由于不同行业的用户需要的打印报告样式是不同的，每个用户都可能会有自己的特殊要求。Excel 2003 为了方便用户，提供了许多用来设置或调整打印效果的实用功能，可使打印的结果与所期望的结果几乎完全一样。

11.5.1 页面设置

在打印之前需要对工作表进行必要的设置，例如设置打印范围、打印纸张的大小、页眉/页脚的内容和有关工作表的信息等，这些操作都可以在“页面设置”对话框中完成。

1. 设置页面选项

页面选项主要包括纸张的大小、打印方向、缩放、起始页码等选项，通过对这些选项的选择，可以完成纸张大小、起始页码、打印方向等的设置工作。

例如，用户要将“7 月份第 1 周”工作表纵向打印到 A4 纸张上，具体操作步骤如下：

（1）执行“文件”→“页面设置”命令，打开“页面设置”对话框，单击“页面”选项卡，如图 11-26 所示。

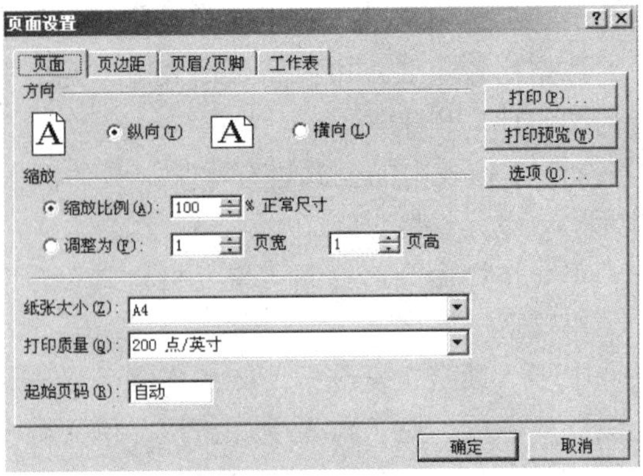

图11-26 设置“页面”

（2）在“方向”区域选择“纵向”，“纵向”则是指打印纸垂直放置，即纸张高度大于宽度。“横向”是指打印纸水平放置，即纸张宽度大于高度。

（3）在“纸张大小”下拉列表框中选择“A4”。

（4）在“打印质量”列表框中选择所需的打印质量，这实际上是改变了打印机的打印分辨率。打印的分辨率越高，打印出来的效果越好，打印的时间越长。打印的分辨率是与打印机的性能有关，当用户所配置的打印机不同时打印质量的列表框中的内容是不同的。

（5）在“起始页码”文本框中输入要打印的工作表起始页号，如果使用默认的“自动”设置则是从当前页开始打印。

（6）单击“打印预览”按钮，进入打印预览视图，在视图中用户可以查看设置的页面效果。

2．设置页边距

所谓页边距就是指在纸张上开始打印内容的边界与纸张边缘之间的距离，设置页边距的具体操作步骤如下：

（1）执行“文件”→“页面设置”命令，打开“页面设置”对话框，单击“页边距”选项卡，如图 11-27 所示。

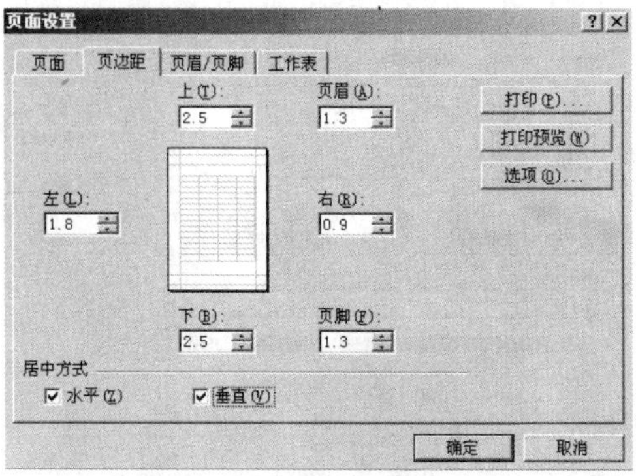

图11-27　设置“页边距”

（2）在“上”、“下”、“左”、“右”文本框中输入或选择各边距的具体值，在“页眉”和“页脚”文本框中输入或选择页眉和页脚距页边的距离。

（3）在“居中方式”区域选中“水平”复选框。

（4）单击“打印预览”按钮，进入打印预览视图，单击“页边距”按钮，开启页边距、页眉和页脚边距以及列宽的控制线，用户可以观察到页边距的设置，如图 11-28 所示。

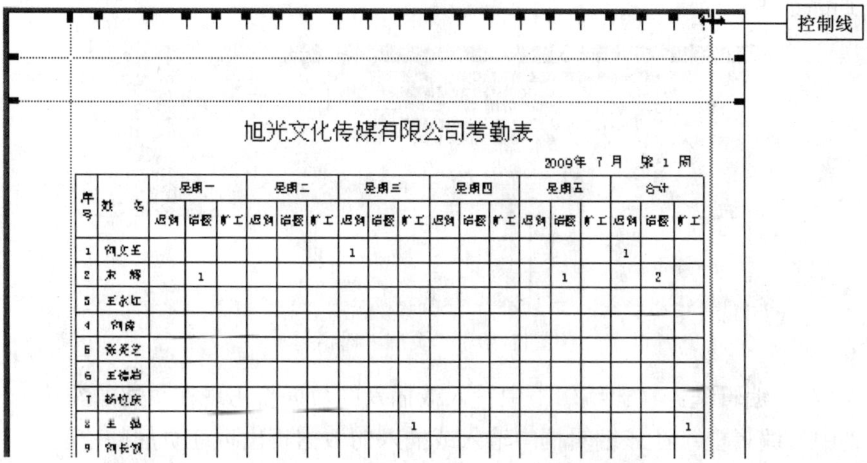

图11-28　利用控制线调整页边距

在显示控制线的情况下，用户可以拖动边界和列间隔线，调整输出效果。例如：如果发现工作表的一列单独占了一页，则可以调整前面页的列宽和页边距，直到前面一页放下这列为止，在打印预览窗口不能调整行高。

提示：在预览视图中再次单击“页边距”按钮，则可以关闭页边距、页眉和页脚边距以及列宽的控制线。

3. 设置页眉和页脚

页眉和页脚分别位于打印页的顶端和底端，用来打印页号、表格名称、作者名称、或时间等，设置的页眉页脚不显示在普通视图中，只有在打印预览视图中可以看到，在打印时能被打印出来。在“页面设置”对话框中单击“页眉/页脚”选项卡，如图 11-29 所示。用户可以使用 Excel 2003 内置的页眉或页脚，也可以自定义页眉或页脚。

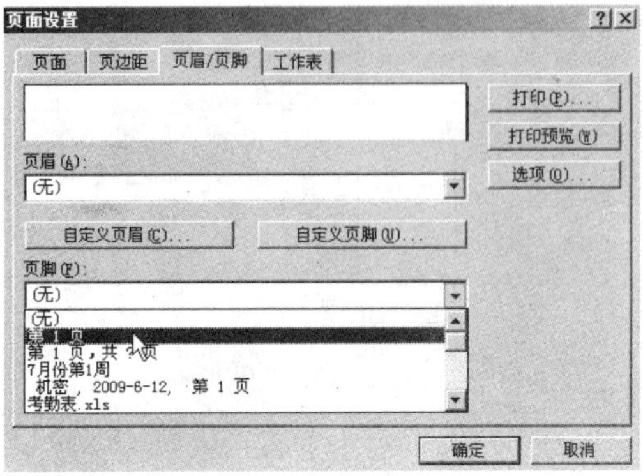

图11-29 设置“页眉/页脚”

如果要使用 Excel 2003 内置的页眉或页脚，单击对话框中“页眉”文本框中的下三角箭头，在下拉列表中选择一种页眉样式；单击“页脚”文本框中的下三角箭头，在下拉列表中选择一种页脚样式。然后单击“确定”按钮即可。

如果用户对系统提供的页眉/页脚不满意可以自己定义页眉/页脚，在对话框中单击“自定义页眉”按钮，打开“页眉”对话框，如图 11-30 所示。在“页眉”对话框中，各按钮和编辑框的功能如下：

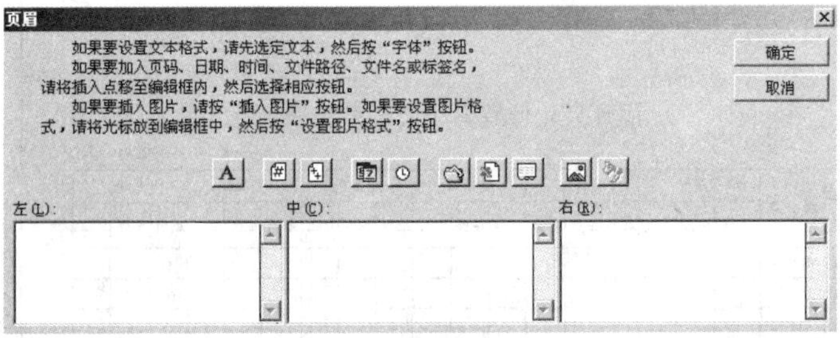

图11-30 “页眉”对话框

- “左”编辑框：在该编辑框中输入或插入的数据将出现在页眉的左边。
- “中”编辑框：在该编辑框中输入或插入的数据将出现在页眉的中间。
- “右”编辑框：在该编辑框中输入或插入的数据将出现在页眉的右边。
- “字体”按钮 A：单击该按钮将出现“字体”对话框，用于设置页眉的字体格式。
- “页码”按钮：单击该按钮在页眉中插入页码。
- “总页数”按钮：单击该按钮在页眉中插入总页数。
- “日期”按钮：单击该按钮在页眉中插入当前日期。
- “时间”按钮：单击该按钮在页眉中插入当前时间。
- “路径”按钮：单击该按钮将在页眉中插入当前工作簿的路径。
- “文件名”按钮：单击该按钮在页眉中插入当前工作簿的名称。
- “工作表名称”按钮：单击该按钮在页眉中插入当前工作表的名称。

- “插入图片”按钮：单击该按钮打开“插入图片”对话框，可以在对话框中选择图片插入到页眉中。
- “设置图片格式”按钮：如果在页眉中插入了图片，单击该按钮打开“设置图片格式”对话框，可以对图片的格式进行设置。

例如，要给“7 月份第 1 周”工作表自定义页眉，具体操作步骤如下：

（1）执行“文件”→“页面设置”命令打开“页面设置”对话框，单击“页眉/页脚”选项卡。

（2）在对话框中单击“自定义页眉”按钮打开“页眉”对话框。

（3）将鼠标定位在“中”文本框中，然后输入“7 月份第 1 周考勤情况”。

（4）选中输入的字体，单击“字体”按钮，打开“字体”对话框，如图 11-31 所示。

（5）在“字体”列表中选择“楷体-GB2312”，在“大小”列表中选择“16”，单击“确定”按钮，返回到“页眉”对话框。

（6）单击“页脚”文本框中的下三角箭头，在下拉列表中选择“第 1 页”页脚样式。

（7）单击“确定”按钮，返回“页面设置”对话框。

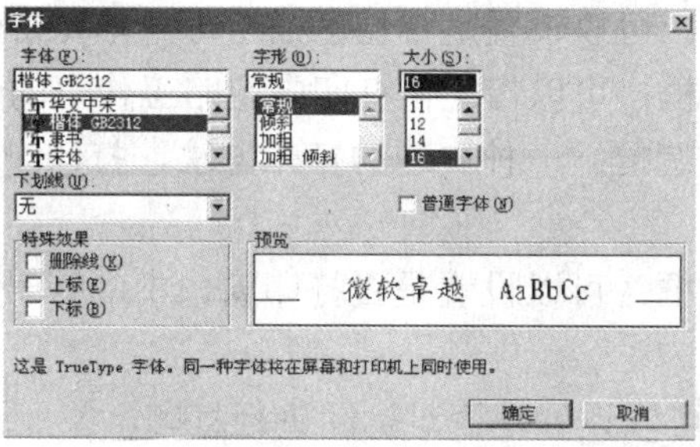

图11-31 “字体”对话框

（8）单击“打印预览”按钮，进入打印预览视图，则用户可以预览到自定义页眉后的效果，如图 11-32 所示。

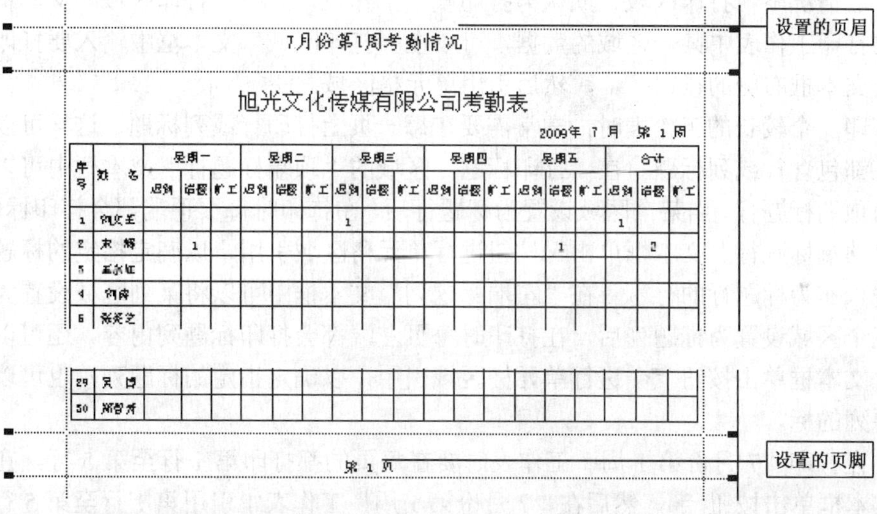

图11-32 自定义页眉后的效果

4. 设置工作表选项

工作表选项主要包括打印顺序，打印标题行、打印网格线、打印行号列标等选项，通过这些选项可以控制打印的标题行、打印的先后顺序等。执行“文件”→“页面设置”命令，在页面设置对话框中单击“工作表”选项卡，如图 11-33 所示。

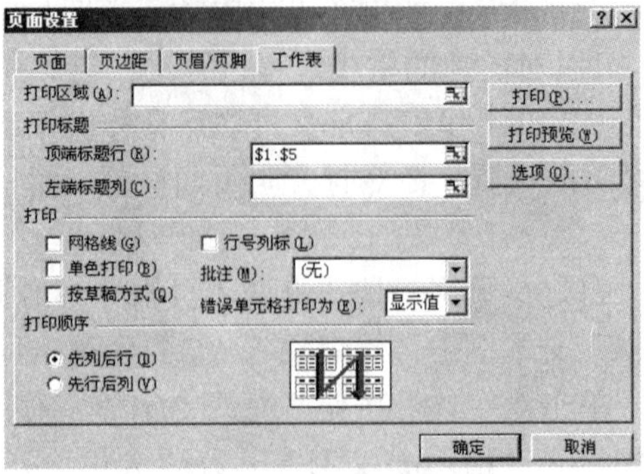

图11-33　设置“工作表”

在打印工作表时，使用“打印”选项用户可以设置出一些特殊的打印效果，主要有下面一些：

- “网格线”复选框：可以设置是否显示描绘每个单元格轮廓的线。
- “单色打印”复选框：可以指定在打印中忽略工作表的颜色。
- “按草稿方式”复选框：一种快速的打印方法，打印过程中不打印网格线、图形和边界。
- “行号列标”复选框：可以设置是否打印窗口中的行号列标，通常情况下这些信息是不打印的。
- “批注”文本框：可以设置是否对批注进行打印，并且还可以设置批注打印的位置。

当用户需要打印的工作表太大无法在一页中放下时，可以选择打印顺序：

- 选择“先列后行”表示先打印每一页的左边部分，然后再打印右边部分。
- 选择“先行后列”表示在打印下一页的左边部分之前，先打印本页的右边部分。

在一般情况下“打印区域”默认为打印整个工作表，此时“打印区域”文本框内为空。如果想要打印工作表中某一区域的数据，可以在“打印区域”文本框中输入要打印的区域，也可单击文本框右侧的按钮 ，然后引用单元格区域。

当打印一个较长的工作表时，常常需要在每一页上打印行或列标题，这样可以使打印后每一页上都包含行或列标题。在“打印标题”区域的“顶端标题行”文本框中可以将某行区域设置为顶端标题行。当某个区域设置为标题行后，在打印时每页顶端都会打印标题行内容。可以在“顶端标题行”文本框单击按钮进行单元格区域引用，以确定指定的标题行，也可以直接输入作为标题行的行号。在“左端标题列”文本框中可以将某列区域设置为左端标题列。当某个区域设置为标题列后，在打印时每页左端都会打印标题列内容。还可以在“左端标题列”文本框单击按钮 进行单元格区域引用，以确定指定的标题列，也可以直接输入作为标题列的标。

例如在打印“7 月份第 1 周”工作表时要在每页的都打印第 1 行至第 5 行，在“顶端标题行”文本框单击按钮 ，然后在“7 月份第 1 周”工作表中引用第 1 行至第 5 行即可。单击打印预览按钮，效果如图 11-34 所示。

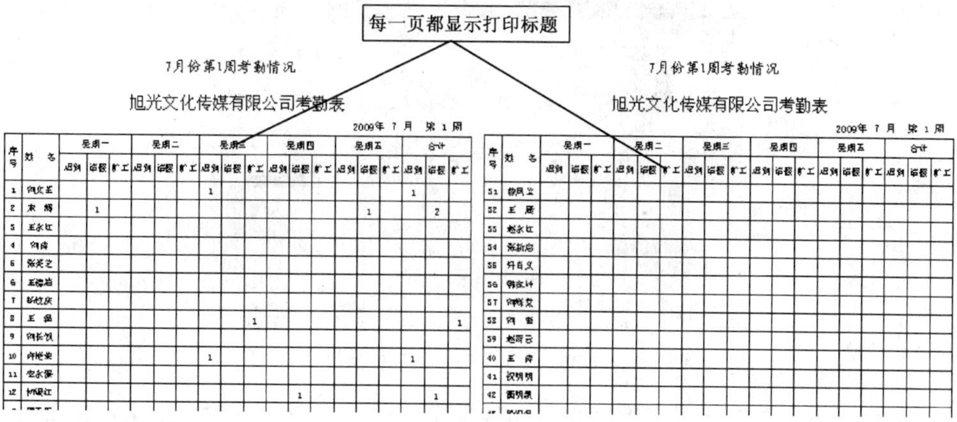

图11-34　设置打印标题的效果

11.5.2　打印预览

在介绍页面设置时我们已经利用打印预览功能对设置效果进行观察，如果要进行工作表打印前的预览，可以单击“文件”菜单中的“打印预览”命令或单击“常用”工具栏中的打印预览快捷按钮，进入打印预览窗口。

还可以利用打印预览窗口所提供的工具按钮进行部分打印参数的更改，其中各个按钮的功能如下：

- “下一页”按钮：单击该按钮显示下一页。如果下面没有可显示的页，则此按钮变成灰色。按键盘上的“↓”键可以执行同样的操作，按“End”键则可以显示最后一页。
- “上一页”按钮：单击该按钮显示前一页。如果上面没有可显示的页，此按钮变成灰色。按键盘上的“↑”键可以执行同样的操作。按“Home”键可显示第一页。
- “缩放”按钮：单击该按钮，放大或缩小页面显示。将鼠标指针移到显示的页面上，单击鼠标左键也可取得同样的效果。当预览被放大时，可以使用滚动条或箭头滚动来查看这一页。
- “打印”按钮：单击该按钮打开“打印”对话框。
- “设置”按钮：单击该按钮打开“页面设置”对话框。
- “页边距”按钮：单击“页边距”按钮，可以开启或关闭页边距、页眉和页脚边距以及列宽的控制线。
- “分页预览”按钮：单击该按钮进入到分页预览视图下。
- “关闭”按钮：单击该按钮关闭预览窗口并且显示活动表。

11.5.3　打印工作表

如果用户对在打印预览窗口中看到的效果非常满意，就可以开始进行打印输出了。打印工作表的具体操作步骤如下：

（1）执行“文件”→“打印”命令或者在打印预览视图中单击“打印”按钮，打开“打印内容”对话框，如图 11-35 所示。

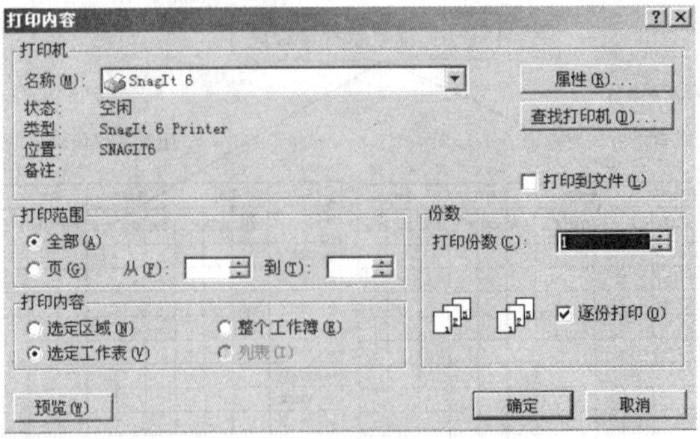

图11-35 “打印内容”对话框

（2）在“打印范围”区域可以指定打印的范围，如果选定“全部”单选按钮则打印全部内容。如果不需要打印全部内容可以选择“页”单选按钮，然后输入打印页的范围。

（3）在“打印内容”区域可以确定打印内容的区域。

（4）在“份数”区域设置打印的份数。

（5）单击“确定”按钮，系统将按照所设置的内容控制打印。

提示：直接单击“常用”工具栏上的“打印”按钮，也可以打印工作表，但是该方法不允许用户对打印方式进行控制。

举一反三　制作活动节目单

某公司要在成立 10 周年纪念日举办一次大规模的庆典活动，为了方便主持人报幕，同时能让大家大致了解节目内容，就要有一份节目单。制作节目单的最终效果如图 11-36 所示。

庆典活动时间安排	
时间	内容
15：00～16：00	公司领导讲话
16：00～19：00	文娱表演
19：00～21：00	鸡尾酒会

文娱表演节目单

序号	时间	节目	表演者	部门
1	16:00	独唱《两只蝴蝶》	李铁	本市著名歌手
2	16:10	独唱《小薇》	李铁	本市著名歌手
3	16:20	独唱《青花瓷》	张三军	销售部
4	16:35	相声《咱爸咱妈》	李涛、王光	销售部
5	16:50	女声独唱《手心的太阳》	刘建委	工程部
6	17:05	二重唱《相思风雨中》	王刚、刘梅	生产部
7	17:15	短剧《找工作》	李兵、刘小燕、赵健民、李铁三	工程部
8	17:35	女声独唱《青藏高原》	王小梅	生产部
9	17:50	独舞《思》	李洁	后勤部
10	18:00	男声独唱《飞得更高》	李晓海	后勤部
11	18:10	小品《你的、我的、他的》	吴明、何军、张强、王志明	工程部
12	18:30	小合唱《一路上有你》	工程部全体员工	工程部
13	18:40	二重唱《三人》	刘玲、吴志明	后勤部
14	18:50	现场幸运抽奖		
15	18:55	大合唱《快乐之歌》		所有在场人员

图11-36 节目单

在制作节目单之前首先打开“案例与素材\第 11 章素材”文件夹中的“节目单（初始）.xls”文件。

制作节目单的具体操作步骤如下：

用户可以为节目单插入一些图形、图片艺术字等来美化页面。

（1）在节目单中执行“插入”→“图片”→“艺术字”命令，或单击“绘图”工具栏中“插入艺术字”按钮，打开“艺术字库”对话框，如图 11-37 所示。

（2）在艺术字库列表中选择第 3 行第 3 列的艺术字样式，单击“确定”按钮，打开“编辑艺术字”文字对话框，如图 11-38 所示。

（3）在“字体”下拉列表中选择“宋体”；在字号下拉列表中选择 36；在“文字”文本框中输入“旭光公司成立 10 周年庆典”，单击“加粗”按钮。

（4）单击“确定”按钮，在工作表中插入艺术字。

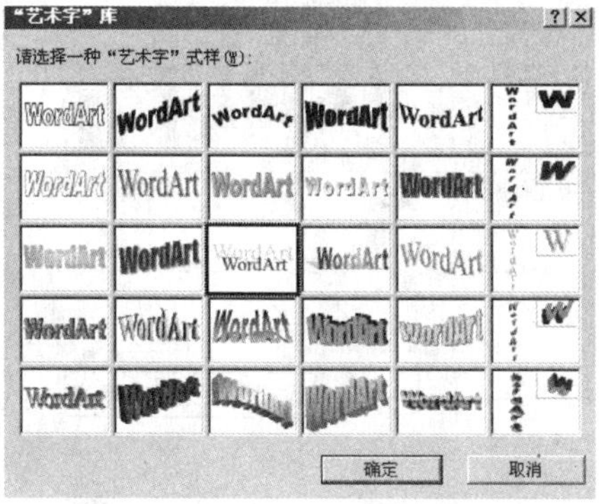

图11-37　“‘艺术字’库”对话框

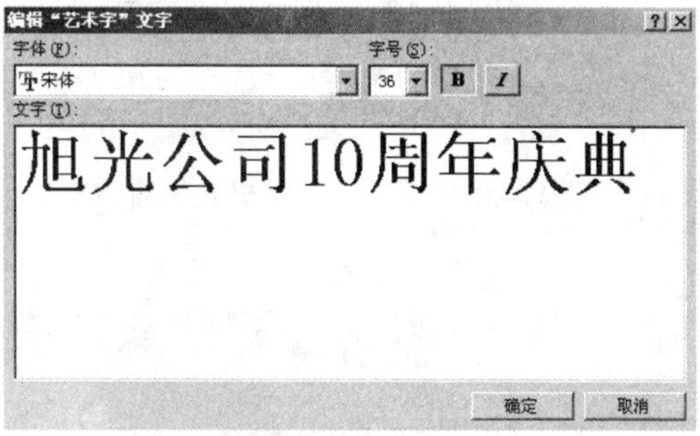

图11-38　“编辑‘艺术字’文字”对话框

（5）将鼠标移至艺术字上，当鼠标变成 ✣ 形状时，按住鼠标左键不放，拖动鼠标移动艺术字。拖动鼠标到达合适的位置后松开鼠标，在工作表中插入艺术字后的效果如图 11-39 所示。

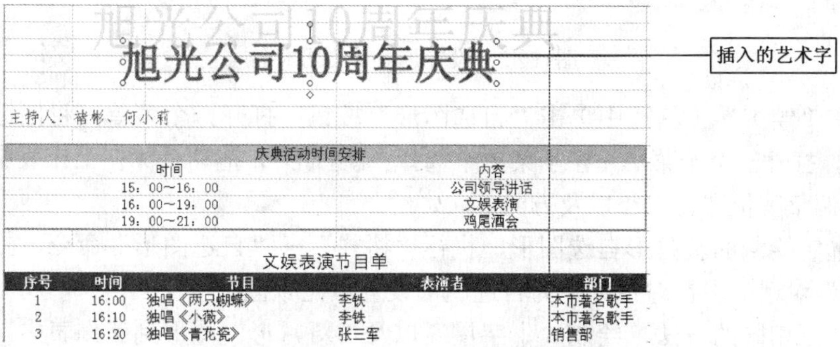

图11 39　在工作表中插入艺术字

（6）在艺术字工具栏中单击“设置艺术字格式”按钮，或执行“格式”→“艺术字”命令，打开“设置艺术字格式”对话框，单击“颜色与线条”选项卡，如图 11-40 所示。

（7）在“填充”区域的“颜色”下拉列表中选择“填充效果”，打开“填充效果”对话框，如图 11-41 所示。

（8）在“颜色”区域选择“预设”，在“预设颜色”下拉列表中选择“彩虹出岫 II”，在“底纹样式”区域选择“垂直”，在“变形”区域选择最后一种变形效果。

（9）依次单击“确定”按钮，返回工作表。

（10）单击“绘图”工具栏中的“三维样式”按钮，在下拉列表中选择“三维样式 12”，在“三维样式”列表中选择“三维设置”，打开“三维设置”工具栏，在工具栏中单击“深度”按钮，在列表中选择“36 磅”。则艺术字的最终效果如图 11-42 所示。

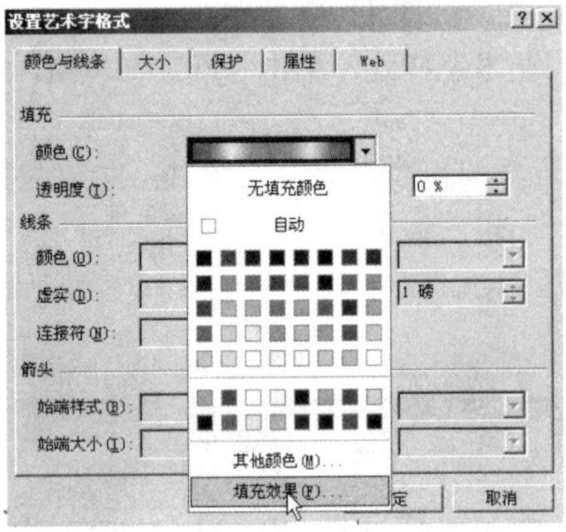

图11-40 “设置艺术字格式”对话框

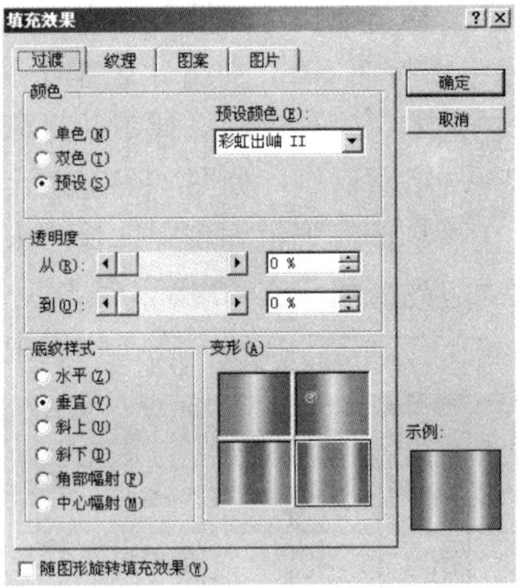

图11-41 “填充效果”对话框

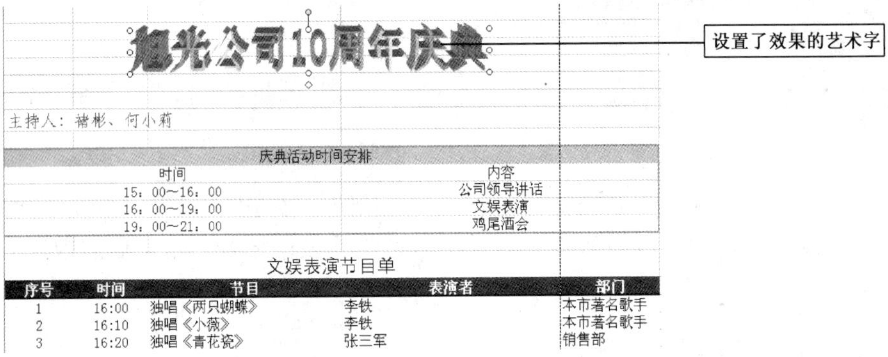

图11-42 设置了效果的艺术字

（11）在“绘图”工具栏中单击“自选图形”按钮，打开一个菜单，将鼠标指向“基本形状”命令，打开一个子菜单，在子菜单中选择“新月形”，拖动鼠标在工作表中绘制一个新月形，适当调整其位置、大小以及方向。

（12）选定绘制的新月形自选图形，执行“格式”→“自选图形”命令，打开“设置自选图形格式”对话框，在对话框中为自选图形设置填充颜色。

（13）按照相同的方法，绘制“十字星”以及“新月形”图形到工作表中，并为他们填充黄色，调整图形的位置，使他们围绕在艺术字的周围，效果如图 11-43 所示。

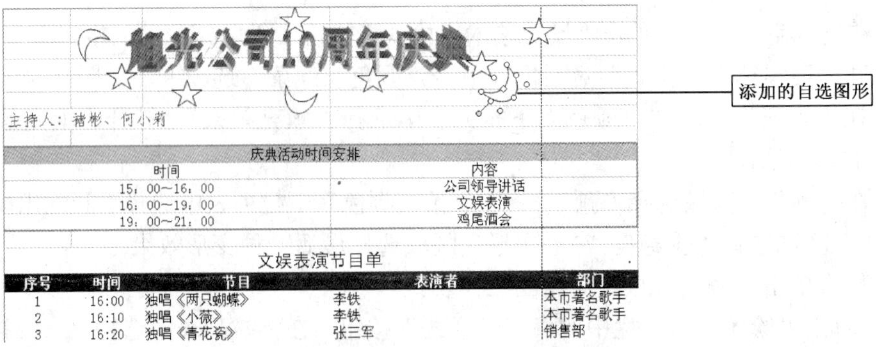

图11-43 添加自选图形

（14）执行“文件”→“页面设置”命令，打开“页面设置”对话框，单击“页面”选项卡。在“方向”区域选择“横向”。

（15）单击“页边距”选项卡，在“居中方式”区域选中“水平”和“垂直”复选框。单击“打印预览”按钮，进入打印预览视图，单击“页边距”按钮，开启页边距、页眉和页脚边距以及列宽的控制线。

（16）在预览时发现有两行单独占据了一页，用鼠标拖动下页边距线，适当调整页边距使另外一页的两行进入到当前页中，如图 11-44 所示。

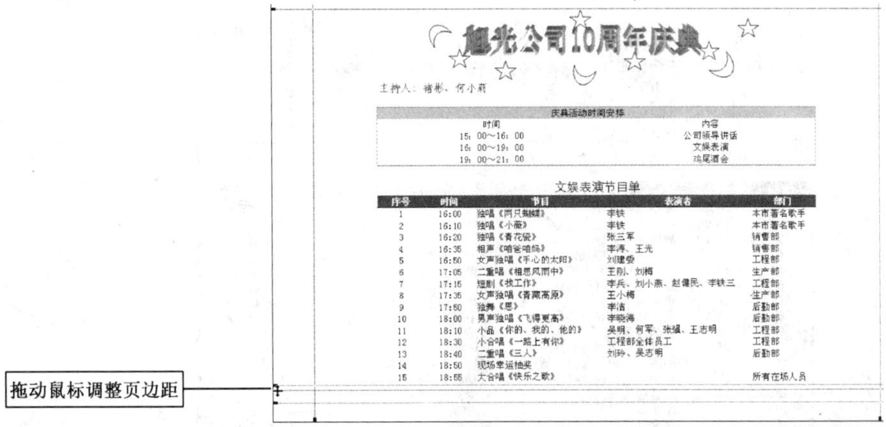

图11-44　调整下页边距

回头看

通过案例“考勤表”以及举一反三“活动节目单”的制作过程，主要学习了 Excel 2003 提供的工作表的操作、工作表组的操作、冻结工作表、工作表的保护以及工作表的打印等操作的方法和技巧。通过上面的学习，可以掌握以工作簿或工作表为具体对象的操作步骤与技巧。

知识拓展

1. 隐藏或取消隐藏工作表

如果用户不希望某些工作表被其他人看到，可以使用 Excel 2003 的隐藏工作表的功能将将其隐藏起来。隐藏工作表还可以减少屏幕上显示的窗口和工作表，并避免不必要的改动。当一个工作表被隐藏时，它的标签也同时被隐藏。隐藏的工作表仍处于打开状态，其他文档仍可以利用其中的信息。

如果要隐藏工作表，首先选定要隐藏的工作表，然后执行“格式”→“工作表”→“隐藏”命令即可将当前工作表隐藏。

如果要取消隐藏工作表，执行“格式”→“工作表”→“取消隐藏”命令，打开“取消隐藏”对话框。在“取消隐藏工作表”列表中选择要取消隐藏的工作表。单击“确定”按钮，即可将选中的工作表显示出来。

2. 分页预览

执行“视图”→“分页预览”命令，可从工作表的常规视图切换到分页预览视图，如图 11-45 所示。

该视图以打印方式显示工作表，可以帮助用户完成一些打印设置工作（如选定打印区域、调整分页符、插入分页符等），并且用户还可像在常规视图中一样编辑工作表。要从分页预览视图返回常规视图，可选择“视图”菜单中的“普通”命令。

在图中可以看到：蓝色框线就是Excel 2003自动产生的分页符，分页符包围的部分就是系统根据工作表中的内容自动产生的打印区域。

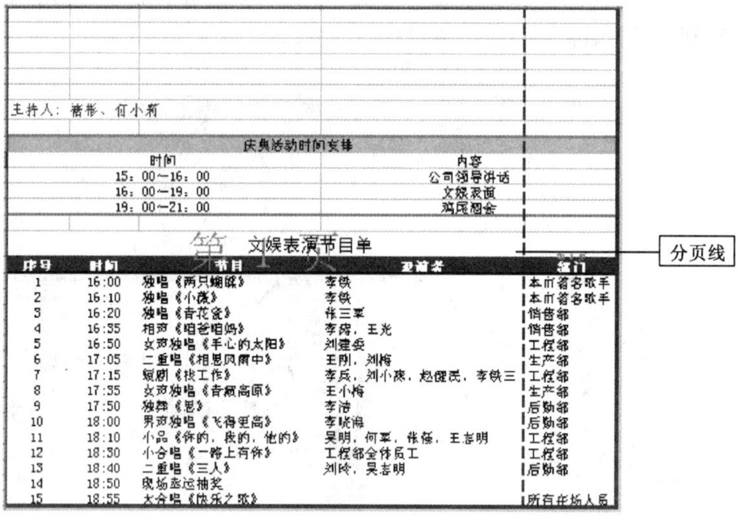

图11-45　分页预览

习题11

填空题

1. 选择______菜单中的“工作表”命令，可以在选中的工作表前插入一个新的工作表。

2. 选择______菜单中“删除工作表”命令，可以删除工作表。

3. 如果要隐藏工作表，首选选定要隐藏的工作表，然后选择______菜单中“工作表”子菜单中的“隐藏”命令即可将当前工作表隐藏。

4. 选择______菜单中的“冻结窗格”命令，系统将以选中行的上侧为分界线，将窗口分割成两个窗口。

5. 在保护工作簿时可以保护工作簿的______和______。

6. Excel有两种视图方式，分别为______和______。

判断题

在下面题中叙述正确的打“√”，错误的打“×”。

1. 在删除工作表时如果工作表中没有数据可以直接删除，如果有数据则会打开警告对话框。（　　）

2. 工作表不但可以在同一个工作簿中移动，也可以在不同的工作簿中移动。（　　）

3. 在对单元格进行保护时必须对工作表进行保护设置的单元格保护才会生效。（　　）

4. 在填充工作表组时用户不但可以填充内容，还可以填充格式。（　　）

第 12 章　数据的分析与处理——制作公司日常费用表和现金流量表

Excel 2003 为用户提供了极强的数据查询、排序、筛选以及分类汇总等功能。使用这些功能，可以很方便地管理、分析数据，从而为企业的决策管理提供可靠依据。

知识要点

- 建立数据清单
- 排序数据
- 筛选数据
- 分类汇总

任务描述

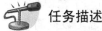

公司的财务部门通常会在各个季度的开始之前进行日常费用预算，估计下个季度公司各个部门的日常耗费，因此公司需要制作日常费用表。公司日常费用表应详细记录费用的发生时间、报销人员及相关内容。利用 Excel 2003 的数据管理功能制作的日常费用表并按照“费用类别”和“金额”两列进行升序排序的效果，如图 12-1 所示。

公司日常费用表

序号	时间	员工姓名	所属部门	费用类别	金额	备注
004	2009-1-29	张小麦	办公室	办公费	60.00	办公用笔
002	2009-1-4	刘小莉	办公室	办公费	250.00	打印纸
001	2009-1-3	刘小莉	办公室	办公费	350.00	打印机墨盒
010	2009-3-5	张小麦	办公室	办公费	350.00	打印机墨盒
011	2009-3-10	刘小莉	办公室	办公费	350.00	打印纸
016	2009-3-21	杨　晨	后勤部	办公费	700.00	打扫卫生工具
008	2009-2-27	杨　晨	后勤部	办公费	800.00	办公书柜
015	2009-3-20	胡林涛	研发部	差旅费	1,200.00	西安
005	2009-2-1	王　庆	销售部	差旅费	1,300.00	江苏
020	2009-3-22	王　庆	销售部	差旅费	1,600.00	北京
018	2009-3-20	李　丽	销售部	差旅费	2,000.00	郑州
003	2009-1-14	王　庆	销售部	差旅费	2,100.00	广州
013	2009-3-3	李　映	销售部	差旅费	2,100.00	湖北
006	2009-2-18	章子明	销售部	差旅费	2,500.00	上海
009	2009-2-19	李　丽	销售部	差旅费	2,500.00	北京
014	2009-3-15	李梓鸣	研发部	差旅费	2,500.00	深圳
012	2009-3-1	许　可	办公室	宣传费	1,300.00	广告费
017	2009-3-1	张　磊	办公室	招待费	500.00	中州宾馆
019	2009-3-19	许　可	办公室	招待费	900.00	开源商务宾馆
007	2009-2-27	杜　帆	销售部	招待费	1,000.00	中州宾馆

图12-1　公司日常费用表

案例分析

完成公司日常费用清单的制作首先要在工作表中创建一个数据清单，然后利用排序、筛选和分类汇总等功能对数据清单中的数据进行分析处理。

本章所涉及案例的素材和最终效果文件请登录华信教育资源网（www.hxedu.com.cn）下载，在下载后的“案例与素材\第 12 章素材”和“案例与素材\第 12 章案例效果”文件夹中。

12.1　建立数据清单

在 Excel 2003 中，数据清单是包含相关数据的一系列工作表数据行，它与数据库之间的差异不大，只是范围更广，它主要用于管理数据的结构。当对工作表中的数据进行排序、分类汇总等操作时，Excel 2003会将数据清单看成是数据库来处理。数据清单中的行被当成数据库中的记录，列被看作对应数据库中的字段，数据清单中的列名称作为数据库中的字段名称。

12.1.1 创建数据清单

在创建数据清单之前，首先来了解一下数据清单中的两个重要元素，字段和记录。字段，即工作表中的列，每一列中包含一种信息类型，该列的列标题就叫字段名，它必须由文字表示。记录，即工作表中的行，每一行都包含着相关的信息。

在创建数据清单时还要遵守以下几条准则：

- 每张工作表仅使用一个数据清单：避免在一张工作表中建立多个数据清单，因为某些清单管理功能一次只能在一个数据清单中使用。
- 将相似项置于同一列：在设计数据清单时，应使同一列中的各行具有相似的数据项。
- 使清单独立：在数据清单与其他数据之间，至少留出一个空白列和一个空白行，这样在执行排序、筛选、自动汇总等操作时，便于Excel 2003检测和选定数据清单。
- 将关键数据置于清单的顶部或底部：避免将关键数据放到数据清单的左、右两侧，因为这些数据在筛选数据清单时可能会被隐藏。
- 显示行和列：在更改数据清单之前，确保隐藏的行或列也被显示。如果清单中的行或列未被显示，那么数据有能会被删除。
- 使用带格式的列标：在数据清单的第一行建立标志，利用这些标志，Excel 2003 可以创建报告并查找和组织数据。对于列标志应使用与清单中数据不同的字体、对齐方式、格式、图案、边框或大小写样式等。
- 避免空行和空列：在数据清单中可以有少量的空白单元格，但不可有空行或空列。
- 不要在前面或后面输入空格：单元格中，各数据项前不要加多余空格，以免影响数据处理。

在创建数据清单时应首先完成数据清单的结构设计，首先在工作表中依次输入各个字段名，如图12-2所示。

输入各字段后，就可以按照记录输入数据了。在规定的数据清单中输入数据有两种方法，一种是直接在单元格内输入数据，一种是使用“记录单”输入数据。一般情况下用户应直接输入数据，以后在需要时可以利用记录单添加数据，创建的数据清单如图12-3所示。

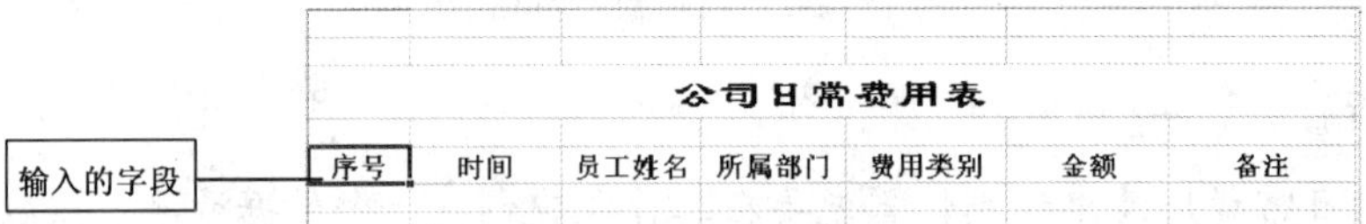

图12-2　在工作表中依次输入各个字段

序号	时间	员工姓名	所属部门	费用类别	金额	备注
001	2009-1-3	刘小莉	办公室	办公费	350.00	打印机墨盒
002	2009-1-4	刘小莉	办公室	办公费	250.00	打印纸
003	2009-1-14	王　庆	销售部	差旅费	2,100.00	广州
004	2009-1-29	张小麦	办公室	办公费	50.00	办公用笔
005	2009-2-1	王　庆	销售部	差旅费	1,300.00	江苏
006	2009-2-18	章子明	销售部	差旅费	2,500.00	上海
007	2009-2-27	杜　帆	销售部	招待费	1,000.00	中州宾馆
008	2009-2-27	杨　晨	后勤部	办公费	800.00	办公书柜
009	2009-2-19	李　丽	销售部	差旅费	2,500.00	北京
010	2009-3-5	张小麦	办公室	办公费	350.00	打印机墨盒
011	2009-3-10	刘小莉	办公室	办公费	350.00	打印纸
012	2009-3-1	许　可	办公室	宣传费	1,300.00	广告费
013	2009-3-3	李　映	销售部	差旅费	2,100.00	湖北
014	2009-3-15	李梓鸣	研发部	差旅费	2,500.00	深圳
015	2009-3-20	胡林涛	研发部	差旅费	1,200.00	西安
016	2009-3-21	杨　晨	后勤部	办公费	700.00	打扫卫生工具
017	2009-3-1	张　磊	办公室	招待费	500.00	中州宾馆
018	2009-3-20	李　丽	销售部	差旅费	2,000.00	郑州
019	2009-3-19	许　可	办公室	招待费	900.00	开源商务宾馆

图12-3　根据记录直接在单元格中输入数据

12.1.2　利用数据清单管理数据

在 Excel 2003 的数据清单中，主要有两种管理数据的方法，一种是直接在单元格中对其进行编辑，另一种是利用记录单的功能来查找、添加、修改、删除记录。

1．增加记录

当需要在数据清单中增加一条记录时，可以直接在工作表中增加一个空行，然后在相应的单元格中输入数据，另外也可以利用记录单来增加记录。

例如，利用记录单“公司日常费用表”数据清单中增加一条“王庆”的差旅费记录，具体操作步骤如下：

（1）在数据清单区域选中任意一个单元格。

（2）执行“数据”→“记录单”命令，打开“记录单”对话框。

（3）在记录单对话框中，左边显示了该数据清单的字段名，并显示了当前的记录。单击“新建”按钮，打开一个空白的记录单，在相应的字段中输入数据，如图 12-4 所示。

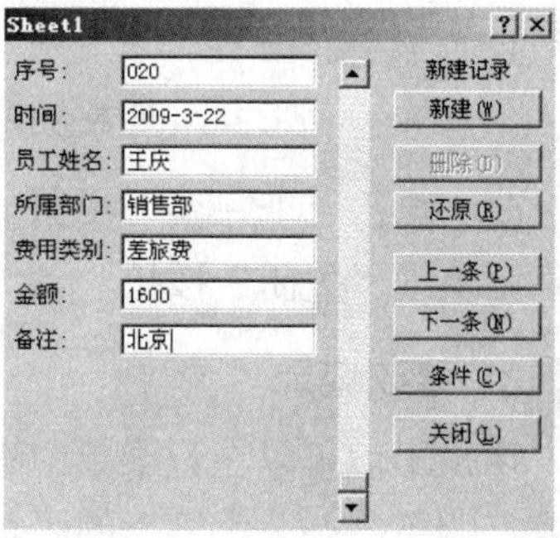

图12-4　增加新的记录

（4）单击“关闭”按钮结束增加记录的操作，新增加的记录即可显示在数据清单区域的底部，如图 12-5 所示。

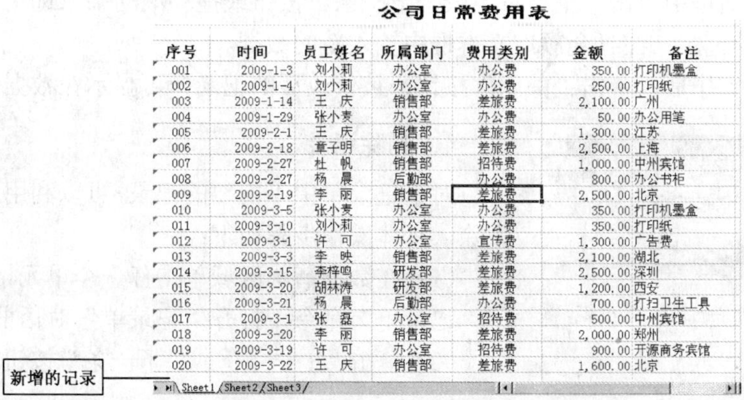

序号	时间	员工姓名	所属部门	费用类别	金额	备注
001	2009-1-3	刘小莉	办公室	办公费	350.00	打印机墨盒
002	2009-1-4	刘小莉	办公室	办公费	250.00	打印纸
003	2009-1-14	王　庆	销售部	差旅费	2,100.00	广州
004	2009-1-29	张小麦	办公室	办公费	50.00	办公用笔
005	2009-2-1	王　庆	销售部	差旅费	1,300.00	江苏
006	2009-2-18	章子明	销售部	差旅费	2,500.00	上海
007	2009-2-27	杜　帆	销售部	招待费	1,000.00	中州宾馆
008	2009-2-27	杨　晨	后勤部	办公费	800.00	办公书柜
009	2009-2-19	李　丽	销售部	差旅费	2,500.00	北京
010	2009-3-5	张小麦	办公室	办公费	350.00	打印机墨盒
011	2009-3-10	刘小莉	办公室	办公费	350.00	打印纸
012	2009-3-1	许　可	办公室	宣传费	1,300.00	广告费
013	2009-3-3	李　映	销售部	差旅费	2,100.00	湖北
014	2009-3-15	李梓鸣	研发部	差旅费	2,500.00	深圳
015	2009-3-20	胡林涛	研发部	差旅费	1,200.00	西安
016	2009-3-21	杨　晨	后勤部	办公费	700.00	打扫卫生工具
017	2009-3-1	张　磊	办公室	招待费	500.00	中州宾馆
018	2009-3-20	李　丽	销售部	差旅费	2,000.00	郑州
019	2009-3-19	许　可	办公室	招待费	900.00	开源商务宾馆
020	2009-3-22	王　庆	销售部	差旅费	1,600.00	北京

图12-5　增加记录的数据清单

2．查找记录

当数据清单比较大时，要找到数据清单中的某一记录就非常麻烦。在 Excel 2003 中用户可以利用“记录单”的功能快速地查找数据，使用记录单可以对数据清单中的数据设置查找条件，在记录单中所设置的条件就是比较条件。

例如，利用记录单功能查找购买打印纸的记录，具体操作步骤如下：

（1）在数据清单区域单击任一个单元格。

（2）执行“数据”→“记录单”命令，打开“记录单”对话框。

（3）单击“条件”按钮，打开一个空白记录单，此时“条件”按钮变成了“表单”按钮，如图 12-6 所示。

（4）在对话框中的“备注”文本框中输入“打印纸”。

（5）按下回车键或单击“表单”按钮，即可打开第一个符合查找条件的记录，如图 12-7 所示。

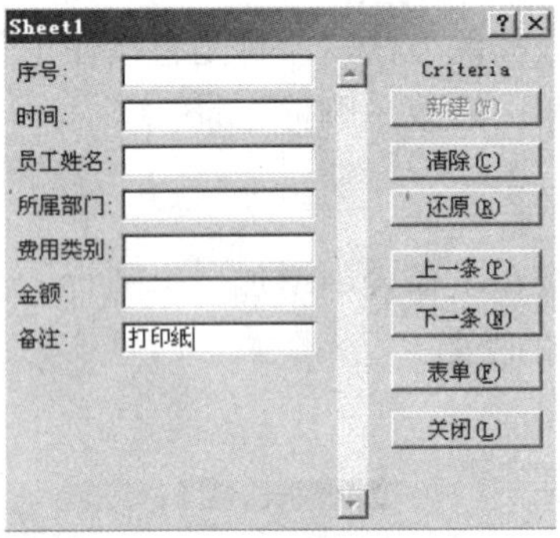

图12-6　设置查找条件

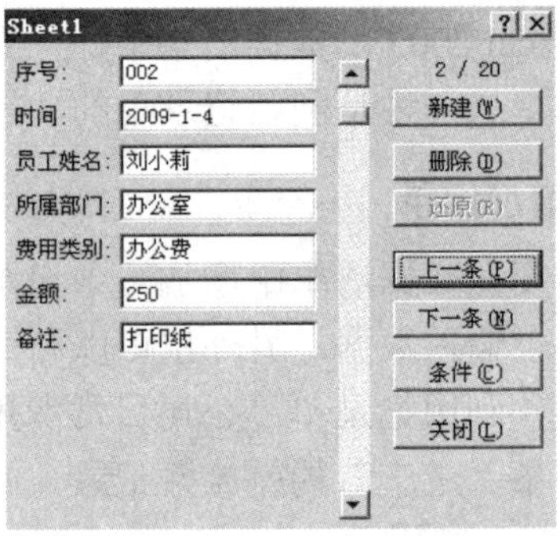

图12-7　显示符合条件的记录

（6）单击“上一条”按钮或者“下一条”按钮进行查找，可以依次找到满足查找条件的记录，单击“关闭”按扭。

3．修改记录

用户不但可以在记录单中查找记录并且还可以修改已经存在的记录，如果需要修改“张小麦”购买“办公用笔”的“金额”记录，具体操作步骤如下：

（1）在数据清单区域单击任一个单元格。

（2）执行“数据”→“记录单”命令，打开“记录单”对话框。

（3）在对话框中单击“上一条”或“下一条”按钮或拖动滚动条来选定“张小麦”购买“办公用笔”的记录，在“金额”文本框中输入新的数据。

（4）修改完毕后，单击“关闭”按钮，被修改后的记录即可显示在数据清单区域。

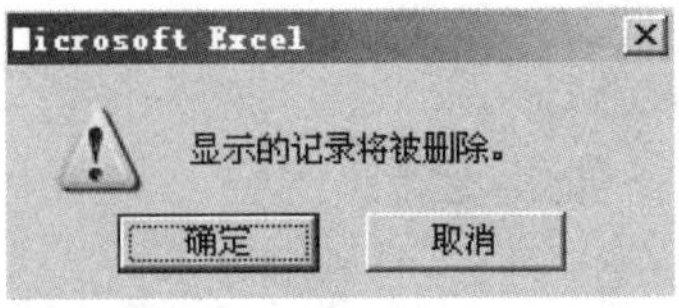

图12-8　“删除记录”提示框

4．删除记录

对于记录单中不需要的记录，可以利用记录单功能将其删除，具体操作步骤如下：

（1）在数据清单区域单击任一个单元格，执行“数据”→“记录单”命令，打开“记录单”对话框。

（2）单击“上一条”或“下一条”按钮或拖动滚动条选定要删除的记录。

（3）单击记录单对话框中的“删除”按钮，打开“删除记录”提示框，如图 12-8 所示，提示用户该记录将被永久地删掉。

（4）单击“确定”按钮，返回到记录单对话框，单击“关闭”按钮即可。

提示： 如果某个字段的内容是公式，则记录单上相应的字段没有字段值框，显示的是公式的计算结果，因而该数值不能直接在此进行编辑。

12.2　排序数据

在实际应用中，建立数据清单输入数据时，人们一般是按照数据到来的先后顺序输入的。但是，当用户要直接从数据清单中查找所需的信息时，很不直观。为了提高查找效率，需要重新整理数据，对此最有效的方法就是对数据进行排序。对数据清单中的数据进行排序是 Excel 2003 最常见的应用之一。

排序是指按照一定的顺序重新排列数据清单中的数据，通过排序可以根据某特定列的内容来重新排列数据清单中的行。排序并不改变行的内容，当两行中有完全相同的数据或内容时，Excel 2003 会保持它们的原始顺序。

对数据清单中的数据进行排序时，Excel 2003 会遵循以下排序原则：

- 如果按某一列进行排序，则在该列上完全相同的行将保持它们的原始次序。
- 被隐藏起来的行不会被排序，除非它们是分级显示的一部分。
- 如果按多列进行排序，则在主要列中如果有完全相同的记录行会根据指定的第二列进行排序，如果第二列中有完全相同的记录行时，则会根据指定的第三列进行排序。
- 在排序列中有空白单元格的行会被放置在排序的数据清单的最后。
- 排序选项中如果包含选定的列、顺序和方向等，则在最后列次排序后会被保存下来，直到修改它们或修改选定区域或列标记为止。

12.2.1　按一列排序

在对数据清单中的数据进行排序时，Excel 2003 也有其自己默认的排列顺序。其默认的排序是使用特定的排列顺序，根据单元格中的数值而不是格式来排列数据。

在按升序排序时，Excel 2003 将使用如下顺序（在按降序排序时，除了空格总是在最后外，其他的排序顺序反之）：

- 数字从最小的负数到最大的正数排序。
- 文本以及包含数字的文本，按下列顺序排序：先是数字 0 到 9，然后是字符“' - (空格) ! " # $ % & ( ) * , . / : ; ? @ “ \ ” ^ _ ` { | } ~ + < = > ”，最后是字母 A 到 Z。
- 在逻辑值中，FALSE 排在 TRUE 之前。
- 所有错误值的优先级等效。
- 空格排在最后。

对数据记录进行排序时，主要利用“排序”工具按钮和“排序”对话框来进行排序。如果用户想快速地根据某一列的数据进行排序，则可使用“常用”工具栏上的排序按钮：

- “升序排序”按钮 ：单击此按钮后，系统将按字母表顺序、数据由小到大、日期由前到后等默认的排列顺序进行排序。
- “降序排序”按钮 ：单击此按钮后，系统将反字母表顺序、数据由大到小、日期由后到前等顺序进行排序。

例如，利用工具栏中的按钮将“公司日常费用表”中的“费用类别”列的数据按升序进行排列，具体操作步骤如下：

（1）在“费用类别”列单击任一个单元格。

（2）在“常用”工具栏中单击“升序排序”按钮，则“费用类别”列的数据按升序排序，排序后的结果如图 12-9 所示。

公司日常费用表

序号	时间	员工姓名	所属部门	费用类别	金额	备注
001	2009-1-3	刘小莉	办公室	办公费	350.00	打印机墨盒
002	2009-1-4	刘小莉	办公室	办公费	250.00	打印纸
004	2009-1-29	张小麦	办公室	办公费	60.00	办公用笔
008	2009-2-27	杨　晨	后勤部	办公费	800.00	办公书柜
010	2009-3-5	张小麦	办公室	办公费	350.00	打印机墨盒
011	2009-3-10	刘小莉	办公室	办公费	350.00	打印纸
016	2009-3-21	杨　晨	后勤部	办公费	700.00	打扫卫生工具
003	2009-1-14	王　庆	销售部	差旅费	2,100.00	广州
005	2009-2-1	王　庆	销售部	差旅费	1,300.00	江苏
006	2009-2-18	章子明	销售部	差旅费	2,500.00	上海
009	2009-2-19	李　丽	销售部	差旅费	2,500.00	北京
013	2009-3-3	李　映	销售部	差旅费	2,100.00	湖北
014	2009-3-15	李梓鸣	研发部	差旅费	2,500.00	深圳
015	2009-3-20	胡林涛	研发部	差旅费	1,200.00	西安
018	2009-3-20	李　丽	销售部	差旅费	2,000.00	郑州
020	2009-3-22	王　庆	销售部	差旅费	1,600.00	北京
012	2009-3-1	许　可	办公室	宣传费	1,300.00	广告费
007	2009-2-27	杜　帆	销售部	招待费	1,000.00	中州宾馆
017	2009-3-1	张　磊	办公室	招待费	500.00	中州宾馆
019	2009-3-19	许　可	办公室	招待费	900.00	开源商务宾馆

升序排列的效果

图12-9　将“费用类别”列升序排列后的结果

12.2.2　按多列排序

利用“常用”工具栏中的排序按钮进行排序虽然方便快捷，但是只能按某一字段名的内容进行排序，如果要按两个或两个以上字段名的内容进行排序，可以在“排序”对话框中进行。例如，将“公司日常费用表”先按“费用类别”升序排列，再按“金额”升序排列，具体操作步骤如下：

（1）在数据清单区域单击任一个单元格。

（2）执行“数据”→“排序”命令，打开“排序”对话框，如图 12-10 所示。

（3）在“主要关键字”下拉列表中选中“费用类别”，选中“升序”单选按钮。在“次要关键字”下拉列表中选中“金额”，选中“升序”单选按钮。

（4）单击“确定”按钮，按多列进行排序后的结果如图 12-11 所示。

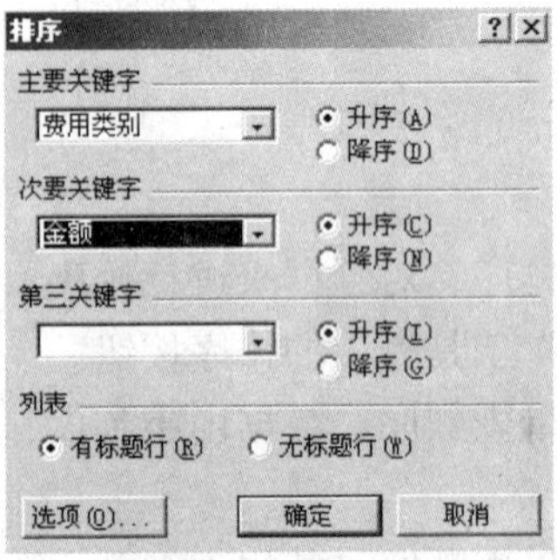

图12-10　“排序”对话框

公司日常费用表

序号	时间	员工姓名	所属部门	费用类别	金额	备注
004	2009-1-29	张小麦	办公室	办公费	60.00	办公用笔
002	2009-1-4	刘小莉	办公室	办公费	250.00	打印纸
001	2009-1-3	刘小莉	办公室	办公费	350.00	打印机墨盒
010	2009-3-5	张小麦	办公室	办公费	350.00	打印机墨盒
011	2009-3-10	刘小莉	办公室	办公费	350.00	打印纸
016	2009-3-21	杨　晨	后勤部	办公费	700.00	打扫卫生工具
008	2009-2-27	杨　晨	后勤部	办公费	800.00	办公书柜
015	2009-3-20	胡林涛	研发部	差旅费	1,200.00	西安
005	2009-2-1	王　庆	销售部	差旅费	1,300.00	江苏
020	2009-3-22	王　庆	销售部	差旅费	1,600.00	北京
018	2009-3-20	李　丽	销售部	差旅费	2,000.00	郑州
003	2009-1-14	王　庆	销售部	差旅费	2,100.00	广州
013	2009-3-3	李　映	销售部	差旅费	2,100.00	湖北
006	2009-2-18	章子明	销售部	差旅费	2,500.00	上海
009	2009-2-19	李　丽	销售部	差旅费	2,500.00	北京
014	2009-3-15	李梓鸣	研发部	差旅费	2,500.00	深圳
012	2009-3-1	许　可	办公室	宣传费	1,300.00	广告费
017	2009-3-1	张　磊	办公室	招待费	500.00	中州宾馆
019	2009-3-19	许　可	办公室	招待费	900.00	开源商务宾馆
007	2009-2-27	杜　帆	销售部	招待费	1,000.00	中州宾馆

图12-11　按多列进行排序的效果

提示： 在“排序”对话框中选择“有标题行”单选按钮则表示在排序时保留数据清单的字段名称行，

字段名称行不参与排序。选中“无标题行”单选按钮则表示在排序时删除数据清单中的字段名称行，字段名称行中的数据也参与排序。

12.3　数据筛选

筛选是查找和处理数据清单中数据子集的快捷方法，筛选清单仅显示满足条件的行，该条件由用户针对某列指定。筛选与排序不同，它并不重排数据清单，而只是将不必显示的行暂时隐藏。用户可以使用“自动筛选”或“高级筛选”功能将那些符合条件的数据显示在工作表中。Excel 2003 在筛选行时，可以对清单子集进行编辑、设置格式、制作图表和打印，而不必重新排列或移动。

12.3.1　自动筛选

自动筛选是一种快速的筛选方法，用户可以通过它快速地访问大量数据，从中选出满足条件的记录并将其显示出来，隐藏那些不满足条件的数据，此种方法只适用于条件较简单的筛选。例如，利用“自动筛选”功能将“费用类别”中“差旅费”的记录显示出来，具体操作步骤如下：

（1）在数据清单中单击任意一个单元格。

（2）执行“数据”→“筛选”→“自动筛选”命令，此时在每个字段的右边都出现一个下三角箭头按钮。

（3）单击“费用类别”右侧的下三角箭头打开一个列表，如图 12-12 所示。

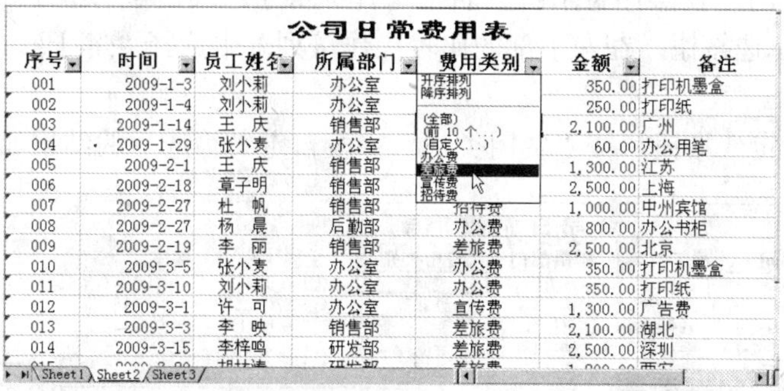

序号	时间	员工姓名	所属部门	费用类别	金额	备注
001	2009-1-3	刘小莉	办公室		350.00	打印机墨盒
002	2009-1-4	刘小莉	办公室		250.00	打印纸
003	2009-1-14	王　庆	销售部		2,100.00	广州
004	2009-1-29	张小麦	办公室		60.00	办公用笔
005	2009-2-1	王　庆	销售部		1,300.00	江苏
006	2009-2-18	章子明	销售部		2,500.00	上海
007	2009-2-27	杜　帆	销售部	招待费	1,000.00	中州宾馆
008	2009-2-27	杨　晨	后勤部	办公费	800.00	办公书柜
009	2009-2-19	李　丽	销售部	差旅费	2,500.00	北京
010	2009-3-5	张小麦	办公室	办公费	350.00	打印机墨盒
011	2009-3-10	刘小莉	办公室	办公费	350.00	打印纸
012	2009-3-1	许　可	办公室	宣传费	1,300.00	广告费
013	2009-3-3	李　映	销售部	差旅费	2,100.00	湖北
014	2009-3-15	李梓鸣	研发部	差旅费	2,500.00	深圳

图12-12　“费用类别”字段下拉列表

（4）在下拉列表中选择“差旅费”，自动筛选后的结果，如图 12-13 所示。

序号	时间	员工姓名	所属部门	费用类别	金额	备注
003	2009-1-14	王　庆	销售部	差旅费	2,100.00	广州
005	2009-2-1	王　庆	销售部	差旅费	1,300.00	江苏
006	2009-2-18	章子明	销售部	差旅费	2,500.00	上海
009	2009-2-19	李　丽	销售部	差旅费	2,500.00	北京
013	2009-3-3	李　映	销售部	差旅费	2,100.00	湖北
014	2009-3-15	李梓鸣	研发部	差旅费	2,500.00	深圳
015	2009-3-20	胡林涛	研发部	差旅费	1,200.00	西安
018	2009-3-20	李　丽	销售部	差旅费	2,000.00	郑州
020	2009-3-22	王　庆	销售部	差旅费	1,600.00	北京

图12-13　按“差旅费”字段自动筛选的结果

在筛选后的图中用户可以发现使用了自动筛选的字段，其字段名右边的下拉箭头变成了蓝色，并且行号也呈现为蓝色。

12.3.2 自定义筛选

在使用“自动筛选”命令筛选数据时，还可以利用“自定义”的功能来限定一个或两个筛选条件，以便于将更接近条件的数据显示出来。

例如，将“公司日常费用表”中“费用类别”为“差旅费”和“招待费”的数据显示出来，具体操作步骤如下：

（1）在数据清单区域单击任意一个单元格。

（2）执行“数据”→“筛选”→“自动筛选”命令，此时在每个字段的右边都出现一个下三角箭头按钮。

（3）单击“费用类别”右侧的下三角箭头打开一个列表。

（4）在列表中选择“自定义”选项，打开“自定义自动筛选方式”对话框，如图 12-14 所示。

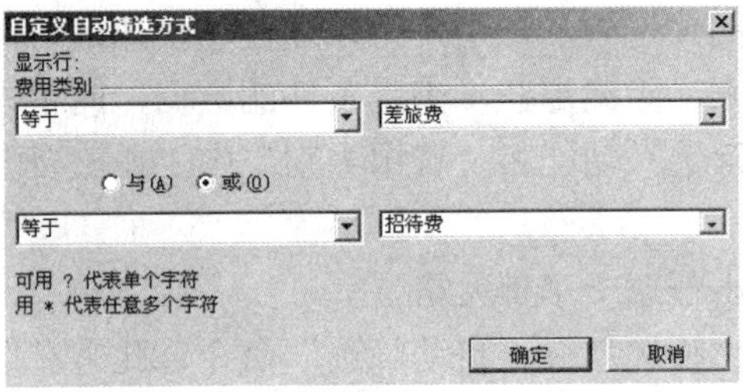

图12-14 设置自定义筛选条件

（5）在左上部的比较操作符下拉列表中选择“等于”，在其右边的文本框中输入“差旅费”，选中“或”单选按钮，在左下部的比较操作符列表中选择“等于”，在其右边的文本框中输入“招待费”。

（6）单击“确定”按钮，按“费用类别”字段自定义筛选后的结果如图 12-15 所示。

公司日常费用表

序号	时间	员工姓名	所属部门	费用类别	金额	备注
003	2009-1-14	王　庆	销售部	差旅费	2,100.00	广州
005	2009-2-1	王　庆	销售部	差旅费	1,300.00	江苏
006	2009-2-18	章子明	销售部	差旅费	2,500.00	上海
009	2009-2-19	李　丽	销售部	差旅费	2,500.00	北京
013	2009-3-3	李　映	销售部	差旅费	2,100.00	湖北
014	2009-3-15	李梓鸣	研发部	差旅费	2,500.00	深圳
015	2009-3-20	胡林涛	研发部	差旅费	1,200.00	西安
018	2009-3-20	李　丽	销售部	差旅费	2,000.00	郑州
020	2009-3-22	王　庆	销售部	差旅费	1,600.00	北京
007	2009-2-27	杜　帆	销售部	招待费	1,000.00	中州宾馆
017	2009-3-1	张　磊	办公室	招待费	500.00	中州宾馆
019	2009-3-19	许　可	办公室	招待费	900.00	开源商务宾馆

图12-15 按“费用类别”字段自定义筛选的效果

12.3.3 筛选前 10 个

如果用户要筛选出最大或最小的几项，可以在筛选列表中使用“前 10 个”命令来完成。

例如，在上面筛选出的结果中再筛选出“金额”最大的 5 项，具体操作步骤如下：

（1）单击“金额”右侧的下三角箭头打开一个列表，在列表中选择“前 10 个……”选项，打开“自动筛选前 10 个”对话框，如图 12-16 所示。

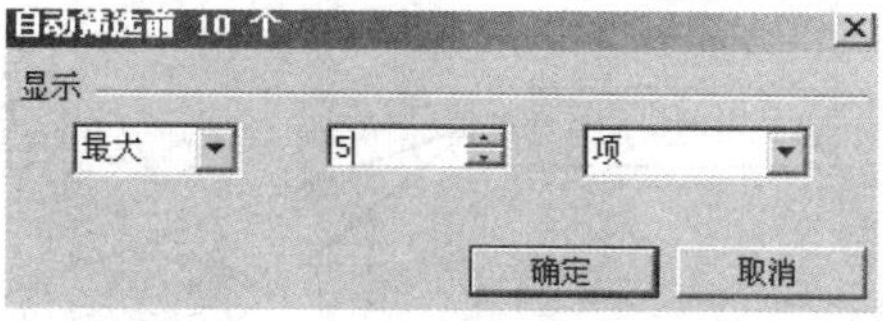

图13-16　“自动筛选前10个”对话框

（2）在对话框中的最左边的下拉列表中选择“最大”选项，在中间的文本框中选择或输入“5”，在最后边的下拉列表中选择“项”。

（3）单击“确定”按钮，按“金额”字段自动筛选出排在前 5 名后的效果如图 12-17 所示。

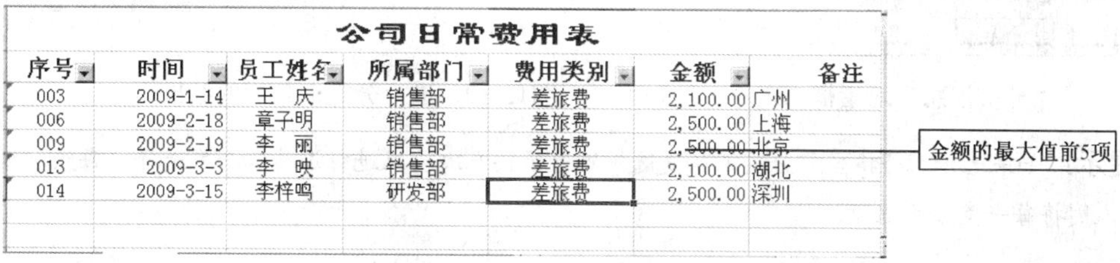

公司日常费用表

序号	时间	员工姓名	所属部门	费用类别	金额	备注
003	2009-1-14	王　庆	销售部	差旅费	2,100.00	广州
006	2009-2-18	章子明	销售部	差旅费	2,500.00	上海
009	2009-2-19	李　丽	销售部	差旅费	2,500.00	北京
013	2009-3-3	李　映	销售部	差旅费	2,100.00	湖北
014	2009-3-15	李梓鸣	研发部	差旅费	2,500.00	深圳

图12-17　利用“自动筛选前10个”命令筛选的结果

提示：如果用户要取消对某一列的筛选，只要单击该列列标志后的下三角箭头，在下拉列表中选择“全部”命令。如果要取消对所有列的筛选，执行“数据”→“筛选”→“全部显示”命令。如果要删除数据清单中的筛选箭头，执行“数据”→“筛选”命令，在子菜单中取消“自动筛选”命令的选中状态。

12.4　利用分类汇总统计数据

分类汇总是对数据清单上的数据进行分析的一种常用方法，Excel 2003 可以使用函数实现分类和汇总值计算，汇总函数有求和、计算、求平均值等多种。使用汇总命令，可以按照用户选择的方式对数据进行汇总，自动建立分级显示，并在数据清单中插入汇总行和分类汇总行。在插入分类汇总时，Excel 2003 会自动在数据清单的底部插入一个总计行。

12.4.1　分类汇总

分类汇总是将数据清单中的某个关键字段进行分类，相同值的分为一类，然后对各类进行汇总。在进行自动分类汇总之前，应对数据清单进行排序将要分类字段相同的记录集中在一起，并且数据清单的第一行里必须有列标记。利用自动分类汇总功能可以对一项或多项指标进行汇总。

例如，对“公司日常费用表”中按“费用类别”的“金额”对工作表中的各项进行求和汇总，具体操作步骤如下：

（1）首先将“费用类别”字段按升序进行排列使相同费用类别的记录集中在一起。

（2）执行“数据”→“分类汇总”命令，打开“分类汇总”对话框，如图 12-18 所示。

（3）在“分类字段”下拉列表中选择“费用类别”；在“汇总方式”下拉列表中选择“求和”；在“选定汇总项”列表中选中“金额”复选框；选中“汇总结果显示在数据下方”复选框，则将分类汇总的结果放在本类数据的最后一行。

（4）单击“确定”按钮，对各项分别进行分类汇总的后的结果，如图 12-19 所示。

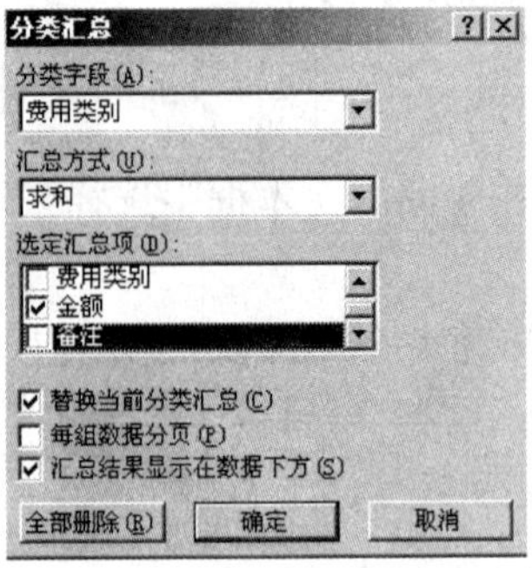

图12-18 “分类汇总”对话框

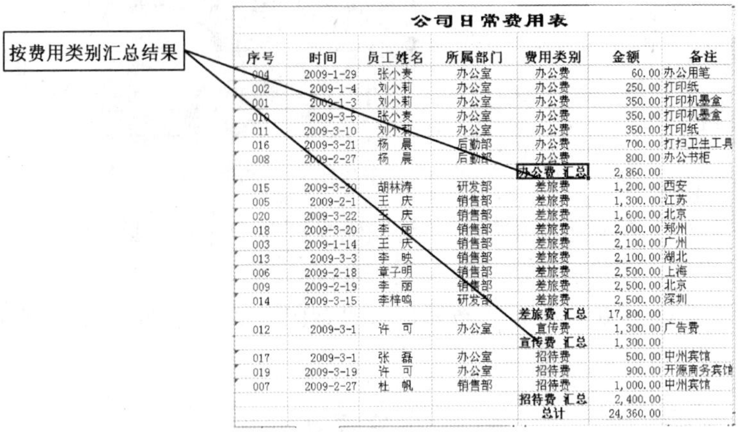

图12-19 进行分类汇总后的结果

提示： 如果选择“替换当前分类汇”复选框则表示按本次要求进行汇总；如果选择“每组数据分页”复选框，则将每一类分页显示。

12.4.2 嵌套分类汇总

在原有的数据清单中可以生成嵌套式分类汇总，这里就在上面的汇总结果的基础上添加“费用类别”的“金额”的最大值，具体操作步骤如下：

（1）在数据清单上选择任意一个单元格，执行“数据”→“分类汇总”命令，打开“分类汇总”对话框。

（2）在“分类字段”下拉列表中选择“费用类别”；在“汇总方式”下拉列表中选择“最大值”；在“选定汇总项”列表中选择“金额”复选框；选择“汇总结果显示在数据下方”复选框；取消“替换当前分类汇总”复选框的选择状态。

（3）单击“确定”按钮，返回工作表中，则数据清单添加了最大值的分类汇总，如图12-20所示。

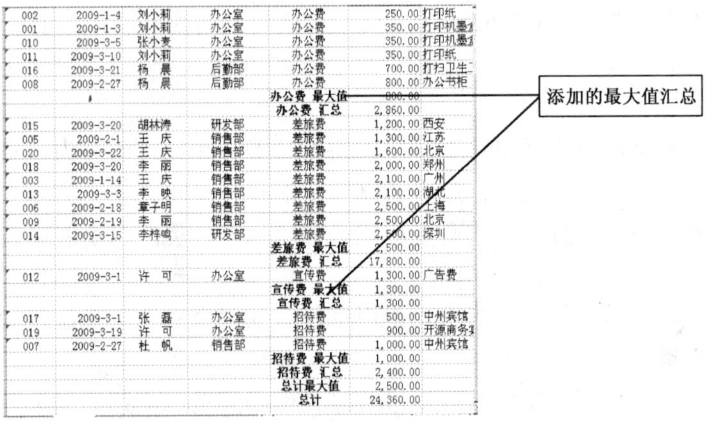

图12-20 嵌套分类汇总结果

12.4.3 分级显示数据

对工作表中的数据进行分类汇总后，将会使原来的工作表显得有些庞大，如果用户要想单独查看汇总数据或查看数据清单中的明细数据，最简单的方法就是利用Excel 2003提供的分级显示功能。

在对工作表数据进行分类汇总后，汇总后的工作表在窗口处将出现“1”、“2”、“3”的数字，还有“-”、大括号等，这些符号在 Excel 2003 中称为分级显示符号。

符号 [-] 是“隐藏明细数据”按钮，[+] 是“显示明细数据”按钮。单击 [-] 可以隐藏该级及以下各级的明细数据，单击 [+] 则可以展开该级明细数据。例如现在只需要显示“办公费”的各项记录，则可以将其他内容都隐藏，如图 12-21 所示。

图12-21　隐藏数据的结果

另外 [1][2][3][4] 表示明细数据级别，[1] 级数据为最高级，[2] 级数据是 [1] 级数据的明细数据，又是 [3] 级数据的汇总数据。单击 [1] 可以直接显示一级汇总数据。单击 [2] 可以显示一级和二级数据，单击 [3] 可以显示一级、二级、三级数据，如图 12-22 所示。

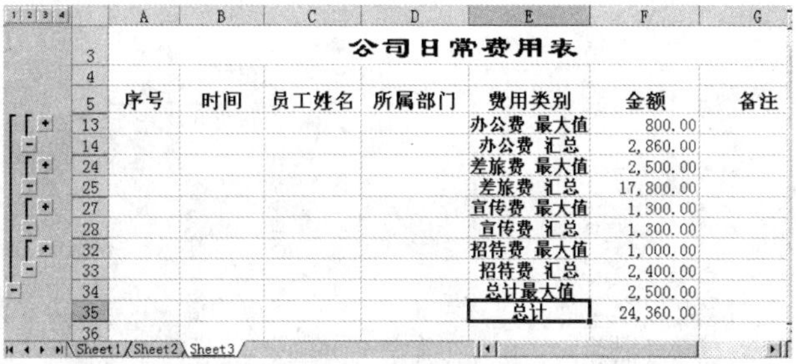

图12-22　显示前三级数据

如果要取消部分分级显示，可先选择有关的行或列，然后执行“数据”→“组及分级显示”→“清除分级显示”命令即可。

如果要取消全部的分级显示，可单击工作表中的任一个单元格，然后执行“数据”→“组及分级显示”→“清除分级显示”命令即可。

当创建了分类汇总后，如果不再需要了，还可以将其删除掉。首先在分类汇总数据清单区域单击任意一个单元格，执行“数据”→“分类汇总”命令，打开“分类汇总”对话框，在“分类汇总”对话框中单击“全部删除”按钮，最后单击“确定”按钮，关闭对话框。

举一反三　制作现金流量表

公司的现金流量表最能反映现金流入和流出的原因、公司的负债能力、未来获利能力，在一定程度上能提高会计信息的可比性。制作现金流量表的最终效果如图 12-23 所示。

在制作现金流量表之前首先打开“案例与素材\第 12 章素材”文件夹中的“现金流量表

（初始）.xls”文件。

现　金　流　量　表				
总公司汇总	2008年度			
项目	第一季度	第二季度	第三季度	第四季度
一、经营活动产生的现金流量：	￥2,900,000.00	￥2,380,000.00	￥3,000,000.00	￥3,200,000.00
销售商品、提供劳务收到的现金	￥360,000.00	￥335,800.00	￥380,000.00	￥500,000.00
收到的税费返还	￥800,000.00	￥801,000.00	￥900,000.00	￥1,000,000.00
收到的其他与经营活动有关的现金	￥4,060,000.00	￥3,516,800.00	￥4,280,000.00	￥4,700,000.00
现金流入小计	￥900,000.00	￥1,090,000.00	￥898,000.00	￥888,000.00
购买商品、接受劳务支付的现金	￥690,000.00	￥690,000.00	￥690,000.00	￥690,000.00
支付给职工以及为职工支付的现金	￥280,000.00	￥248,000.00	￥292,000.00	￥366,000.00
支付的各项税费	￥15,600.00	￥15,900.00	￥14,200.00	￥17,800.00
支付的其他与经营活动有关的现金	￥1,885,600.00	￥2,043,900.00	￥1,894,200.00	￥1,961,800.00
现金流出小计	￥2,174,400.00	￥1,472,900.00	￥2,385,800.00	￥2,738,200.00
经营活动产生的现金流量净额				
二、投资活动产生的现金金流量：	￥3,000,000.00	￥1,950,000.00	￥2,100,000.00	￥2,500,000.00
收回投资所收到的现金	￥1,000,000.00	￥1,100,000.00	￥1,100,000.00	￥1,120,000.00
取得投资收益所收到的现金	￥4,000,000.00	￥3,050,000.00	￥3,200,000.00	￥3,620,000.00
现金流入小计	￥2,520,000.00	￥2,200,000.00	￥2,300,000.00	￥2,400,000.00
购建固定资产、无形资产和其他长期资产所支付的现金	￥16,900.00	￥16,800.00	￥16,800.00	￥16,700.00
投资所支付的现金	￥730,000.00	￥800,000.00	￥800,000.00	￥720.00
支付的其他与投资活动有关的现金	￥3,266,900.00	￥3,016,800.00	￥3,116,800.00	￥2,417,420.00
现金流出小计	￥733,100.00	￥33,200.00	￥83,200.00	￥1,202,580.00
投资活动产生的现金流量净额				
三、筹资活动产生的现金流量：	￥600,000.00	￥620,000.00	￥600,000.00	￥660,000.00
吸收投资所收到的现金	￥600,000.00	￥660,000.00	￥600,000.00	￥660,000.00
借款所收到的现金	￥310,000.00	￥330,000.00	￥310,000.00	￥370,000.00
收到的其他与筹资活动有关的现金	￥1,510,000.00	￥1,610,000.00	￥1,510,000.00	￥1,690,000.00
现金流入小计	￥276,000.00	￥288,000.00	￥290,000.00	￥310,000.00

图12-23　现金流量表

打开现金流量表工作簿后，发现“第一分公司现金流量表”工作表是第一分公司的现金流量表，“第一分公司现金流量表”工作表是第二分公司的现金流量表，我们需要做的工作就是在“公司汇总现金流量表”工作表中计算出两个公司汇总的现金流量表。仔细观察后发现两个分公司的现金流量表在相同的位置上具有相同的数据项，此时可以利用按合并计算的功能对两个统计表进行汇总，具体操作步骤如下：

（1）在“公司汇总现金流量表”工作表中，输入如图 12-24 所示的数据，并在工作表中选中“B4：E34”单元格区域。

现　金　流　量　表				
总公司汇总	2008年度			
项目	第一季度	第二季度	第三季度	第四季度
一、经营活动产生的现金流量：				
销售商品、提供劳务收到的现金				
收到的税费返还				
收到的其他与经营活动有关的现金				
现金流入小计				
购买商品、接受劳务支付的现金				
支付给职工以及为职工支付的现金				
支付的各项税费				
支付的其他与经营活动有关的现金				
现金流出小计				
经营活动产生的现金流量净额				
二、投资活动产生的现金金流量：				
收回投资所收到的现金				
取得投资收益所收到的现金				
现金流入小计				
购建固定资产、无形资产和其他长期资产所支付的现金				
投资所支付的现金				
支付的其他与投资活动有关的现金				
现金流出小计				
投资活动产生的现金流量净额				
三、筹资活动产生的现金流量：				
吸收投资所收到的现金				

图12-24　合并计算的目标区域

（2）执行“数据”→“合并计算”命令，打开“合并计算”对话框，如图 12-25 所示。

（3）在“函数”下拉列表中选择“求和”项。

（4）在“引用位置”文本框中输入源引用位置，或单击源工作表选定源区域。这里单击“引用位置”文本框右边的 按钮，弹出一个区域引用的对话框，在“第一分公司现金流量表”工作表中选定“B4：E34”区域，在区域引用对话框中单击图标 ，回到合并计算对话框中，单击“添加”按钮。

（5）按照相同的方法添加“第二分公司现金流量表”工作表中的“B4：E34”区域作为合并计算区域。

（6）单击“确定”按钮，按位置合并计算后的结果如图 12-26 所示。

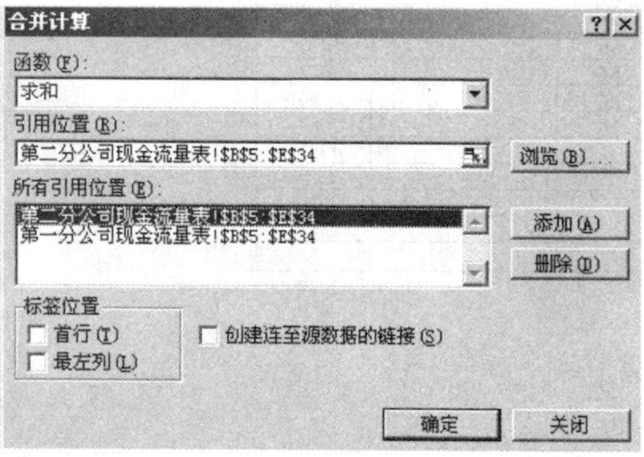

图12-25　“合并计算”对话框

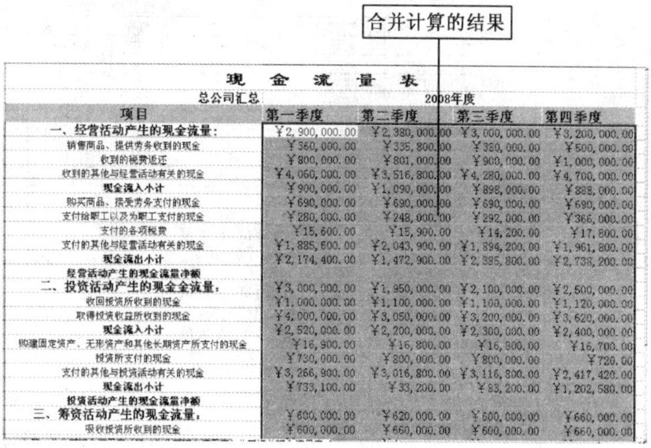

现　金　流　量　表

总公司汇总	2008年度			
项目	第一季度	第二季度	第三季度	第四季度
一、经营活动产生的现金流量：	￥2,900,000.00	￥2,380,000.00	￥3,000,000.00	￥3,200,000.00
销售商品、提供劳务收到的现金	￥360,000.00	￥335,800.00	￥380,000.00	￥500,000.00
收到的税费返还	￥800,000.00	￥801,000.00	￥900,000.00	￥1,000,000.00
收到的其他与经营活动有关的现金	￥4,060,000.00	￥3,516,800.00	￥4,280,000.00	￥4,700,000.00
现金流入小计	￥900,000.00	￥1,090,000.00	￥898,000.00	￥888,000.00
购买商品、接受劳务支付的现金	￥690,000.00	￥690,000.00	￥690,000.00	￥690,000.00
支付给职工以及为职工支付的现金	￥280,000.00	￥248,000.00	￥292,000.00	￥366,000.00
支付的各项税费	￥15,600.00	￥15,900.00	￥14,200.00	￥17,800.00
支付的其他与经营活动有关的现金	￥1,885,600.00	￥2,043,900.00	￥1,894,200.00	￥1,961,800.00
现金流出小计	￥2,174,400.00	￥1,472,900.00	￥2,385,800.00	￥2,738,200.00
经营活动产生的现金流量净额				
二、投资活动产生的现金金流量：	￥3,000,000.00	￥1,950,000.00	￥2,100,000.00	￥2,500,000.00
收回投资所收到的现金	￥1,000,000.00	￥1,100,000.00	￥1,100,000.00	￥1,120,000.00
取得投资收益所收到的现金	￥4,000,000.00	￥3,050,000.00	￥3,200,000.00	￥3,620,000.00
现金流入小计	￥2,520,000.00	￥2,200,000.00	￥2,300,000.00	￥2,400,000.00
购建固定资产、无形资产和其他长期资产所支付的现金	￥16,900.00	￥16,800.00	￥16,800.00	￥16,700.00
投资所支付的现金	￥730,000.00	￥800,000.00	￥800,000.00	￥720.00
支付的其他与投资活动有关的现金	￥3,266,900.00	￥3,016,800.00	￥3,116,800.00	￥2,417,420.00
现金流出小计	￥733,100.00	￥33,200.00	￥83,200.00	￥1,202,580.00
投资活动产生的现金流量净额				
三、筹资活动产生的现金流量：	￥600,000.00	￥620,000.00	￥600,000.00	￥660,000.00
吸收投资所收到的现金	￥600,000.00	￥660,000.00	￥600,000.00	￥660,000.00

图12-26　按位置合并计算的结果

回头看

通过案例“公司日常费用表”以及举一反三“现金流量表”的制作过程，主要学习了 Excel 2003 提供的数据清单、排序数据、筛选数据、分类汇总数据以及合并计算等操作的方法和技巧。通过上面的学习，可以掌握利用 Excel 2003 提供的工具对数据进行有效的分析和处理，最终汇总出自己需要的结果。

习题12

填空题

1．数据清单中包含两个重要元素，__________和__________。

2．在对数据进行升序排序时数字从__________到__________排序，在逻辑值中，________排在________之前，________排在最后。

3．分类汇总是将数据清单中的某个关键字段进行________，然后对各类进行_________。在进行自动分类汇总之前，应对数据清单进行排序将要分类字段________，并且数据清单的第一行里必须有_________。

4．如果用户要筛选出最大或最小的 3 项，可以在筛选列表中使用__________命令来完成。

操作题

1．打开“案例与素材\第 12 章素材”文件夹中的“工资表（初始）.xls”文件，然后按照下面的要求进行操作：

（1）在“姓名”和“性别”之间增加一列“部门”，工号以 A 开头的为人事部，工号以 B 开头的为财务部，工号以 C 开头的为发行部，工号以 D 开头的为技术部。

（2）计算实发工资和应发工资。应发工资＝基本工资-代扣保险款+补助，实发工资为应发工资保留整数。（注：手动计算无效，必须设置公式自动计算。）

（3）在原有数据清单中生成嵌套式分类汇总，首先生成各“部门”里“实发工资”的和，然后在汇总结果的基础上添加各“部门”里“实发金额”的最大值。

工资表的最终效果如图 12-27 所示。

旭光公司2009年1月工资表

工 号	姓名	部门	性别	基本工资	代扣保险款	补助	应发工资	实发工资
A001	肖珊	人事部	女	2600	90.39	100	2609.61	2610
A002	孙欢	人事部	男	5000	142.56	50	4907.44	4907
A003	潘文	人事部	女	2700	90.39	100	2709.61	2710
A004	李云云	人事部	男	2650	142.56	200	2707.44	2707
A005	田旭	人事部	女	2000	142.56	100	1957.44	1957
A006	李萧	人事部	男	2600	90.39	200	2709.61	2710
A007	安利莎	人事部	男	1500	142.56	100	1457.44	1457
A008	张浩怡	人事部	女	1400	142.56	150	1407.44	1407
A009	梁策	人事部	男	3000	90.39	250	3159.61	3160
A010	潘丽文	人事部	女	2580	142.56	150	2587.44	2587
		人事部 最大值						4907
		人事部 汇总						26213
		财务部 汇总						16094
		发行部 最大值						2610
		发行部 汇总						12399
		技术部 最大值						3210
		技术部 汇总						20620
		总计最大值						4907
		总计						75326

图12-27 工资表

2. 打开“案例与素材\第 12 章素材”文件夹中的“员工档案管理表（初始）.xls”文件，然后按照下面的要求进行操作：

（1）插入页眉和页脚。要求：页眉中间标明“旭光公司”，页眉右侧标明“员工档案管理表”；页脚格式为“第*页，共*页”；页眉和页脚均为宋体，10 号。

（2）冻结标题和表头。

（3）自动套用格式，“古典 1”，在“要应用的格式”区域中只选择“数字”和“字体”两项。

员工档案管理表最终效果如图 12-28 所示。

旭光公司　　　　员工档案管理表

员工档案管理表

编号	姓名	身份证号	性别	入职时间	学历
A01001	李海	130205198101111540	女	2006-5-6	本科
A01003	张建	110112199001015881	女	2006-1-1	本科
A01004	王涛	571205198103312592	男	2001-1-29	本科
A01006	曹含	456123198207012227	女	2003-5-8	本科
A01008	常靖	163021196807025665	女	1998-4-6	本科
A01009	孙一	560102196308312316	男	2004-3-13	本科
A01007	朱力	358267197460801588	女	1998-7-4	大专
A01002	段梅	234121197405285216	男	1995-10-1	硕士
A01005	马林	435618197709051230	男	2002-12-20	硕士
A01010	郑东	210050197902222540	女	2006-1-30	硕士

图12-28 员工档案管理表

第 13 章　Excel 2003 图表的应用
——制作销售分析统计表和损益分析表

Excel 2003 提供的图表功能，可以将系列数据以图表的方式表达出来，使数据更加清晰易懂，使数据表示的含义更形象更直观，并且用户可以通过图表直接了解到数据之间的关系和变化的趋势。

知识要点

- 创建图表
- 调整图表
- 编辑图表中的数据
- 格式化图表
- 图表对象的组合叠放

任务描述

在公司的日常经营活动中，随时要了解公司的产品销售情况，并分析地区性差异等各种因素，为公司决策者制定政策和决策提供依据。如果将这些数据制作成图表，就可以直观地表达所要说明数据的变化和差异。这里利用 Excel 2003 的图表功能制作一个销售分析统计图表，效果如图 13-1 所示。

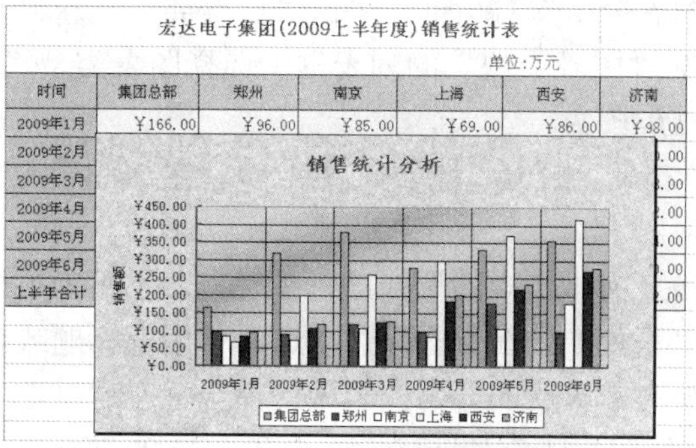

图13-1　销售分析统计图表

案例分析

完成销售统计分析图表的制作首先要创建一个图表，然后对应用调整图表的大小、调整图表的位置、向图表中添加数据、格式化图表以及图表对象的组合叠放等功能对图表进行设置，使图表表示的含义更形象、直观。

本章所涉及案例的素材和最终效果文件请登录华信教育资源网（www.hxedu.com.cn）下载，在下载后的“案例与素材\第 13 章素材”和“案例与素材\第 13 章案例效果”文件夹中。

13.1　创建图表

对于一些结构复杂的表格，用户往往要花费相当长的时间才能对表格中要说明的问题理出个头绪来，既费时又费力。而如果使用 Excel 2003 的“图表”功能，则可以将枯燥乏味的数字转化为图表，从而使数据之间的关系更一目了然。

根据图表显示位置的不同，建立图表的方式有嵌入式图表和图表工作表两种。

嵌入式图表是置于工作表中用于补充工作数据的图表，当要在一个工作表中查看或打印图表及其源数据或其他信息时，可使用嵌入式图表。

图表工作表是工作簿中具有特定工作表名称的独立工作表，当要独立于工作表数据查看或编辑大而复杂的图表，或希望节省工作表的屏幕空间时，可以使用图表工作表。

无论是以何种方式建立的图表，都与生成它们的工作表上的源数据建立了链接，这就意味着当更新工作表数据时，同时也会更新图表。利用图表向导创建图表的操作步骤如下：

（1）在工作表中选择要绘制图表的数据区域“A3：F19”，如图 13-2 所示。

宏达电子集团(2009上半年度)销售统计表

单位:万元

时间	集团总部	郑州	南京	上海	西安
2009年1月	￥166.00	￥96.00	￥85.00	￥69.00	￥86.00
2009年2月	￥320.00	￥91.00	￥75.00	￥200.00	￥109.00
2009年3月	￥380.00	￥120.00	￥108.00	￥260.00	￥126.00
2009年4月	￥280.00	￥98.00	￥86.00	￥300.00	￥185.00
2009年5月	￥330.00	￥180.00	￥108.00	￥370.00	￥220.00
2009年6月	￥356.00	￥96.00	￥180.00	￥409.00	￥270.00
上半年合计	￥1,832.00	￥681.00	￥642.00	￥1,608.00	￥996.00

图13-2 选择要绘制图表的数据区域

（2）在“常用”工具栏中单击“图表向导”按钮或执行“插入”→“图表”命令，打开“图表向导-4 步骤之 1-图表类型”对话框，单击“标准类型”选项卡，如图 13-3 所示。

（3）在对话框左侧的“图表类型”的列表框中选择图表类型“柱形图”，在“子图表类型”区域中选择“簇状柱形图”。

（4）单击“下一步”按钮，打开“图表向导-4 步骤之 2-图表源数据”对话框，如图 13-4 所示。

（5）观察“数据区域”文本框中的选择是否正确，若不正确单击其后的折叠按钮，选择正确的单元格区域。在“系列产生在”区域可以选择使用行标题或者列标题中的那一个作为主要分析对象，这个分析对象对应的即为图表中的横坐标。这里选中“列”单选按钮。

（6）单击“下一步”按钮，打开“图表向导-4 步骤之 3-图表选项”对话框，单击“标题”选项卡。在“图表标题”文本框中输入标题“销售统计分析”，在“数值（Y）轴”文本框中输入“销售额”，在输入文字时，对话框示例栏中的图表也发生变化，如图 13-5 所示。

图13-3 选择图表类型

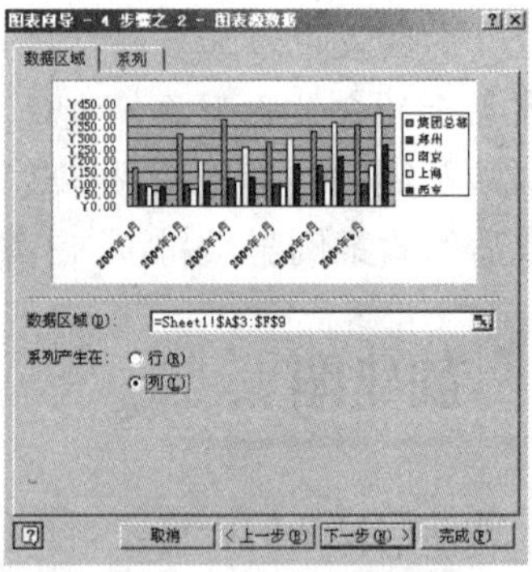

图13-4 选择数据系列

（7）单击“网格线”选项卡，在“分类（X）轴”区域选中“主要网格线”复选框，这样就可以让“时间”轴上也有了一定的基准，如图 13-6 所示。

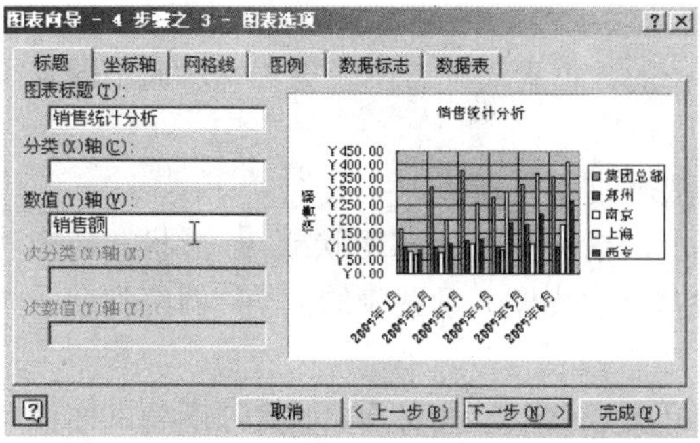

图13-5　设置图表标题

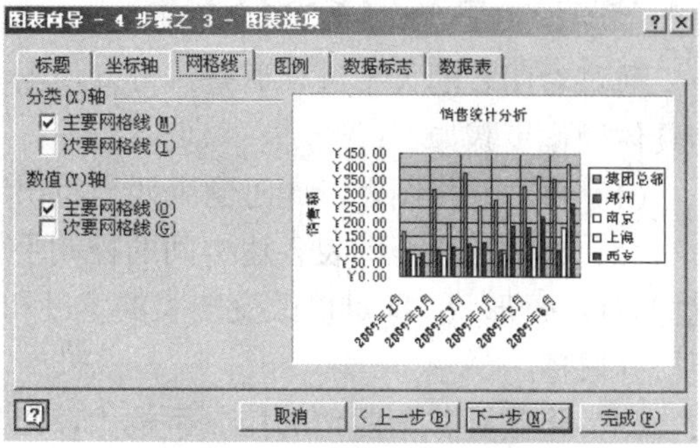

图13-6　设置图表网格线

（8）单击“图例”选项卡，在“位置”区域选中“底部”单选按钮，如图 13-7 所示。

（9）单击“下一步”按钮，打开“图表向导-4 步骤之 4-图表位置”对话框，如图 13-8 所示。

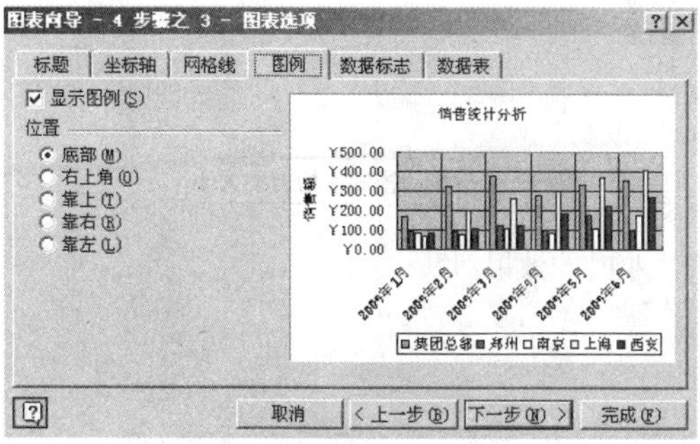

图13-7　设置图表图例位置

图13-8　选择图表插入方式

（10）在对话框中如果选中“作为新工作表插入”单选按钮，则创建图表工作表，如果选中“作为其中的对象插入”单选按钮，则创建嵌入式图表。这里选择“作为其中的对象插入”单选按钮，单击“完成”按钮，创建图表的效果如图 13-9 所示。

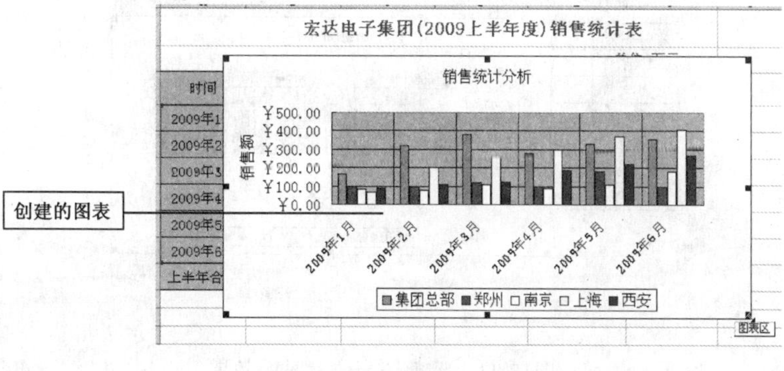

图13-9　创建图表的效果

13.2　调整图表

建立的图表在插入到工作表中之后，可以将图表的大小及位置进行适当调整，以便于看起来更整洁美观方便用户查阅数据。

13.2.1 调整图表的大小

通过对图表的大小进行调整，可以使图表中的数据更清晰、图表更美观，调整图表大小的具体操作步骤如下：

（1）单击选择图表，此时图表四周将出现八个尺寸控制柄。

（2）将鼠标移至图表各边中间的控制手柄上，鼠标变成 ⇔ 形状或 ⇕ 形状，当拖动时鼠标变成 + 形状，即可以改变图表的宽度和高度，虚线框表示图表的大小，调整到合适大小后松开鼠标。

（3）将鼠标移至四角的控制手柄上，当鼠标变成 ⤢ 形状或 ⤡ 形状时拖动鼠标可以将图表等比放缩，虚线框表示图表的大小，调整到合适大小后松开鼠标，如图 13-10 所示。

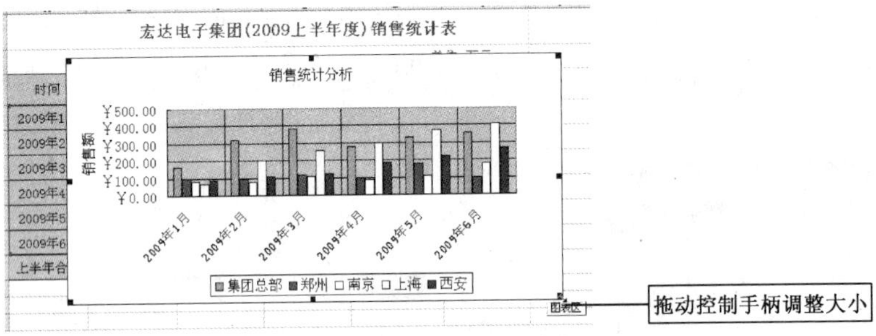

图13-10　调整图表大小时的效果

13.2.2 调整图表的位置

移动图表的位置非常简单，只需将鼠标移动到图表区的空白处，按下鼠标左键当鼠标变成 ✥ 形状时拖动鼠标，虚线框表示图表的位置，如图 13-11 所示，当到达合适位置后松开鼠标即可。

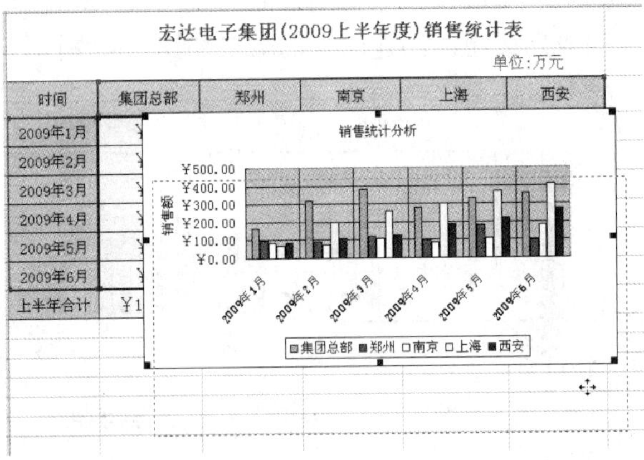

图13-11　调整图表位置时的效果

13.3 编辑图表中的数据

图表建立后，根据需要还可以对图表中的数据进行添加、删除、修改等操作。由于图表中的数据和工作表中的数据是互相关联的，所以在修改工作表中的数据时，Excel 2003 会自动在图表中做相应地更新。

13.3.1　向图表中添加数据

用户可以利用鼠标拖动直接向嵌入式的图表中添加数据，这种方式适用于要添加的新数据区域与源数据区域相邻的情况。

例如，要在“统计分析表”图表中添加“济南”的销售记录，具体操作步骤如下：

（1）在“统计分析表”的源数据区域输入“济南”的销售记录。

（2）单击插入的图表，将其选中在图表的数据周围出现蓝色、绿色、紫色框。

（3）将鼠标移到选定框右下角的选定柄上，当鼠标变为双向箭头时，拖动选定柄使源数据区域包含要添加的数据，选定后，新增加的数据就自动加入到图表中，如图 13-12 所示。

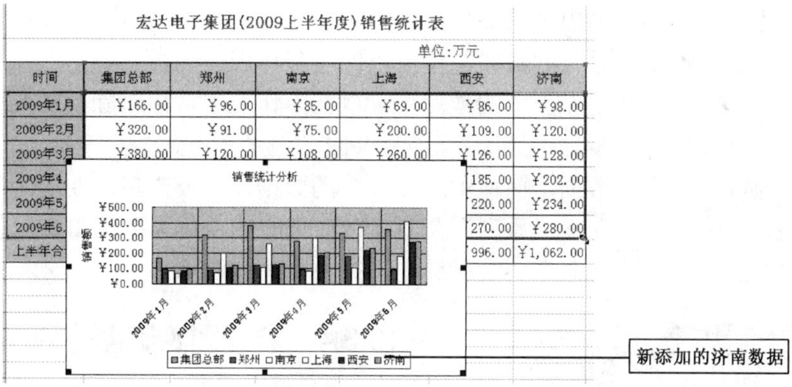

图13-12　用鼠标拖动向图表中添加数据

用户也可以首先将要添加的数据先进行复制，然后选中图表，在图表上单击鼠标右键，在打开的快捷菜单中选择“粘贴”命令，则数据被添加到图表中。这种方法对于添加任何数据区域的数据都是通用的，特别适用于要添加的新数据区域与源数据区域是不相邻的情况。

13.3.2　更改图表中的数值

图表中的数值是链接在创建该图表的工作表上的。当更改其中一个数值时，另一个也会改变。更改图表中的数据可以直接在工作表单元格中更改数值，还可以通过拖动图表中的数据标志来更改数值。例如，利用拖动图表中的数据标志的方法将“上海”六月份的销售数据“409”改为“415”，具体操作步骤如下：

（1）单击六月份“上海”的数据系列，系列中间出现一个小方块。

（2）单击六月份数据标志，在其周围出现 8 个小方块。

（3）将鼠标移至六月份顶端中央位置的选择柄上向上拖动鼠标，当出现如图 13-13 所示的值“415”时松开鼠标即可。

提示： 如果数据标志的数值是由公式生成的，只能通过调整公式引用的一个数值来更改该数值。若要实现此项操作，在拖动数据标志后，将打开“单变量求解”对话框。单击包含了要调整的公式数值的工作表单元格，再在对话框中单击“确定”按钮。

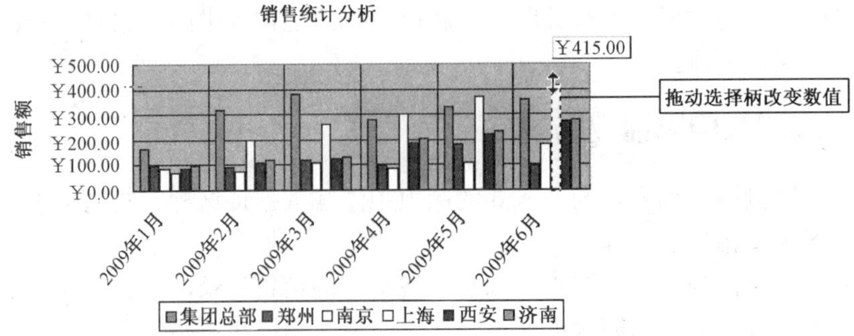

图13-13 拖动选择柄更改数值

13.3.3 删除图表中的数据

对于一些不必要在图表中出现的数据，用户可以将其从图表中删除。在删除图表中的数据时可以同时删除工作表中对应的数据，也可以保留工作表中的数据。

如果要同时删除图表和工作表中的数据，可以在工作表中直接删除不需要的数据，则图表中的数据会自动更新。

如果要只删除图表中的数据，而保留工作表中的数据，只要先单击要清除的数据系列，然后执行“编辑”→“清除”→“系列”命令，或在选定的数据系列上单击鼠标右键，在打开的快捷菜单中选择“清除”命令，则所选的数据系列将被清除掉。

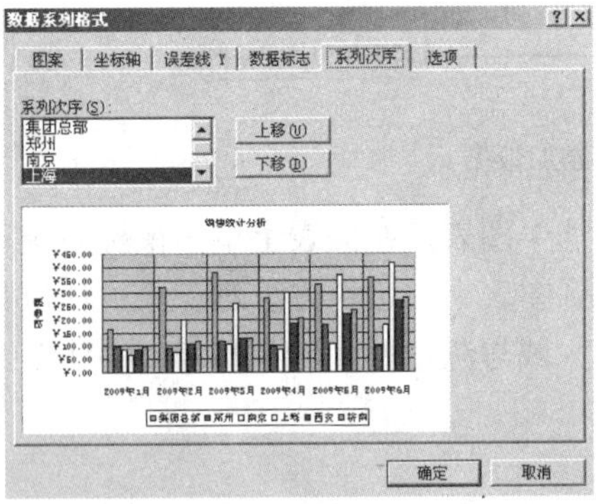

图13-14 调整图表数据序列

13.3.4 调整图表数据的顺序

利用图表分析某些数据时，有时根据需要还要对图表中数据系列进行排序，其不同的排序方式，可显示出不同的分析结果。调整图表数据的顺序的具体操作步骤如下：

（1）选择图表中需要调整顺序的数据系列。

（2）执行“格式”→“数据系列”命令，打开“数据系列格式”对话框，单击“系列次序”选项卡，如图 13-14 所示。

（3）根据需要在“系列次序”列表框中选择要调整顺序的选项，然后单击“上移”或“下移”按钮进行排序。单击“确定”按钮。

13.4 格式化图表

在 Excel 2003 中建立图表后，还可以通过修改图表的图表区格式、绘图区格式、图表的坐标轴格式等来美化图表。

13.4.1 图表对象的选取

在对图表及图表中的各个对象进行操作时，用户首先应将其选中，然后才能对其进行编辑操作。

在选定整个图表时，只需将鼠标指向图表中的空白区域，当出现“图表区”的屏幕提示时单击鼠标即可将其选定。选定后整个图表四周出现八个句柄，此时就表示图表被选定。被选定之后用户就可以对整个图表进行移动、缩放等编辑操作了。

在选定图表中的对象时，用户可以利用鼠标单击或利用“图表”工具栏来进行选定。

利用鼠标来选取图表对象是最简单的，用户只需用鼠标直接单击要选定的图表对象即可。例如，要选定图表的标题对象，用户可以将鼠标指向图表标题文本，当出现“图表标题”的屏幕提示时单击鼠标即可选定图表标题。

利用图表工具栏用户也可以准确地选定图表对象，图表创建好后，在工作表中自动打开“图表”工具栏，如果未显示，在工具栏的任意位置单击鼠标右键，在打开的快捷菜单中单击“图表”命令，即可打开“图表”工具栏，如图 13-15 所示。单击“图表”工具栏左边的“图表对象”窗口右边的下三角箭头，打开一个选项列表，有关图表项的所有名字都显示于此列表中。单击其中的一个选项，则图表中相应的选项即被选中。

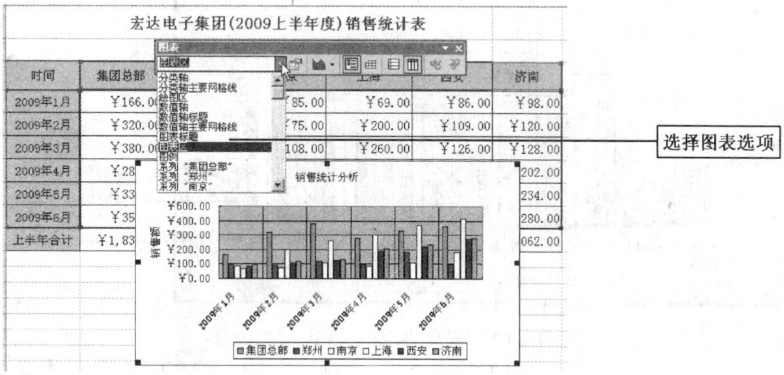

图13-15　图表对象列表

13.4.2　设置图表区格式

可以通过为图表区添加边框、设置图表中的字体、填充图案等来修饰图表。

例如，设置“销售统计分析表”图表区的格式，具体操作步骤如下：

（1）在图表的空白处单击鼠标选中图表。

（2）执行“格式”→“图表区”命令，或利用鼠标直接双击图表区，打开“图表区格式”对话框，单击“图案”选项卡，如图 13-16 所示。

（3）在“边框”区域中选择“自定义”单选按钮，然后在“样式”下拉列表中选择一种边框，如选择细实线边框，在“颜色”下拉列表中一种颜色，如选择“深蓝”色，在“粗细”下拉列表中选择线条的粗细。

（4）选择“阴影”复选框，则为图表边框添加阴影效果。

（5）在“区域”区域单击“填充效果”按钮，打开“填充效果”对话框，在对话框中单击“纹理”选项卡，如图 13-17 所示。

（6）在“纹理”列表中选择一种纹理，如选择“花束”，单击“确定”按钮，返回“图表区格式”对话框。

（7）单击“字体”选项卡，在“字号”文本框中输入“9.5”，单击“确定”按钮，设置图表区格式的效果如图 13-18 所示。

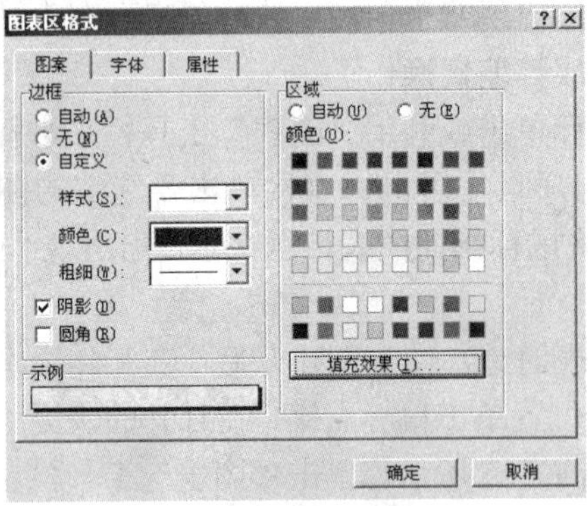

图13-16 “图表区格式”对话框

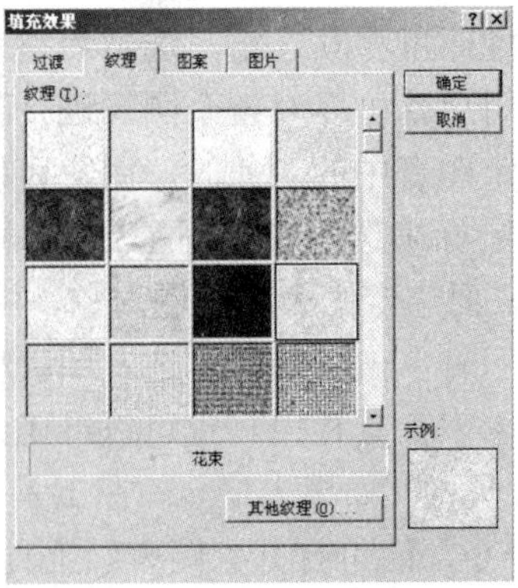

图13-17 设置纹理填充效果

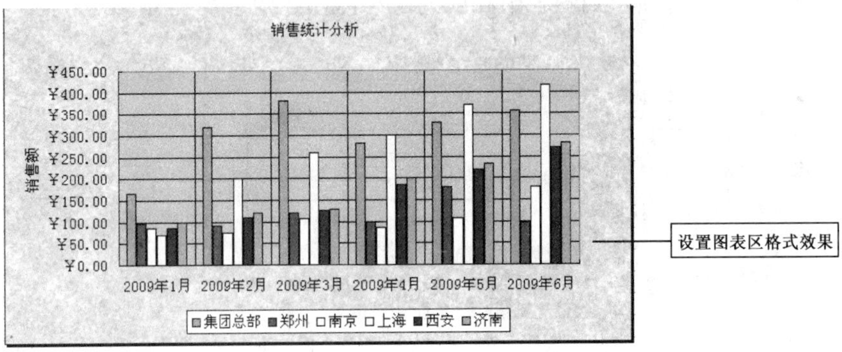

图13-18 设置图表区格式后的效果

13.4.3 设置绘图区格式

在绘图区中，底纹在默认情况下为灰色，可以根据需要对其进行更改。例如，为“销售统计分析表”图表中绘图区设置填充效果，具体操作步骤如下：

（1）在绘图区上单击鼠标右键，在快捷菜单中选择“绘图区格式”命令，打开“绘图区格式”对话框，如图13-19所示。

（2）在“边框”区域中选择“自定义”单选按钮，然后在“样式”下拉列表中选择一种边框样式，在“颜色”下拉列表中选择一种边框的颜色，在“粗细”下拉列表中选择边框的粗细。

（3）在“区域”区域单击“填充效果”按钮，打开“填充效果”对话框，在对话框中单击“过渡”选项卡，如图13-20所示。

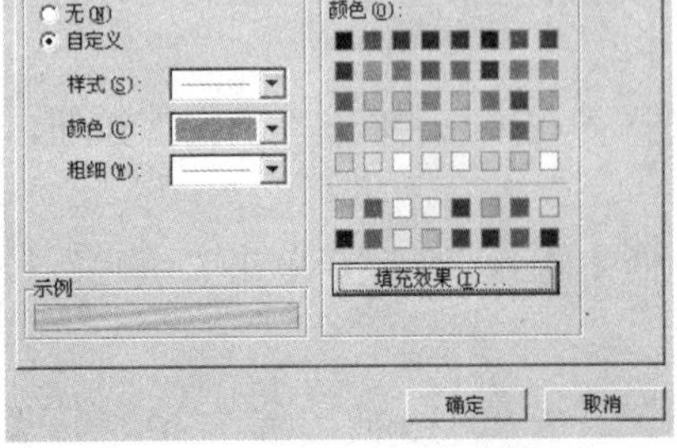

图13-19 “绘图区格式”对话框

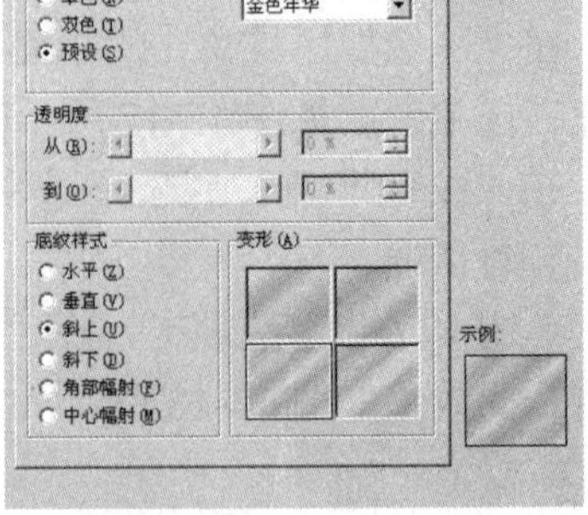

图13-20 设置过渡颜色

（4）在“颜色”列表中选择“预设”，在“预设颜色”下拉列表中选择“金色年华”，单击“确定”按钮，返回“绘图区格式”对话框。

（5）单击“确定”按钮。设置绘图区格式的效果如图 13-21 所示。

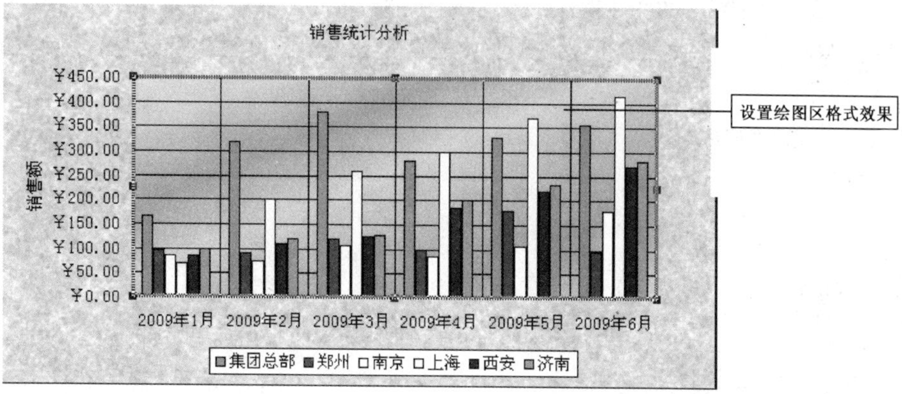

图13-21　设置绘图区格式后的效果

13.4.4　设置图表标题

在图表区中的字体默认为“宋体、12、黑色”，可以根据需要对其字体格式进行更改。例如，为“销售统计分析表”图表中图表标题设置字体格式，具体操作步骤如下：

（1）在图表标题上单击鼠标选中“图表标题”对象。

（2）执行“格式”→“图表标题”命令，打开“图表标题格式”对话框，单击“字体”选项卡，如图 13-22 所示。

（3）在“字体”下拉列表中选择“楷体-GB2312”，在“字形”下拉列表中选择“加粗”字形，在“字号”下拉列表中选择“16”字号，在“颜色”下拉列表中选择“梅红”。

（4）单击“确定”按钮，设置图表标题字体格式的效果如图 13-23 所示。

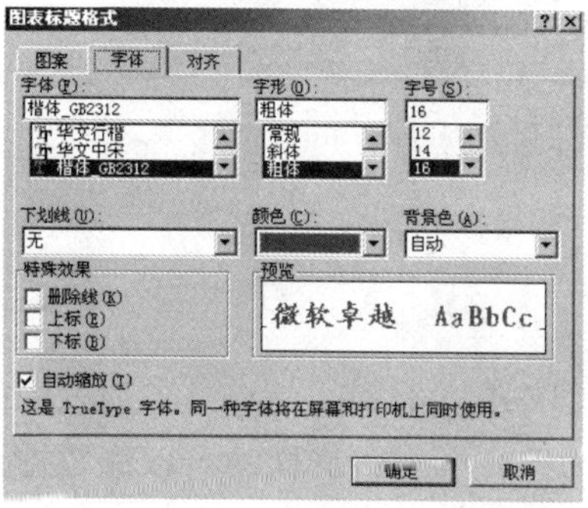

图13-22　“图表标题格式”对话框

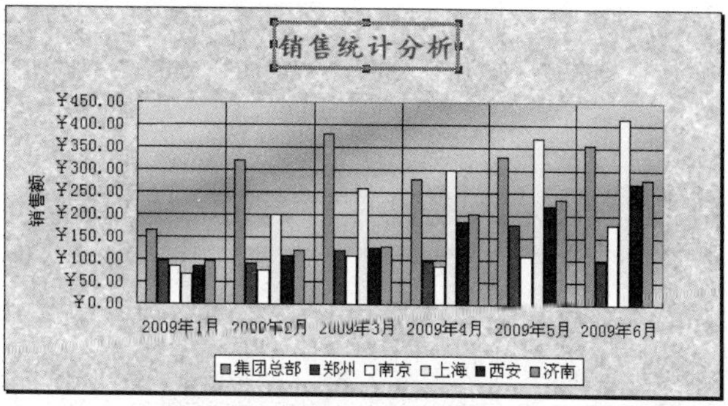

图13-23　设置图表标题的字体格式

13.4.5　格式化图表坐标轴

除对图表中的字体、边框、颜色等格式进行设置外，用户还可以对图表中坐标轴的样式、粗细、颜色、主要和次要刻度线样式等进行设置。

例如，格式化“销售统计分析表”图表的数值轴，具体操作步骤如下：

（1）在数值轴上单击鼠标右键，在打开的快捷菜单中选择“坐标轴格式”命令，打开“坐标轴格式”对话框，单击“图案”选项卡，如图 13-24 所示。

（2）在“坐标轴格式”对话框中，选中“自定义”单选按钮，在“样式”下拉列表中选择细实线，在“颜色”下拉列表中选择“红”色，在“粗细”下拉列表中选择粗实线。

（3）单击“刻度”选项卡，在“主要刻度单位”文本框中输入“50”，在“次要刻度单位”文本框中输入“10”，如图 13-25 所示。

（4）单击“确定”按钮。按照相同的方法格式化 X 坐标轴，设置坐标轴后的效果如图 13-26 所示。

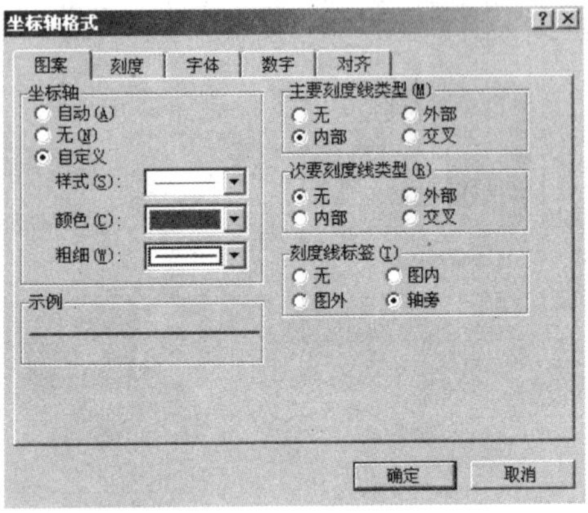

图13-24 设置坐标轴样式

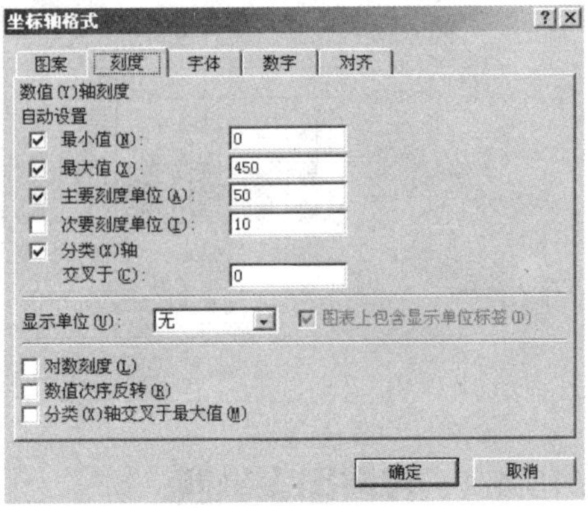

图13-25 设置刻度

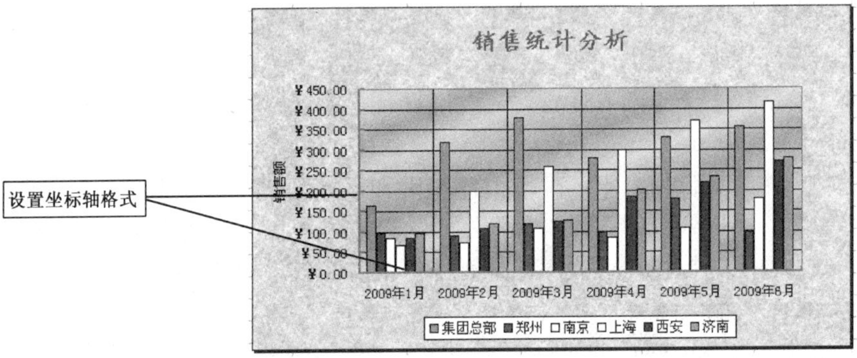

图13-26 格式化坐标轴后的效果

13.5 图表对象的组合叠放

组合图表使用两种或者多种图表类型以强调图表中含有不同类型的信息。当图表中的数据系列之间存在某种联系时，就可以将单一的图表改变为组合图表，这样就可以让数据系列之间的关系更明显的反映出来。将图表对象组合叠放的操作步骤如下：

（1）切换到 Sheet2 工作表中，创建一个如图 13-27 所示的工作表。

（2）选择“实际销售额”以及“月增长率”数据系列，然后创建一个簇状柱形图图表，如图 13-28 所示。

提示： 这时的图表中实际上有两组柱形图，只是由于增长率的数值太小，所以被遮挡起来了，要想使两组柱形图都显示出来，只有使用不同的单位长度的纵坐标轴，这在 Excel 2003 中被称为主坐标轴与次坐标轴。

（3）使用鼠标右击图表中的柱形，在打开的快捷菜单中选择“数据系列格式”命令，打开“数据系列格式”对话框，选择“坐标轴”选项卡，如图 13-29 所示。

（4）选中“次坐标轴”复选框，单击确定按钮，此时图表中的纵坐标变成了两个，如

图 13-30 所示。

2009年上半年销售计划完成情况统计表		
	单位:万元	
月份	实际销售额	月增长率
1月	212.8	
2月	187.4	-11.9%
3月	201.2	7.4%
4月	289.2	43.7%
5月	279.6	-3.3%
6月	296.2	5.9%

图13-27　创建新的工作表数据

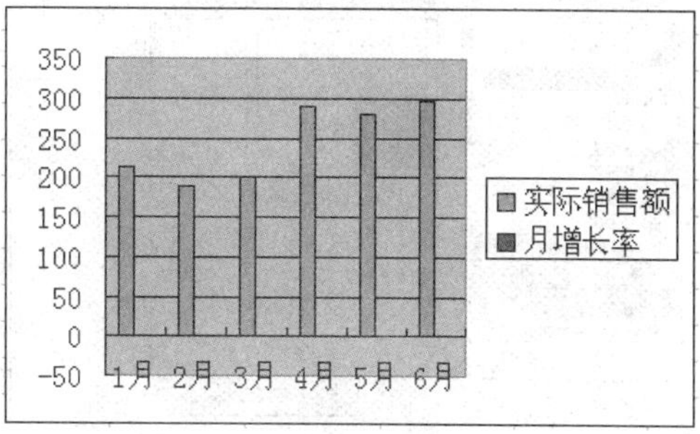

图13-28　创建的簇状柱形图图表

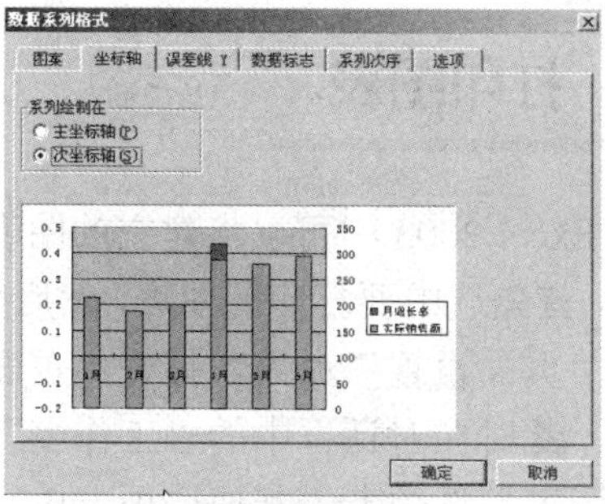

图13-29　“数据系列格式”对话框

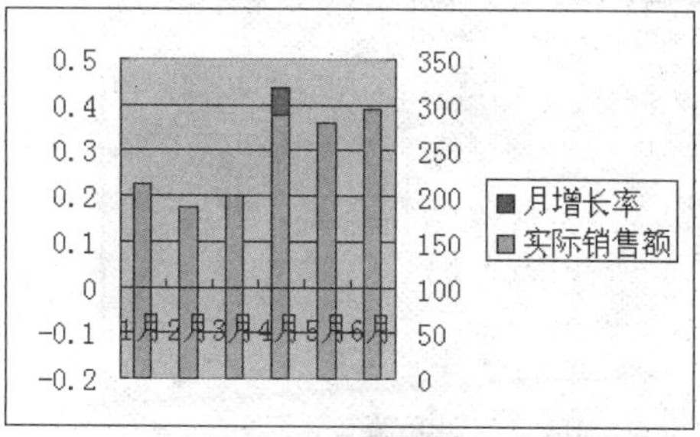

图13-30　纵坐标变成了两个

（5）选择图表，执行“格式”→“图表选项”命令，打开“图表选项”对话框，单击“标题”选项卡。在“图表标题”文本框中输入“相关指标分析”，在“分类（X）轴”文本框中输入“时间”，在“数值（Y）轴”文本框中输入“时间”，在“次数值（Y）轴”文本框中输入“实际销售额”，如图 13-31 所示。

（6）单击“确定”按钮，添加图表标题的效果如图 13-32 所示。

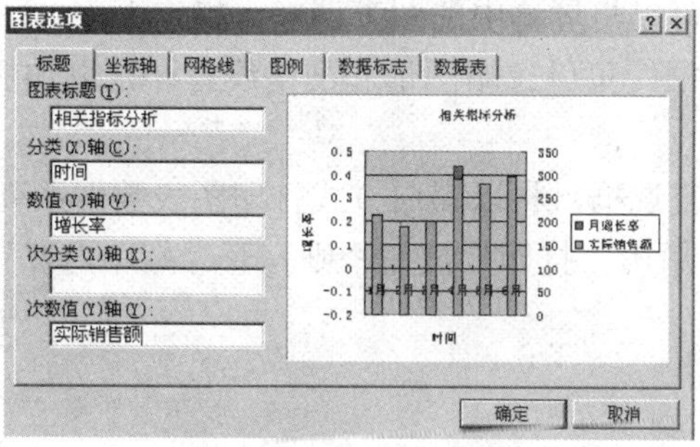

图13-31　设置图表标题

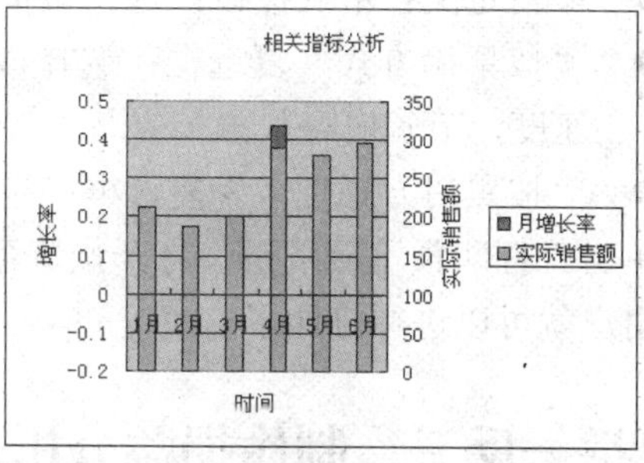

图13-32　设置图表标题的结果

（7）使用鼠标右击“实际销售额”对应的柱形，在打开的快捷菜单中选择“图表类型”命令，打开“图表类型”对话框，如图 13-33 所示。在对话框中的“图表类型”区域选择“折线图”，在“子图表类型”区域选择“数据点折线图”，单击“确定”按钮。

（8）使用鼠标右击“月增长率”对应的柱形，在打开的快捷菜单中选择“图表类型”命令，打开“图表类型”对话框，在对话框中的“图表类型”区域选择“折线图”，在“子图表类型”区域选择“数据点折线图”单击确定按钮。改变图表类型后的效果如图 13-34 所示。

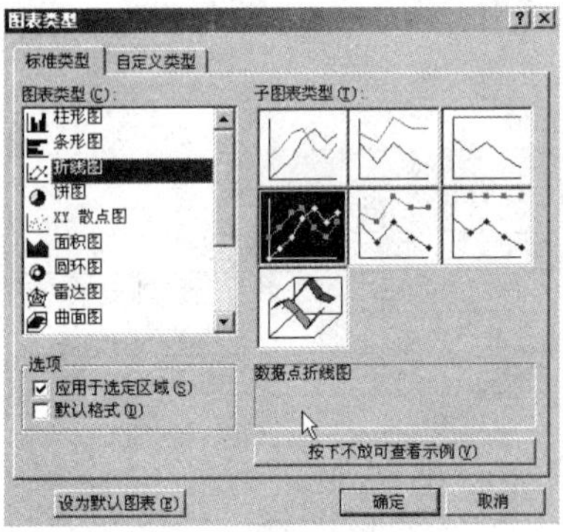

图13-33 设置图表类型

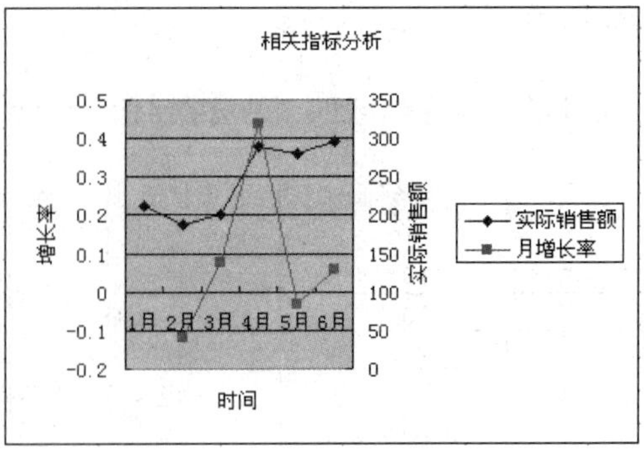

图13-34 设置图表类型后的效果

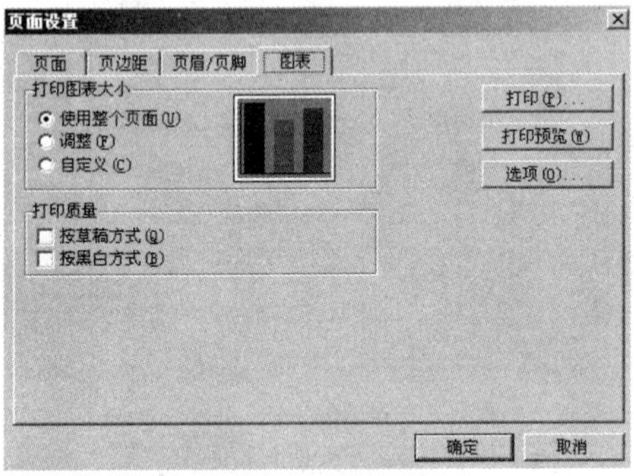

图13-35 设置图表选项

13.6 打印图表

在 Excel 2003 中可以将建立的图表单独打印出来，首先选中要打印的图表，然后执行“文件”→“页面设置”命令，打开“页面设置”对话框。此时在对话框中的“工作表”选项卡变为“图表”选项卡，其他选项卡内容保持不变，如图 13-35 所示。

该对话框中各选项功能如下：

- “使用整个页面”单选按钮：这是 Excel 2003 的默认方式，将按整页的页边距的高和宽将图表扩展到一整页上打印。
- “调整”单选按钮：选择该按钮，则在打印前将图扩展到对近的页边距，图表的高与宽成比例的扩展，直到其中一边扩展到页边距为止。
- “自定义”单选按钮：选择该按钮，可以将屏幕中的图表调整为指定大小。
- “按草稿方式”复选框：选择该复选框，可以忽略图形和网格线打印，以加快打印速度，节省内存。
- “按黑白方式打印”复选框：选择该复选框，将以黑白方式打印图表数据系列。

单击“打印预览”按钮，打开预览窗口，单击“打印”按钮，则打开“打印内容”对话框，用户就可以进行打印了。

举一反三 制作损益分析表

损益分析表是衡量企业在某一段时间内获利能力的财务报表，其目的在于衡量企业的动态绩效。这里利用图表对损益分析表的净利润进行分析，最终效果如图 13-36 所示。

在制作损益分析表之前先打开“案例与素材\第 13 章素材”文件夹中的“损益分析表.xls”文件。利用图表对损益分析表的净利润进行分析的具体操作步骤如下：

（1）工作表中选中要绘制图表的数据区域“A4：G4”和“A18：G18”，如图 13-37 所示。

（2）在“常用”工具栏中单击“图表向导”按钮或执行“插入”→“图表”命令，打开“图表向导-4 步骤之 1-图表类型”对话框，单击“标准类型”选项卡。在对话框左侧的“图表类型”的列表框中选择图表类型“圆环图”，在“子图表类型”区域中选择“分离型圆环图”，如图 13-38 所示。

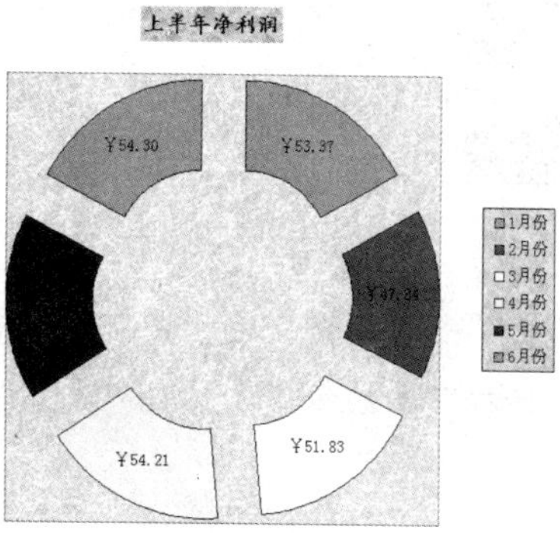

图13-36　净利润图表

	A	B	C	D	E	F	G
1							
2	2009上半年度损益表						
3							单位:万元
4	项目	1月份	2月份	3月份	4月份	5月份	6月份
5	一、主营业务收入	280.80	260.83	290.82	281.81	289.60	282.82
6	减：主营业务成本	102.35	98.35	112.35	102.25	108.95	102.95
7	经营费用	60.42	55.42	62.42	60.22	61.94	60.32
8	主营业务税金及附加	6.78	6.08	6.88	6.76	6.85	6.82
9	二、主要业务利润	111.25	100.98	109.17	112.58	111.86	112.73
10	减：管理费用	38.08	36.08	38.38	38.06	38.08	38.08
11	财务费用	0.52	0.50	0.53	0.51	0.52	0.51
12	三、营业利润	72.65	64.40	70.26	74.01	73.26	74.14
13	加：投资净收益	7.00	7.00	7.10	6.90	7.10	6.90
14	营业外收入						
15	减：营业外支出						
16	四、利润总额	79.65	71.40	77.36	80.91	80.36	81.04
17	减：所得税	26.28	23.56	25.53	26.70	26.52	26.74
18	五、净利润	￥53.37	￥47.84	￥51.83	￥54.21	￥53.84	￥54.30

图13-37　选定损益表中创建图表的数据区域

（3）单击“下一步”按钮，打开“图表向导-4 步骤之 2-图表源数据”对话框，在“系列产生在”区域选中“行”单选按钮，如图 13-39 所示。

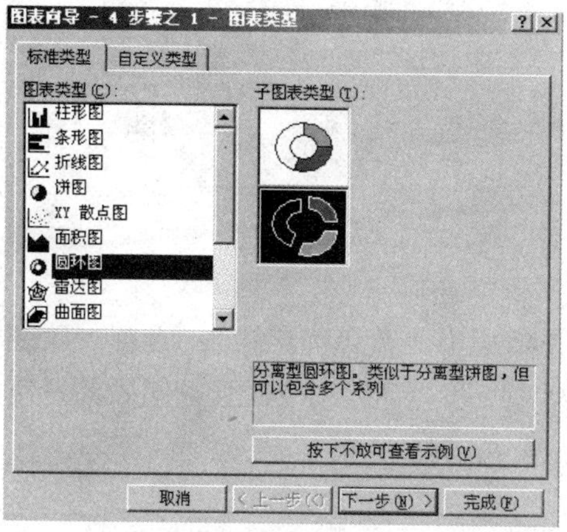

图13-38　选择圆环图图表类型

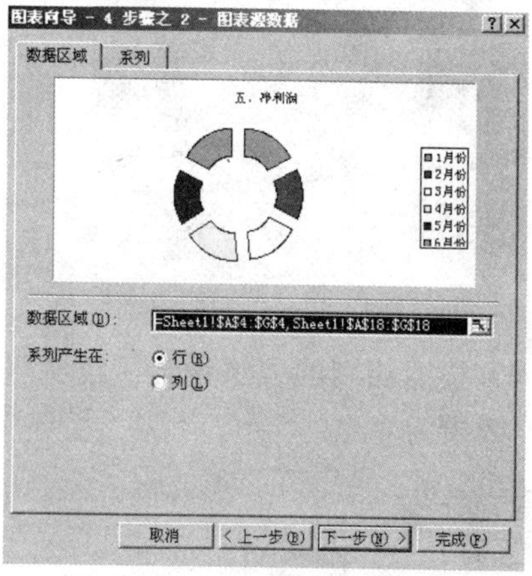

图13-39　选择数据系列产生在行

（4）单击“下一步”按钮，打开“图表向导-4 步骤之 3-图表选项”对话框，单击“标题”选项卡。在“图表标题”文本框中输入标题“上半年净利润”，如图 13-40 所示。

（5）单击“数据标志”选项卡，选中“值”复选框，这样就可以在数据系列上显示数值，如图 13-41 所示。

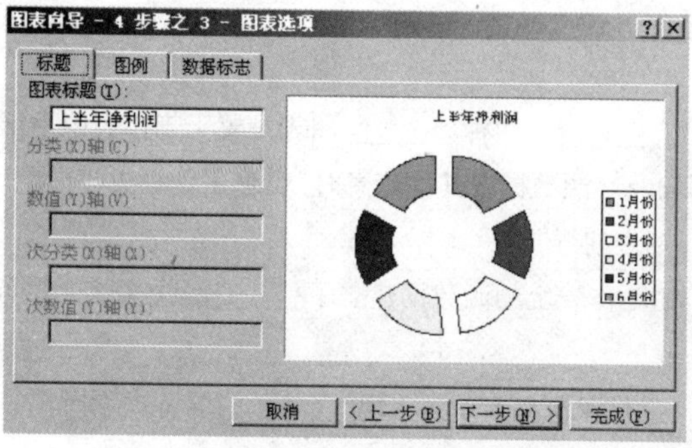

图13-40　输入图表标题

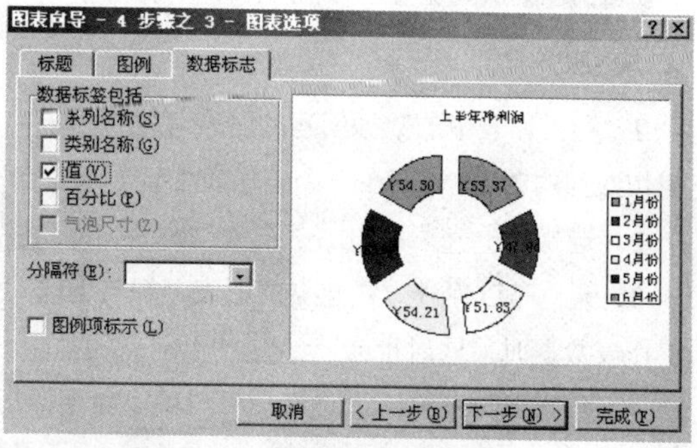

图13-41　设置数据系列显示数值

（6）单击“下一步”按钮，打开“图表向导-4 步骤之 4-图表位置”对话框，选中“作为新工作表插入”单选按钮，如图 13-42 所示。

（7）单击“完成”按钮，创建一个图表工作表，效果如图 13-43 所示。

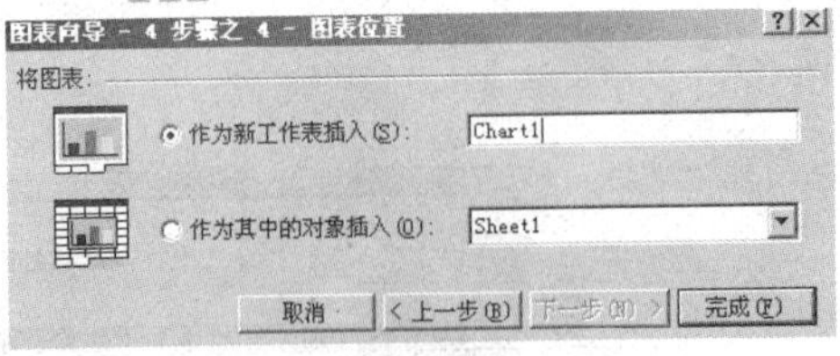

图13-42　选择图表插入方式

（8）在图例上单击鼠标选中“图例”对象。执行“格式”→“图例”命令，打开“图例格式”对话框，单击“图案”选项卡，如图13-44所示。单击“填充效果”按钮，为图例设置“花束”的填充效果，依次单击“确定”按钮返回图表。

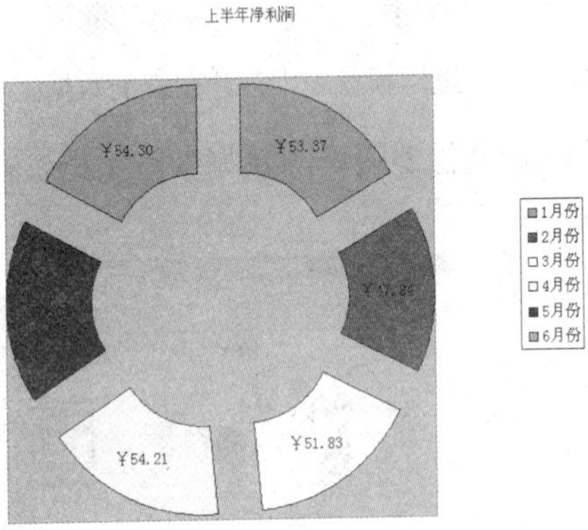

图13-43　创建图表工作表

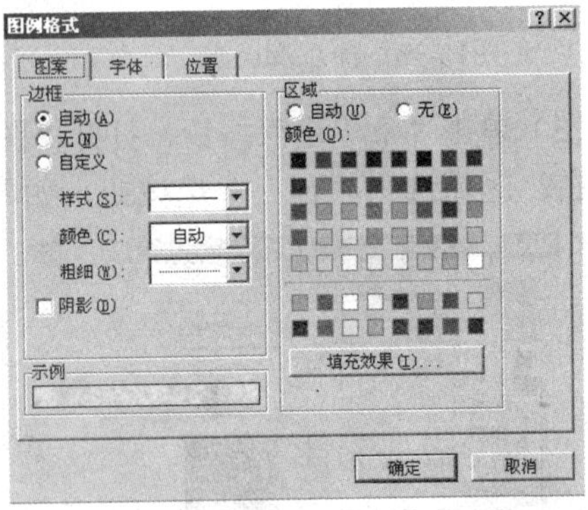

图13-44　“图例格式”对话框

（9）按照相同的方法设置“绘图区”的填充效果为“蓝色面纸巾”；设置“图表标题”的填充效果为“水滴”，字体为“楷体”，字号为“16”，字形为“加粗”，图表的最终效果如图13-36所示。

回头看

通过案例“销售分析统计表”以及举一反三“损益分析表”的制作过程，主要学习了Excel 2003提供的创建图表的方法和技巧。这其中关键之处在于要选取合适的数据区域才能对工作表进行有效的分析。

习题13

填空题

1. 利工作表中的数据创建的图表有__________和__________两种。______图表是置于工作表中用于补充工作数据的图表，当要在一个工作表中查看或打印图表及其源数据或其他信息时，可使用这种类型的图表。

2. 选择______菜单中的“图表”命令，即可打开图表向导。

3. 无论是以何种方式建立的图表，都与生成它们的工作表上的源数据建立了______，这就意味着当更新工作表数据时，同时也会______。

4. 要选定图表的标题对象，用户可以将鼠标指向图表标题文本，当出现_______的屏幕提示时单击鼠标即可选定图表标题。

问答题

1. 如何向图表中添加数据？

2. 更改图表中的数值有哪些方法？

第 14 章　幻灯片的制作
——制作市场推广计划和公司年终总结

PowerPoint 2003 是制作演示文稿的软件，能够把所要表达的信息组织在一组图文并茂的画面中。利用 PowerPoint 2003 创建的演示文稿可以通过不同的方式播放，可以将演示文稿打印、制作成幻灯胶片，使用投影仪播放；也可以在计算机上直接连接投影仪进行演示，并且可以加上动画、特技效果和声音等多媒体效果，使人们的创意发挥得更加淋漓尽致。

知识要点

- 创建演示文稿
- 编辑幻灯片中的文本
- 丰富幻灯片页面效果
- 幻灯片的编辑
- 演示文稿的视图方式

任务描述

为了使产品能更好地适应市场需求，企业在市场运作中通常都需要经常为自己的产品制作市场推广计划，它不仅可以指导本公司市场部门工作人员的工作，还有助于使更多的客户了解产品和公司。这里就利用 PowerPoint 2003 制作一个如图 14-1 所示的市场推广计划。

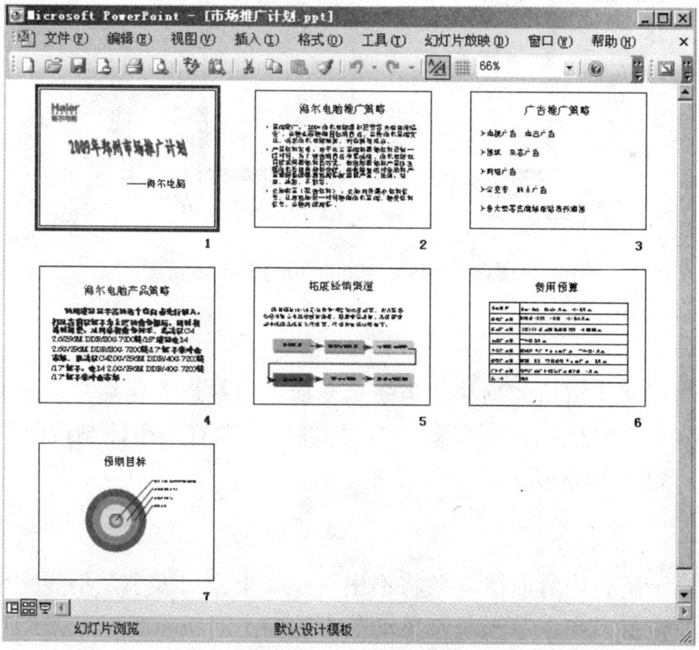

图14-1　市场推广计划

案例分析

完成市场推广计划的制作首先要创建一个演示文稿，然后在幻灯片中添加文本、设置文本格式、添加艺术字、插入图片、应用自选图形、应用表格以及插入图示等功能对幻灯片进行编辑制作。

本章所涉及案例的素材和最终效果文件请登录华信教育资源网（www.hxedu.com.cn）下载，在下载后的“案例与素材\第 14 章素材”和“案例与素材\第 14 章案例效果”文件夹中。

14.1 创建演示文稿

在制作演示文稿时，要首先创建一个新的演示文稿。启动 PowerPoint 2003 时系统会自动打开一个空白的演示文稿，并自动命名为“演示文稿 1”，如图 14-2 所示。

PowerPoint 2003 的工作界面主要由标题栏、菜单栏、工具栏、任务窗格、状态栏和演示文稿窗口等组成。其中一些窗口元素的作用和 Word 2003 类似，如标题栏、工具栏及菜单栏等，下面只对演示文稿窗口进行简单的介绍。默认情况下，启动 PowerPoint 2003 应用程序时，进入演示文稿窗口的“普通”视图，在该视图中演示文稿窗口包含 3 个工作区：大纲区、备注区和幻灯片区。除了 3 个工作区外演示文稿窗口还包括标题栏、滚动条、视图方式切换按钮等。

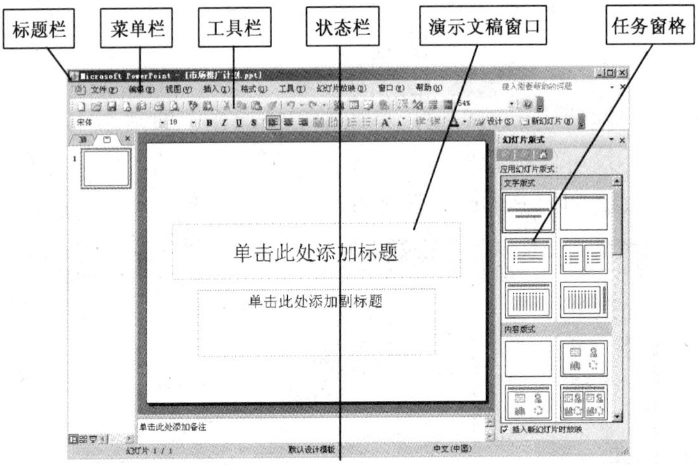

图14-2　PowerPoint 2003工作环境

1．标题栏

标题栏位于演示文稿窗口的顶端。当演示文稿窗口被最大化后，演示文稿窗口的标题将被合并到 PowerPoint 2003 窗口的标题栏中，标题栏右端有三个控制按钮，最小化、还原/最大化和关闭按钮，如图 14-3 所示。

2．滚动条

如果窗口能显示所有内容时滚动条将不出现。如果窗口太小，不能完全显示所有的内容时，滚动条会出现在窗口中。单击垂直滚动条中的向上箭头将后退一张幻灯片，单击滚动条中的向下箭头将前进一张幻灯片。如果要快速移动幻灯片，可以拖动滚动块。在普通视图中，拖动滚动块时会显示当前幻灯片的编号和标题。

3．幻灯片区

在幻灯片区可以对幻灯片进行编辑修改，幻灯片是演示文稿的核心部分。可以在幻灯片区域对幻灯片进行详细的设置，例如编辑幻灯片的标题和文本、插入图片、绘制图形以及插入组织结构图等。

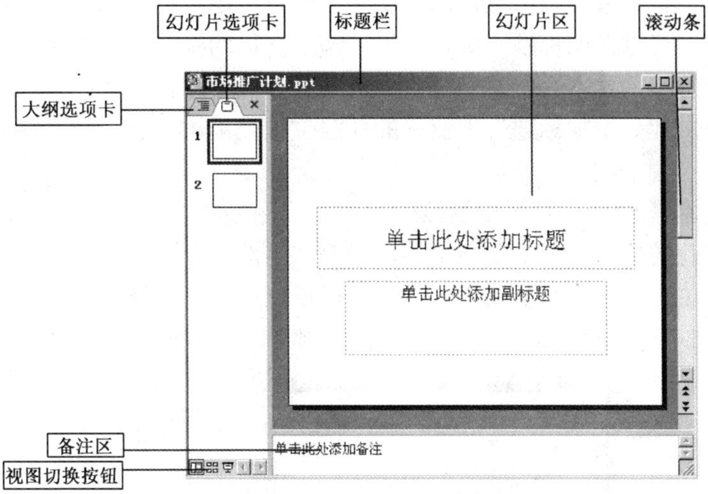

图14-3 演示文稿窗口

4. 大纲选项卡

单击“大纲”选项卡则会显示大纲区域，在该区域显示了幻灯片的标题和主要的文本信息。大纲文本是由每张幻灯片的标题和正文组成，每张幻灯片的标题都出现在数字编号和图标的旁边，每一级标题都是左对齐，下一级标题自动缩进。在大纲区中，可以使用“大纲”工具栏中的按钮来控制演示文稿的结构。在大纲区适合组织和创建演示文稿的文本内容。

5. 幻灯片选项卡

单击“幻灯片”选项卡则会在此区域显示所有幻灯片的缩略图，单击某一个缩略图在右面的幻灯片区将会显示相应的幻灯片。

6. 备注区

可以在该区域编辑幻灯片的说明，一般由演示文稿的报告人提供。

14.2 编辑幻灯片中的文本

文本对象是幻灯片的基本组成部分，也是演示文稿中最重要的组成部分。用户可以根据需要对幻灯片中的文本进行编辑，合理地组织文本对象，使幻灯片能清楚地说明问题，增强幻灯片的可读性。

14.2.1 添加文本

在幻灯片中添加文本有两种方法，可以直接在幻灯片的文本占位符中输入文本，也可以在幻灯片中先插入文本框，然后再在文本框中输入文本。

1. 在占位符中输入文本

“占位符”是指在新创建的幻灯片中出现的虚线方框，这些方框代表着一些待确定的对象，占位符是对待确定对象的说明。

例如，创建一个新的空白演示文稿，新演示文稿的第一张幻灯片为标题幻灯片，在该幻灯片中有标题占位符和副标题占位符两个文本占位符。用户可以在标题占位符中输入该演示文稿的标题文本，可以在副标题占位符中输入演示文稿的副标题文本。

在标题幻灯片中的文本占位符中输入文本的具体操作步骤如下：

（1）在“单击此处添加标题”占位符的任意位置处单击鼠标左键，将插入点定位在标题占位符中。

（2）输入文本“2009 年郑州市场推广计划”。

（3）在幻灯片的任意空白处单击鼠标，结束文本的添加。

（4）在“单击此处添加副标题”占位符的任意位置处单击鼠标左键，输入文本“海尔电脑”。添加标题文本和副标题文本的标题幻灯片如图 14-4 所示。

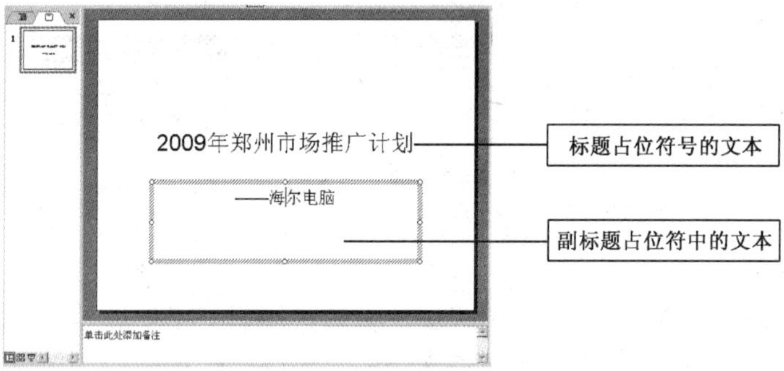

图14-4　在标题占位符中输入文本

演示文稿的第 1 张幻灯片内容输入完成后，用户可以继续创建新的幻灯片并输入相应内容。单击“插入”→“新幻灯片”命令，可在当前幻灯片的下方插入一张新的幻灯片。在第 2 张幻灯片中，则有“标题占位符”和“文本占位符”两个占位符，在标题占位符中可以输入幻灯片的标题，在文本占位符中则可以输入幻灯片的文本，如图 14-5 所示。

按照相同的方法，插入第 3 张幻灯片，并输入相应的标题和文本，如图 14-6 所示。

图14-5　第2张幻灯片文本

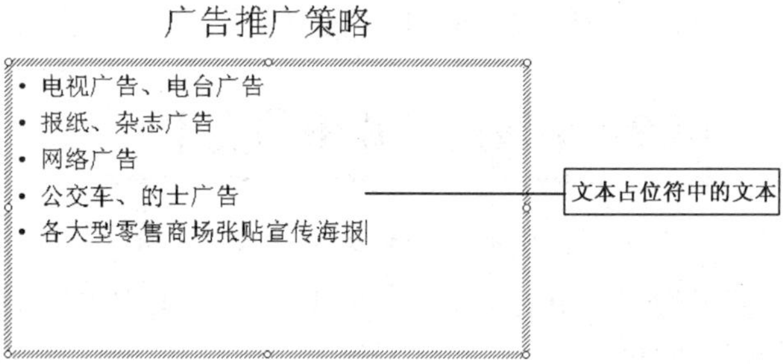

图14-6　第3张幻灯片文本

2. 在文本框中输入文本

如果要在文本占位符以外的位置处添加文本，可以利用先文本框进行添加。

例如，要在第 3 张幻灯片的后面插入一个新的幻灯片，并在文本占位符以外的位置输入文本，具体操作步骤如下：

（1）执行“插入”→“新幻灯片”命令，在当前幻灯片的后面插入一张新的幻灯片。

（2）在“单击此处添加标题”占位符中输入幻灯片的标题“海尔电脑产品策略”。

（3）在“单击此处添加文本”占位符的边框线上单击鼠标将占位符选中，按“Delete”键将其删除。

（4）执行“插入”→“文本框”→“水平”命令，此时鼠标指针变成 ↓ 形状。

（5）拖动鼠标在幻灯片中绘制出合适大小的文本框，然后在文本框中输入相应的文本，如图 14-7 所示。

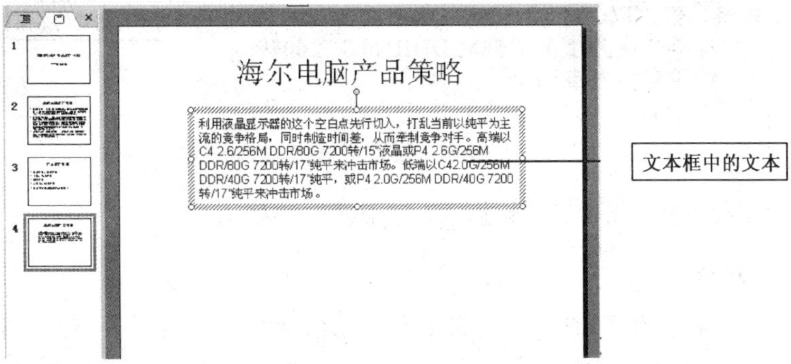

图14-7　利用文本框输入文本

14.2.2　设置文本格式

PowerPoint 2003 提供了强大的文本效果处理功能，可以对演示文稿中的文本进行各种格式的设置。

1．设置字体格式

如果要设置的字体格式比较简单，可以利用“格式”工具栏中的按钮进行设置，对于复杂的字体格式设置可以使用“字体”对话框进行设置。

例如，设置第 4 张幻灯片文本框中的字体格式，具体操作步骤如下：

（1）在左边的窗格中单击第 4 张幻灯片的缩略图，切换第 4 张幻灯片为当前幻灯片，选中文本框中的文本。

（2）执行“格式”→“字体”命令，打开“字体”对话框，如图 14-8 所示。

（3）在“中文字体”下拉列表框中选择“黑体”，在“西文字体”下拉列表框中选择“Times New Roman”在“字形”下拉列表框中选择“加粗”，在“字号”下拉列表框中选择“32”。

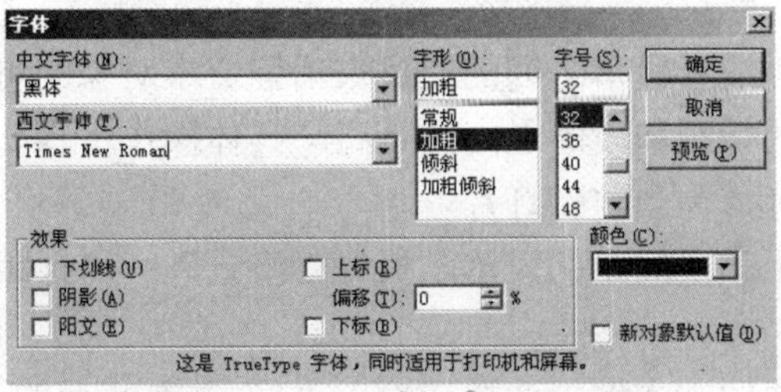

图14-8　“字体”对话框

（4）单击“确定”按钮，设置字体格式的效果，如图 14-9 所示。

海尔电脑产品策略
利用液晶显示器的这个空白点先行切入，打乱当前以纯平为主流的竞争格局，同时制造时间差，从而牵制竞争对手。高端以C4 2.6/256M DDR/80G 7200转/15“液晶或P4 2.6G/256M DDR/80G 7200转/17”纯平来冲击市场。低端以C42.0G/256M DDR/40G 7200转/17”纯平，或P4 2.0G/256M DDR/40G 7200转/17”纯平来冲击市场 。
设置字体格式的效果

图14-9　设置字体格式

读者可以按照相同的方法设置其他幻灯片中的字体格式。

2．段落水平对齐

在默认情况下，在占位符中输入的文本会根据情况自动设置对齐方式。在标题和副标题占位符中输入的文本会自动居中对齐，在插入的文本框中输入的文本会自动左对齐。

用户可以利用“格式”工具栏中的按钮设置段落的水平对齐方式。首先选中要设置水平对齐的段落，然后根据版式需要利用“格式”工具栏中的“左对齐”、“居中对齐”、和“右对齐”按钮设置段落的水平对齐即可。

例如将第 1 张幻灯片中的副标题设置为“右对齐”，先将鼠标定位在副标题段落中，然后单击“格式”工具栏中的“右对齐”按钮即可，效果如图 14-10 所示。

提示：除了利用“格式”工具栏中的按钮设置水平对齐外，还可以单击“格式” → “对齐方式”按钮，打开一个子菜单，在子菜单中根据版式需要选择不同的对齐方式。

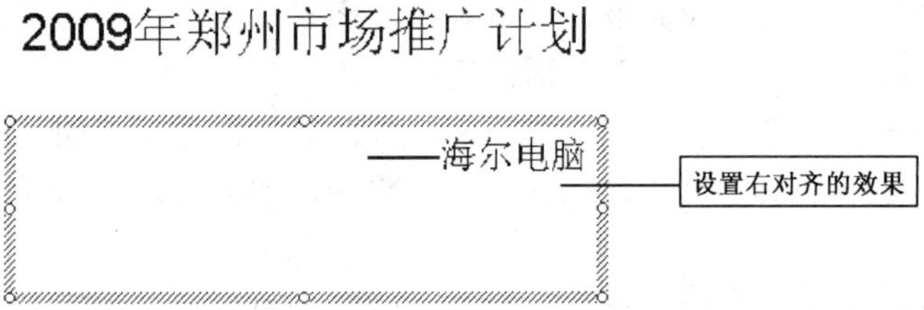
2009年郑州市场推广计划
——海尔电脑
设置右对齐的效果

图14-10　副标题设置右对齐

3．设置行距和段间距

可以更改段落的行距或者段落之间的距离来增强文本对象的可读性，例如要设置第 3 张幻灯片中文本占位符中的行距和段落之间的距离，具体操作步骤如下：

（1）切换第 3 张幻灯片为当前幻灯片。

（2）选中要设置行距和段间距的段落，执行“格式” → “行距”命令，打开“行距”对话框，如图 14-11 所示。

（3）在“行距”下面的文本框中选择或输入“1”并在其后的下拉列表中选择“行”。

（4）在“段前”下面的文本框中选择或输入“1”并在其后的下拉列表中选择“行”。

（5）单击“确定”按钮，设置行距和段间距的效果如图 14-12 所示。

图14-11　“行距”对话框

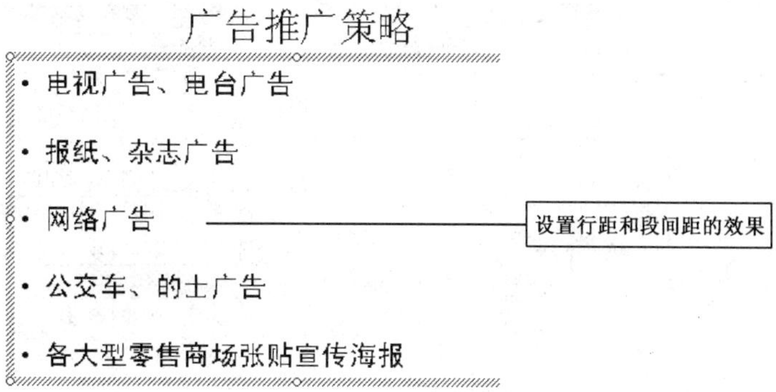

图14-12　设置行距和段间距

4．设置项目符号

默认情况下，在正文文本占位符中输入的文本会自动添加项目符号。为了使项目符号更加新颖，用户可以在“项目符号和编号”对话框中根据需要对其进行更改。

例如，对第 3 张幻灯片正文文本的项目符号进行修改，具体操作步骤如下：

（1）切换第 3 张幻灯片为当前幻灯片。

（2）选定含有项目符号的段落。

（3）执行“格式”→“项目符号和编号”命令，打开“项目符号和编号”对话框，单击“项目符号”选项卡，如图 14-13 所示。

（4）在“项目符号”选择区域中选择一种样式，在“大小”文本框中选择或输入项目符号相对于文本大小的百分比，单击“颜色”文本框右侧的下三角箭头在下拉列表中选择项目符号的颜色。

（5）单击“确定”按钮，设置项目符号后的效果如图 14-14 所示。

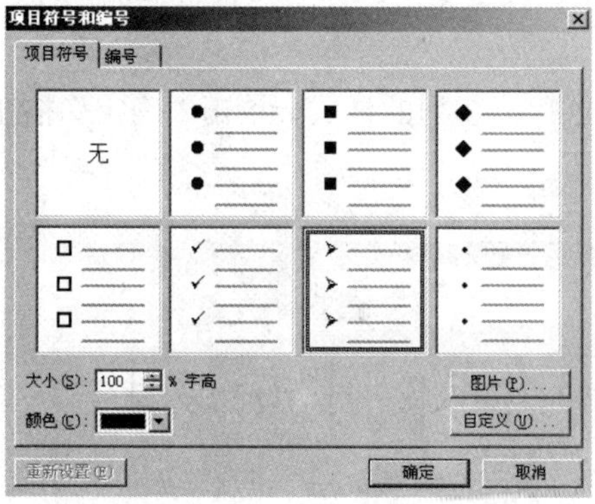

图14-13　设置项目符号

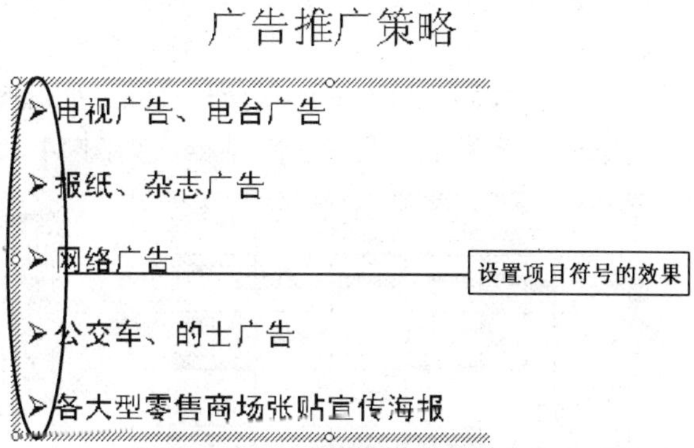

图14-14　设置项目符号后的效果

提示：如果系统提供的项目符号样式不能满足用户的要求，还可以选择其他的项目符号样式。在“项目符号和编号”对话框中选择一种样式，单击“图片”按钮，打开“图片项目符号”对话框，如图 14-15 所示，在对话框中可以选择一种图片作为项目符号；如果单击“自定义”按钮，打开“符号”对话框，如图 14-16 所示，在打开的“符号”对话框中可以选择一种符号作为项目符号。

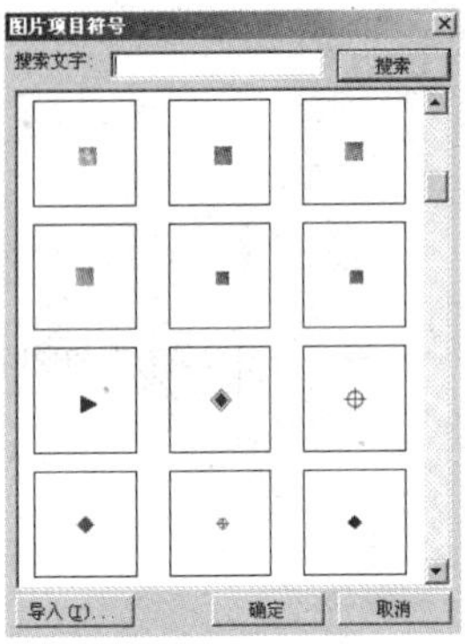

图14-15 “图片项目符号”对话框

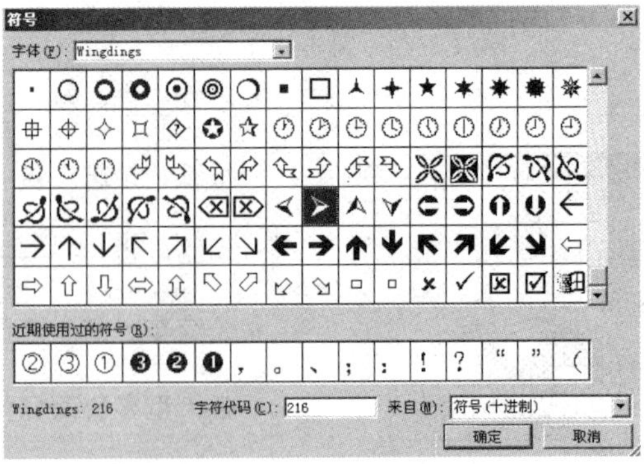

图14-16 “符号”对话框

14.3 丰富幻灯片页面效果

为了使演示文稿获得丰富的页面效果，还可以采用在幻灯片中插入艺术字、插入图片、绘制自选图形、插入表格或者插入组织结构图等方法来修饰页面。

14.3.1 在幻灯片中应用艺术字

艺术字用于突出某些文字，在幻灯片中应用艺术字能够使幻灯片更加美观，实现意想不到的效果。

例如，将第 1 张幻灯片中的标题，更换为艺术字的效果，具体操作步骤如下：

（1）切换第 1 张幻灯片为当前幻灯片。

（2）选中标题占位符，按“Delete”键将其删除。

（3）执行“插入”→“图片”→“艺术字”命令，打开“艺术字库”对话框，如图 14-17 所示。

（4）在艺术字库列表中选择一种样式，如选择第 2 行第 3 列的样式，单击“确定”按钮，打开“编辑‘艺术字’文字”对话框，如图 14-18 所示。

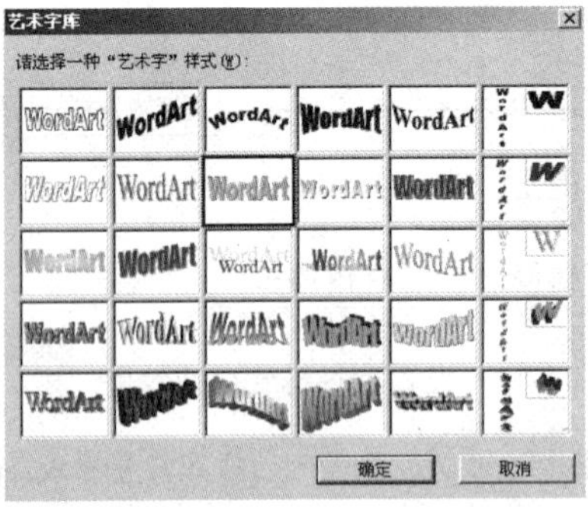

图14-17 “艺术字库”对话框

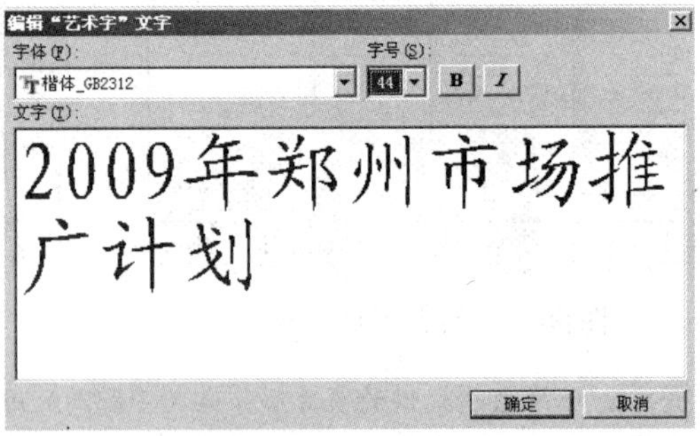

图14-18 “编辑‘艺术字’文字”对话框

（5）在“字体”下拉列表中选择“楷体”；在字号下拉列表中选择“44”，在“文字”文本框中输入“2009 年郑州市场推广计划”。

（6）单击“确定”按钮，在幻灯片中插入艺术字的效果如图 14-19 所示。

（7）对艺术字进行效果填充，并调整艺术字的形状，最终效果如图 14-20 所示。

图14-19　插入艺术字的效果

图14-20　设置艺术字的效果

14.3.2　在幻灯片中应用图片

在 PowerPoint 2003 中允许用户在文档中导入多种格式的图片文件，可以避免使观众因面对单调的文字和数据而产生厌烦的心理，极大地丰富了幻灯片的演示效果。

在幻灯片中可以插入来自文件的图片也可以插入剪贴画，由于两者的方法类似，这里只介绍插入来自文件的图片的方法。

例如，在第 1 张幻灯片中插入来自文件的图片，具体操作步骤如下：

（1）切换第 1 张幻灯片为当前幻灯片。

（2）执行“插入”→“图片”→“来自文件”命令，打开“插入图片”对话框，如图 14-21 所示。

（3）在“查找范围”下拉列表中选择图片文件所在的文件夹，在文件列表中选择要插入的图片“商标”。

（4）单击“插入”按钮，或直接双击图片即可将图片插入到幻灯片中。用鼠标拖动适当调整图片的位置和大小，最终效果如图 14-22 所示。

图14-21　“插入图片”对话框

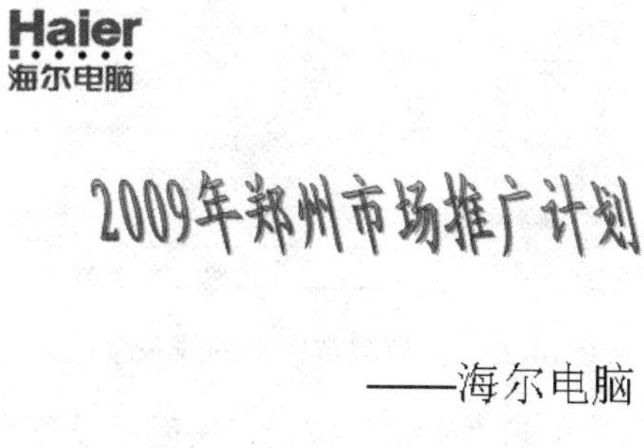

图14-22　插入图片的效果

14.3.3　在幻灯片中应用自选图形

用户可以利用“绘图”工具栏中的按钮方便地在指定的区域绘制不同的自选图形，这一绘图功能可以完成简单的原理示意图，流程图、组织结构图等。

利用“绘图”工具栏中的绘图工具，还可以在幻灯片中很轻松地、快速地绘制出各种外观专业、效果生动的图形。

例如，在拓展经销渠道幻灯片中绘制自选图形，具体操作步骤如下：

（1）在第 4 张幻灯片的后面插入 1 张新幻灯片，输入标题“拓展经销渠道”，并利用文本框输入适当的文本。

（2）执行“视图”→“工具栏”→“绘图”命令，打开“绘图”工具栏。

（3）在“绘图”工具栏中单击“自选图形”→“基本形状”→“立方体”命令，如图14-23所示。

（4）拖动鼠标，在合适的位置绘制出一个立方体自选图形，如图14-24所示。

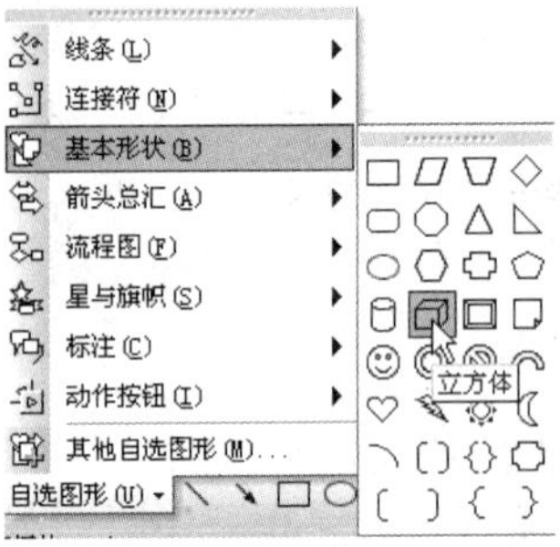

图14-23　选择立方体

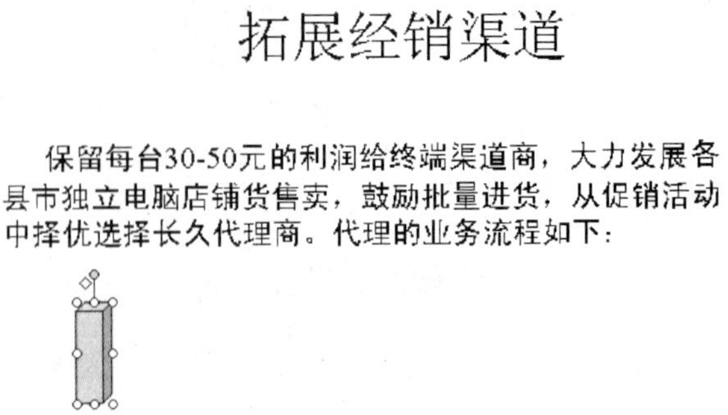
拓展经销渠道
保留每台30-50元的利润给终端渠道商，大力发展各县市独立电脑店铺货售卖，鼓励批量进货，从促销活动中择优选择长久代理商。代理的业务流程如下：

图14-24　绘制自选图形

（5）在立方体上单击鼠标右键，在出现的快捷菜单中选择“设置自选图形格式”命令，打开“设置自选图形格式”对话框，单击“颜色和线条”选项卡，在“线条”区域的“颜色”下拉列表中选择“无线条颜色”，如图14-25所示。

（6）单击“尺寸”选项卡，在“尺寸和旋转”区域中设置“高度”为“5.9 厘米”，“宽度”为“1.9 厘米”，在“旋转”文本框中设置旋转角度为“90°”，如图14-26所示。

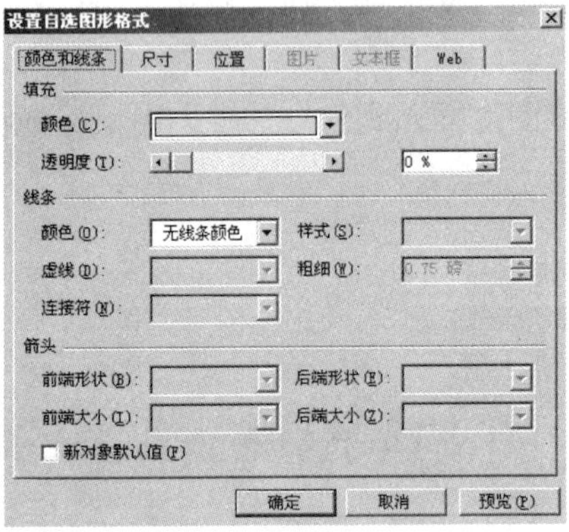

图14-25　设置自选图形的线条颜色

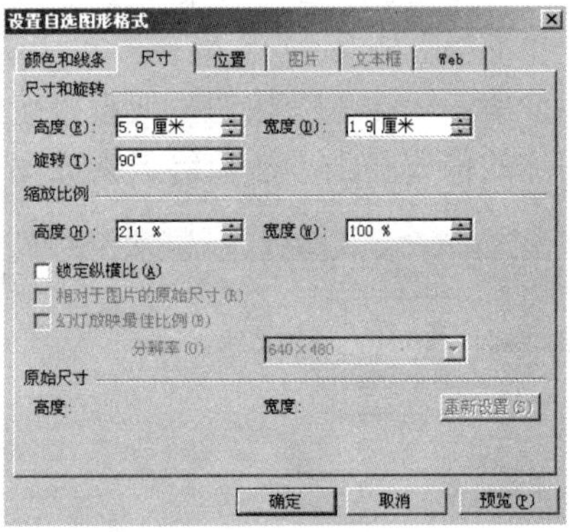

图14-26　设置自选图形的尺寸

（7）单击“确定”按钮，关闭“设置自选图形格式”对话框，此时立方体效果如图14-27所示。

（8）拖动黄色控制点调整立方体的高度，效果如图14-28所示。

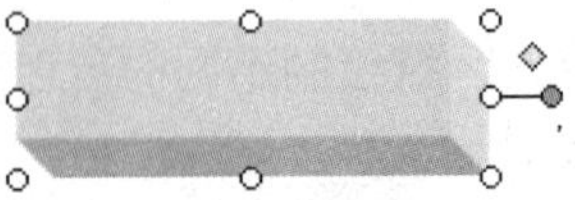

图14-27　旋转后的立方体

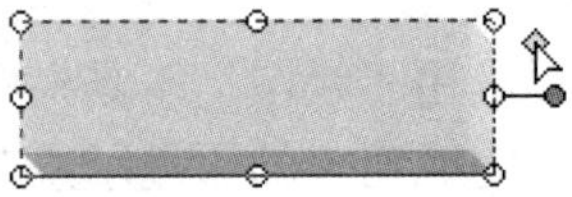

图14-28　调整立方体的高度

（9）在立方体上单击鼠标右键，在快捷菜单中选择“添加文字”命令，然后在立方体中输入文字“业务洽谈”，如图14-29所示。

（10）选择立方体图形，按组合键Ctrl+D，或者使用复制、粘贴命令，创建立方体的多个副本，调整立方体的位置，为不同的立方体设置不同的填充颜色，并输入不同的文本，如图 14-30 所示。

图14-29　输入文字

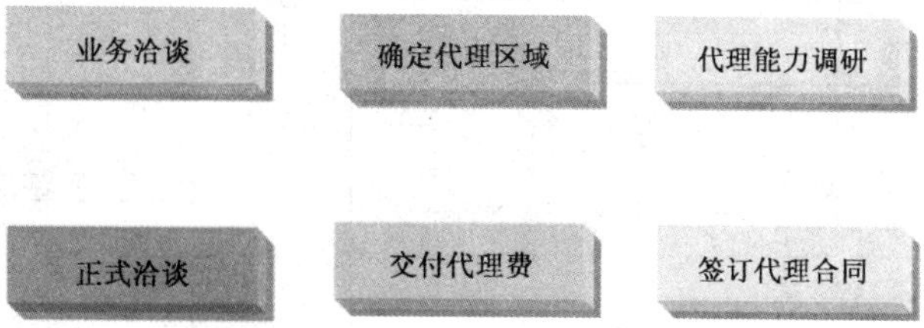

图14-30　复制多个立方体

（11）单击“绘图”工具栏中的“箭头”按钮，在各个立方体之间绘制连接线。绘制立方体的最终效果如图 14-31 所示。

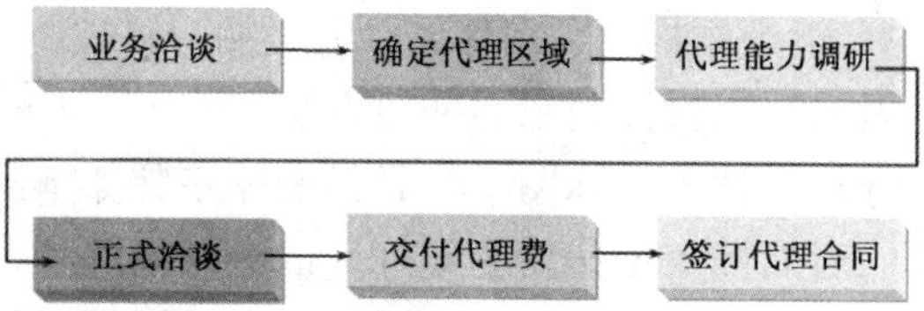

图14-31　绘制的立方体最终效果

14.3.4　在幻灯片中应用表格

在幻灯片中应用表格，用数据说明问题，可以增强幻灯片的说服力。幻灯片中的表格采用数字化的形式，更能体现内容的准确性。表格易于表达逻辑性、抽象性强的内容，并且可以使幻灯片的结构更加突出，使表达的主题一目了然。

在费用预算幻灯片中插入表格的具体操作步骤如下：

（1）在第 5 张幻灯片的后面插入 1 张新的幻灯片，输入标题“费用预算”。

（2）执行“插入”→“表格”命令，打开“插入表格”对话框，如图 14-32 所示。

（3）在“列数”文本框中输入“2”，在“行数”文本框中输入“8”。单击“确定”按钮，在幻灯片中创建表格，如图 14-33 所示。

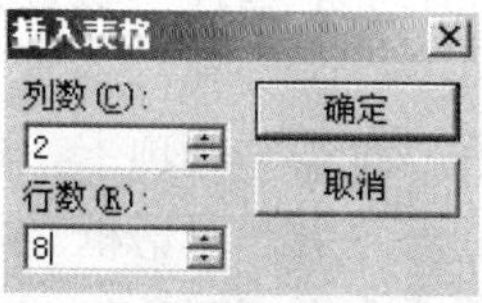

图14-32　“插入表格”对话框

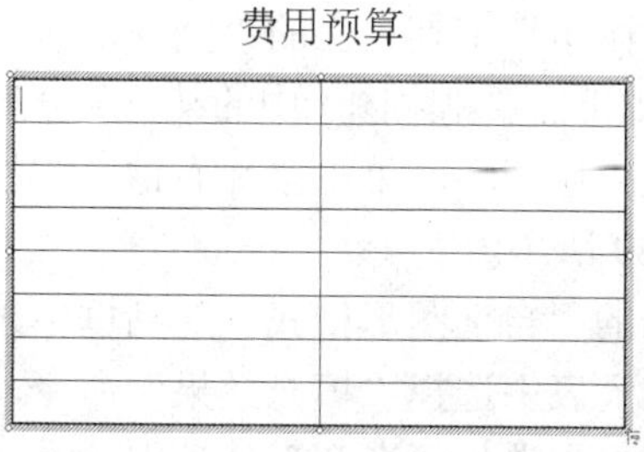

图14-33　在幻灯片中创建表格

（4）利用鼠标拖动第 1 列右侧的边线，适当调整列宽，如图 14-34 所示。

（5）在表格中输入文本，利用鼠标拖动调整表格的大小和位置，最终效果如图 14-35 所示。

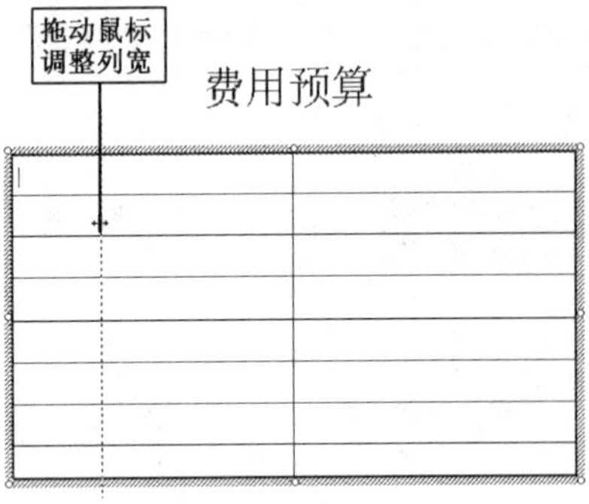

图14-34　调整列宽

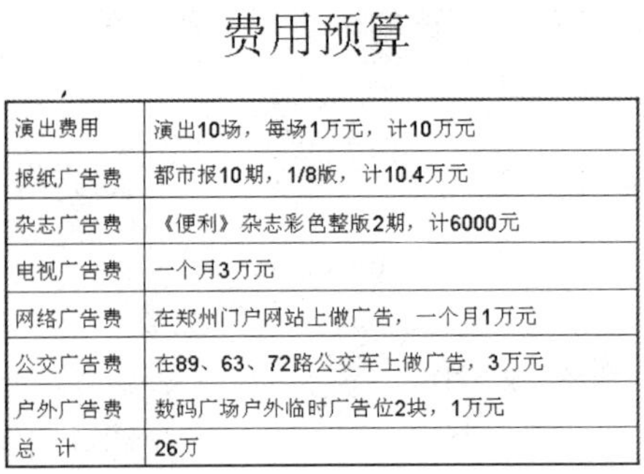

费用预算

演出费用	演出10场，每场1万元，计10万元
报纸广告费	都市报10期，1/8版，计10.4万元
杂志广告费	《便利》杂志彩色整版2期，计6000元
电视广告费	一个月3万元
网络广告费	在郑州门户网站上做广告，一个月1万元
公交广告费	在89、63、72路公交车上做广告，3万元
户外广告费	数码广场户外临时广告位2块，1万元
总　计	26万

图14-35　在表格中输入文本

14.3.5　在幻灯片中插入图示

在 PowerPoint 2003 中有组织结构图、循环图、射线图、棱锥图、维恩图和目标图。不同图示的用途不同，这里为大家介绍目标图示的使用方法。

例如，在预期目标幻灯片中插入目标图示，具体操作步骤如下：

（1）在第 6 张幻灯片的后面插入 1 张新的幻灯片，输入标题“预期目标”。

（2）执行“插入”→“图示”命令，打开“图示库”对话框，如图 14-36 所示。

（3）在对话框中选择“目标图”，单击“确定”按钮，则在幻灯片中插入一个目标图图示，同时系统自动打开“图示”工具栏，如图 14-37 所示。

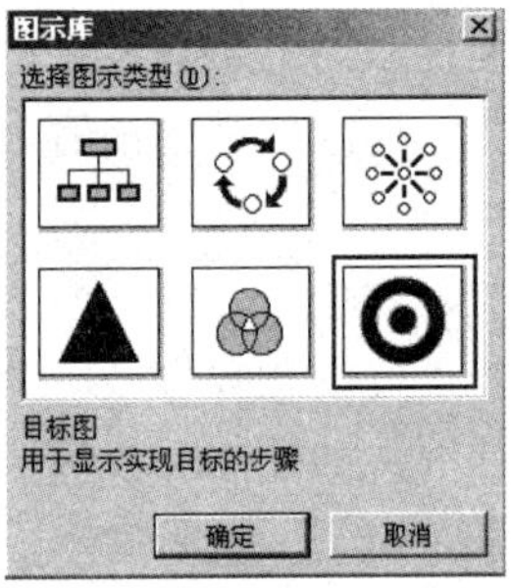

图14-36　“图示库”对话框

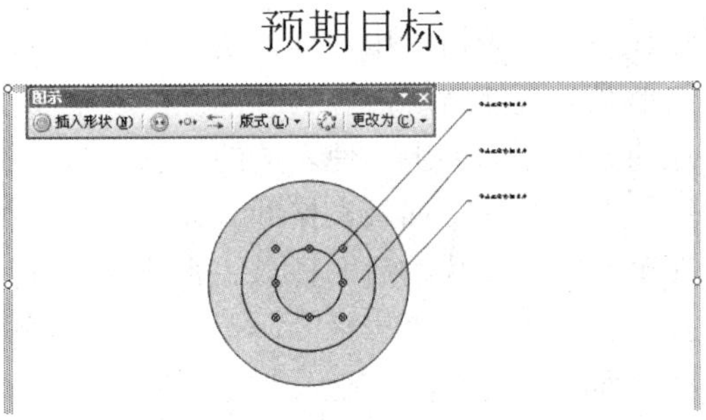

图14-37　插入图示

（4）单击“图示”工具栏上的“插入形状”按钮，在目标图的最外层插入一个圆环，如图 14-38 所示。如果需要删除图示中的某一部分形状，单击选择该层形状，按“Delete”键即可。

（5）选择最内层圆环，单击鼠标右键，在打开的快捷菜单中选择“设置自选图形格式”命令，如图 14-39 所示。

（6）在打开的“自选图形格式”对话框中选择“颜色和线条”选项卡，在“填充”区域的“颜色”下拉列表中选择“填充效果”命令，打开“填充效果”对话框。

（7）在对话框中选择“渐变”选项卡，在“颜色”区域选择“双色”，“颜色 1”和“颜色 2”分别选择为红色和黄色，在“底纹样式”区域选择“中心辐射”，选择“变形”中的第 2 种样式，如图 14-40 所示。

（8）单击“确定”按钮，返回“设置自选图形格式”对话框，在“线条”区域的“颜色”下拉列表中选择“无线条颜色”，如图 14-41 所示。

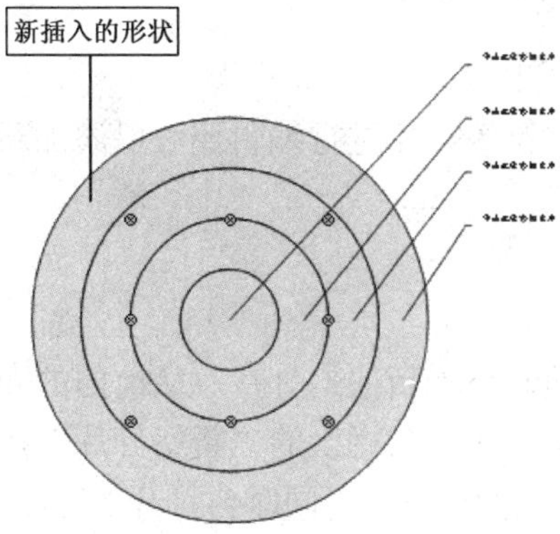

图14-38　插入形状

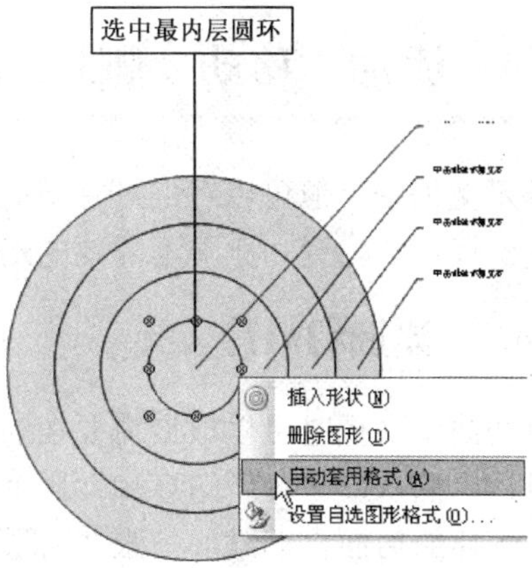

图14-39　设置自选图形格式

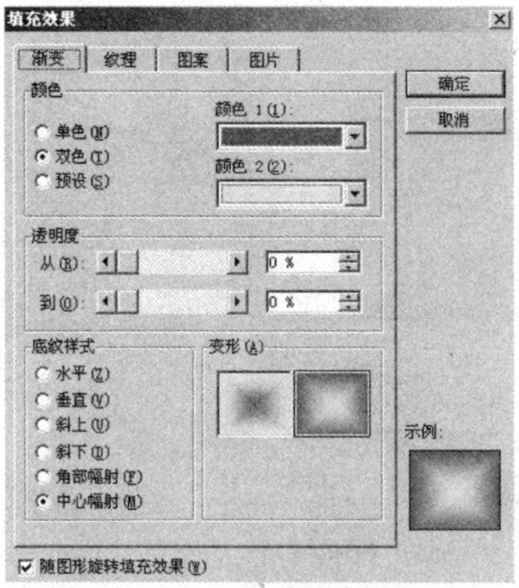

图14-40　设置渐变效果

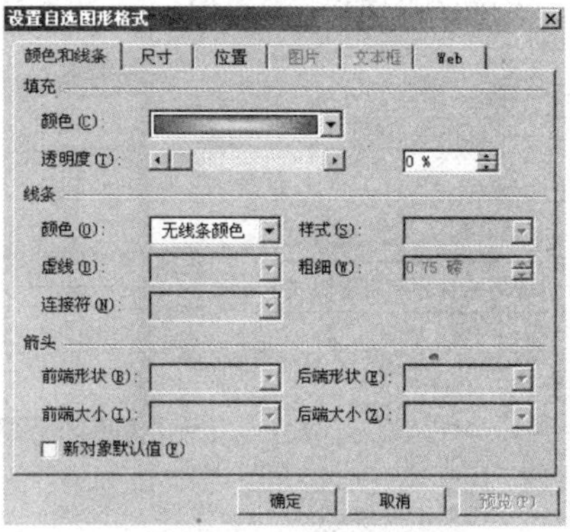

图14-41　设置线条无颜色

（9）依次设置第 2 层、第 3 层、第 4 层圆环填充为黄色、绿色和蓝色。

（10）最后为目标图添加文本说明，从内到外依次为“最终目标：成为消费者依赖品牌”、“提高售后服务水平”、“提高产品质量”和“做好宣传”，目标图最终效果如图 14-42 所示。

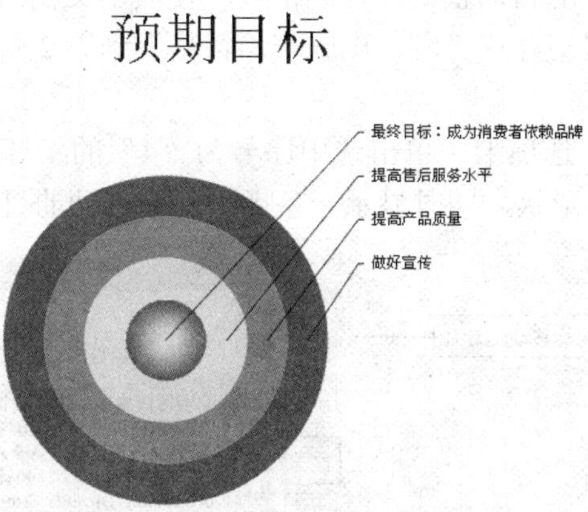

图14-42　目标图最终效果

14.4 添加、移动、删除幻灯片

在演示文稿中不但可以对幻灯片中的文本、占位符等对象进行编辑还可以添加新的幻灯片，移动幻灯片的位置，删除不需要的幻灯片等。

14.4.1 添加幻灯片

在制作演示文稿时可以根据需要在演示文稿中随时添加新的幻灯片。从前面的介绍中我们知道执行“插入”→“新幻灯片”命令，或者单击格式工具栏上的“新幻灯片”按钮可以在当前幻灯片的后面自动添加一张“标题和文本”版式的幻灯片，同时会打开“幻灯片版式”任务窗格。在任务窗格中选择一种版式，单击该版式右侧的下三角箭头，在列表中选择“应用于选定幻灯片”则该版式被应用到当前幻灯片中，如果选择“插入新幻灯片”则插入一个新的幻灯片，新幻灯片应用该版式，如图 14-43 所示。

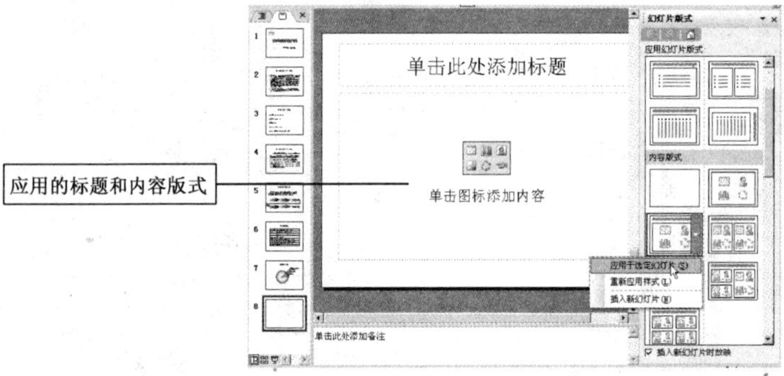
应用的标题和内容版式
单击此处添加标题
单击图标添加内容
单击此处添加备注

图14-43　应用幻灯片版式

提示：新插入幻灯片后，插入位置以后的所有幻灯片的编号将自动调整。

14.4.2 移动幻灯片

用户可以根据需要适当调整幻灯片的位置，使演示文稿的条理性更强。

例如，移动第 4 张幻灯片“海尔电脑产品策略”到第 2 张幻灯片的前面，具体操作步骤如下：

（1）在“幻灯片”选项卡中单击选中序号为“4”的幻灯片，按住鼠标左键拖动，鼠标指针由箭头状变为 ⌂ 形状，同时显示一条虚线表示移动的目标位置，如图 14-44 所示。

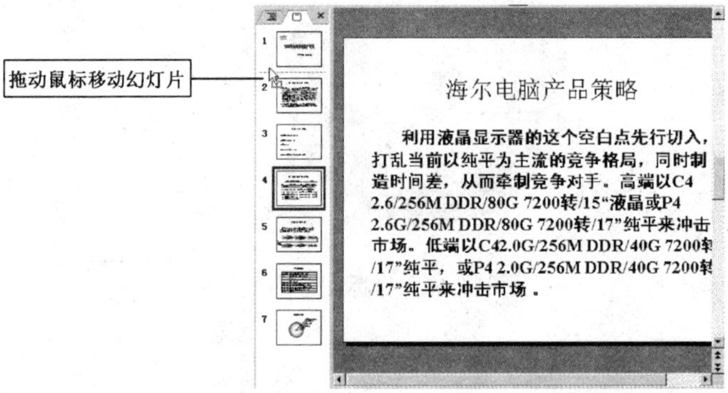
拖动鼠标移动幻灯片
海尔电脑产品策略
利用液晶显示器的这个空白点先行切入，打乱当前以纯平为主流的竞争格局，同时制造时间差，从而牵制竞争对手。高端以C4 2.6/256M DDR/80G 7200转/15“液晶或P4 2.6G/256M DDR/80G 7200转/17”纯平来冲击市场。低端以C42.0G/256M DDR/40G 7200转/17”纯平，或P4 2.0G/256M DDR/40G 7200转/17”纯平来冲击市场 。

图14-44　移动幻灯片

（2）当虚线出现在第 2 张幻灯片的前面时松开鼠标完成幻灯片的移动。

14.4.3　删除幻灯片

在制作演示文稿的过程中还可以删除多余的幻灯片。在“幻灯片”选项卡中单击选中要删除的幻灯片，按键盘上的“Delete”键即可将幻灯片删除。

提示：在要删除的幻片上单击鼠标右键，弹出一个快捷菜单，在菜单中选择“删除幻灯片”命令也可将幻灯片删除。

技巧：在制作市场推广计划前应进行市场调研，市场调研的目的是了解掌握市场信息，从而帮助解决产品推广上遇到的市场问题。进行全面详实的市场调查是事业成功的基础。

市场推广计划应是通俗易懂的，为未来的市场工作提供努力的方向，并且使所有读者对公司有最直观的了解。不同的产品制订的推广计划所包含的要素是不一样的，一般情况下市场推广计划应包含以下一些要素：（1）市场状况。这部分应包括当前市场状况的最理智的描述。（2）推广策略。推广策略应针对产品定位与目标消费群进行制定。（3）预算。无论做得好与坏，开展业务总是要花钱的。市场推广计划要有预算部分，说明对各种计划的事情所做的预算。（4）市场目标。通过这份计划要实现什么样的市场目标。

14.5　演示文稿的视图方式

视图是 PowerPoint 2003 中制作演示文稿的工作环境。PowerPoint 2003 能够以不同的视图方式显示演示文稿的内容，使演示文稿更易于浏览、编辑。PowerPoint 2003 提供了多种基本的视图方式，如普通视图、幻灯片浏览视图、备注页视图、幻灯片放映视图。此外，为了便于输出成为黑白幻灯片，还可以切换到幻灯片的黑白视图。每种视图都包含特定的工作区、菜单命令、按钮和工具栏等组件。每种视图都有自己特定的显示方式和编辑加工特色，在一种视图中的对演示文稿的修改和加工会自动反映在该演示文稿的其他视图中。

14.5.1　普通视图

普通视图是进入 PowerPoint 2003 后的默认视图，普通视图将窗口分为 3 个工作区，也可称为三区式显示。在窗口的左侧包括“大纲”选项卡和“幻灯片”选项卡，使用它们可以切换到大纲区和幻灯片缩略图区。普通视图将幻灯片、大纲和备注页三个工作区集成到一个视图中，大纲区用于显示幻灯片的大纲内容；幻灯片区用于显示幻灯片的效果，对单张幻灯片的编辑主要在这里进行；备注区用于输入演讲者的备注信息。

在普通视图中，只可看到一张幻灯片，如果要显示所需的幻灯片，可以选择下面几种方法之一进行操作：

- 直接拖动垂直滚动条上的滚动块，移动到所需要的幻灯片时，松开鼠标左键即可切换到该幻灯片中。
- 单击垂直滚动条中的按钮 ，可切换到当前幻灯片的上一张；单击垂直滚动条中的按钮 ，可切换到当前幻灯片的下一张。
- 按 Page Up 键可切换到当前幻灯片的上一张；按 Page Down 键可切换到当前幻灯片的下一张；按 Home 键可切换到第一张幻灯片；按 End 键可切换到最后一张幻灯片。

如果要切换到普通视图，单击水平滚动条左侧的“普通视图”按钮 或者执行“视图”

→“普通”命令即可。

14.5.2 大纲视图

大纲视图其实是普通视图的一种，如图 14-45 所示。PowerPoint 2003 的大纲视图位于工作环境的左侧大纲编辑区，由一些不同级别的标题构成，还可以显示幻灯片文本的具体内容以及文本的格式等。借助大纲视图，有利于理清演示文稿的结构，便于总体设计。在演示幻灯片时，也可以采用大纲视图，能帮助观众迅速抓住主题。

执行“视图/工具栏/大纲”菜单命令，显示“大纲”工具栏，如图 14-45 所示。

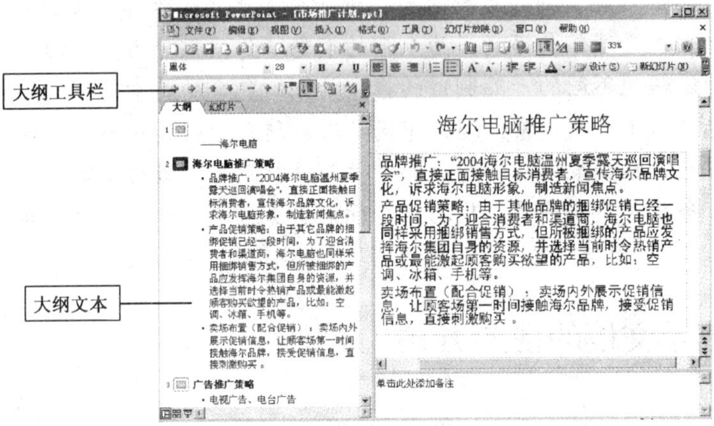

图14-45 大纲视图

“大纲”工具栏中按钮名称及功能如下：

- “升级”按钮：用来提高光标所在段落的级别，但不会对它的下属段落产生影响。
- “降级”按钮：用来降低光标所在段落的级别，但不会对它的下级或上级的其他段落产生影响。
- “上移”按钮：用来使光标所在段落上移，该段落的下属段落不会跟着一同移动。
- “下移”按钮：用来使光标所在段落下移，该段落的下属段落不会跟着一同移动。
- “折叠”按钮：将光标所在的幻灯片里的全部内容折叠至该幻灯片的标题内，便于单独查看幻灯片的标题。
- “展开”按钮：将折叠在幻灯片标题内的内容展开。
- “全部折叠”按钮：将所有幻灯片的内容分别折叠在各自的标题内，便于将各个幻灯片的标题都集中在一页大纲视图中，对幻灯片的内容结构进行调整和编辑。
- “全部展开”按钮：展开所有幻灯片的内容，是大纲内容的最详细的显示。

用户可以利用大纲视图快速输入幻灯片的文本，在大纲视图中单击 图标右侧，输入文本，为一级大纲文本。按 Enter 键，则新建了一张幻灯片，再次输入文本，仍为一级大纲文本。如果在输入一级大纲文本后需要输入下一级的文本，则可以按组合键 Ctrl+Enter，然后再输文本。如果输入的不是一级标题文本，按 Enter 键后则继续输入相同级别的文本。

14.5.3 幻灯片浏览视图

在幻灯片浏览视图中，可以看到整个演示文稿的内容，如图 14-46 所示。在幻灯片浏览视图中不仅可以了解整个演示文稿的大致外观，还可以轻松地按顺序组织幻灯片，插入、删除或移动幻灯片、设置幻灯片放映方式、设置动画特效以及设置排练时间等。

如果要切换到幻灯片浏览视图，可以单击切换按钮中的“幻灯片浏览视图”按钮 田 或者执行“视图”→“幻灯片浏览”命令。在幻灯片浏览视图中将会显示出“幻灯片浏览”工具栏，利用工具栏中的按钮可以方便地对幻灯片进行设置。

14.5.4　幻灯片放映视图

制作幻灯片的目的是放映幻灯片，在计算机上放映幻灯片时，幻灯片在计算机屏幕上呈现全屏外观，如图 14-47 所示。如果用户制作幻灯片的目的是最终输出用于屏幕上演示幻灯片，使用幻灯片放映视图就特别有用。当然，在放映幻灯片时，还可以加入许多特效，使得演示过程更加有趣。

如果要切换到幻灯片放映视图，可以单击水平滚动条左侧的“从当前幻灯片开始幻灯片放映”按钮 豆 或者执行“视图”→“幻灯片放映”命令。

PowerPoint 2003 还允许在放映过程中，设置绘图笔加入屏幕注释，或者指定切换到特定的幻灯片等。

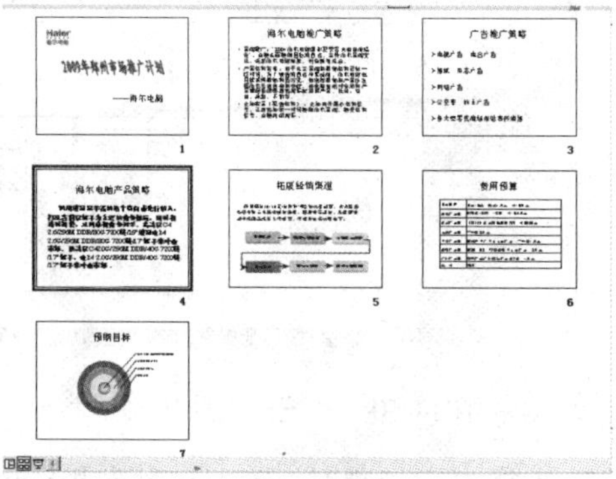

图14-46　幻灯片浏览视图

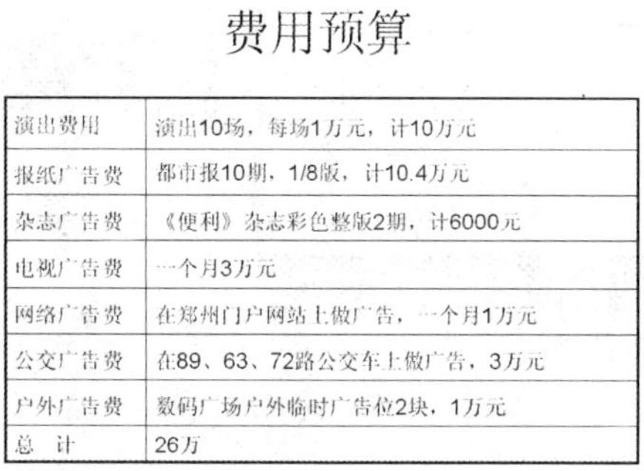

图14-47　幻灯片放映视图

举一反三　制作公司年终总结

公司一般在年终都要对这一年的工作进行系统地回顾，找出成绩、教训、缺点和存在的问题，然后针对这些问题，扬长避短，制订来年的工作计划和工作策略。目前大部分公司都将工作总结制作成图文并茂的演示文稿，图 14-48 所示的就是公司年终总结的最终效果。

在制作公司年终总结之前先打开“案例与素材\第 14 章素材”文件夹中的“公司工作总结（初始）.ppt”文件。制作年终总结的具体操作步骤如下：

图表往往比文字更具说服力，所以一份好的演示文稿应该尽可能用直观的图表去说明问题，而避免使用大量的文字说明。本例中为了说明 2008 年公司的销售业绩是明降暗升，在这里利用图表来说明问题，为公司年终总结第 3 张幻灯片添加图表的具体操作步骤如下：

（1）切换第 3 张幻灯片为当前幻灯片。

（2）执行“格式”→“幻灯片版式”命令，打开“幻灯片版式”任务窗格，在“应用幻灯片版式”列表中单击“标题，文本与图表”版式，则第 3 张幻灯片应用“标题，文本与图表”的版式，如图 14-49 所示。

（3）双击“双击此处添加图表”占位符，系统会自动在该占位符中插入默认样式的图表，并且会打开一个数据表，如图 14-50 所示。

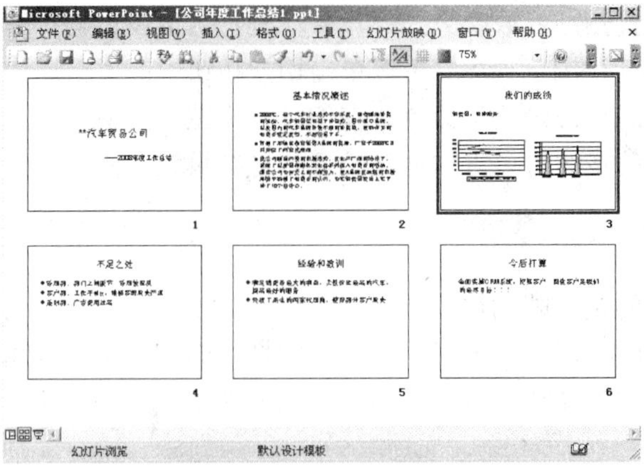

图14-48　公司年终总结

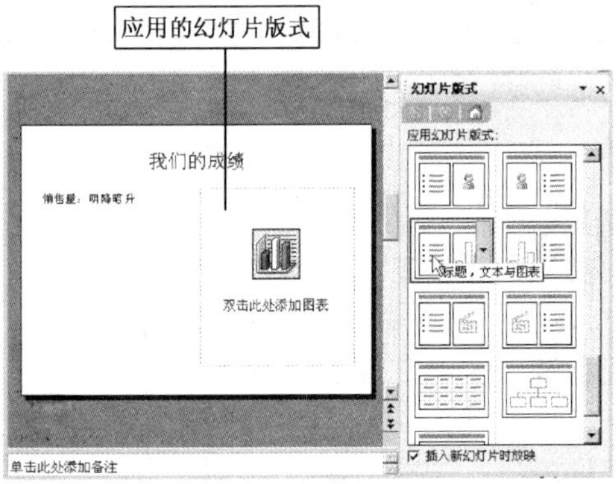

图14-49　更改幻灯片版式

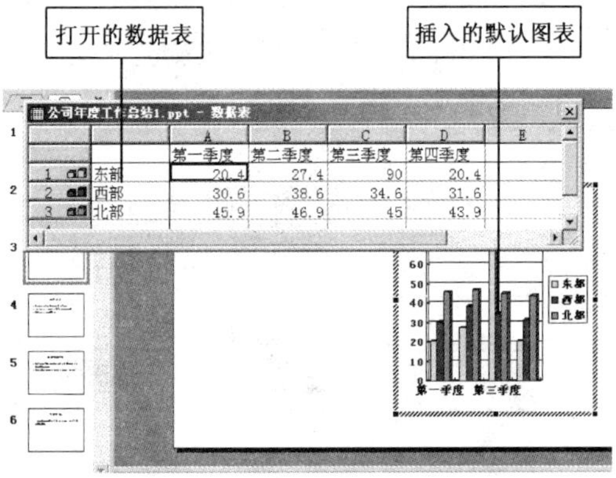

图14-50　系统插入默认的图表

（4）在数据表中输入表格的实际内容，在修改表格内容的同时，图表也发生相应的变化，如图 14-51 所示。

（5）在幻灯片任意空白区域单击，退出图表编辑状态，如图 14-52 所示。

（6）双击图表重新进入编辑状态，在编辑状态的图表上单击鼠标右键，在快捷菜单中选择“图表类型”命令，打开“图表类型”对话框，在“图标类型”列表中选择“折线图”，在“子图标类型”区域中选择“数据点折线图”，如图 14-53 所示。

（7）单击“确定”按钮，幻灯片中的图表改变为数据点折线图，如图 14-54 所示。

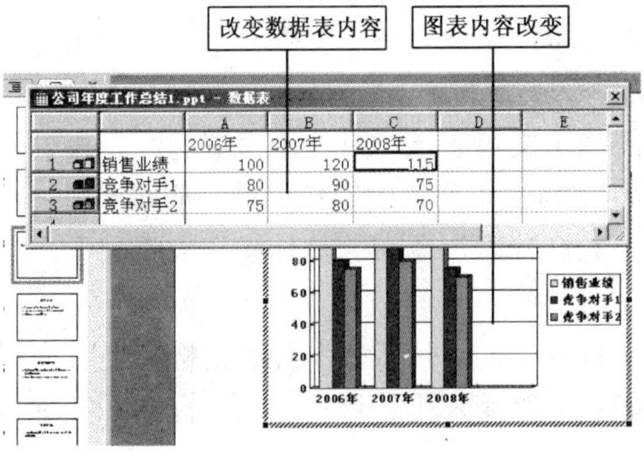

图14-51　更改图表内容

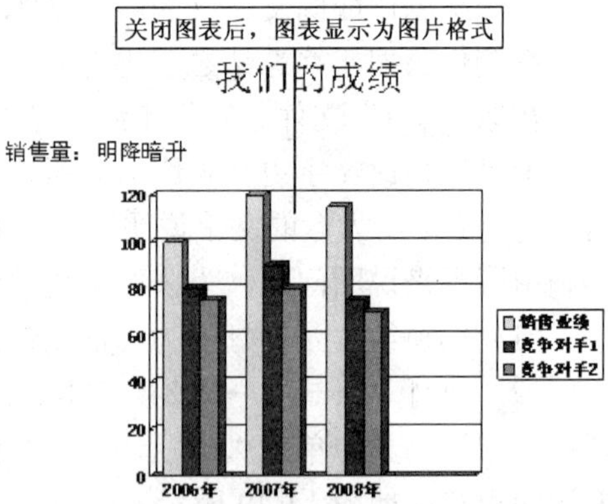

图14-52　退出图表的编辑状态

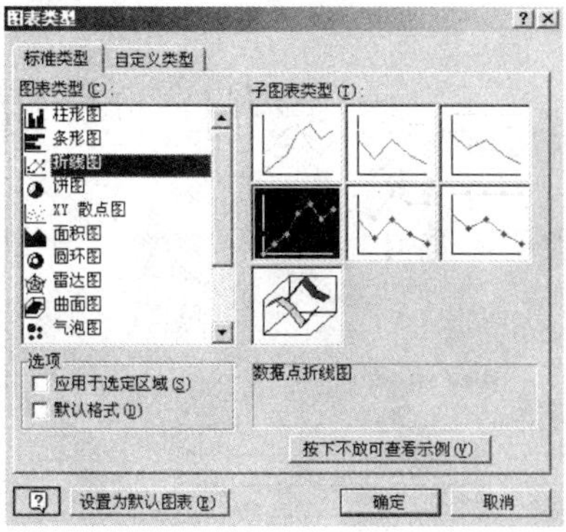

图14-53　“图表类型”对话框

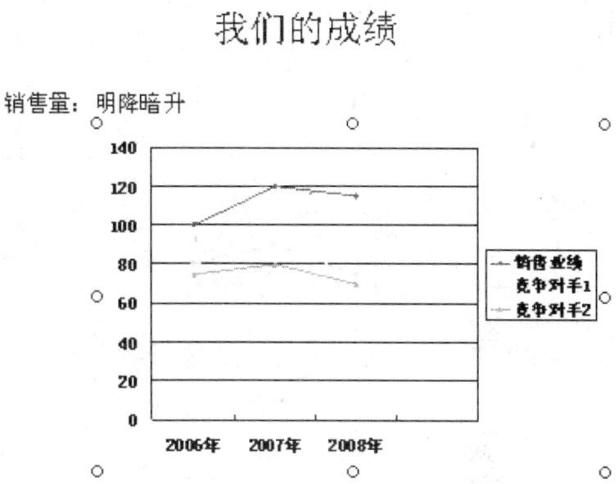

图14-54　数据点折线图

（8）进入图表的编辑状态，单击鼠标右键，在快捷菜单中选择“图表选项”命令，打开“图表选项”对话框，在对话框中选择“标题”选项卡，在“图表标题”文本框中输入“销量呈下降趋势”，如图 14-55 所示。

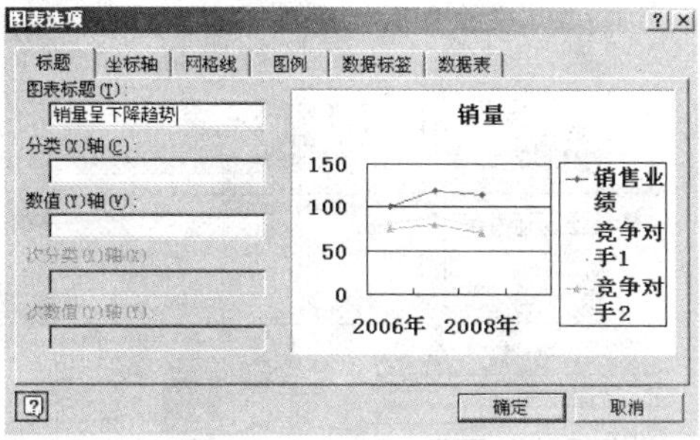

图14-55　输入图表标题

（9）单击“图例”选项卡，选中“显示图例”复选框，在“位置”区域选择“底部”，如图 14-56 所示。

（10）单击“确定”按钮，返回图表，接着在“黄色”数据系列上单击鼠标右键，在快捷菜单中选择“设置数据系列格式”命令，打开“数据系列格式”对话框，切换到“图案”选项卡，在“线条”区域的“颜色”列表中选择“蓝色”，在“刻度线标志”区域的“前景色”和“背景色”下拉列表中选择“蓝色”，如图 14-57 所示。

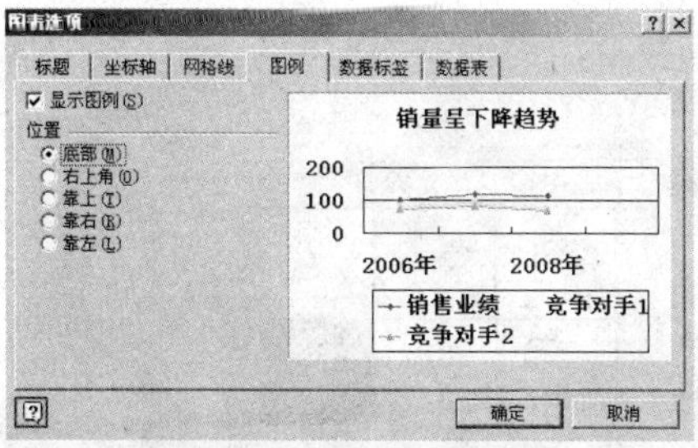

图14-56　设置图例的位置

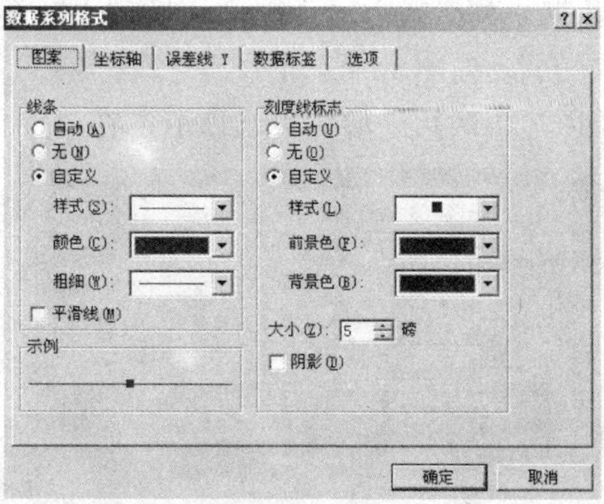

图14-57　“数据系列格式”对话框

（11）单击“确定”按钮，则图表效果变为如图 14-58 所示。

（12）用鼠标拖动调整图表的大小，并利用鼠标拖动将图表的位置向左调整，如图 14-59

所示。

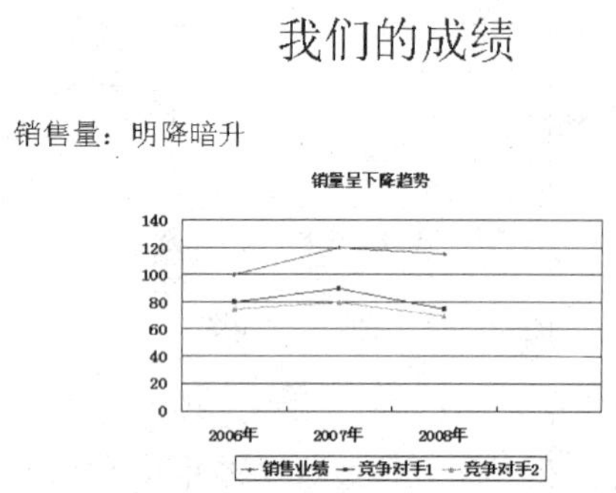

图14-58　修改后的图表效果

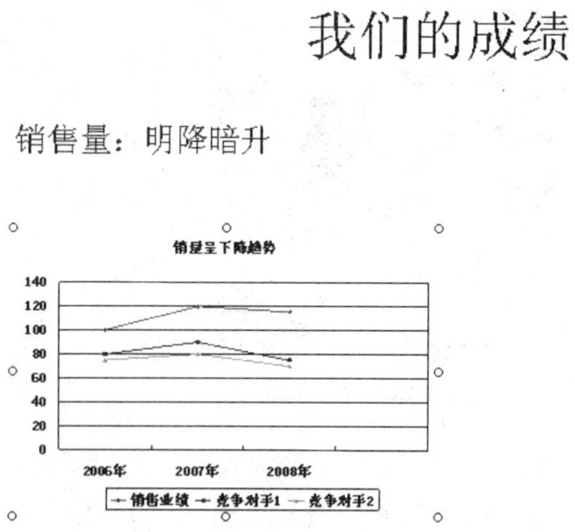

图14-59　调整图表大小和位置的效果

（13）执行“插入”→“图表”命令，在幻灯片中插入一个新的图表，如图 14-60 所示。

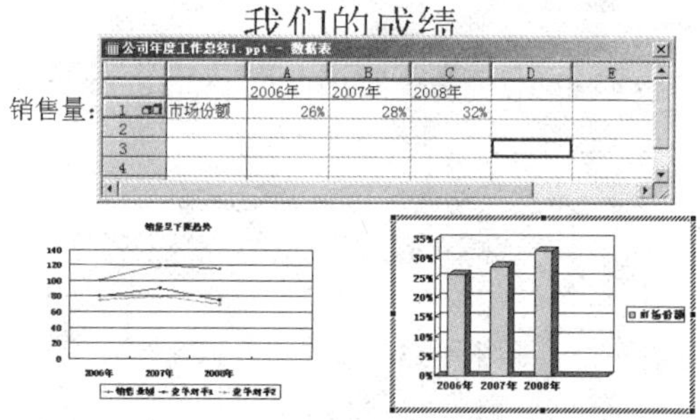

图14-60　利用插入命令插入新的图表

（14）进入图表编辑状态，单击鼠标右键，在快捷菜单中选择“图表选项”命令，打开“图表选项”对话框，在对话框中设置图表的标题为“市场份额呈上升趋势”，并设置不显示图例。

（15）在数据系列上单击鼠标右键，在快捷菜单中选择“设置数据系列格式”命令，打开“数据系列格式”对话框，切换到“图案”选项卡，在“内部”区域的“颜色”列表中选择“黄色”，如图 14-61 所示。

（16）切换到“形状”选项卡，在“柱体形状”列表中选择最后一项，如图 14-62 所示。

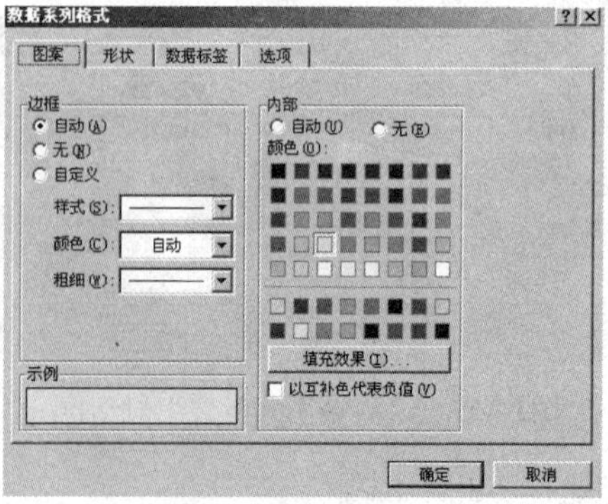

图14-61　设置数据系列内部颜色

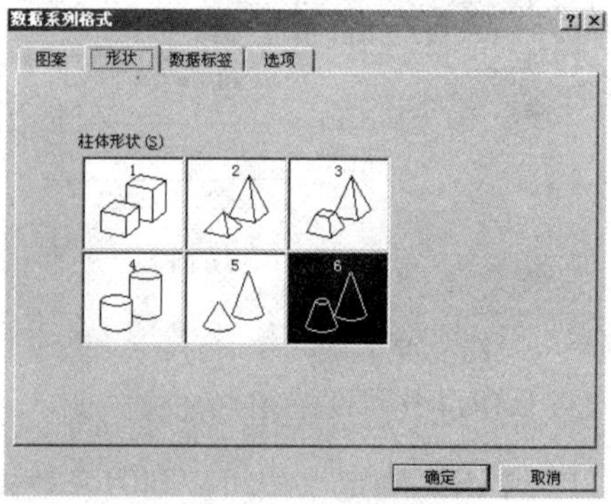

图14-62　设置数据系列形状

（17）适当调整图表的位置和大小，最终效果如图 14-63 所示。

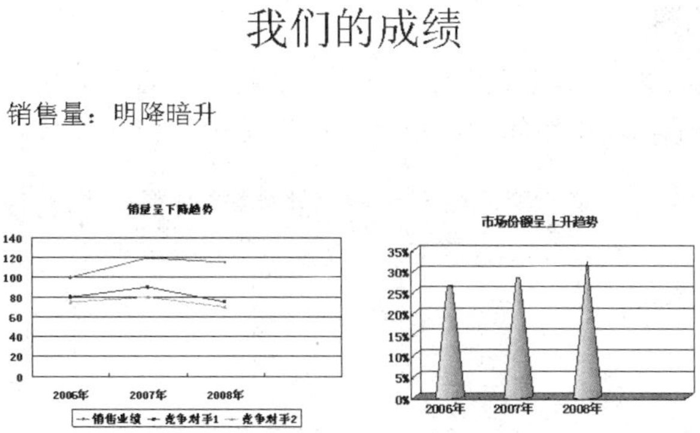

图16-63　设置图表的最终效果

回头看

通过案例“市场推广计划”以及举一反三“公司年终总结”，主要学习了幻灯片的编辑方法，包括在幻灯片中添加文本对象，并对文本进行设置；在幻灯片中绘制自选图形；利用图片、艺术字、表格及图示等对象来丰富幻灯片的页面效果。这些知识是制作演示文稿的基础，因此要全面掌握这部分内容。

知识拓展

1. 根据模板或向导创建演示文稿

如果要创建如产品概述、股票公告、投标方案等，可以利用 PowerPoint 2003 提供的“内容提示向导”和“模板”的功能来创建。对于初学者，建议先通过“内容提示向导”和“模板”创建一个具有统一外观和具体演讲内容的演示文稿，然后再对它进行简单的加工即可得到一个演示文稿。

在 PowerPoint 2003 中执行“文件”→“新建”命令，打开“新建演示文稿”任务窗格。在“模板”区域单击“本机上的模板”选项，打开“模板”对话框，单击“演示文稿”选项卡，如图 14-64 所示。在“模板”列表框中选择需要的模板，单击“确定”按钮，系统自动完成一份与产品有关的演示文稿。

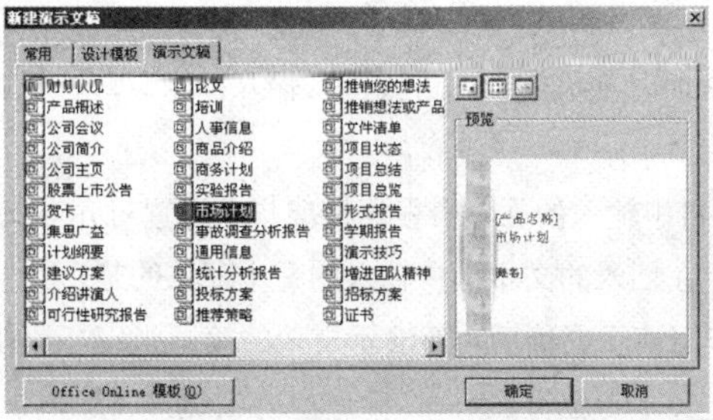

图14-64　“新建演示文稿”对话框

“内容提示向导”中包含有不同主题的演示文稿示例，可以根据要表达的内容选择适合的主题，然后在“内容提示向导”的引导下一步步的建立文稿。内容提示向导不但能够帮助用户完成演示文稿的相关格式的设置，还能够帮助用户输入演示文稿的主要内容。如果是

PowerPoint 2003 的初学者，内容提示向导是开始创建演示文稿的最佳途径。

2. 应用组织结构图

组织结构图是反映各种组织（机关、公司、企业等）的人员或单位层次结构图的图示，组织结构图可以清楚地描述出组织中各单元的层次结构和相互关系，如图 14-65 所示。

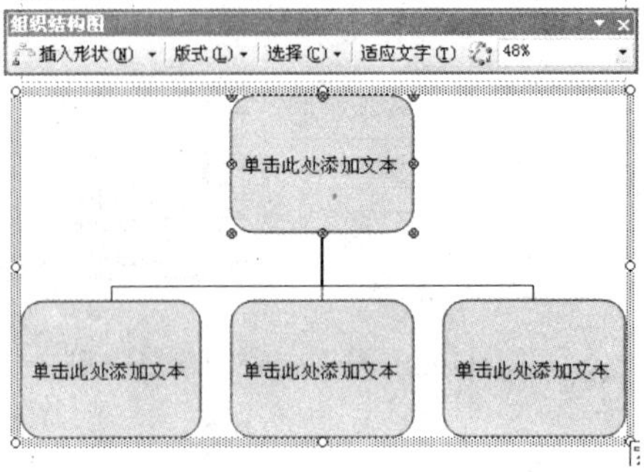

图14-65　组织结构图

在幻灯片中插入组织结构图的具体操作步骤如下：

（1）切换要创建组织结构图的幻灯片为当前幻灯片。执行“插入”→“图示”命令，打开“图示库”对话框。

（2）在对话框中选择组织结构图，则在下方将会出现该图示的说明。单击“确定”按钮，即可在幻灯片上生成组织结构图，如图 14-65 所示。

（3）在插入组织结构图的同时，显示出“组织结构图”工具栏，用户可以利用工具栏插入形状，设置版式。

习题14

填空题

1．启动 PowerPoint 2003 后，会自动生成一个新的空白演示文稿，并自动命名为______。

2．启动 PowerPoint 2003 时打开的是演示文稿的“普通”视图方式，在该视图中演示文稿窗口包含大纲区、________和幻灯片区。

3．在幻灯片中添加文本有两种方法，用户可以直接在幻灯片的__________输入文本，也可以__________输入文本。

4．使用 PowerPoint 2003 时，在大纲视图方式下，输入标题后，若要输入文本则应按________键，再输文本。

5．默认情况下，在占位符中输入的文本会根据情况自动设置对齐方式，如在标题和副标题占位符中输入的文本会自动______对齐。在插入的文本框中输入的文本默认的是______对齐方式。

6．用户创建一个新的空白演示文稿后，新演示文稿的第一张幻灯片被称为_____幻灯片，在该幻灯片中有_____文本占位符和_____文本占位符。

操作题

1．制作一个“公司业务流程”演示文稿，标题幻灯片的标题为“公司业务流程”，第 2 张幻灯片标题为“仓储流程”，并利用绘图工具栏创建自选图形，第 3 张幻灯片为“运输业务流程”，并利用绘图工具栏创建自选图形，如图 14-66、图 14-67 所示。

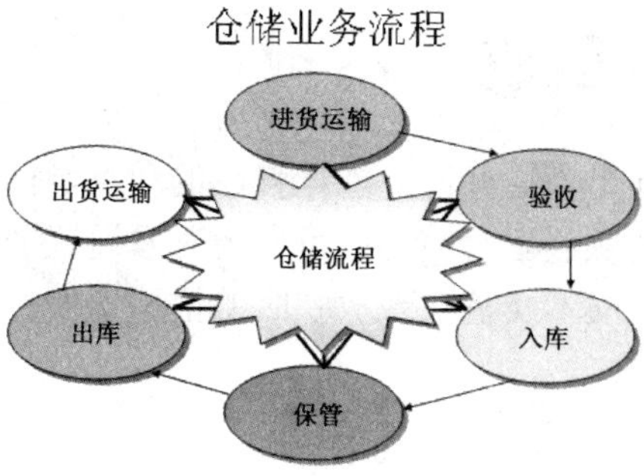

图14-66　仓储业务流程

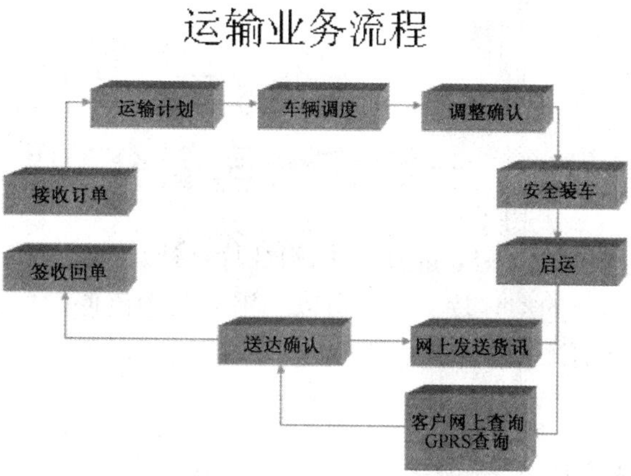

图14-67　运输业务流程

2. 打开“案例与素材\第 14 章素材”文件夹中的“白领消费调查（初稿）.ppt”文件，然后按照下面的要求进行操作：

（1）在第 2 张幻灯片“置业型消费”中利用文本框输入文本并应用表格，效果如图 14-68 所示。

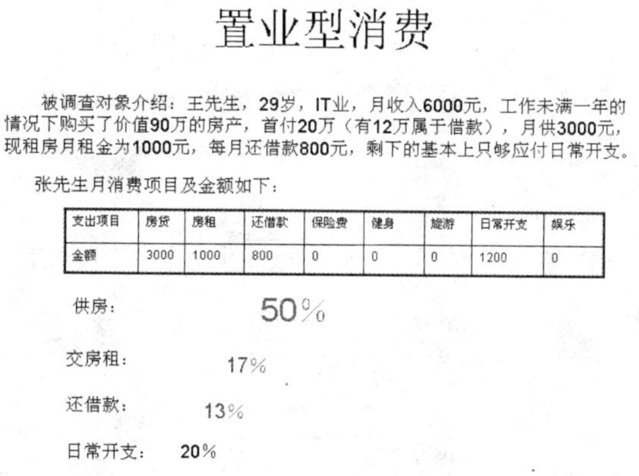
置业型消费
被调查对象介绍：王先生，29岁，IT业，月收入6000元，工作未满一年的情况下购买了价值90万的房产，首付20万（有12万属于借款），月供3000元，现租房月租金为1000元，每月还借款800元，剩下的基本上只够应付日常开支。
张先生月消费项目及金额如下：

支出项目	房贷	房租	还借款	保险费	健身	旅游	日常开支	娱乐
金额	3000	1000	800	0	0	0	1200	0

供房：50%
交房租：17%
还借款：13%
日常开支：20%

图14-68　置业型消费

（2）在第 3 张幻灯片“月光型消费”中利用文本框输入文本并应用表格，效果如图 14-69 所示。

（3）在第 4 张幻灯片“调查结果”中应用图表，效果如图 14-70 所示。

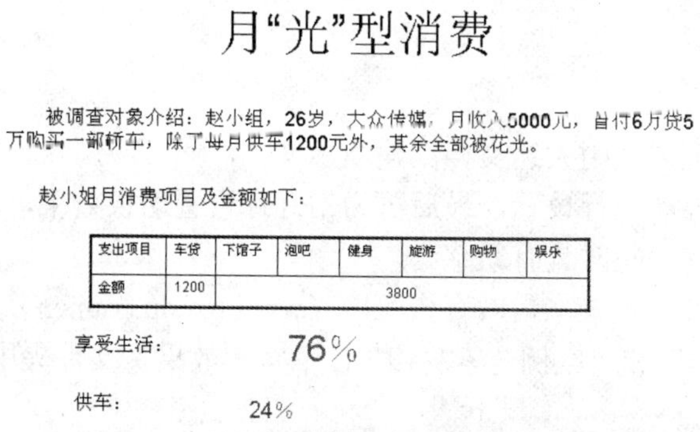
月“光”型消费
被调查对象介绍：赵小组，26岁，大众传媒，月收入5000元，首付6万贷5万购买一部新车，除了每月供车1200元外，其余全部被花光。
赵小姐月消费项目及金额如下：

支出项目	车贷	下馆子	泡吧	健身	旅游	购物	娱乐
金额	1200	3800					

享受生活：76%
供车：24%

图14-69　月光型消费

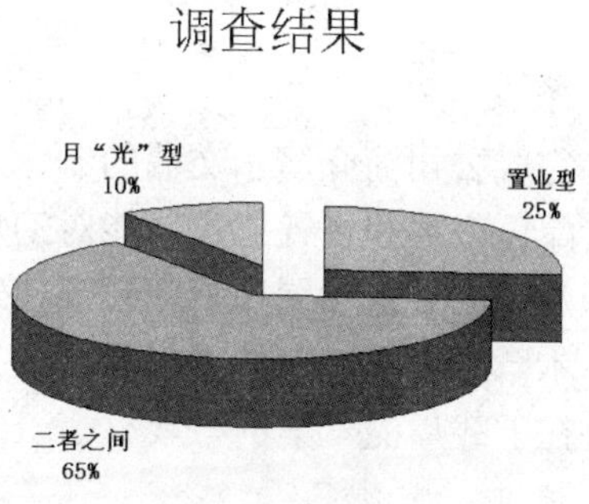
调查结果
月“光”型
10%
置业型
25%
二者之间
65%

图14-70　调查结果

第 15 章　幻灯片的设计
——制作公司简介和职位应聘演示报告

利用 PowerPoint 2003 的幻灯片设计功能，可以设计出声情并茂并能把自己的观点发挥的淋漓尽致的幻灯片。例如可以应用背景颜色使幻灯片的颜色更有美感；可以为对象设置动画效果让对象在放映时具有动态效果；还可以创建交互式演示文稿实现放映时的快速切换。

知识要点

- 使用 Word 大纲创建演示文稿
- 设置幻灯片外观
- 为幻灯片添加动画效果
- 创建交互式演示文稿

任务描述

公司简介是介绍公司基本情况，对外宣传的基本资料，因此公司简介的语言应简洁、明了、华丽但不夸张。如果对公司简介幻灯片的外观进行合理设计，则更能体现出公司的内涵。这里利用 PowerPoint 2003 制作一个公司简介，效果如图 15-1 所示。

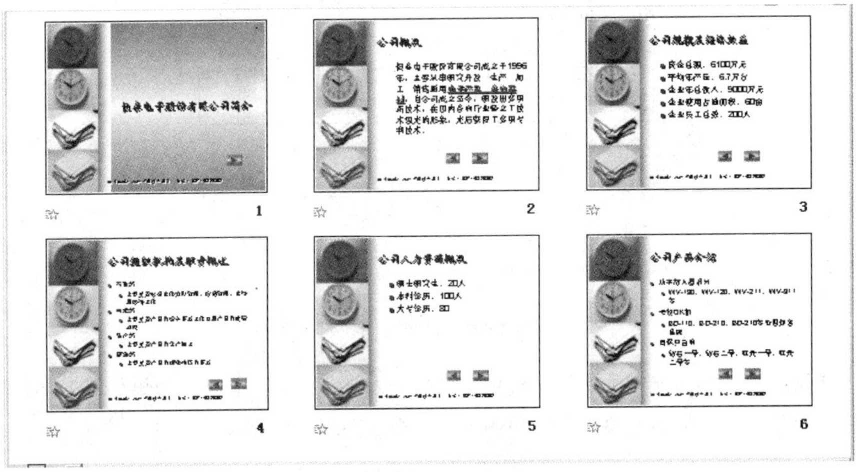

图15-1　公司简介

案例分析

完成公司简介演示文稿的制作，首先可以使用大纲文档创建演示文稿，然后应用设计模板、配色方案和设置背景功能对幻灯片的外观进行设置，最后再为幻灯片设置切换效果，为幻灯片中的对象设置动画效果，使幻灯片在放映时具有动感。

本章所涉及案例的素材和最终效果文件请登录华信教育资源网（www.hxedu.com.cn）下载，在下载后的“案例与素材\第 15 章素材”和“案例与素材\第 15 章案例效果”文件夹中。

15.1　使用Word大纲创建演示文稿

使用 Word 大纲创建演示文稿的操作步骤如下：

（1）打开附书光盘中“案例与素材\第 15 章素材”文件夹中的“公司简介.doc”文档，该文档已经在 Word 中制作完毕，并分别应用了内置标题样式。

（2）在文档中执行“文件”→“发送”→“Microsoft PowerPoint”命令，如图 15-2 所示。

（3）此时系统会自动创建一个 PowerPoint 文档，如图 15-3 所示。在大纲文档中只有采用了“标题 1”、“标题 2”等样式的文本才能进入到 PowerPoint 中，其他文本被忽略。PowerPoint 2003 将依据 Word 文档中的标题层次决定其在 PowerPoint 大纲文件中的地位。例如，应用“标题 1”样式的文本将成为幻灯片主标题，应用“标题 2”样式的文本将成为副标题，依此类推。

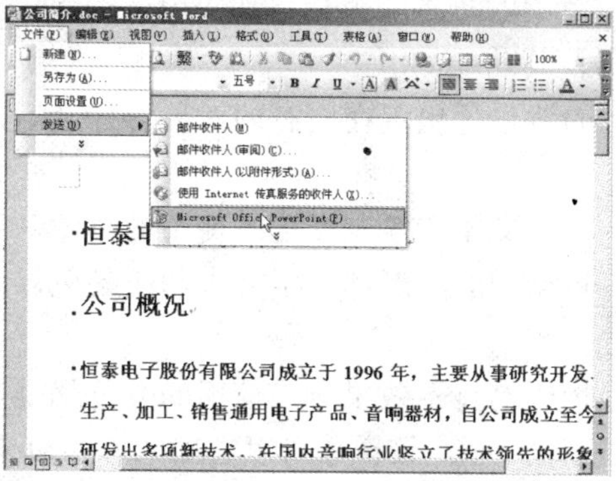

图15-2　利用Word大纲创建演示文稿

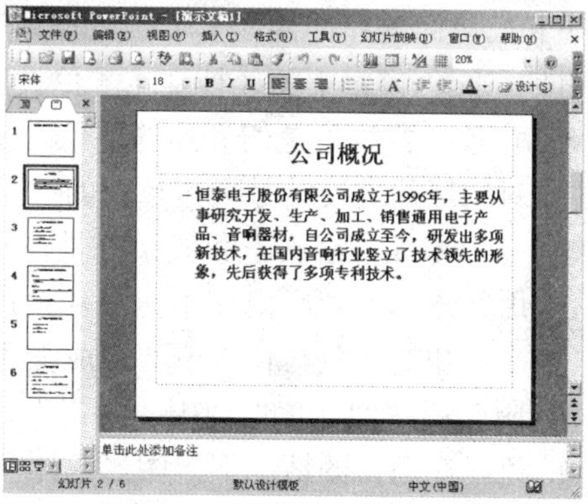

图15-3　创建的演示文稿

15.2　设置幻灯片外观

利用内容提示向导或者模板创建的演示文稿，则演示文稿中幻灯片的版式和外观都是定义好的。如果利用空白演示文稿制作幻灯片，则演示文稿中不包含任何外观设置，为了使幻灯片的整体效果美观、更加符合演示文稿的主题思想，可以为幻灯片设置背景，或者为幻灯片应用配色方案等。

15.2.1　应用设计模板

设计模板决定幻灯片的主要外观，包括背景、预制的配色方案、背景图形等。在应用设计模板时，系统会自动将当前幻灯片或所有幻灯片应用设计模板文件中包含的版式、文字样式、背景等外观，但不会更改幻灯片中的文字内容。

利用 Word 文档制作演示文稿“公司简介”应用设计模板，具体操作步骤如下：

（1）执行“格式”→“幻灯片设计”命令，打开“幻灯片设计”任务窗格，单击“设计模板”选项，打开“应用设计模板”列表，如图 15-4 所示。

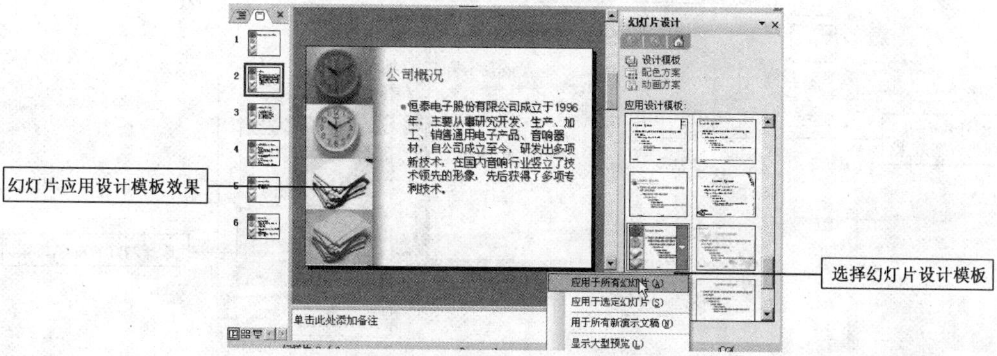

图15-4　幻灯片应用设计模板

（2）在“应用设计模板”列表中单击“Proposal”后的下三角箭头，打开一个菜单，在菜单中单击“应用于所有幻灯片”命令，则可将该设计模板应用到所有的幻灯片中，效果如图 15-4 所示。

15.2.2 应用配色方案

配色方案由背景、文本和线条、阴影、标题文本、填充、强调、强调文字和超链接、强调文字和已访问的超链接这 8 个颜色设置组成。方案中的每种颜色会自动应用于幻灯片上的不同组件，配色方案中的 8 种基本颜色设置的作用及其功能如下：

- 背景：背景色是幻灯片的底色，幻灯片上的背景色出现在所有的对象目标之后，它对幻灯片的设计是至关重要的。
- 文本和线条：文本和线条色是在幻灯片上输入文本和绘制图形时使用的颜色，所有用文本工具建立的文本对象和使用绘图工具绘制的图形都使用文本和线条色，而且文本和线条色与背景色要形成强烈的对比。
- 阴影：在幻灯片上使用“阴影”命令加强物体的显示效果时，使用的颜色就是阴影色。在通常的情况下，阴影色比背景色还要暗一些，这样才可以突出阴影的效果。
- 标题文本：为了使幻灯片的标题更加醒目，突出主题，可以在幻灯片的配色方案中设置用于幻灯片标题的标题文本色。
- 填充：用作填充基本图形目标和其他绘图工具所绘制的图形目标的颜色。
- 强调：可以用来加强某些重点或者需要着重强调的文字。
- 强调文字和超链接：可以用来突出超链接的一种颜色。
- 强调文字和已访问超链接：可以用来突出已访问链接的一种颜色。

1. 应用配色方案

在应用设计模板后的“公司简介”演示文稿中应用配色方案，具体操作步骤如下：

（1）在“幻灯片设计”任务窗格中单击“配色方案”选项，打开“应用配色方案”列表，如图 15-5 所示。

（2）在“应用配色方案”列表中选择合适的配色方案，单击配色方案后的下三角箭头，打开一个菜单，在菜单中单击“应用于所有幻灯片”命令，则可将该配色方案应用到所有的幻灯片，如图 15-5 所示。

如果单击“应用于所选幻灯片”，则只将该配色方案应用到当前幻灯片中。

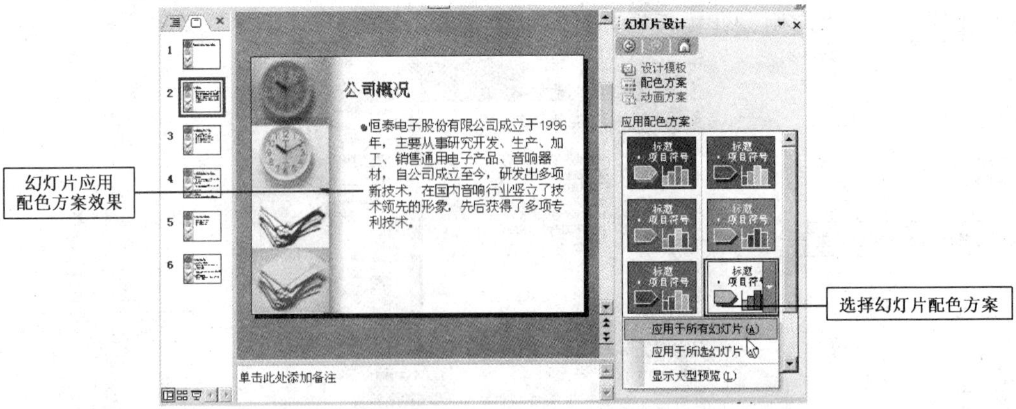

图15-5　应用配色方案

2. 自定义配色方案

在系统提供的配色方案中各项基本的颜色都给出了默认的颜色，如果觉得系统提供的配色方案不能满足自己的要求还可以自己定义配色方案。自定义配色方案的具体操作步骤如下：

（1）在“应用配色方案”列表中选择一种最接近的配色方案。

（2）在任务窗格的下方单击“编辑配色方案”选项，打开“编辑配色方案”对话框，单击“自定义”选项卡，如图 15-6 所示。

（3）在对话框中的“配色方案颜色”列表中选择要更改颜色的选项，单击“更改颜色”按钮，打开“颜色”对话框，单击“标准”选项卡。

（4）在“颜色”区域选择一种颜色，单击“确定”按钮，返回到“编辑配色方案”对话框。

（5）对各项目的颜色自定义完毕后，单击“添加为标准配色方案”按钮，则自定义的方案被添加到“标准配色方案”列表中。如果单击“应用”按钮，则自定义的配色方案被应用到演示文稿中所有的幻灯片上。

提示： 在“编辑配色方案”对话框中单击“标准”选项卡，如图 15-7 所示，在对话框中可以对配色方案进行应用、删除等操作。

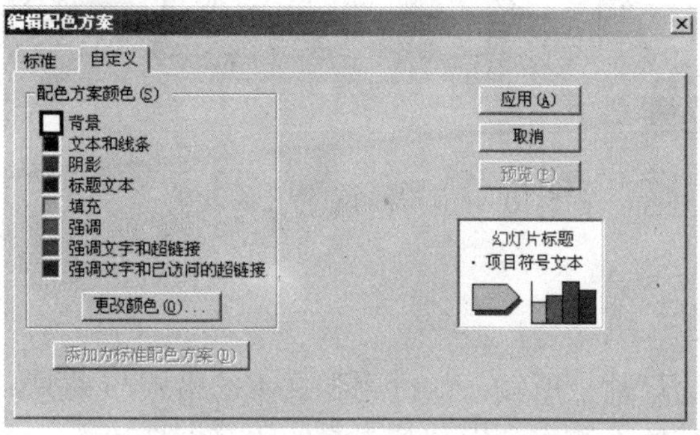

图15-6　“编辑配色方案”对话框

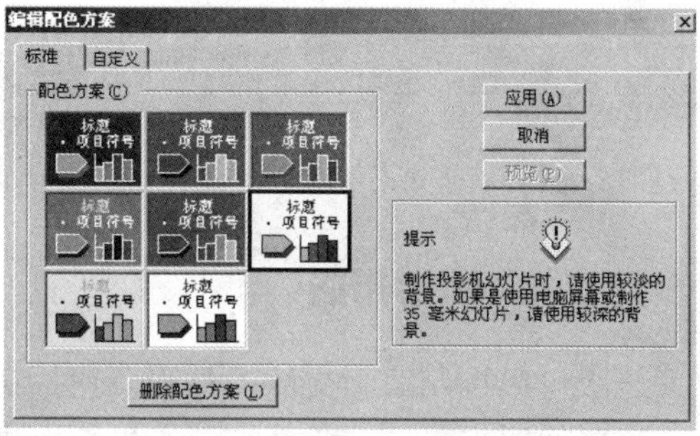

图15-7　管理配色方案

15.2.3 设置幻灯片背景

PowerPoint 2003 提供了多种幻灯片背景的填充方式，包括单色填充、渐变色填充、纹理、图片等。在一张幻灯片或者母版上只能使用一种背景类型，用户可以根据内容需要为幻灯片添加更适合于主题的背景颜色。

为演示文稿“公司简介”的第 1 张标题幻灯片设置渐变颜色背景，具体操作步骤如下：

（1）切换第 1 张幻灯片为当前幻灯片。

（2）执行“格式”→“背景”命令，打开“背景”对话框，在对话框中单击“背景填充”区域的下拉列表，打开一个菜单，如图 15-8 所示。

（3）在下拉列表中系统提供了 8 种作为背景颜色的颜色选项，用户可以选择其中的一种作为背景颜色，单击“填充效果”命令，打开“填充效果”对话框，单击“渐变”选项卡，如图 15-9 所示。

（4）在“颜色”区域选择“预设”，然后在“预设颜色”下拉列表中选择“雨后初晴”，在“底纹样式”区域选择“水平”，在“变形”区域选择第 3 种样式单击“确定”按钮，

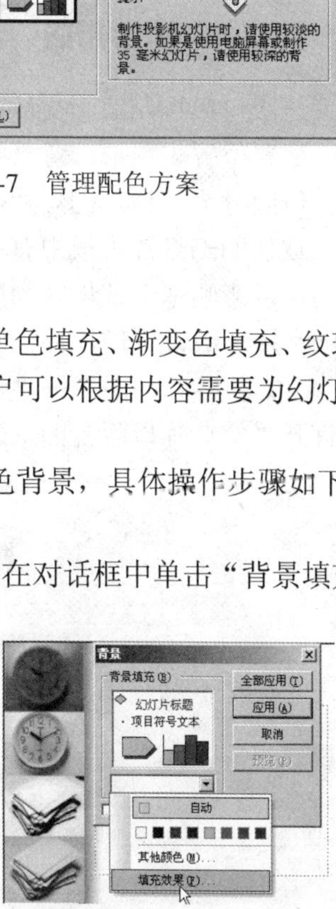

图15-8　“背景”对话框

返回到“背景”对话框。

（5）选中“忽略母版的背景图形”，则母版的图形和文本不会显示在当前幻灯片上，这里取消该复选框的选择状态。

（6）单击“预览”按钮可以在不关闭对话框的前提下预览幻灯片的背景效果，如果不满意可以再作修改，再预览，直至满意为止，确认后单击“应用”按钮，将背景应用到当前幻灯片，如图 15-10 所示。

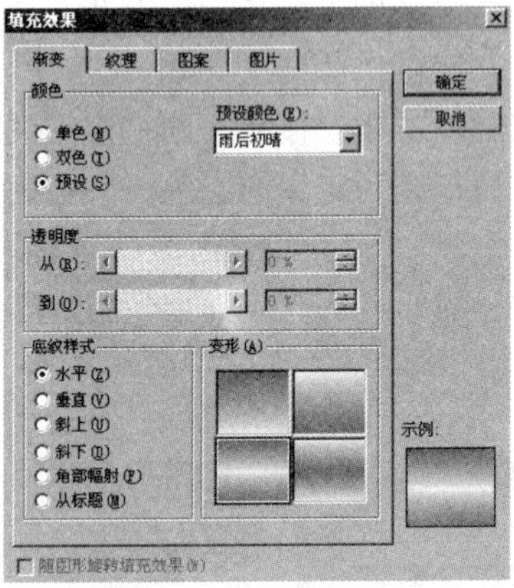

图15-9 “填充效果”对话框

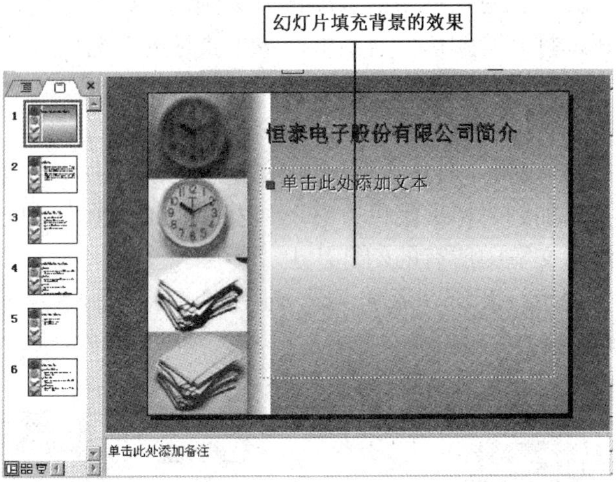

图15-10 幻灯片填充背景的效果

15.2.4 应用母版

母版可以控制演示文稿的外观，包括在幻灯片上所输入的标题和文本的格式与类型、颜色、放置位置、图形、背景等，在母版上进行的设置将应用到基于它的所有幻灯片。

母版分为三种：幻灯片母版、讲义母版、备注母版。

默认的幻灯片母板中有 5 个占位符：标题区、对象区、日期区、页脚区、数字区，修改它们可以影响基于该母版的所有幻灯片。

利用母版设置幻灯片标题文本格式，并为幻灯片设置页脚，具体操作步骤如下：

（1）执行“视图”→“母版”→“幻灯片母版”命令，打开“幻灯片母版”视图，并自动打开“幻灯片母版视图”工具栏，如图 15-11 所示。

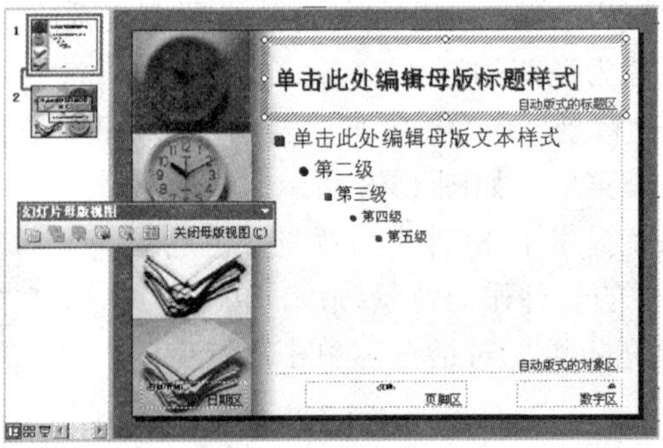

图15-11 幻灯片母版视图

（2）在左侧窗格中单击“幻灯片母版”缩略图，选择“单击此处编辑母版标题样式”中的文本，设置字体为“楷体”。在母板的“页脚区”的文本框中输入“公司地址：郑州市经济开发区　电话：0371-6829362”并设置字体为“楷体”，字号为“16”。

（3）在“幻灯片母版视图”工具栏中单击“关闭母版视图”按钮，则所有的幻灯片都被添加了页脚，并且标题也都被设置成了“楷体”，如图 15-12 所示。

提示： 除了编辑占位符，还可以编辑母版的背景和配色方案、动画方案，例如在“幻灯片设计”任务窗格中单击“配色方案”选项后面的下三角箭头打开一个下拉菜单，在打开的菜单中根据需要选择“应用于所选母板”或者“所有母版”。

如果需要对演示文稿的标题幻灯片进行设置，在幻灯片母板视图左侧的窗格中单击“标题母板”缩略图，如图 15-13 所示。标题母板可以控制标题幻灯片的格式，还能控制指定为标题幻灯片的幻灯片。如果希望标题幻灯片与演示文稿中其他幻灯片的外观不同，可改变标题母版。标题母版和幻灯片母版共同决定了整个演示文稿的外观。

在母板的标题文字框或正文文字框内输入的文字不显示在幻灯片中，但对文字的格式设置影响整个被所有母板衍生的幻灯片。

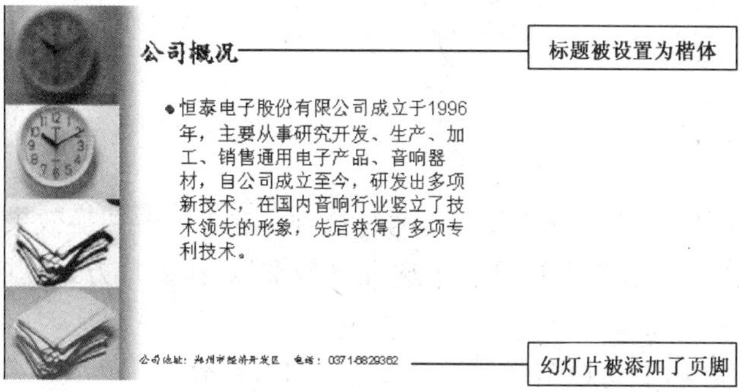

图15-12　设置幻灯片母版格式的效果

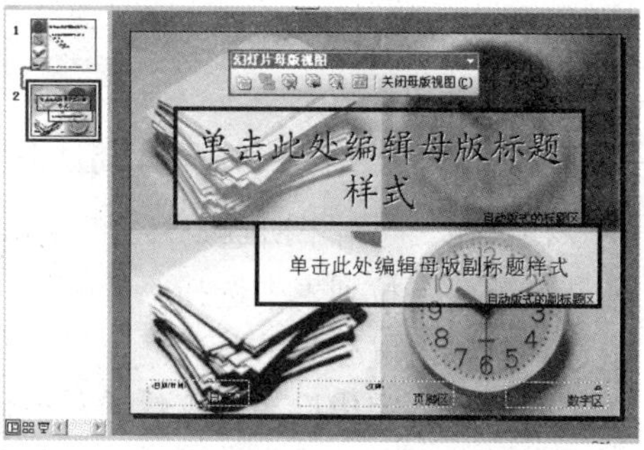

图15-13　标题母板

15.3　为幻灯片添加动画效果

在 PowerPoint 2003 中，幻灯片动画主要有两种类型。一种是幻灯片切换效果即翻页动画，可以实现为单张或多张幻灯片设置整体动画；另一种是幻灯片的动画效果，是指为幻灯片内部的各个元素设置动画效果，包括项目动画与对象动画。其中项目动画是针对文本而言的，而对象动画是针对幻灯片中的各种对象，对于一张幻灯片中的多个动画效果还可以设置它们的先后顺序。

15.3.1　设置幻灯片的切换效果

幻灯片切换效果是加在连续的幻灯片之间的特殊效果。在幻灯片放映的过程中，由一张幻灯片切换到另一张幻灯片时，可以用不同的切换效果将下一张幻灯片显示到屏幕上。

为幻灯片添加切换效果最好在幻灯片浏览视图中进行，因为在浏览视图中可以看到演示文稿中所有的幻灯片，并且可以非常方便地选择要添加切换效果的幻灯片。

1. 设置单张幻灯片切换效果

在为幻灯片设置切换效果时可以为演示文稿中的每一张幻灯片设置不同的切换效果或者为所有的幻灯片设置同样的切换效果。例如，为“公司简介”演示文稿中的第 1 张幻灯片设置“加号”切换效果，具体操作步骤如下：

（1）执行“视图”→“幻灯片浏览”命令，切换到幻灯片浏览视图中

（2）单击选择第 1 张幻灯片。

（3）执行“幻灯片放映”→“幻灯片切换”命令，打开“幻灯片切换”任务窗格，如图 15-14 所示。

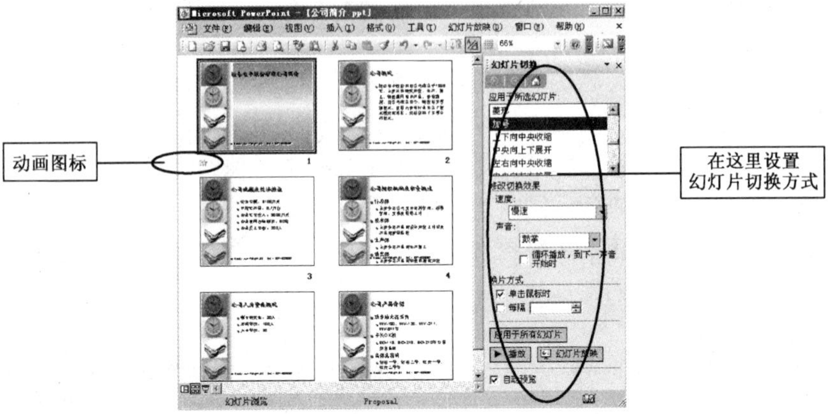

图15-14 设置单张幻灯片切换效果

（4）在“应用于所选幻灯片”列表框中选择切换效果“加号”选项。在“修改切换效果”区域的速度下拉列表中选择“慢速”，在“声音”下拉列表中选择“鼓掌”。在换片方式区域中选择“单击鼠标时”复选框。

（5）设置完毕后在幻灯片的左下角添加了动画图标 ☆，如图 15-14 所示。

（6）单击“播放”按钮，可以预览设置的幻灯片切换效果。

2. 设置多张幻灯片切换效果

在为幻灯片设置切换效果时可以为演示文稿中的多张幻灯片设置相同的切换效果。例如，要为演示文稿“公司简介”中的第 2、3、4、5、6 幻灯片设置“新闻快报”切换效果，具体操作步骤如下：

（1）执行“视图”→“幻灯片浏览”命令，切换到幻灯片浏览视图中。

（2）在幻灯片浏览视图中单击“幻灯片放映”→“幻灯片切换”命令，打开“幻灯片切换”任务窗格。

（3）按 Ctrl 键，然后分别单击第 2、3、4、5、6 幻灯片，将其选中。

（4）在“应用于所选幻灯片”列表框中选择切换效果“新闻快报”；在“修改切换效果”区域的速度下拉列表中选择“慢速”；在“声音”下拉列表中选择“风铃”；在换片方式区域中选择“单击鼠标时”复选框。

（5）设置完毕，在所有选中的幻灯片左下角都添加了动画图标 ☆，如图 15-15 所示。

（6）单击“播放”按钮，可以预览设置的幻灯片切换效果。

提示：如果要为演示文稿中的全部幻灯片设置切换效果，可以在幻灯片切换任务窗格中单击“应用于所有幻灯片”按钮。

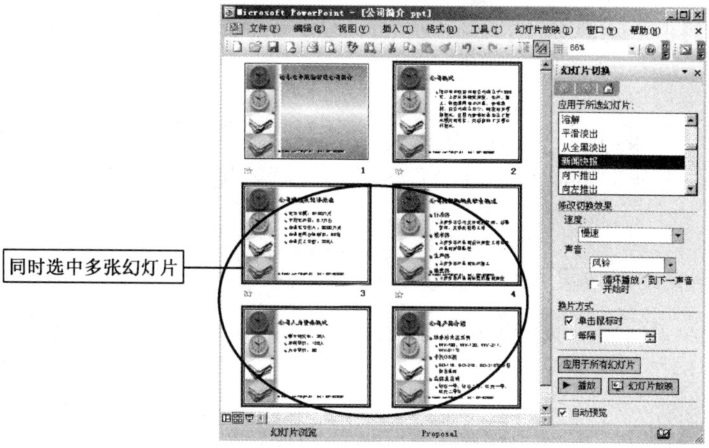

图15-15　设置多张幻灯片的切换效果

15.3.2　动画方案

PowerPoint 2003 提供了多种动画方案供用户选择，这些预定义的动画方便用户使整个演示文稿具有一致的风格，而每张幻灯片又有互不相同的动画效果。

使用“动画方案”快速创建动画效果的具体操作步骤如下：

（1）选择要设置动画效果的幻灯片为当前幻灯片。

（2）执行“幻灯片放映”→“动画方案”命令，打开“幻灯片设计”任务窗格，在“动画方案”列表中列出了系统提供的预定义动画方案，并对这些动画方案进行了分类。

（3）把鼠标指向“应用于所选幻灯片”列表中的动画方案上稍停片刻，系统会弹出该动画效果的切换方式和幻灯片中各区域的动画效果。如指向“向内溶解”则会显示出“标题：向内溶解正文：向内溶解”如图 15-16 所示。

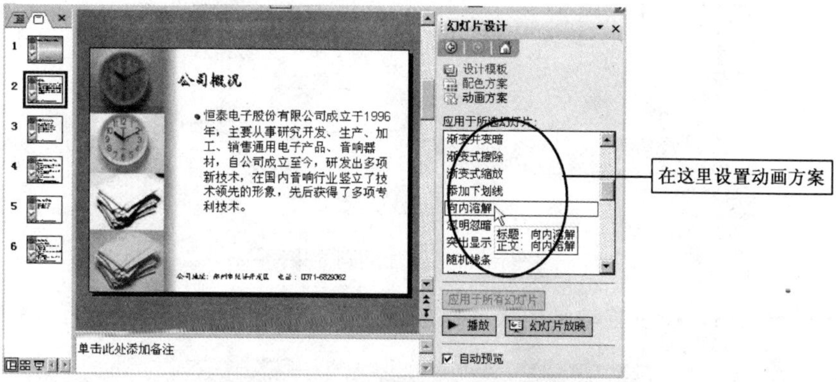

图15-16　选择“动画方案”

（4）在列表中选择所需要的动画方案，即可为当前幻灯片应用动画方案，此时在幻灯片工作窗口中可以预览所选择的动画效果。

（5）单击“播放”按钮可以播放当前幻灯片动画效果。

如果在任务窗格中单击“应用于所有幻灯片”选项，可以为所有的幻灯片加上相同的动画效果。

15.3.3 自定义动画效果

使用动画方案可以很方便地为幻灯片添加动画效果，不过这种效果并不能对幻灯片中所有的元素添加动画效果。用户可以使用 PowerPoint 2003 提供的自定义动画功能为幻灯片中的所有元素添加动画效果，并且还可以设置各元素动画效果的先后顺序以及每个对象的播放效果。

1. 设置自定义动画效果

例如，为“公司简介”演示文稿第 3 张幻灯片的标题文本、正文文本自定义动画效果，具体操作步骤如下：

（1）切换第 3 张幻灯片为当前幻灯片，选择标题占位符中的文本。

（2）执行“幻灯片放映”→“自定义动画”命令，打开“自定义动画”任务窗格。

（3）单击“自定义动画”任务窗格中的“添加效果”按钮，在下拉列表中选择“进入”中的“百叶窗”选项，如图 15-17 所示。

（4）在“开始”下拉列表中选择“之后”，在“方向”下拉列表中选择“垂直”，在“速度”下拉列表中选择“中速”。

（5）选择正文文本。单击“自定义动画”任务窗格中的“添加效果”按钮，在下拉列表中选择“进入”中的“飞入”选项。

（6）在“开始”下拉列表中选择“之后”，在“方向”下拉列表中选择“自左侧”，在“速度”下拉列表中选择“中速”。

（7）单击“播放”按钮，播放当前幻灯片动画效果。

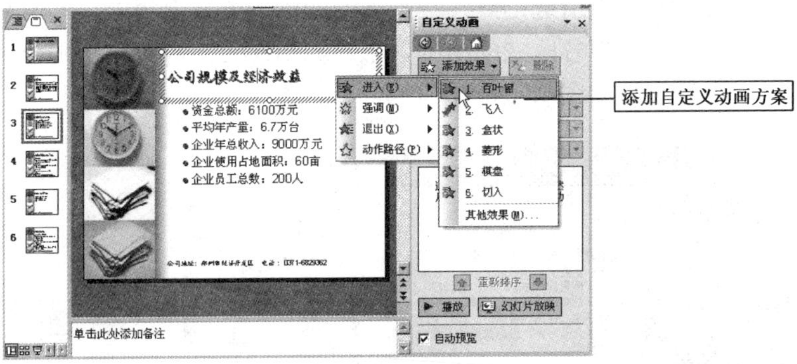

图15-17 添加动画效果

设置动画效果后，在设置动画效果的对象前面会显示出动画编号，如图 15-18 所示。

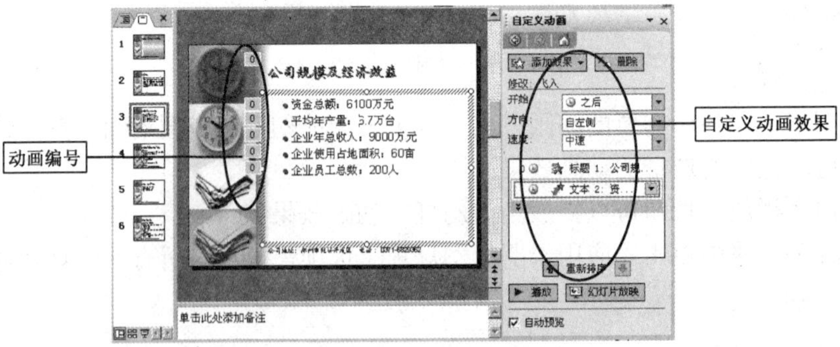

图15-18 设置自定义动画效果

2. 设置效果选项

为对象设置了动画效果后，还可以对动画效果的具体选项进行设置，将鼠标移动至动画效果列表中的任意一个动画效果上时，在该效果的右端将出现一个下三角箭头，单击该箭头打开一个下拉列表，如图 15-19 所示，在列表中可以对动画效果进行更详细的设置。

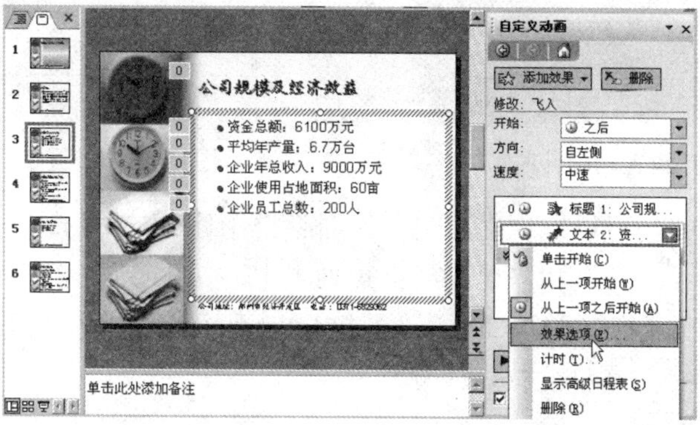

图15-19　效果选项列表

单击“飞入”动画效果后的箭头，在打开的菜单中选择“效果选项”命令，打开“飞入”对话框，单击“效果”选项卡，如图 15-20 所示。在“设置”区域的“方向”下拉列表中可以对动画的方向进行设置，例如这里设置为“自底部”；在“增强”区域的“声音”下拉列表中可以选择动画效果的伴随声音，这里设置为“打字机”；在“动画播放后”下拉列表中用户可以选择动画播放后要执行的操作。

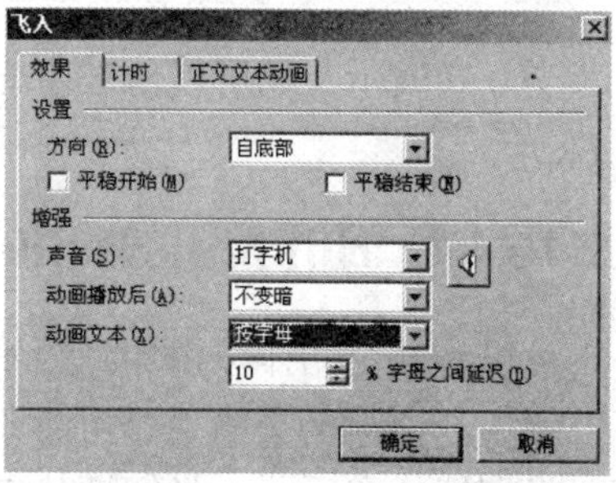

图 15-20　设置动画效果

在“动画文本”下拉列表中有三种选择：

- 整批发送：文本框中的文本以段落作为一个整体出现。
- 按字词：如果文本框中的是英文则按单个的词飞入，如果是中文则按字或词飞入。
- 按字母：如果文本框中的是英文则按字母飞入，如果是中文则按字飞入。

这里设置“动画文本”的效果为“按字母”，并设置“10%字母之间延迟”。

单击“计时”选项卡，如图 15-21 所示。在“开始”下拉列表中可以选动画开始的方式，如果选择“单击时”选项，则在单击鼠标时开始播放动画效果，如果选择“之前”选项，则在上一个效果播放前播放，如果选择“之后”选项，则在上一个效果播放后播放。由于这里设置了动画开始时间为“之后”选项，因此用户还可以在“延迟”文本框中设置上一动画结束多长时间后开始该动画，这里设置为“2 秒”。在“速度”下拉列表中还可以对动画的速度进行具体设置，这里设置为“快速”。

单击“正文文本动画”选项卡，如图 15-22 所示，在“组合文本”下拉列表中用户可以选择文本播放的级别。应注意的是，只有分为不同的大纲级别的文本对象，才可以在组合文本下拉列表框中选择文本框中文本出现的段落级别。如果选择按第一级段落则文本在出现时第一级段落中的文本和第一级以下所有级别的文本同时出现。如果选择按第二级段落则文本在出现时第一级段落中的文本首先出现，然后第二级文本和第二级下所有级别的文本同时出现。选择“相反顺序”复选框可以让段落按照从后向前的顺序播放。

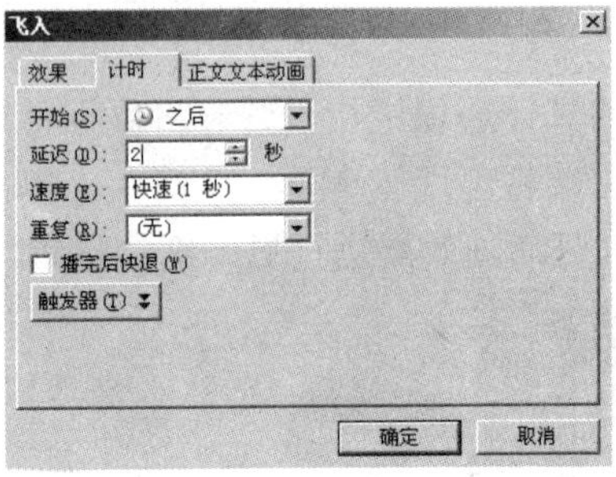

图15-21　设置动画计时

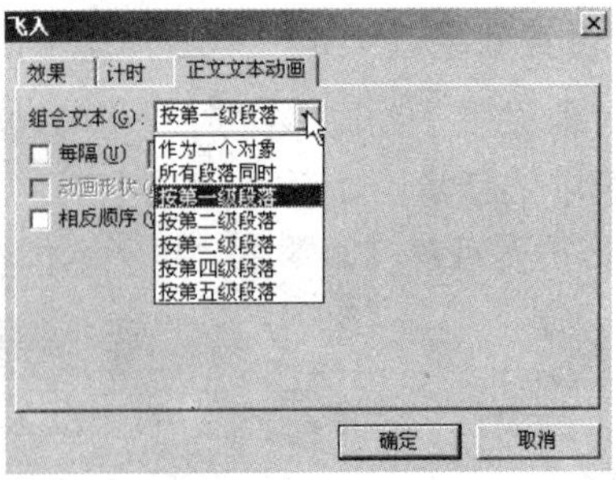

图15-22　设置正文文本动画

单击“确定”按钮，可以发现在“飞入”对话框中修改的“方向”和“速度”显示在自定义动画任务窗格的“方向”和“速度”下拉列表中。

提示：不同的动画效果有不同的设置方法，文本对象动画效果和一般对象动画效果的最大区别在于文本对象可以设置动画文本而对象动画效果则不能。

15.4　创建交互式演示文稿

交互式演示文稿可以通过事先设置好的动作按钮或超级链接，在放映时跳转到指定的幻灯片。

15.4.1　动作按钮的应用

可以将某个动作按钮加到演示文稿中，然后定义如何在放映幻灯片时使用该按钮。

例如，为演示文稿“公司简介”中的第 2 张幻灯片中添加 2 个动作按钮，分别链接到前面 1 张幻灯片和后面 1 张幻灯片中，具体操作步骤如下：

（1）选择第 2 张幻灯片为当前幻灯片。

（2）执行“幻灯片放映”→“动作按钮”命令，打开一个子菜单，在菜单中的按钮上稍作停留，显示出该按钮的名称和功能，如图 15-23 所示。

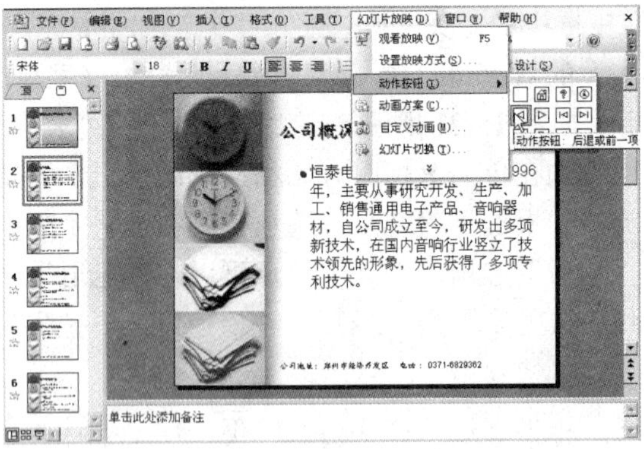

图15-23　“动作按钮”子菜单

（3）在“动作按钮”子菜单中单击“后退或前一项”按钮，此时鼠标变为“十”字形状，按住鼠标拖动画矩形框。

（4）当拖动到适当大小时松开鼠标，打开“动作设置”对话框，单击“单击鼠标”选项卡，如图 15-24 所示。

（5）在“单击鼠标时的动作”区域选中“超链接到”单选按钮，并在下拉列表中选择“上一张幻灯片”。单击“确定”按钮，返回到幻灯片中。

（6）在“动作按钮”子菜单中选择“前进或下一项”按钮，此时鼠标变为“十”字形状，按住鼠标拖动画矩形框。当拖动到适当大小时松开鼠标，打开“动作设置”对话框。在“单击鼠标时的动作”区域选择“超链接到”单选按钮，并在下拉列表中选择“下一张幻灯片”。单击“确定”按钮，返回到幻灯片中。

（7）在创建的动作按钮上单击鼠标右键，在打开的快捷菜单中选择“设置自选图形格式”命令，在打开的“设置自选图形格式”对话框中对动作按钮的效果进行设置。创建动作按钮后的效果，如图 15-25 所示。

设置好动作按钮后，在放映幻灯片时将鼠标指针移动到按钮上，鼠标将变为“手”形状，此时单击即可跳转到相应的幻灯片中。

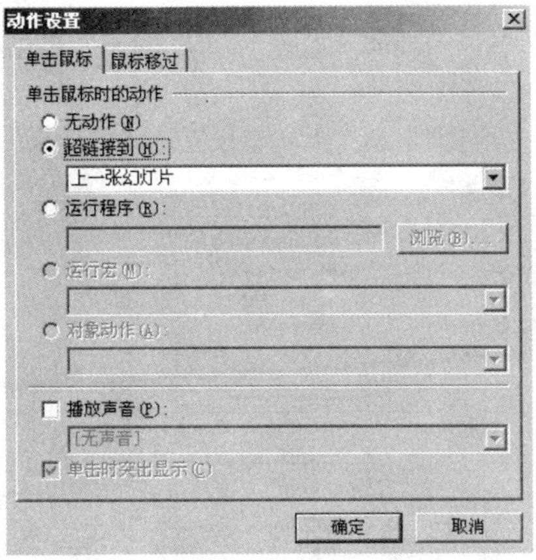

图15-24　“动作设置”对话框

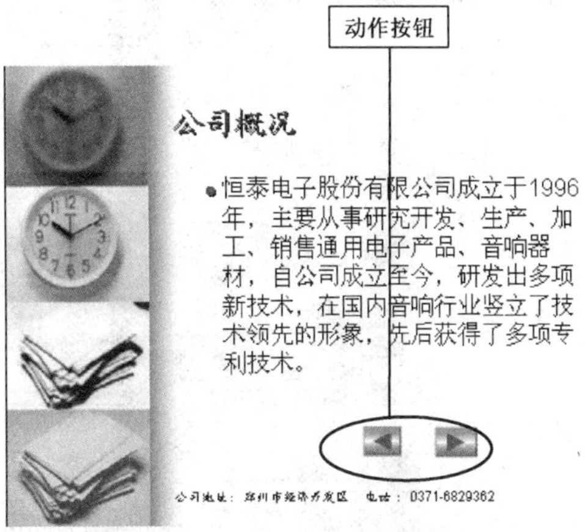

图15-25　在幻灯片中创建动作按钮的效果

15.4.2　设置超链接

可以利用超级链接将某一段文本或图片链接到另一张幻灯片。例如，将演示文稿“公司简介”幻灯片中第 2 张幻灯片中文本占位符中的文本与第 6 张幻灯片进行链接，具体操作步骤如下：

（1）切换第 2 张幻灯片为当前幻灯片。

（2）在幻灯片中选中文本占位符中的文本“电子产品、音响器材”。

（3）执行“幻灯片放映”→“动作设置”命令，打开“动作设置”对话框，单击“单击鼠标”选项卡。

（4）在“超链接到”下拉列表中选择“幻灯片”命令，如图 15-26 所示。

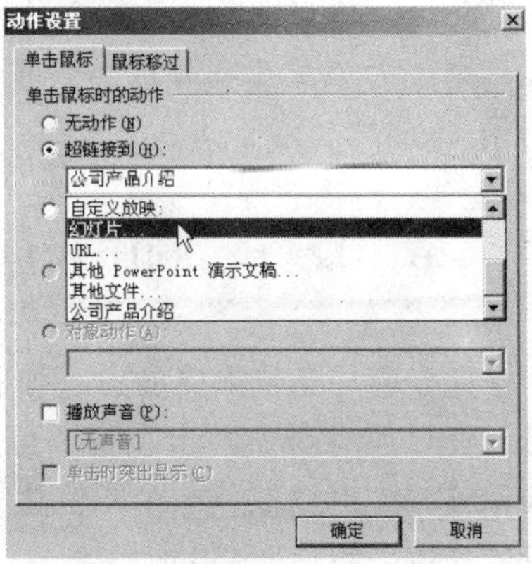

图15-26　选择链接到幻灯片

（5）打开“链接到幻灯片”对话框，如图 15-27 所示。在对话框“幻灯片标题”列表中选择第 6 个标题“公司产品介绍”，单击“确定”按钮，返回“动作设置”对话框。

（6）单击“确定”按钮，设置超链接后的效果如图 15-28 所示。

在图中可以发现设置完超级链接的文字不仅自动添加了下画线，而且超链接的文字颜色也发生了相应的变化。设置好超级链接后，在放映幻灯片时将鼠标指针移动到超级链接文本上，鼠标将变为“手”形状，单击该处即可跳转到相应的幻灯片中。

按照上面的方法为幻灯片添加动画效果，添加动作按钮，并且适当调整幻灯片中的文本，公司简介幻灯片的最终效果如图15-29所示。

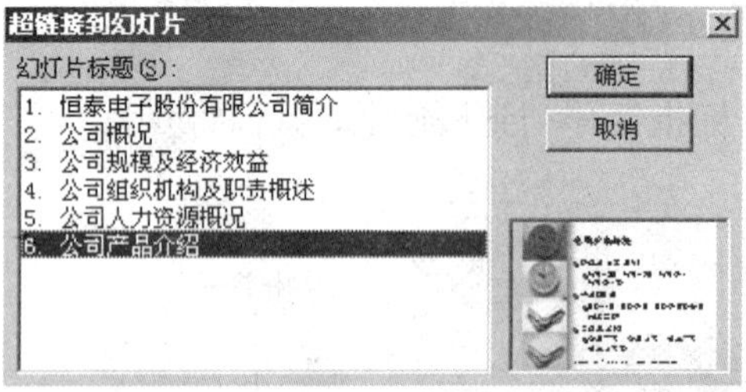

图15-27 “链接到幻灯片”对话框

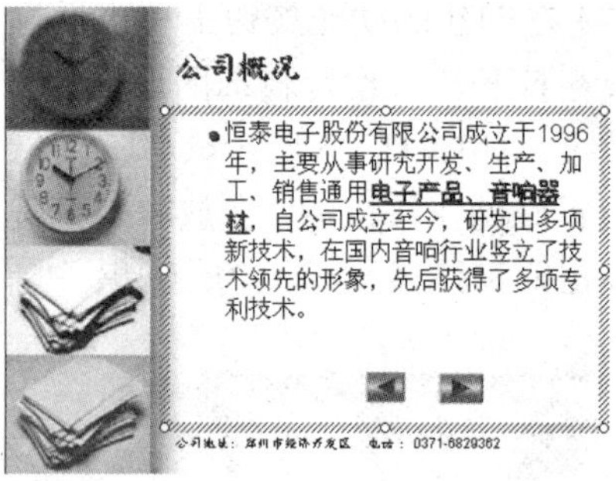

图15-28 为文本设置链接的效果

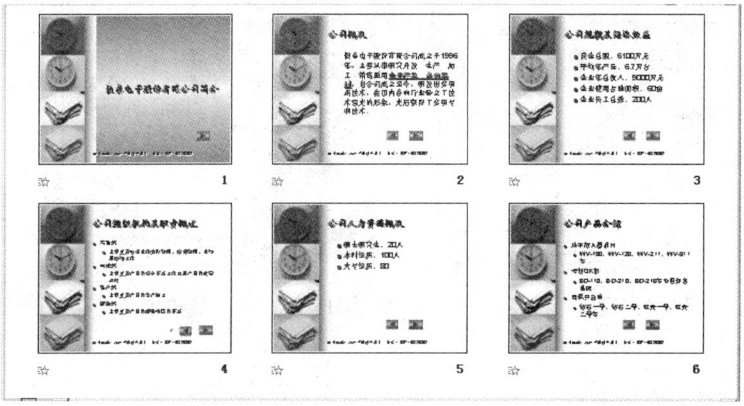

图15-29 公司简介幻灯片效果

技巧： 公司简介没有固定的形式，主要看这个简介希望达到的效果。公司简介是写给什么人的？例如，写给投资者、客户、应聘者等，对象不同重点也不一样。目标对象关注的重点是什么？例如投资者关注公司资质、资金、项目的运营情况等，有时候也关心股权结构等。客户则关心公司业务领域的资质和信誉度，招聘者则更关心公司的人力资源规划和发展规划等。

举一反三　制作职位竞聘演示报告

如今职场竞争愈演愈烈，对于一个好的职位，一大群竞争者实力不相上下，如何才能使自己在这场竞争中胜出，除了自身的实力外，竞聘演讲稿的作用也不容忽视。这里就利用PowerPoint 2003制作一个职位竞聘演示报告，这样可以帮助展示自身实力。职位竞聘演示报告最终效果如图15-30所示。

在制作职位竞聘演示报告之前先打开“案例与素材\第15章素材”文件夹中的“职位竞聘演示报告（初始）.ppt”文件。

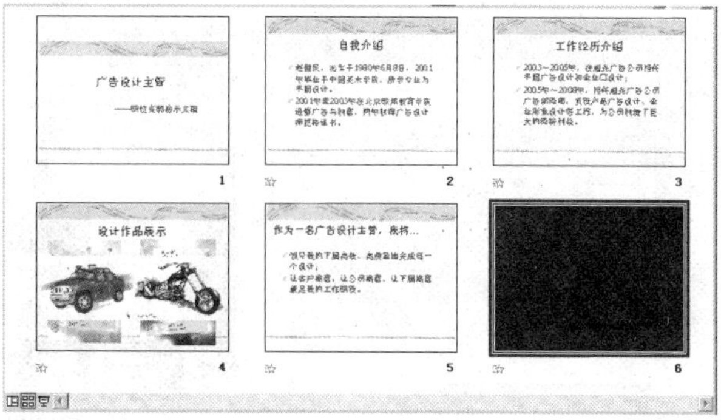

图15-30　职位竞聘演示报告效果

对职位竞聘演示报告进行设计的具体操作步骤如下：

（1）执行“格式”→“幻灯片设计”命令，打开“幻灯片设计”任务窗格，在任务窗格的底部单击“浏览”按钮，如图 15-31 所示。

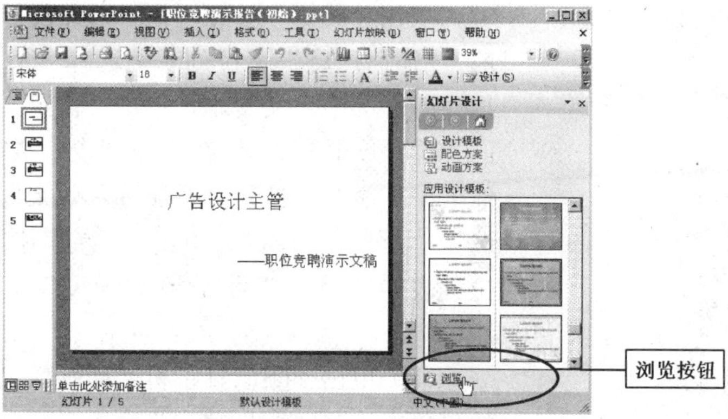

图15-31　浏览设计模板

（2）打开“应用设计模板”对话框，如图 15-32 所示。利用该对话框可以选择计算机中任意位置的设计模板，在查找范围下拉列表中找到“第 15 章素材”文件夹中的“自定义模板”，并将其选中。

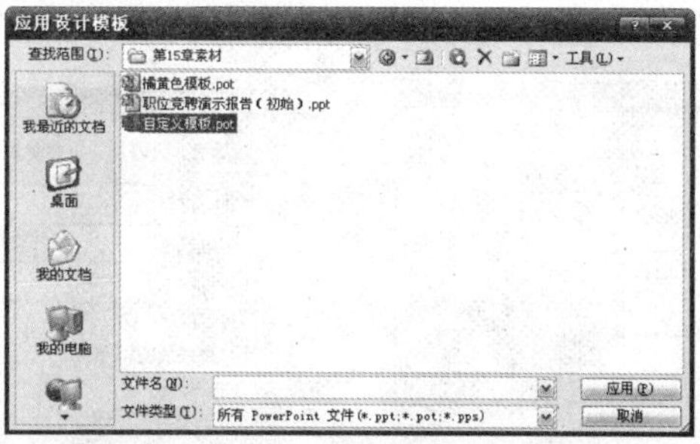

图15-32　“应用设计模板”对话框

（3）单击“应用”按钮，演示文稿则被应用选定的设计模板，同时设计模板将添加到“幻灯片设计”任务窗格的“可供使用”列表中，如图 15-33 所示。该模板可供后续演示文稿使用。

（4）切换第 2 张幻灯片为当前幻灯片，选中标题占位符中的文本。执行“幻灯片放映”→“自定义动画”命令，打开“自定义动画”任务窗格。

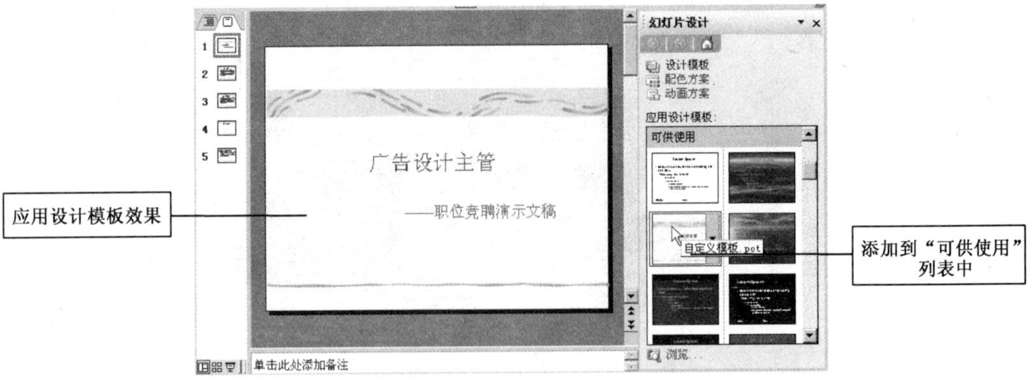

图15-33 应用设计模板效果

（5）单击“自定义动画”任务窗格中的“添加效果”按钮，在下拉列表中选择“进入”中的“其他效果”选项，打开“添加进入效果”对话框，如图 15-34 所示。

（6）在对话框中选择“螺旋飞入”，单击“确定”按钮，在“开始”下拉列表中选择“之前”，在“速度”下拉列表中选择“快速”。

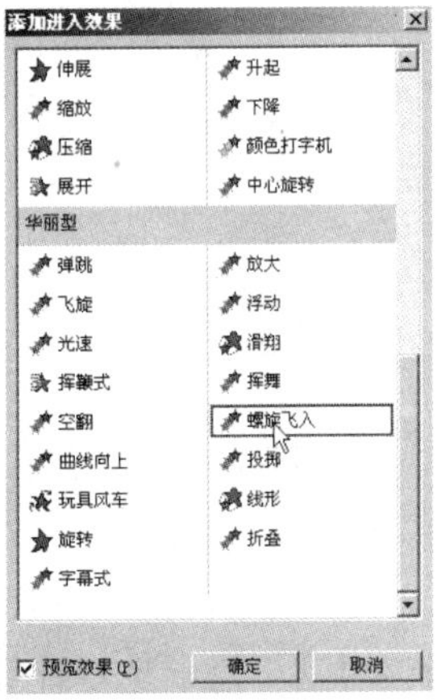

图15-34 “添加进入效果”对话框

（7）选中正文文本，单击“自定义动画”任务窗格中的“添加效果”按钮，在下拉列表中执行“进入”中的“其他效果”命令，打开“添加进入效果”对话框。对话框中选择“颜色打字机”，单击“确定”按钮，在“开始”下拉列表中选择“之后”，在“速度”下拉列表中选择“快速”。

（8）单击“颜色打字机”动画效果后的箭头，在打开的菜单中选择“效果选项”命令，打开“颜色打字机”对话框，单击“效果”选项卡，在“设置”区域的“首选颜色”下拉列表中选择一种颜色，在“辅助颜色”下拉列表中选择一种颜色。在“动画文本”下拉列表中选择“按字母”，设置“50%”的字母之间延迟，如图 15-35 所示。

（9）单击“计时”选项卡，在“速度”下拉列表中直接输入 0.08 秒，如图 15-36 所示。

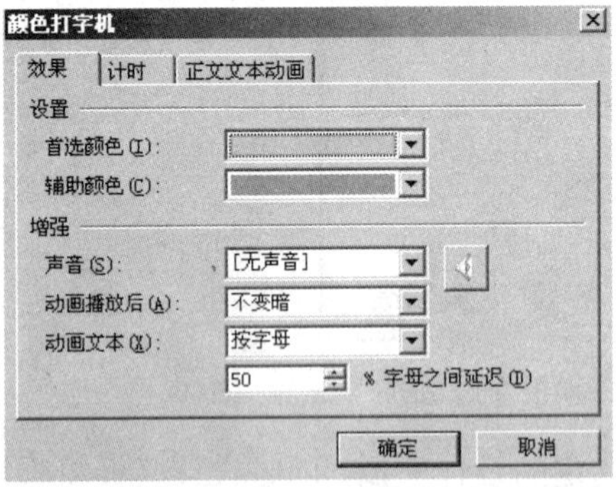

图15-35 设置“颜色打字机”效果

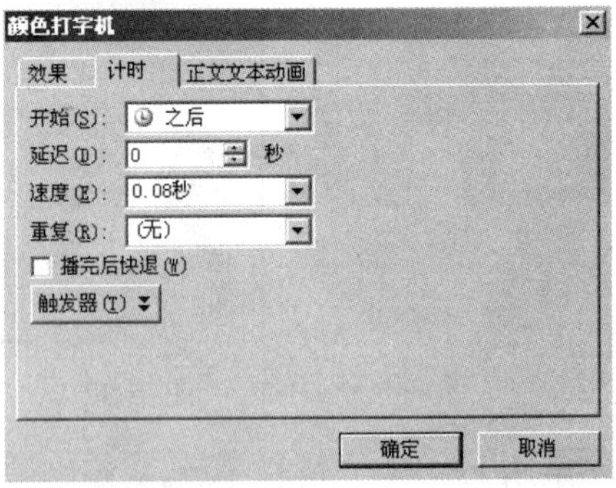

图15-36 设置“颜色打字机”计时

（10）单击“确定”按钮。设置动画效果后的幻灯片如图 15-37 所示。单击“播放”按钮，播放当前幻灯片动画效果。

（11）按照相同的方法为第 3 张和第 5 张幻灯片设置相同的动画效果。

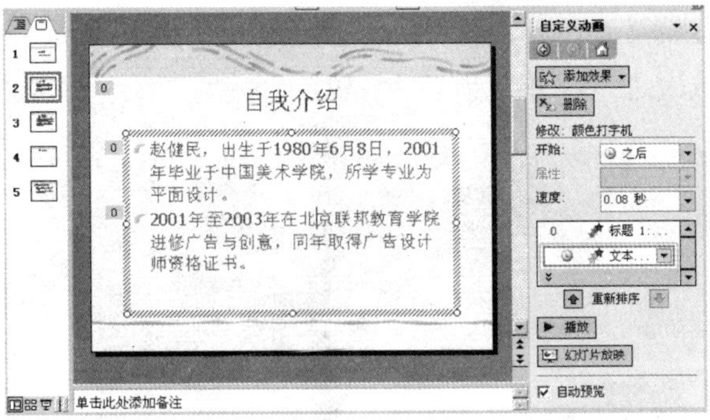

图15-37　为第2张幻灯片自定义动画效果

（12）切换第 4 张幻灯片为当前幻灯片，在幻灯片中插入四张图片，适当调整图片的大小和位置，效果如图 15-38 所示。

（13）选中标题文本，单击“自定义动画”任务窗格中的“添加效果”按钮，在下拉列表中选择“进入”中的“螺旋飞入”选项，在“开始”下拉列表中选择“之前”，在“速度”下拉列表中选择“快速”。

（14）同时选中第 1 张和第 2 张图片（即并排排列的下面两张稍大的图片），单击“自定义动画”任务窗格中的“添加效果”按钮，在下拉列表中选择“进入”中的“其他效果”命令，打开“添加进入效果”对话框。在对话框中选择“扇形展开”，单击“确定”按钮。在“开始”下拉列表中选择“之后”，在“速度”下拉列表中选择“中速”。

（15）再次同时选中第 1 张和第 2 张图片（即并排排列的下面两张稍小的图片），单击“自定义动画”任务窗格中的“添加效果”按钮，在下拉列表中选择“退出”中的“其他效果”命令，打开“添加退出效果”对话框。在对话框中选择“向外溶解”，单击“确定”按钮。在“开始”下拉列表中选择“之后”，在“速度”下拉列表中选择“非常快”。

图15-38　插入图片

（16）同时选中第 3 张和第 4 张图片，单击“自定义动画”任务窗格中的“添加效果”按钮，在下拉列表中选择“进入”中的“其他效果”命令，打开“添加进入效果”对话框。在对话框中选择“圆形扩展”，单击“确定”按钮。在“开始”下拉列表中选择“之后”，在“方向”下拉列表中选择“内”，在“速度”下拉列表中选择“中速”。

（17）单击“播放”按钮，播放当前幻灯片动画效果。在播放的过程中可以发现首先标题文本以螺旋飞入的动画方式进入，然后第 1 张图片和第 2 张图片以扇形展开的动画效果进入，接着第 1 张图片和第 2 张图片以向外溶解的动画效果退出，最后第 3 张图片和第 4 张图片以圆形扩展的动画效果进入，效果如图 15-39 所示。

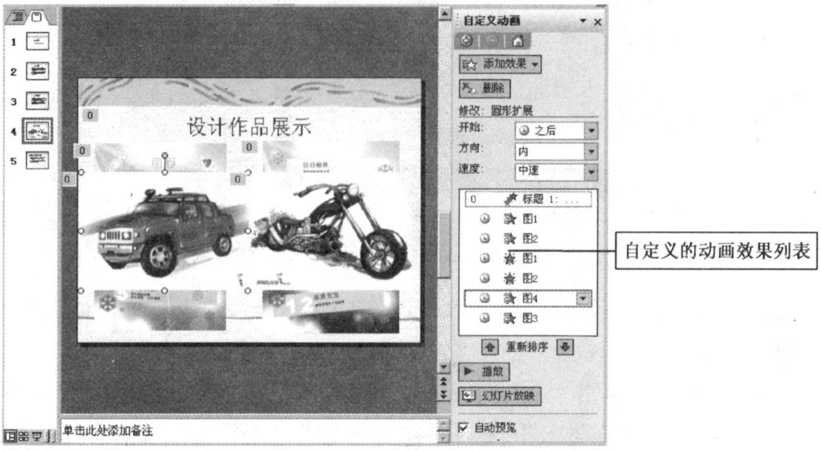

图15-39　第4张幻灯片设置自定义动画效果

（18）在第 5 张幻灯片中执行“插入”→“新幻灯片”命令，在演示文稿中插入一张新的幻灯片。选中文本占位符按“Delete”键将其删除。在标题占位符中输入文本“谢谢各位!”。并设置“字体”为“华文行楷”，“字号”为“60”。利用鼠标拖动标题占位符到合适位置，如图 15-40 所示。

（19）单击绘图工具栏中的“矩形”按钮，在幻灯片中拖动鼠标绘制一个与幻灯片等大小的矩形框。设置矩形的“填充颜色”为“黑色”，在“线条”为“无线条颜色”，如图 15-41 所示。

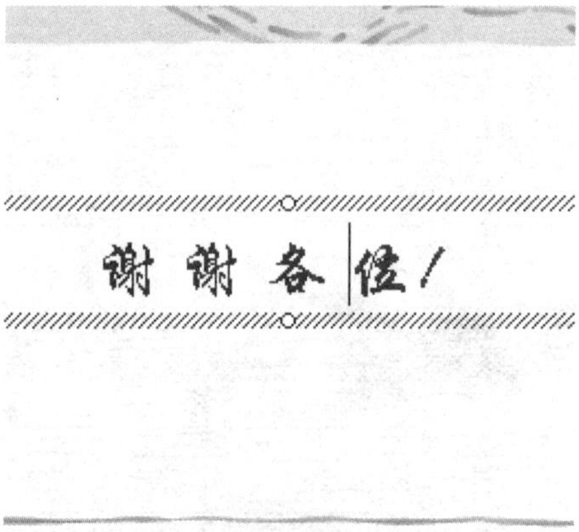

图15-40　设置结尾幻灯片标题

图15-41　绘制矩形并填充颜色

（20）选择标题占位符，如果不好选中可以按 Tab 键来选中标题占位符，单击“自定义动画”任务窗格中的“添加效果”按钮，在下拉列表中选择“进入”中的“其他效果”命令，打开“添加进入效果”对话框。在对话框中选择“挥鞭式”选项，单击“确定”按钮。在“开始”列表中选择“之前”，在“速度”下拉列表中选择“中速”。

（21）选中插入的矩形，单击“自定义动画”任务窗格中的“添加效果”按钮，在下拉列表中选择“进入”中的“扇形展开”选项。在“开始”列表中选择“之后”，在“速度”下拉列表中选择“中速”。

（22）设置完毕，单击“自定义动画”任务窗格中的“播放”按钮，预览动画效果。首先在幻灯片中显示的是挥鞭式效果。在幻灯片中显示的第二个动画效果是扇形展开的效果，该效果展开后将幻灯片遮挡为黑色，类似电影放映完毕后的黑屏效果，如图 15-42 所示。

图15-42　矩形的扇形展开效果

技巧：竞聘报告是竞聘者在竞聘会议上向与会者阐述自己竞聘条件、竞聘优势，以及对竞聘职务的认识，被聘任后的工作设想等的演讲词。竞聘报告要有竞争性，凸显人无我有，人有我优，人优我特的竞争优势；目的性，要明确竞聘的职位；生动性，要吸引人，据有口头宣传的作用；自评性，要全面而公正的评价自己。在应聘报告中要写清楚所要竞聘的职位；写清楚自己的工作业绩，而非工作时间的长短；态度语气要自信委婉。

回头看

通过案例“公司简介”以及举一反三“职位竞聘演示报告”的制作过程，主要学习了幻灯片的一些设计方法。利用设计模板可以快速统一演示文稿的外观；利用配色方案可以对演示文稿中幻灯片的局部色彩进行更改；可以为幻灯片设置背景；还可以对演示文稿的局部外观进行设置；为幻灯片设置动画效果使在放映幻灯片时更具有动感，引人入胜。

知识拓展

1. 设置动画的顺序

在 PowerPoint 2003 中，为幻灯片中的各个元素设置动画时，系统会按照动画设置的前后次序，依次为各动画项编号。用户也可以在“自定义动画”任务窗格中的动画效果列表中自己定义动画的编号。

动画效果的编号以设置“单击时开始”动画效果的开始时间为界限，如果在幻灯片中设置了多个“单击时开始”动画效果，则它们会根据用户设置的先后顺序进行编号。如果在某一动画效果后设置“之后”动画效果，它的编号将和上一编号相同，如果在某一动画效果前设置“之前”动画效果，它的编号名称将和上一编号相同。

幻灯片中各对象的动画效果会根据编号依次进行展示，如果用户认为动画效果的先后次序不合理，也可以改变动画的顺序。将鼠标移动至“自定义动画”任务窗格的“自定义动画”列表中，当鼠标变为 ↕ 形状时，单击鼠标选中需要移动顺序的动画项，然后单击效果列表

下面的上移箭头 ↑ 或下移箭头 ↓ 按钮就可以改变动画效果的先后顺序。动画效果的顺序改变后，它的效果标号也跟着改变。

2. 修改动画效果

用户可以对设置好的动画效果进行修改，使动画效果更加符合放映的要求。将鼠标移动至“自定义动画”任务窗格的“自定义动画”列表中，当鼠标变为 ↕ 形状时，单击鼠标选中要修改的动画项。单击“自定义动画”任务窗格中的“更改”按钮，在下拉列表中再次选择新的动画效果，然后根据需要再进行具体的设置。

3. 插入多媒体元素

在 PowerPoint 2003 中可以直接加入 WAV、MID 和 MP3 格式的声音。

例如在幻灯片中插入声音文件，执行“插入”→“影片和声音”→“文件中的声音”命令，打开“插入声音”对话框。在“查找范围”下拉列表中选择文件的位置，在文件列表中选中要插入的声音文件，单击“确定”按钮。此时将在幻灯片中插入一个声音图标，同时打开如图 15-43 所示的对话框，询问是否自动插入声音，单击“自动”按钮，则放映幻灯片的同时播放声音，单击“在单击时”按钮，则在放映幻灯片时要求用鼠标单击才播放声音。用户可以将声音图标拖动到合适的位置，同时还可以随意将图标放大或缩小。

4. 相册功能

如果用户希望在演示文稿中添加一大组图片，而且这些图片又不需要自定义，此时可使用 PowerPoint 2003 中的相册功能创建一个专业的相册演示文稿。PowerPoint 2003 可从硬盘、扫描仪、数码相机或 Web 照相机等位置添加多张图片。

创建相册的具体操作步骤如下：

（1）执行“文件”→“新建”命令，打开“新建演示文稿”任务窗格。在“新建”区域单击“相册”选项，打开“相册”对话框，如图 15-44 所示。

（2）在“相册”对话框中单击“文件/磁盘”按钮，打开“插入新图片”对话框，在对话框中选定要插入的图片，单击“插入”按钮，返回到“相册”对话框，按此方法可以在相册中插入多个图片。

（3）在“相册版式”区域的“图片版式”下拉列表中可以选择图片的版式。在“相框形状”下拉列表中则可以应用相框形状。单击“设计模板”后面的浏览按钮，则可以应用该设计模板。

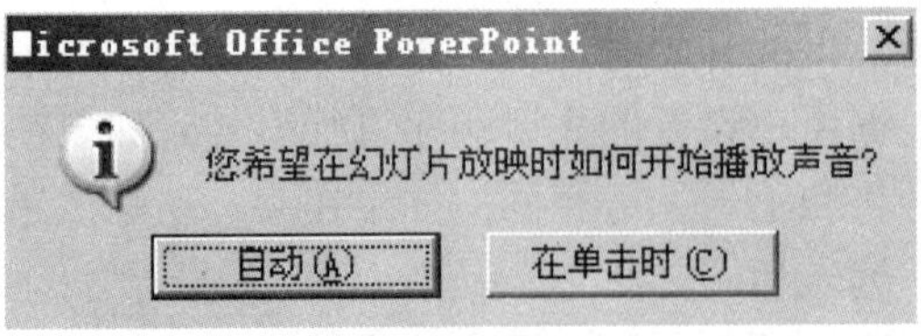

图15-43　是否自动插入声音询问框

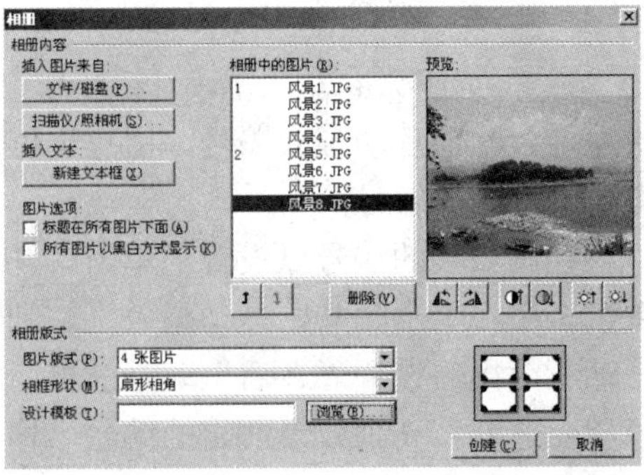

图15-44　“相册”对话框

习题15

填空题

1．设计模板决定了幻灯片的主要外观，包括________、预制的________、________等。在应用设计模板时，系统会自动将当前幻灯片或所有幻灯片应用设计模板文件中包含的版式、文字样式、背景等外观，但不会_______________。

2．配色方案由_______、文本和线条、_______、___________、_______、强调、强调文字和超链接、强调文字和已访问的超链接等颜色设置组成，方案中的每种颜色会自动应用于幻灯片上的不同组件。

3．母版分为 3 种：___________、___________、___________。

操作题

利用 PowerPoint 2003 的相册功能创建一个旅游相册演示文稿，设置“图片的版式”为“4 张图片”，“相框形状”为“扇形相角”，应用“第 15 章素材”文件夹中的“橘黄色”设计模板，最终效果如图 15-45 所示。

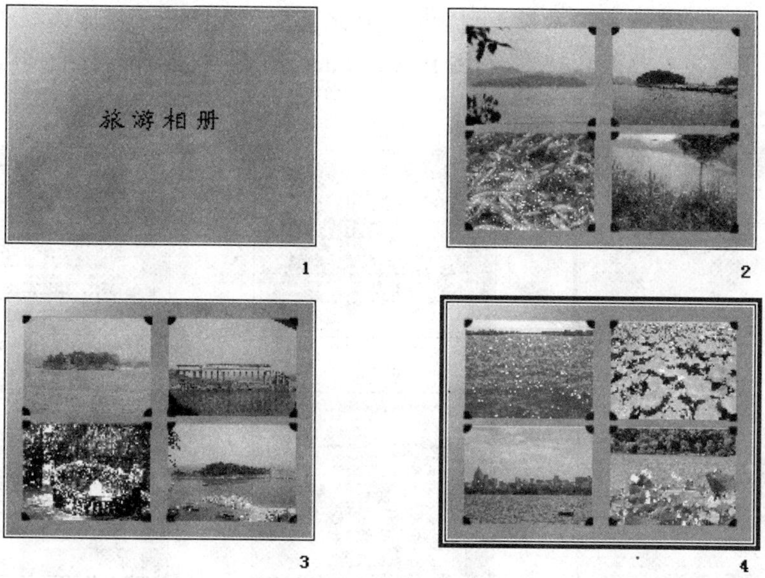

图15-45　旅游相册

第16章　幻灯片的放映
——制作产品行业推广方案和营销案例分析

PowerPoint 2003 提供了多种幻灯片的放映方式，在演示幻灯片时用户可以根据不同的需求情况选择合适的演示方式，并对演示进行控制，另外还可以选择使用打印或打包等方式将演示文稿输出。

知识要点

- 设置幻灯片放映
- 控制演讲者放映
- 打包演示文稿

任务描述

在将某个新产品或者新技术投入到新的行业之前，首先必须要说服该行业的人员，使他们从心理上接受这项产品或者技术。利用 PowerPoint 2003 制作的产品行业推广方案如图 16-1 所示。

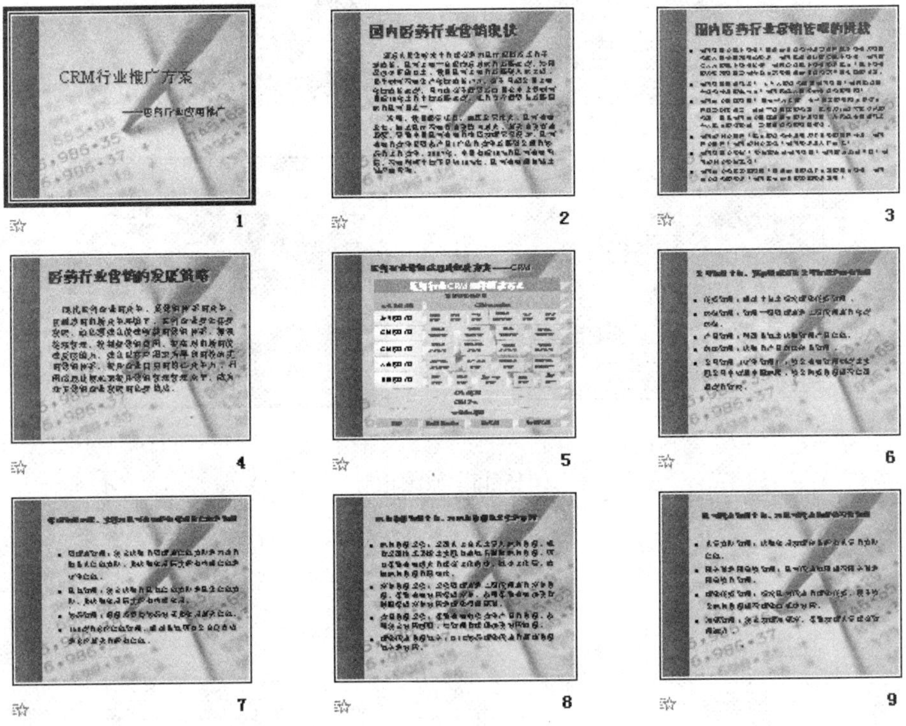

图16-1　产品行业推广方案

案例分析

完成产品行业推广方案制作要用到设置幻灯片的放映方式、设置换片方式、控制演讲者放映等功能。

本章所涉及案例的素材和最终效果文件请登录华信教育资源网（www.hxedu.com.cn）下

载，在下载后的“案例与素材\第 16 章素材”和“案例与素材\第 16 章案例效果”文件夹中。

16.1　设置幻灯片放映

制作演示文稿的最终目的是把它展示给观众，用户可以根据不同的需求采用不同的方式放映演示文稿，如果有必要还可以自定义放映。

PowerPoint 2003 提供了 3 种放映幻灯片的方法：演讲者放映、观众自行浏览、在展厅浏览，这 3 种放映方式各有特点可以满足不同环境、不同观众对象的需要。

16.1.1　设置放映方式

执行“幻灯片放映”→“设置放映方式”命令，打开“设置放映方式”对话框，如图 16-2 所示。

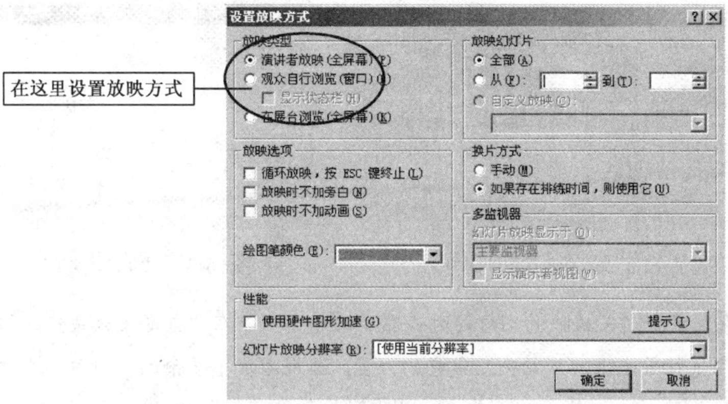

图16-2　设置放映方式

在“放映类型”区域用户可以对放映方式进行如下设置：

演讲者放映方式：选择该单选选项可以采用全屏显示，通常用于演讲者亲自播放演示文稿。此种方式演讲者可以控制演示节奏，具有放映的完全控制权。

观众自行浏览：选择该单选选项可以将演示文稿显示在小型窗口内，并提供相应的操作命令，可以在放映时移动、编辑、复制和打印幻灯片。

在展台浏览：选择该单选选项可以自动运行演示文稿，可以在展览会场或会议等需要运行无人管理的幻灯片放映时使用，运行时大多数的菜单和命令都不可用，并且在每次放映完毕后自动重新开始。在这种放映方式中鼠标变得几乎毫无用处，无论是单击左键还是单击右键，或者两键同时按下。在该放映方式中如果设置的是手动换片方式放映，那么将无法执行换片的操作，如果设置了“排练计时”功能，它会严格地按照“排练计时”时设置的时间放映。按 Esc 键可退出放映。

16.1.2　自定义放映

在放映演示文稿时，用户可以根据自己的需要创建一个或多个自定义放映方案。可以选择演示文稿中多个单独的幻灯片组成一个自定义放映方案，并且可以设定方案中各幻灯片的放映顺序。放映这个自定义方案时，PowerPoint 2003 将会按事先设置好的幻灯片放映顺序放映自定义方案中的幻灯片。

1. 设置自定义放映

例如，在“产品行业推广方案”演示文稿中设置只放映第 5、6、7、8、9、10 张幻灯片，具体操作步骤如下：

（1）执行“幻灯片放映”→“自定义放映”命令，打开“自定义放映”窗口。

（2）在对话框中单击“新建”按钮，打开“定义自定义放映”对话框，如图 16-3 所示。

（3）在“幻灯片放映名称”文本框中输入自定义放映的名称“解决方案”。

（4）“在演示文稿中的幻灯片”列表框中按住 Ctrl 键分别单击第 5、6、7、8、9、10 张幻灯片，单击“添加”按钮将选择的幻灯片添加到右侧列表框中。

（5）单击“确定”按钮，返回到“自定义放映”对话框，在“自定义放映”列表中显示了刚才创建的自定义放映名称，如图 16-4 所示。

（6）单击“关闭”按钮，关闭“自定义放映”对话框。

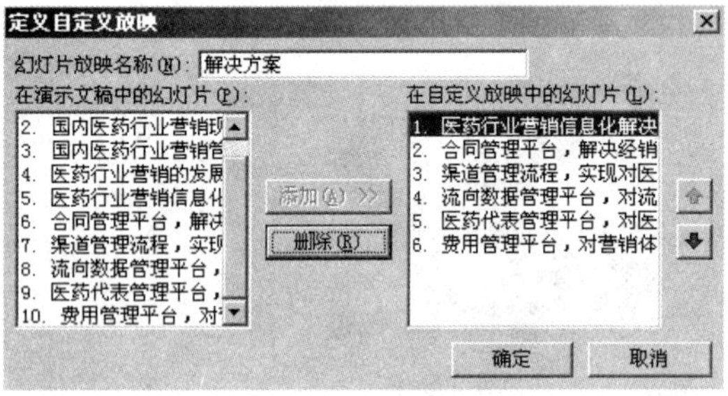

图16-3 设置自定义放映的幻灯片

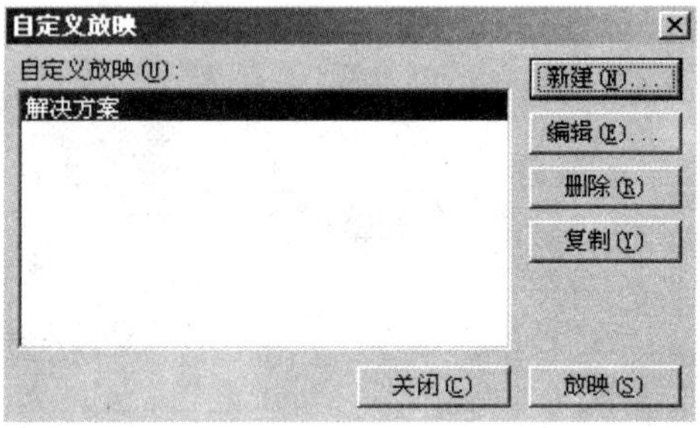

图16-4 “自定义放映”对话框

提示： 如果在设置自定义放映的幻灯片时弄错了次序，可以在“自定义放映中的幻灯片”列表中选择要移动的幻灯片，用鼠标单击上、下箭头改变它的位置。如果添加了多余的幻灯片，在“自定义放映中的幻灯片”列表中选择要删除的幻灯片，然后单击“删除”按钮即可。

2. 放映自定义放映

如果在一个演示文稿中设置了多个自定义放映，在放映时用户可以选择自定义放映的名称来放映不同的自定义放映，具体操作步骤如下：

（1）执行“幻灯片放映”→“设置放映方式”命令，打开“设置放映方式”对话框。

（2）在“放映幻灯片”区域选中“自定义放映”单选选项，然后在下拉列表中选择自定义放映的名称，如图 16-5 所示。

（3）单击“确定”按钮。

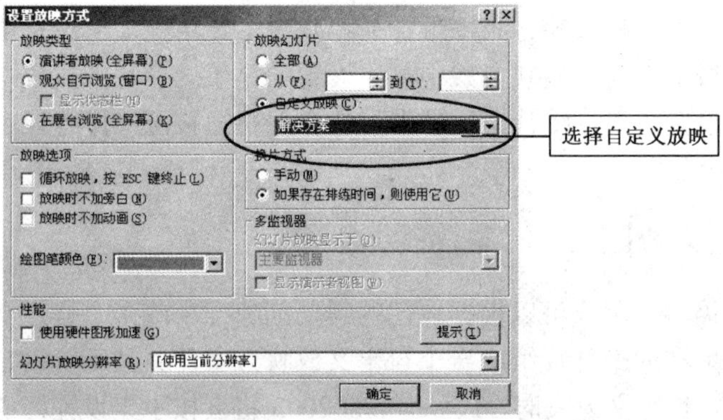

图16-5 选择自定义放映

16.1.3　设置换片方式

在默认情况下，幻灯片的换片方式是单击鼠标切换到下一张幻灯片。还可以人工设置幻灯片放映的时间间隔。首先选定幻灯片，执行“幻灯片放映”→“幻灯片切换”命令，打开“幻灯片切换”任务窗格。在“换片方式”区域选择“每隔”复选框，然后输入希望幻灯片在屏幕上停留的时间。在设置了播放时间之后，在幻灯片浏览视图中相应的幻灯片下方将显示播放时间，如图 16-6 所示。如果要将此时间应用到所有的幻灯片上，单击“应用于所有幻灯片”选项，否则设置的效果将应用于选定的幻灯片中。

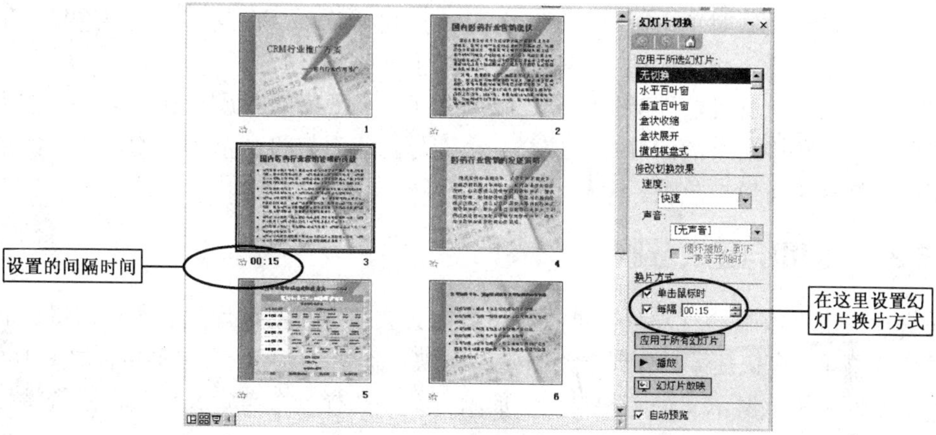

图16-6　手工设置放映时间

执行“幻灯片放映”→“设置放映方式”命令，打开“设置放映方式”对话框。在换片方式区域如果选择了“手动”，则在“幻灯片切换”任务窗格中应同时选择“单击鼠标时”复选框，这样单击鼠标就可以进入下一张幻灯片。如果在任务窗格中选择“每隔”复选框并设置了间隔时间，但是没有选择“单击鼠标时”复选框，此时如果在“设置放映方式”对话框中选择了“手动”则即使到了设置的间隔时间幻灯片也不会自动进入下一张幻灯片，此时单击鼠标也不会进入下一张幻灯片，只能采用其他的命令进入下一张幻灯片。在“设置放映方式”对话框的片方式区域如果选择了“如果存在排练时间，则使用他”，此时如果在换片方式区域只选择“每隔”复选框，那么在放映幻灯片时则每张幻灯片按照设置的间隔时间自动进入下一张幻灯片，如果同时选择“单击鼠标时”和“每隔”复选框，那么在放映时可以等到设置的间隔时间让幻灯片自动进入下一张幻灯片，也可以单击鼠标直接进入下一张幻灯片。

16.2　控制演讲者放映

“演讲者放映”方式是全屏放映，在该方式下演讲者可以对幻灯片进行自由地控制，例如可以在放映幻灯片时可以定位幻灯片，也可以使用画笔等。

16.2.1　启动演讲者放映

“演讲者放映”方式是系统默认的放映方式，在开始放映前首先应对放映方式进行设置，具体操作步骤如下：

（1）执行“幻灯片放映”→“设置放映方式”命令，打开“设置放映方式”对话框。

（2）在“放映类型”区域选择“演讲者放映”单选选项；在“绘图笔”颜色下拉列表中选择一种颜色；在“放映幻灯片”区域中设置需要放映的幻灯片，这里选择“全部”单选选项，在“换片方式”区域中选择“手动”。

（3）单击“确定”按钮，返回到幻灯片中。

（4）执行“幻灯片放映”→“观看放映”命令，幻灯片从第一张开始放映。

16.2.2 定位幻灯片

使用定位功能可以在放映时快速地切换到想要显示的幻灯片上，而且还可以显示隐藏的幻灯片。在幻灯片放映时单击鼠标右键，打开一个快捷菜单，在菜单中如果选择“下一张”或“上一张”菜单命令将会放映下一张幻灯片或上一张幻灯片。

在快捷菜单中选择“定位至幻灯片”命令打开一个子菜单，如图 16-7 所示，在子菜单中列出了该演示文稿中所有的幻灯片，选择一个幻灯片，系统将会播放此幻灯片，如果选择的是隐藏的幻灯片也可以被放映。

16.2.3 应用自定义放映

在进行演讲者放映的时候，也可以启用自定义放映。在幻灯片放映时单击鼠标右键，打开一个快捷菜单，在快捷菜单上选择“自定义放映”命令，打开一个子菜单，如图 16-8 所示，在子菜单中列出了该演示文稿中的自定义放映方案，选择一个自定义放映，系统将按自定义放映的设置进行放映。

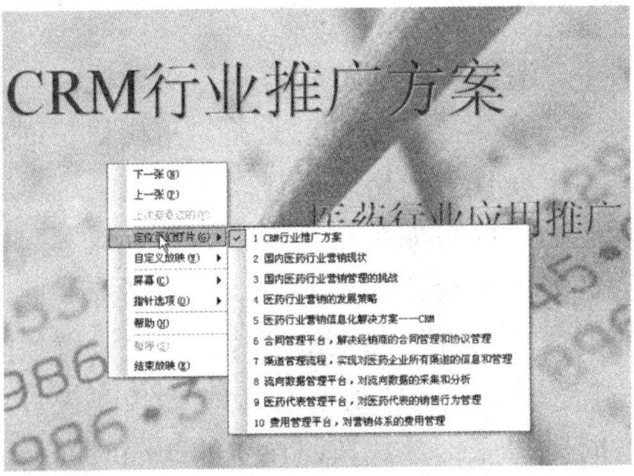

图16-7 定位幻灯片

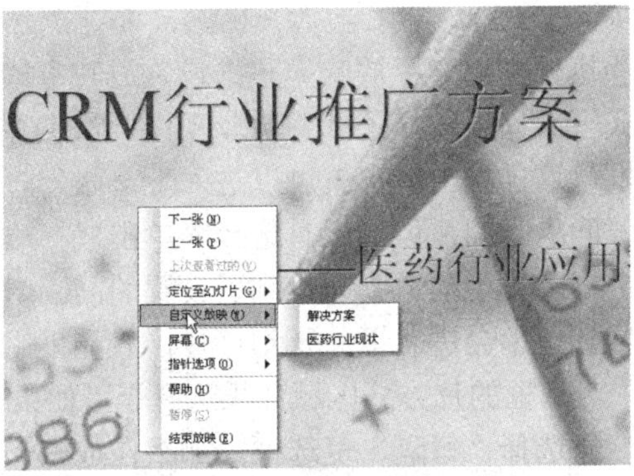

图16-8 应用自定义放映

16.2.4 绘图笔的应用

绘图笔的作用类似于板书笔，放映幻灯片时，可以在幻灯片上书写或绘画，常用于强调或添加注释。在 PowerPoint 2003 中，可以改变绘图笔的颜色，擦除绘制的墨迹等，根据需要还可以将墨迹保存。

例如，在放映“产品行业推广方案”演示文稿时，要对第 3 张幻灯片中的某些内容利用绘图笔画线的方法加以强调，具体操作步骤如下：

（1）当放映到第 3 张幻灯片时，在屏幕上单击鼠标右键，打开一个快捷菜单，在快捷菜单中选择“指针选项”命令打开一个子菜单，如图 16-9 所示。

（2）在子菜单中选择一种绘图笔的形状，如“毡尖笔”选项，此时鼠标将变为毡尖笔形状，拖动鼠标即可对重要内容进行圈点，如图 16-10 所示。

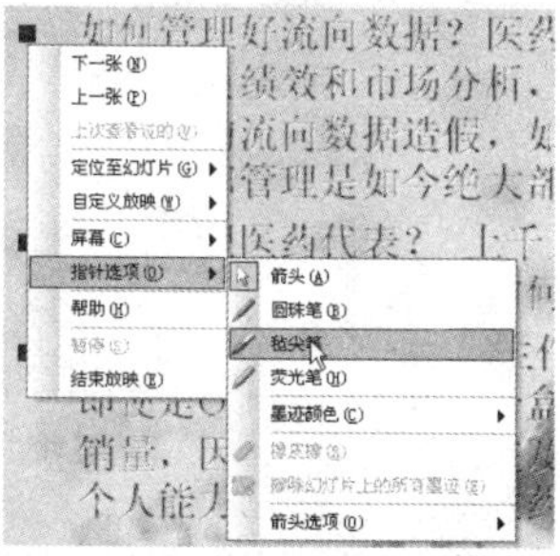

图16-9　选择绘图笔

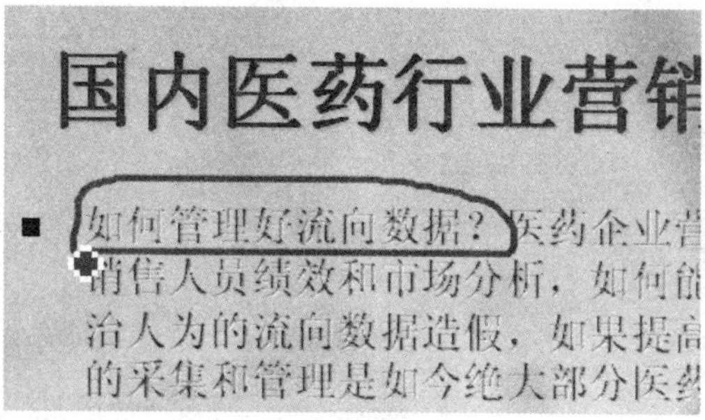

图16-10　应用绘图笔

（3）当幻灯片放映结束时系统自动打开如图 16-11 所示的提示框。

（4）单击“保留”按钮可以将绘图笔的墨迹保留，若单击“放弃”按钮将对此不作保留。

在正在放映的幻灯片上单击鼠标右键，打开一个快捷菜单，在子菜单中选择不同的绘图笔，则在屏幕上画出线条的粗细是不同的，并且绘图笔不仅可以画线还可以书写文字或进行简单的绘图。在绘图笔后的子菜单中单击“墨迹颜色”命令可以打开颜色列表，在列表中可以改变绘图笔的颜色，如图 16-12 所示。在放映演示文稿时还可以随时将绘图笔的笔迹擦除，在子菜单中选择“橡皮擦”则鼠标变为橡皮形状，在笔迹上拖动橡皮状的鼠标则笔迹被擦除，如果在“指针选项”子菜单中选择“擦除幻灯片上的所有墨迹”命令，则幻灯片中的所有墨迹被同时擦除。

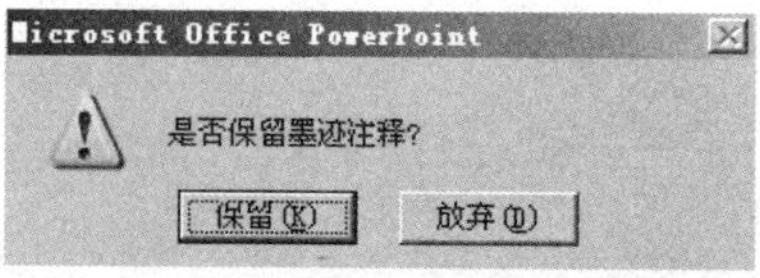

图16-11　是否保留墨迹注释对话框

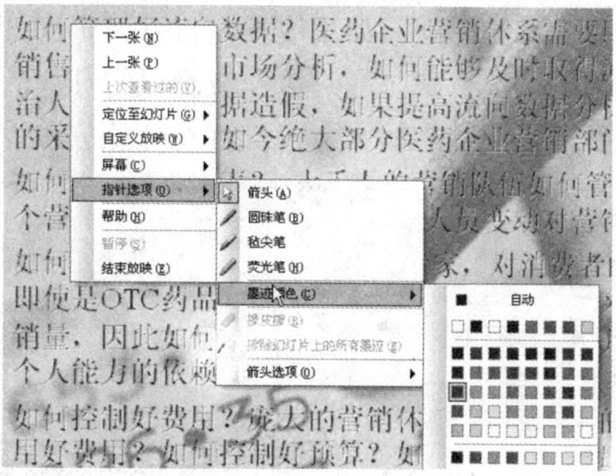

图16-12　更改绘图笔的颜色

16.2.5　屏幕选项

在放映演示文稿时用户还可以对屏幕的各选项进行设置，在放映幻灯片时，在屏幕上单击鼠标右键，在快捷菜单中选择“屏幕”命令，打开一个子菜单，如图 16-13 所示。

如果在子菜单中选择“黑屏”或“白屏”命令则可将屏幕设为“黑屏”或“白屏”方式。如当在放映演示文稿的过程中，会有观众与演讲者发生当场交流，进行提问、回答等情况的发生。这时可以将屏幕设置为黑屏或白屏，使听众的注意力集中到演讲者身上。演讲者还可以在此情况下用绘图笔工具在黑屏或白屏上进行简单的画写，如图 16-14 所示。

如果要返回屏幕的正常显示状态，在黑屏或白屏上单击鼠标右键，在打开的快捷菜单中选择“屏幕”→“取消白屏”命令，可返回屏幕的正常显示状态。

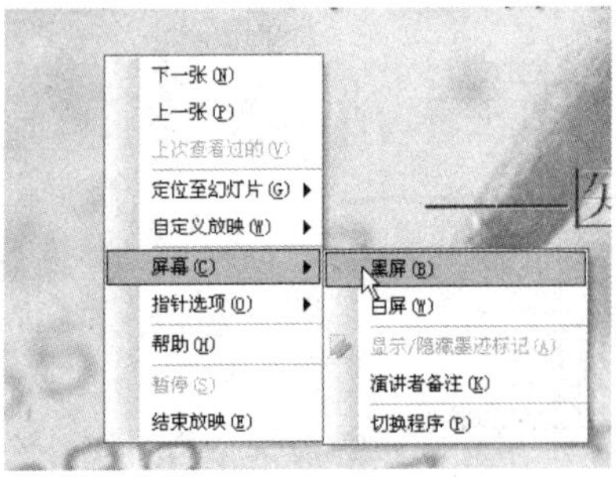

图16-13 “屏幕”子菜单

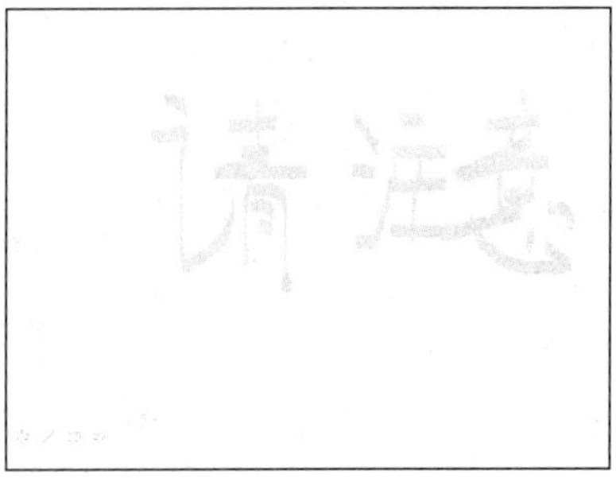

图16-14 白屏效果

举一反三 制作营销案例分析

企业为了提高销售人员的工作能力，可能会制作许多营销培训课件，而许多的销售人员为了提高自己，也常常会搜集一些制作好了的营销案例供自己参考。营销案例分析的最终效果如图 16-15 所示。

在制作营销案例分析之前先打开“案例与素材\第 16 章素材”文件夹中的“营销案例分析（初始）.ppt”文件。

如果用户放映幻灯片时采用的是“在展台浏览”的放映方式，那么手动换片将不可用，只能设置换片的时间。如果用户对自行决定幻灯片放映时间没有把握，可以在排练幻灯片放映的过程中设置放映时间，这样能确保幻灯片的顺利放映。

对营销案例分析演示文稿进行幻灯片放映设置的具体操作步骤如下：

（1）执行“幻灯片放映”→“排练计时”命令，系统以全屏幕方式播放，并出现“预演”工具栏，如图 16-16 所示。

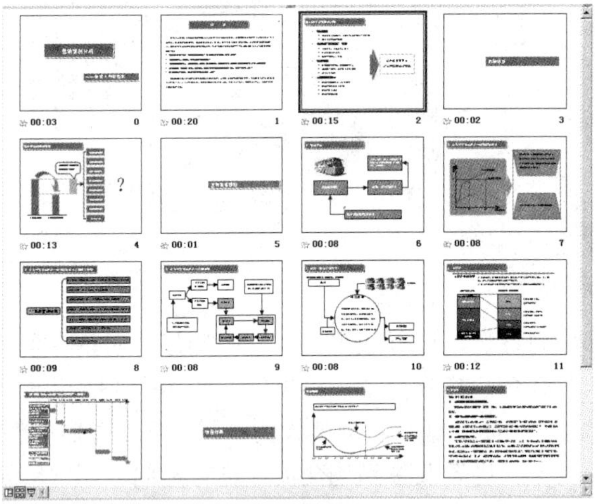

图16-15 营销案例分析效果

图16-16 “预演”工具栏

（2）在“预演”工具栏中，“幻灯片放映时间” 0:00:05 文本框中显示当前幻灯片的放映时间，在“总放映时间”框中显示当前整个演示文稿的放映时间。

（3）如果对当前幻灯片的播放时间不满意，可以单击“重复”按钮 ，重新计时。

（4）如果要播放下一张幻灯片，单击“预演”工具栏中的“下一项”按钮 。如果进入到下一张幻灯片，则在“幻灯片放映时间”文本框中重新计时。

（5）如果要暂停计时，单击“预演”工具栏中的“暂停”按钮。

（6）放映到最后一张幻灯片时，系统会显示放映的总时间，并询问是否要使用新定义的排练时间，如图 16-17 所示。

（7）单击“是”按钮接受该新定义的排练时间，在幻灯片浏览视图中每张幻灯片的下方自动显示放映该幻灯片所需要的时间。

图16-17 是否使用新定义的排练时间

（8）执行“幻灯片放映”→“设置放映方式”命令，打开“设置放映方式”对话框。在“放映类型”区域选择“在展台浏览”单选选项，在“放映幻灯片”区域中选中“全部”单选选项，在“换片方式”区域中选择“如果存在排练时间则使用他”选项。

（9）单击“确定”按钮，返回到幻灯片中。单击“幻灯片放映”→“观看放映”命令，幻灯片从第一张开始放映。

（10）放映结束，按 Esc 键可退出放映。

回头看

通过案例“产品行业推广方案”以及举一反三“营销案例分析”的制作过程，主要学习幻灯片的放映方式的设置，以及演讲者放映的控制方法，这其中的关键在于不同的演示文稿可以采用不同的放映方式，并且演讲者放映的控制方法也不是一成不变的，应根据演示文稿的需要来进行控制。如果条件允许用户还可以将演示文稿制作为 CD，这样可以方便携带。

知识拓展

1. 演示文稿的页面设置

用户可以将演示文稿打印在胶片上，然后在投影仪上放映；也可以将演示文档的大纲和备注页打印出来供演讲者使用。

在打印幻灯片文件前，首先要对幻灯片文件的页面进行设置。其中包括纸张大小、幻灯片方向和起始序号（幻灯片打印并不一定必须从第一张开始）等。

设置演示文稿页面的具体操作步骤如下：

（1）执行“文件”→“页面设置”命令，打开“页面设置”对话框，如图 16-18 所示。

（2）在“幻灯片大小”下拉列表中选择一种纸型，每一个纸张类型都有固定的高度和宽度，如果选择“自定义”可以在“宽度”和“高度”文本框中输入具体的数值。

（3）在“幻灯片编号起始值”文本框中，用户可以输入或选择从第几页开始打印幻灯片文件。

（4）在“方向”区域设置“幻灯片”和“备注、讲义和大纲”的打印方向。

（5）设置完毕，单击“确定”按钮。

2. 设置页眉和页脚

用户证可以为要打印的幻灯片设置页眉和页脚，具体操作步骤如下：

（1）执行“视图”→“页眉和页脚”命令打开“页眉和页角”对话框，单击“幻灯片”选项卡，如图16-19所示。

（2）在对话框中如果选择“日期和时间”复选框，可以对要显示的日期和时间进行两种设置。选择“自动更新”单选选项可以利用系统时间作为当前时间，时间和日期区域的时间随着系统时间的更新而自动更新。选择“固定”单选选项可以在文本框中输入要在幻灯片中出现指定的日期和时间。

（3）选择“幻灯片编号”复选框，则系统会按幻灯片顺序对幻灯片进行编号。

（4）选择“页脚”复选框，在文本框中输入要在页脚中显示的内容。

（5）选择“标题幻灯片不显示”复选框，则以上设置对标题幻灯片无效。

（6）单击“应用”按钮则将该设置应用到当前幻灯片中，单击“全部应用”按钮则将该设置应用到所有的幻灯片中。

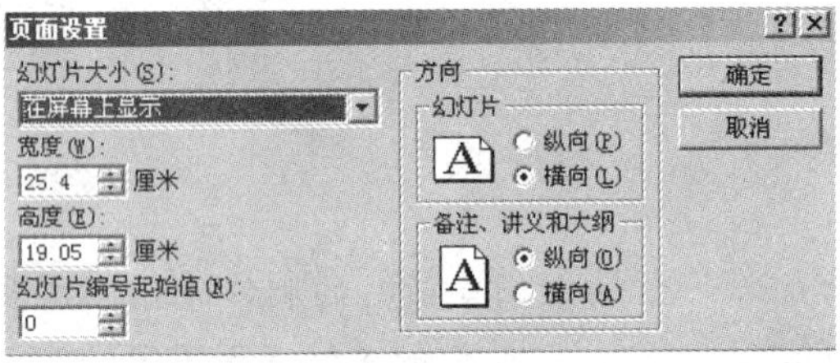

图16-18 “页面设置”对话框

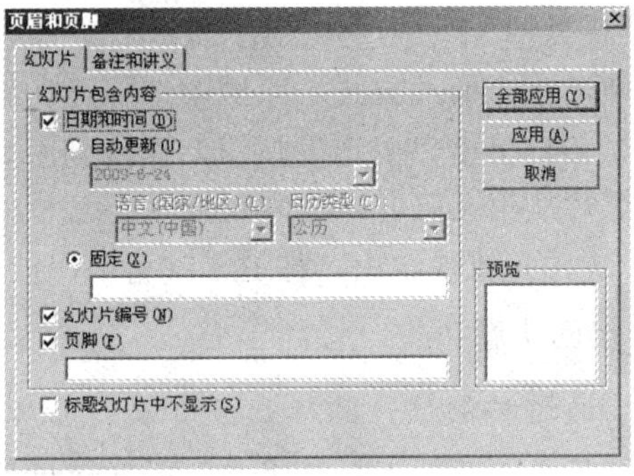

图16-19 “页眉和页脚”对话框

3. 切换彩色视图与黑白视图

如果在打印时需要单色打印，用户可以利用PowerPoint 2003提供的切换彩色视图与黑白视图的功能来预览幻灯片的黑白效果。

执行“视图”→“颜色/灰度”→“纯黑白”命令，所有的幻灯片都变成黑白颜色，再次选择该命令又将回到彩色模式；如果选择“灰度”则幻灯片变为灰度，再次选择该命令又将回到彩色模式。

用户还可以为幻灯片中的各对象设置黑白选项，首先选定要修改黑白选项的对象。单击鼠标右键，在打开的快捷菜单中选择“黑白设置”命令打开一个子菜单，在子菜单中可以根据需要选择黑白设置。

习题16

填空题

1．演示文稿有________、__________及__________三种放映方式。

2．在进行演讲者放映时，使用绘图笔不仅可以画线，还可以________或________。

问答题

1．如何创建自定义放映？

2．打包演示文稿有什么意义？

第 17 章　Access 数据表和查询的操作
——制作销售管理系统和考生管理系统

Access 2003 不需要编写复杂的程序，就可以轻松地创建数据库，有效地管理庞大的数据，是一种使用方便、功能强大的数据库开发工具。数据表是数据库的基本对象，用于存储数据库中的数据。可以通过设置查询条件，从一个或多个表中，查找有用的信息，还可以根据某个查询再创建新的查询。查询的结果是动态的，如果查询所依据的表的内容有变动时，在同一查询条件下，其查询结果将随着更改，得到新的有用信息。

知识要点

- 创建数据库
- 数据库表的操作
- 查询的操作

任务描述

随着公司销售业绩的逐步上升，销售部门产生的数据表单也越来越多。使用 Excel 来输入和管理所有的销售记录和销售相关信息已显得有些力不从心。这时，就可以使用 Access 2003 数据库来制作一个销售管理系统，如图 17-1 所示。

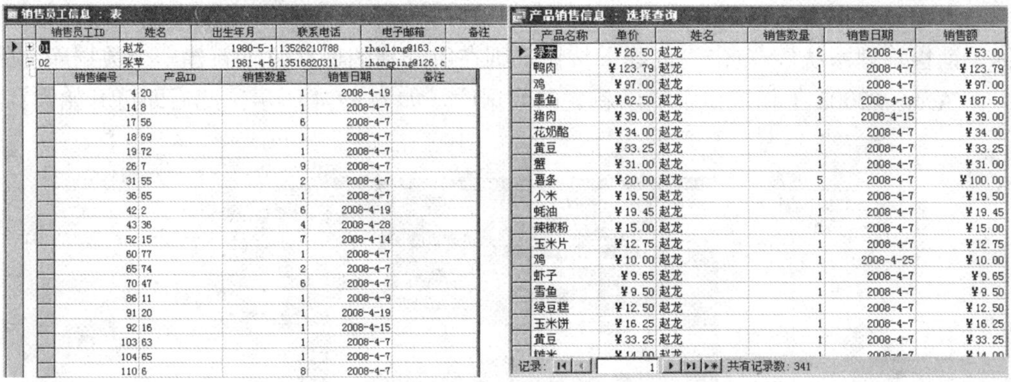

图17-1　销售管理系统

案例分析

完成销售管理系统的制作首先要创建一个数据库，然后利用表设计器创建一个数据库表，并设置数据表的关系，最后再以数据表为基础创建查询并设置查询条件。

本章所涉及案例的素材和最终效果文件请登录华信教育资源网（www.hxedu.com.cn）下载，在下载后的“案例与素材\第 17 章素材”和“案例与素材\第 17 章案例效果”文件夹中。

17.1　创建数据库

在通常情况下，打开的 Access 2003 窗口中没有已打开的项目，此时可以创建新的数据库或者打开已有的数据库。

Access 2003 可以先创建一个空白数据库，然后再添加表、窗体、报表以及其他对象，这是最灵活的方法，但需要分别定义每一个数据库元素。

17.1.1　创建空白数据库

创建空白数据库的操作步骤如下：

（1）启动 Access 2003，Access 2003 的初始界面如图 17-2 所示。在 Access 2003 工作界面中执行“文件”→“新建”菜单命令，打开“新建文件”任务窗格。

（2）单击“新建”区域的“空数据库”选项，打开“文件新建数据库”对话框，如图 17-3 所示。

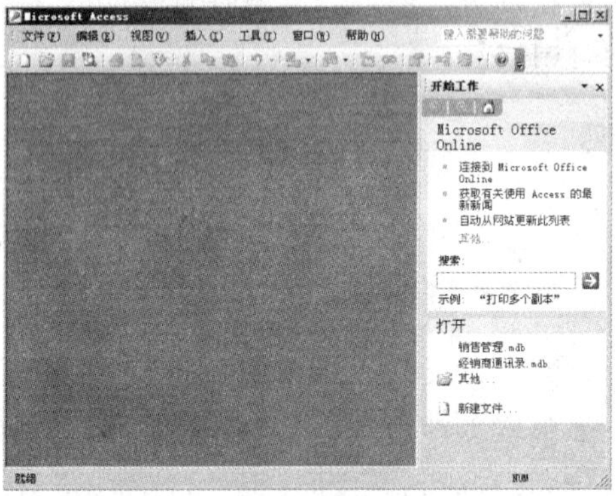

图17-2　Access 2003初始界面

图17-3　“文件新建数据库”对话框

（3）在对话框中选择新建数据库的保存位置，在“文件名”文本框中输入新建数据库的名称“销售管理系统”，单击“创建”按钮，则在所选择的保存位置新建一个数据库文件。

在 Access 2003 工作窗口中显示新建的数据库，如图 17-4 所示。此后即可开始设计数据库。

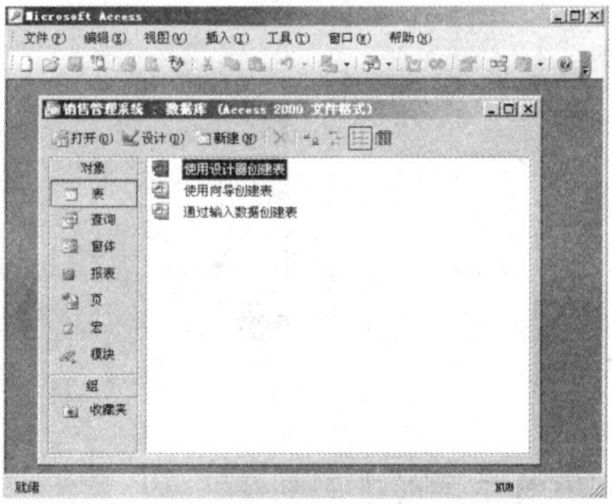

图17-4　新建的空白数据库

17.1.2　数据库对象

Access 2003 中有表、查询、窗体、报表、页、宏和模块这 7 种基本对象。同一个数据库的所有表、查询、窗体……模块等都保存在一个.mdb 文件中，这些对象一般不单独提取出来作为文件读取。

1. 表

表是 Access 2003 中最基本的对象。由它来存储所有的数据，以简单的行（记录）和列

（字段）方式来保存信息。通过表对象，可以很轻松地建立起数据库结构，具体来说就是构造数据库中每个表的结构以及表之间的相互关联。其他对象的使用都是建立在表的基础之上，所以表将是重点介绍的内容之一。表的视图又分为设计视图和数据表视图两种：

- 设计视图可以用来创建和更改表的结构，通过它可以用唯一的字符来代表实体的每一种属性即字段，并指定字段的数据类型、长度、默认值等。
- 数据表视图类似于一个电子表格的样式，可以在表的结构建立后输入、编辑表中的数据。表中的每一列都有类似的数据信息和数据类型，就是字段。每一行则是一个可以单独存取、包含涉及某一实体全部字段内容的条目，叫做记录。

大多数数据表的每条记录需要有唯一性标志来与其他记录区别开，通常是用一个或多个字段组合来担任这样的标志，叫做主键。例如可以将学生表中学生学号字段设为主键，因为学生的学号一般是唯一的，每个学生都对应一个学号。

在 Access 2003 中，一个数据库一般包括多张表。这些表一般是互相有关联的，共同给出需要的有用信息。如果只使用一张大表，包含所需要的所有信息也是可以的，但这样在设计时将会比较困难，在处理时也会大大降低效率。

2．查询

保存数据、建立数据库的目的是为了能从数据库中提取出自己需要的信息，因此查询便成了达到此目的的重要手段。查询对象提供了 3 种窗口：

- 设计窗口：用于创建需要进行的查询，以及希望得到的有用的数据。在此窗口中可以选择需要查询的字段，以及设计查询结果如何显示等。
- 数据窗口：是显示查询结果的窗口，根据设计窗口中指定的字段以及字段运算表达式即字段应满足的条件得出的数据结果。查询结果同时也可验证查询的正确性，可以根据查询出的数据调整表中的记录。查询数据窗口与表的数据窗口有很多相似之处，因此对表数据窗口的很多操作都可用于查询数据窗口。
- SQL 窗口：此窗口实现的功能与设计窗口是一样的，SQL 是关系型数据库的标准语言，利用它可以完成对表的所有操作，包括表的建立、记录输入、查询等。Access 2003 提供此窗口是给高级用户使用的，对 SQL 语言熟悉的用户可以直接编写代码以实现查询。如果对 SQL 语言不了解，也可以完全不使用此窗口而实现查询的所有功能。

3．窗体

尽管可以通过表的数据窗口完成对数据的处理，但很多情况下还是需要一个更方便，更清晰明了的界面引导客户完成数据操作。而窗体对象为设计数据处理界面提供了一个方便的途径，这样就能通过窗体对象创建自己所需要的各式各样的界面。

窗体的一个重要特性是它能驱动宏与模块，而模块又能处理其他任何对象，当然最重要的是对数据的处理。因此以表和查询为数据源的窗体把 Access 2003 中的所有对象都结合起来，组织成一个整体。对于为客户开发的数据库应用程序，窗体应该是普通客户唯一可见的部分，因此窗体是使程序控制良好、逻辑清楚、结构完整的关键。

窗体对象有两种窗口：

- 设计窗口：用来布置规划窗体，它附带有工具箱和属性窗口。工具箱用于向窗体中添加各种控件，然后为控件添加代码，以便对各种动作做出响应。属性窗口显示窗体及控件的外观及数据源等属性。
- 测试窗口：测试窗口与窗体在程序中的运行窗口非常相似，差别不大，在测试窗口看到的外观可与预期的外观进行比较，继而可修改窗体。同时在测试窗口中可检验窗体对鼠标事件的响应是否正确，对数据的处理是否正确等。

4. 报表

在 Access 2003 中，报表是以打印的方式表现数据的格式。在对数据进行处理后，总希望将最后得到的结果或有用的数据打印输出。传统的数据库开发中，程序员需要编写复杂的代码完成报表打印，而 Access 2003 提供了报表对象完成打印的所有工作，只需实行简单的操作就可打印出美观且符合要求的各种报表文件。

还可以通过报表的设计视图设置所需打印报表的布局，如打印什么字段、字段如何排列等，另外 Access 2003 报表还允许加入让报表更美观的诸如图片之类的对象。

设计完毕后，可以在打印预览窗口观看与最后打印结果相同的效果。如果在预览窗口中感觉不满意，可以再回到设计窗口进行修改，直到最终得到自己满意的打印结果为止。

5. 页

数据访问页是 Access 2003 发布的 Web 页，它包含与数据库的链接。在数据访问页中，可以查看、编辑、操作数据库中存储的数据，也包含来自其他数据源（如 Excel）的数据。

可以使用数据访问页在 Internet 或 Intranet 上使用数据库中的数据，实现交互式的报表数据输入或数据分析。

6. 宏

宏对象是代码的一种，它是由一连串的宏动作（Action）组成的，宏动作完成一些常见的数据库管理功能，比如打开一个窗体对象，执行一个查询，预览一个报表等。宏动作一般放在窗体对象、报表对象及其控件的事件属性中。

对于需要写代码的程序而言，宏是个很重要的内容，所以将在后面章节中结合实例来介绍宏的使用。

7. 模块

模块是由 Access Basic 编制的过程或函数。Access Basic 是内嵌在 Access 2003 中的 Basic 语言，其语法和 Visual Basic 相似，但它可以完成更多的功能，即对数据库的操作功能。宏对象虽然能实现很多对数据库的处理，但与 Access Basic 相比，它无法完成对数据库细致、复杂的操作，因此 Access Basic 是完成代码的主要方式。

17.2 数据库的表操作

表是 Access 2003 数据库的基础，数据库的其他对象如查询、表格、报表等都是在表的基础上生成的，因此也常把数据库表称为基本表。数据库的表首先要有一个框架，称之为表的结构，表的内容有多种类型的数据。Access 2003 数据库中的表，不但可以容纳文本、数字、日期等类型的数据，而且可以容纳图形、图像和声音等对象。

17.2.1 表创建的基本方法

创建或打开数据库以后，就可以开始创建和设计数据表。创建表有三种主要的方法：利用向导创建表、利用表设计器创建表，直接输入数据创建表。一般情况下我们都利用表设计器创建数据表。利用表设计器创建数据表的基本操作步骤如下：

（1）在创建的“销售管理系统”数据库中，单击“数据库”窗口对象栏中的“表”按钮，切换到表对象窗口，如图 17-5 所示。

（2）双击“使用设计器创建表”，打开表的设计视图，如图 17-6 所示。

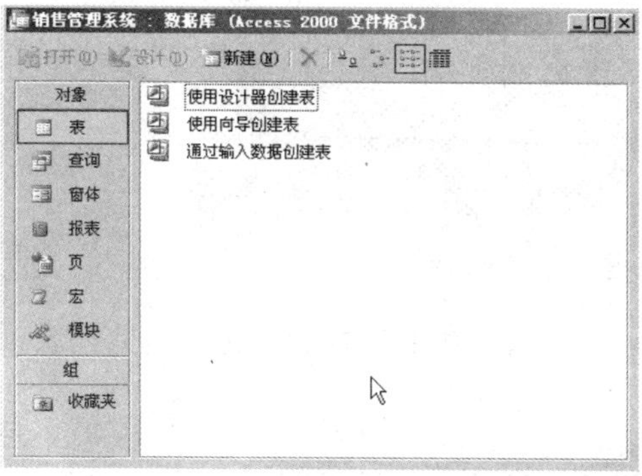

图17-5　表对象窗口

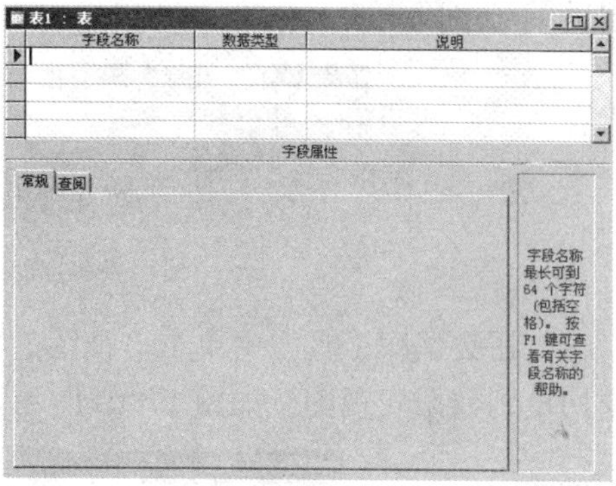

图17-6　“表”的设计视图

（3）将鼠标定位在“字段名称”列下面的单元格中，可以输入表格的字段名称，如输入“销售员工 ID”，一个字段名称最多可以包含 64 个字符，而且可以包含“空格”字符。

（4）将鼠标定位在“数据类型”列下面的单元格中，此时将会出现一个下三角箭头，单击该箭头出现一个下拉列表，可以从下拉列表中选择数据输入和存储的类型，这里选择“文本”，如图 17-7 所示。

（5）在“说明”列下面的单元格中用户可以根据需要输入相关内容，如果要输入内容，则会显示在状态栏上。

（6）如图 17-8 所示，按照上面的操作步骤，用户根据对表的规划和设计，分别输入字段名称“姓名”、“出生年月”、“联系电话”、“电子邮箱”和“备注”。并将“出生年月”的数据类型设置为“日期/时间”，将“备注”的数据类型设置为“备注”，其他字段的数据类型均设置为文本。表的每一个字段都有一些用于定义字段数据的保存、处理或显示特性的属性。例如，可以通过设置文本字段的“字段大小”属性来控制允许输入字段的最多字符数。

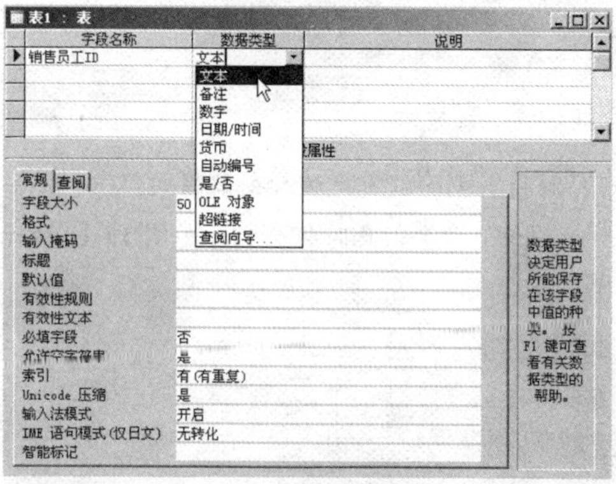

图17-7　选择数据类型

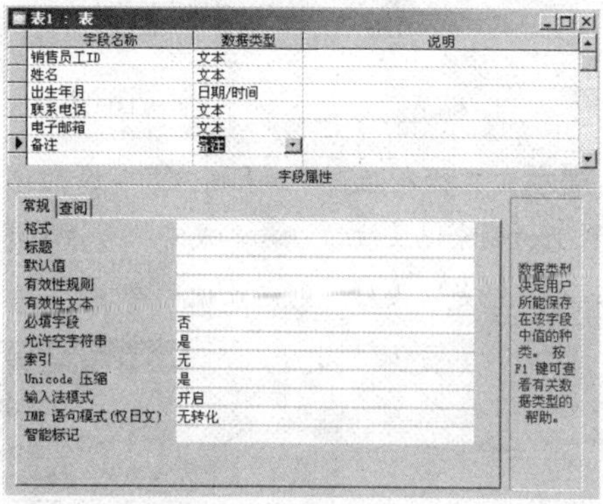

图17-8　输入表的所有字段

（7）在保存表之前，还应为表定义一个主关键字字段，简称为“主键”。选中要作为主键的字段，如选中“销售员工 ID”，然后单击数据库工具栏上的“主键”按钮 ，即可将该字段设置为主键，此时在该字段的前面将会显示一个 图标。

（8）单击工具栏上的保存按钮 ，打开“另存为”对话框，在“表名称”文本框中输入表名称，如“销售员工信息”，单击“确定”按钮，则表被保存。

在保存表前如果没有定义主键，在保存表时则会打开一个“尚未定义主键”的提示对话框，如图 17-9 所示。单击“否”则不为表定义主键，单击“是”则系统将数据类型为“自动编号”的字段定义为主键，如果没有数据类型为“自动编号”的字段，则系统会自动加入一个自动编号字段，将其作为主键。

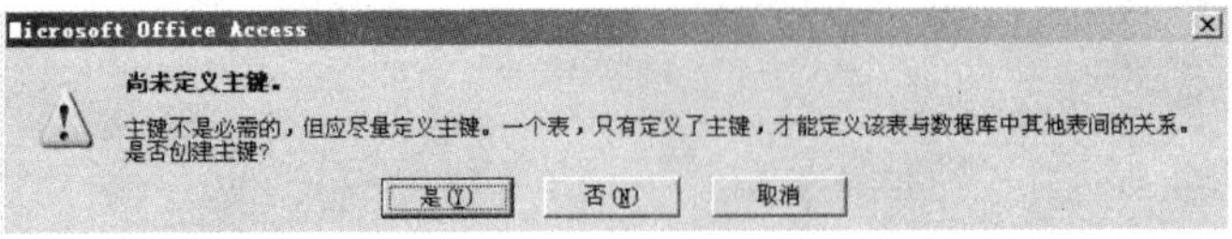

图17-9 “尚未定义主键”提示对话框

（9）在数据库工具栏中单击“视图”按钮，然后在下拉列表中选择“数据表视图”命令切换到数据表视图，如图 17-10 所示。

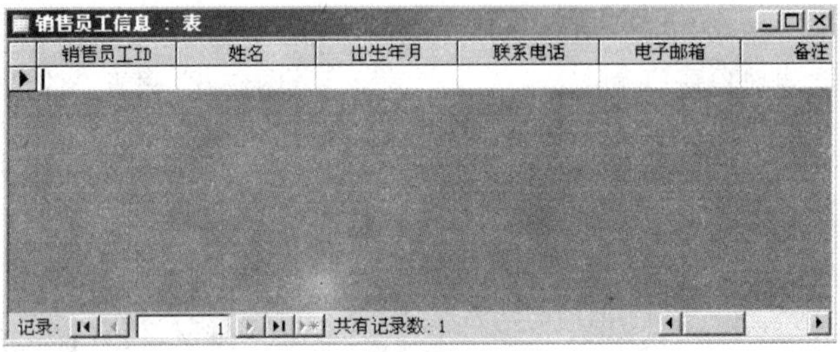

图17-10 数据表视图

（10）在数据表视图中，数据表自动有一行空格，可以直接输入数据创建记录，输入完毕后，系统会自动再出现一行空格用于创建新的记录，输入销售员工的信息如图 17-11 所示。

图17-11 输入销售员工的信息

提示： 在输入记录时如果输入了多余的记录，用户可以将其删除。首先选择要删除的记录，然后单击工具栏上的删除记录按钮，或者执行“编辑”→“删除记录”命令，此时将会打开如图 17-12 所示的对话框，单击“是”按钮，则记录被删除。

图17-12 删除记录提示对话框

1. 字段的数据类型

在表的设计视图中，单击数据类型列单元格中的下三角按钮，在弹出的下拉菜单中列出了 Access 2003 中可用的字段数据类型。不同的数据类型限定了该字段所能存储的数据类型，如果字段类型为数字类型，在输入文本数据时，系统就会出现错误信息。

Access 2003 所提供的数据类型如表 17-1 所示。

在设计视图中定义和更改的数据类型应遵循以下原则：

- 根据将要进行的计算：除数字型字段外，其他类型的字段都不能进行算术运算（除非通过相应的函数进行）。如果需要进行算术运算，应选择数字型字段，然后设置字段的大小属性以控制表示范围和存储空间。而如果不进行算术运算，即使数据全部为数字字符，也应选择文本类型。
- 文本类型和备注字段的选择：Access 2003 提供两种保存文本、文本与数字组合数据的字段数据类型：文本或备注。文本字段的最大字符数为 255，备注字段的最大字符数为 64 000。如果需要保存多于 255 字符的数据，应使用备注类型。但备注字段不能建立索引和排序。
- 自动编号字段类型的选择：Access 2003 提供的自动编号数据类型，可以在添加记录后自动输入编号的字段。自动编号类型在为记录生成了编号之后就不能将它删除（除非删除记录）。自动编号字段可以生成三种类型的编号：顺序编号、随机编号和同步复制编号。
- 具有明确意义的字段应选择相应的数据类型：如表示日期/时间的字段应选择“日期/时间”类型；对于只有两个取值的应优先考虑使用“是/否”类型。

是否需要排序或索引字段：备注、超级链接和 OLE 对象字段都不能排序或索引。

表 17-1 Access2003 所支持的数据类型

数据类型	说明
文本	用于文本或文本与数字的组合，例如地址，或者用于不需要计算的数字，例如电话号码、零件编号或邮编。最多存储 255 个字符，“字段大小”属性控制可以输入的最多字符数。
备注	用于存储长文本及数字，例如注解或者说明等，最多存储 65 536 个字符。
数字	用于将要进行算术计算的数据，但涉及货币的计算除外（使用“货币”类型）。存储 1、2、4 或 8 个字节，“字段大小”属性定义具体的数字类型。
日期/时间	用于存储日期或时间数据，存储 8 个字节。
货币	用于存储货币值，在计算时禁止四舍五入，存储 8 个字节。
自动编号	用于在添加记录时自动插入的唯一顺序（每次递增 1）或随机编号，存储 4 个字节。
是/否	适合存储只有两种可能性的数据，如是/否、真/假，它不允许 NULL 值，存储 1 位，比文本数据类型节省存储空间。
OLE 对象	用于使用 OLE 协议在其他程序中创建的 OLE 对象（如 Microsoft Word 文档、Microsoft Excel 电子表格、图片、声音或其他二进制数据），最多存储 1GB（受磁盘空间限制）。
超链接	用于保存超链接的字段。超链接可以是 UNC 路径或 URL，最多存储 64 000 个字符。
查阅向导	允许用户使用组合框选择来自其他表或来自值列表的值。在数据类型列表中选择此选项，将会启动向导进行定义。需要与对应于查阅字段的主键大小相同的存储空间，一般为 4 个字节。

2. 字段的属性

每个字段除了要指定适当的数据类型外，还可以针对各个字段设置相应的属性。通过字段属性的设置，可以改变字段名称、字段大小、字段格式等，也可以设置字段掩码和有效性规则。设置了字段属性，就可以进一步控制每个字段的输入值。

将鼠标定位在要设置属性的字段，如“出生年月”，在“字段属性”区域中单击“格式”后面的单元格出现一个下三角箭头，单击下三角箭头出现一个下拉列表，如图 17-13 所示。在下拉列表框中，选择需要的“日期/时间”格式，如选择“常规日期”。

不同的数据类型字段，所提供的字段属性会有所不同，如选中“销售员工 ID”字段后出现的字段属性如图 17-14 所示。在“字段属性”区域中单击“字段大小”后面的单元格，然后输入字段的大小，如输入“50”。

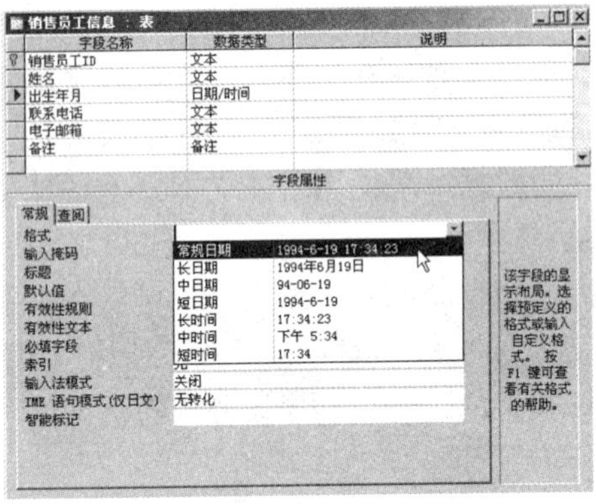

图17-13 设置出生年月字段属性

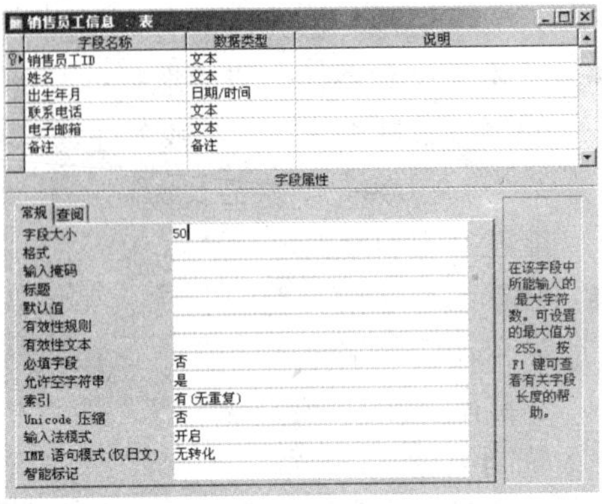

图17-14 设置销售员工ID字段属性

下面介绍一些字段常用到的较重要的属性：

- 字段大小：决定该字段要使用多少内存空间，可以用限定大小的办法来强制用户不会输入过长的信息。
- 格式：格式可以在数据输入后改变其显示和打印的方式，往往提供更易阅读的用户界面。有的类型具有标准格式，有的则需要用户自定义格式，使用“格式”属性可按统一的格式显示数据。
- 标题：标题的作用是标志该字段的名称或者带上简短指引信息，它将出现在表的数据表视图中最顶端。如果不设定标题，则 Access 2003 会默认使用字段名称，它是最多可达 2048 个字符的字符串表达式。
- 默认值：默认值是在添加新的记录时，Access 2003 可以自动输入的数据。如果一个字段中有大量记录都是相同的数据，设定默认值无疑会大大加快输入速度，也不容易因输入错误发生问题。字段如果设定了默认值，则在输入时，当需要填入的值和默认值相同时直接按 Tab 键跳过就可以了。
- 索引：索引属性有三个取值，无索引、有索引（有重复）和有索引（无重复）。如果字段具有索引属性，则显示表或查询数据时将按照索引顺序排列记录。如果无索引则不记录排序；如果索引属性为“有（无重复）”，则 Access 2003 将避免出现两个该字段值相同的记录。
- 小数位数：小数位数属性提供默认值“自动”，以及 0~15 位的小数位选项。当设置为“自动”时，“格式”属性为“货币”、“整型”、“标准”、“百分比”和“科学记数法”的字段将显示两位小数。
- 必填字段和允许空字符：通过字段“必填字段”和“允许空字符串”属性的不同设置组合，可以控制空白字段的处理。如果不希望字段为空，可以设置“必填字段”属性为“是”，“允许空字符串”属性为“否”。

按照上面介绍的创建数据表的方法，在销售管理系统中再创建两个数据表，“销售信息”

和“产品信息”，如图 17-15 和图 17-16 所示。

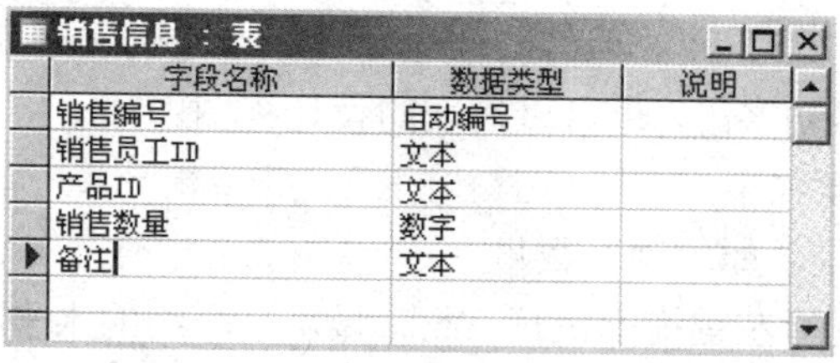
销售信息 : 表
字段名称
数据类型
说明
销售编号
自动编号
销售员工ID
文本
产品ID
文本
销售数量
数字
备注
文本

图17-15 销售信息数据表

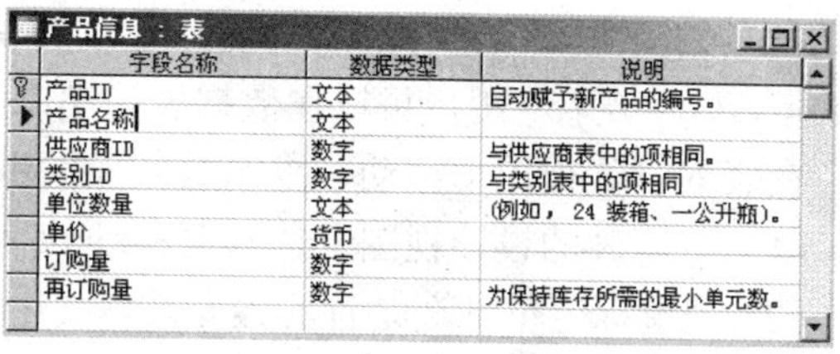
产品信息 : 表
字段名称
数据类型
说明
产品ID
文本
自动赋予新产品的编号。
产品名称
文本
供应商ID
数字
与供应商表中的项相同。
类别ID
数字
与类别表中的项相同
单位数量
文本
(例如，24 装箱、一公升瓶)。
单价
货币
订购量
数字
再订购量
数字
为保持库存所需的最小单元数。

图17-16 产品信息数据表

17.2.2 字段的基本操作

在建立了数据表后，并不能保证它们都已经十全十美了，大多数情况下还需要进行修改，其中包括添加或删除字段、移动表中字段的顺序、设置主键和索引等。

1. 添加字段

如果创建的表或表中现有字段不足以描述特定事物的各方面属性时，就需要向表中添加字段，以使表能够存储关于实体的更多属性。在表“设计”视图和“数据表”视图中都可以向表中添加字段，添加字段后还可以修改字段的属性，以满足需要。

在表的设计视图中向表中添加字段的具体操作步骤如下：

（1）打开表的设计视图，将鼠标定位在要在其上面插入字段的行中，如“销售数量”。

（2）执行“插入”→“行”命令，或直接单击工具栏上的“插入行”按钮，则在鼠标定位字段的上面插入一个新的空行，如图 17-17 所示。

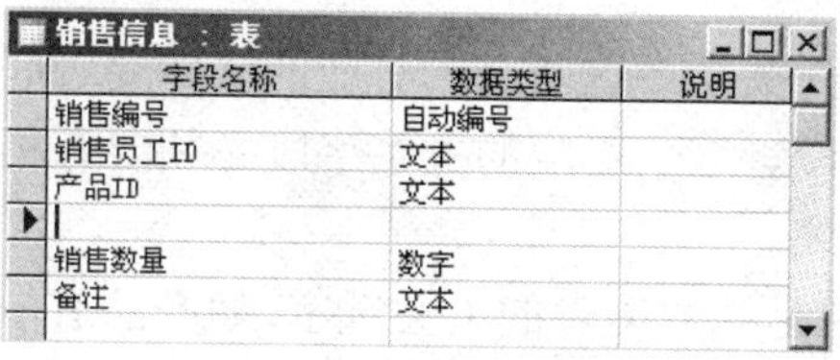
销售信息 : 表
字段名称
数据类型
说明
销售编号
自动编号
销售员工ID
文本
产品ID
文本
销售数量
数字
备注
文本

图17-17 插入新的空行

（3）在“字段名称”列输入字段名称，如“销售日期”，在“数据类型”列中选择字段类型为“时间/日期”。

（4）在窗口的下半部分字段属性区域设置字段的属性，添加完毕单击“保存”按钮。

2. 删除字段

可以在表的设计视图或数据表视图中删除表的字段，在表的设计视图中删除字段的操作步骤如下：

（1）打开表的设计视图，并选择要删除的字段，如果要删除多个字段，可以把鼠标放到字段名称的前面，当光标变成➡形状时，拖动鼠标选中多行。

（2）单击工具栏上的删除行按钮，或执行“编辑”→“删除”命令，即可将选定的行删除。

（3）删除完毕，单击“保存”按钮。

在删除字段时会打开如图 17-18 所示的提示对话框，单击“是”按钮，则字段及其字段中的所有数据被删除。

3. 移动字段

在多数情况下，表的各个字段的相对顺序并不重要，但有时候也需要按一定的顺序来显示数据，以便查看。用户可以在数据表视图中移动字段，也可以在表的设计视图中移动字段。

在表的设计视图中移动字段的具体操作步骤如下：

（1）打开表的设计视图，选择要移动的字段，如“销售数量”。

（2）把鼠标定位到选定行的最左端，按住鼠标左键拖动鼠标，此时显示一个细的水平条，表示行要移动到的位置，如图 17-19 所示。

（3）到达合适位置，松开鼠标即可。

图17-18　删除字段提示对话框

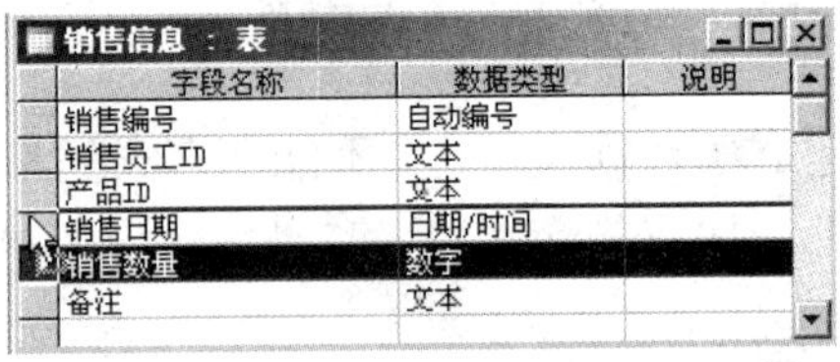

图17-19　移动字段

17.2.3　数据表的关系

创建数据库表只是建立系统的基础工作，仅仅定义数据库表中的字段和输入数据还不能真正的使用数据库。数据库中的每个表都只是代表一个实体，而在客观世界中，各个实体是存在各种关系的，因此 Access 2003 数据库也必须要反映这些实体间的相互关系。

1. 创建和编辑关系

如果要在两个表之间创建关系，这两个表对应的实体要有联系，反映在数据表上就是这两个表中须有对应的关系字段。这一对应的关系字段必须要有相同的数据类型，而且必须要能识别表中唯一的每一条记录。

常用来做关系字段的，就是该数据表的主关键字，如产品 ID，销售员工 ID 等。Access 2003 提供的表的关系有如下三种：

- 一对一：表中的记录仅和另一个表中的一条记录有关。
- 一对多：表中的记录和另一个数据表中的多条记录有关。
- 多对多：每个表中的一条记录分别对应另一个表中的多个记录。

表之间的关系一旦创建，其关系就存在了，在窗体、查询、报表或页的应用中，不需要再重新定义。创建表之间关系的具体操作步骤如下：

（1）关闭所有已经打开的表，不能在已打开的表之间创建或修改关系。

（2）单击数据库工具栏上的“关系”按钮，如果数据库没有定义任何关系，将会自动打开“显示表”对话框，如图 17-20 所示。如果在打开“关系”窗口的同时没有打开“显示表”对话框，则单击工具栏上的“显示表”按钮或执行“关系”→“显示表”命令打开“显示表”对话框。

（3）单击要添加的表，然后单击“添加”按钮，或直接双击要添加的表名称。添加完所需要的表后，单击“关闭”按钮，关闭“显示表”对话框，此时在关系窗口中显示出添加的表，如图 17-21 所示。

（4）在某个表中选中要建立关系的字段然后拖动到另外一个表的相应字段上，如将“产品信息”表中的“产品 ID”字段拖动到“销售信息”表的“产品 ID”上，此时出现图 17-22

所示的“编辑关系”对话框。

（5）单击“创建”按钮，则在“关系”窗口中将出现“产品信息”表与“销售信息”表之间的关系连线，如图 17-23 所示。

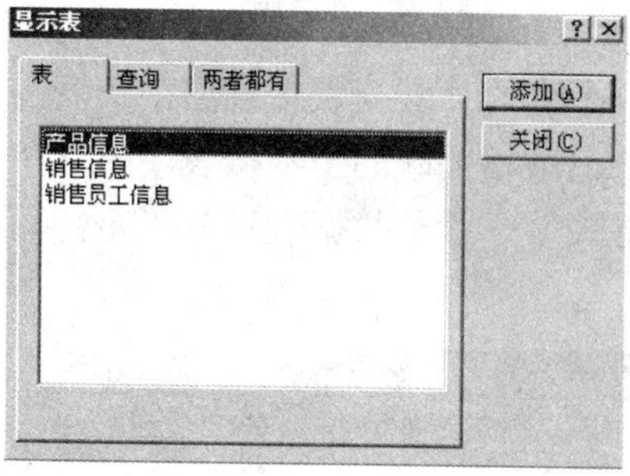

图17-20 “显示表”对话框

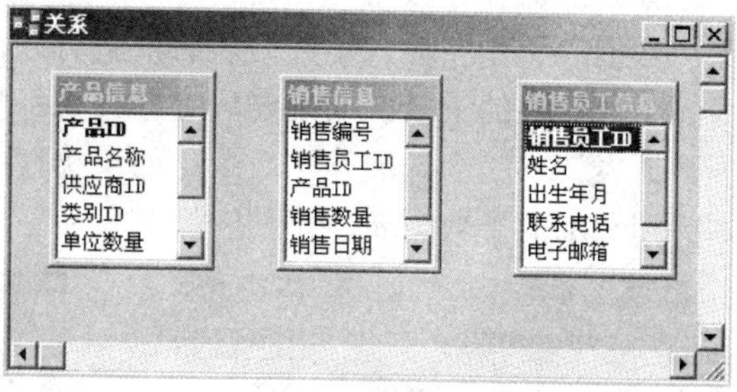

图17-21 “关系”窗口

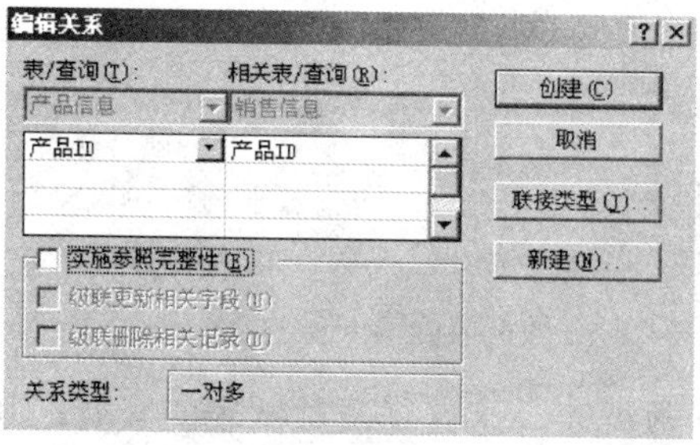

图17-22 “编辑关系”对话框

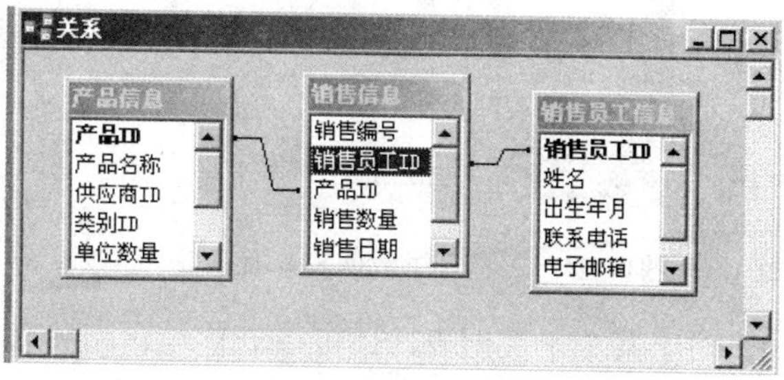

图17-23 创建“关系”

（6）按照相同的方法，为“销售信息”表和“销售员工信息”表创建“销售员工 ID”的关系，如图 17-23 所示。单击“保存”按钮，保存设置的关系。

对于已经建立好的关系，还可以对其进行修改。单击数据库工具栏上的“关系”按钮 则会打开关系窗口。如果要添加一个新的关系表，单击工具栏上的“显示表”按钮 则会打开“显示表”对话框，可以添加新的关系表。双击要编辑的关系连线就会出现“编辑关系”对话框，从中可以对关系重新进行编辑。如果要想删除关系，单击要删除的关系连线（当选中时，关系线会变成粗黑），然后按 Delete 键，此时将会打开一个提示对话框，单击“是”按钮，则将该关系删除。

2. 创建子数据表

Access 2003 中具有在表、查询和窗体的“数据表”视图中为当前表插入子数据表的功能。子数据表仅显示所插入的表中与当前记录对应的记录，子数据表只能用于 Access 数据库，在 Access 项目中不能使用该功能。

创建子数据表的具体操作步骤如下：

（1）打开要插入子数据表的数据表视图，这里打开“销售员工信息”。

（2）执行“插入”→“子数据表”命令，打开“插入子数据表”对话框，如图 17-24 所示。

（3）激活“表”、“查询”或者“两者都有”选项卡，从中选择要作为子数据表插入的表或者查询，如在“表”选项卡中选中“销售信息”表。

（4）在“链接子字段”文本框中单击右边的下三角箭头，从列表中选择用来链接主表的字段，在“链接主字段”文本框中单击右边的下三角箭头，从列表中选择用来链接子数据表的主表字段，通过这两个字段，将主表与子数据表的相关记录链接起来。这里这两个字段都选择“销售员工ID”。

（5）单击“确定”按钮，关闭该对话框，出现如图17-25所示的包含子数据表的表，单击左边的“+”号可以展开子数据表，单击“-”号可以把子数据表叠起来。

（6）单击“保存”按钮。

在“数据表”视图插入子数据表后，就可以在一个表的“数据表”视图中查看与当前记录相关的子数据表的记录。如果要同时打开与每一条记录相关联的子数据表，执行“格式”→“子数据表”→“全部展开”命令；如果执行“格式”→“子数据表”→“全部隐藏”命令，则关闭全部的子数据表。

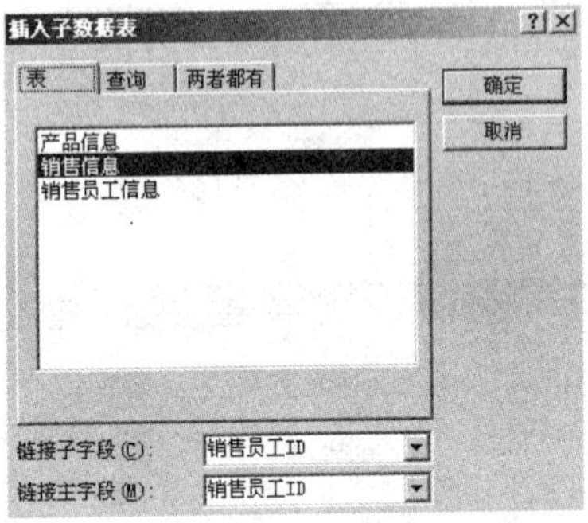

图17-24 “插入子数据表”对话框

图17-25 数据表及其子数据表

对于某个子数据表，还可以创建与它相关联的子数据表，这就是子数据表的嵌套，其创建方法和创建子数据表类似。

要改变与主表相关联的子数据表，执行“插入”→“子数据表”命令，然后在“插入子数据表”对话框中选择新的子数据表和链接字段。

对于已经建好的子数据表也可以删除，打开要删除子数据表的数据表视图，执行“格式”→“子数据表”→“删除”命令即可。

17.3 查询的操作

查询在数据库中的使用非常广泛，在关系数据库中更是占有极其重要的地位，可以通过设置查询条件，从一个或多个表中，查找有用的信息，还可以再创建新的查询，而且查询的结果是动态的，如果查询所依据的表的内容有变动时，在同一查询条件下，其查询结果将自动更新。

17.3.1 创建查询

创建查询的方法有两种，利用向导或利用查询设计视图。一般情况下都采用利用设计视图创建查询，使用设计视图创建查询的操作步骤如下：

（1）在数据库窗口的对象栏中选择“查询”，切换到“查询”窗口，如图17-26所示。双击“在设计视图中创建查询”选项，打开“显示表”对话框，如图17-27所示。

（2）切换到“表”选项卡，单击要添加的表，然后单击“添加”按钮，或直接双击要添加的表名称；如果要添加查询，切换到“查询”选项卡进行添加，添加完所需要的表或查询后，单击“关闭”按钮，关闭“显示表”对话框，此时在设计视图窗口中显示出添加的表，如图17-28所示。

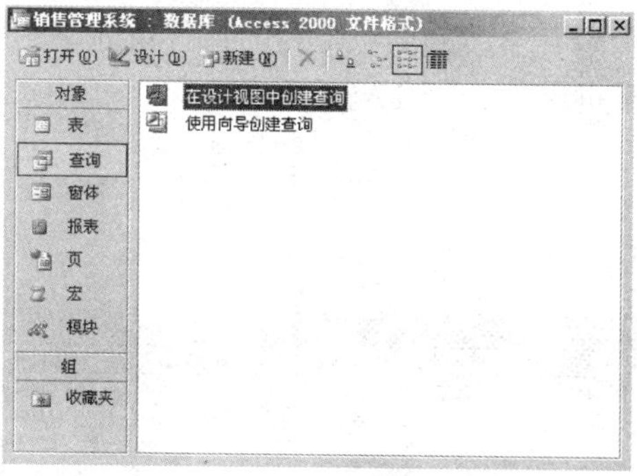

图17-26　查询窗口

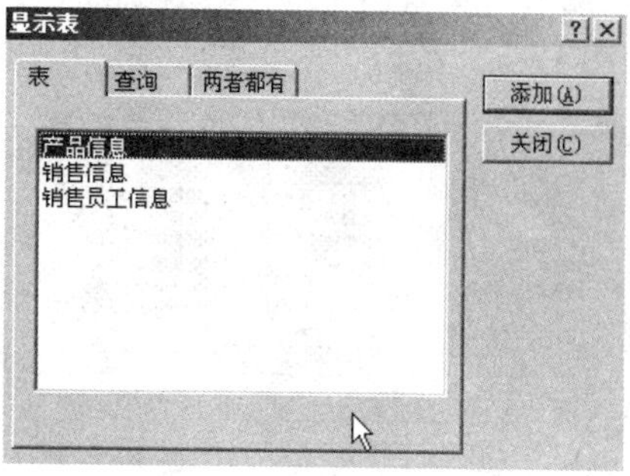

图17-27　“显示表”对话框

（3）可以从添加的表或查询中，直接将字段拖到字段行中的单元格中。添加字段后在表行中的单元格中会自动显示出字段的来源表（或查询），如图 17-29 所示。

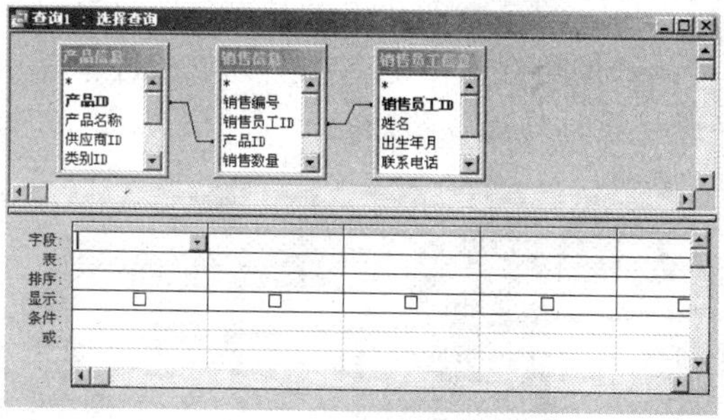

图17-28　查询的设计视图

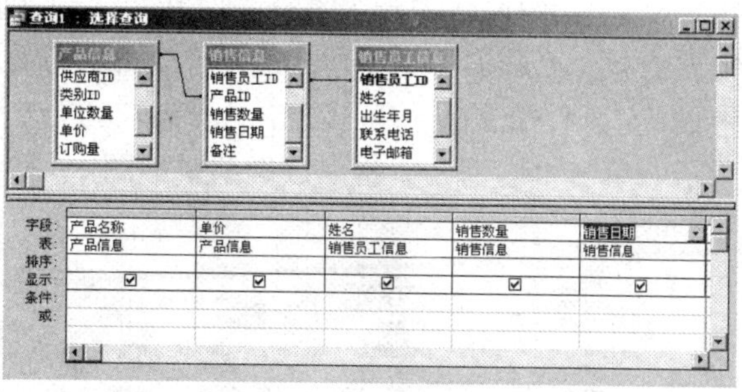

图17-29　在查询中添加字段

（4）单击“保存”按钮，打开“另存为”对话框，如图 17-30 所示。在“查询名称”文本框中输入查询的名称，如“产品销售信息”，单击“确定”按钮。

（5）单击“视图”按钮，在下拉列表中选择“数据表视图”或者单击工具栏上的“运行”按钮 ! 即可查看查询的结果，如图 17-31 所示。

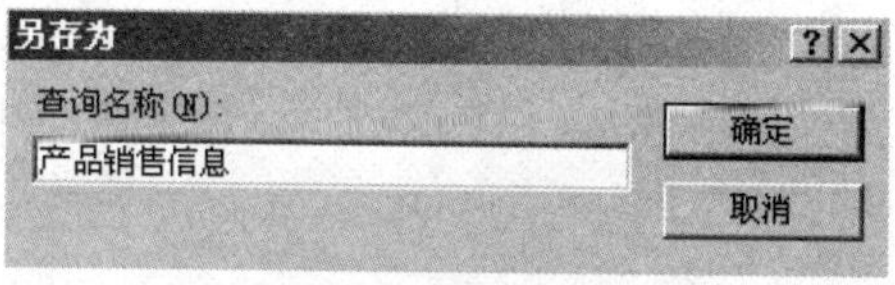

图17-30　保存查询

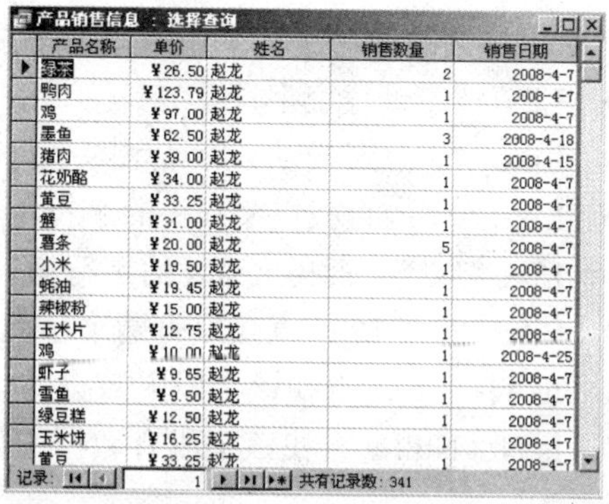

图17-31　查询结果

17.3.2　设置查询条件

查询的巧妙之处在于可以设置各种不同的查询条件，从而得到不同的查询结果。针对文本类型和数字类型的字段，常用的查询条件也有所不同。

1. 设置文本字段的查询条件

设置文本字段的查询条件时可以直接输入要查询的文本条件，如在“产品销售信息”查询中要查询“产品名称”为“小米”的记录则可以在“产品名称”列的条件单元格中输入“小米”，如图 17-32 所示。单击“运行”按钮，查询结果如图 17-33 所示。

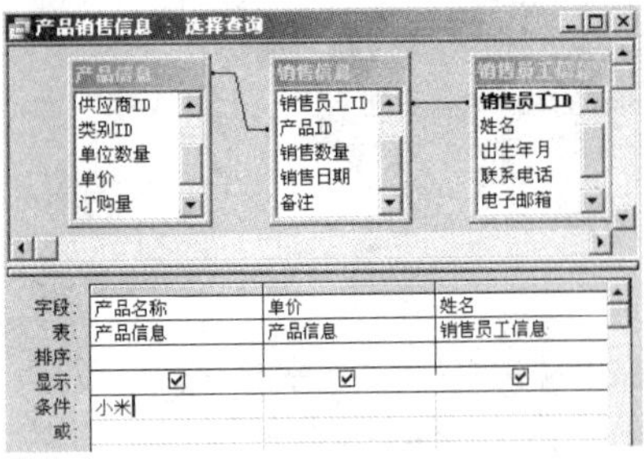

图17-32 设置查询“小米”的条件

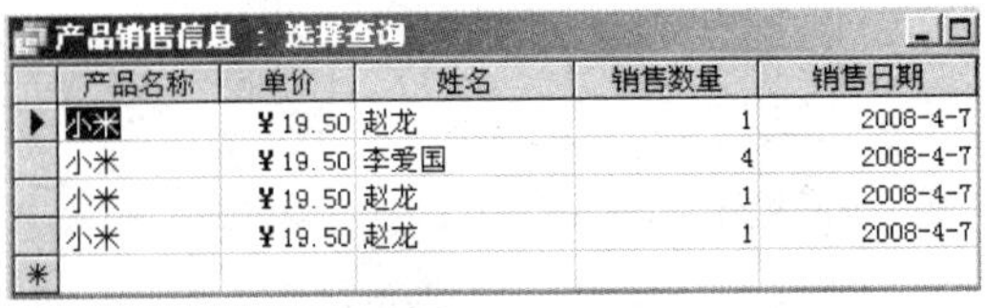

产品名称	单价	姓名	销售数量	销售日期
小米	¥19.50	赵龙	1	2008-4-7
小米	¥19.50	李爱国	4	2008-4-7
小米	¥19.50	赵龙	1	2008-4-7
小米	¥19.50	赵龙	1	2008-4-7

图17-33 查询小米的结果

在设置文本字段的查询条件时，还可以使用通用字符*、?、#。其中星号（*）代表所有字符，问号（?）代表一个字符，而井号（#）则代表单一数字。如在“产品销售信息”查询中要查找“产品名称”字段中带一个“米”字的产品，便可在“产品名称”列的条件单元格中输入：*米*，这时按回车键，Access 2003 会字段将条件转换为：Like “*米*”，如图 17-34 所示。单击“运行”按钮，查询结果如图 17-35 所示。

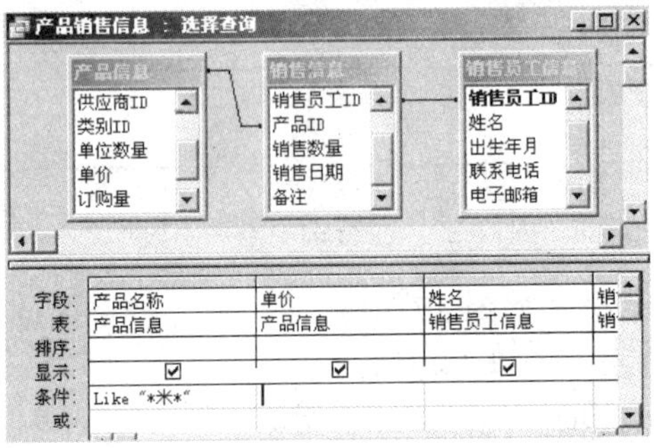

图17-34 使用通配符查询

产品名称	单价	姓名	销售数量	销售日期
糯米	¥21.00	李爱国	1	2008-4-20
糯米	¥21.00	李国	1	2008-4-21
糯米	¥21.00	赵子明	3	2008-4-21
糯米	¥21.00	赵子明	1	2008-4-21
糯米	¥21.00	赵子明	1	2008-4-21
虾米	¥18.40	李爱国	1	2008-4-7
虾米	¥18.40	张子卿	5	2008-4-7
虾米	¥18.40	张苹	2	2008-4-7
虾米	¥18.40	张子卿	1	2008-4-7
虾米	¥18.40	李国	2	2008-4-7
虾米	¥18.40	张苹	1	2008-4-7
糙米	¥14.00	赵龙	1	2008-4-7
糙米	¥14.00	张子卿	1	2008-4-7
糙米	¥14.00	张子卿	1	2008-4-7

记录: 1 共有记录数: 34

图17-35 使用通配符查询的结果

下面是常见的针对文本字段的查询条件：

- Like “”：查找空字符。
- Like “*s”：查找以 s 为结尾的字符串。
- Like “s*”：查找以 s 开头的字符串。
- Like “*s*”：查找含有 s 的字符串。
- Like “??大学”：查找只有两个字的学校名称，如“清华大学”。
- like [ ] ：查找该字段无数据的记录。
- Is Not Null：查找该字段有数据的记录。

2. 数值字段

这里数值类型的字段包括数字类型、货币类型、字段编号类型和时间/日期类型的字段，对于这些字段可以输入大于某个值、小于某个值或是介于某一范围之间的值，当然也可以输入等于某个值等查询条件。

例如，要在“产品销售信息”查询中查找“单价”大于或等于 10 的产品，则可以设置查询条件：>=10。要查找“单价”在 10 到 20 之间的产品，可以输入：<=20 and >=10（这与 between 10 and 20 或 between 20 and 10 等同），如图 17-36 所示。单击“运行”按钮，查询结果如图 17-37 所示。

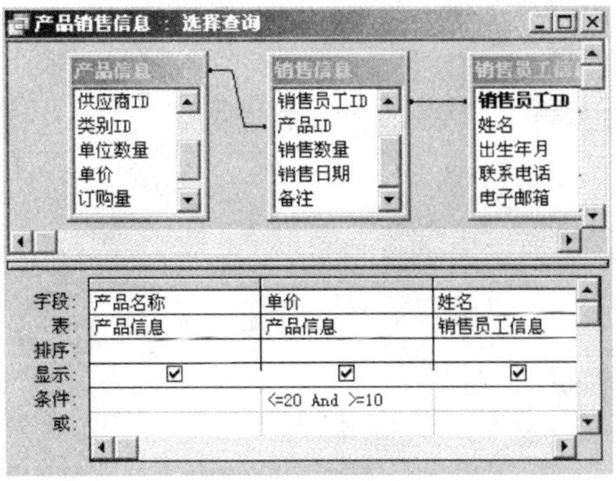

图17-36　设置数值字段的条件

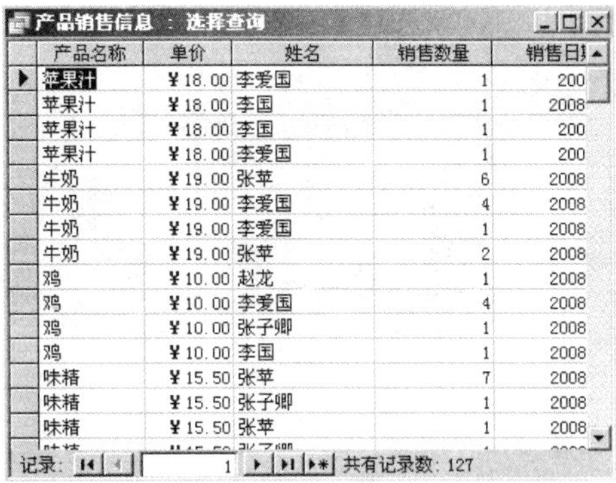

图17-37　设置数值字段条件的查询结果

对于时间/类型的字段，也可以直接用这些不等号设置，如可以输入<2005-1-1 这样的表达式，Access 2003 会自动用在日期两边加上井号（#）。要对时间/日期函数设置区间查找条件，也可以用 between 语句，也可以：<=日期 and >=日期。

3．按条件排序

为了查看方便，经常需要把查询的结果按照某种顺序显示出来。在 Access 2003 中可以很方便地实现这个要求，如要在“产品销售信息”查询中对“销售日期”进行升序排列，可以单击“销售日期”列的“排序”单元格，然后单击下三角箭头，在下拉列表中选择“升序”，如图 17-38 所示。单击工具栏上的“运行”按钮，查看查询结果，如图 17-39 所示。

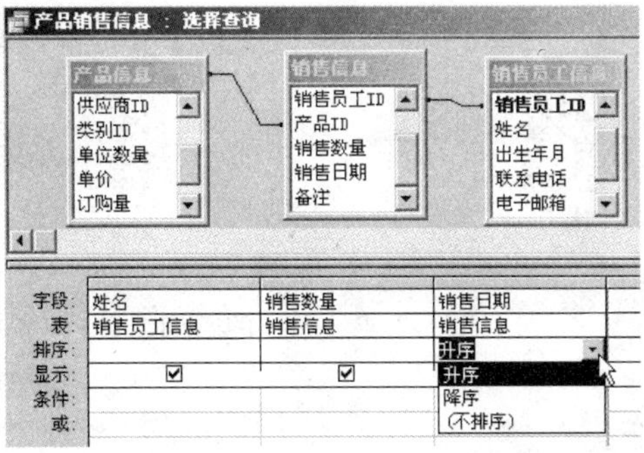

图17-38　设置排序

图17-39　设置排序的查询结果

提示： 如果为多个字段选择了排序，Access 2003 将按照先后顺序综合排序。

4．计算字段及其应用

查询中的字段可以来自数据表或查询，也可以来自表达式，这种通过运算而产生的字段，就称为“计算字段”。这些计算字段不会存放在对应的来源表中，它只保存在目前这个查询中，计算字段中所参考的字段，必须是可计算的字段，如数字类型、货币类型等类型的字段。

如要在“产品销售信息”查询中计算产品的销售额，可以在“字段”行的空白单元格中输入“销售额: [销售数量]*[单价]”，如图 17-40 所示。单击工具栏上的“运行”按钮，查看建立计算字段的查询结果，如图 17-41 所示。

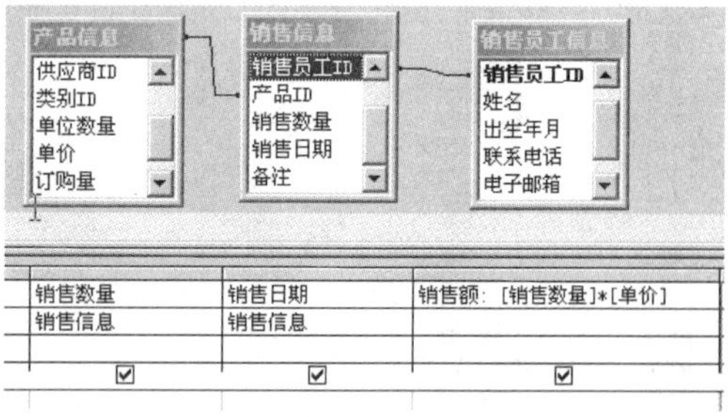

图17-40 输入计算字段

产品名称	单价	姓名	销售数量	销售日期	销售额
绿茶	¥26.50	赵龙	2	2008-4-7	¥53.00
鸭肉	¥123.79	赵龙	1	2008-4-7	¥123.79
鸡	¥97.00	赵龙	1	2008-4-7	¥97.00
墨鱼	¥62.50	赵龙	3	2008-4-18	¥187.50
猪肉	¥39.00	赵龙	1	2008-4-15	¥39.00
花奶酪	¥34.00	赵龙	1	2008-4-7	¥34.00
黄豆	¥33.25	赵龙	1	2008-4-7	¥33.25
蟹	¥31.00	赵龙	1	2008-4-7	¥31.00
薯条	¥20.00	赵龙	5	2008-4-7	¥100.00
小米	¥19.50	赵龙	1	2008-4-7	¥19.50
蚝油	¥19.45	赵龙	1	2008-4-7	¥19.45
辣椒粉	¥15.00	赵龙	1	2008-4-7	¥15.00
玉米片	¥12.75	赵龙	1	2008-4-7	¥12.75
鸡	¥10.00	赵龙	1	2008-4-25	¥10.00
虾子	¥9.65	赵龙	1	2008-4-7	¥9.65
雪鱼	¥9.50	赵龙	1	2008-4-7	¥9.50
绿豆糕	¥12.50	赵龙	1	2008-4-7	¥12.50
玉米饼	¥16.25	赵龙	1	2008-4-7	¥16.25
黄豆	¥33.25	赵龙	1	2008-4-7	¥33.25

图17-41 建立计算字段的查询结果

如果要计算某一种产品的销售总量，以及销售额，则可以对销售数量进行总计，在“产品销售信息”查询的设计视图中分别选中“姓名”和“销售日期”两个字段，然后执行“编辑”/“删除列”命令将这两个字段删除。选中“销售数量”列，然后单击鼠标右键，在快捷菜单中选择“总计”，如图 17-42 所示。此时在设计视图中显示出“总计”行，如图 17-42 所示。单击“销售数量”列的“总计”单元格，然后单击下三角箭头，在下拉列表中选择“总计”，单击“销售额: [销售数量]*[单价]”列的“总计”单元格，然后单击下三角箭头，在下拉列表中选择“总计”。单击工具栏上的“运行”按钮，查看建立计算字段的查询结果，如图 17-43 所示。

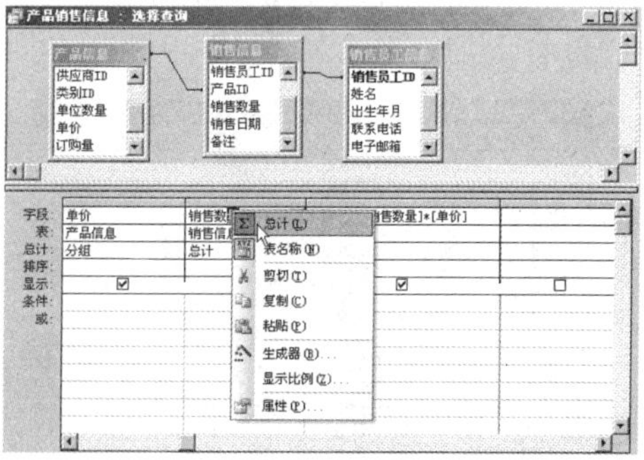

图17-42 设置“总计”

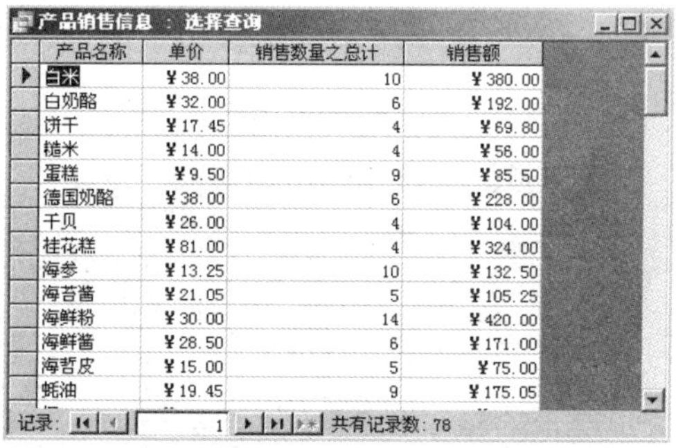

产品名称	单价	销售数量之总计	销售额
白米	¥38.00	10	¥380.00
白奶酪	¥32.00	6	¥192.00
饼干	¥17.45	4	¥69.80
糙米	¥14.00	4	¥56.00
蛋糕	¥9.50	9	¥85.50
德国奶酪	¥38.00	6	¥228.00
干贝	¥26.00	4	¥104.00
桂花糕	¥81.00	4	¥324.00
海参	¥13.25	10	¥132.50
海苔酱	¥21.05	5	¥105.25
海鲜粉	¥30.00	14	¥420.00
海鲜酱	¥28.50	6	¥171.00
海哲皮	¥15.00	5	¥75.00
蚝油	¥19.45	9	¥175.05

图17-43 总计的查询结果

举一反三 制作考生管理系统

为了方便学生和老师查阅考试成绩以及学生的一些相关信息，可以使用 Access 2003 数据库来制作一个考生管理系统，考生管理系统最终的效果如图 17-44 所示。

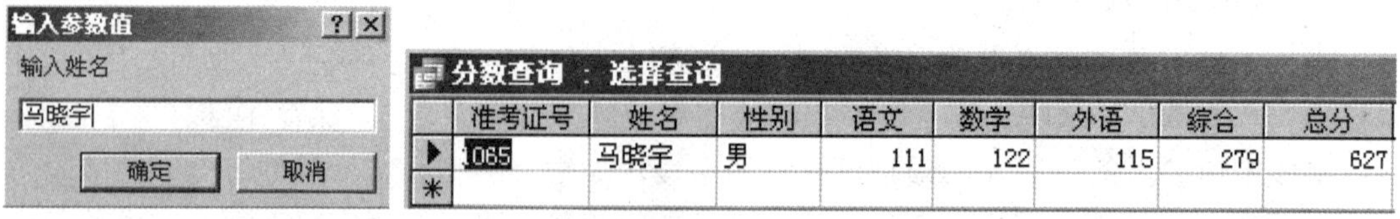

准考证号	姓名	性别	语文	数学	外语	综合	总分
1065	马晓宇	男	111	122	115	279	627

图17-44 考生管理系统的查询

制作考生管理系统的具体操作步骤如下：

（1）单击“开始”按钮，打开“开始”菜单，执行“所有程序”→“Microsoft Office”→“Microsoft Office Access 2003”命令，启动 Access 2003。

（2）在 Access 2003 工作界面中执行“文件”→“新建”菜单命令，打开“新建文件”任务窗格。单击“新建”区域的“空数据库”选项，打开“文件新建数据库”对话框。在“保存位置”下拉列表中选择新建数据库的保存位置，在“文件名”文本框中输入“考生管理系统”，单击“创建”按钮，则将在所选择的保存位置新建一个数据库文件。

（3）单击“数据库”窗口对象栏中的“表”按钮，切换到表对象窗口。单击“新建”按钮 新建(N)，打开“新建表”对话框，如图 17-45 所示。

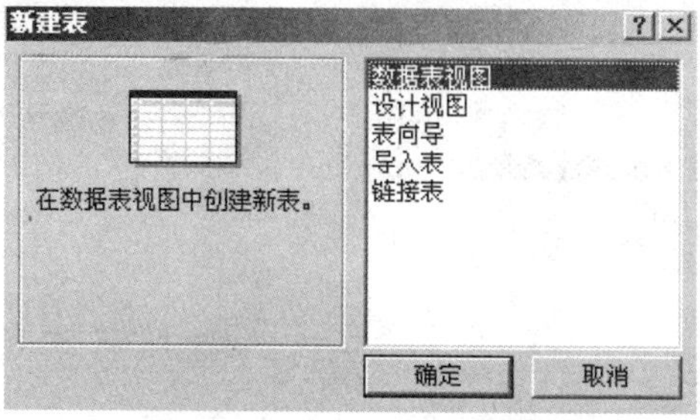

图17-45　“新建表”对话框

（4）选中“数据表视图”，单击“确定”按钮，打开数据表视图，如图 17-46 所示。

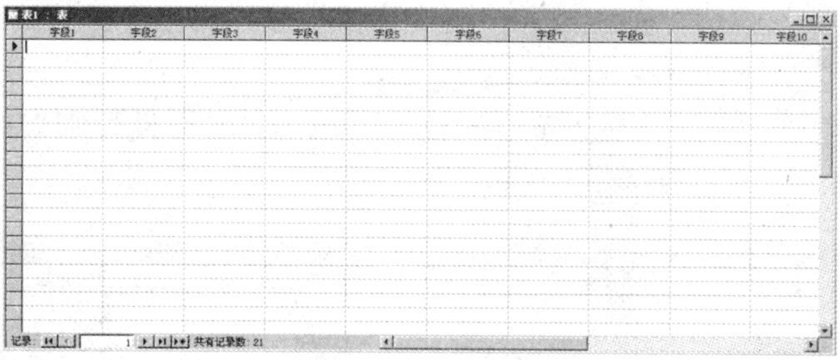

图17-46　数据表视图

（5）双击要使用的列名，输入字段名取代之，按回车键即可结束对该字段名的修改，修改完字段名后如图 17-47 所示。

（6）单击工具栏上的设计视图按钮，打开“另存为”对话框，在“表名称”文本框中输入表名称“考生信息”，单击“确定”按钮系统会提示是否为该表创建“主关键字”，这里单击“否”按钮，不为表定义主关键字段，此时进入到“考生信息”表的设计视图，如图 17-48 所示。

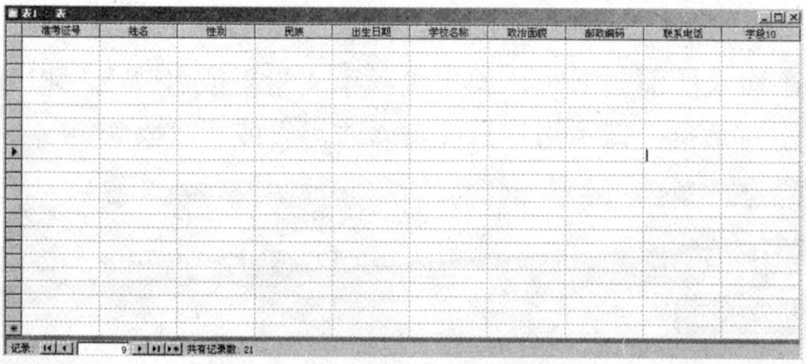

图17-47　输入字段名称

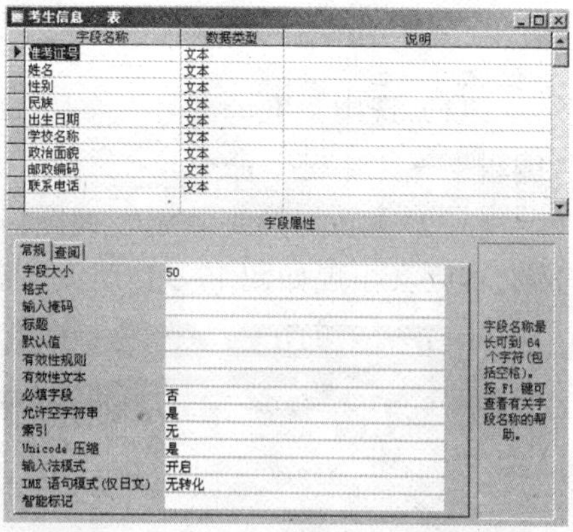

图17-48　“考生信息”表的设计视图

（7）设置“出生日期”的数据类型为“日期/时间”，设置“出生日期”的格式为“常规日期”。选中“出生日期”字段，在“字段属性”区域的“输入掩码”后面的单元格中单击鼠标，然后单击浏览按钮 ，打开“输入掩码向导”对话框，如图 17-49 所示。

（8）在“输入掩码”列表中选择“长日期”，单击“下一步”按钮，进入“确定是否要更改输入掩码”对话框，如图 17-50 所示。

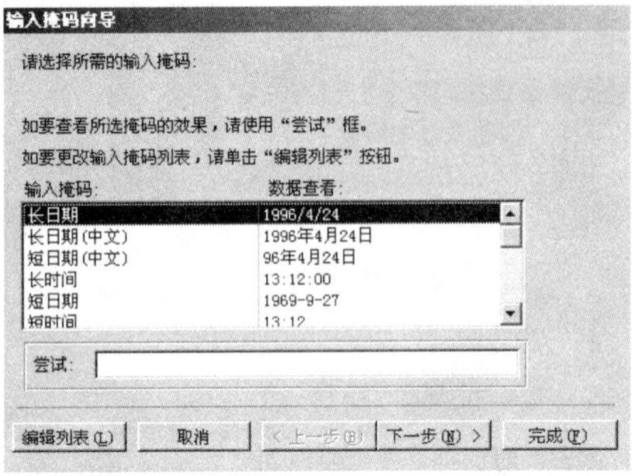

图17-49 “输入掩码向导”对话框

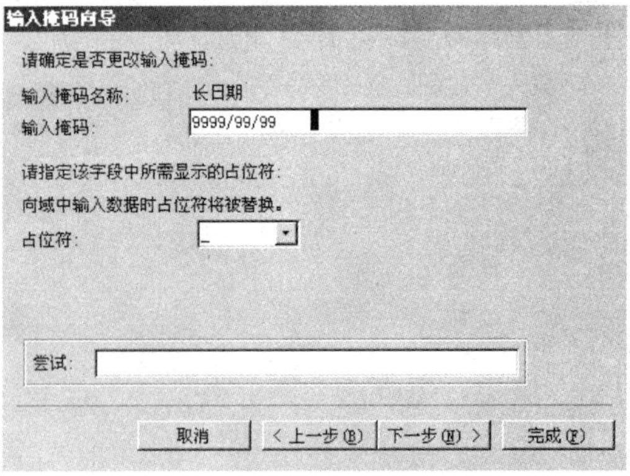

图17-50 确定是否要更改输入掩码

（9）单击“完成”按钮，则在输入掩码文本框中显示出了设置的输入掩码，如图 17-51 所示。

（10）选中“性别”字段，在“字段属性”区域的“有效性规则”后面的文本框中输入“"男" OR "女"”，如图 17-52 所示。

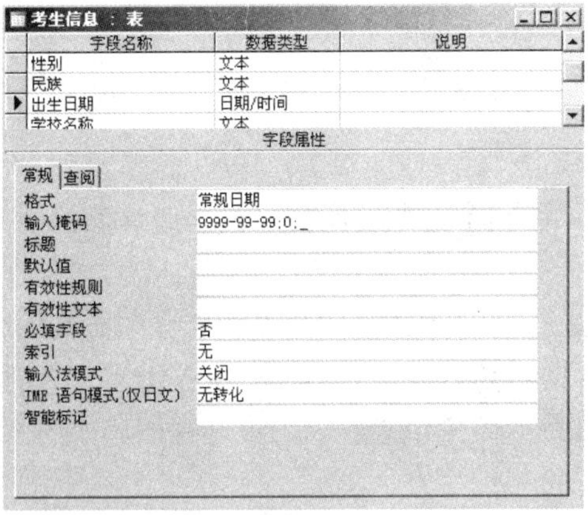

图17-51 设置的输入掩码

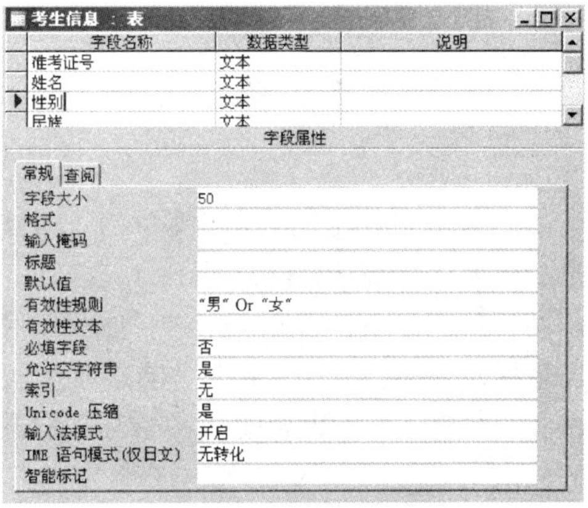

图17-52 设置的有效性规则

（11）选中“准考证号”字段，单击“表设计”工具栏上的“主键”按钮 ，或者执行“编辑”→“主键”命令。

（12）重新切换到数据表视图，在输入性别数据时，如果输入了“男”或者“女”以外的文本则会出现如图 17-53 所示的提示对话框，提示用户只能输入“男”或者“女”。

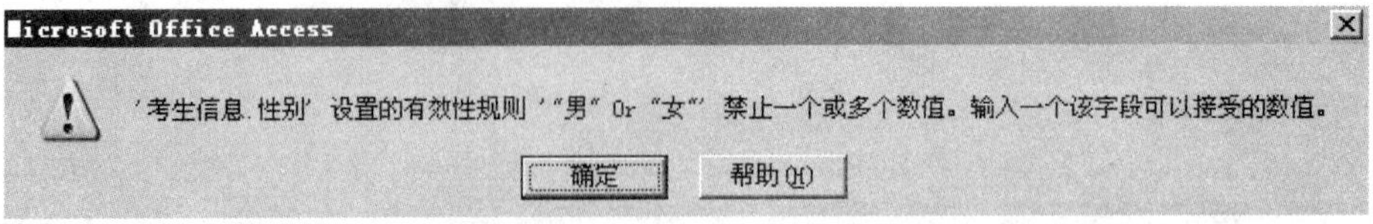

图17-53 提示输入错误

（13）在输入出生日期数据时，则会显示出设置的掩码提示，如图 17-54 所示。根据输入掩码提示输入相应的日期即可。

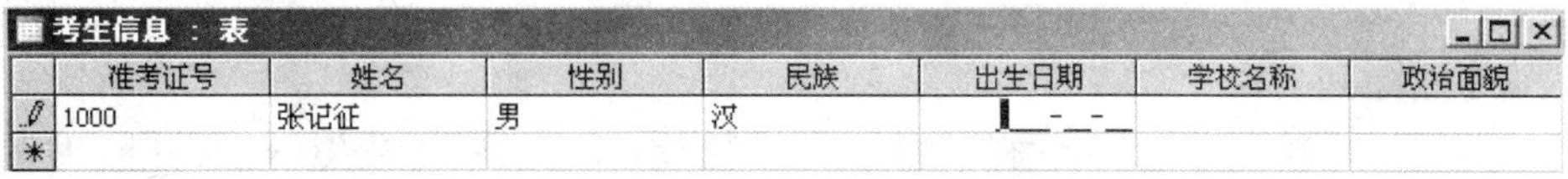

图17-54　掩码提示

（14）在“考生信息”表中输入相应的数据，然后再创建一个“考生分数”表，其设计视图如图 17-55 所示。

（15）关闭所有已经打开的表，切换到数据库窗口。单击“数据库”工具栏上的“关系”按钮 或执行“工具”→“关系”命令，打开“显示表”对话框。在对话框中将“考生分数”和“考生信息”表添加到关系窗口中。

（16）在“考生信息”表中选择“准考证号”字段，用鼠标拖动该字段到“考生分数”表中的“准考证号”字段上，松开鼠标，打开“编辑关系”对话框。

（17）在对话框中查看两个表中的字段是否对应，并选择“实施参照完整性”复选框，单击“创建”按钮，创建关系后的“关系”窗口如图 17-56 所示。单击“关系”工具栏上的“保存”按钮或执行“文件”→“保存”命令，保存创建的关系。

图17-55　“考生分数”表

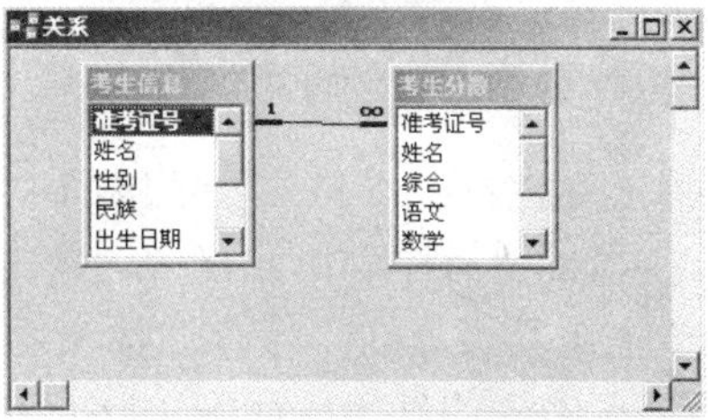

图17-56　“关系”窗口

（18）在数据库的对象栏中选择“查询”对象，双击“使用向导创建查询”选项，进入向导的第一步。在“表/查询”列表中选择“考生信息”，然后将“准考证号”、“姓名”、“性别”、“民族”“学校名称”和“联系电话”添加到选定的字段列表中。在“表/查询”列表中选择“考生分数”，然后将“总分”添加到选定的字段列表中，如图 17-57 所示。

（19）单击“下一步”按钮，进入向导第二步，选择“明细（显示每个记录的每个字段）”单选按钮，如图 17-58 所示。

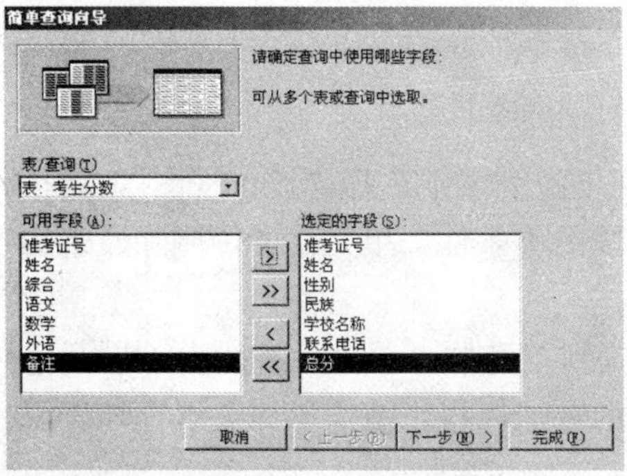

图17-57　在向导中添加字段

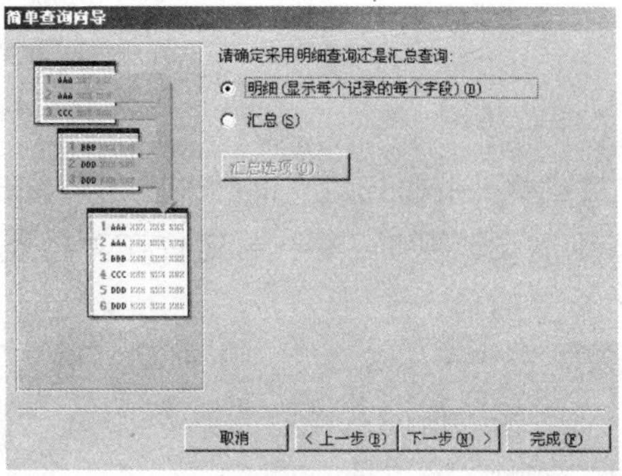

图17-58　在向导中选择明细查询

（20）单击“下一步”按钮，进入向导第三步。在“请为查询指定标题”文本框中输入

“录取分数查询”，选择“修改查询设计”单选按钮，如图 17-59 所示。

（21）单击“完成”按钮，打开录取分数查询的设计视图，如图 17-60 所示。

（22）在“录取分数查询”的设计视图中将鼠标定位在“民族”字段所在的列中，执行“编辑”→“删除列”命令，将该列删除。

（23）将鼠标移动至“学校名称”字段所在列的顶部，当鼠标变为 ⬇ 形状时单击鼠标选择该列。在选择的列上单击鼠标右键，在快捷菜单中选择“剪切”命令。选择“总分”后面的空列，然后在该列上单击鼠标右键，在快捷菜单中选择“粘贴”命令，将“学校名称”所在的列移动到“总分”列的后面。按照相同的方法将“联系电话”列移动到“学校名称”所在的列的后面。

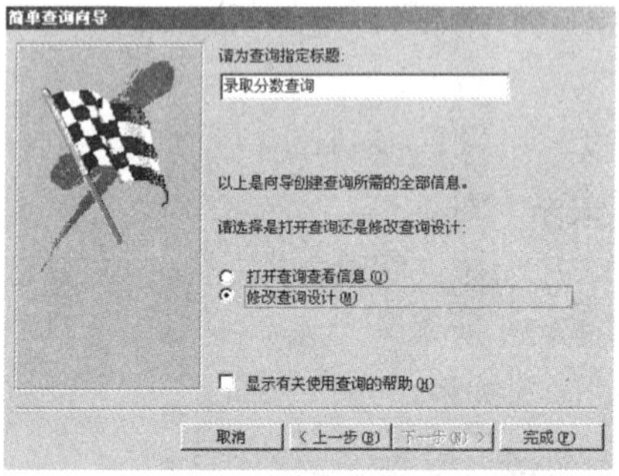

图17-59　输入查询名称

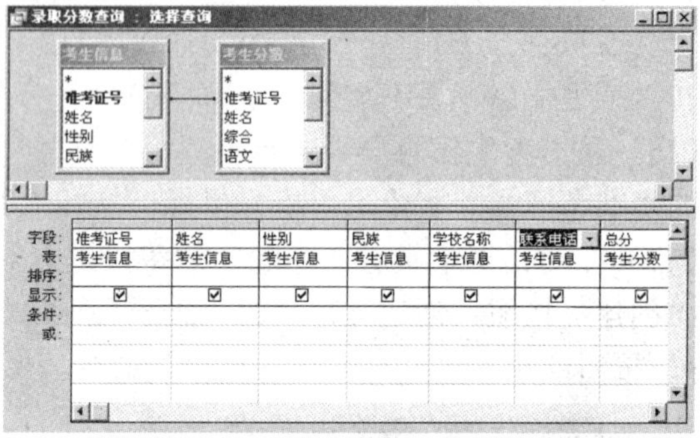

图17-60　录取分数查询的设计视图

（24）将鼠标定位在“总分”字段的“条件”单元格中，并输入“>=540”。将鼠标定位在“总分”字段的“排序”单元格中，单击下三角箭头，在下拉列表中选择“降序”。

（25）单击工具栏上的“保存”按钮。单击“视图”按钮，在下拉列表中选择“数据表视图”查看分数查询的结果，如图 17-61 所示。

录取分数查询 : 选择查询

准考证号	姓名	性别	总分	学校名称	联系电话
1913	代黎明	男	628	二高	037-6822522
1065	马晓宇	男	627	一高	037-6820011
1716	马增昭	男	625	一高	037-6897167
1650	王为	男	618	一高	037-6829823
1044	葛红英	男	617	一高	037-6712052
1403	石先锋	女	609	一高	037-6822522
1133	师卫威	男	601	一高	037-6835690
1247	王蕾辉	女	595	一高	037-6819967
1824	李昆鹏	女	595	一高	037-6955057
1582	刘丹	男	594	二高	037-6838048
1521	江永振	女	593	一高	037-6731024
1858	葛冰洁	女	593	一高	037-6813768
1773	邓向阳	男	589	一高	037-6912294
1277	李永臻	女	589	一高	037-6556206
1393	刘磊	男	587	二高	037-6829937
1900	李政委	男	586	二高	037-6775250
1335	朱艳菊	男	583	一高	037-6576060
1594	刘嘉木	男	582	一高	037-6822522

记录: 1 共有记录数: 107

图17-61　录取分数查询的结果

（26）单击录取分数查询的“视图”按钮，在下拉列表中选择“设计视图”，切换到录取分数查询的设计视图。将鼠标定位在“总分”字段的“条件”单元格中，删除原来的条件，并取消总分的降序排列。

（27）在“考生分数”表中拖动“语文”字段到查询的“总分”字段上，松开鼠标，则在“总分”字段前插入“语文”字段，按照相同的方法，将“数学”、“英语”和“综合”字段插到“总分”字段前。

（28）在“姓名”字段的“条件”单元格中输入：like [输入姓名]，如图 17-62 所示。

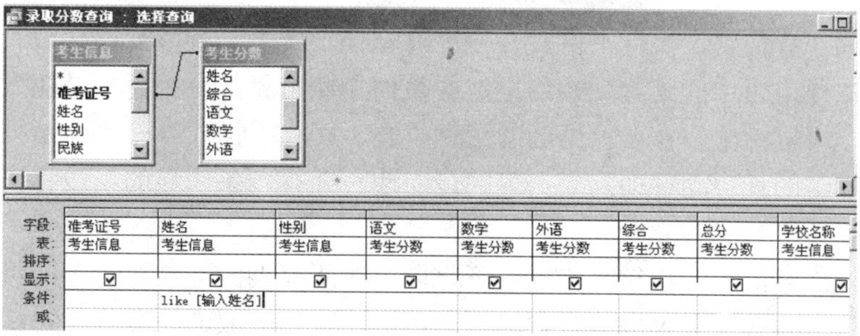

图17-62　插入字段并设置查询条件

（29）执行“文件”→“另存为”命令，打开另存为对话框，如图 17-63 所示。在“将查询“录取分数查询”另存为”文本框中输入“分数查询”，在“保存类型”文本框中选择“查询”，单击“确定”按钮。

（30）关闭“分数查询”的设计视图，在“查询”对象窗口中，双击“分数查询”，打开“输入参数值”对话框，如图 17-64 所示。

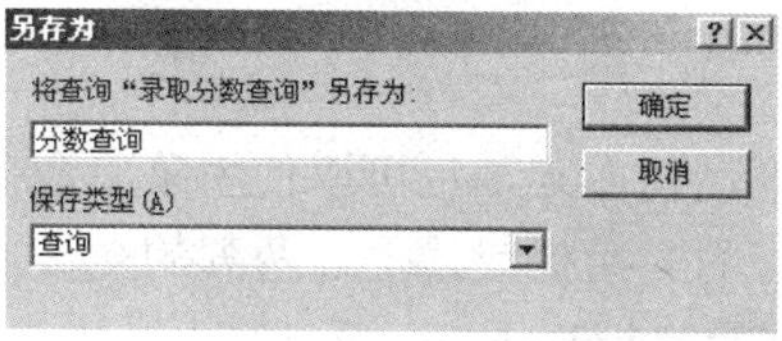

图17-63　“另存为”对话框

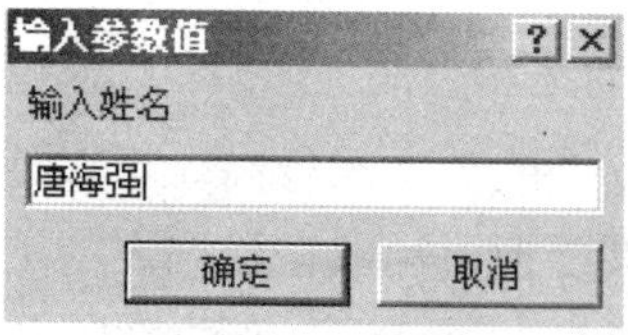

图17-64　输入参数值

（31）在输入姓名文本框中输入姓名，单击“确定”按钮，则得到查询结果，如图 17-65 所示。

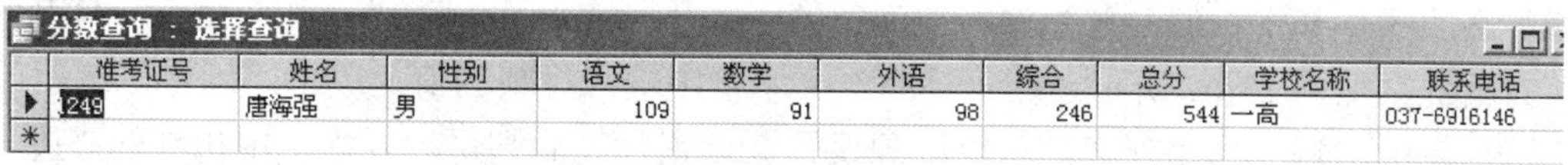

分数查询：选择查询
准考证号
姓名
性别
语文
数学
外语
综合
总分
学校名称
联系电话
1249
唐海强
男
109
91
98
246
544
一高
037-6916146

图17-65　参数查询的结果

技巧：无论制作销售管理系统还是制作考生管理系统都应首先对数据库进行规划，分析数据库中需要存储的资料，在数据库中建好将要用到的表。然后根据使用者操作的需求，建立相关的查询、窗体等操作界面。

回头看

通过案例“销售管理系统”以及举一反三“考生管理系统”的制作过程，主要学习了表和查询的基本操作。表是 Access 数据库的基础，数据库的其他对象如查询、窗体等都是在表的基础上生成的。查询可以通过设置查询条件，从一个或多个表中，查找需要的信息。

知识拓展

1. 隐藏列

在数据表或查询中用户可以利用隐藏列的方法保护数据，隐藏列的功能实际上就是通过设置字段的列宽为 0 来实现的。隐藏列的方法很简单，打开表或查询的数据表视图，将鼠标定位要隐藏列的任意位置，执行“格式”→“隐藏列”命令，则该列被隐藏。

冻结列可以使得表中的某些列始终出现在表内左侧可见部分，而不是随着表的水平拖动移出可视范围。将鼠标定位在要冻结列的任意位置，执行“格式”→“冻结列”命令，则该列被冻结。被冻结的列自动移动到数据表的最左边，并有一条明显的粗线将该列与其他列分隔开。

如果要取消冻结的列，执行“格式”→“取消对所有列的冻结”命令即可。如果要取消隐藏的列，执行“格式”→“取消隐藏的列”命令，打开“取消隐藏列”对话框，在对话框中选择要取消隐藏的列，单击“关闭”按钮。

2. 改变字体

用户可以修改整个数据表中的字体，操作步骤如下：

（1）打开表的数据表视图，执行“格式”→“字体”命令，打开“字体”对话框。

（2）在“字体”对话框中选择需要的字体、字形、字号，设置文字颜色，设置完毕后单击“确定”按钮。

3. 改变列宽和行高

调整数据表的列宽和行高，可以使用鼠标拖动的方式，也可以使用菜单命令。如果使用鼠标方式，只要把鼠标放在数据表的最左边两行的交接处或最上边两列的交接处，当鼠标变成了“↔”或“↕”形状时拖动鼠标可以调整列宽或行高了。

也可以用菜单命令来精确的改变列宽和行高，选择要调整列宽的字段，执行“格式”→“列宽”命令，打开“列宽”对话框，如图 17-66 所示。在“列宽”文本框中输入列宽值，如果单击“最佳匹配”按钮，则会以该列中最长的数据作为列宽，这样可以完全显示全部数据。设置行高的操作基本相似，首先选择要调整的行，执行“格式”→“行高”命令，打开“行高”对话框，如图 17-67 所示。在“行高”文本框中输入行高的值，单击“确定”按钮。

数据表中的每一列的列宽都可以单独设置，设置行高后则每一行都采用相同的高度。

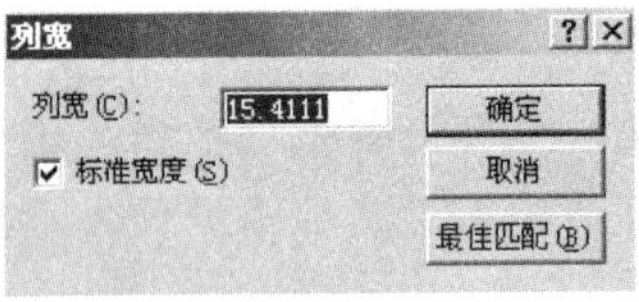

图17-66 “列宽”对话框

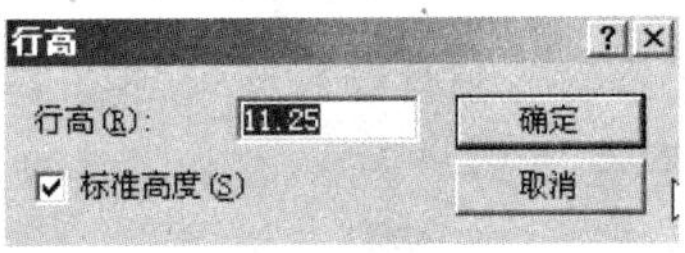

图17-67 “行高”对话框

4. 设置数据表格式

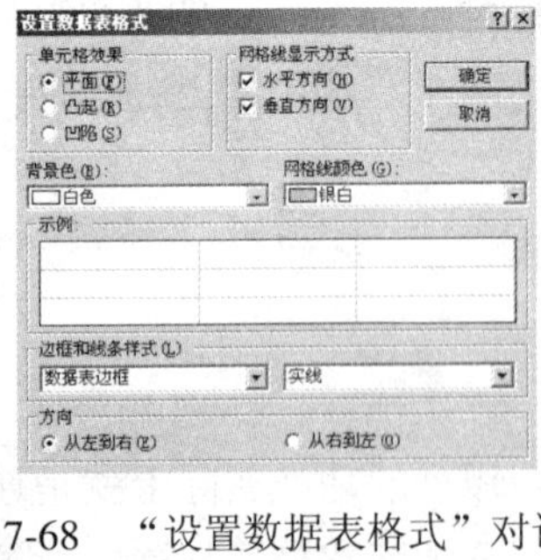

图17-68 “设置数据表格式”对话框

数据表的单元格可以设置为平面、凹陷或是凸起的效果，另外也可以设置水平和垂直方向的网格线显示，还可以设置背景颜色，具体操作步骤如下：

（1）打开表的数据表视图，执行“格式”→“数据表”命令，打开“设置数据表格式”对话框，如图 17-68 所示。

（2）在“单元格效果”区域选择一种单元格的效果，在“网格线显示方式”区域选择网格线的显示方式，在“背景色”下拉列表中选择数据表的背景色，在“网格线颜色”下拉列表中选择网格线的颜色，在“边框和线条样式”选择边框线或网格线的样式。

（3）单击“确定”按钮。

习题17

填空题

1．创建表有三种主要的方法：______、______和_______。

2．Access 2003 提供的表的关系三种：______、______和_______。

3．创建查询的方法有两种，______或______。

4．表是 Access 中最基本的对象。由它来______，以简单的行（记录）和列（字段）方式来保存信息。

选择题

1．下面关于数据表关系说法错误的是（　）。

A 如果要在两个表之间创建关系，这两个表中须有对应的关系字段。

B 常用来做关系字段的，就是该数据表的主关键字。

C 表之间的关系一旦创建，其关系就存在了，但是在窗体、查询、报表或页的应用中，还需要再重新定义。

D Access 2003 提供的表的关系有三种：一对多、多对多和一对一。

2．下面关于查询条件设置正确的是（　）。

A 条件 Like “”为查找空字符。

B 条件 Like “*s”为查找以 s 开头的字符串。

C 条件 Like “s*”为查找以结尾的字符串。

D 条件 Like “*s*”为查找不含有 s 的字符串。

操作题

创建一个新的数据库，要求完成如下操作：

（1）创建一个“联系人”数据表，其中包括如下字段：联系人 ID、姓名、地址、邮政编码、公司名称、单位电话、住宅电话、收入和出生日期等。创建一个“职称”数据表，其中包括如下基本字段：姓名、性别、就职公司和职称等。

（2）通过查询的设计视图，以“联系人”表为数据源，选择其中的“收入”字段和“出生日期”字段以及其他字段，按“出生日期”设置查询条件（如出生日期在 1970 年到 1985 年之间的联系人），且只显示“收入”最高的 20%的联系人记录。

（3）利用“联系人”表，并选中其中的“出生日期”字段，确定一个“出生日期”区间，建立参数查询。

（4）用“联系人”表和“职称”表创建查询，选择“联系人”表中的字段“联系人 ID”，“姓名”，“公司名称”，“职称”表中的字段“性别”，“职称”。

第 18 章　Access 窗体的操作
——制作订单管理系统和院校招生信息系统

窗体作为 Access 2003 中的一种对象，通过计算机屏幕将数据库中的表或查询中的数据显示给用户。用户从认识到接受应用系统始终是通过界面来完成的，因此界面设计的合理与否关系到用户对系统的评价，也直接影响数据库功能的发挥。由于很多数据库都不是给创建者自己使用的，所以还要考虑到其他使用者的使用方便，建立一个友好的使用界面将会给别的使用者带来很大的便利。

知识要点

- 了解窗体
- 创建窗体
- 控件的使用
- 操作窗体

任务描述

为了更好的控制公司的计划派工、生产和销售等环节，保证客户能及时收到订购的产品，提高公司的信誉度，可以制作订单管理系统。订单管理系统应有一个用户易操作的界面，订单管理系统最终的效果如图 18-1 所示。

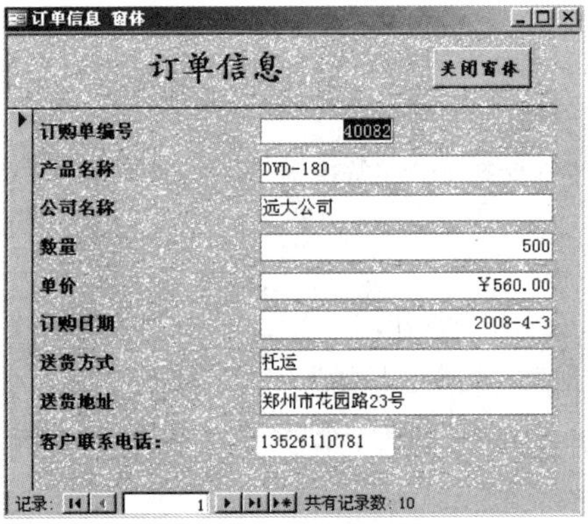

图18-1　订单管理系统

案例分析

完成订单管理系统首先要利用向导创建一个窗体，然后在设计视图中对控件进行设置，这样才能设计出符合要求的窗体。

本章所涉及案例的素材和最终效果文件请登录华信教育资源网（www.hxedu.com.cn）下载，在下载后的“案例与素材\第 18 章素材”和“案例与素材\第 18 章案例效果”文件夹中。

18.1　了解窗体

窗体有多种功能，是 Access 2003 数据库系统的一种重要的数据库对象。前面介绍了怎样创建查询，用户可以看到查询的结果并显示在一个简单的表格中，虽然可以进行一些对数据表的维护操作，但是界面很不直观显得很不方便，使用窗体可以帮助用户解决这些问题。

18.1.1　窗体结构简介

窗体是用户与数据之间的主要操作接口，它的作用主要包括显示和编辑数据、接受用户输入，以及控制应用程序流程等几个方面。

使用窗体可以对数据库进行查询、修改等操作，并且用户可以灵活的设计窗体的布局。在窗体中可以安排字段显示的位置，可以为字段建立输入选项，可以验证输入的数据，还可以建立包含其他窗体的窗体。

构成窗体的元素称为控件（Control），Access 2003 有丰富的控件可供选择，这些控件在 Windows 的应用中很常见。

一般来说，窗体可以分为以下三个类别：

- 数据窗体：用来输入、显示和修改数据。
- 切换面板窗体：用来打开其他的窗体或报表。
- 自定义对话框：用来接受用户的命令并依照命令执行某种操作。

后两种窗体的功能比较简单，也很容易实现，而数据窗体由于要使用数据表或查询中的数据，所以显得比较复杂，因此下面要重点介绍如何创建和设计数据窗体。

18.1.2　窗体的功能

窗体有多种功能，下面简单为用户介绍一下。

显示数据和编辑数据，是窗体最重要的用途。窗体提供了对数据库中数据进行操作的基本方法，例如，可以通过窗体这个操作界面，对数据进行添加、修改、删除等操作。一般每个窗体都同一个表或查询（也称作一个基表或一个原集）相关联，这意味着在窗体中对数据的修改，同在该基表或原集的数据表视图中进行的修改具有相同的效果。

通过设置窗体中显示数据控件的属性，可以控制对数据的操作方式。例如，可以将某个显示数据的文本框设置为只读，或是将不需要显示的数据隐藏，以防止用户查看或修改。然而在基表和原集的数据表视图中，无法进行类似的操作，从这个意义上说，它能够提供比数据表视图更高级的操作特性。

另外，窗体可接受用户输入，不是数据的输入，而是操作的输入。在窗体中，可以接受操作指令，完成相应的操作。例如，对于创建一个自定义的对话框，提供了多种选项，当需要进行相应操作时，先显示该对话框，然后选择需要的选项，并进行相应的操作。

利用窗体，也可以提供必要的提示信息。例如，当客户进行了错误的操作，窗体可以向客户显示一个提示信息，通知操作失败。利用窗体，还可以控制应用程序流程。这时，窗体更像一个真正的应用程序，上面显示有各种命令的操作按钮，通过单击相应的按钮，可以进入不同的操作环境，完成相应操作。通常，要控制应用程序流程，可以创建被称作面板的窗体。在该窗体上放置命令按钮控件，然后将控件的单击操作映射到某个执行命令的宏或 VB 模块上，从而完成动作序列的自动化。

18.2　创建窗体

在数据库中，窗体主要是提供更方便的数据输入和查看界面，窗体中的数据可以来自一个表或查询，也可以来自多个有相互关系的表或查询，这里首先介绍如何创建窗体。

18.2.1 自动创建窗体

如果要快速产生一个窗体，最快速的方法就是自动创建窗体，自动创建窗体的操作步骤如下：

（1）在“客户订单”数据库窗口的对象栏中选择“窗体”，切换到“窗体”窗口，如图 18-2 所示。

（2）单击“新建”按钮，打开“新建窗体”对话框，如图 18-3 所示。

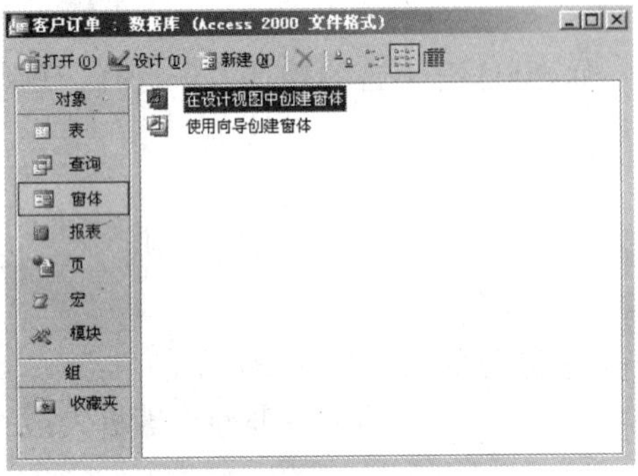

图18-2　窗体对象窗口

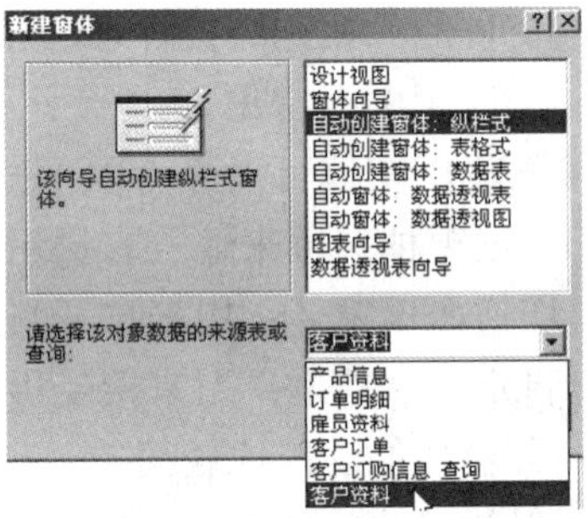

图18-3　“新建窗体”对话框

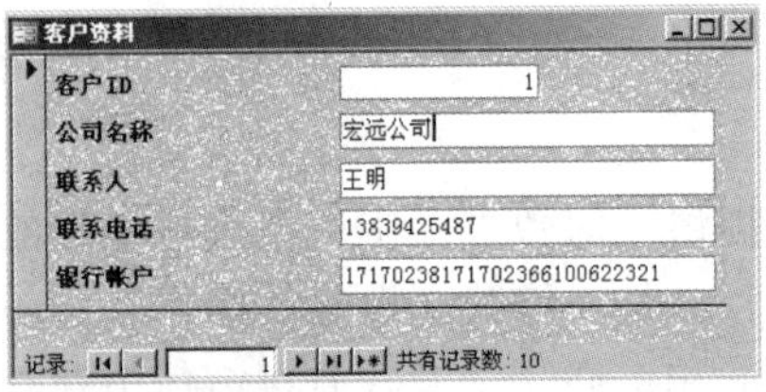

图18-4　自动创建的窗体

（3）选择一种自动创建窗体的格式，如选择“自动创建窗体：纵栏式”，在“请选择该对象数据的来源表或查询”列表中选择一个表或查询，如选择“客户资料”，单击“确定”按钮，即可快速创建一个窗体，如图 18-4 所示。

（4）单击“保存”按钮，打开“另存为”对话框，在“窗体名称”文本框中输入新窗体的名称“客户资料窗体”，单击“确定”按钮，新建窗体会自动出现在窗体对象窗口中。

提示：在表和查询模式下也可以快速创建窗体，在数据库的“表”或“查询”窗口中首先选定要参照的表或查询，然后执行“插入”→“自动窗体”命令即可快速创建一个窗体。

18.2.2 使用向导创建窗体

多数窗体都与数据库中的一个或多个表和查询绑定，窗体的记录源引用基础表和查询中的字段，窗体无需包含每个基础表或查询中的所有字段。

窗体不仅可以基于一个表或查询，而且也可以基于多个表或查询，基于多表的窗体常称之为多表窗体。多表窗体用于从多个表或查询中提取数据，它又分为平面窗体和分层窗体两种，在平面窗体中，所有的数据都显示在一个平面上，只是其数据来自多个表或查询。在分层窗体中，所有数据都显示在不同层中，其中带子窗体的窗体就是最具代表性的分层窗体。

使用向导创建窗体的具体操作步骤如下：

（1）在数据库窗口的对象栏中选择“窗体”，切换到“窗体”窗口，双击“使用向导创建窗体”选项，打开窗体向导。

（2）在“表/查询”下拉列表中可以选择创建窗体的表或查询，如选择“订单明细”表，然后将“订购单编号”、“数量”和“单价”字段添加到选定的字段列表中。

（3）继续在“表/查询”下拉列表中选择其他的表或查询，选择“产品信息”表，然后将

“产品名称”添加到选定的字段列表中；选择“客户资料”表，然后将“公司名称”添加到选定的字段列表中；选择“客户订单”表，然后将“订购日期”、“送货方式”和“送货地址”添加到选定的字段列表中，如图 18-5 所示。

（4）单击“下一步”按钮，进入如图 18-6 所示的对话框。可以选择通过不同的表来查看数据，如选择“通过订单明细”来查看数据。

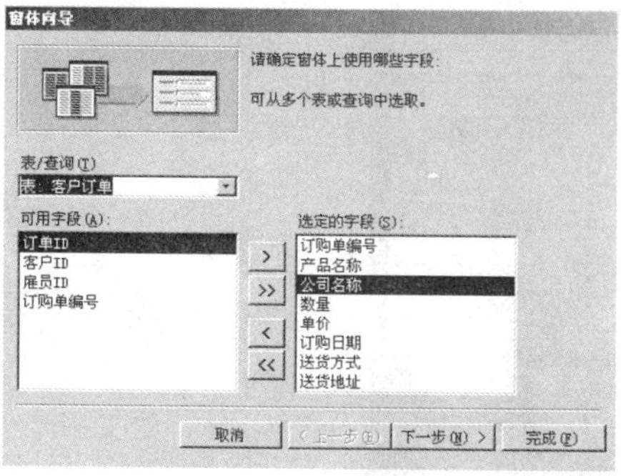

图18-5　添加字段

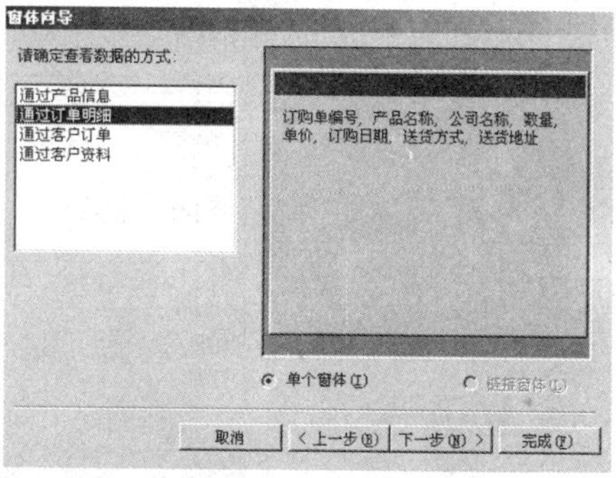

图18-6　选择查看数据的方式

（5）单击“下一步”按钮，进入如图 18-7 所示的对话框。在“请确定子窗体使用的布局”列表中选择子窗体的布局，如选择“纵栏表”。

（6）单击“下一步”按钮，进入如图 18-8 所示的对话框。在“请指定所用样式”列表中选择一种样式，如选择“沙岩”样式。

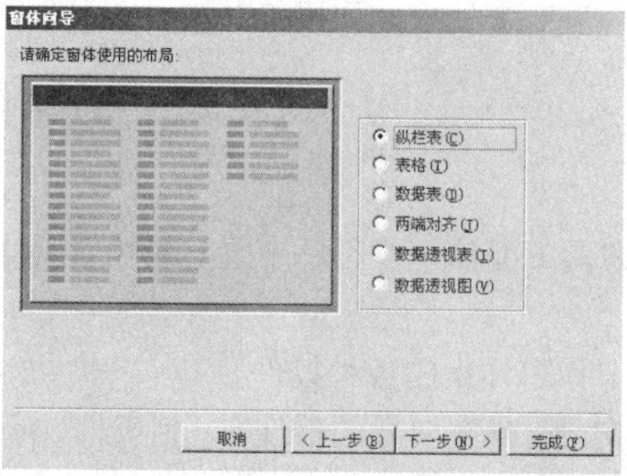

图18-7　选择窗体的布局

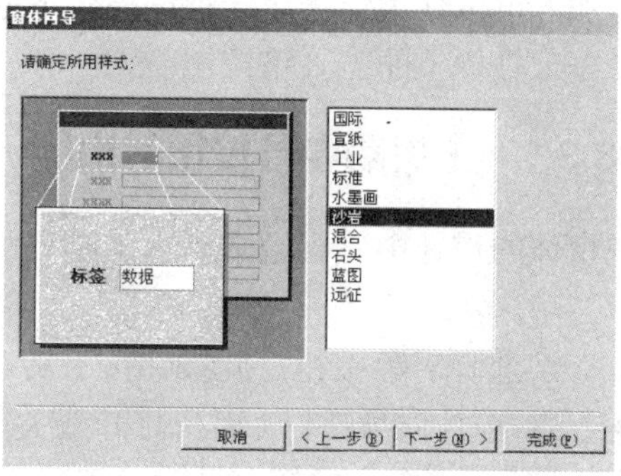

图18-8　选择窗体使用的样式

（7）单击“下一步”按钮，进入如图 18-9 所示的对话框。在“请为窗体指定标题”文本框中输入窗体的名称，如“订单信息 窗体”。

（8）选中“打开窗体查看或输入信息”单选按钮，单击“完成”按钮，打开窗体视图如图 18-10 所示。

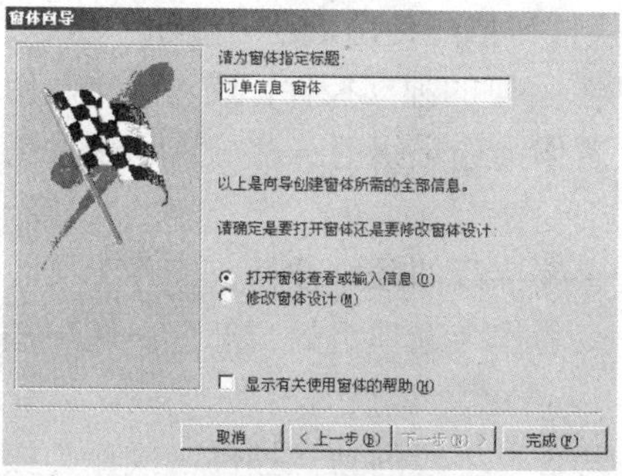

图18-9　输入窗体的标题

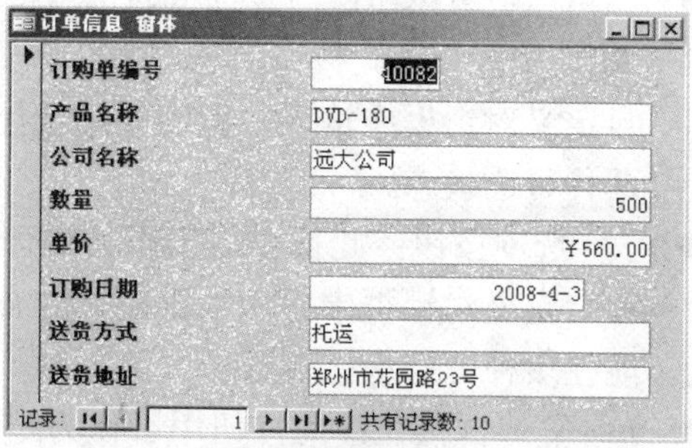

图18-10　创建的窗体

18.3 控件的使用

在“窗体”对象窗口中，选中刚才创建的“订单信息窗体”，单击窗口上的设计按钮设计，进入窗体的设计视图，如图 18-11 所示。

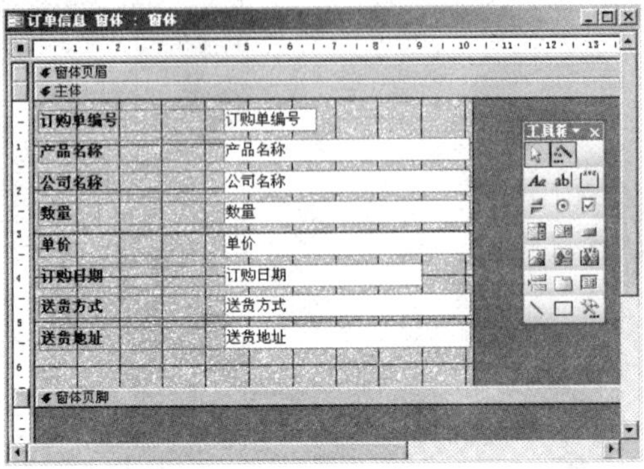

图18-11　窗体的设计视图

在窗体中，用于显示数据的对象称为控件。控件是窗体中的重要对象，控件显示记录中的设计，控制系统的执行流程，或者单独运用于装饰窗体。控件的数据若来自数据表或查询的字段，则称为“组合控件”；如果控件的数据和表或查询完全无关，则称为“非组合控件”。控件的加入可以使用窗体设计视图模式下的“工具箱”来处理，如果工具箱没有显示，用户可以单击工具栏上的工具箱按钮。

18.3.1 工具箱中各按钮的功能

在窗体的设计中，会经常利用工具箱中的按钮，下面简单介绍一下工具箱中各按钮及其功能：

- 选择对象按钮：此按钮按下后，可以选择窗体上的各种控件。
- 控件向导按钮：用于打开或关闭控件向导。具有向导的控件有：列表框、组合框、选项组、命令按钮、图表、子窗体。要使用这些控件的向导，必须先按下“控件向导”按钮。
- Aa 标签按钮：用来显示说明性文本的控件，如窗体上的标题或指示文字。在创建其他控件时，Access 2003 将自动添加附加标签。
- abl 文本框按钮：用来显示、输入或编辑窗体的基础记录数据源，显示计算结果，或者接受输入的数据。
- 选项组按钮：与复选框、选项按钮或切换按钮搭配使用，用于显示一组可选值。
- 切换按钮：此按钮用于作为结合到“是/否”字段的独立控件，或作为接收用户在自定义对话框中输入数据的非结合控件，或者作为选项组的一部分；切换按钮只有两种可选状态。
- 选项按钮：此按钮用于作为结合道“是/否”字段的独立控件，或作为接收用户在自定义对话框中输入数据的非结合控件，或者作为选项组的一部分；选项按钮只能在多种可选状态中选择一种。
- 复选框按钮：此按钮用于作为结合道“是/否”字段的独立控件，或作为接收用户在自定义对话框中输入数据的非结合控件，或者作为选项组的一部分；复选框按钮可以在多种可选状态中进行多重选择。

- 组合框按钮：该控件结合了文本框和列表框的特性，即在文本框中直接输入文字，在列表框中选择输入项，然后将所选择的项添加到所基于的字段中。
- 列表框按钮：显示可滚动的数值选项列表，从列表中选择时将改变所基于的字段的值。
- 命令按钮：用来完成各种操作，一般与宏或代码连接，单击时执行相应的宏或代码。
- 图像按钮：用来在窗体中显示静态图片，静态图片不是 OLE 对象，一旦添加到窗体中就无法对其进行编辑。
- 绑定对象框按钮：用来在窗体中显示 OLE 对象。
- 未绑定对象框按钮：用来显示窗体中的 OLE 对象，不过此对象与窗体所基于的表或查询无任何联系，其内容并不随当前记录的改变而改变。
- 分页符按钮：通过插入分页符控件，在打印窗体上开始一个新页。
- 选项卡控件按钮：用来创建多页的选项卡对话框。选项卡控件上可以添加其他类型的控件。
- 子窗体/子报表按钮：用来显示来自多表的数据。
- 直线按钮：用来向窗体中添加直线，通过添加直线可突出显示某部分内容。
- 矩形按钮：用于将相关的一组控件或其他对象组织一起，以突出显示。
- 其他控件按钮：用于向窗体中添加其他操作系统已注册的 ActiveX 控件。

18.3.2　常用控件的使用

上面简单介绍了工具箱中各种控件的功能，下面介绍一下常用控件的使用方法。

1．标签控件

标签控件主要是用于在窗体中加入说明性的文字，如订购单编号、产品名称等标签就是通过标签控件控制的，这里在窗体的窗体页眉中添加说明性的文字，具体操作步骤如下：

（1）在窗体的设计视图中，利用鼠标拖动调整窗体页眉的大小，如图 18-12 所示。如果窗体页眉/页脚没有显示执行“视图”→“窗体页眉/页脚”命令，显示出窗体的窗体页眉/页脚。

（2）单击工具箱中的“标签”按钮，此时鼠标变为 ⁺A 状，在窗体的窗体页眉位置上画一个框，然后在框中输入相应的文字，如“订单信息”如图 18-13 所示。

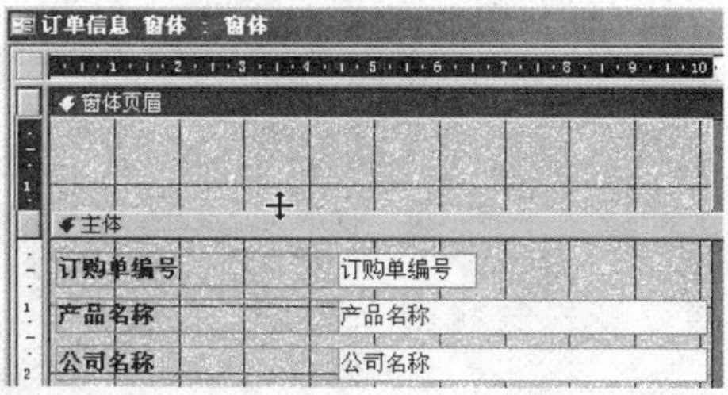

图18-12　调整窗体页眉的大小

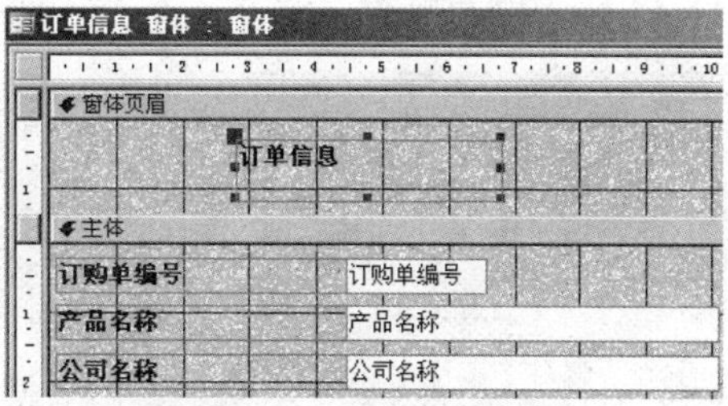

图18-13　在窗体中添加标签

（3）在标签上单击鼠标右键，在快捷菜单中选择“属性”，打开标签的“属性”对话框，如图 18-14 所示。

（4）在“格式”选项卡中可以对标签的各种属性进行设置，可以根据具体的情况对标签进行设置。如要对标签的字体和字号进行设置，将鼠标定位在对话框的“字体名称”文本框中，此时在文本框的右侧将会显示一个下三角箭头按钮，单击该按钮打开一个下拉列表，在下拉列表中选择需要的字体“楷体”，如图 18-14 所示。将鼠标定位在“字号”文本框中然后再下拉列表中选择“18”，单击属性窗口上的关闭按钮，将属性窗口关闭。

（5）单击视图按钮，在下拉菜单中选择窗体视图命令，切换到窗体视图，添加并设置字体和字号后的标签效果如图 18-15 所示。

提示：如果只是简单的设置标签的字体、特殊效果等属性，也可以在工具栏中进行设置。首先选中标签，此时格式工具栏会自动显示出来，在工具栏中对字体，字号及标签的特殊效果进行设置即可。

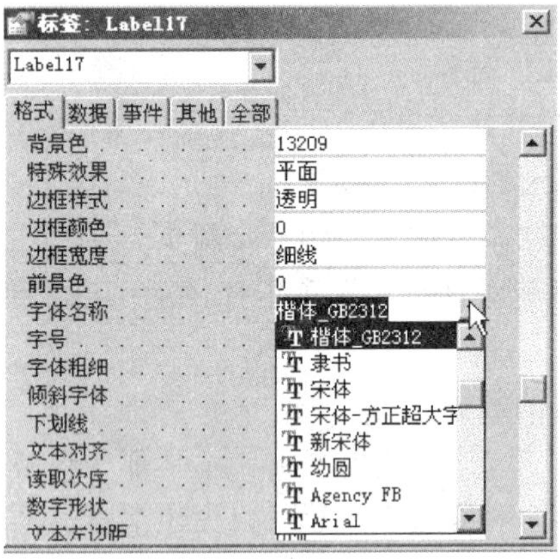

图18-14 “标签属性”对话框

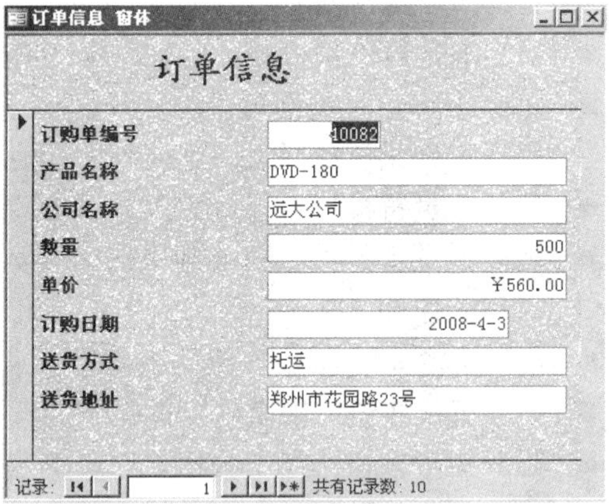

图18-15 设置字体和字号的标签效果

2. 文本框控件

文本框控件是用来创建文本框控件类型的字段，文本框常用来在窗体上显示某个表、查询或 SQL 语句中的数据，这种文本框类型称为结合型文本框，文本框也可以是非结合型的，如可以创建一个非结合型的文本框来显示计算的结果或接受用户所输入的数据。

例如在送货地址的下方创建一个联系电话的文本框，具体操作步骤如下：

（1）切换到窗体的设计视图中，按下工具箱上的“控件向导”按钮然后单击工具箱中的“文本框”控件，此时鼠标变为 +ab| 形状，在页面的适当位置画一个方框，系统将会打开“文本框向导”对话框，如图 18-16 所示。

（2）在“文本框向导”对话框中设置文本的显示格式，然后单击“下一步”按钮，进入如图 18-17 所示的对话框。

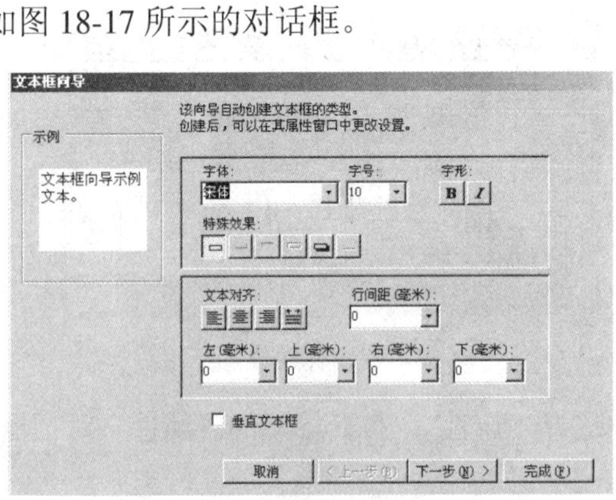

图18-16 “文本框向导”对话框

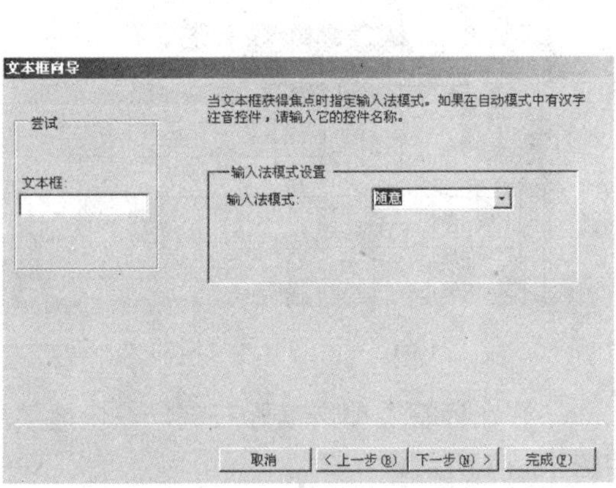

图18-17 设置输入法模式

（3）在“输入法模式”下拉列表中选择一种输入法模式，如选择随意，用户可以在“尝试”区域的文本框中尝试着输入，单击“下一步”按钮进入如图 18-18 所示的文本框。

（4）在“请输入文本框的名称”文本框中输入文本框的名称，如“客户联系电话”，单击“完成”按钮，在窗体的相应位置出现一个文本框。在文本框中显示“未绑定”字样，同时还会出现一个标签，标签的名称为文本框的名称，如图 18-19 所示。

（5）在窗体的设计视图中单击灰色背景，然后单击工具栏上的属性按钮，打开“属性”对话框，如图 18-20 所示。

（6）单击“数据”选项卡，单击记录源右侧的 ... 按钮，将会打开查询生成器，在查询生成器中将“客户资料”表中的“联系电话”添加到查询中，如图 18-21 所示。关闭查询生成器，出现一个警告对话框，单击“是”按钮，单击“窗体属性”对话框上的关闭按钮，返回窗体的设计视图。

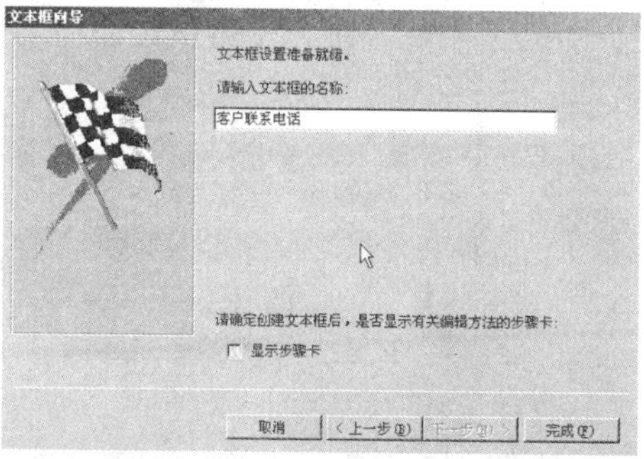

图18-18　设置文本框的名称

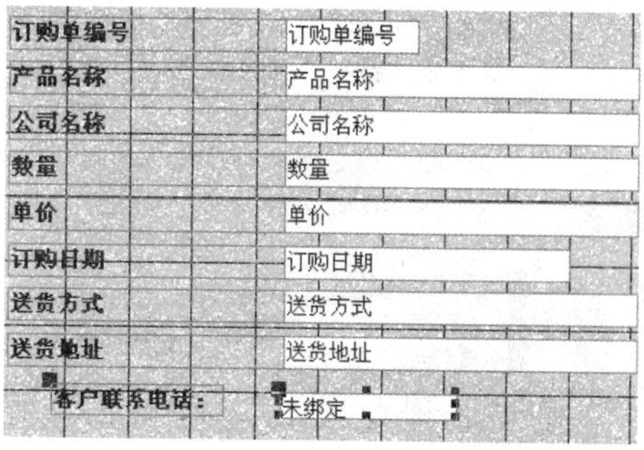

图18-19　添加的文本框控件

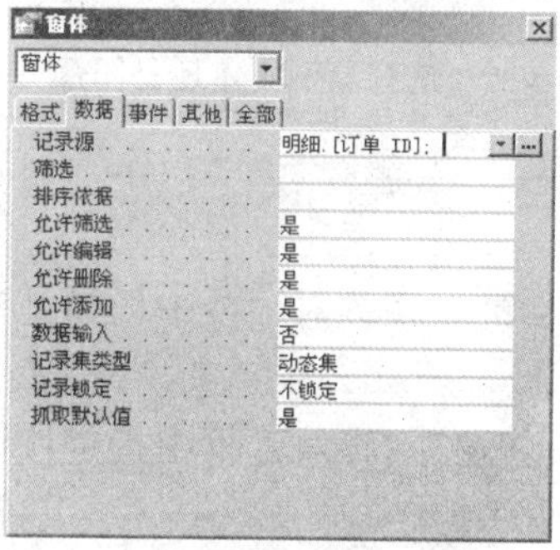

图18-20　“窗体属性”对话框

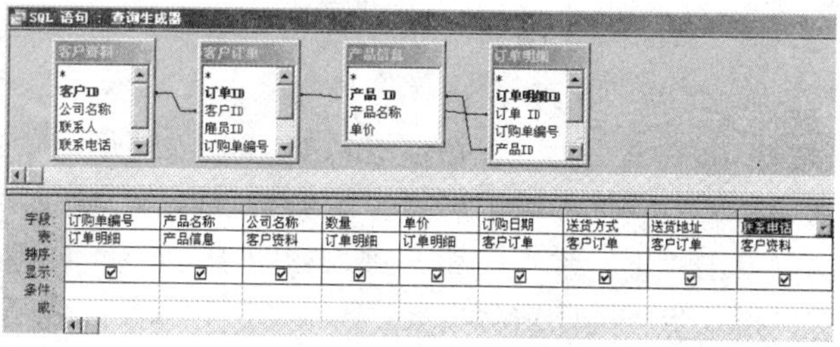

图18-21　查询生成器

（7）在新创建的文本框上单击鼠标右键，在快捷菜单中选择“属性”命令，打开“文本框属性”对话框，单击“数据”选项卡，如图 18-22 所示。将鼠标定位在“控件来源”文本框中，然后单击“控件来源”文本框右侧的下三角按钮，在下拉列表中选择联系电话。

（8）单击“文本框属性”对话框上的关闭按钮，将属性对话框关闭，此时在文本框中将会显示出“联系电话”字样。单击视图按钮，在下拉菜单中选择窗体视图命令，切换到窗体视图，可以看到添加文本框的效果如图 18-23 所示。

3．命令按钮

命令按钮可以设置用户在按下此按钮时，系统执行特定的操作，Access 2003 的命令向导提供了很多类别的操作，用户可以直接将这些操作指定给命令按钮使用。

创建命令按钮的操作步骤如下：

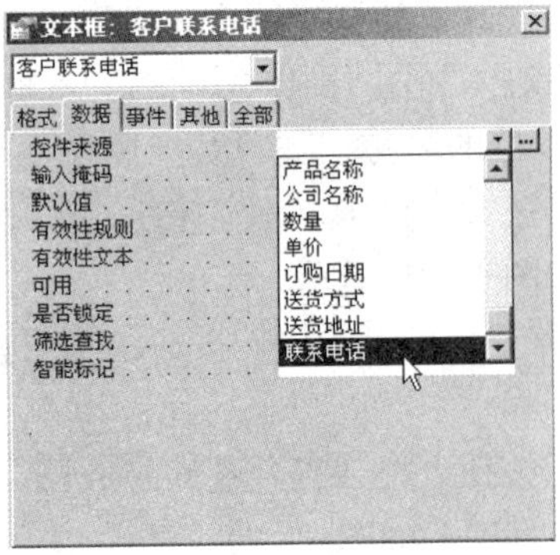

图18-22 “文本框属性”对话框

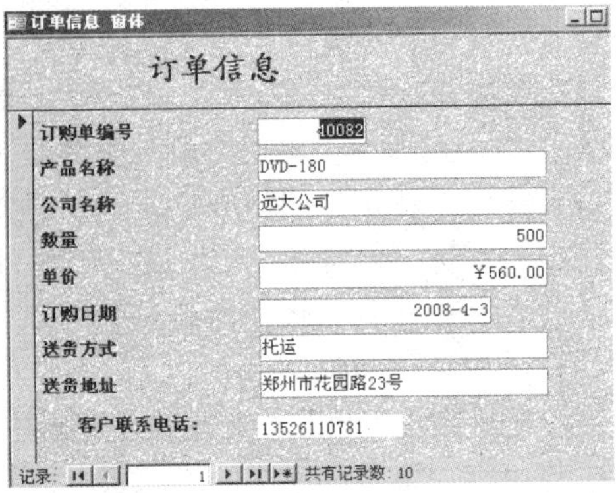

图18-23 添加文本框的效果

（1）切换到窗体的设计视图，按下工具箱上的“控件向导”按钮，然后单击工具箱上的“命令按钮”按钮，此时鼠标变为 +□ 形状，在页面的适当位置画一个方框，系统将会打开“命令按钮向导”对话框，如图 18-24 所示。

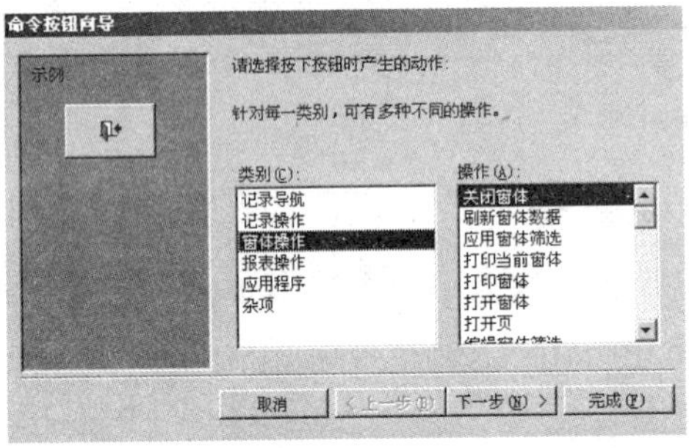

图18-24 选择按下按钮产生的动作

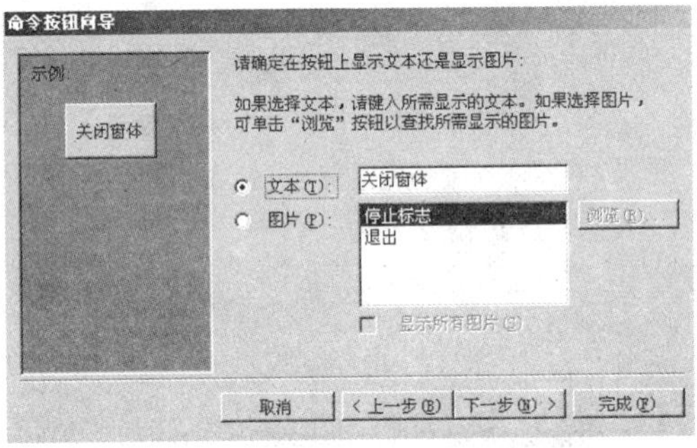

图18-25 选择显示文本还是图片

（2）在“类别”列表框中选择动作的类别，如选择“窗体操作”，在“操作”列表框中选择具体的操作，如选择“关闭窗体”。

（3）单击“下一步”按钮，进入如图 18-25 所示的对话框。在该对话框中选择是在按钮上显示文本还是图片，这里选择显示“关闭窗体”文本。

（4）单击“下一步”按钮，进入如图 18-26 所示的对话框。在该对话框中指定按钮的名称，这里指定为“关闭窗体”。

（5）单击“完成”按钮，切换到窗体视图，可以看到新创建的命令按钮“关闭窗体”，如图 18-27 所示。如果单击“关闭窗体”按钮，则窗体被关闭。

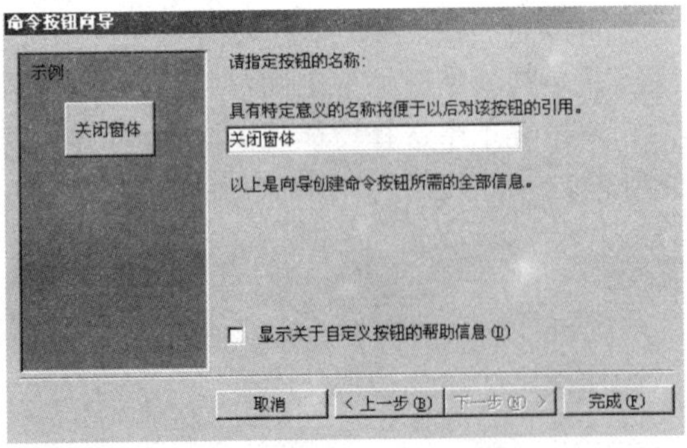

图18-26 指定按钮的名称

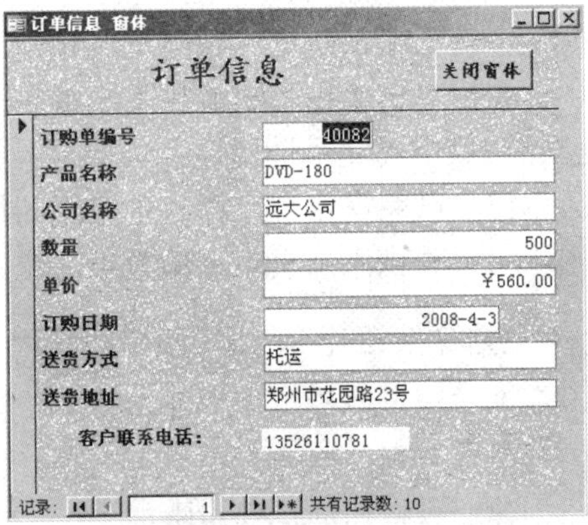

图18-27 新建的“关闭窗体”命令按钮

18.3.3　调整窗体的控件

使用向导生成的窗体，控件的位置都是自动排列的，控件的外观也比较呆板，有时候显得很不合理，另外用户自己创建控件的位置和大小有的时候也不尽人意。这就需要在设计视图中对它们进行重新调整，以满足需要。

1．调整控件的位置

控件的位置的调整通过移动控件来实现，移动控件很简单，用鼠标单击要移动的控件，会发现它的周围加上了几个黑色的小方块，其中左上角的方块比较大一些，这表示该控件被选中了，移动控件主要有三种方法：

- 用户可以将鼠标放在该控件上微调光标的位置，当光标变成了一个黑色的小手形状时，按住鼠标左键，拖动鼠标移动该控件的位置，到达合适位置松开鼠标左键。
- 把光标移到左上角的黑色方块上，光标会变成伸出一个食指的手形状，按住鼠标左键，拖动鼠标移动该控件的位置，到达合适位置松开鼠标左键。
- 用户还可以使用键盘移动控件，只要在选中该控件以后，按 Ctrl 键和不同的方向键就可以移动控件了。

如窗体中客户联系电话标签控件位置不合适，可以把光标移到左上角的黑色方块上，光标会变成伸出一个食指的手的形状，按住鼠标左键，拖动鼠标移动该控件的位置，到达合适位置松开鼠标左键，如图 18-28 所示。

2．调整控件的大小

当控件的大小与窗体不匹配，或者与本身包含的内容不匹配时，需要改变控件的大小。如调整“订购日期”文本框控件的大小，移动鼠标光标到控件边缘处的黑色小方块处，当光标变成双箭头的形状时按住鼠标左键，拖动鼠标就可以改变控件的大小，当达到满意的大小时松开鼠标左键，如图 18-29 所示。

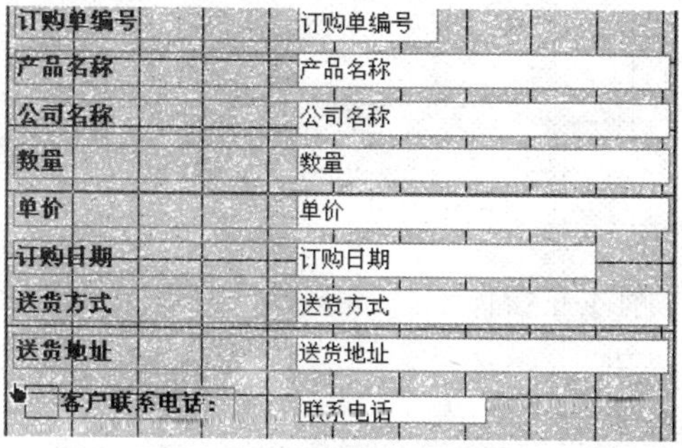

图18-28　移动控件位置

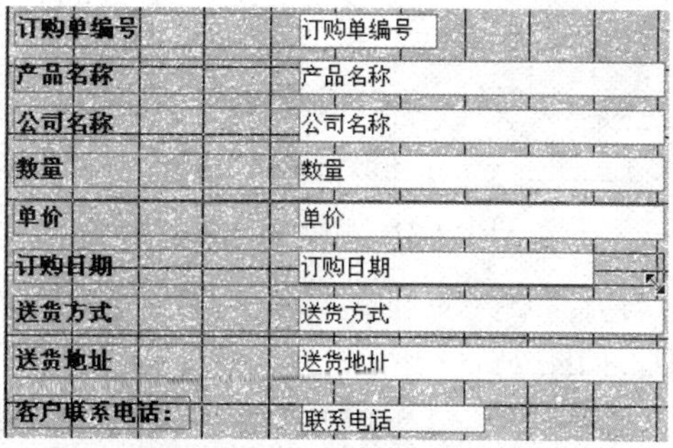

图18-29　调整控件大小

3．控件的对齐和排列

在调整了控件的大小和位置以后，为了界面的美观还应该使所有的控件能够整齐的排列。

要设置多个控件的对齐和排列，应首先同时选中多个控件。选中一个控件，按住 Shift 键，再继续选择其他的控件，这样可以同时选择多个控件。另外也可以拖动鼠标来同时选择多个控件，首先单击工具箱中的选择对象按钮，然后在窗体中按住鼠标左键拖动鼠标画出一个方框，在方框内的控件就都被选中了。

选择要对齐的几个控件，在其中一个控件上单击鼠标右键，弹出右键菜单，如图 18-30

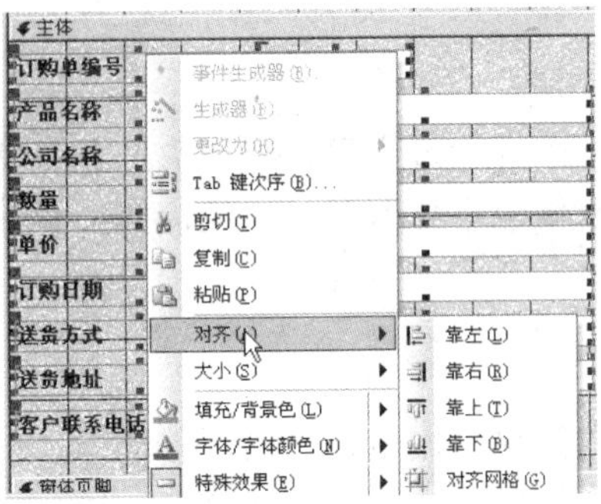

图18-30 对齐控件

所示，从中选择相应的对齐命令即可。对于纵向排列的控件，可以选择靠左或靠右对齐；对于横向排列的控件一般要选择靠上或者靠下对齐；另外也可以选择对齐网格，这样各个控件将自动与网格线对齐。

选择竖向排列的几个控件，选择“格式”→“垂直间距”命令出现一个子菜单，选择“相同”命令，可以使这几个控件的垂直间距相同，选择“增加”命令可以使这几个控件的垂直距离增加，选择“减少”命令可以使这几个控件的垂直距离减少。当然，横向排列的几个控键就要调整“横向间距”了。

18.4 操作窗体

用户可以在窗体中直接添加、修改或删除数据，这些修改会自动反映到相应的基本表或查询中。

18.4.1 添加或删除数据

如果要在窗体中输入数据或删除数据，可以在“窗体视图”模式或者“数据表视图”模式下进行。例如利用“客户资料 窗体”窗体添加记录，在“窗体视图”模式下，单击窗体下面的添加新记录按钮 ▶*，这时会出现一个空白的窗体，如图 18-31 所示。

用户可以在空白的窗体中输入新的数据，如图 18-32 所示。输入完毕单击工具栏上的“保存”按钮，将新添加的记录保存到窗体中。

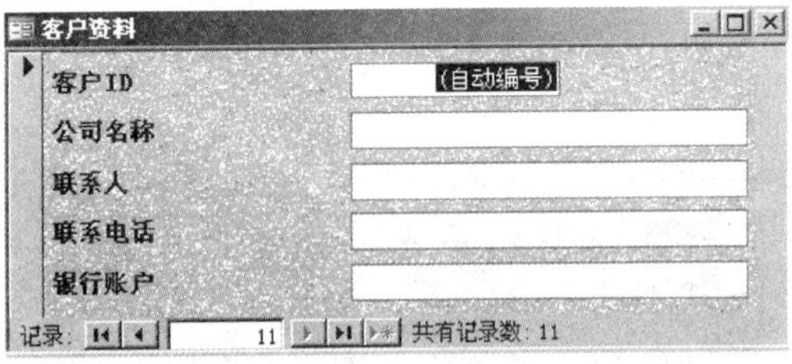

图18-31 添加记录窗口

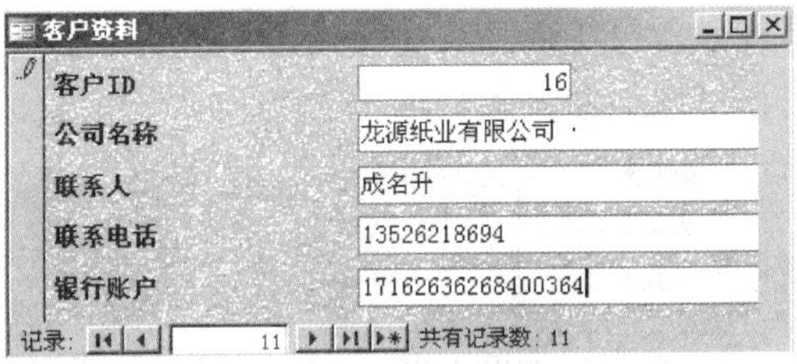

图18-32 添加记录

打开“客户资料”数据表，用户可以发现，刚才在窗体中添加的数据也被添加到了数据表中，如图 18-33 所示。

客户资料 : 表

客户ID	公司名称	联系人	联系电话	银行账户
1	宏远公司	王明	13839425487	17170238171702366
2	红太阳公司	李萍	13839423483	17172235182708361
3	远大公司	王平	13526110781	17171436163170036
4	新天地公司	孙玲	13638211762	17174383171700363
5	平原公司	孙秋萍	13838226784	17182436176200362
6	德银商贸公司	李丽	13526810786	17182336176234362
7	亚东制药公司	王明安	13626610788	17171446171324842
8	鸿铭化工厂	赵龙	13826813786	17184316171468322
9	涡河商贸公司	李安明	13939423686	17182336186300364
10	洪同公司	赵子明	13526710787	17162636268400362
16	龙源纸业有限公司	成名升	13526218694	17162636268400364
(自动编号)				

图18-33 在窗体中添加的数据添加到了数据表中

如果要删除某一条记录，用户可以利用记录定位按钮 ▶ 或者 ◀ 在窗体中显示出要删除的记录，然后执行“编辑”→“删除记录”命令即可。如果要删除多条记录，最好切换到“数据表视图”模式进行删除。

18.4.2　修改窗体中的记录

用户还可以利用窗体修改基本表或查询中的数据，具体操作步骤如下：

（1）利用记录定位工具按钮定位到要修改的记录上。

（2）选择要修改的字段，删除不需要的数据，输入新数据。

（3）单击工具栏上的“保存”按钮，保存所做的修改。

在添加或修改一个记录时，如果要放弃对数据的修改，可单击“编辑”菜单中的“撤销”命令。

18.4.3　筛选数据

在窗体中还可以对数据进行筛选，所提供的筛选方法跟数据表中的方式类似。用户可以在“数据表视图”和“窗体视图”中对记录进行筛选。打开窗体，执行“记录”→“筛选”命令，打开一个子菜单，如图 18-34 所示。在这个子菜单中给出了筛选的方式。这里简单介绍一下在窗体视图中按窗体筛选的方法，其他的就不再介绍。

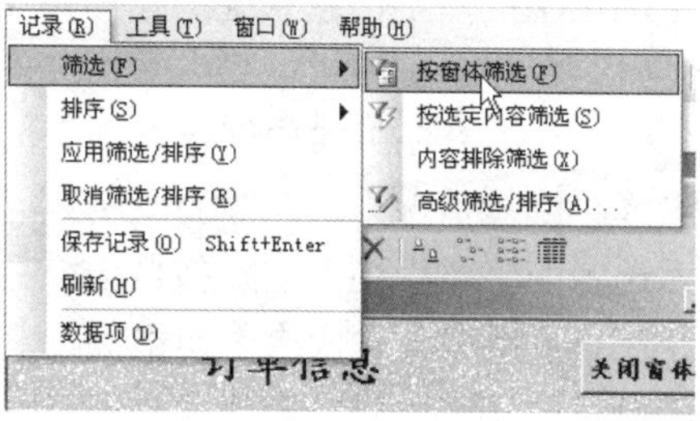

图18-34　窗体筛选的方式

如在窗体视图中按窗体筛选出平原公司的记录，操作步骤如下：

（1）切换到窗体的窗体视图，单击“窗体视图”工具栏上“按窗体筛选”按钮，这时会出现一张新的空白窗体，左边列出了窗体中每个记录的字段，字段右边都是空白框，用于设置筛选条件，如图 18-35 所示。

（2）在“公司名称”文本框中选择“平原公司”。单击“窗体视图”工具栏上的“应用筛选”按钮，显示筛选结果，如图 18-36 所示。

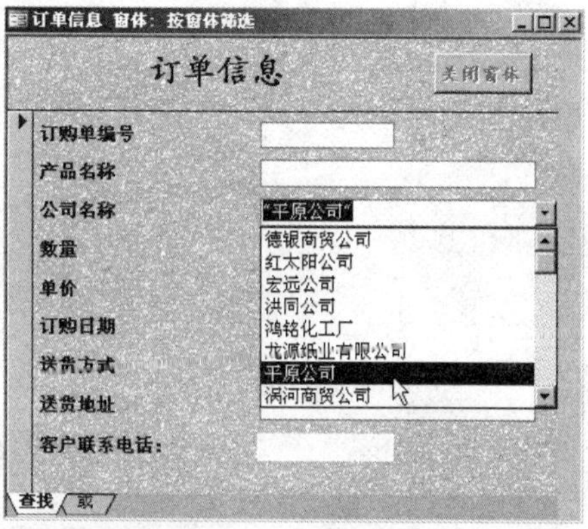

图18-35　按窗体筛选

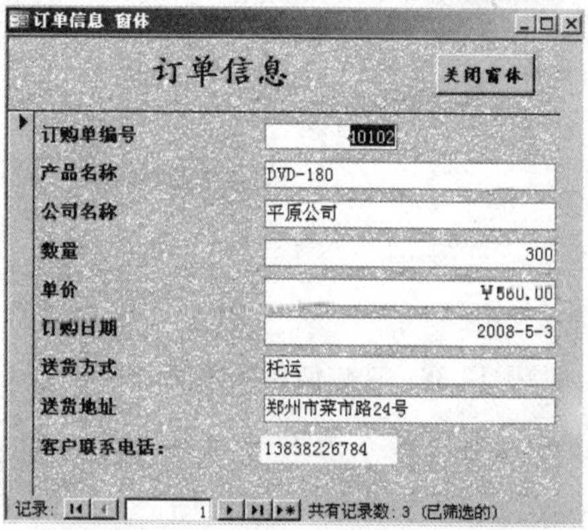

图18-36　筛选结果

举一反三　制作院校招生信息系统

为了方便学生报考时查阅院校的招生信息，可以使用 Access 2003 数据库来制作一个院校招生信息系统，院校招生信息系统最终的效果如图 18-37 所示。

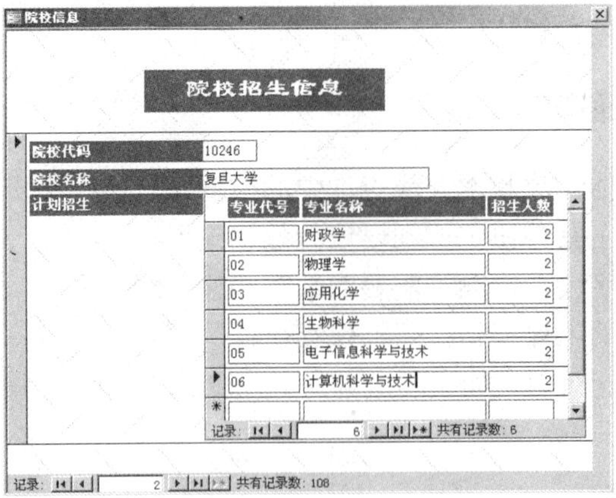

图18-37　院校招生信息系统的查询

在制作院校招生信息系统之前首先打开“案例与素材\第18章素材”文件夹中的“院校招生信息（初始）.ppt”文件。

制作院校招生信息系统的具体操作步骤如下：

（1）在“院校招生信息”数据库的对象栏中选择“窗体”对象。

（2）双击“使用向导创建查询”选项，进入窗体向导的第一步，在“表/查询”下拉列表中选择“院校情况”，在“可用字段”列表中选中“院校代码”单击添加按钮 [>] 将它添加到“选定的字段”列表中，按此方法添加字段“院校名称”；在“表/查询”下拉列表中选择“院校招生计划”，并依次添加字段“专业代号”、“专业名称”和“招生人数”，如图18-38所示。

（3）单击“下一步”按钮，进入如图18-39所示的对话框。在“请确定查看数据的方式”列表中选择“通过考试报名”，选中“带有子窗体的窗体”单选按钮。

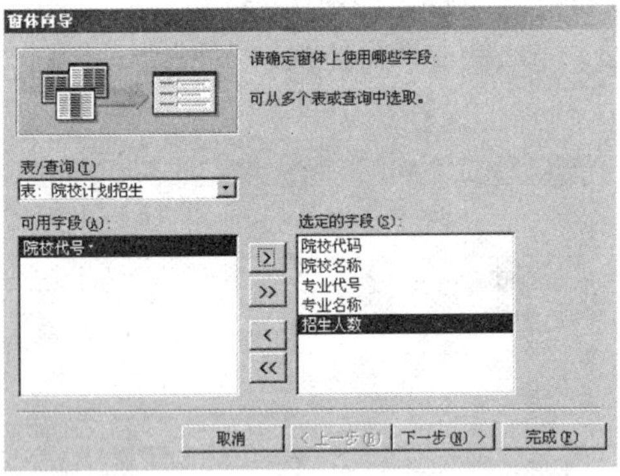

图18-38　选定创建窗体使用的字段

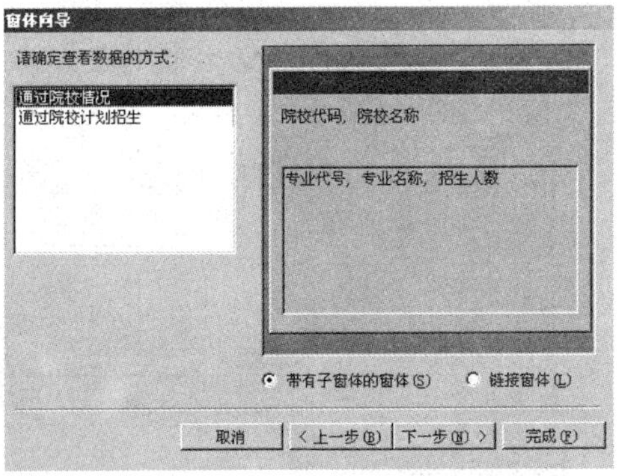

图13-39　选择窗体查看数据的方式

（4）单击“下一步”按钮，进入如图18-40所示的对话框，在“请确定子窗体使用的布局”区域选中“表格”单选按钮。

（5）单击“下一步”按钮，进入如图18-41示的对话框，在“请确定所用样式”列表中选择“工业”。

（6）单击“下一步”按钮，进入向导的最后一步，如图18-42所示。在“窗体”文本框中输入“院校信息”，在“子窗体”文本框中输入“计划招生 子窗体”，选中“打开窗体查看或输入信息”单选按钮。单击“完成”按钮，打开创建的窗体，如图18-43所示。

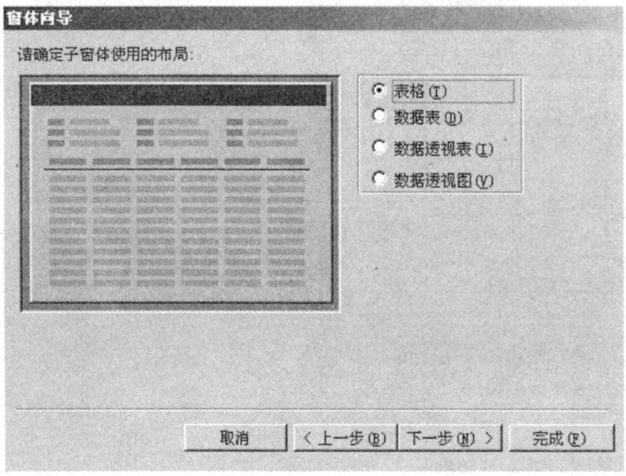

图18-40 选择子窗体使用的布局

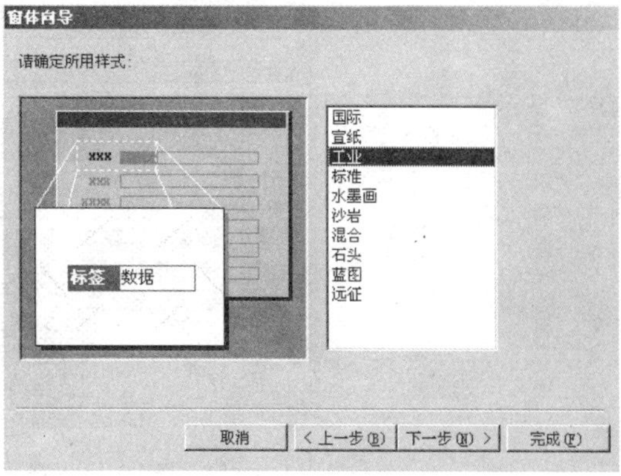

图18-41 选择窗体使用的样式

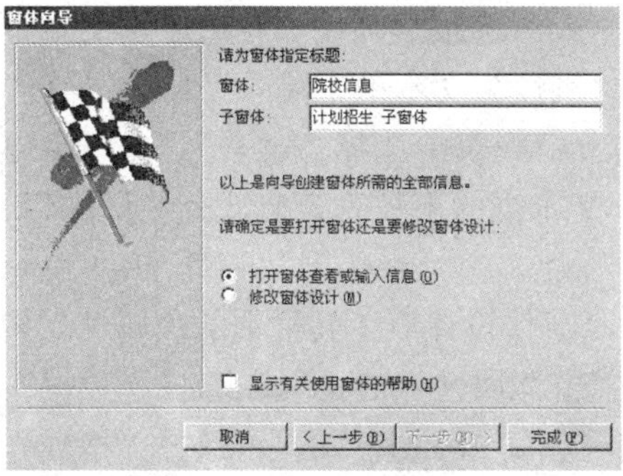

图18-42 设置窗体标题

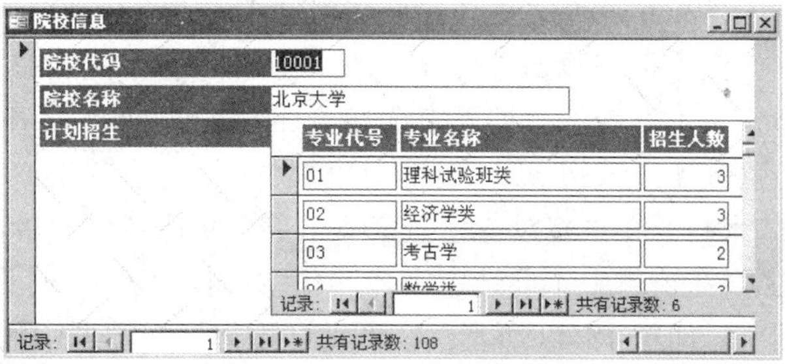

图18-43 创建的窗体

（7）单击窗口上的设计按钮![设计]，进入窗体的设计视图，如图 18-44 所示。

（8）在“考试报名”主窗体的设计视图中选中“窗体页眉”，然后单击“窗体设计”工具栏上的“属性”按钮 ，打开“窗体页眉属性”对话框，如图 18-45 所示。在“格式”选项卡的“高度”文本框中输入“2.5 厘米”，单击“关闭”按钮 将它关闭。

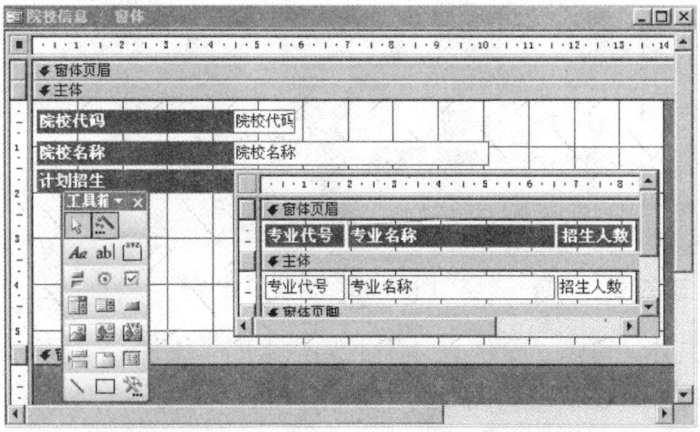

图18-44 院校信息窗体的设计视图

图18-45 设置窗体页眉高度

（9）执行“视图”→“工具箱”命令使“工具箱”工具栏显示出来，单击工具栏上的“标签”按钮 ，拖动鼠标在窗体的页眉区域绘制出一个标签，并输入文本“院校招生信息”，如图 18-46 所示。

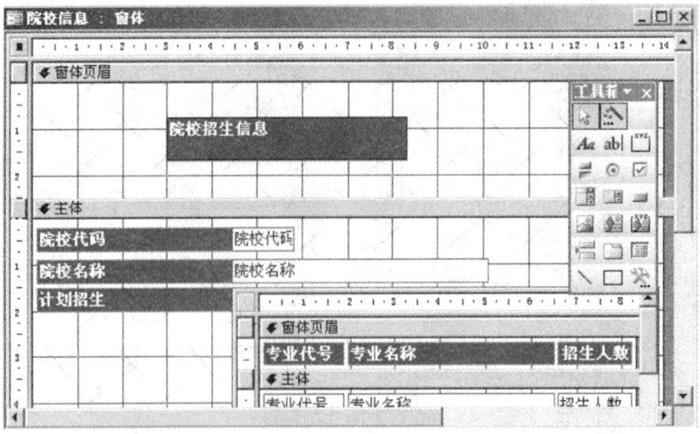

图18-46 在窗体页眉中插入标签

（10）选中“院校招生信息”标签，然后单击“窗体设计”工具栏上的“属性”按钮，打开“标签属性”对话框，如图 18-47 所示。选择“格式”选项卡，在“左边距”文本框中输入“3cm”，在“上边距”文本框中输入“1cm”，在“高度”文本框中输入“1cm”，在“宽度”文本框中输入“6cm”，在“字体名称”文本框的下拉列表中选择“隶书”，在“字体大小”文本框的下拉列表中选择“18”，在“文本对齐”文本框的下拉列表中选择“居中”，单击“关闭”按钮关闭对话框。

（11）在“院校信息”窗体中单击灰色背景，单击“窗体设计”工具栏上的“属性”按钮（在窗体中不要选中窗体的任意控件或节），打开“窗体属性”对话框，选择“数据”选项卡，如图 18-48 所示。在“允许添加”文本框中的下拉列表中选择“否”。选择“格式”选项卡，在“最大最小化按钮”文本框的下拉列表中选择“无”，单击“关闭”按钮关闭对话框。

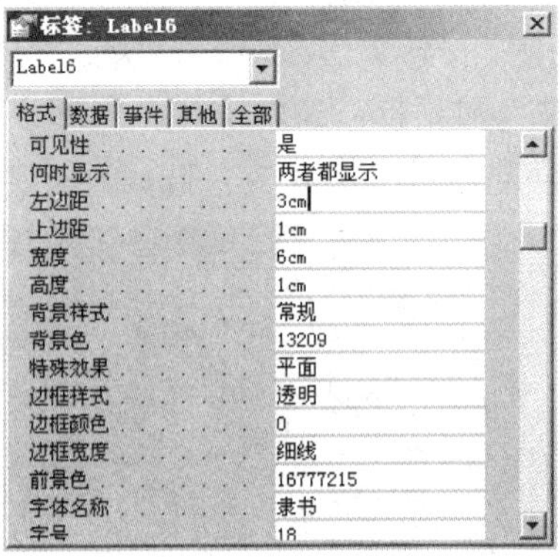

图18-47 设置“院校招生信息”标签属性

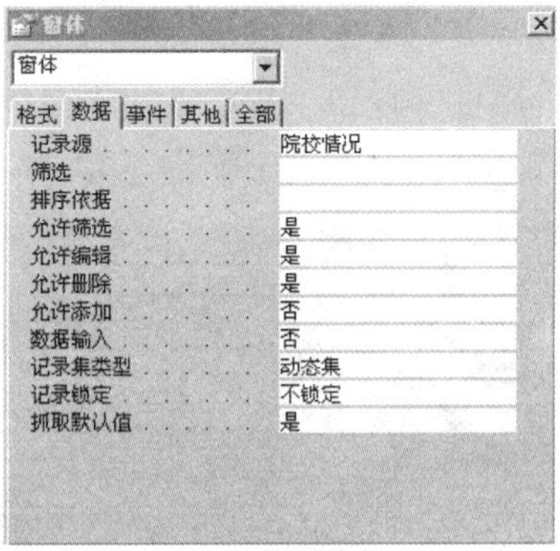

图18-48 设置窗体属性

（12）选中“院校信息”窗体中的主体，单击“窗体设计”工具栏上的“属性”按钮，打开“主体属性”对话框，选择“格式”选项卡，如图 18-49 所示。在“高度”文本框中输入“7.6cm”，单击“关闭”按钮关闭对话框。

（13）选中子窗体，单击“窗体设计”工具栏上的“属性”按钮，打开“子窗体属性”对话框，选择“格式”选项卡，如图 18-50 所示。在“宽度”文本框中输入“9.5cm”，在“高度”文本框中输入“6cm”，在“左边距”文本框中输入“4.5cm”，单击“关闭”按钮关闭对话框。

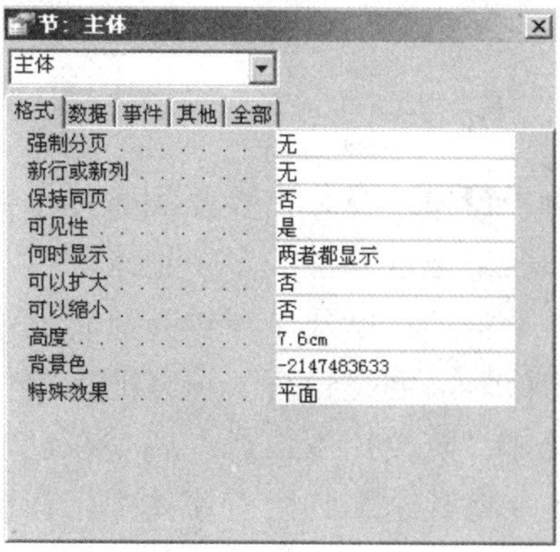

图18-49　设置主体属性

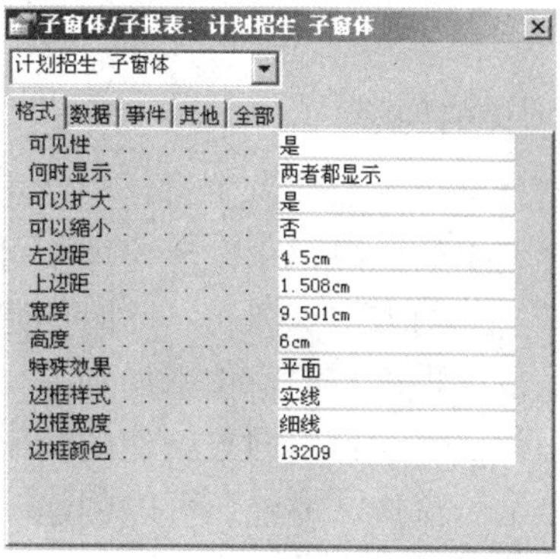

图18-50　设置子窗体属性

（14）单击保存按钮，然后单击视图按钮，在下拉菜单中选择窗体视图命令，切换到窗体视图，效果如图 18-37 所示。

回头看

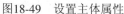

通过案例“销售管理系统”以及举一反三“考生管理系统”的制作过程，主要学习了表和查询的基本操作。表是 Access 数据库的基础，数据库的其他对象如查询、窗体等都是在表的基础上生成的。查询可以通过设置查询条件，从一个或多个表中，查找需要的信息。

知识拓展

1. 在窗体中添加日期和时间

用户可以利用控件将当前的日期和时间或者固定的日期和时间显示在窗体中，另外 Access 2003 还提供了直接将当前的时间和日期插入到窗体上的方法，而且时间和日期添加后，一旦以“窗体”视图打开窗体，Access 2003 就会将当前的日期和时间显示在窗体上。

在窗体中添加时间和日期的操作步骤如下：

（1）切换到窗体的设计视图，执行“插入”→“日期与时间”命令，打开“日期与时间”对话框，如图 18-51 所示。

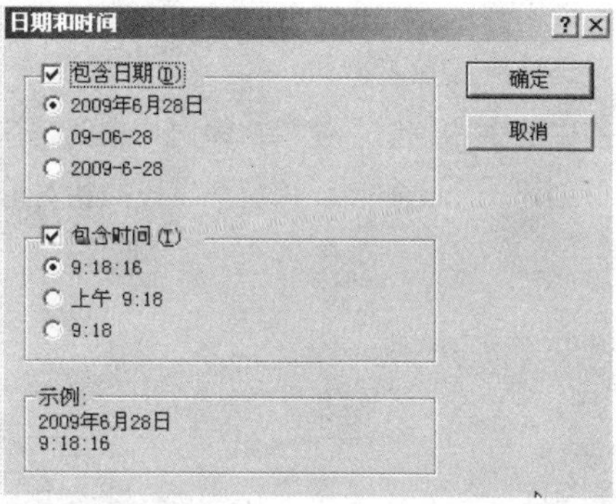

图18-51　日期与时间对话框

（2）如果要添加日期，选择“包含日期”复选框，然后选择日期格式。如果要添加时间，选择“包含时间”复选框，并选择时间格式。

（3）单击“确定”按钮，这时会在窗体上添加日期和时间文本框，把它拖到窗体的适当位置即可。

2. 子窗体的创建

基本窗体称为主窗体，主窗体中的窗体则称为子窗体。窗体主要是用来显示数据库中某个表或者查询中的一条记录，子窗体则可以显示与这条记录有关的多个记录。

创建子窗体的方法有 3 种：同时创建主窗体和子窗体；创建子窗体并且将其添加到已有的窗体中；或者将已有的窗体添加到另一个已有的窗体，创建带有子窗体的主窗体。

前面举一反三中使用向导创建的基于多表的窗体“院校招生信息”就是在创建窗体的同时创建了一个子窗体，另外还可以创建一个子窗体并将其添加到已有窗体中。在窗体的“设计”视图中打开要创建子窗体的窗体。单击工具箱中的“子窗体/子报表”按钮，此时鼠标变成 形状，在窗体或报表上，单击要放置子窗体控件的左上角的位置。在页面的适当位置画一个方框，系统将会打开“子窗体向导”对话框，用户可以根据向导进行创建。

习题18

填空题

1．窗体是用户与数据之间的主要操作接口，它的作用通常包括______、______以及_______等几个方面。

2．一般来说，窗体可以分为______、______和_______三个类别。

3．在窗体或报表中，用于显示数据的对象称为______。

选择题

1．下面关于窗体的功能说法错误的是（　　）。

（A）显示数据和编辑数据　　（B）控制对数据的操作方式

（C）控制应用程序流程　　（D）窗体不能受用任何输入操作

2．下面（　　）窗体格式不能够利用自动创建的方法创建出来。

（A）表格式　　（B）纵栏式　　（C）数据表　　（D）两端对齐

操作题

将订单管理系统数据库另存，要求完成如下操作：

（1）利用订单管理系统数据库中的表和查询，使用窗体向导来创建基于单表的窗体。

（2）在使用向导创建的窗体中创建一个子窗体，调整个字段的相对位置和大小，并加入背景图片。

读者意见反馈表

书名：Office 商务办公实用教程　　　　主编：汪磊　　　　策划编辑：关雅莉

谢谢您关注本书！烦请填写该表。您的意见对我们出版优秀教材、服务教学，十分重要。如果您认为本书有助于您的教学工作，请您认真地填写表格并寄回。**我们将定期给您发送我社相关教材的出版资讯或目录，或者寄送相关样书。**

个人资料

姓名________年龄____联系电话__________（办）___________（宅）____________（手机）_________

学校_______________________________________专业______________职称/职务____________________

通信地址___________________________________　邮编___________E-mail_________________________

您校开设课程的情况为：

本校是否开设相关专业的课程　□是，课程名称为__________________________________　□否

您所讲授的课程是____课时______________________

所用教材____________________________________出版单位______________________印刷册数______

本书可否作为您校的教材？

□是，会用于__________________________________课程教学　　□否

影响您选定教材的因素（可复选）：

□内容　□作者　□封面设计　□教材页码　□价格　□出版社

□是否获奖　□上级要求　□广告　□其他____

您对本书质量满意的方面有（可复选）：

□内容　□封面设计　□价格　□版式设计　□其他______________________

您希望本书在哪些方面加以改进？

□内容　□篇幅结构　□封面设计　□增加配套教材　□价格

可详细填写：____

____

您还希望得到哪些专业方向教材的出版信息？

____

感谢您的配合，可将本表按以下方式反馈给我们：

【方式一】电子邮件：登录华信教育资源网（http://www.hxedu.com.cn/resource/OS/zixun/zz_reader.rar）下载本表格电子版，填写后发至 ve@phei.com.cn

【方式二】邮局邮寄：北京市万寿路 173 信箱华信大厦 902 室　中等职业教育分社　（邮编：100036）

如果您需要了解更详细的信息或有著作计划，请与我们联系。

电话：010-88254475；88254591

反侵权盗版声明